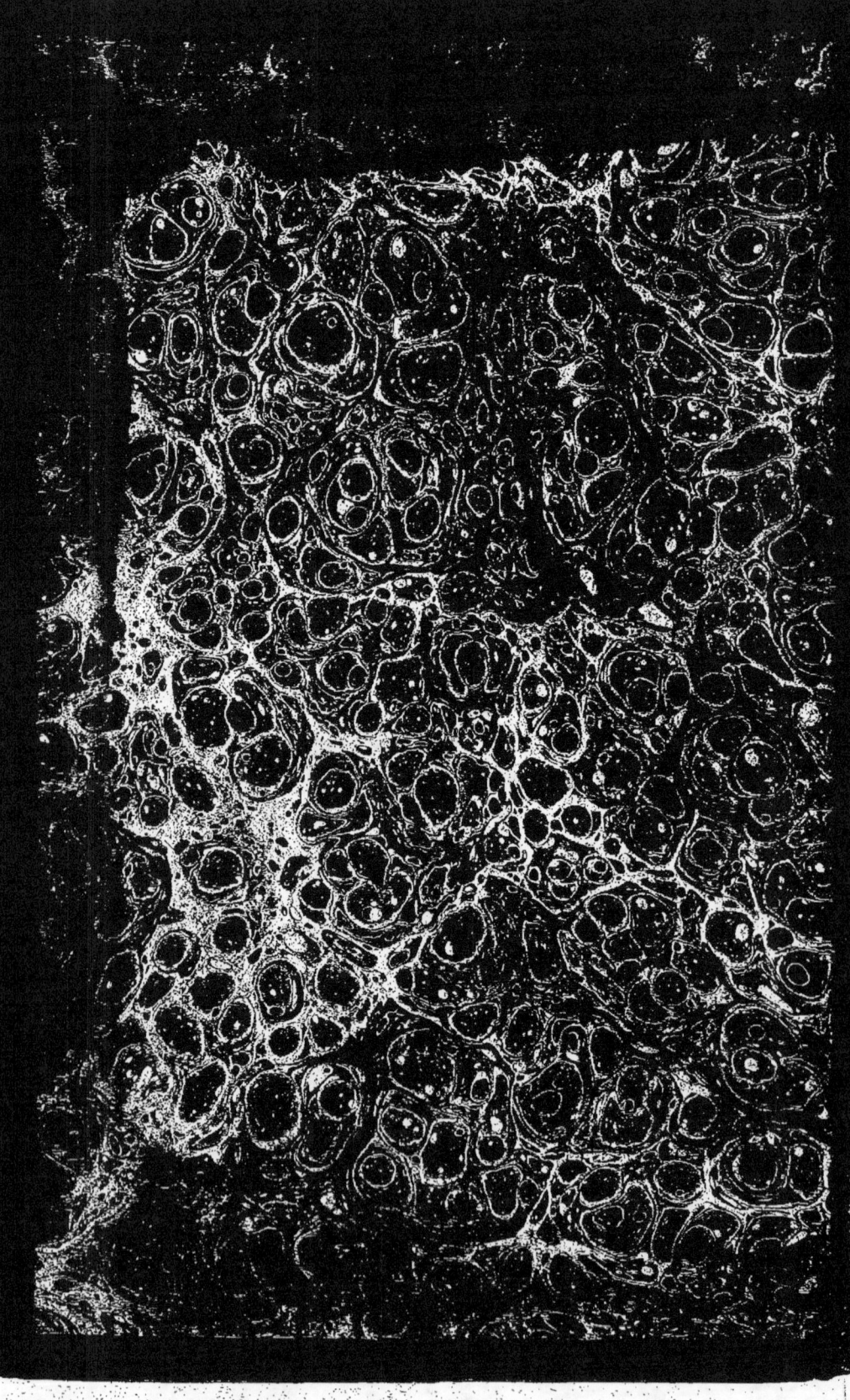

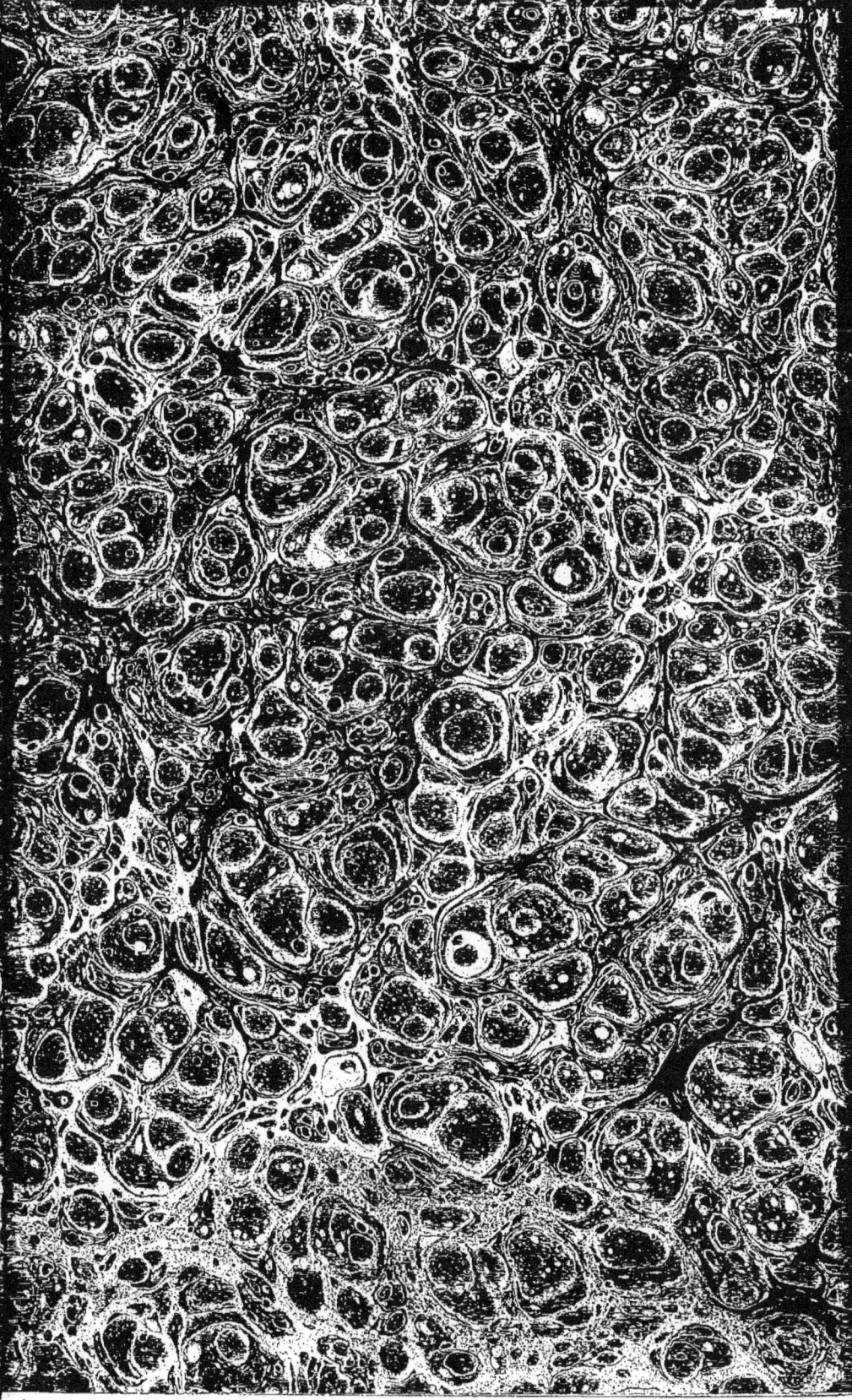

16119 ~~Eighteen~~
H. ~~R. No. 2~~ (Cabinet)

16119 ter a

H

RECHERCHES

HISTORIQUES ET CRITIQUES

SUR

LES MYSTÈRES DU PAGANISME.

ÉDITION EN DEUX VOLUMES.

DE L'IMPRIMERIE DE CRAPELET.

RECHERCHES

HISTORIQUES ET CRITIQUES

SUR

LES MYSTÈRES DU PAGANISME,

Par M. le Baron de SAINTE-CROIX;

SECONDE ÉDITION, REVUE ET CORRIGÉE

Par M. le Baron SILVESTRE DE SACY.

TOME PREMIER.

A PARIS,

CHEZ DE BURE FRÈRES, LIBRAIRES DU ROI

ET DE LA BIBLIOTHÈQUE DU ROI, RUE SERPENTE, N° 7.

M. DCCC. XVII.

AU ROI.

SIRE,

La divine Providence n'a pas permis que le savant auteur des Recherches sur les Mystères du Paganisme *fût témoin des prodiges qui, en replaçant la France sous le sceptre de l'auguste famille des Bourbons, ont essuyé nos larmes, et fait lever pour nous des jours de bonheur et de paix. L'espoir, ou plutôt le désir de voir enfin triompher la cause à laquelle il avoit immolé ses plus chères affections, et qui ne pouvoit plus faire le bonheur de ses fils, morts victimes de leur dévouement, a accompagné dans la tombe l'ami le plus constant de l'autel et du trône. Chargé par sa confiance de la publication de ses travaux littéraires, pouvois-je, SIRE, en reproduisant celui de ses ouvrages auquel il travailloit avec le plus d'affection, quand la mort l'a enlevé, ne pas former*

a iij

le vœu d'en faire hommage au Monarque que les désirs de ce fidèle sujet appelèrent tant de fois, que son cœur suivit dans toutes les vicissitudes de la fortune? Dépositaire et exécuteur de ses plus secrètes pensées, je m'estime heureux d'être en même temps auprès de Votre Majesté, l'interprète des sentimens de l'épouse qui partagea toujours ses infortunes et ses vœux, et qui ne lui a survécu que pour honorer sa mémoire, en continuant l'exemple de ses vertus. Daignez, SIRE, en agréant cet hommage, me permettre aussi de vous offrir celui du profond respect avec lequel je suis,

SIRE,

DE VOTRE MAJESTÉ,

Le très-humble, très-obéissant et très-fidèle serviteur et sujet,

LE BARON SILVESTRE DE SACY.

AVERTISSEMENT

DE L'ÉDITEUR.

J'ACQUITTE enfin la dette que m'a imposée, par ses dernières volontés, le savant auteur des *Recherches sur les Mystères du Paganisme*, de l'*Examen critique des historiens d'Alexandre*, et de plusieurs autres ouvrages, aussi recommandables par l'esprit qui a présidé à leur composition, que par l'érudition vaste et solide qui s'y fait remarquer. M. le baron de Sainte-Croix, en me confiant le soin de donner au public la seconde édition de ses *Recherches sur les Mystères du Paganisme*, n'a consulté sans doute que l'amitié qui nous unissoit, et une ancienne et constante liaison, fondée principalement sur la conformité des opinions et des principes. Il auroit pu facilement trouver parmi les savans qui s'honoroient de sa société, des hommes qui, par le genre de leurs études, et l'étendue comme la solidité de leurs connoissances, auroient été plus que moi capables d'achever et de compléter le travail qu'il laissoit imparfait. J'ose dire toutefois qu'il n'en auroit trouvé aucun qui y eût apporté un désir plus sincère et plus vif de répondre dignement à sa confiance.

Je croirois inutile de faire connoître l'état dans

lequel étoit, au moment du décès de M. de Sainte-Croix, l'exemplaire des *Recherches sur les Mystères*, qui devoit servir de copie pour une seconde édition, si il n'étoit de mon devoir de prévenir l'erreur où le lecteur pourroit tomber, en imputant à l'auteur des fautes qui me seroient personnelles.

Les cinq premières Sections de cet ouvrage avoient éprouvé beaucoup de changemens de toute nature; des additions, des suppressions, et des corrections fréquentes, avoient été faites, ou sur les marges de l'imprimé, ou sur des feuilles volantes intercalées dans le volume : toutefois il y restoit encore bien des choses à rectifier, et le tout avoit besoin d'être soumis à une nouvelle révision. Le dernier Article de la cinquième Section, que l'on peut considérer comme le résultat de toutes les discussions précédentes, avoit été beaucoup augmenté; mais la rédaction n'en étoit point achevée, et les parties de la première rédaction, qui devoient être conservées, n'avoient point été convenablement coordonnées avec les additions. Ce n'est qu'après avoir lu plusieurs fois avec beaucoup d'attention cet Article, et m'être bien pénétré des vues et de l'esprit de l'auteur, que je l'ai rédigé de nouveau, en évitant soigneusement de substituer mes propres idées à celles de M. de Sainte-Croix.

Les trois dernières Sections n'auroient pas eu moins besoin que les précédentes, d'être l'objet d'un nouveau travail de la part de l'auteur; mais comme elles n'étoient en quelque sorte qu'un accessoire au sujet principal de l'ouvrage, les mystères d'Eleusis, il en avoit sans doute remis la révision au moment où il s'occuperoit sérieusement de publier la seconde édition. Aussi ma tâche a-t-elle été beaucoup plus pénible dans cette dernière partie de l'ouvrage. Je n'ai pas prétendu cependant suppléer aux omissions qu'on pouvoit y remarquer, et compléter les recherches relatives à toutes les fêtes de Cérès, par exemple, ou au culte, si répandu et si varié, de Bacchus. Abandonnant aux savans qui courent la même carrière que M. de Sainte-Croix, le soin de traiter de nouveau ces sujets dans toute leur étendue, j'ai dû me borner aux corrections et aux rectifications nécessaires. Celles que l'auteur y avoit faites, ne consistoient guère que dans la suppression des notes qu'une main étrangère y avoit ajoutées, à son insu, et sans son autorisation. A cet égard, il n'avoit fait grâce à aucune de ces interpolations, et j'ai dû me conformer scrupuleusement à ses intentions. Il avoit enveloppé dans la même proscription la Dissertation latine que, par un étrange abus de confiance, M. de Villoison avoit insérée entre les Articles IV et V de la cinquième Section. Je me suis cru suffisamment autorisé, par l'intérêt des lecteurs et l'importance du sujet, à me relâcher un peu de la rigueur de ce jugement. Toutefois, si je me suis déterminé à faire imprimer de nouveau cette Dissertation, j'ai voulu qu'elle n'eût rien de commun avec l'ouvrage de M. de Sainte-Croix, et qu'elle pût même être détachée entièrement de cette seconde édition, et considérée comme un traité à part, étranger aux *Recherches sur les Mystères*.

Je ne parlerai point des corrections fréquentes qu'exigeoit le style de l'auteur, et pour lesquelles j'ai cru devoir me donner une entière liberté. Il est un autre genre de corrections, beaucoup plus délicat, qui n'échappera point aux personnes instruites, et à l'égard duquel je dois faire connoître les règles que je me suis prescrites.

La vérification des autorités citées par M. de Sainte-Croix, devoit être la partie la plus essentielle et la plus difficile de mon travail. Cette vérification, dont M. Hase, professeur de grec moderne, et employé au département des manuscrits de la Bibliothèque du Roi, a bien voulu partager le soin avec moi, m'a très-souvent mis à même de reconnoître que l'auteur, préoccupé de considérations importantes, et se fiant trop à sa mémoire, qu'il ne soulageoit point assez, en établissant dans les matériaux qu'il amassoit un

certain ordre mécanique, n'avoit pas toujours
pesé suffisamment le vrai sens des textes sur lesquels il s'appuyoit. Souvent les passages des
anciens, examinés avec plus de scrupule, res-
toient sans application à l'objet pour lequel M. de
Sainte-Croix avoit invoqué leur autorité; quelquefois même, ils étoient en opposition avec les
assertions de l'auteur. En général, lorsque de
pareilles méprises se sont rencontrées dans les
additions manuscrites destinées à entrer dans la
deuxième édition, je les ai réformées sans en
faire la remarque. J'en ai souvent usé de même,
à l'égard de celles qui avoient échappé à l'auteur
dans la première édition, quand j'ai pu les faire
disparoître sans nuire à la suite des idées ou à
l'ensemble du raisonnement. Dans le cas contraire, j'ai conservé le texte de M. de Sainte-
Croix, en indiquant dans des notes les rectifications dont il me paroissoit susceptible. A plus
forte raison, ai-je dû suivre la même marche,
lorsque je n'avois que des doutes sur la vérité
de ses opinions, ou sur la juste application par
lui faite des textes cités.

M. de Sainte-Croix n'avoit pas toujours adopté
un système constant d'orthographe pour les noms
propres tirés du grec. Je me suis aperçu de cette
irrégularité trop tard pour pouvoir la faire disparoître tout-à-fait. On trouvera donc *Æschyle*
et *Eschyle*, *Ouranos* et *Uranie*. Je fais observer

celte légère tache, quoiqu'elle ne puisse pas, je pense, être l'objet d'une critique sérieuse.

Le lecteur attentif reconnoîtra que les auteurs n'ont pas toujours été cités d'après les mêmes éditions. La principale cause de cette disparate est que le travail de la vérification des citations, a été partagé entre M. Hase et moi. Quoique ce soit là un défaut réel que je ne puis ni ne veux dissimuler, j'espère que le public daignera l'excuser en faveur des nombreuses corrections faites dans les citations. J'ose croire que les savans qui voudroient les vérifier, éprouveront rarement la difficulté contre laquelle nous avons eu à lutter, M. Hase et moi, presque à chaque page de la première édition.

Je ne saurois trop remercier M. Hase du zèle et de la patience avec lesquels il a bien voulu me seconder. Sa profonde connoissance de la langue grecque m'a souvent été aussi d'un très-grand secours.

Un reproche qui avoit été fait à M. de Sainte-Croix par quelques-uns des journaux littéraires de l'Allemagne, lors de la publication de son ouvrage, c'étoit de n'avoir pas assez joint l'étude de l'antiquité figurée à celle des écrivains grecs et latins. Cette observation, si, comme je ne suis pas éloigné de le penser, elle est bien fondée, pourra être reproduite à l'occasion de cette seconde édition. Je pourrois sans doute me soustraire au reproche de n'avoir pas suppléé à ce qui manquoit, à cet égard, à l'ouvrage de M. de Sainte-Croix, en disant qu'on n'est pas en droit d'exiger un travail de cette nature d'un éditeur; mais j'aime mieux convenir que je n'étois pas suffisamment préparé à une tâche qui exige des études spéciales, et même une longue habitude.

La Table des matières, que j'ai rédigée avec beaucoup de soin, ne sera pas, je l'espère, un des moindres avantages de cette édition, qui est aussi enrichie d'une carte de la plaine d'Éleusis et de ses environs, et d'un plan du temple de Cérès.

Je supprime les autres observations que j'aurois à faire à l'égard de mon travail; je ne pourrois que répéter ici ce que j'ai dit dans quelques-unes des notes que j'ai ajoutées en divers endroits de l'ouvrage.

Mais je ne saurois passer sous silence le plan que M. de Sainte-Croix paroît avoir conçu, dans les dernières années de sa vie, d'un grand travail, dans lequel les *Recherches sur les Mystères* ne devoient plus entrer que comme une portion d'un tout beaucoup plus considérable. Cet ouvrage, dont je n'ai trouvé que des esquisses très-courtes, devoit présenter l'histoire générale du théisme, de son origine, et des altérations qu'il a subies chez les différens peuples de la terre, et conduire à reconnoître la nécessité d'une religion révélée, qui, fixant les incertitudes du genre humain, ramenât les hommes à un culte et à des idées religieuses dignes d'eux et de l'auteur de leur être. L'ouvrage devoit être divisé en cinq Sections, dont la première auroit considéré le théisme dans sa pureté primitive, et établi son existence : 1°. sur des preuves de raisonnement; 2°. sur des preuves de fait; puis l'auroit envisagé dans ses trois sortes d'altérations, le polythéisme, le panthéisme et le déisme. La seconde Section, subdivisée en quatre parties, auroit traité successivement : 1°. des livres sacrés des différens peuples; 2°. des cérémonies religieuses, considérées comme des débris de l'ancienne tradition, et principalement de l'*initiation*; 3°. du culte des astres, mêlé avec le théisme; 4°. de la doctrine des deux principes. L'histoire de la religion et du culte chez les Égyptiens, les Phéniciens, les Babyloniens, les Persés et les Grecs, aux diverses époques de leur histoire, devoit être le sujet de la troisième Section. Dans la quatrième, on auroit suivi la marche des différentes religions, nées des altérations immédiates ou médiates du théisme, chez les Gaulois, les Scythes, les Étrusques, et enfin les Romains; et on auroit développé l'influence que la politique et les mœurs avoient exercée sur le culte public et sur la religion, chez les Grecs et les Romains. La mythologie des nations du nord de l'Asie et de l'Europe, le système de l'Edda, les dogmes et les pratiques religieuses des Chinois, des Indiens, des Mexicains et des Péruviens, auroient occupé la cinquième Section. J'ai déjà dit en quoi devoit consister la conclusion et le résultat de ce vaste tableau.

Tels étoient les premiers linéamens du plan conçu par M. de Sainte-Croix. Une esquisse un peu plus étendue de la première et de la deuxième Section, s'est trouvée parmi ses papiers. Je transcrirai ici ce qui concerne la deuxième division de la seconde Section :

« Les cérémonies religieuses ont conservé plus » ou moins les débris de l'ancien culte; les plus » simples sont évidemment les plus anciennes. » Les mystères, et surtout l'initiation, méritent » une attention particulière. La matière n'est » point épuisée : nous voulons d'ailleurs éviter » les systèmes. Celui du docte Warburton est » très-ingénieux; les raisons de son adversaire, » le savant Leland, nous offrent encore une dis- » cussion intéressante. Elles ne peuvent cepen- » dant nous empêcher de croire que l'unité de » Dieu ne fût enseignée aux initiés, quoique » d'une manière symbolique. Le phallus ne re- » présentoit que la création de tous les êtres, » la vertu générative attachée au Dieu de l'uni- » vers, enfin une cause unique, efficiente et pro- » ductrice. Ce symbole avoit tiré son origine des

» Égyptiens, qui faisoient Dieu mâle et femelle.
» Synésius, évêque de Ptolémaïde, n'a point
» craint de le consigner dans ses hymnes, et
» Lucien de le tourner en ridicule dans son
» *Lucius*, vraie satire des mystères des anciens,
» et bien plus capable de les décrier que les dé-
» clamations de Tertullien. Arrêtons-nous quel-
» ques instans sur le but que se sont proposé
» tous les législateurs en admettant les mystères.
» Les remords que produisent les crimes, et
» l'idée de la vengeance divine, qui semble pour-
» suivre ceux qui les ont commis, peuvent jeter
» dans un désespoir fatal à la société, et plonger
» dans de nouveaux forfaits, ceux dont le repen-
» tir devient désormais inutile. Les législateurs
» ont prévenu ces funestes inconvéniens, en éta-
» blissant des cérémonies expiatoires. La Grèce
» surtout se distingua par cette institution mé-
» morable :

» *Græcia principium moris fuit; illa nocentes*
» *Impia lustratos ponere facta putat.*

OVID. Fast., lib. ii, v. 36 et 37.

» L'initiation étoit principalement destinée à ré-
» générer les hommes; par elle, les méchans
» étoient purifiés, et les bons acquéroient une
» félicité éternelle, en s'assurant, après la mort,
» une demeure commune avec les dieux. » (Plat.
Phæd., p. 380.)

On sent bien que toutes les matières trai-
tées dans les *Recherches sur les Mystères*, pouvoient aisément se placer dans le cadre que présente cette seconde subdivision de la deuxième
Section de l'Histoire générale du théisme. Il est
facile d'apercevoir qu'en ouvrant à son génie
cette nouvelle carrière, M. de Sainte-Croix, qui,
dans l'exécution de ce plan, auroit prodigué
toutes les richesses de son érudition, et donné
un libre cours à son imagination, se proposoit
de préparer les esprits à des vérités d'un autre
ordre. Cette histoire du théisme n'étoit en quelque sorte que les prolégomènes d'un ouvrage
consacré tout entier à apprécier les avantages de
la religion chrétienne, sa conformité avec la
nature et les besoins de l'homme, et son heureuse influence sur le bonheur des individus,
des états, et de l'universalité du genre humain.

Tel étoit, si je l'ai bien conçu, l'ensemble des
divers travaux projetés par M. de Sainte-Croix,
mais dont il n'a laissé que de légers aperçus. Ce
plan, je le répète, il paroît ne l'avoir conçu que
peu d'années avant sa mort, lorsque les convul-
sions politiques de sa patrie le portèrent plus
que jamais à chercher son unique consolation
dans les vérités de la religion, et à lui consacrer l'usage de tous ses talens et de toute son
érudition.

Mais long-temps auparavant, il s'étoit occupé

b

à amasser de nouveaux matériaux pour une seconde édition de ses *Recherches sur les Mystères.*
Il nous apprend lui-même quel fut le sort de ces
matériaux, fruit de plusieurs années de travail,
dans une notice manuscrite de ses divers ouvrages, que j'ai entre les mains. En parlant de
celui-ci, il s'exprime ainsi : « Depuis sa publi-
» cation, en 1784, j'avois fait de nouvelles re-
» cherches, et rassemblé beaucoup de notes pour
» en donner une édition plus ample et plus cor-
» recte; mais tous ces matériaux ont été brûlés
» ou jetés au vent par les soldats de Jourdan,
» qui s'emparèrent de ma maison paternelle, et
» m'en chassèrent en 1793. Je travaille, ajoute-
» t-il, autant que ma position et ma santé me le
» permettent, à réparer cette perte, afin de
» mettre au plutôt sous presse cette nouvelle
» édition ».

Je terminerai ici cet avertissement, que l'on
trouvera peut-être déjà trop long, en disant que
j'ai cru devoir joindre à cette édition l'Éloge de
M. de Sainte-Croix, prononcé par M. Dacier,
dans une des séances publiques de l'Institut, et
la Notice de ses ouvrages, que j'ai publiée à la
tête du Catalogue de sa bibliothèque. Le talent
avec lequel le secrétaire perpétuel de l'Académie
royale des Inscriptions et Belles-Lettres a traité
un sujet si riche, m'auroit volontiers engagé à
supprimer cette Notice; mais elle contient des

fragmens précieux du jugement que M. de Sainte-Croix portoit lui-même de ses ouvrages, et ce motif seul m'a déterminé à la reproduire ici.

Qu'il me soit permis d'emprunter, en finissant, les expressions dont se servoit un écrivain célèbre, en parlant d'un homme également recommandable par ses grandes qualités et ses vertus sociales, et de dire aussi de M. de Sainte-Croix : *Quidquid ex eo amavimus, quidquid mirati sumus, manet mansurumque est in animis hominum, in æternitate temporum, fama scriptorum.*

PRÉFACE

DE L'AUTEUR (1).

Depuis long-temps je méditois d'écrire sur les Mystères du Paganisme, et de traiter à fond ce sujet important, lorsque l'Académie royale des Inscriptions et Belles-Lettres proposa, pour le prix de la Saint-Martin 1777, d'examiner : *Quels furent les noms et les attributs divers de Cérès et de Proserpine, chez les différens peuples de la Grèce et de l'Italie ; quelles furent l'origine et les raisons de ces attributs ; quel a été le culte de ces divinités.* Une grande partie de ce culte étoit mystérieux, et conséquemment entroit dans mes recherches. Je les soumis alors au jugement de l'Académie, qui me fut favorable. Encouragé par ce succès, j'en ai fait de nouvelles, et j'en ai retranché d'anciennes, qui m'auroient trop écarté du principal objet de mon ouvrage.

Pour le composer, il m'a fallu lutter contre de grandes difficultés, et m'enfoncer dans d'épaisses ténèbres. Malgré mes efforts, je ne me flatte point d'avoir entièrement vaincu les pre-

---

(1) [J'ai laissé subsister cette Préface telle qu'elle étoit dans la première édition. S. de S.]

mières, et dissipé les secondes. Quelles lumières devois-je attendre de tant de passages épars, toujours énigmatiques, et souvent contradictoires ? Rien de suivi, de complet ; rien de clair, de précis : partout des vides et des réticences ; partout des doutes et de l'embarras. Comment se faire jour à travers tous ces obstacles ? comment sortir de cet affreux dédale ? Seroit-ce avec le secours des écrivains modernes qui m'ont précédé dans cette carrière, plus fréquentée que connue ?

Le premier qui s'y soit engagé est Meursius, dont le grand talent consiste à rassembler les matériaux, mais non à les fondre ensemble. Il les combine mal, et n'en tire point de conséquences justes. Il ne sait ni distinguer les temps, ni peser les autorités. Son Traité sur les Mystères d'Éleusis a néanmoins l'avantage d'être une source, où tous les savans ont puisé jusqu'aujourd'hui. Ils ont même peu ajouté à ses recherches, et la plupart semblent n'avoir pas même supposé qu'il y eût d'autres rites mystérieux dans l'antiquité. Un fameux écrivain allemand, M. Meiners, si célèbre par ses belles dissertations, et par ses excellens ouvrages sur l'histoire de la philosophie ancienne, s'est aperçu de ce défaut. Il auroit été à désirer qu'il y eût suppléé avec l'ordre et l'exactitude qui distinguent son ouvrage, où la matière n'est pas assez approfondie, et dont il ne résulte aucune découverte (1).

Avant M. Meiners, le célèbre Guillaume Warburton, évêque de Glocester, s'étoit flatté d'en faire une très-importante, celle de la doctrine secrète des initiés. Il n'a cependant imaginé qu'un système, étayé avec beaucoup d'érudition, établi avec un art infini, et lié avec une merveilleuse sagacité. La plupart des hommes admirent la hardiesse d'un édifice, sans considérer la solidité de ses fondemens. Ainsi ne soyons pas surpris si les ennemis même du savant anglois ont été séduits. Son opinion alloit être mise dans la classe des vérités, sans les réclamations d'un de ses compatriotes, le docteur Leland, qui a montré toute la foiblesse de ses preuves (2). Elles ne consistent qu'en divers passages placés dans un faux jour, et rarement expliqués d'une manière conforme aux vues et aux principes des anciens écrivains, qui en sont les auteurs.

M'étant soustrait à la tyrannie des préjugés d'autrui, et n'ambitionnant pas la fragile gloire de faire un nouveau système, j'ai consacré mes

(1) Du moins si j'en puis juger par un Abrégé latin que M. Ith, savant bibliothécaire de la ville de Berne, a eu la rare générosité de composer, uniquement pour me faire connoître ce livre du docte et judicieux professeur de Gœttingue.

(2) Nouvelle Démonstration évangélique, part. I, ch. 9.

veilles à la recherche impartiale de la vérité. Quand elle s'est dérobée à mes regards, je ne l'ai point outragée par des conjectures proposées d'un ton assuré et despotique. Si j'ai été forcé d'en hasarder quelques-unes, ce n'a été qu'avec une juste défiance, et jamais dans l'intention de m'en servir pour reconstruire un édifice auquel il manque d'immenses débris. Je me suis contenté d'assembler avec soin ce qui nous en reste, de le disposer avec ordre, et de le présenter de manière qu'il offrît des résultats faciles à saisir.

L'exactitude des citations est un mérite essentiel et une base solide, sans laquelle tout ouvrage d'érudition n'a qu'une existence précaire, ou devient absolument inutile aux gens de lettres. J'espère qu'on n'aura pas à me reprocher d'avoir négligé cette précieuse exactitude (1) dans mes Recherches, dont la table indiquera suffisamment le plan et les accessoires.

----

(1) La première fois que je cite un auteur, j'indique l'édition dont je me suis servi, à moins qu'il n'y en ait une divisée par chapitres ou sections. Il m'arrive même de répéter cette indication en des endroits essentiels, pour épargner à mes lecteurs la peine de trop feuilleter. Quant aux écrits des poètes, c'est par le nombre du vers que je les désigne, etc. etc.

[M. de Sainte-Croix, ou son éditeur, M. de Villoison, a été peu fidèle à la règle qu'il paroît s'être prescrite. S. de S.]

Puisse mon travail être avantageux aux intérêts de la vérité, à qui il importe si fort qu'on nous révèle tous les égaremens de l'esprit humain en matière de religion ! Il est toujours utile de rassembler relativement, soit au dogme, soit au culte, les titres les plus secrets de l'erreur, dont la connoissance devient le premier degré de la sagesse, suivant la pensée de Lactance : *Primus autem sapientiæ gradus est, falsa intelligere....* Divin. Instit., lib I, p. 133, *ed Var.*

NOTICE HISTORIQUE

SUR LA VIE ET LES OUVRAGES

DE M. DE SAINTE-CROIX,

PAR M. DACIER, SECRÉTAIRE PERPÉTUEL DE LA CLASSE
D'HISTOIRE ET DE LITTÉRATURE ANCIENNE DE L'IN-
STITUT.

(*Extrait du Moniteur, n° 188, an 1811.*)

GUILLAUME-EMMANUEL-JOSEPH GUILHEM DE CLERMONT-
LODÈVE, baron de Sainte-Croix, naquit à Mourmoiron,
dans le Comtat Vénaissin, le 5 janvier 1746, d'une famille
noble, dont l'origine se perd dans la nuit des temps, dont
l'histoire a consacré le nom depuis plusieurs siècles, et
dont les descendans ont soutenu jusqu'à nos jours l'illustration, par les services qu'ils ont rendus à l'État et au
prince, dans la carrière des armes. Le chevalier de Sainte-
Croix, maréchal de camp, célèbre dans les fastes militaires
par la manière glorieuse dont il défendit Belle-Ile pendant
plusieurs mois, contre les Anglois qui y avoient débarqué
avec des forces incomparablement supérieures aux siennes,
et par la capitulation honorable qu'ils accordèrent à ses
talens et à sa valeur le 7 juin 1761, étoit son oncle pa-
ternel. L'honneur ne peut-être récompensé que par l'honneur : le chevalier de Sainte-Croix obtint pour prix de
celui qu'il venoit d'acquérir, l'obligation d'aller rendre de
nouveaux services à sa patrie, dans les colonies qu'elle

possédoit en Amérique. Il fut nommé commandant général
des troupes françoises aux îles du Vent, et partit vers la
fin de la même année pour aller prendre possession de son
commandement, emmenant avec lui, en qualité d'aide
de camp, son neveu, qui venoit de terminer ses études au
collége des jésuites de Grenoble, et auquel, à la considération du défenseur de Belle-Ile, le Roi voulut bien accorder un brevet de capitaine de cavalerie.

Le voyage sur un vaisseau de guerre, la magnificence du
spectacle que présente une flotte nombreuse et marchant
en bon ordre, firent sur le jeune Sainte-Croix une impression si vive, et firent naître en lui une inclination si
forte pour le service de mer, qu'il a toujours eu du regret
de n'y avoir pas été destiné, et qu'il seroit vraisemblablement entré dans cette carrière, si la mort de son oncle
qui étoit son appui, n'avoit pas dérangé ses projets. Ce général mourut à Saint-Domingue le 18 août 1762, des suites
d'une blessure grave qu'il avoit autrefois reçue à l'attaque
des lignes de Weissembourg, et qui n'avoit jamais été entièrement guérie. Le jeune Sainte-Croix, n'ayant plus
rien qui le retînt en Amérique, s'empressa de repasser en
France; et par une suite du crédit que conservoit la mémoire de son oncle, il fut presque aussitôt attaché, dans
son grade de capitaine, au corps des grenadiers de France.

Pendant son séjour à Saint-Domingue, le goût qu'il
avoit montré pour l'étude dès le collége, s'étoit fortifié et
étoit devenu une véritable passion. Comme à son retour la
France étoit en paix, les devoirs de son état lui laissoient
des loisirs dont il profitoit pour se livrer à son goût domi-
nant. Mais il ne tarda pas à les trouver trop courts, et à
regarder comme perdu le temps qu'il déroboit à ses études.
Fatigué d'ailleurs des détails du service et de la contrainte
qu'ils lui imposoient, et contrarié par la privation qu'il

éprouvoit fréquemment des livres qui lui étoient nécessaires, et qu'il ne pouvoit se procurer dans la plupart des
villes où son corps étoit en garnison, il abandonna, après
avoir servi six à sept ans, la route facile et brillante dans
laquelle la noblesse de son extraction et l'exemple de ses
pères l'avoient décidé à entrer, pour s'enfoncer dans les
sentiers incertains et escarpés de la littérature et de l'érudition. Il quitta le service en 1770; et peut-être qu'à l'insu
même de sa modestie, la considération dont jouissoient à
cette époque les lettres, eut quelque influence sur sa déter-
mination.

Lorsque, par le progrès de la civilisation et des lumières,
les grands noms dont la littérature s'honore brillent d'un
éclat qu'aucun autre genre de gloire ne peut obscurcir, on
se fait une sorte d'illusion dans la manière d'envisager
l'existence de l'homme de lettres; on s'habitue à le séparer
du commun des hommes et à le voir dans cette sphère
intellectuelle, dans cet empire idéal où la renommée, con-
fondant tous les rangs, ne distingue point le génie né sur
le trône du génie né sujet, où rien n'est grand que le génie,
où seul il règne environné de tous les talens, et commande
l'admiration à tous les âges. L'ambition des hommes placés
aux premiers rangs de la société, se montre bientôt alors
jalouse de participer à une illustration d'autant plus flatteuse, qu'elle est indépendante de la fortune et du hasard
de la naissance : ils s'élancent dans la carrière, et briguent
les palmes et les honneurs littéraires, avec la même ardeur
que s'ils n'avoient pas d'autres moyens d'obtenir les faveurs
de la gloire; quelques-uns même sont tellement animés de
cette noble ardeur, qu'ils négligent presque entièrement
les prérogatives de l'état dans lequel ils sont nés, et les
échangent, pour ainsi dire, contre le titre d'hommes de
lettres : c'est ce que fit M. de Sainte-Croix.

Bientôt après qu'il fut retiré du service, il donna la preuve que le temps qu'il y avoit passé n'avoit point été perdu pour l'étude. L'Académie des belles-lettres avoit proposé pour sujet du prix qu'elle décerna en 1772, l'*Examen critique des Historiens d'Alexandre-le-Grand*. Ce prix fut remporté par l'ancien capitaine aux grenadiers de France, qui étoit à peine âgé de vingt-six ans.; et ce premier trophée littéraire est devenu par la suite le dernier et comme le couronnement de ses nombreux travaux.

Les prix que nous proposons ont différens genres d'utilité, dont quelques-uns frappent tous les yeux, et dont quelques autres sont moins aperçus. On sait, par exemple, que ce sont des aiguillons qui stimulent fortement les jeunes littérateurs ; que souvent ils conquèrent à la science des talens qui se seroient peut-être toujours ignorés eux-mêmes ; et que nos concours étant ouverts pour l'Europe entière, ils contribuent à étendre les relations littéraires, et à entretenir l'unité de la république des lettres : mais on ne sait pas aussi-bien que ces programmes, qui peuvent quelquefois paroître stériles à des personnes étrangères à la culture de l'histoire et de la littérature ancienne, présentent souvent les germes d'ouvrages très-importans qui étendent les limites de nos connoissances ; et le coup d'œil que nous jetons sur ceux de M. de Sainte-Croix, en fournira plus d'une preuve remarquable.

L'Académie avoit proposé pour le sujet du concours de 1775, « la recherche des noms et des attributs de Minerve »; et pour celui du concours de 1777, « la recherche des noms » et des attributs divers de Cérès et de Proserpine, chez les » différens peuples de la Grèce et de l'Italie ». Ces deux prix furent encore remportés par M. de Sainte-Croix. Si l'Académie, en proposant ces sujets, n'avoit eu en vue que de connoître les noms de ces divinités, c'eût été une curiosité assez vaine ; mais elle espéroit que la connoissance de ces noms conduiroit à des connoissances plus intéressantes. Ses espérances ne furent point trompées : M. de Sainte-Croix les réalisa dans toute leur étendue, autant que peut le permettre la rareté des documens qui nous restent.

Dans la haute antiquité du paganisme, les noms et les surnoms des divinités, ou plutôt les changemens de leurs dénominations et de leurs attributs, sont une indication presque certaine des changemens qu'éprouvèrent le culte et le système politique des peuples. Aux yeux du critique éclairé, il y a moins de fiction et d'absurdité qu'on ne le pense ordinairement, dans ce que l'on raconte de la naissance, des mariages et des combats des dieux. A travers le voile transparent de la langue allégorique de ce siècle, il aperçoit souvent des révolutions arrivées dans la croyance, le gouvernement et les mœurs. Le nom seul d'Athènes et le combat de Minerve contre Neptune lui apprennent qu'à une époque très-reculée, le culte de Néith fut apporté dans l'Attique par une colonie égyptienne, qui employa la force pour le faire adopter par les anciens habitans ; que ceux-ci voulurent défendre leurs opinions religieuses et leurs habitudes ; que, comme on se battit de part et d'autre pour ses dieux, les dieux eux-mêmes furent supposés combattre ; et que la victoire remportée par la déesse sur le dieu Mars, n'est vraisemblablement autre chose que le changement opéré dans les mœurs des indigènes qui renoncèrent à la piraterie et au brigandage, pour se livrer à l'agriculture et aux arts.

M. de Sainte-Croix, en étudiant l'antiquité, cherchoit principalement à se procurer des notions propres à rétablir et à compléter les premières pages de l'histoire ; et pour lui, la connoissance des noms ne fut qu'un moyen pour pénétrer dans le fond des choses. Il éprouvoit presque

toujours dans ses travaux le besoin d'en généraliser l'objet ;
et plus d'une dissertation qui paroissoit ne devoir présenter
qu'un point de critique isolé, est devenue par la suite un
traité complet, un ouvrage d'une utilité générale, dans
lequel il embrasse tous les entours et souvent les conséquences de la question qu'il ne se proposoit d'abord que
d'éclaircir, tellement qu'on découvre à peine dans l'ouvrage la trace de l'intention première qui lui donna naissance.

Jamais peut-être on n'auroit deviné, si l'auteur n'avoit
pris soin de le dire dans sa préface, que ses *Recherches
historiques sur les Mystères du Paganisme*, qu'il publia
en 1784, étoient nées de sa dissertation sur les noms et les
attributs de Cérès et de Proserpine, qui fut couronnée en
1777. En répondant à la question de l'Académie, dont il
avoit aperçu toute la fécondité, il voulut donner, ou du
moins préparer la solution d'une multitude de questions
d'une toute autre importance.

Qu'étoit-ce en effet que ces mystères qui, sous différens
noms, paroissent avoir eu, dans diverses contrées, une
origine semblable et un but commun ? Que pouvoit être
une institution qui, offrant une religion dans la religion
même, a pu faire croire que l'une étoit pour l'esprit et
l'autre pour les sens ? L'une de ces doctrines n'étoit-elle
que l'enveloppe de l'autre ? Les notions que recevoit l'initié
étoient-elles de nature à dissiper les fantômes de la crédulité, à élever au-dessus des superstitions populaires, ou
n'étoient-elles pas plutôt un nouveau voile plus habile-
ment tissu pour couvrir, autant qu'il étoit possible, l'absurdité du polythéisme, et empêcher de tomber dans le
néant de l'incrédulité ? Enfin, donnoit-on aux adeptes des
explications des dogmes religieux ; et ces explications
étoient-elles moins obscures, moins contraires à la raison

que les choses expliquées? Voilà pour le fond des mystères. Quant aux formes, quelles étoient les conditions, et quels étoient les degrés de l'initiation? quelles préparations exigeoit-on des aspirans? quels étoient les préposés à l'intendance des mystères? quels étoient leurs lois? quels rites observoit-on dans l'initiation, et quelles étoient les cérémonies qu'on pratiquoit dans l'intérieur des temples?

Malgré le secret qui étoit une condition inviolable de l'initiation, un assez grand nombre de détails relatifs au cérémonial observé dans la célébration des mystères, sont parvenus jusqu'à nous, par l'heureuse indiscrétion de quelques écrivains de l'antiquité, et par les controverses que le paganisme eut à soutenir contre le christianisme naissant, M. de Sainte-Croix, qui a réuni soigneusement tous ces traits de lumière, a pu satisfaire jusqu'à un certain point notre curiosité sur les pratiques extérieures; mais nous ne pouvons pas, à beaucoup près, en dire autant de la doctrine qu'on enseignoit aux initiés; et il est à craindre que cette doctrine ne reste encore long-temps occulte, puisqu'elle a échappé à la vaste et profonde érudition de M. de Sainte-Croix, dont l'ouvrage sera cependant, pour ceux qui tenteroient cette recherche difficile, un des plus sûrs flambeaux que la critique puisse mettre entre leurs mains.

Quand un athlète avoit vaincu trois fois aux jeux olympiques, il avoit le privilége de placer son portrait parmi les images des vainqueurs : trois couronnes obtenues par M. de Sainte-Croix dans les concours académiques, lui valurent le droit de s'asseoir au rang des juges : il fut élu à l'Académie en 1777, à la place d'associé libre étranger, vacante par la mort de M. le prince Jablonowski. Si le titre d'académicien a été regardé quelquefois comme une récompense des anciens travaux, comme une espèce de

brevet d'honneur qui dispense d'en entreprendre de nouveaux, M. de Sainte-Croix en avoit une toute autre idée,
et a montré jusqu'à la fin de sa vie que ce titre n'étoit pour
lui qu'une obligation étroite de contribuer à la gloire de
l'Académie, et de se rendre de plus en plus utile aux lettres.
Jamais savant n'a mieux rempli ce double devoir; car si
l'on compte les ouvrages qu'il a publiés séparément depuis
cette époque, on ne voit pas quels momens il a pu donner
aux travaux de l'Académie; et si l'on ouvre les recueils
de cette compagnie, ils sont si pleins de ses productions,
qu'on ne conçoit pas qu'elles aient pu lui laisser le temps
de se livrer à d'autres travaux.

Il fit paroître en 1779, deux ans après son admission à
l'Académie, deux ouvrages d'un genre très-différent : l'un
est l'*Histoire de la puissance navale de l'Angleterre*,
dont il a donné depuis une édition plus soignée, mais dans
laquelle il n'a pu rien ajouter aux sentimens de ce vertueux
patriotisme, qui ne sépare point l'intérêt de la vérité de
l'intérêt national, et qui sait allier et fondre, pour ainsi
dire, ensemble, l'amour de l'humanité avec celui de la
patrie.

L'autre ouvrage est un traité *sur l'état et le sort des
colonies des anciens peuples.* Quoique cet ouvrage semble,
par son titre, être uniquement du ressort de l'érudition,
il fut, plus qu'on ne seroit tenté de le croire, inspiré par
l'état des affaires politiques du temps où il fut composé.
Les colonies de l'Amérique septentrionale travailloient à
se soustraire à la tutelle de l'Angleterre, et employoient,
pour y parvenir, la force des armes, et aussi la force de
cette raison qui ne laisse pas, quand elle réussit à se faire
entendre, de devenir quelquefois une puissance assez respectable. Toute l'Europe prenoit part à cette cause qui se
plaidoit en quelque façon devant elle. Le premier ministre

d'Angleterre, en développant, dans une séance du parlement, les droits des métropoles sur leurs colonies, avoit invoqué à l'appui des prétentions de son pays, l'exemple des colonies chez les anciens peuples. M. de Sainte-Croix, persuadé que le ministre se trompoit ou vouloit tromper le public, saisit aussitôt cette occasion de faire servir l'étude de l'antiquité au profit de la liberté américaine. Il prouva que les peuples anciens, en fondant des colonies, se donnoient des alliés et non des sujets, que chaque colonie avoit le droit de se gouverner elle-même, et emportoit avec elle, en quittant la métropole, celui de fonder à son tour de nouvelles colonies; qu'à la vérité, la puissance de la mère-patrie s'accroissoit par cette propagation qui multiplioit ses relations d'amitié, et tendoit à resserrer le territoire des autres peuples; mais que les nouveaux établissemens ne conservoient avec elle d'autres rapports que ceux qui existent entre le père et les enfans, et que ces rapports n'étoient point du genre de ceux qui existent entre un souverain et ses sujets.

'Aucun critique n'a moins mérité que M. de Sainte-Croix le reproche de s'abandonner à cet esprit minutieux de recherches, qui prend les moyens pour la fin, et qui, discutant séparément les difficultés qu'il rencontre, laisse à d'autres le soin d'en réunir les solutions et l'honneur d'en former un tout. Personne ne montra plus d'ardeur que lui à rassembler en faisceau les nombreuses connoissances qu'il acquéroit chaque jour sur l'antiquité, à les rendre, pour ainsi dire, usuelles, à les appliquer aux intérêts actuels de la société, et presque même aux besoins de circonstance. On aperçoit dans chacun de ses écrits, qu'une noble passion dirige sa plume, et qu'il se propose toujours pour but d'être utile. C'est que le cœur dont il vantoit sans cesse la prééminence, en disant que les hommes n'ont de la valeur que par lui, étoit le principal ressort de son esprit et le grand mobile de ses travaux comme de ses actions.

Ses recherches sur le sort des anciennes colonies, l'avoient conduit à en faire en même temps sur l'existence politique d'un grand nombre de peuples et sur les liens qui les unirent entre eux. Autant le principe d'indépendance qui avoit présidé à la formation des États particuliers de l'ancienne Grèce, avoit pu favoriser leur établissement, autant il étoit contraire à leur conservation, à moins que plusieurs d'entre eux, sinon tous, ne fussent obligés, par une convention quelconque, d'embrasser la défense de celui de ces États qu'un ennemi supérieur en forces viendroit attaquer. M. de Sainte-Croix avoit d'abord partagé l'opinion des plus célèbres publicistes qui, de quelques faits isolés et mal rapprochés, s'étoient hâtés de conclure qu'il avoit existé des gouvernemens fédératifs dans toute la Grèce. Mais, éclairé par ses nouvelles études, excité, comme il nous l'apprend lui-même, par un des fondateurs de la fédération américaine (M. John Adams), encouragé par les écrits posthumes de l'illustre Fréret, que l'Académie des Belles-Lettres l'avoit chargé de publier, il entreprit de prouver qu'il n'avoit point existé de véritable système fédératif en Grèce avant la ligue achéenne.

Les réunions amphictyoniques n'étoient, selon lui, qu'un lien de fraternité religieuse entre les villes qu'associoit un même culte, et que rassembloient périodiquement des fêtes solennelles, célébrées à frais communs. L'histoire nous montre les théores des différens pays dont étoit formée l'association, délibérant sur l'administration du temple et des jeux, et nullement sur les intérêts politiques de la Grèce. En effet, quand un danger commun exigeoit la réunion des forces de plusieurs États, on ne voit pas que le conseil des

Amphictyons ait été le ressort de cette réunion. Elle se formoit par l'influence du peuple qui avoit le plus de puissance et de crédit; et le droit de commander comme le devoir d'obéir furent toujours réglés par les circonstances du moment et par des usages particuliers. Quand Philippe, et après lui Alexandre, se firent donner le commandement général de la Grèce, le conseil amphictyonique de Delphes n'y eut aucune part : il leur fut déféré par les députés des villes grecques qu'on avoit convoqués à Corinthe, où les Lacédémoniens refusèrent d'en envoyer. Rien ne prouve mieux qu'aucun droit public n'avoit créé dans la Grèce ce système par lequel plusieurs États indépendans, pour ce qui concerne le régime intérieur, ne forment qu'un seul État pour ce qui concerne les rapports extérieurs et la défense commune : la ligue achéenne, ouvrage de Philopœmen et d'Aratus, en est donc l'unique exemple. Quelques siècles plus tôt elle auroit pu conserver la Grèce; trop tardive, elle ne put la sauver : l'esprit de division, si ancien, et, s'il est permis de s'exprimer ainsi, si constitutionnel dont elle étoit sans cesse agitée, avoit rendu le mal incurable. La ligue achéenne ressembla, dit un auteur ancien, à l'un de ces rejetons foibles et inespérés que pousse avec peine un arbre mourant et pourri dans ses racines : son établissement fut difficile, son existence foible et précaire, et sa durée très-courte.

L'histoire du monde ancien peut, jusqu'à un certain point, être comparée à une ville en ruines, où la destruction se jouant de l'ensemble des monumens, en fait en apparence plusieurs, des débris qui n'appartenoient qu'à un seul, ou un seul, des débris qui en formoient plusieurs, et efface tellement jusqu'à la trace de chacun des plans, que l'architecte le plus habile ne peut retrouver ces plans qu'en fouillant dans les fondations de chaque monument, et donner une idée du monument même, qu'en rapprochant et rétablissant dans leur véritable place les matériaux épars dont il étoit construit. Ce n'est pareillement qu'en creusant dans les ruines de l'antiquité, en recueillant et rapprochant des faits épars et négligés, que la critique réussit quelquefois à découvrir les bases et les formes des institutions politiques, et à les coordonner entre elles.

Ces recherches ont été un des principaux objets des études de M. de Sainte-Croix, et lui ont fourni le sujet du plus grand nombre des Mémoires qu'il a insérés dans le Recueil de l'Académie des Belles-Lettres, tels que ceux sur la législation de la Grande-Grèce, dont il a enrichi ce Recueil. Il traite dans l'un, de la république de Locres et des lois de Zaleucus; dans un autre, il entreprend de faire connoître les lois que Charondas avoit données à Thurium; il développe dans un troisième la constitution de Crotone, et présente l'histoire abrégée de la secte pythagoricienne.

Dans une autre dissertation, passant de la Grande-Grèce en Sicile, il parcourt les vicissitudes qu'éprouva la législation de cette île, surtout celle de Syracuse, de cette colonie corinthienne toujours agitée par les tempêtes politiques, toujours malheureuse dans les efforts qu'elle fait pour se soustraire, tantôt à la tyrannie de ses maîtres, tantôt à la tyrannie de sa liberté.

L'ensemble qui règne dans les travaux de M. de Sainte-Croix, fait que presque tous ses ouvrages se tiennent par un lien plus ou moins sensible qui les rattache les uns aux autres, et en forme un tout, quoiqu'ils soient divisés. On feroit un cours assez complet d'histoire des gouvernemens, des lois, des mœurs, des coutumes antiques, en étudiant cette longue suite de Mémoires dont les titres rassemblés seroient seuls un catalogue instructif. On n'y liroit pas avec moins d'intérêt, ses recherches philosophiques sur la population de quelques cités, sur les droits politiques des citoyens, sur les classes privilégiées, sur les distinctions établies entre les habitans, sur les inégalités politiques et sur les effets qui en résultoient.

M. de Sainte-Croix dut peut-être plus qu'il ne le pensoit lui-même, aux opinions qui régnoient dans le temps où il écrivoit, le goût de ce genre de recherches. Comment en effet le choix des travaux littéraires d'un homme qui aime ardemment son pays, ne porteroit-il pas l'empreinte plus ou moins forte de celles de ces opinions qu'on croit devoir le rendre plus heureux ? Comment, dans les dernières années qui ont précédé la révolution, se défendra-t-il entièrement de l'impression de cet esprit d'innovation qui agitoit plus ou moins toutes les classes de la société, et qui, fatigué du présent, demandoit au passé des leçons et des exemples pour préparer un meilleur avenir ? Mais, disons-le à la louange de M. de Sainte-Croix, s'il a montré du penchant pour la liberté, c'est qu'elle ne se présentoit à lui que sous le joug de la morale, et accompagnée de la vertu. Aussi est-il du petit nombre des hommes de lettres qui ont traité des sujets politiques, auxquels on ne puisse reprocher ni exagération dans les principes, ni fausses applications, ni même erreurs ou illusions innocentes.

Depuis qu'il s'étoit retiré du service, M. de Sainte-Croix habitoit, dans le Comtat-Venaissin, le domaine qui l'avoit vu naître, et que le bonheur d'y faire du bien lui avoit rendu de jour en jour plus cher. Heureux lui-même par l'alliance qu'il avoit contractée avec Mlle d'Elbène, dans laquelle il avoit trouvé une compagne digne de lui, par les fruits de cette union et par la considération dont il étoit environné, il partageoit son temps entre ses travaux littéraires et les soins de sa famille, lorsqu'une affaire, à laquelle un homme moins compatissant aux maux d'autrui

auroit pu demeurer étranger, vint troubler la tranquillité
de sa vie. Quelques pauvres habitans de son voisinage,
accoutumés à le trouver toujours prêt à leur être utile,
vinrent se plaindre à lui d'une vexation que leur avoit fait
éprouver un agent subalterne du gouvernement pontifical,
et solliciter son appui. Les États du pays, dont il étoit,
par sa naissance, membre dans l'ordre de la noblesse,
étoient réunis ; il y porta la cause des opprimés, et la plaida
avec la chaleur d'une âme ardente et profondément indi-
gnée de l'injustice. Ses sentimens se communiquèrent à
toute l'assemblée ; toutes les voix demandèrent qu'il fût
adressé des remontrances au souverain, et M. de Sainte-
Croix fut chargé de les rédiger. Sa démarche auprès des
États, et peut-être aussi quelques expressions un peu fortes
échappées à son indignation, furent regardées comme un
acte de rébellion par la cour de Rome, qui donna ordre
de l'arrêter, et de le transférer au château Saint-Ange. Il
en fut heureusement averti assez à temps pour se sauver
sur les terres de France, mais tous les biens qu'il possédoit
dans le Comtat furent séquestrés, et ne lui furent rendus
que par la protection du gouvernement français, et après
des négociations aussi longues que difficiles ; encore y mit-
on la condition qu'il s'abstiendroit désormais de paroître à
l'assemblée des États.

M. de Sainte-Croix se soumit sans peine à une condition
qui, en l'honorant loin de l'humilier, lui procuroit le calme
nécessaire à ses études, et sembloit devoir le lui assurer
pour toujours. Mais à peine fut-il réintégré dans ses biens,
et eut-il repris le cours de ses travaux, dont il avoit été
trop long-temps distrait, que la révolution commença, et
qu'éclatèrent dans le Comtat, et surtout à Avignon, ces
scènes effroyables par lesquelles le génie de la terreur sembla préluder, pour essayer le pouvoir qu'il devoit exercer

sur la France. Ce souvenir seul fait encore frémir : qu'on
ne craigne pas que je veuille le retracer; mais puis-je me
dispenser de soulever un coin du voile dont ces scènes
d'horreur devroient être à jamais couvertes, puisqu'il faut
que je dise que les possessions de M. de Sainte-Croix furent
dévastées, ses maisons incendiées et détruites; que sa bibliothèque qu'il avoit formée avec tant de soins, fut mise
au pillage ; qu'il perdit ses deux fils, l'unique espoir de sa
famille, tous les deux à la fleur de l'âge, tous les deux dans
la carrière des armes, et marchant honorablement sur les
traces de leurs ancêtres ; qu'arrêté lui-même par les brigands, il eût péri leur victime, sans la tendresse et le courage héroïque de madame de Sainte-Croix qui, bravant
tous les périls auxquels elle étoit elle-même exposée, réussit
par ses prières et par ses larmes, ou plutôt moyennant une
grosse somme d'argent, à les faire consentir à son évasion
et à l'arracher de leurs mains. M. de Sainte-Croix s'enfuit
à pied au milieu de la nuit, et vint chercher un asile à
Paris, où il fut rejoint quelque temps après par madame
de Sainte-Croix et leur fille, le seul bien qu'ils eussent pu
conserver et qui sortoit à peine de l'enfance. Comme il arrive quelquefois que dans l'éruption d'un volcan, on court
moins de danger auprès du cratère qu'à une plus grande
distance, ils y vécurent aussi tranquilles qu'on pût le
désirer dans ces temps désastreux, et que pussent l'être
des cœurs oppressés par tous les genres de douleurs. M. de
Sainte-Croix y auroit infailliblement succombé, sans la
résignation que lui inspiroient les sentimens religieux dont
il avoit toujours été pénétré, et sans son amour pour l'é-
tude à laquelle il se livroit sans relâche, et qui adoucit
peu à peu le sentiment déchirant des malheurs de sa famille. Dès que les premières lueurs d'un jour moins né-
buleux permirent d'espérer la fin de la tempête, il fut un

des premiers hommes de lettres à faire entendre sa voix ;
et si, dans l'éloquente préface qu'il mit à la tête de son
Histoire des Gouvernemens fédératifs, dont, à cette époque, il donna l'édition entière, il paroît annoncer encore
quelques sinistres présages, qui ne partageoit point alors
ses inquiétudes ?

Le Gouvernement ayant donné, en 1802, une nouvelle
organisation à l'Institut, l'Académie des Belles-Lettres qui
y existoit, mais éparse dans deux classes différentes, fut
réunie sous le titre de *Classe d'histoire et de littérature
ancienne*. Tous ceux des anciens membres qui n'avoient
point encore été admis à l'Institut y furent rappelés, et
M. de Sainte-Croix vint y reprendre sa place. Il parut ne
l'avoir jamais quittée ; il montra le même zèle, la même
exactitude, la même fécondité qu'il avoit montrés à l'Académie. Lorsque les causes qui ont arrêté jusqu'ici l'impression des Mémoires de la classe n'existeront plus, et
qu'il sera possible de publier ses travaux, on le verra occuper à-peu-près autant de place dans cette collection
qu'il en occupe dans celle de l'Académie des Belles-Lettres.
On peut citer, entre ceux de ses Mémoires qui n'ont point
été imprimés, des Observations nouvelles et savantes sur
le Périple de Scylax, une Notice sur les ruines de Per-
sépolis, une Dissertation non moins intéressante sur la
Chronologie des Dynastes de Carie et sur le tombeau de
Mausole.

Je m'abstiendrai de faire l'énumération entière de ses
ouvrages, de ceux auxquels il a eu part, ou qu'il a publiés
comme éditeur, des éloges qu'il a composés pour honorer
la mémoire de quelques hommes de mérite enlevés à son
amitié, ainsi que des nombreux articles tombés de sa
plume, dont il a enrichi le Journal des Savans, les Archives littéraires, le Magasin encyclopédique, et plusieurs

autres recueils périodiques. Cette liste seroit trop longue
et doit être placée séparément, comme une preuve sura-
bondante de la vie laborieuse de M. de Sainte-Croix, de
la variété de ses connoissances, et de la flexibilité avec laquelle son esprit savoit se plier à tous les genres.

Si le nombre de ses écrits est considérable, il ne faut pas
en conclure qu'une trop indulgente facilité ait contribué
à le grossir. Il refit plusieurs fois plusieurs de ses principaux ouvrages; et s'il eût vécu plus long-temps, il se seroit
montré aussi sévère pour tous. C'est à cette difficulté de se
contenter lui-même, que nous devons la seconde édition de
l'*Examen critique des historiens d'Alexandre*, ou plutôt,
comme le disoit M. de Sainte-Croix, le nouvel ouvrage
qu'il a donné sur le même sujet.

Alexandre fut la merveille des temps historiques de l'antiquité; quelques siècles auparavant il eût été le sujet de
toutes les fictions poétiques, et auroit pu faire naître quelque nouvel Homère; mais à l'époque où il vécut, on n'é-
crivoit plus l'histoire en vers, et il envia toujours inuti-
lement à Achille le bonheur d'avoir été chanté par la muse
de l'épopée. Toutefois la flatterie et l'exagération, sans être
poétiques, ne laissèrent pas de corrompre jusque dans leur
source les récits de ses exploits; elles outrèrent pour lui
toutes les mesures des idées et du langage; et pour faire
croire à sa grandeur, elles la rendirent presque incroyable.

On peut diviser ses historiens en trois classes: la première classe comprend ceux qui furent ses contemporains,
qui l'accompagnèrent dans ses expéditions, qui écrivirent
sous ses yeux et presque sous sa dictée; et qu'on peut par
cette raison soupçonner d'avoir quelquefois altéré ou modifié les faits au gré des intérêts et des passions du jour.
On range dans la seconde ceux qui, sous les successeurs
d'Alexandre, libres jusqu'à un certain point d'influence

et de partialité, assez près et assez loin des événemens pour les bien connoître et les juger, purent dégager son histoire du merveilleux et des mensonges de l'adulation. La troisième est composée de ceux qui, plusieurs siècles après, écrivirent, dans des vues différentes, l'histoire du héros de Macédoine, et employèrent, chacun selon le système qu'il s'étoit formé, les matériaux laissés par leurs prédécesseurs.

Il semble qu'une sorte de fatalité ait voulu priver Alexandre d'une partie de cette gloire à laquelle il avoit fait tant de sacrifices. Semblable au tonnerre dont le bruit se propage au loin et long-temps encore après la chute de la foudre, son nom remplit le monde et retentit encore chaque jour à nos oreilles. Tous les écrivains, tous les arts à l'envi s'occupèrent à le célébrer; le nombre des statues, des monumens élevés en son honneur étoit immense; et cependant à peine le temps en a-t-il épargné quelques foibles débris; et jusqu'à ces dernières années le véritable portrait de cet homme si fameux étoit resté inconnu. Ses histoires n'ont pas été mieux conservées; toutes celles de la première et de la deuxième classes, et conséquemment les plus précieuses, ont péri : celles qui nous sont parvenues, ne peuvent être considérées que comme des copies de deuxième ou de troisième main.

M. de Sainte-Croix auroit pu sans doute, dans son travail sur les historiens d'Alexandre, se borner à examiner dans quelles sources ont puisé Diodore de Sicile, Arrien, Quinte-Curce et Justin, ou plutôt Trogue-Pompée dont il est l'abréviateur; à quels anciens ouvrages appartiennent les fragmens de la vie de ce conquérant, disséminés dans un grand nombre d'auteurs; quelle foi méritent les récits d'écrivains si postérieurs au temps dont ils ont tracé les événemens; comment concilier les contradictions qui exis-

tent entre eux ; comment distinguer le vraisemblable qui
souvent n'est pas vrai, du vrai qui quelquefois n'est pas
vraisemblable : c'est à peu près ce que M. de Sainte-Croix
avoit fait dans son premier travail qu'il appela depuis son
ébauche ; mais dégagé des entraves du programme académique, il se proposa, en travaillant de nouveau le même
sujet, de le traiter dans toute son étendue ; il s'efforça peut-
être même de l'agrandir ; et chacun des chapitres de son
nouvel ouvrage devint pour ainsi dire un ouvrage entier.
S'il recueille, par exemple, les noms de tous les auteurs
qui ont écrit sur Alexandre ou qui ont rapporté quelques
traits de sa vie, ce chapitre seul est un Traité historique
et critique complet sur le génie, le goût, le talent et la
véracité de tous les historiens de l'antiquité ; et en cela
M. de Sainte-Croix ne sort presque point de son sujet,
puisque Alexandre, si on en excepte le petit nombre d'historiens qui ont vécu avant lui, a plus ou moins exercé la
plume de tous les écrivains qui se sont succédés dans la
carrière de l'histoire jusqu'aux Arabes inclusivement.

Quand on embrasse un plan très-vaste et qui comporte
beaucoup d'accessoires, il arrive quelquefois que, sans le
vouloir et même sans s'en douter, on donne trop à ceux-ci
et trop peu à l'objet principal. M. de Sainte-Croix à su
éviter ce défaut ; et la méthode qu'il a adoptée pour discuter et comparer les historiens d'Alexandre, auroit suffi pour
l'en préserver, ainsi que de toute espèce d'omission. C'est
en rapprochant tous leurs textes, qu'il suit pas à pas le héros
depuis sa naissance jusqu'à sa mort, en sorte que chaque
auteur étant appelé à déposer de chaque fait et de chaque
circonstance en présence des autres qui contredisent ou con-
firment son récit, chaque vérité reçoit sa preuve, chaque
erreur sa condamnation. Cette manière de procéder donne
d'autant plus de force à la critique, que l'auteur semble y

mettre moins du sien, et laisse au lecteur le plaisir de juger lui-même et les écrivains anciens et l'écrivain moderne.

Après avoir ainsi parcouru toute la carrière historique d'Alexandre, M. de Sainte-Croix crut que sa tâche ne seroit pas remplie, s'il ne soumettoit à la même épreuve la chronologie et la géographie des historiens de ce prince. Comme cette partie du travail entraînoit nécessairement l'examen de l'histoire du siècle du héros macédonien, dont l'auteur ne s'étoit occupé qu'accidentellement dans les autres sections, il en résulte que ces différentes parties réunies contiennent l'histoire d'une des plus célèbres périodes des temps anciens. Mais si on ne veut accorder le titre d'histoire qu'à une composition qui renferme un ensemble de faits et d'événemens enchaînés avec art et présentés sans discussion, et dont les récits préparés par la critique, mais dégagés de l'échafaudage des preuves, transportent le lecteur, par l'habile développement des causes, des moyens et des effets, au milieu des acteurs et sur le théâtre même où les événemens se sont passés; il faut convenir que l'ouvrage de M. de Sainte-Croix n'est point une histoire. Telle a été l'opinion de la classe, lorsqu'elle a discuté le rapport du jury des prix décennaux. En recommandant à la munificence du Gouvernement l'*Examen critique des historiens d'Alexandre*, elle a jugé que cet ouvrage devoit être placé, non parmi les histoires, mais à la tête des ouvrages de critique historique et philosophique, genre si éminemment utile que, pour l'encourager, elle a sollicité la fondation d'un prix de première classe.

Quelques esprits superficiels qui repoussent l'instruction, quand elle n'est pas amusante, ont demandé pourquoi M. de Sainte-Croix, ayant si savamment recueilli, discuté, épuré toutes les notions, tous les documens, tous les faits de l'histoire d'Alexandre, n'a pas écrit cette

histoire. Autant presque vaudroit-il demander pourquoi
Aristote et Quintilien n'ont pas composé les ouvrages
dont ils discutent les règles et établissent les principes. On
peut cependant répondre que le goût de M. de Sainte-
Croix le portoit de préférence vers la discussion et la
critique, et que d'ailleurs il se défioit peut-être trop de
son talent. On peut ajouter que, quoiqu'il n'ait point
eu, à proprement parler, l'intention d'écrire l'histoire
d'Alexandre, il l'a néanmoins tracée avec beaucoup d'intérêt et d'élégance dans la seconde et la troisième section
de son ouvrage, et que si des personnes curieuses de s'instruire, quoique entièrement étrangères à la critique et
à l'érudition, éprouvent quelque peine à lire les autres
chapitres, elles reconnoîtront bientôt qu'ils valent la peine
d'être lus, et s'applaudiront de l'avoir prise.

Au reste, ce reproche ne regardoit que le genre de l'ouvrage et n'a pas empêché que l'ouvrage même n'ait eu un
succès universel, et qu'il n'ait réuni tous les suffrages qui
méritent d'être comptés. Il est vrai que M. de Sainte-Croix,
ayant peu de rivaux, ne pouvoit guère avoir d'envieux :
sa modestie d'ailleurs les auroit désarmés. Elle étoit telle,
que les éloges l'embarrassoient beaucoup plus que la critique : aussi personne ne connut moins que lui l'orgueil
des succès littéraires. Tout l'avantage qu'il retira de celui
qu'il venoit d'obtenir, fut de se convaincre qu'il s'étoit
trop pressé de donner ses autres ouvrages au public; et il
se proposa de les remettre presque tous sur le métier. Ses
Recherches sur les Mystères du Paganisme avoient été
anciennement imprimées à Paris pendant qu'il étoit dans ses
terres; et le savant qu'il avoit prié d'en être l'éditeur,
s'étoit tellement mépris sur la nature de sa mission, qu'il
s'étoit permis de défigurer l'ouvrage, en insérant au milieu
d'un texte français une longue dissertation latine qui,

quand même elle auroit été bonne, eût été un hors d'œuvre déplacé et la plus étrange disparate.

M. de Sainte-Croix s'occupoit non-seulement d'effacer cette tache, mais de refondre entièrement, de rectifier et d'augmenter son premier travail, lorsqu'une incommodité contre laquelle il luttoit depuis quelque temps, prit tout à coup le caractère d'une maladie grave, dont cependant les secours de l'art parviennent souvent à calmer les douleurs et à arrêter les ravages. Ses amis se flattoient que cette maladie, fruit trop commun de la vie sédentaire des hommes de cabinet, n'auroit pas des suites plus promptes et plus funestes qu'elle n'en a ordinairement, quand elle est traitée par une main habile. Déjà même sa santé paroissoit se rétablir et donner l'espérance qu'il pourroit bientôt reprendre ses occupations habituelles : mais une complication imprévue de maux divers que la science même des médecins put à peine démêler, se manifesta tout à coup, et le conduisit en peu de jours à un état qui ne lui laissa plus de ressources que dans les consolations de la religion. Elles lui avoient été tant de fois salutaires, qu'il suffit, pour qu'il y eût recours, de lui faire entrevoir le danger dans lequel il étoit. Il le connut sans en être effrayé ; depuis long-temps il ne tenoit plus au monde : la dernière perte qu'il avoit faite, celle de sa fille, le seul enfant qui lui restât, et sur laquelle il avoit reporté toute sa tendresse pour les fils qu'il avoit tant pleurés, avoit achevé de le détacher des choses de la terre. « Je n'ai peuplé que des tom-» beaux, » disoit-il douloureusement aux nombreux amis qui l'ont entouré jusqu'à ses derniers momens ; » j'aurois dû » y précéder mes enfans ; j'ai assez souffert, il est temps que » je me réunisse à eux ». Il mourut le 11 mars 1809, avec la résignation et le courage d'un philosophe chrétien, et plein des espérances que la religion seule peut donner. La

mémoire de cet homme excellent sous tous les rapports,
sera toujours chère aux lettres, auxquelles il n'avoit jamais
cessé de rendre un culte aussi pur que constant et assidu,
à cette classe dont il étoit un des membres les plus utiles
et les plus distingués, à l'amitié qui étoit le grand ou, pour
mieux dire, l'unique besoin de son cœur, et dont les regrets
le suivent au tombeau.

NOTICE

SUR

M. DE SAINTE-CROIX,

Insérée dans le Catalogue des Livres de sa Bibliothèque.
(Juin 1809.)

.....M. GUILLAUME-EMMANUEL-JOSEPH-GUILHEM DE
CLERMONT-LODÈVE DE SAINTE-CROIX, né à Mourmoiron
près Carpentras, dans le Comtat-Venaissin, le 5 janvier
1746, d'une famille noble, étoit appelé, par sa naissance et
par les exemples domestiques, à la carrière militaire. A
peine avoit-il achevé ses études chez les Jésuites de Grenoble, qu'il partit au mois de janvier 1761, pour les îles
du Vent, avec une commission de capitaine de cavalerie
et en qualité d'aide-de-camp de son oncle, M. le chevalier
de Sainte-Croix, qui s'étoit rendu célèbre par la défense de
Belle-Ile, et qui alloit prendre le commandement de la
Martinique. L'inclination de M. de Sainte-Croix, fortifiée
par ce voyage fait dans un âge où les impressions sont si
vives, le portoit par préférence vers le service de mer;
mais les circonstances en décidèrent autrement. M. le chevalier de Sainte-Croix étant mort au mois d'août de la
même année, son neveu repassa en France, chargé des
paquets de la cour, et fut attaché au régiment des grenadiers de France, en attendant qu'il obtînt une compagnie.
Il servit six ou sept ans dans ce corps, et ne le quitta que

pour se livrer entièrement à son goût pour l'étude, trop
contrarié par un genre de vie qui le tenoit quelquefois
éloigné de toutes les sources de l'instruction. Déjà par la
lecture réfléchie des principaux écrivains grecs et latins,
il avoit posé les fondemens de cette vaste et solide érudition
dont il sut dans la suite faire un usage si heureux. L'histoire, dans toute son étendue et avec toutes ses branches,
devint le domaine à la culture duquel il se consacra tout
entier. Appliquant chaque jour les connoissances qu'il acquéroit à quelque objet déterminé, il formoit son jugement
et s'habituoit à mettre en œuvre les matériaux que la lecture lui fournissoit. Par là il se préservoit d'un écueil assez
commun aux érudits, qui ne songent qu'à amasser de
nombreuses connoissances sans les féconder par la réflexion,
et rendent ainsi inutile, pour le progrès des lettres, une
vie qu'ils ont consacrée uniquement à la littérature. D'ailleurs, M. de Sainte-Croix ne fut jamais animé que d'un
seul sentiment, l'amour de la vérité. Ce n'étoit ni par le
désir de s'illustrer, ni dans la vue de se procurer aucun
des avantages qui accompagnent parfois l'homme de lettres dans sa carrière, ou répandent quelque éclat sur la fin
de ses jours, qu'il s'étoit dévoué à l'étude. Une passion
plus noble, un sentiment plus généreux, le seul qui puisse
garantir l'homme des illusions de l'esprit de système, de
cet esprit qui convertit en ténèbres la lumière, et en poison
les sources mêmes de la vie, fut constamment le ressort
qui l'anima. La découverte de la vérité, surtout si elle
pouvoit être utile à ses semblables, prévenir leurs erreurs,
redresser leurs jugemens, les préserver de quelque écueil,
étoit l'unique récompense à laquelle il aspirât, le seul prix
qu'il jugeât digne d'un homme de lettres pénétré de la
grandeur de sa vocation. « Quand l'homme supérieur entre
» dans la carrière, a dit quelque part M. de Sainte-Croix,

» ce n'est pas pour se faire remarquer, c'est pour atteindre
» le but. L'homme médiocre croit y parvenir, lorsqu'il ne
» fait qu'attirer sur lui-même les regards de la multitude. »
Cette élévation de sentimens, cette noblesse d'âme, jointes
à une confiance aveugle dans la Providence, et à une parfaite résignation à ses volontés, ont été la source de la paix
dont il a joui au milieu des plus affreux renversemens.

    M. de Sainte-Croix avoit épousé, le 11 décembre 1770,
mademoiselle d'Elbène, et leur union avoit été heureuse,
comme toutes celles qui sont fondées sur les qualités les
plus estimables de l'esprit et du cœur. Deux fils, dont l'un
après avoir été attaché comme page à Monsieur, frère du
roi, avoit été nommé en 1788 sous-lieutenant, et en 1791,
lieutenant au régiment de Beauvoisis, et l'autre élevé au
collége d'Alais parmi les aspirans à la marine, étoit près
d'être admis dans les gardes du Pavillon, partageoient
avec une fille toutes les affections d'un père et d'une mère
dont ils se montroient dignes, et sembloient ne leur promettre que de nouveaux sujets de satisfaction. Les travaux
littéraires de M. de Sainte-Croix lui avoient d'ailleurs mérité des succès flatteurs. Trois fois, en 1772, 1773 et 1777,
il avoit été couronné par l'Académie des Belles-Lettres, et
cette illustre compagnie ne pouvant se l'attacher autrement, parce qu'il faisoit sa résidence dans les états d'une
puissance étrangère, l'avoit mis, dès 1772, au nombre de
ses associés étrangers. Ainsi M. de Sainte-Croix se trouvoit
placé dans des circonstances qui devoient lui assurer le
bonheur qu'il est permis au vrai sage de désirer sur la
terre, lorsque tout d'un coup il s'est vu jeté au sein d'une
mer orageuse, et surpris par la plus violente tempête. Les
plus belles années de sa vie, celles où il devoit être heureux de la considération qu'il s'étoit si justement acquise,
ainsi que des vertus et du bonheur de tout ce qui lui étoit

cher, n'ont plus été qu'une succession non interrompue
de scènes déchirantes. Dès le mois d'avril 1791, obligé de
fuir avec toute sa famille devant l'armée des brigands
sortis d'Avignon, il quitta sa maison paternelle, et n'y
revint, quand un moment de calme eut succédé à ce
premier orage, que pour être témoin des dégâts que les
soldats de Jourdan y avoient commis, et y attendre de
nouveaux malheurs. L'année suivante, 1792, jeté dans une
prison où il ne demeura que quelques jours, et déjà ayant
sous les yeux l'instrument de son supplice, il parvint à
s'évader de Mourmoiron le 4 octobre, et se rendit à Paris à
la faveur d'un déguisement. Madame de Sainte-Croix,
dont le courage, la fermeté d'âme, la présence d'esprit
avoient lutté long-temps contre toute la fureur des brigands, et avoient sauvé les jours du père et des enfans,
auroit fini par être elle-même la victime de son zèle, si,
au moment où l'on alloit exécuter l'ordre donné de l'arrêter, elle ne se fût échappée le 9 mars 1794, d'Avignon,
où elle s'étoit retirée après l'évasion de M. de Sainte-Croix,
et ne fût venue le joindre dans la capitale. La vengeance
des scélérats privés de leur proie, s'exerça sur les biens,
la maison, les livres, les papiers de l'homme estimable qui
s'étoit soustrait à leur fureur : les biens furent séquestrés,
la maison livrée à un club, les livres pillés, les papiers
jetés au feu. Heureux cependant M. de Sainte-Croix, s'il
n'avoit pas eu d'autres biens plus chers encore à regretter !
Mais bientôt privé de ses deux fils, il vit chacune de ses
affections changée en une source de chagrins cuisans, et ses
yeux ne purent plus s'arrêter sur rien de ce qui l'entouroit,
sans y trouver quelques restes échappés à un naufrage affreux, qui lui rappeloient douloureusement des pertes irré-
parables. Sa fille, le seul enfant qui lui restoit, lui fut
encore enlevée il y a trois ans, au moment où les plaies

d ij

profondes qu'il portoit, commençoient à se cicatriser, et
cette cruelle blessure rouvrit toutes celles de son cœur.
Cependant, au milieu de ces tristes circonstances, fort de
la paix de son âme, et pardonnant aux auteurs de ses
maux, parce qu'il envisageoit de plus haut tous les événemens de la vie, il n'a jamais cessé de chercher le soulage-
ment dont il avoit besoin, dans la religion, l'étude, et la
société de quelques amis que sa simplicité, jointe à tant de
talens, et la bonté de son cœur, relevée par l'éclat de son
génie, lui avoient inviolablement attachés. Aussi, attaqué
d'une maladie cruelle qui sembla pendant plusieurs mois
ne point menacer son existence, et lui préparer seulement
une vieillesse pénible, il a vu ces amis entourer constamment son lit de douleur, et s'estimer heureux, lorsqu'ils
pouvoient le distraire un moment de ses souffrances, ou
s'entretenir avec lui des travaux dont il devoit bientôt
reprendre le cours. Malheureusement leurs espérances ont
été trompées ; M. de Sainte-Croix a été enlevé à leur amitié
le 11 mars 1809, et s'il leur reste quelque consolation, c'est
de penser que la mort de l'ami qu'ils ont perdu, a excité
un concert unanime de regrets et de pleurs, et que tous les
hommes capables d'apprécier les talens et les vertus, ont
partagé leur juste douleur.

Le grand nombre et la variété des sujets traités par
M. de Sainte-Croix, suffisent pour faire juger de l'étendue
de ses connoissances. La rectitude de son jugement se manifeste en toute occasion par le choix des sujets auxquels il
consacre ses recherches, l'heureux emploi qu'il fait de
l'érudition, les rapports qu'il établit entre l'histoire ancienne et l'histoire moderne, la critique avec laquelle il
pèse les témoignages, et les leçons qu'il sait tirer du passé.
Son génie éclate souvent par de sublimes réflexions, par des
élans d'imagination, toujours consacrés à l'honneur de la

vertu ou à la censure du vice. Enfin, chacune de ses pages est empreinte de la bonté de son cœur et de la noblesse de ses sentimens.

Pour faire dignement l'éloge de M. de Sainte-Croix, il suffiroit d'offrir aux lecteurs une liste exacte de ses travaux et une analyse de ses ouvrages. L'espace dans lequel nous devons nous renfermer, ne nous permet de faire ni l'un ni l'autre. Divers journaux littéraires, tels que le *Journal des Savans*, le *Magasin encyclopédique*, les *Archives littéraires*, renferment un grand nombre de morceaux fournis par M. de Sainte-Croix, et qui auroient pu orner des recueils académiques. Les Mémoires de l'Académie des Belles-Lettres, dont il fut un des plus zélés collaborateurs, contiennent un grand nombre de dissertations également intéressantes par leurs objets, et par la manière dont l'auteur les a traités. Les quatre tomes du Recueil de cette célèbre Académie, qui ne tarderont pas à paroître, feront jouir le public de plusieurs travaux de M. de Sainte-Croix. La classe d'Histoire et de Littérature ancienne de l'Institut, dont il étoit membre depuis le 8 pluviôse an XI, époque de la nouvelle organisation de ce Corps savant, lui doit aussi quelques mémoires, et particulièrement des recherches très-étendues sur le tombeau de Mausole et sur la chronologie des rois de Carie. Il travailloit, lorsque la mort l'a enlevé, à deux autres mémoires, l'un sur l'Égypte, l'autre sur l'Histoire de la Philosophie chez les Romains, et il étoit occupé depuis long-temps de recherches chronologiques sur la véritable époque de la naissance de Jésus-Christ.

Ne pouvant entrer dans le détail de tous les travaux de M. de Sainte-Croix, nous nous contenterons d'indiquer ceux de ses ouvrages qui sont d'un intérêt général, et qui ont été publiés séparément, et d'en donner une légère idée.

d iij

Examen critique des anciens Historiens d'Alexandre-le-Grand. Paris, 1775 ; seconde édition, Paris, an XIII (1804), 1 *vol. in-*4.

Cet ouvrage, qui avoit été couronné par l'Académie des Inscriptions et Belles-Lettres en 1772, commença à faire connoître aux savans tout ce qu'ils pouvoient attendre des talens de M. de Sainte-Croix. Le célèbre auteur de la *Bibliotheca critica* ne fut que l'organe de l'opinion de tous les juges éclairés, en disant que l'on y admiroit un jugement fin, une critique exercée, une connoissance approfondie de la chronologie et de la géographie, une éloquence toujours dictée par la noblesse des sentimens et par l'élévation de l'âme. L'auteur seul n'en étoit pas content. « C'est, écrivoit-il au moment où il s'occupoit d'en faire » une seconde édition, le moins mauvais des ouvrages que » j'ai publiés ; il étoit le fruit de cinq années de travail, » et il eut plus de succès que je ne m'y attendois, surtout » chez l'étranger. Cependant que de retranchemens, d'ad- » ditions, de changemens et de corrections ne serai-je » pas obligé d'y faire dans la nouvelle édition que je pré- » pare ! je ne le regarde que comme un essai dont il est » possible de faire un bon ouvrage ». Elle a paru, cette seconde édition, à la tête de laquelle on aime à lire, entre le jugement que M. de Sainte-Croix porte de son premier travail, et le compte qu'il rend de ce qu'il a fait pour que le second fût *plus digne des éloges du public*, ces mots attendrissans d'une éloquence qui naît du cœur : « La di- » vine Providence m'ayant fait échapper au fer des assas- » sins et aux autres périls de la révolution, par le cou- » rage et le dévouement de la personne chère à mon cœur, » sur laquelle repose le bonheur de ma vie, et qui en » adoucit toutes les amertumes, j'ai cherché à effacer de

» ma mémoire de cruels souvenirs, en me livrant sans ré-
» serve et avec ardeur à mes premiers travaux ». L'auteur
annonce lui-même que c'est moins une nouvelle édition
qu'il publie, qu'un nouvel ouvrage sur le même sujet ; et
en adoptant ce jugement, on peut dire, sans crainte d'être
désavoué, que ce nouvel ouvrage a honoré la nation et le
siècle auxquels il appartient, qu'il a offert un modèle qu'il
sera toujours difficile d'imiter ; enfin, qu'il a irrévocable-
ment marqué la place de son savant auteur parmi les grands
hommes qui ont le mieux mérité de la science historique.
« Si, dit M. Wyttenbach, littérateur bien digne d'ap-
» précier M. de Sainte-Croix, nous ne sommes pas tou-
» jours de l'avis de l'auteur, nous osons cependant affir-
» mer qu'il a parfaitement rempli toutes les conditions
» requises pour bien écrire l'histoire. La richesse des ma-
» tériaux mis en œuvre est telle qu'il paroît impossible d'y
» rien ajouter, et qu'on peut regarder cet ouvrage comme
» le trésor de l'histoire d'Alexandre : rien de ce qui a
» trait à ce héros, n'y est oublié ; lieux, temps, person-
» nages, faits, monumens des arts, événemens, circon-
» stances, écrivains, tout y est rappelé : ce n'est pas tout ;
» dans cette galerie d'auteurs de tous les siècles qui passent
» comme en revue, on a eu soin de faire remarquer les
» genres de mérite et les défauts qui caractérisent chaque
» siècle, chaque époque. Toute cette masse est, pour ainsi
» dire, animée par un esprit qui la vivifie, et qui porte,
» dans toutes ses parties, l'ordre, la critique, l'ensemble,
» le sentiment du grand et du beau, le respect religieux
» des devoirs de l'historien, une noblesse de style et une
» éloquence dignes des pensées et des sentimens. Puisse,
» ajoute-t-il, l'estimable et savant écrivain conserver en-
» core pour la nouvelle édition qu'il prépare, de ses *Re-*
» *cherches sur les Mystères du Paganisme,* l'application

» à l'étude, la vigueur de l'esprit et du corps, le repos et
» tous les avantages extérieurs dont il a fait un si bon
» usage en les consacrant à cette Histoire d'Alexandre! »

*L'Ézour-Védam, ou Ancien Commentaire du Védam,
contenant l'exposition des opinions religieuses et philosophiques des Indiens.* Yverdon, 1778, 2 *vol. in-12.*

M. de Sainte-Croix, en publiant l'*Ézour-Védam*, et
en mettant à la tête des observations préliminaires, s'étoit
proposé de montrer combien est douteuse l'antiquité si
vantée des dogmes religieux et des livres sacrés des Indiens.
Dans le temps que l'Ézour-Védam parut, l'authenticité
de ce livre fut contestée et défendue. Elle a encore été at-
taquée à une époque plus récente, par le père Paulin de
Saint-Barthelemy. M. de Sainte-Croix avoit renoncé à tout
projet de donner une seconde édition de l'*Ézour-Védam*,
et de profiter, pour enrichir ses observations, des travaux des savans anglois; il se proposoit néanmoins de répondre à la critique trop peu modérée du Missionnaire,
mais il n'a point exécuté ce dessein.

De l'état et du sort des Colonies des anciens Peuples.
Philadelphie, 1779, 1 *vol. in-8.*

L'auteur, toujours sévère quand il s'agissoit de ses propres ouvrages, jugeoit celui-ci peu favorablement : « Ce-
» pendant, écrivoit-il lui-même, on y remarque quel-
» ques observations dignes d'attention; telle est surtout
» celle que j'ai faite sur le prétendu article du traité con-
» clu entre Gélon et les Carthaginois, concernant les sa-
» crifices humains, et dont Montesquieu a fait honneur
» au maître de Syracuse; telles sont aussi plusieurs ré-
» flexions dont la révolution françoise n'a que trop prouvé

» la vérité ». Pour nous, nous croyons devoir souscrire
au jugement du savant Wyttenbach, qui voit, dans ce
traité, non une compilation informe ou une connoissance
superficielle des choses, mais une science profonde et
exercée de l'histoire ancienne, et un talent heureux à en
faire une sage application ; et nous dirons avec M. Boissy
d'Anglas, qui a si bien apprécié le mérite de M. de Sainte-
Croix : « Ici, son génie nous retrace le sort des colonies
» des anciens peuples ; il développe avec une grande mé-
» thode les vrais principes qui doivent régir ces institu-
» tions sociales, et en exposant avec clarté comment leurs
» fondateurs les y appliquèrent, il offre à-la-fois pour
» l'avenir et de mémorables exemples et de judicieuses le-
» çons ».

Observations sur le Traité de paix conclu en 1763, *entre
la France et l'Angleterre.* Yverdon, 1782, 1 *vol.
in-*12.

La France et l'Angleterre étoient sur le point de terminer la guerre, dont l'indépendance des États-Unis de
l'Amérique avoit été la cause. M. de Sainte-Croix voulut
éclairer la première de ces puissances sur ses véritables intérêts. Pour y réussir, il montra combien étoient humi-
liantes et oppressives les conditions auxquelles on l'avoit
obligé de souscrire en 1763, et combien on trouvoit de
fautes graves et d'une dangereuse conséquence dans la rédaction des principaux articles du traité conclu en cette
année.

Un extrait de ces observations a été donné de nouveau
dans la seconde édition de l'*Histoire des progrès de la
puissance navale de l'Angleterre,* dont nous parlerons
plus bas.

*Mémoires pour servir à l'Histoire de la Religion secrète
des anciens peuples , ou Recherches historiques sur les
Mystères du Paganisme.* Paris, 1784, 1 *vol. in*-8.

Ce traité est dû , comme l'*Examen critique des historiens d'Alexandre,* à un concours proposé par l'Académie
des Belles-Lettres. M. de Sainte-Croix, qui s'étoit occupé
depuis long-temps de recherches sur les Mystères du Paganisme, ne pouvoit trouver une occasion plus favorable
de faire usage des matériaux qu'il avoit rassemblés sur
une question également obscure et curieuse, que le sujet
proposé pour le prix de la Saint-Martin 1777, et qui
consistoit à faire connoître les noms et les attributs de
Cérès et de Proserpine , l'origine et la raison de ces attributs, enfin, le culte de ces divinités. M. de Sainte-Croix,
préparé par la direction de ses études à traiter ce point
d'antiquité, entroit avec un grand avantage dans la lice ,
et l'Académie, en couronnant un travail aussi profond et
aussi sage que celui de son savant associé, dut s'applaudir
du sujet de prix qu'elle avoit choisi. Le Mémoire couronné , augmenté de nouveaux développemens, produisit
l'ouvrage dont il s'agit, qui parut en 1784. Jetons un voile
sur les désagrémens qu'attira à l'auteur de ces Recherches
sa trop grande confiance dans un savant plus érudit que
judicieux, qui s'étoit chargé de l'édition de cet ouvrage,
et oublions des torts que M. de Sainte-Croix avoit lui-
même oubliés. Ce Traité fut traduit en allemand en 1790,
et le traducteur supprima toutes les additions que l'auteur
avoit désavouées. « Ainsi, disoit M. de Sainte-Croix, mon
» ouvrage existe plutôt en allemand qu'en françois. Depuis
» sa publication en 1784, ajoutoit-il, j'avois fait de nou-
» velles recherches et rassemblé beaucoup de notes, pour
» en donner une édition plus ample et plus correcte ; mais

» tous ces matériaux ont été brûlés ou jetés au vent par les
» soldats de Jourdan, qui s'emparèrent de ma maison pa-
» ternelle, et m'en chassèrent en 1791. Je travaille, autant
» que ma position et ma santé me le permettent, à réparer
» cette perte, afin de mettre au plus tôt sous presse cette
» nouvelle édition. M. de V.... a tellement altéré et coupé
» la précédente, qu'il est bien difficile de saisir les résul-
» tats et les conséquences favorables aux bons principes,
» que doivent naturellement produire mes recherches. Cet
» éditeur ne s'en est pas même douté, et n'a vraisembla-
» blement pris mon travail que pour un vain étalage d'é-
» rudition.... »

Pour satisfaire aux vœux de tous les hommes qui s'inté-
ressent aux progrès des lettres et à la mémoire de M. de
Sainte-Croix, nous annonçons qu'un exemplaire de la première édition de cet ouvrage, chargé de corrections, de
ratures et d'additions, se trouve parmi les manuscrits qu'a
laissés ce savant, et que l'homme de lettres, son confrère
et son ami, auquel il a légué tous ses travaux manuscrits,
se fera un devoir de répondre à cette confiance honorable,
en faisant jouir le public, le plus tôt possible, de cette seconde édition.

Histoire des Progrès de la Puissance navale de l'Angle-
terre. Yverdon, 1782; deuxième édition, Paris, 1786;
2 *vol. in-*12.

M. de Sainte-Croix n'avoit d'abord eu intention que
d'examiner l'acte de navigation, et les conséquences qu'il
a eues pour l'augmentation de la puissance navale de
l'Angleterre. Cet examen l'ayant obligé à considérer l'état
de la marine angloise avant et après cet acte, contre
lequel les publicistes déclamoient sans en avoir pesé, avec
une juste impartialité, les motifs et les conséquences,

il conçut et exécuta rapidement l'idée d'écrire l'Histoire des progrès de la puissance navale de l'Angleterre.

La première édition de cet ouvrage, quoique faite avec précipitation, eut beaucoup de succès, et il s'en fit même plusieurs contrefaçons. L'auteur, qui se reprochoit d'avoir, par complaisance pour l'éditeur, livré son travail à l'impression avant de s'être procuré tous les matériaux dont il auroit eu besoin pour le compléter; et qui d'ailleurs, comme il le dit lui-même, se reconnoissoit à peine dans son ouvrage, défiguré par une multitude de fautes d'impression, céda facilement au désir d'en donner une nouvelle édition plus complète, et travaillée avec plus de soin, et la publia effectivement en 1786. On sera bien aise d'apprendre de lui-même tout ce qu'il fit pour améliorer son premier travail, qu'il ne regardoit que comme un essai, et ce qu'il pensoit de la seconde édition.

« Étant venu à Paris, dit-il, je demandai au maréchal
» de Castries, alors ministre de la marine, l'entrée au
» dépôt de ce ministère. Ma demande me fut accordée
» avec beaucoup de grâce et de facilité. Quoique je n'usasse
» pas de cette permission autant que je l'aurois dû, cepen-
» dant je tirai de ce dépôt plusieurs écrits importans,
» entre autres, des lettres du maréchal de Tourville, que
» je fis imprimer parmi les pièces justificatives de ma
» nouvelle édition; elles n'en sont pas le moindre orne-
» ment. L'ouvrage fut corrigé, fort augmenté, et presque
» entièrement refait; je soignai beaucoup le style, et je
» m'efforçai de lui donner une rapidité et une concision
» qui frappèrent même les connoisseurs. Je n'oubliai rien
» pour faire passer dans notre langue, sans affectation de
» néologisme, bien des termes nécessaires à la description
» des évolutions navales, et qui jusque-là n'avoient été
» d'usage que dans les journaux des marins. Je fis de

» grands efforts pour être non-seulement clair, mais
» même intelligible aux personnes les moins instruites
» des choses relatives à la marine ; mais ce qui me coûta
» le plus, ce fut de concilier les récits toujours opposés
» des Puissances belligérantes. M. Mallet-du-Pan me re-
» procha dans le Mercure, d'avoir présenté toutes les
» actions sous un jour trop favorable aux François, et
» manqué d'impartialité envers les Anglois. Ce reproche
» n'est pas absolument dénué de quelque fondement ; mais
» si j'ai cru devoir ménager mes concitoyens, afin d'em-
» pêcher qu'ils ne tirassent des faits que je rapportois des
» résultats décourageans, du moins me suis-je exprimé
» de manière à manifester la vérité aux personnes clair-
» voyantes. Du reste, la critique de M. Mallet-du-Pan
» porte à faux sur plus d'un objet. Après avoir écrit une
» réponse à cette critique, je la supprimai comme inutile,
» craignant d'ailleurs qu'elle ne fît quelque peine à cet
» homme estimable. On n'a point assez fait attention à la
» hardiesse courageuse avec laquelle je parlai de divers
» événemens encore récens, et dont on n'avoit rendu
» compte jusque-là qu'en termés de gazetier. Des obser-
» vations sur l'acte de navigation terminent le premier
» volume ; le second est terminé par des observations sur
» le traité de paix de 1763. Ces dernières sont extraites
» de l'écrit sur le même sujet, que j'avois publié précé-
» demment ; j'y ai fait des changemens et des additions.
» Les unes et les autres ne sont pas à mépriser, j'ose me
» le persuader. Ayant eu beaucoup de goût pour la marine
» dès mon enfance, peut-être me suis-je fait illusion sur
» cet ouvrage ; il me sembloit, en y travaillant, recon-
» noître *veteris vestigia flammæ*. Cette édition n'eut pour-
» tant aucun succès.... Sont-ce quelques erreurs que ren-
» ferme l'ouvrage, celle, par exemple, de faire assister

» le fameux André Doria à la bataille de Lépante, tandis
» qu'il étoit mort, et que ce fut son neveu qui s'y trouva ;
» ou celles qui me sont échappées relativement à Jean
» Sans-Terre, ou à MM. de Kersaint, que je suppose
» noyés avec leur père, quoiqu'ils fussent encore pleins
» de vie, etc. ; sont-ce, dis-je, de pareilles négligences
» qui ont rendu le public indifférent pour ce livre? Non,
» sans doute ; le public passe bien d'autres bévues, sans
» en savoir mauvais gré aux auteurs. Voici donc la véri-
» table cause de cet oubli ou de ce dédain de sa part. Des
» libraires avides, frappés du titre de mon ouvrage lorsqu'il
» parut la première fois, en firent plusieurs contrefaçons
» dont ils tirèrent un grand nombre d'exemplaires. Les
» boutiques en regorgèrent, et le public, le jugeant sévè-
» rement, ne put se persuader que la seconde édition fût
» un ouvrage plus digne de son attention, que ce qui
» passoit pour être la première édition. D'ailleurs, la paix
» étoit faite avec l'Angleterre depuis trois ans, et l'on ne
» s'occupoit plus de marine, ni d'actions navales. C'est
» bien le cas de dire avec Martial : *Habent sua fata*
» *libelli* ».

Nous n'avons pu résister au plaisir de copier ce morceau
en entier. Il respire toute la simplicité, la franchise, la
candeur de M. de Sainte-Croix. On croit entendre ce
savant ouvrir son cœur à un ami, et parler de lui-même,
comme il eût parlé d'un étranger, dans une conversation
libre et confidentielle.

Des Anciens Gouvernemens fédératifs et de la Législa-
lation de Crète. Paris, an VII (1798), 1 *vol. in-8.*

Cet ouvrage est formé de la réunion de deux Mémoires
que M. de Sainte-Croix avoit lus à l'Académie des Belles-
Lettres, peu de temps avant la suppression de cette com-

pagnie. Le premier et le plus important des deux, a pour
objet de prouver que la Grèce n'eut jamais de constitution
fédérative avant la ligue des Achéens ; le second fait connoître l'origine des Crétois, leur législation et le rapport
des institutions de Sparte avec celles de Crète : l'un et
l'autre sont accompagnés de divers éclaircissemens, où
l'auteur traite plusieurs points de critique et d'histoire
avec son érudition et sa sagesse ordinaire. Lorsque ce beau
travail parut, la France respiroit à peine, et la fureur des
partis étoit mal éteinte. Les sciences et les lettres n'osoient
point encore se promettre un avenir plus heureux. « Pour-
» quoi donc, se demandoit à lui-même M. de Sainte-Croix,
» me hasardé-je à publier un nouvel ouvrage ? C'est, ré-
» pondoit-il, qu'au milieu des plus sinistres présages, on
» tient encore à l'objet de ses affections journalières, et que
» l'espérance ne délaisse pas l'homme même qui cherche à
» lui fermer son cœur ; d'ailleurs, ajoutoit-il, je ne puis,
» sans ingratitude, déserter la carrière des lettres, aux-
» quelles je dois une consolation salutaire dans ces jours
» d'amertume et de douleur ».

Quelques personnes crurent apercevoir dans l'ouvrage
de M. de Sainte-Croix des intentions contraires au gouvernement, ou du moins à ce que l'on honoroit alors de
ce nom. « Cela est faux, écrivoit ce savant ; j'ai laissé parler
» les faits, et ce n'est pas ma faute s'ils ne s'accordent pas
» avec les idées de certaines personnes. Les réflexions dont
» ces faits sont accompagnées, viennent du sujet, ne tien-
» nent à aucun système, et n'ont pas été écrites pour favo-
» riser un parti. Quelques personnes même m'ont reproché
» d'avoir montré du penchant pour les républiques. Voilà
» ce qui arrive quand on publie des ouvrages dans des
» temps de troubles et de factions, où l'impartialité est un
» phénomène si rare que l'on refuse d'y croire ».

Les lecteurs éclairés n'hésiteront pas à mettre cet ouvrage de M. de Sainte-Croix, au nombre de ceux qui réunissent, à l'érudition et à la critique, des vues sages et profondes, et qui placent l'auteur parmi les publicistes les plus estimables. Quand on se reporte à l'époque où ce volume parut, on ne peut s'empêcher de savoir gré à M. de Sainte-Croix du courage avec lequel il présenta la vérité, et rappela les hommes de lettres à la noblesse et à la sainteté de leur ministère.

Nous passons sous silence plusieurs autres ouvrages composés par M. de Sainte-Croix, tels que les *Éloges de M. l'abbé Poule, du cardinal de Bernis, de D. Clément, de M. l'abbé Barthélemy*, des Mémoires *sur une nouvelle édition des Petits Géographes grecs, sur le Cours de l'Araxe et du Cyrus ; des Pensées sur la Providence ;* plusieurs tables importantes dans le *Voyage du Jeune Anacharsis, etc. etc.*, parce que nous ne pourrions en donner ici le détail, sans dépasser les bornes que nous nous sommes imposées. Nous finirons donc, en disant que peu d'hommes de lettres ont égalé M. de Sainte-Croix, pour la pureté des vues, l'activité la plus infatigable, l'étendue des connoissances, l'art de les employer utilement ; mais qu'aucun ne l'a surpassé pour les qualités qui font le citoyen estimable, le chrétien fidèle, le vrai philosophe, l'ami tendre et sincère. Il laisse de longs regrets et un souvenir éternel.....

TABLE DES DIVISIONS.

TOME PREMIER.

PREMIÈRE SECTION.

DEUXIÈME SECTION.

TROISIÈME SECTION.

e

QUATRIÈME SECTION.

CINQUIÈME SECTION.

SECONDE PARTIE.

SIXIÈME SECTION.

SEPTIÈME SECTION.

HUITIÈME SECTION.

FIN DE LA TABLE.

DISTANCE

DES DIFFÉRENS OBJETS DU PLAN D'ÉLEUSIS,

A LA MÉRIDIENNE ET A¹ LA PERPENDICULAIRE.

La déclinaison de la boussole étant de 13° 15′ vers l'ouest, on a élevé la méridienne sur le point *q* : une des extrémités de la base, et cette méridienne faisoit, avec le point *r*, autre extrémité de la base, un angle de 106° 42′.

NOMS DES OBJETS.	DISTANCES	
	A LA MÉRIDIENNE.	A LA PERPENDICULAIRE.
	pieds.	pieds.
a Angle d'aquéduc......................	1,016.... O	5,490.... N
b Massif angle d'aquéduc...............	1,113.... O	2,863.... N
c Dernière pile d'aquéduc...............	1,277.... O	2,225.... N
d Arbre au bas duquel est un mouton de marbre.	3,703.... O	3,240.... N
e Ancienne tour en pierre................	3,319.... O	1,821.... N
f Chapelle grecque.....................	1,050.... O	1,826.... N
g Chapelle grecque bâtie sur le roc.........	1,659.... O	1,356.... N
h Roc sur le penchant de la colline.........	2,131.... O	1,067.... N
i Maison du commandant turc..............	1,474.... O	1,142.... N
k Chapelle grecque.....................	1,652.... O	898.... N
l Ruines............................	2,724.... O	714.... N
m Autres ruines........................	1,274.... O	545.... N
n Ruines............................	2,221.... O	399.... N
o Ruines............................	1,539.... O	377.... N
p Ruines............................	2,511.... O	262.... N
q Ruines, extrémité est de la base, 1,542 pieds.		
r Autre, extrémité ouest de la base, 1,542 pieds.	1,477.... O	443.... S
s Ruines d'une ancienne jetée.............	2,099.... O	523.... S
t Ruines du monument cyamite............	10,210.... E	2,204.... N
u Ruines massif.......................	1,686.... O	1,604.... N
x Débris de colonnes et chapitaux doriques, ioniques et corinthiens, et buste de Cérès, dont la hauteur, depuis le dessous des mamelles au dessus de la tête, est de 3 pieds 3 pouces; la hauteur de la corbeille qu'elle a sur la tête, est de 1 pied 9 pouces 6 lignes.		
Ces débris paroissent avoir été déposés en cet endroit, pour ensuite être transportés.		
On trouve aussi, dans quelques-unes des maisons, des fragmens de frise fort riche, et un morceau d'architrave dorique de 5 pieds de haut.		

PLAN D'ELEUSIS

Aujourd'hui LEFSINA

Levé en 1781 par FOUCHEROT

Ingénieur des Ponts & Chaussées.

Gravé par BLONDEAU, Gr.eur du Roi;

& premier Graveur du Dépôt de la Guerre.

Baye de Salamine

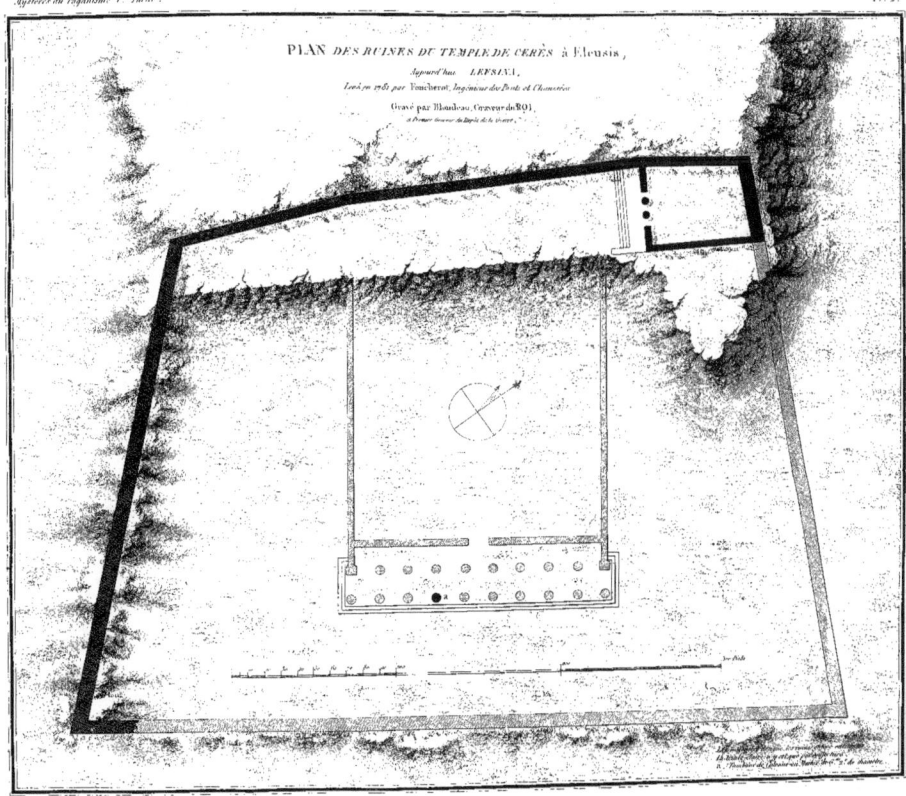

PLAN *DES RUINES DU TEMPLE DE CERÈS* à Eleusis,

Aujourd'hui LEFSINA,

Levé en 1785 par Fauvel ou, Ingénieur des Ponts et Chaussées.

Gravé par Bloudeau, Graveur du ROI.

RECHERCHES

HISTORIQUES ET CRITIQUES

SUR

LES MYSTÈRES DU PAGANISME.

PREMIÈRE SECTION.

De l'ancienne Doctrine religieuse des Égyptiens et des habitans de la Grèce.

OBSERVATIONS PRÉLIMINAIRES.

Prompt à oublier le passé, inquiet sur le présent, et tourmenté par l'avenir, l'homme veut toujours s'élancer hors de sa sphère, et savoir ce qu'il doit ignorer. Ce désir insensé tient également à sa foiblesse et à son orgueil; et quoiqu'il ne puisse jamais le satisfaire, il ne s'en flatte pas moins d'atteindre son but, et de lever le voile qui couvre les choses dont heureusement la connoissance lui est interdite. Sans cesse le jouet de ses propres illusions, il croit que tout lui sera révélé, parce qu'il aime à chercher la vérité dans les ténèbres, la méconnoissant pour l'ordinaire lorsqu'elle se manifeste clairement à ses yeux éblouis ou obs-

A

curcis. Voilà, ce me semble, la cause du goût
universel que les nations anciennes et modernes
ont eu pour les pratiques mystérieuses. Rien n'a
concouru plus que ce goût à civiliser les peuples
de la Grèce, et à entretenir parmi eux les sentimens religieux, sans lesquels aucune société ne
peut subsister : la raison en est que ces pratiques
mystérieuses, agissant sur l'imagination, meu-
vent avec force les ressorts du cœur humain.

Les Grecs appelèrent *mystères* en général, tout
ce qui étoit caché ou qui n'étoit révélé qu'aux
seuls adeptes ; *orgies*, ce qui concernoit les cérémonies des initiations ; et *télètes*, la fin qu'on s'y
proposoit (1). Ces trois mots néanmoins sont pris
assez fréquemment les uns pour les autres, et
dans une seule et même signification. L'usage du
troisième devint plus commun dans les derniers
temps du paganisme ; le second désigna alors
particulièrement le culte de Bacchus. On ne rencontre aucun de ces termes dans les poésies
d'Homère. N'auroient-ils donc pas été usités
avant la publication de ses ouvrages? et à quelle
époque ont-ils commencé à l'être? Je ne crois pas
qu'on puisse répondre d'une manière péremp-
toire, ou même tant soit peu satisfaisante, à ces
questions, dont cependant la solution seroit utile,
pour nous faire connoître quelle a été la marche

---

(1) Voyez les Éclaircissemens à la fin de l'ouvrage.

des idées dans l'institution des mystères, et dans les variations que ces cérémonies ont éprouvées; peut-être même nous serviroit-elle à découvrir le temps où sont arrivés les principaux changemens dans le culte mystérieux. Les hommes ne créent des mots qu'en inventant des choses, et leur langue est le premier titre de leur histoire.

Je ne propose toutefois de pareilles questions que pour donner un exemple des difficultés qui s'offrent à moi dans une carrière pénible et épineuse. L'entrée surtout en est couverte d'épaisses ténèbres, puisqu'il faut nécessairement remonter aux plus anciennes traditions de l'Égypte et de la Grèce; les unes servent comme d'anneaux pour lier les autres, et former la chaîne qui les attache toutes à une croyance primitive dont on ne sauroit méconnoître la réalité au milieu des égaremens de l'espèce humaine. Quelque longue et profonde qu'ait été la nuit de l'erreur, on aperçoit encore les traces de la lumière qui l'a précédée.

ARTICLE PREMIER.

De la Doctrine religieuse des Égyptiens.

L'ÉGYPTE, la mère de toutes les superstitions, comme la source de toutes nos connoissances, fournit un exemple frappant de l'altération successive du théisme. D'abord on y adora un être invisible, immortel, mais agissant et présent partout, auquel on donna le nom de *Cneph* (1), le *Chang-ti* ou maître du ciel des anciens Chinois; ensuite la terre ou la nature, sous le nom d'*Isis*, ornée des mêmes attributs qu'a chez ce dernier peuple *Tai-ki*, le ciel matériel, reçut les hommages des Égyptiens. Si nous pouvions ajouter foi à un monument rapporté par un philosophe platonicien du premier siècle de l'ère vulgaire, Osiris seul auroit d'abord représenté l'Être suprême (2). Quoique l'idée de ce premier être se soit conservée long-temps (3), elle fut de bonne heure mêlée de polythéisme. Les Égyptiens imaginèrent d'abord huit dieux, ensuite douze, qui, selon Hérodote, engendrèrent suc-

---

(1) Vid. Jablonski, Panth. Ægypt., lib. i, cap. 4, p. 81.

(2) Theon Smyrn. Mathem., cap. 47.

(3) Gen., cap. 41, v. 38; Ex., cap. 8, v. 19, 28, et cap. 9, v. 27.

cessivement tous les autres, ceux de la troisième
classe (1).

Toutes ces divinités naquirent des fables allégoriques sous lesquelles les prêtres vouloient
cacher leurs sciences et leur doctrine aux yeux
du peuple. Jamais on ne chercha à l'éclairer (2).
Si dans quelques fêtes, comme celles qui duroient
quatre jours dans le mois d'athyr, et qui étoient
relatives aux crues et aux décroissemens périodiques du Nil, le peuple pouvoit deviner le motif
de leur institution, on se gardoit bien cependant
de le lui apprendre d'une manière positive et
explicite; moins encore lui expliquoit-on l'objet de la principale cérémonie. Elle consistoit
à pétrir de la terre végétale avec de l'eau et des
aromates, pour en faire une figure en forme de
croissant; ce qui signifioit que les dieux ne sont
autre chose que la substance de la terre et de
l'eau (3). D'autres fêtes étoient tristes, et avoient
rapport aux travaux de l'agriculture, ou à l'ancien
état d'où les hommes avoient été retirés par la
civilisation. On se préparoit à ces dernières par le
jeûne; et pendant le sacrifice, les assistans se
flagelloient ou se frappoient eux-mêmes (4). Si,

---

(1) Herod., lib. ii, cap. 114.
(2) S. Epiph. Ancorat., t. II. Oper. ed. Petav., p. 106.
(3) Plut., de Is. et Osir., §. 39.
(4) Herod., lib. ii, cap. 40.

A iij

à cette occasion, les prêtres parloient de la fable
d'Horus mis en pièces par Typhon, et de la dé-
capitation d'Isis, c'étoit toujours d'une manière
énigmatique; ils en faisoient au peuple un mystère impénétrable. Ce mystère, découvert aux
seuls adeptes, leur rappeloit les désordres du
monde moral, et les calamités que les hommes
avoient essuyées avant de quitter la vie sauvage (1).

Le vaste sépulcre d'un dieu qu'il n'étoit pas
permis de nommer (2) fixoit l'attention de ces
mêmes adeptes. Il se trouvoit placé près d'un lac,
théâtre des principales cérémonies nocturnes (3)
et mystérieuses. Elles étoient relatives à la mort
d'Osiris et à son voyage aux enfers (4). Sans doute
elles avoient de grands rapports avec ce qui se
pratiquoit lorsqu'il s'agissoit de prononcer un
jugement sur les actions des morts dont les cadavres devoient être ensuite transportés au-delà
d'un lac; et ces cérémonies funèbres, communes
à tous les Égyptiens, n'étoient, selon toute apparence, qu'une imitation de ce qui avoit lieu
dans la représentation des aventures d'Osiris, et
sur le lac voisin de Saïs, dont parle Hérodote.

_____

(1) Plut., de Is. et Osir., §. 20.
(2) Herod., lib. ii, cap. 132.
(3) Herod., lib. ii, cap. 171.
(4) Plut., de Is. et Osir., §. 19.

Là paroissoient, comme on peut l'induire d'un passsage de Diodore de Sicile, et Hermès, chargé de la conduite du corps d'Osiris, dont Apis est le symbole, et Anubis, le même que le Cerbère des Grecs, auquel le corps étoit remis par Hermès, et le nautonnier Charon qui passe les âmes dans sa barque, et d'autres personnages allégoriques qui y jouoient chacun leur rôle (1). Une représentation de l'Enfer et de l'Élysée faisoit essentiellement partie de la fête. Peut-on douter que de pareilles cérémonies n'eussent été instituées pour graver profondément dans les esprits le dogme des peines et des récompenses à venir? Les prêtres d'Égypte, loin de nier ce dogme, assuroient que les mystagogues grecs avoient emprunté d'eux cette doctrine salutaire, base de toute morale.

Ceux qui avoient pénétré tout le sens de ces représentations allégoriques, ou les adeptes de la première classe, étoient appelés les initiés aux mystères du ciel et de l'enfer. On les obligeoit d'être circoncis comme les prêtres; sans cela, ils n'auroient pu être admis à la connoissance des caractères symboliques ou hiéroglyphiques qui servoient à cacher au vulgaire la doctrine sacerdotale (2). Elle consistoit dans ce qu'on appeloit

(1) Diod. Sic., lib. 1, cap. 92, 93, 96.
(2) *Litteras quoque sacerdotales veterum Ægyptiorum,*

A iv

les discours sacrés. Une figure d'homme, à tête
d'épervier, y signifioit l'intelligence démiur-
gique, Osiris, duquel *Cneph* ou *Phtha*, la suprême intelligence, s'étoit servi pour l'arrangement de l'univers matériel ou sensible. Une
femme coiffée d'une tête de bœuf ou de feuilles
de lotos, avec un enfant sur ses genoux, étoit
Isis nourrissant son fils Horus, c'est-à-dire, la
matière première, le principe passif des générations, avec le monde, fruit de l'union des deux
principes. Cette explication n'étoit pas la seule
qu'on enseignoit aux adeptes; mais toutes avoient
pour sujet la fable du massacre d'Osiris par Typhon, et les courses d'Isis, dont nous parlerons
ailleurs. L'histoire de cette dernière divinité exerçoit sans cesse l'imagination des prêtres, qui par-
venoient, à force d'allégories, à l'adapter à leurs
différens systèmes, les uns astronomiques et physiques, d'autres purement spéculatifs, et relatifs
aux points les plus importans de la métaphysique
et de la morale.

---

*quas hieroglyphicas appellant, nemo discebat, nisi cir-
cumcisus. Omnis hierophantes, omnis vates, omnis cœli
(ut putant) infernique mystes et conscius apud eos esse
non creditur, nisi fuerit circumcisus.* Origen., Comm.
in Epist. ad Rom., tom. IV Oper., p. 495 A.

Il aurait été nécessaire d'avoir sous les yeux le texte
d'Origène; malheureusement en cet endroit nous n'avons
plus que la version de Rufin.

Plutarque a tâché de recueillir leurs idées dans son traité d'*Isis* et d'*Osiris*, dont la lecture réfléchie suffit pour détromper ceux qui seroient tentés de ramener les dogmes des Égyptiens à une unité de doctrine qu'ils ne connurent jamais. Ce ne fut même qu'après bien des variations qu'ils tombèrent dans l'*hylosoïsme* ou matérialisme. En aperçurent-ils jamais les funestes conséquences? J'ai peine à me le persuader. Le distinguoient-ils d'avec le *pneumatisme* ou spiritualisme, et savoient-ils en quoi celui-ci consistoit, lorsqu'ils avançoient que la partie la plus légère de la matière est l'air; celle de l'air, l'esprit; celle de l'esprit, la pensée ou l'intelligence; enfin celle de la pensée, Dieu lui-même (1), multiforme et *ousiarque*, c'est-à-dire, chef de la substance matérielle divinisée (2)? La profonde ignorance où nous sommes de l'ancienne langue de l'Egypte ne nous permet pas de déterminer la véritable signification du mot *baï* (3), dont les prêtres de

(1) Merc. Trismeg. Pœmand., p. 28; Ibid. p. 3, 4, etc. Quoique cet ouvrage soit supposé, il s'y trouve pourtant des traces de la vraie doctrine des anciens Égyptiens.

(2) Hermes Trismegist. De natura Deor. Apulej. interpr., tom. II, 302 A, ed. Bipont.

(3) Horap., lib. 1, cap. 7.

[On peut voir ce qu'a dit, sur ce mot égyptien, le savant Jablonski, soit dans le *Pantheon Ægyptiorum, Proleg.*, p. cxxxvij, soit dans l'opuscule intitulé *Collectio et expli-*

cette contrée se servoient pour exprimer l'âme, qu'ils représentoient sous la figure d'un épervier.

Ces ministres n'étoient pas tous également instruits de la généralité des dogmes secrets. On faisoit un choix parmi eux : les plus dignes par leur naissance et leur éducation, les plus capables par leur intelligence et leur savoir, étoient les seuls dépositaires de toute la doctrine mystérieuse (1), dont la connoissance d'ailleurs ne leur étoit point communiquée qu'ils n'eussent préalablement subi de pénibles épreuves (2). De cet ordre étoient indubitablement ceux dont Pharaon employa le ministère pour contrefaire les miracles de Moïse (3). Partagés en plusieurs classes

---

catio vocum ægyptiacarum, publié par M. Te Water, dans le tome Ier du recueil qui a pour titre : *P. E. Jablonskii Opuscula*. Mais, après avoir lu les conjectures de Jablonski à ce sujet, on pourra encore dire, avec M. de Sainte-Croix, que nous ignorons la vraie signification de ce nom. Je serois assez porté à conjecturer que le mot *baï* signifioit en même temps l'*âme*, et une sorte d'*épervier*, et que c'étoit par cette raison que l'épervier étoit employé dans l'écriture hiéroglyphique pour exprimer l'idée de l'âme. M. Ign. De Rossi, dans ses *Etymologiæ ægyptiacæ*, a proposé une nouvelle explication du mot *baï*, qui me paroît peu satisfaisante. S. de S.]

(1) Clem. Alex. Strom., lib. v, tom. II Oper., p. 670.

(2) Diod., lib. I, §. 88.

(3) Exod., cap. 7, v. 11. Συνεκάλεσε δὲ Φαραὼ τοὺς κρυφιαςὰς Αἰγύπτου, suivant la version d'Aquila.

et attachés à différentes fonctions, ils ne participoient pas tous aux mêmes mystères. On peut
croire, avec assez de vraisemblance, que les
prêtres du dernier ordre n'en connoissoient, pour
ainsi dire, que l'écorce. Leur rang dans les cérémonies, les figures et les instrumens qu'ils portoient, enfin leur costume, étoient peut-être les
seules choses dont ils n'ignorassent pas la valeur
allégorique (1).

Les prêtres qui accompagnèrent les Pasteurs
hors de l'Égypte, étoient certainement de cette
dernière classe. Les membres de la première
auroient-ils quitté le pays où ils jouissoient de
beaucoup de pouvoir et de considération, pour
suivre des fugitifs d'une origine étrangère? On
ne peut raisonnablement l'imaginer. Quand Sésostris pénétra dans l'Asie mineure et la Thrace,
il avoit sans doute avec lui les principaux membres de l'ordre sacerdotal. Croirions-nous qu'ils
l'eussent abandonné pour s'établir dans ses nouvelles conquêtes? Non, ils y auroient trop perdu.
D'ailleurs, le prosélytisme ne fut jamais la passion dominante des Égyptiens. Si leur religion
se répandit dans le continent de l'Asie et dans
celui de l'Europe, elle y fut moins connue d'abord
par ses dogmes secrets que par ses légendes et ses

---

(1) Vid. Clem. Alex. Strom., lib. vi, tom. II Oper.,
p. 757 et 758.

rites. Partout les uns et les autres se trouvèrent
bientôt altérés, et les monumens s'étant perdus,
il n'en a rien passé à la postérité qui n'eût été
fort corrompu par les Grecs, qui firent passer
ces idées dans leur langue, et les naturalisèrent
chez leurs compatriotes (1), et par les écrivains systématiques. Avant donc de s'occuper à
découvrir quelque trace de l'*égyptianisme* dans
le culte des anciens Grecs, par des recherches
sur leurs cérémonies mystérieuses et sur les divinités qui en étoient l'objet, il est nécessaire
d'examiner quelle fut leur croyance lorsqu'ils
étoient encore sauvages, et par quelle révolution elle s'altéra lorsqu'ils commencèrent à se
civiliser.

---

(1) . . . . *At horum omnium nihil sincerum et incor-
ruptum ad posteritatem pervenit, sed omnia utique per
græcam interpretationem corrupta, modo a græcis in-
terpretibus, modo ab Ægyptiis græce doctis.* Vid. Cl.
Heyne, de Diod. fide et auct. in Ægypt., in Comm. Gott.,
tom. V, p. 108.

ARTICLE II.

De la Religion primitive des Grecs.

Dans l'enfance des sociétés, les hommes de tous les pays se ressemblent autant par leurs idées que par leurs mœurs. Aussi trouvons-nous que les Pélasges et les Scythes de l'ancien continent ont eu la même croyance que les sauvages du Nouveau-Monde. Parmi ceux-ci, les Iroquois appellent *Garonhia,* le ciel, ou le maître du ciel, auquel les Hurons donnent le nom de *Soronhiata,* ou ciel existant (1) : les uns et les autres l'adorent comme le grand génie, le bon *Manitou,* le maître de la vie, c'est-à-dire, l'Être suprême. Dans le second âge du monde, suivant Hésiode, les hommes ne vouloient ni honorer les dieux, ni leur rendre aucun culte (2). Hérodote nous assure que les Pélasges ne donnoient aux dieux ni noms, ni surnoms, n'en ayant pas même entendu parler. Il croit qu'ils immoloient des victimes, mais qu'ils faisoient consister l'essence du sacrifice dans les prières dont il étoit accompagné (3). Telle étoit l'idée que des polythéistes pouvoient se former du théisme des premiers habitans de la Grèce,

(1) Lafiteau, Mœurs des Sauvages, tom. I, p. 122.
(2) Oper. et Dies, v. 135 et 136.
(3) Herod., lib. 11, cap. 52.

et la manière dont ils devoient l'exprimer. Au
théisme devoit naturellement succéder l'*oura-
nisme*, ou le culte du ciel matériel : on y joignit
bientôt celui de la terre.

Les Scythes n'eurent pas d'abord d'autres principes sur l'unité de Dieu (1); mais ils les altérèrent
en honorant, sous les noms de *Tabiti* et d'*Apia*,
la Terre mère (2), et sous celui de *Papæus*, ou
père, le Ciel, et non Jupiter, comme l'avance
Hérodote (3). Cette dernière divinité étoit inconnue aux Scythes. S'ils l'adorèrent jamais, ce ne
fut que beaucoup plus tard, lorsqu'ils eurent
formé d'étroites liaisons avec les Grecs.

L'ancienne théogonie des Grecs nous représente le Ciel comme le plus ancien des dieux,
avec la Terre, sa compagne (4). De leur union
naquirent les habitans des cieux, c'est-à-dire
que ceux-ci ne furent reconnus pour dieux que
postérieurement au Ciel et à la Terre. *Cronos* ou
Saturne, pris ordinairement pour le temps, et
confondu quelquefois avec le Ciel (5), fut la pre-

---

(1) Voyez Pelloutier, Histoire des Celtes, livre III,
chap. 5.

(2) Plut., de Plac. Philos., lib. I, cap. 6.

(3) Herod., lib. IV, cap. 69.

(4) Hesiod., Theog., v. 45, 85, 132, 133, 155; Diod.,
lib. III, §. 56 et 57; Apollod., lib. I, cap. I, §. 1, etc.

(5) *Quare quod cœlum principium, ab satu est dictus
Saturnus.* Varr. de Ling. Lat., lib. IV, §. 10, tom. I, p. 19,

mière de ces nouvelles divinités. Son culte avoit
été porté dans la Grèce par les Phéniciens, qui
l'adoroient sous les noms de *Baal*, de *Moloch*, etc.,
et lui sacrifioient des victimes humaines; usage
auquel fait allusion la fable qui nous montre ce
dieu dévorant ses propres enfans. Les abominables
cérémonies d'un tel culte décrièrent bientôt les
prêtres de Saturne. On les regarda comme des
monstres, des géans cruels. On les appela *Titans*,
de Titée, ou la Terre; car ils passoient pour fils de
la Terre et du Ciel (1), parce qu'ils n'en avoient
pas abandonné le culte en adoptant celui de
Cronos; enfin on les appela les frères de ce dernier, à cause de leur grand attachement pour
lui, attachement qui leur attira de sanglans dé-
mêlés avec les partisans de Jupiter.

La Crète fut le berceau de ce dernier dieu,
c'est-à-dire que son culte y prit naissance, ou
plutôt il y fut transporté de l'Égypte, dont cette
île étoit peu éloignée; de là il passa dans le continent de la Grèce. Il ne s'y établit point sans
opposition de la part des Pélasges ou de leurs
prêtres, qui soutinrent une guerre de dix ans
contre les novateurs. On supposa que Cronos ou

---

ed. Bip.; Macrob. Saturn., lib. 1, cap. 10. Saturne est un
mot de la langue sabine, comme Varron le fait suffisamment entendre à la fin de la section que je viens de citer.

(1) Hesiod., Theog., v. 154; Æschyl., Prometh., v. 205.

Saturne avoit été détrôné et relégué dans le Tartare par Jupiter, parce que les partisans de ce dieu
eurent l'avantage sur ceux de Cronos. Ils en profitèrent pour introduire dans la religion des Grecs
une foule de divinités. Le nombre de leurs dieux
augmenta encore à l'arrivée des colonies égyptiennes.

Les guerres de religion remontent donc à l'origine des sociétés, soit parce qu'elles ont toujours
servi de prétexte à l'ambition, soit à cause du
droit imprescriptible qu'on a de défendre sa
croyance religieuse contre ceux qui veulent la
subjuguer ou l'outrager. D'ailleurs, aucun changement en matière de religion ne s'est opéré
tranquillement, que par l'évidence de la vérité et
la persuasion, ou par la lâcheté d'âme et la cor-
ruption. Le premier moyen n'appartint jamais
au polythéisme; le second étoit étranger à des
hommes qui pouvoient manquer de principes,
mais non de ce courage qui sait résister aux tyrans
de l'opinion, les plus exécrables et les plus in-
sensés de tous. Pour faire une pareille révolution,
il falloit donc avoir recours aux armes; et la
force finit par triompher, ou par *s'asseoir*, comme
dit un poète, *sur le trône même de Jupiter* (1).

On trouve dans la Théogonie d'Hésiode la

---

(1) Ἡ Βία δὲ σύνθρονος Διΐ. Moschion, ap. Stob., Eclog.
phys., p. 145.

preuve de ces dissensions, que ce poète cache toujours sous le voile de l'allégorie, attribuant aux dieux mêmes ce qui n'appartenoit qu'à leurs prêtres ou à leurs partisans. Ceux du Ciel et de la Terre furent les Titans, et ceux de Jupiter, les Cyclopes. Les uns et les autres passoient pour les fils du Ciel et de la Terre, parce qu'ils avoient été les ministres de leur culte. Les derniers, étant les plus éclairés, non-seulement enseignèrent à leurs concitoyens l'usage des métaux, mais encore leur donnèrent quelques principes d'architecture. Ils en laissèrent des monumens (1) que n'a point détruits le temps (2) qui a obscurci leurs actions. Leur magnanimité, leur force et leur courage les rendoient, selon Hésiode, égaux aux dieux (3).

Ce poète nomme trois anciens Cyclopes, fils de Cronos (4). Ils entreprirent de changer le culte, et voulurent qu'on adressât des hommages à Jupiter. Les Titans ayant refusé de reconnoître ce dieu, il s'éleva une guerre entre eux. Les Cyclopes fournirent, pour ainsi dire, les armes avec les-

---

(1) Pausan., Corinth., cap. 25.

(2) Acad. des Inscript., tom. XXIII, p. 29.

(3) Theogon., v. 139-146.

(4) Ibid., v. 140. Les autres passèrent dans la suite pour les enfans de Neptune ou d'Amphitrite (Hom., Odyss., lib. 1, v. 70.), parce qu'ils avoient leur demeure sur les bords de la mer.

B

quelles furent vaincus les Titans : on supposa,
par cette raison, que les Cyclopes avoient forgé
la foudre pour Jupiter, et lui avoient appris le
moyen de faire briller l'éclair et gronder le tonnerre (1). L'art de prédire l'avenir par le bruit
de la foudre, art connu des anciens sous le nom
de *céraunoscopie* (2), et auquel les Cyclopes s'a-
donnoient, peut encore avoir donné lieu à cette
tradition. Ils ne prétendoient point ôter au Ciel
sa prééminence, ni aux autres divinités leur rang,
puisque l'on suppose qu'avant le combat, Jupiter
offrit un sacrifice au Ciel, à la Terre et au Soleil (3),
et que les Cyclopes eux-mêmes donnèrent le
casque à Pluton, et le trident à Neptune (4). On
en vint deux fois aux mains au pied du mont
Vésuve, suivant Hésiode, qui a transporté en cet
endroit le champ de bataille pour en rendre l'idée
plus affreuse.

Quoique déjà vaincus, les Titans n'auroient pas
essuyé une seconde défaite, sans la défection d'un

---

(1) Hesiod., Theog., v. 142 ; Eurip., Alcest., v. 5 ;
Apollod., lib. 1, cap. 2, §. 1 ; Schol. Apollon., ad lib. 1,
v. 730.

(2) Diod., lib. v, cap. 40.

(3) Diod., lib. v, cap. 71 ; Fulgent., **Myth.**, lib. 1,
cap. 25. Ceci explique ces vers de Manilius :

Nec priùs armavit violento fulmine dextram
Juppiter, antè deos quàm constitit ipse sacerdos.

ASTRON., lib. v, v. 343 et 344.

(4) Apollod., lib. 1, cap. 2, §. 1.

transfuge (1), Prométhée, ministre de l'ancien culte. Il vivoit quatre générations après Inachus (2), et étoit attaché particulièrement au culte du Ciel (3) et de Thémis, ou la Terre, de laquelle on le faisoit fils (4). Cet homme très-éclairé, et digne de vivre dans un siècle moins barbare, avoit travaillé à civiliser ses contemporains, en les éclairant sur leurs besoins, et les instruisant dans la pratique des arts de première nécessité (5). L'honneur et la considération qu'il en retira furent vraisemblablement ses plus grands crimes, aux yeux des fanatiques sectateurs des divinités étrangères.

Leur ingratitude à son égard étoit trop manifeste pour qu'ils ne cherchassent pas à calomnier sa mémoire par des fables : elles ont prévalu sur la vérité, dont la trace même seroit presque entiè-

---

(1) Diodore lui donne le nom de Musée, lib. v, cap. 71.

(2) Tatian., Or. ad Græc., cap. 59 et 60. Voyez sur sa généalogie, Prideaux, ad Marm., p. 107; Heyne, ad Apoll., p. 999.

(3) Theon, ad Arat., p. 30. Euripide fait de ce héros un des Titans (Ion., v. 455.), et Sophocle, un dieu. Œdip. Col., v. 55.

(4) Voyez sur sa généalogie, Christ. Godofr. Schütz, in Æschyl. Trag. Comment., tom. I, p. 170 et seq.

(5) C'est pourquoi on lui attribua surtout l'invention du feu : *Ergo, cùm propter ignis inventionem conventus initio apud homines et concilium et convictus esset natus, etc.* Vitruv., de Archit., lib. II, c. 1.

B ij

rement perdue, s'il n'étoit pas permis de la rechercher dans le récit d'Æschyle. « La haine (c'est
» ainsi que le poète fait parler Prométhée) venoit
» d'éclater entre les dieux (1), et la division ré-
» gnoit parmi eux. Les uns vouloient chasser
» Saturne pour donner le sceptre à Jupiter ; les
» autres, au contraire, s'efforçoient d'écarter
» pour toujours celui-ci du trône. Je donnai,
» mais en vain, les plus sages conseils aux enfans
» du Ciel et de la Terre, aux Titans. Leur su-
» perbe audace dédaignoit la ruse et l'adresse ; ils
» croyoient triompher sans efforts et par leur
» propre puissance (2) ». Les partisans de Cronos, appelé par les Latins Saturne, ayant donc
dédaigné les conseils de Prométhée, celui-ci fit
aussitôt l'offre de ses services à leurs ennemis,
qui les acceptèrent, et il fit déclarer pour eux tous
ceux qui, étant encore attachés au culte de la
Terre, ne souffroient pas qu'on lui associât ni
Saturne, ni aucune autre divinité. C'est ce qu'indique Æschyle, en mettant dans la bouche de

_____

(1) Æschyle se sert ici du mot δαίμονες, dieux subalternes, ou les principaux ministres du culte.

[Dans Æschyle, δαίμονες est synonyme de θεοί, ainsi
que dans Homère. Hésiode prend ce mot dans le sens de
dieux subalternes, génies tutélaires. (Op. et Dier., v. 122
et 252.) Æschyle a pu attribuer aux dieux mêmes ce qui
appartenoit à leurs ministres. S. de S.]

(2) Prom., v. 199-209. J'ai suivi la trad. de M. du Theil.

Prométhée ces paroles : « Je pensois, dans cette
» circonstance, que le plus sûr étoit, me joignant
» à ma mère (la Terre ou *Thémis*), d'embrasser
» de moi-même le parti de Jupiter, qui le dési-
» roit (1) ». Prométhée servit utilement à faire
triompher les partisans du culte de ce dieu,
après une guerre de dix ans, selon Hésiode (2).

Dès qu'ils furent les maîtres, ils tâchèrent
d'assurer leur autorité, en laissant élever des
autels à toutes les autres divinités, excepté au
Ciel et à la Terre, dont ils redoutoient les partisans encore nombreux et accrédités ; ils voulurent même les exterminer, et créer *une nouvelle race* (3), suivant le langage poétique, c'est-
à-dire, faire venir à leur place des colons étrangers. Prométhée avertit de ce dessein ceux qui en
étoient l'objet, et leur en épargna les funestes
suites : il les aida même de ses conseils ; ce qui
donna lieu à la fable postérieure, qui lui attribuoit d'avoir engagé Hercule à soutenir le ciel à
la place d'Atlas (4). Furieux de cette découverte,
et se croyant trahis, les prêtres de Jupiter assou-
virent leur vengeance sur le malheureux Prométhée ; ils le chargèrent de chaînes, et le jetè-
rent dans une affreuse prison, d'où il ne sortit

____

(1) Æsch., Prometh., v. 217 et 218.
(2) Theog., v. 636.
(3) Ἔχρηζεν ἄλλο φιτῦσαι νέον. Æsch., Prometh., v. 233.
(4) Apollod., lib. III, cap. 5, §. 2.

qu'après trente ans de la plus dure captivité (1).

Peut-être crut-il toujours que son parti se rele-
veroit, ou qu'il s'en formeroit d'autres contre
les prêtres de Jupiter. « Nouveaux maîtres d'un
» nouvel empire (2), vous croyez (fait dire
» Æschyle à Prométhée) habiter des palais inac-
» cessibles aux revers. Eh! n'en ai-je donc pas vu
» tomber deux tyrans (Ouranos, ou le Ciel, et
» Cronos, ou Saturne)? Je verrai la chute du
» troisième : elle sera la plus prompte et la plus
» honteuse (3) ». Soit que le poète, en faisant parler de la sorte Prométhée, supposât une disposi-
tion des esprits mécontens du nouveau culte,
soit qu'il eût en vue quelque tradition mystérieuse relative à un changement qui devoit y
arriver, il n'est pas moins certain que la haine
et les espérances de cet ancien prêtre du Ciel et
de la Terre n'auroient pu être rapportées sans
blesser l'opinion publique, si elles n'avoient
pas eu quelque fondement historique. La même
source a vraisemblablement fourni l'idée de ces
prédictions qu'Æschyle met dans la bouche de
son héros infortuné : « Tout orgueilleux qu'il est,
» Jupiter se verra humilié ; tel sera le fruit de
» l'hymen qu'il médite, et qui fera tomber son

_____

(1) Hygin., Fab. LIV et CLXIV ; Id., Astron. poet., lib. II,
cap. 15.

(2) Νέον νέοι κρατεῖτε.

(3) Æsch., Prometh., v. 963-967.

» trône et évanouir sa puissance. Alors s'accom-
» plira dans son entier l'imprécation que lança
» contre lui Saturne, quand il fut chassé du siége
» antique de son empire. De tous les dieux, nul
» autre que moi ne peut lui apprendre comment
» il préviendroit ce malheur; seul je le sais, et
» pourrois le lui dire. Alors, qu'il aille s'asseoir
» hardiment dans les airs, se fiant à ses nuages
» bruyans, et secouant dans ses mains ses dards
» enflammés; rien de cet appareil ne le garantira
» d'une chute ignominieuse. Je le vois lui-même
» se créer son ennemi, athlète prodigieux, diffi-
» cile à combattre, qui lancera des feux plus
» brûlans que la foudre, fera gronder un bruit
» plus fort que le tonnerre, et brisera le trident,
» cette arme de Neptune, ce fléau maritime,
» *commoteur* de la terre. Échoué à cet écueil,
» Jupiter connoîtra combien il est différent de
» servir ou de régner (1) ».

L'imagination du poète a tout altéré, et a créé
des épisodes qui ne se trouvent pas dans le premier récit d'Hésiode (2); mais l'un et l'autre ont
travaillé sur le même fonds historique, la tradition conservée par les prêtres de Dodone. Les
premières révolutions arrivées dans le culte de
la Grèce avoient certainement donné à Æschyle

_____

(1) Æsch., Prometh., v. 906-26, tom. I, p. 54 de la
traduction de M. du Theil.

(2) Theog., v. 521, etc.

l'idée d'une révolution nouvelle. La haine de la
tyrannie est la moralité de sa pièce (1); ce qui
dut lui faire pardonner toutes les impiétés qui
y sont répandues sur la religion de sa patrie. Si
Hésiode ne nous offre point de plus grands
détails, on doit l'attribuer au plan de son ouvrage; il y a fait entrer la cosmogonie, la théogonie (2), et même la morale (3), sous le voile
mythologique. La révolte des Titans et leur
guerre en occupent une assez grande partie, et
forment en quelque façon toute l'action de ce
poëme. Cela ne peut avoir trait qu'à des événemens dont le souvenir commençoit à s'effacer,
mais qui n'étoient pas dénués de toute vérité.
Quel crédit auroit donc eu cette théogonie, si
elle n'eût pas été appuyée de quelques traditions?
Elle n'étoit pas certainement la première théogonie (4), et toutes étoient dépositaires de faits
qu'il n'étoit pas permis au poète de dissimuler;
sans cela, jamais son autorité n'eût été respectée,

---

(1) Schütz, Comment. in Æsch. Prometh., tom. I,
p. 193-200.

(2) Ἤτοι μὲν πρώτιϛα Χάος γένετ᾽, v. 116, etc.

(3) Αὐ]ὰρ Ἔρις ϛυγερὴ τέκε μὲν Πόνον, v. 226, etc.

(4) Hérodote (lib. II, cap. 53) prétend, sans le moindre fondement, qu'Homère et Hésiode imaginèrent la
théogonie des Grecs. Thomas Robinson (Dissert. de
Hesiod., pag. 48, etc.) a très-bien réfuté le sentiment
paradoxal de cet historien.

comme elle le fut long-temps dans toute la Grèce. Son poëme y fut une espèce de livre sacré; il est terminé par le catalogue des nouvelles divinités (1), suivant l'ordre de naissance, c'est-à-dire, d'après la chronologie de leur admission dans le culte hellénique.

Les prêtres de ces divinités se disputèrent bientôt la prééminence; chacun vouloit être le ministre de la divinité tutélaire de son pays, et supposoit qu'elle-même avoit pris parti dans les différends dont son culte avoit été l'objet. En conséquence, on dit que Neptune avoit cherché à enlever l'Argolide à Junon, mais qu'il succomba, Argos, la principale ville de cette contrée, s'étant mise sous la protection de la déesse. Il fut alors résolu de prendre des arbitres, qui condamnèrent les partisans de Neptune (2). On supposa qu'il s'en étoit vengé en inondant la campagne de cette ville, parce qu'à peu près dans le même temps l'élévation de la mer fit déborder le fleuve Inachus (3).

---

(1) Depuis le vers 886 jusqu'au vers 1017, où il est question des deux enfans qu'Ulysse eut de Calypso.

(2) Pausan., Corinth., cap. 15 et 22.

(3) Ibid., cap. 22.

[Pausanias, peu d'accord avec lui-même, suppose en un endroit que Neptune se vengea en inondant le pays; et dans un autre, que ce fut en desséchant tous les fleuves. S. de S.]

Les partisans de Neptune furent encore moins heureux dans l'Attique, où l'on se porta contre eux à de violentes extrémités. Halirrhothius, fils ou prêtre de ce dieu, fut tué par Mars, c'est-à-dire, par quelque zélateur du culte de cette divinité scythique. Le meurtrier eut assez de crédit pour se faire absoudre (1), après être sorti de la prison où Otus et Éphialte, qui avoient pour mère une prêtresse de Neptune (2), l'avoient jeté (3) et gardé secrètement pendant treize mois. Il y seroit même péri, si la belle Éribée, marâtre d'Otus et d'Éphialte, n'en avoit averti quelqu'un de ses proches, qu'on imagina être Mercure (4), à cause de l'emploi que ce dieu a dans l'Olympe. Le jugement par lequel Mars fut absous de ce meurtre devint célèbre, et l'époque en a été fixée à l'an 1532 avant Jésus-Christ, sous le règne de Cranaüs (5): il fournit l'idée du tribunal de l'Aréopage, qui prenoit connoissance de toutes les innovations en matière de religion (6).

Ces révolutions religieuses ne cessèrent à Athènes qu'à l'arrivée des colonies égyptiennes, qui,

_____

(1) Apollod., lib. III, cap. 14, §. 2.

(2) .... *Neptuni filiœ filii.* Hygin., Fab., cap. 28.

(3) Cette prison étoit d'airain, suivant Homère, Iliad., lib. v, v. 387.

(4) Id. ibid., v. 390.

(5) Marm. Oxon., ep. 3.

(6) Demosth., in Neær., ed. Tayl., p. 528, etc.

venant de Saïs, en apportèrent les cérémonies
d'Isis ou *Neïth* (1), l'*Athéné* des Grecs, et la
Minerve des Étrusques et des Romains. Alors
Neptune perdit entièrement sa prééminence ; ce

---

(1) C'est-à-dire, *ancienne*, comme le prouve la version
copte du Nouveau-Testament, ainsi que le témoignage
de Diodore de Sicile, lib. 1, §. 14.

[La signification que M. de Sainte-Croix attribue ici au
mot *Neïth*, est extrêmement douteuse. Jablonski l'a proposée, il est vrai, avec plusieurs autres, toutes fort incer-
taines, dans son *Pantheon Ægyptiorum* (lib. II, cap. 3);
mais il donnoit lui-même peu de confiance à l'étymologie
sur laquelle est fondée cette explication. On voit même,
par une des observations contenues dans la préface du
3e volume du même ouvrage, et par ce qu'on lit dans le
tome Ier de ses Opuscules (p. 161), qu'il donnoit la préférence à une autre étymologie, suivant laquelle *Neïth* doit
signifier *decernens*, *constituens*, *ordinans*.

Le témoignage de Diodore de Sicile, qu'invoque M. de
Sainte-Croix, ne me paroît pas justifier davantage l'interprétation adoptée par ce savant écrivain. Diodore y
rapporte l'opinion des Égyptiens, qui attribuoient à Isis
la découverte du froment, et la substitution de cet aliment
à la chair humaine, et il fait remonter cette découverte
à une haute antiquité. Mais il n'y a rien de commun entre
cela et la signification du nom *Neïth*. On ne peut pas tirer
plus de conséquence, en faveur de cette interprétation,
de ces paroles qu'on lisoit, selon le même Diodore (lib. 1,
cap. 27), sur une statue d'Isis : Ἐγώ εἰμι ἡ τοῦ νεωτάτου
Κρόνου θεοῦ θυγάτηρ πρεσβυτάτη ·.... ἐγώ εἰμι ἡ πρώτη καρπὸν
ἀνθρώποις εὑροῦσα. S. de S.]

qui donna lieu à la fable de son différend avec
cette déesse au sujet de la possession de l'Attique.
L'ancienne mythologie renferme bien des faits
de ce genre; mais l'énumération en seroit trop
longue, et demanderoit des explications trop
étendues, qui feroient perdre de vue l'objet principal de cet ouvrage. J'ajouterai seulement que
les Titans, c'est-à-dire, les partisans de l'ancien
culte, ne disparurent pas entièrement, et qu'ils
s'opposèrent encore avec force à l'admission de
plusieurs nouvelles divinités, entre autres de Bacchus, fils de Sémélé (1), et de Pan, qu'on suppose
avoir secondé Bacchus dans un combat contre
ces mêmes Titans (2).

On ne peut douter que les premières étincelles
de ces guerres de religion ne soient sorties de
Dodone, le plus ancien foyer de la superstition
des Grecs. Les prêtres de ce lieu célèbre étoient
trop grossiers pour ne pas être fanatiques. Les
uns s'appeloient *Tomures*, d'une montagne de
ce nom qu'ils habitoient (3); les autres, *Selles*,

(1) Pausan., Arcad., cap. 27.
(2) Nonn., Dionys., lib. XXVII, p. 717.
(3) Strab., lib. VII, p. 328.
[Le traducteur allemand des Recherches sur les Mystères
a déjà observé, avec raison, que Strabon ne dit pas ce que
lui fait dire ici M. de Sainte-Croix. Strabon paroît plutôt
dire que les prêtres de Jupiter, à Dodone, étoient nommés
tantôt *Helli* ou *Selli*, et tantôt *Tomuri* ou *Tmari*, du

d'une rivière qui traversoit la plaine de Thesprotie, où ils avoient établi leur séjour près du fameux oracle dont ils étoient les interprètes (1). Couchés sur la terre, les pieds couverts d'ordure (2), et ne vivant que de glands, ils étoient aussi misérables que les devins des sauvages de l'Amérique. Cela ne les empêchoit point d'avoir un grand crédit sur l'esprit des hordes pélasgiques qui les entouroient. Des chaudières suspendues en l'air, et agitées par le vent, étoient le miracle du chêne parlant (3) dont ils se servoient pour abuser de la crédulité de ces peuples. Ils faisoient mystère de leurs cérémonies, et

---

nom de la montagne *Tomarus* ou *Tmarus*, voisine de Dodone. Loin de dériver le nom des *Helli* ou *Selli*, de celui d'une rivière de la Thesprotie, il combat plutôt cette opinion, et paroît se rapprocher du sentiment de ceux qui dérivoient ce nom des *marais*, ἴλη, qui entouroient le lieu où étoit l'oracle. S. de S.]

(1) Aristote associe les Selles aux Hellènes dans cette contrée, qu'il appelle *l'ancienne Hellas*, τὴν Ἑλλάδα τὴ Ἀρχαίαν. Voici ses termes : αὕτη δ᾽ ἐςὶν ἡ περὶ τὴν Δωδώνην καὶ τὸν Ἀχελῶον.... ᾤκουν γὰρ οἱ Σελλοὶ ἐν7αῦθα, καὶ οἱ καλούμενοι τό7ε μὲν Γραϊκοὶ, νῦν δὲ Ἕλληνες. Meteor., lib. 1, cap. 14.

(2) Homer., Iliad., lib. xvi, v. 235; Sophocl., Trachin., v. 1183, etc.

(3) Æsch., Prometh., v. 838. Voyez sur cet oracle une curieuse dissertation du président Des Brosses, Acad. des Inscript., tom. XXXV, p. 89.

avoient des initiations qui devoient être assez
semblables à celles que pratiquent les jongleurs
ou devins des sauvages. La première divinité
des Selles fut le Ciel, auquel ils joignirent dans
la suite la Terre. Le culte de l'un et de l'autre se
conserva chez eux jusqu'à l'arrivée d'une prêtresse
égyptienne, qui leur persuada de l'altérer (1).

Les Pélasges, fatigués de leurs dissensions avec
les colonies étrangères, consentirent à s'en rapporter à la décision des prêtres de Dodone, qui
répondirent que le nouveau culte n'offensoit
point les dieux (2). Le nombre de ceux-ci étant
successivement augmenté, les plus anciens virent diminuer leurs adorateurs. Ouranos perdit
tous les siens, et il en resta très-peu à Saturne,
qui fut, pour ainsi dire, relégué en Italie. La
Terre n'auroit pas été plus heureuse, si, repa-
roissant sous les noms de Cérès, de Rhée et de
Vesta, elle n'eût pas été l'objet des mystères de
la Grèce et de l'Asie. Dans ces mystères, on
apprenoit vraisemblablement aux initiés les vicissitudes auxquelles son culte avoit été exposé
dans ces contrées. On dut encore leur apprendre
que la naissance de cette antique divinité n'étoit
que l'allégorie du renouvellement de son culte,
comme celle des autres dieux ne représentoit

---

(1) Herod., lib. II, cap. 58.
(2) Id., ibid., cap. 52.

autre chose que l'époque de leur admission dans
la religion publique.

L'opinion que nous exposons ici n'est pas
uniquement fondée sur des conjectures. Hérodote observe que plusieurs divinités de la Grèce
n'étoient que des hommes qui avoient porté les
noms des dieux nés dans les siècles précédens (1);
et selon les prêtres d'Égypte, les Grecs mettoient
la date de la naissance de plusieurs dieux étrangers au temps où ils en avoient ouï parler ou
reçu le culte (2). « S'il est permis, remarque
» M. Fréret, d'étendre ce principe, et de l'appli-
» quer à l'histoire ou à la légende de la plupart
» des divinités, le lieu de leur naissance sera
» celui où ce culte s'étoit établi d'abord, ou celui
» qui en fut comme le centre. Les aventures de
» ces dieux seront l'histoire de l'établissement
» de leur culte ; leurs combats, leurs exploits,
» seront les oppositions qu'auront trouvées les
» prédicateurs de ce culte, et les diverses révo-
» lutions qu'il a essuyées. Les aventures des dieux
» dont je parle, sont celles qui ont été conservées
» par la plus ancienne tradition, comme les
» guerres de Bacchus contre Penthée, contre
» Lycurgue, contre Persée, ou les événemens en

---

(1) Herod., lib. ii, cap. 146. Voyez la Note du savant
Larcher, p. 494, tom. II, de sa traduction.

(2) Ἀπ᾽ οὗ δὲ ἐπύθοντο χρόνου (τὰ οὐνόματα), ἀπὸ τούτου
γενεηλογέουσι αὐτέων τὴν γένεσιν. Loc. sup. laud.

» mémoire desquels on avoit institué d'anciennes
» cérémonies; par exemple, les combats d'Apol-
» lon contre Python, représentés dans la fête qui
» se célébroit tous les ans dans la Thessalie.

» Par ce même principe, continue le savant
» académicien, les premiers prédicateurs et les
» instituteurs du culte des divinités auront été
» pris pour ceux auxquels leur première éduca-
» tion avoit été confiée, et qui avoient eu soin de
» leur enfance. Strabon fait voir que les Dactyles,
» les Curètes, les Corybantes, les Satyres, les
» Ménades, etc., n'étoient autre chose que les
» anciens ministres et les premiers initiés aux
» mystères (1). »

On verra bientôt quel degré de probabilité
peut avoir cette dernière opinion; mais auparavant, je dois avertir que, loin de croire que
toutes les anciennes fables ne sont que de pures
allégories, relatives aux premières dissensions
religieuses de la Grèce, je pense, au contraire,
qu'un grand nombre de ces fables n'y a aucun
rapport. J'ai seulement cru devoir m'arrêter à ceci,
comme à une des principales sources des récits
mythologiques. Il ne m'est donc pas pénible d'a-
vouer, avec un habile critique (2), qu'une partie

---

(1) Observations sur l'anc. hist. des premiers habitans
de la Grèce; Acad. des Inscr., tom. XLVII, Mém., p. 38.

(2) Heyne, de Theogonia ab Hesiodo condita, in Comm.
Gotting., tom. II, p. 137.

des choses qu'on trouve dans les anciennes théogonies, et particulièrement dans celle d'Hésiode,
sont le fruit de l'imagination de leurs auteurs.

Vraisemblablement ils profitèrent beaucoup des
poètes qui les avoient précédés, tels que Linus,
Philammon, Thamyris, Amphion, Musée, etc.
A l'envi les uns des autres, ils inventèrent mille
fables, composèrent mille généalogies, aussi extravagantes que difficiles à concilier entre elles.
Adoptoit-on une nouvelle divinité, élevoit-on en
son honneur un temple, aussitôt des prix étoient
proposés pour célébrer cet événement, et les
concurrens s'empressoient de donner au dieu ou
à la déesse une origine et des attributs jusqu'alors
inconnus. La pièce qui étoit couronnée devenoit
ordinairement un hymne (1), qui bientôt prenoit place parmi les titres de la croyance du
vulgaire. On n'a pas assez fait attention à cette
cause particulière des progrès du polythéisme.
Ils furent si grands, qu'ils firent perdre presque
toutes les anciennes traditions, et à peine se

_____

(1) *Alexander Ætolus, poeta egregius, in libro qui
inscribitur* Musæ, *refert quanto studio populus Ephe-
sius, dedicato templo Dianæ, curaverit premiis propo-
sitis, ut, qui tunc erant poetæ ingeniosissimi, in deam
carmina diversa componerent. In his versibus Opis non
comes Dianæ, sed Diana ipsa vocata est, etc.* Macrob.,
Saturn., lib. v, cap. 22. Cela se pratiquoit de même fort
anciennement aux jeux pythiques.

C

rappela-t-on qu'autrefois le nombre des divinités
avoit été moindre. Au temps de Cécrops, il étoit
fort petit (1). Thésée, par un édit, reconnut seulement neuf divinités légales (2), si j'ose m'exprimer ainsi. Long-temps après, Solon n'en admit
encore que douze : on les appela *les douze dieux
de Solon* (3), et leur autel étoit dans la place
publique d'Athènes (4).

Cet antique monument auroit dû faire rougir
les habitans d'une ville si éclairée, de leur extrême penchant à adopter les dieux de toutes les
nations, même de celles qu'ils appeloient barbares. Successivement, et de générations en générations, la superstition croissoit chez eux (5).
Ils en vinrent jusqu'à invoquer ensemble toutes

---

(1) S. August., de Civitate Dei, lib. xv, cap. 8.

(2) S. Athanas., *Orat. contra gentes*, 1, 10. D. §. 10,
ed. Montf.

(3) ΔΩΔΕΚΑ ΘΕΟΙΣ ΣΟΛΩΝΟΣ. Inscr. apud Chandler.,
p. 78.

(4) Thuc., lib. vi, cap. 54. Hippias, fils de Pisistrate,
l'avoit consacré. (Herod., lib. ii, c. 7.) On changea depuis
les caractères de l'inscription; l'usage des lettres doubles
sur les monumens publics ne remontoit à Athènes qu'à
la 11ᵉ année de la xcivᵉ olympiade, sous l'archontat
d'Euclide.

(5) .... Ἐπεὶ οὖν οὐκ ἐξ ἀρχῆς πάντας ἐδέξαντο, ἀλλὰ κατὰ
μικρὸν εἰσηνέχθησαν αὐτοῖς. S. Joann. Chrysost., de Inscr.
Ath. Hom. xlviii, tom. IV, p. 553, ed. penult.

les divinités de l'Europe, de l'Asie et de la Libye (1). Enfin, ne sachant plus à qui s'adresser pour augmenter le nombre des objets de leur culte, ils élevèrent des autels au *dieu inconnu*; ce qui fournit à saint Paul l'occasion de prononcer ce discours éloquent où il reconnoît les Athéniens pour le peuple de la terre le plus adonné au polythéisme (2). Il parloit en présence de l'Aréopage, qui, ayant recouvré toute son ancienne autorité religieuse et judiciaire, quoique sous le gouvernement romain (3), ne mettoit néanmoins plus d'obstacles à l'introduction des divinités étrangères. Aussi la licence étoit-elle au comble : la propagation de l'Évangile pouvoit seule en tarir la source et la faire cesser entièrement.

(1) S. Hieronym. in Epist. ad Titum, cap. 1.

(2) Je rends ainsi les mots κατὰ πάντα ὡς δεισιδαιμονεςέρους ὑμᾶς θεωρῶ (Act. Apost., cap. 17, v. 22.), qui ne pouvoient alors être pris en mauvaise part.

(3) Ce tribunal et le conseil des mille étoient à cette époque les deux principales autorités, comme on le voit par une inscription qui demanderoit bien des éclaircissemens, mais sur laquelle je ne dois pas m'arrêter ici.

SECONDE SECTION.

Des Mystères cabiriques, ou premiers mystères des Grecs.

Rien de plus embrouillé dans l'antiquité que ce qui concerne les Cabires, les Dactyles, les Curètes, les Corybantes et les Telchines. Ceux que l'on a désignés sous ces divers noms étoient-ils des dieux ou des génies, des législateurs ou des prêtres? Toutes ces opinions pourroient également se soutenir. « La confusion dans les idées, » dit M. Fréret, s'est étendue jusque sur les noms, » malgré la différence des étymologies, et de la » signification naturelle et primitive de chaque » terme en particulier (1) ». Les uns ont souvent été pris pour les autres, et l'on ne s'accorde pas sur leur nombre. « Les uns, dit Strabon, sup- » posent que les Curètes sont la même chose » que les Corybantes, les Dactyles Idéens et les » Telchines. Les autres assurent qu'ils sont tous » de la même famille; qu'il y a seulement quelque » différence entre eux. En général, tous se res- » semblent quant à l'enthousiasme, à la fureur » bachique, au tumulte, au bruit qu'ils faisoient

---

(1) Acad. des Inscr., Hist., tom. XXIII, p. 27.

» avec leurs armes, avec leurs timbales, leurs
» tambours, leurs flûtes, et à leurs cris extraor-
» dinaires dans leurs fêtes sacrées. Ces fêtes leur
» étoient en quelque façon communes avec les
» habitans de Samothrace, de Lemnos et de plu-
» sieurs autres lieux, et ils les célébroient comme
» ministres des dieux, ce qui leur en a fait donner
» le titre. Ainsi tout cela tient à la religion, et
» n'est pas étranger à la philosophie (1). »

---

(1) Strab., lib. x, p. 466. La longue dissertation dans
laquelle entre ici ce géographe est pleine d'érudition.
M. Heyne n'a rien oublié pour l'éclaircir, et y a mis
beaucoup de sagacité. Comm. Gott., tom. VIII, p. 7, etc.
[Je n'ai rien voulu changer à la traduction de ce texte
de Strabon, parce que M. de Sainte-Croix, qui l'avoit
empruntée de M. de Bréquigny, a fondé quelques-uns de
ses raisonnemens sur le sens qu'elle présente, et parce que
d'ailleurs le texte est obscur. Je me contenterai de remarquer que le traducteur, en disant : *et ils les célébroient
comme ministres des dieux, ce qui leur en a fait donner
le titre,* paroît avoir rapproché ces mots de Strabon, ἐν
σχήματι διαχόνων τε, et ceux-ci, διὰ τὸ τοὺς προσπόλους λέγεσθαι
τοὺς αὐτούς, quoiqu'ils n'aient aucune connexion dans le
texte, et leur a donné un sens tout-à-fait étranger à l'intention de l'auteur. S. de S.]

C iij

ARTICLE PREMIER.

Des Mystères de Samothrace, ou des Cabires.

LES Pélasges ou sauvages de l'ancienne Grèce habitèrent l'île de Samothrace (1), où ils avoient leurs prêtres appelés *Cabires* (2), qui travaillèrent à les civiliser, non-seulement en introduisant parmi eux les arts, mais encore en y établissant un culte religieux. Le plus ancien culte chez eux fut celui du Ciel et de la Terre, appelés *les dieux grands*, *les dieux puissans* (3). Leurs noms par-

---

(1) Suivant Héraclide de Pont, cette île, d'abord appelée *Leucanie*, au défaut des Thraces qui l'avoient d'abord habitée, passa sept cents ans après entre les mains des Samiens fugitifs. (Excerpt. in Thesaur. antiquit. Græc. Gronovii, vol. VI, col. 2830. A.) Polémon le Périégète avoit composé un ouvrage particulier sur Samothrace. (Athen., lib. IX, p. 372.) Cette île conserve encore aujourd'hui son nom dans celui de *Samothraki*, dont nos navigateurs ont fait *Saint-Mandroche*.

(2) Strab., lib. x, p. 470.

(3) *Principes dei, Cœlum et Terra : hi dei iidem, qui in Ægypto Serapis et Isis, et ste* (Jos. Scaliger. corrige *st*) *Harpocrates digito significat; qui sunt Taautes et Astarte apud Phœnicas, ut idem principes in Latio Saturnus et Ops. Terra enim et Cœlum, ut Samothracum initia docent, sunt dei magni, et hi quos dixi multeis nominibus. Nam neque, quas Ambracia ante portas*

ticuliers étoient *Axiéros* et *Axiokersos*, mots
usités dans le langage mystérieux (1), et conséquemment difficiles à entendre. N'en cherchons
pas néanmoins l'étymologie dans les langues
orientales (2). Celle des Grecs doit être consultée
de préférence ; mais elle ne nous offre que des
conjectures (3). Suivant le costume égyptien (4),
ces deux divinités étoient représentées mâles et
femelles (5), usage auquel une troisième, nommée *Axiokersa*, dut sa naissance. Enfin une qua-

---

statuit duas virileis species aheneas, dei magni ; neque,
ut volgus putat, hi Samothraces dii, qui Castor et
Pollux : sed hi mas et femina, et hi quos augurum libri
scriptos habent sic, divi potes : et sunt pro illeis, qui in
Samothrace θεοὶ δύνατοί. *Hæc duo, Cœlum et Terra : quod*
anima et corpus, humidum et frigidum. Varron. de Ling.
Lat., lib. IV, §. 10. Quoique Varron parle ici en stoïcien,
il paroît néanmoins ne pas trop s'écarter de la vérité. Serv.
ad Æneid. lib. III, v. 12 ; Macrob., Saturn., lib. III,
cap. 4.

(1) Strab., lib. x, p. 473.

(2) Bochart, Chan., lib. I, cap. 12 ; Gutberleth, de Myst.
Deor. Cab., cap. 1 ; Reland, de Diis Cabir., §. 8 ; Vos-
sius, de Idolatr., lib. II, cap. 31 ; Fréret, Acad. des Inscr.,
tom. XXVII, p. 16 ; Jablonski, Proleg. Panth. Æg.,
p. 60, etc.

(3) Acad. des Inscr., tom. XXVII, p. 17.

(4) Horap., Hierogl., lib. I, cap. 12 ; Herm. Trismeg.
ed. Turn., p. 3.

(5) Varr., de Ling. Lat., lib. VI, cap. 111.

C iv

trième (1), *Cadmillus*, prit encore place parmi
elles, mais n'eut que le dernier rang. Tertullien
parle de trois autels élevés aux trois divinités
cabiriques (2) : cette quatrième divinité adoptive
n'en auroit-elle donc jamais eu ?

Le témoignage d'Athénion et de plusieurs autres
écrivains (3) montre qu'il n'exista d'abord à Samothrace que deux seules divinités. Celles qui parta-
gèrent ensuite avec les deux premières les honneurs divins, ne parurent qu'à la seconde époque
du culte de cette île. Ce fut alors que ce culte s'altéra par le mélange de celui des Égyptiens et de
celui des Phéniciens. Ceux-ci, qui faisoient les
Cabires enfans de *Sydyc*, en comptèrent d'abord
sept, ensuite huit, si l'on peut ajouter foi au prétendu Sanchuniathon, ou plutôt au faussaire Philon de Béryte (4). L'introduction de leur culte en
Égypte est suffisamment indiquée par la fable qui
y fait voyager, au temps d'Horus, l'amazone Myrina, laquelle, en conséquence d'un songe qu'elle
avoit eu, et pour se rendre favorable la mère des
dieux, lui consacra l'île de Samothrace, dont le
nom signifie, dit-on, l'île sacrée, et y institua les

-----

(1) Les noms de ces quatre divinités nous ont été conservés par le scholiaste d'Apollonius, ad lib. 1, v. 922.

(2) De Spectac., lib. viii.

(3) Apoll. Schol., lib. 1, v. 922; Nonnus, Dionys.,
lib. xxix, p. 752.

(4) Euseb., Præp. Evang., lib. 1, p. 36 et 39.

mystères (1). On a conclu de là que les Cabires
étoient des divinités égyptiennes (2), quoique
leur culte fût très-moderne en Égypte, et qu'ils
n'y fussent point comptés au nombre des anciennes divinités du pays. Peut-être même est-ce
sans aucun fondement, et seulement sur de foibles traits de ressemblance, que les Grecs se sont
imaginé que les Cabires étoient adorés en Égypte.
Les Grecs les firent enfans de Vulcain et de Ca-
birie, nymphe de Thrace (3), à cause des arts

---

(1) Diod. Sic., lib. III, §. 55.

[Le traducteur allemand des Recherches sur les Mystères
a cru devoir admettre une correction conjecturale dans le
texte de Diodore, en conséquence de laquelle il fait dire à
cet écrivain que Myrina, ayant fondé les mystères dans
l'île de Samothrace, fut appelée la *sainte Isis*, ou l'*Isis
consacrée*. Je ne crois pas qu'en lisant attentivement le
texte de Diodore, on admette cette conjecture.

Le même traducteur prétend que Diodore n'établit aucun
synchronisme entre Myrina et Horus, et que ce rapprochement est de M. de Sainte-Croix. Pour sentir combien
ce reproche est mal fondé, il ne faut que lire Diodore,
qui dit positivement : Τὴν δὲ Μυρίναν φασὶ.... παραβαλοῦσαν
εἰς Αἴγυπτον, πρὸς μὲν Ὧρον τὸν Ἴσιδος, βασιλεύοντα τότε τῆς
Αἰγύπτου, φιλίαν συνθέσθαι. S. de S.]

(2) Euseb., Præp. Evang., lib. I, cap. 10; Damasc., ap.
Phot., p. 1074; Jablonski, Proleg., p. 60.

(3) C'étoit le sentiment de Phérécyde : selon Acusilas,
il n'y avoit que Cadmille qui fût fils de Vulcain et de
Cabira. (Strab., lib. X, p. 472.) Nonnus adopte l'opinion
du premier. Dionys., lib. XXIX, p. 752-757.

qu'ils enseignèrent aux premiers habitans de
Samothrace.

Après avoir admis des traditions et des cérémonies étrangères, les habitans de cette île se
servirent du nom (1) de leurs premiers prêtres
pour désigner en général leurs anciennes divinités, qu'ils finirent par confondre avec celles
de la Grèce. L'une devint alors Cérès, l'autre
Proserpine, la troisième Pluton, et la dernière,
suivant le langage des profanes, Mercure (2), à
cause du Phallus; mais les initiés savoient très-
bien que cette quatrième divinité étoit l'Horus
d'Égypte, ou Iacchus d'Éleusis.

Cette troisième époque est celle où dut s'introduire la doctrine orphique, qui, comme nous
le savons, pénétra dans le sanctuaire de Samothrace (3). Ce fut encore alors qu'on imagina des
rapports entre les divinités cabiriques et Vénus,
Pothos et Phaéthon, dont le célèbre Scopas fit les
statues (4). Phaéthon, le ciel, ou la lumière qui

---

(1) *Cabir*, fort, puissant.

(2) Schol. Apoll., ad lib. 1, v. 922.

(3) Jambl., Vit. Pyth., cap. 27.

(4) *Is* (Scopas) *fecit Venerem et Pothon et Phaethon-
tem, qui Samothrace sanctissimis cœremoniis coluntur.*
Plin., Hist. nat., lib. xxxvi, cap. 4.

[Le passage de Pline, cité ici par M. de Sainte-Croix,
a souvent été comparé avec celui de Pausanias (Attic.,
cap. 43, p. 105), où cet auteur dit que Scopas avoit fait

l'éclaire, représenta Axiéros; Vénus, ou la terre
fécondée, Axiokersa; et Pothos, ou Cupidon, le
jeune Cadmille ou Casmille. Au reste, le nom

---

trois statues de l'Amour, de la Passion et du Désir, ἔρως,
καὶ ἵμερος, καὶ πόθος; et il est à peu près certain que les statues dont parle Pausanias sont aussi celles que Pline à
eues en vue; mais il est difficile d'assigner la concordance
précise des noms employés par ces deux écrivains. M. Creuzer (Symbolik und Mythol. der alt. Völk., tom. II,
p. 303), paroît faire concorder *Pothos* de Pline avec ἔρως
de Pausanias, ce qui ne me semble guère admissible, puisque *Pothos* est le seul nom commun à ces deux auteurs.

M. Schelling, dans un savant Mémoire lu à l'Académie
royale des Sciences de Munich, en 1815, et qui a pour objet
les divinités de Samothrace, rejette comme très-hasardée
l'opinion de M. de Sainte-Croix, adoptée par M. Creuzer,
suivant laquelle Phaéthon, c'est-à-dire, le ciel ou la lumière
qui l'éclaire, est identique avec Axiéros. Le même savant
propose des étymologies orientales pour les noms des divinités cabiriques, *Axiéros*, *Axiokersos*, *Axiokersa* et
Cadmillos. Mais ces étymologies sont d'autant moins naturelles, qu'il fait entrer dans les trois premières un mot
persan, que déjà l'on a mal à propos considéré comme faisant partie du nom propre *Assuérus*. (Mém. de l'Inst.,
cl. d'Hist., tom. II, p. 233.) MM. Zoëga et Münter ont
cherché, avec aussi peu de succès, l'origine de ces noms
dans la langue copte. Sans émettre une opinion positive
sur une question que je n'ai pas suffisamment examinée,
je ne puis me dissimuler qu'il y a beaucoup d'arbitraire
dans l'application que fait M. de Sainte-Croix aux trois
divinités cabiriques, des noms donnés par Pline aux trois
statues de Scopas. Peut-être même seroit-il plus juste de

même des Cabires étoit un mystère (1). La dernière époque dont je viens de parler n'a point
été remarquée par Fréret, qui s'est contenté de
faire mention de la quatrième (2), où les Dioscures prirent la place des Cabires. C'est pourquoi
le superstitieux Pausanias, qui nous fait de tout
cela un mystère, dit : « Les uns pensent que les
» *Anaces,* ou rois enfans, sont les Dioscures;
» d'autres, les Curètes; et ceux qui croient en
» savoir davantage, les Cabires (3) ». Les Cabires
ne perdirent rien à ce dernier changement; on
les regarda, non plus comme des ministres sacrés
ou des génies particuliers (4), mais comme de
véritables divinités : leur culte s'établit à Amphise,
à Pergame, à Thessalonique, et dans d'autres
villes, et on leur éleva des temples et des autels
en différens endroits de la Grèce.

Ces changemens, que nous supposons être
arrivés au culte de Samothrace, ne sont point
fondés uniquement sur des conjectures. Diodore
nous dit, en termes assez clairs, qu'on y rétablit

---

ne pas comprendre dans les divinités représentées par
Scopas le jeune Cadmille, et d'appliquer les noms donnés
par Pline et par Pausanias à Axiéros, Axiokersos et Axiokersa. S. de S.]

(1) Τὰ δ' ὀνόματα αὐτῶν ἐςὶ μυστικά. Strab., lib. x, p. 472.
(2) Acad. des Inscr., tom. XXVII, p. 12, 14, etc.
(3) Phoc., cap. 38.
(4) Strabon, lib. x, p. 473.

les anciens mystères, mais que la manière dont
cela se fit n'étoit connue que des seuls adeptes (1).
Peut-être avoient-ils été institués par Saon ou
Samon, à qui les habitans de Samothrace devoient
leur première civilisation (2). Jasion fut le premier qui permit aux étrangers de s'y faire initier.
L'espérance d'être heureux dans toutes les guerres
qu'ils entreprendroient, et surtout de se voir
exempts des périls de la mer, engageoit les étrangers à venir de tous côtés pour participer à ces
cérémonies mystérieuses. Suivant le récit des
poètes, les Argonautes, battus d'une violente
tempête, et n'espérant plus de calme, firent vœu,
par le conseil d'Orphée (3), le seul initié qui fût
parmi eux, de relâcher à Samothrace. Aussitôt
l'orage s'apaisa, et on vit paroître au bout des
mâts les flammes (4) que nos matelots appellent
feux Saint-Elme. Elles indiquoient, suivant les
anciens, l'*épiphanie* ou la présence des Dioscures,

---

(1) ..... Τελετὴν πάλαι μὲν οὖσαν ἐν τῇ νήσῳ, τότε δέ πως
παραδοθεῖσαν, ὧν οὐ θέμις ἀκοῦσαι πλὴν τῶν μεμυημένων. Diod.,
lib. v, §. 48.

Le savant et judicieux Heyne reconnoît les changemens
arrivés dans le culte de Samothrace ; il y admet seulement
quelques divinités dont je n'ai point parlé. Exc. ix, ad
Æn. lib. ii, tom. I, p. 310.

(2) Diod., ibid. Le nom de Saon subsistoit dans celui
de *Saoce*, mont de Samothrace. Plin., lib. iv, cap. 23.

(3) Apoll., Argon., lib. i, v. 915-18.

(4) Diod., lib. iv, §. 43, etc.

pris pour les divinités cabiriques. Les compagnons de Jason abordèrent à l'entrée de la nuit dans l'île: ils furent initiés à ses mystères, et en partirent, comptant sur une heureuse navigation (1). Ce fut sans doute dans cette initiation que leur chef eut quelque aventure qui fournit à Æschyle le sujet de la tragédie des Cabires, où il introduisoit Jason ivre sur la scène (2); licence qui dut fort irriter les Athéniens contre ce poète peu religieux.

Il paroît, par des vers de Valérius Flaccus, que le principal prêtre de Samothrace, dès que l'on apercevoit quelque bâtiment étranger, s'avançoit sur le rivage, pour exercer l'hospitalité envers l'équipage et le conduire dans le sanctuaire (3). Plus le nombre des adeptes étoit grand, plus les richesses de cette île devenoient considérables, et plus ses mystères étoient célèbres. Ainsi la politique et la religion gagnoient à cette espèce d'initiation. D'ailleurs, l'île étoit absolument sans port assuré (4) : la superstition seule engageoit à y aborder. Ses ministres rappeloient sans doute aux adeptes l'origine du pouvoir que leur dieu

(1) Apoll., Argon., lib. 1, v. 915-18; Orph. Argon., v. 465; Valer. Flacc., lib. 11, v. 435-40.

(2) Fragm., ap. Athen., lib. x, p. 428.

(3)   *Obvius at Minyas terris adytisque sacerdos*
        Excipit, hospitibus reserans secreta, Thyotes.
                        VALER. FLACC., lib. 11, v. 437-38.

(4) Plin., lib. 1v, cap. 23.

avoit sur la mer. Dardanus, un des premiers
Cabires, et dont la Samothrace avoit autrefois
porté le nom (1), passoit chez eux pour avoir
enseigné aux hommes, avant qu'ils connussent les
vaisseaux, l'usage des radeaux (2), dont il avoit lui-
même fait l'expérience dans la conquête de l'Asie.
Traverser avec de si frêles machines des bras de
mer orageux, n'en étoit-ce pas assez pour faire
imaginer que les ondes et les vents respectoient
les Cabires, et que ceux-ci commandoient à ces
élémens? Aussi les Phéniciens (3), comme les
Grecs, leur attribuèrent-ils l'invention de l'art
savant de la navigation.

Cependant les prêtres de Samothrace n'exigeoient pas toujours qu'on fût admis dans leur
sanctuaire pour être à l'abri des périls de la mer;
ils élevèrent, sur la place où l'on abordoit, deux
statues de Castor et de Pollux, envers lesquelles
les navigateurs pouvoient s'acquitter de leurs
vœux (4). Diagoras, surnommé l'*Athée*, étant

(1) Plin., lib. iv, cap. 23.

(2) Diod., lib. v, §. 48; Conon, narrat. xxi; Tzetz.,
ad Lycophr., v. 73.

(3) Pseudo-Sanchuniathon, ap. Euseb., Præp. Evang.,
pag. 36.

(4) *Alii complures magnos deos adfirmant simu-
lacra duo virilia, Castoris et Pollucis, in Samothracia
ante portum sita, quibus naufragio liberati vota solve-
bant.* Serv., ad Virg. Æn. lib. iii, v. 12.

dans cette île, un de ses amis lui dit, en lui montrant plusieurs tableaux de gens qui avoient échappé à d'affreuses tempêtes : « Vous, qui ne » croyez point à la Providence, regardez com- » bien de personnes ont été sauvées par leurs » prières. — Je vois ceux qui ont été sauvés, » reprit Diagoras; mais ceux qui ont fait nau- » frage, où les a-t-on peints (1)? » Parce que Dieu n'exauce pas toutes les prières, sa providence en seroit-elle moins évidente? D'ailleurs, raisonner ainsi, c'est éluder la question plutôt qu'y ré-pondre.

Les Anactotélestes, ou Hiérophantes de Samo-thrace, faisoient encore des promesses non moins spécieuses aux adeptes : ils les assuroient, entre autres choses, qu'ils seroient saints, justes, en un mot, qu'ils deviendroient meilleurs qu'aupa-ravant; ce qui devoit faire autant d'impression sur les âmes honnêtes que sur les personnes agi-tées par les remords de leurs crimes. Ces derniers trouvoient un moyen de se débarrasser d'un si terrible poids, en se soumettant à l'examen d'un prêtre particulier, appelé *Koès*, ou l'auditeur, comme l'explique M. Fréret. En effet, c'étoit au Koès qu'il falloit s'adresser pour faire l'aveu de ses crimes. On raconte que, le célèbre Lysandre se faisant initier à ces mystères, le prêtre lui or-

---

(1) Cicer., de Nat. Deor., lib. III, cap. 37.

donna de déclarer le plus grand crime qu'il eût commis dans sa vie. « Est-ce toi ou les dieux qui » l'exigent? lui demanda le héros spartiate. — » Ce sont les dieux, dit-il. — Retire-toi, reprit » Lysandre : s'ils m'interrogent, je leur dirai la » vérité (1). » Dans une pareille circonstance, Antalcidas se contenta de répondre : *Les dieux le savent* (2).

Hésychius nous apprend que le Koès étoit un prêtre des Cabires, qui purifioit de l'homicide (3). On pourroit aussi croire, d'après un passage rapporté par Suidas, que le parjure passoit pour un crime capital aux yeux des divinités cabiriques, et qu'on les imploroit comme en étant les vengeresses (4) : c'est pourquoi un des sermens les plus inviolables à Rome, fut d'attester les autels de Samothrace (5).

Le Koès n'étoit cependant pas toujours le maître de purifier tous les coupables : l'exemple d'Évandre, général de Persée, en est la preuve.

---

(1) Pseudo-Plut., Apophth. Lac., tom. II Oper., p. 229, ed. Xyl. Ce passage se trouve p. 46 de l'édition de Gierig, qui prétend, avec raison, que cet écrit n'est pas de Plutarque.

(2) Ibid., p. 217, ed. Xyl.

(3) Ἱερεὺς Καβείρων, ὁ καθαίρων φονέα. Hesych., in voc. Κοίης.

(4) In voc. Διαλαμβάνει.

(5) Juven., Sat. III, v. 144 et seq.

D

Les Romains ayant représenté qu'il souilleroit par sa présence le sanctuaire de Samothrace, on le somma de paroître devant l'ancien tribunal, établi pour juger les homicides qui osoient pénétrer dans ce sanctuaire (1). Craignant d'être convaincu du meurtre d'Eumène, commis au pied de l'autel d'Apollon à Delphes (2), il n'insista pas davantage, et fut tué par ordre du roi, son maître et son complice. Il résulte de ce récit que le coupable, suivant la nature et les circonstances du délit, pouvoit n'être point admis aux mystères de Samothrace, et qu'Évandre ayant aggravé son crime par le sacrilége, devoit en être exclus. Une pareille loi étoit d'autant plus naturelle, qu'il paroît que le tribunal dont nous venons de parler étoit purement sacerdotal, se trouvant composé des Anactotélestes, à la lettre, initiateurs des *Anaces* ou rois, c'est-à-dire, des Dioscures, Castor et Pollux, suivant le langage des Romains. Peut-être les Hiérophantes gouvernoient-ils Samothrace, puisque Tite-Live nous dit que le magistrat suprême de cette île, qui prenoit le titre de roi (3), annonça à Persée la décision des juges,

---

(1) Tit. Liv., lib. XLV, cap. 5. Cet historien s'exprime en ces termes : *Esse autem judicia apud sese, more majorum comparata, de iis qui incestas manus intulisse intra terminos sacratos templi dicantur.*

(2) Id., lib. XLII, c. 15.

(3) On lit dans une inscription : *Samothraces, sub rege*

vraisemblablement ses collègues, les prêtres du premier ordre : ceux-ci doivent être distingués des *Hiérotélestes*, ou ministres inférieurs (1).

On recevoit parmi les initiés à ces mystères un grand nombre d'enfans, usage qu'adoptèrent ensuite les Athéniens (2). Les rois même ne dédaignoient pas d'user de cette prérogative pour leurs familles. Philippe de Macédoine, et Olympias sa femme, s'étoient rencontrés dans le sanctuaire des Cabires ; et quoiqu'ils fussent alors trop jeunes pour recevoir l'impression physique de l'amour, ils y prirent néanmoins du goût l'un pour l'autre (3).

S'il arrivoit que l'on eût négligé dans l'enfance ou pendant le reste de la vie de se faire purifier, cela n'étoit pas sans remède. Cette cérémonie, qu'on croyoit nécessaire pour jouir d'une félicité sans bornes après la mort, pouvoit encore se

---

Aridelo. Muratori, Inscript., tom. I, p. 176. Est-elle bien authentique? elle offre d'ailleurs plus d'une difficulté.

(1) S. Maxim., Schol. ad Pseudo-Dionys. Areop., p. 87.

[M. de Sainte-Croix ajoutoit encore, sur l'autorité d'une inscription rapportée par Muratori (tom. I, p. 176), une classe de ministres des dieux Cabires, désignée sous le nom d'*Eusèbes ;* mais il n'est pas certain que, dans cette inscription, le mot εὐσεβεῖς soit autre chose qu'un adjectif qui se rapporte au mot ἱεροποιοί qui le précède. S. de S.]

(2) Donat., ad Terent. Phorm., v. 14.

(3) Plut., vit. Alex., tom. IV Oper., p. 6, ed. Bryan.

D ij

pratiquer sur le cadavre du défunt. On trouve
cet usage clairement indiqué dans la fable d'Angélos, fille de Junon. Cette déesse, cherchant à
punir sa fille de ce qu'elle lui avoit dérobé son
fard, celle-ci se réfugia auprès de gens qui
portoient en terre un mort. Jupiter, son père,
l'ayant su, ordonna aussitôt aux Cabires de la
purifier; ce qu'ils exécutèrent, après l'avoir conduite sur les bords de l'Achéron, c'est-à-dire,
quand elle fut morte (1).

Il est à présumer qu'on s'empressoit d'autant
plus à se faire initier dans l'enfance, que vraisemblablement on n'avoit besoin alors ni du ministère du Koès, ni des cérémonies purificatoires.
Dans l'âge mûr, le myste ou récipiendaire se

---

(1) Schol. Theocr., Idyll. ii, v. 12.
[Le traducteur allemand prétend que cette fable n'est
qu'une allégorie inventée par un poète des siècles moins
reculés, pour personnifier la renommée que laissent après
eux les hommes. Cette explication allégorique est peu naturelle. M. de Sainte-Croix suppose que la purification faite
sur les bords de l'Achéron signifie qu'Angélos ne fut puri-
fiée par les Cabires qu'après sa mort. Une telle supposition
est ingénieuse, mais elle pourroit être contestée, et semble
trop hardie. Il y a encore bien plus de hardiesse à établir,
d'après ce seul fait, cette opinion, que l'on pouvoit être
purifié de ses fautes, même après la mort, par les pratiques
mystérieuses du culte des divinités de Samothrace. Il faudroit, ce semble, des autorités plus positives, pour établir
un fait aussi important. S. de S.]

présentoit couronné de branches d'olivier (1),
et avec un voile de couleur pourpre, dont
Ulysse, disoit-on, s'étoit servi le premier. Avant
lui, on faisoit usage seulement de bandelettes
de la même couleur (2). Cet ornement avoit la
vertu de sauver les initiés des plus grands périls. Agamemnon, qui avoit été initié, s'étant
montré avec cette marque distinctive aux yeux
de ses soldats mutinés, apaisa leur sédition (3).
De pareilles traditions et toutes ces pratiques
étoient bien capables d'accréditer le temple de
Samothrace; aussi devint-il assez riche pour que
des pirates en enlevassent mille talens, ou cinq
millions deux cent mille livres tournois, au
temps de Mithridate (4).

« Ce n'est point des Égyptiens, dit Hérodote,
» que les Hellènes ont reçu l'usage des représen-
» tations ithyphalliques de Mercure. Les Athé-
» niens l'ont pris, les premiers, des Pélasges; le
» reste de la Grèce a suivi leur exemple. Les
» Pélasges demeuroient en effet dans le même
» canton que les Athéniens, qui, dès ce temps-
» là, étoient comptés au nombre des Hellènes, et

---

(1) Procl., in Platon. Polit., ap. Meurs. Græc. fer.,
p. 196.

(2) Schol. Apoll., lib. 1, v. 917; Schol. Homer., lib. 1,
v. 334; lib. xvi, v. 100.

(3) Schol. Homer., loc. supr. laud.

(4) Appian., Bell. Mithr., tom. I, p. 400.

» c'est pour cela que les Pélasges commencèrent
» alors à être réputés Hellènes eux-mêmes. Qui-
» conque est initié dans les mystères des Cabires,
» que célèbrent les Samothraces, comprend ce que
» je dis : car ces Pélasges qui vinrent demeurer
» avec les Athéniens, habitoient auparavant la Sa-
» mothrace, et c'est d'eux que les peuples de cette
» île ont pris leurs mystères. Les Athéniens sont
» donc les premiers d'entre les Hellènes qui aient
» appris des Pélasges à faire des statues ithyphal-
» liques de Mercure. Les Pélasges en donnent
» une raison sacrée, que l'on trouve expliquée
» dans les mystères de Samothrace (1) ». Cette
raison a été connue de Cicéron (2); et toute sacrée
ou secrète qu'elle fût, elle a fini par être le sujet
d'un monument public que je suis dispensé d'indiquer. Au reste, il est évident, par ce passage
d'Hérodote, qu'une partie de la doctrine des

----

(1) Herod., lib. II, cap. 51.

[J'ai adopté, à quelques expressions près, la traduction
de M. Larcher. Il faut voir la note de ce savant sur les
derniers mots : Οἱ δὲ Πελασγοὶ ἱρόν τινα λογὸν περὶ αὐτοῦ
ἔλεξαν, τὰ ἐν]οῖσι ἐν Σαμοθρήϊκῃ μυσ]ηρίοισι δεδήλωται, dont
la construction présente quelque difficulté. Hist. d'Hérod.,
tom. II, p. 45 et 282. S. de S.]

(2) *Mercurius unus Cœlo patre, Die matre natus :
cujus obscœnius excitata natura traditur, quòd adspectu
Proserpinæ commotus sit.* Cic., de Natur. Deor., lib. III,
cap. 22.

mystères des Cabires étoit relative à la vie sauvage des premiers Grecs, et à leur civilisation. Peut-être conservoit-on dans le temple de Samothrace les traditions concernant les Pélasges, comme dans celui de Dodone on gardoit celles qui intéressoient les Hellènes.

Un autre objet des mystères de Samothrace étoit la *mort cabirique*, célébrée en quelque sorte par les pleurs et les gémissemens des initiés. Ce ne pouvoit être que la mort du plus jeune des Cabires, Cadmille, massacré par ses deux frères, qui s'enfuirent emportant avec eux ses parties naturelles dans une ciste ou corbeille (1). Sa tête fut enveloppée aussitôt d'une étoffe teinte en pourpre, et son corps, couronné de fleurs et porté sur un bouclier d'airain, fut enterré au pied du mont Olympe en Asie. Les Anactotélestes ajoutoient beaucoup de circonstances à cet événement, les changeoient et les altéroient (2) à leur gré, afin d'en rendre l'explication moins difficile. Ce récit étoit sans doute relatif au meurtre de quelque ancien prêtre qui s'étoit opposé à l'introduction de cette divinité ; il avoit aussi

_____

(1) Clem. Alex., Protrept., tom. I Oper., p. 16, ed. Pott. Arnobe, en parlant de ces mystères, dit : *In quibus sanctum illud mysterium traditur, frater trucidatus à fratribus, etc.*, lib. v, p. 75.

(2) Clem. Alex., Protrept., tom. I Oper., p. 16, ed. Pott.

rapport à la fable égyptienne d'Horus, qui, comme je le prouverai par la suite, ne diffère pas essentiellement de l'Iacchus d'Éleusis. Observons par avance qu'Iacchus, nommé quelquefois Bacchus, n'a rien de commun avec le Bacchus thébain.

Plusieurs rites allégoriques avoient rapport à la mort cabirique ; mais la connoissance de ces rites n'est pas venue jusqu'à nous : on connoît seulement celui par lequel il étoit défendu de mettre sur la table de l'ache, parce que cette plante, suivant les mystagogues, avoit été produite par le sang du jeune cabire Cadmille, répandu sur la terre. L'ache dont il est question ici ne peut être que celle des montagnes, appelée proprement *livèche*. La vertu qu'elle possède de procurer aux femmes les évacuations menstruelles supprimées par la frayeur, semble avoir suggéré aux prêtres de Samothrace l'idée d'une telle origine fabuleuse.

La plupart des cérémonies mystérieuses se faisoient la nuit (1), quelques-unes même dans un antre, et le secret le plus inviolable en déroboit la connoissance aux profanes. Le nom même des Cabires, leur nature, leurs attributs, étoient des secrets réservés aux initiés, surtout

(1) Guthberleth., Diss. de Myster. Deor. Cabir., cap. 11.

en Béotie. On y voyoit, à trente-deux stades de
Thèbes, un temple dont la fondation remontoit
à la plus haute antiquité, et qui étoit antérieur
à la fameuse guerre des Épigones (1). Le culte des
Cabires y avoit été établi par Méthapus, célèbre
mystagogue (2). Un dépôt mystérieux confié, disoit-on, par Cérès aux Cabires, rendoit leur temple l'objet de la vénération publique. En quoi
consistoit ce dépôt? « Voilà, ajoute Pausanias,
» ce que je n'ai pas cru qu'il me fût permis de
» mettre par écrit. Il suffit de dire que les mys-
» tères sont un don fait aux Cabires par Cérès (3) ».
D'autres appellent les mystères, un présent des
Cabires eux-mêmes (4). Ajoutons que Mercure y
prenoit le nom de Cadmille (5), et en jouoit
vraisemblablement le rôle.

Les Cabires, les dieux puissans, passoient à
Rome pour être les Pénates, et on supposoit qu'ils
y avoient été transportés par Énée avec le feu
sacré et le Palladium (6); mais il est plus naturel

---

(1) Pausan., Bœot., cap. 25.

(2) Id., Messen., cap. 1.

(3) Δήμητρος γοῦν Καβειραίοις δῶρόν ἐστιν ἡ τελετή. Bœot.,
cap. 25.

(4) Ἀγλαὰ δῶρα Καβείρων. Pseudo-Orph., Argon., v. 27.

(5) Tzetz., ad Lycophr., v. 162; Schol. Apoll. Rhod.
ad lib. 1, v. 917.

(6) *Varro, humanarum secundo, Dardanum refert
Deos Penates ex Samothrace in Phrygiam, et Æneam
ex Troja in Italiam detulisse.* Ap. Macrob., Sat. lib. III,

de croire qu'ils y furent apportés de l'Étrurie. C'est là, suivant une tradition, que vinrent se réfugier les Cabires (1), c'est-à-dire, quelques-uns des premiers prêtres de Samothrace, qui introduisirent en Italie le culte de leurs dieux. D'autres prétendent que les Étrusques l'avoient apporté de Lemnos, qui avoit été autrefois sous leur domination (2). Ils donnèrent aux trois divinités cabiriques les noms de Cérès, Palès et Fortune (3). Celui de Cadmille ne reçut aucune altération, et passa dans la langue latine, où il signifia d'abord un enfant; ensuite il servit à désigner des jeunes gens dont la fonction étoit d'aider les prêtres dans les cérémonies religieuses (4), et de leur servir d'assistans; ministère qu'Iacchus paroissoit remplir auprès de Cérès mystique (5).

---

cap. 4. Vid. Virg., Æn., lib. III, v. 12, 148, etc.; Dion. Hal., Ant. Rom., lib. I, p. 55, ed. Sylb.; Heyne, Exc. IX, ad Æn. lib. II.

(1) Clem. Alex., Protr., p. 16.

(2) Schol. Apoll. Rhod., lib. I, v. 608.

(3) *Apud Tuscos Cabiros esse Deos Penates, eosque Cererem, Palem et Fortunam vocari ab illis.* Serv. ad Æn. lib. II, v. 325. La Fortune étoit Artémis, ou Proserpine, suivant la doctrine orphique. Schol. Hesiod., ad Theog., v. 268.

(4) Verr. Flacc., de Sign. verb., lib. III, p. 63, ed. ad us. Delphini; Serv., ad Æn. lib. XI, v. 558.

(5) Schol. Aristoph., ad Ran., v. 326.

Les Romains, respectant le berceau des Cabires, laissèrent à l'île de Samothrace la liberté (1), c'est-à-dire, le droit d'autonomie. La célébrité des mystères de cette île subsistoit encore vers l'an 18 de notre ère, puisque Germanicus s'y fut fait initier, s'il n'en eut été empêché par la violence des vents contraires qui l'éloignèrent de ces parages (2).

(1) Plin., lib. IV, cap. 23.
(2) Tacit., Ann., lib. II, cap. 54.

ARTICLE II.

Des Dactyles.

LA conformité des cérémonies religieuses et le voisinage ont concouru également à faire confondre les Cabires et les Dactyles; on a même cru que ces derniers n'étoient qu'une portion des premiers (1), quoiqu'on ait regardé les Dactyles comme originaires de Crète. La source de cette erreur est le surnom d'Idéens, qui leur venoit du mont Ida en Phrygie, et non de la montagne du même nom qui se trouvoit dans l'île de Crète, où les Dactyles ne furent jamais établis. L'autorité de Sophocle (2), d'Éphore (3), de Strabon (4), de Diodore de Sicile (5) et de saint Clément d'Alexandrie (6), ne permet pas de révoquer en doute ce que j'avance. Assez semblables aux jongleurs de l'Amérique, ces Dactyles de l'Asie cherchèrent d'abord à se rendre nécessaires en exerçant la médecine chez un peuple sauvage. L'incendie des

(1) Strab., lib. x, p. 466.
(2) Ap. Schol. Apoll. Rhod., lib. 1, v. 1126.
(3) Ap. Diod., lib. v, §. 64.
(4) Lib. x, p. 473.
(5) Lib. v, §. 64.
(6) Strom., lib. 1, p. 360.

forêts du mont Ida leur ayant découvert des
mines de fer (1), ils enseignèrent à travailler ce
métal (2) : du moins une tradition générale leur
attribuoit-elle cette invention, dont l'époque
étoit fixée au règne de Pandion, roi d'Athènes,
1432 ans avant Jésus-Christ (3). On ajoutoit que
l'invention de l'airain leur étoit encore due (4).
De pareils services ne pouvoient manquer de
leur attirer une considération qu'ils augmen-
tèrent par le moyen des prestiges et des enchantemens : aussi passoient-ils pour d'insignes
enchanteurs, suivant Phérécyde et l'auteur du
poëme de la Phoronide (5).

Ce fut par ce dernier moyen que les Dactyles
se rendirent recommandables, non-seulement
aux peuples de Phrygie, mais encore aux habitans de Samothrace. Diodore de Sicile raconte
qu'ils causèrent à ceux-ci la plus grande surprise
en leur montrant l'effet de leurs enchantemens,
et la manière dont ils s'en servoient dans les
initiations et les mystères. Cet historien ajoute
qu'Orphée lui-même devint leur disciple, et

-----

(1) Hesiod., ap. Plin., lib. vii, cap. 56; Clem. Alex.,
Stromat., lib. i, p. 420 ; Sync., Chron., p. 156.

(2) Marm. Oxon., epoch. xi; Diod. Sicul., lib. v, §. 64.

(3) Marm. supr. laud.

(4) Diod., lib. v, §. 64.

(5) Ap. Schol. Apoll. Rhod., lib. i, v. 1129.

apprit d'eux ces cérémonies (1). Elles devoient être peu différentes de celles des jongleurs ou devins des sauvages, chez qui l'initiation consiste en des pratiques simples, surtout en des épreuves plus ou moins fortes, exigées des aspirans. Les conquêtes de Sésostris dans l'Asie et dans la Thrace y ayant répandu le culte égyptien, les Cabires et les Dactyles ne purent éviter de se conformer à ce culte, et d'adopter même une nouvelle doctrine.

Jusqu'alors les Dactyles, comme le reste des Pélasges, avoient adoré le Ciel et la Terre. Couronnés de branches de chêne, ils sacrifioient à cette dernière divinité sous le nom de Rhée : c'est pourquoi ils passèrent pour les *Parèdres*, ou assistans de la mère des dieux (2). Leurs autels n'étoient que des pierres amoncelées sans art, auprès desquels ils se rassembloient pour honorer *Kelmis*, le grand *Damnameneus*, et le puissant *Acmon* (3), qui, dans la suite, furent pris pour des Dactyles, comme les divinités de Samothrace l'avoient été pour des Cabires. L'explication de ces trois noms sert à le prouver. Dans l'ancien langage des Grecs, *Acmon* signifioit le

---

(1) Diod., lib. v, §. 64.

(2) Apoll. Argon., lib. 1, v. 1123-25 ; Demetr. Sceps. et Menand., ap. Schol. Apoll. in h. loc.

(3) Ap. Schol. Apoll. Rhod., lib. 1, v. 1129.

Ciel (1). Le mot *Damnameneus* subsiste en partie
dans les noms de Damia, que portoit Cérès à
Épidaure (2), et de Domna, qu'avoit Proserpine
à Cyzique (3). Cette ville étoit peu éloignée du
mont Ida, séjour des Dactyles, où ils honorèrent
la Terre en lui donnant vraisemblablement l'épithète de *Damna* ou *Damnamenea*, puissante.
On trouve *Damnameneus* dans le fragment de la
Phoronide (4) : on sait que les poètes anciens
mettoient quelquefois un genre pour l'autre (5).
Peut-être encore l'auteur de la Phoronide s'est-il
servi du genre masculin, parce que le Ciel et la
Terre étoient représentés l'un et l'autre, dans les
mystères cabiriques, avec la marque des deux
sexes, comme je l'ai déjà observé. Nonnus ajoute
à *Damnameneus* (selon lui, *Damneus*) plusieurs
autres divinités, qu'il fait venir toutes de Crète
en Phrygie, et de là à Athènes (6); mais il con-

---

(1) Hesych., in h. voc. L'auteur de l'*Etymologicon ma-
gnum*, dit qu'*Acmon* signifie *le père d'Ouranos* ou du
Ciel ; Nonnus donne à Acmon l'épithète de ὀρίδρομος.
Dionys., lib. xiii, p. 358.

(2) Herod., lib. v, cap. 82.

(3) Pellerin, Rec. de Médailles, tom. III, pl. 132, n° 1.

(4) Κέλμις, Δαμναμένεύς ἦε μέγας, καὶ ὑπέρβιος Ἄκμων. Ap.
Schol. Apoll. Rhod., lib. i, v. 1129.

(5) Theon, ad Arat. v. 19, etc.

(6) Dionys., lib. xiii, p. 358 - 361, et lib. xxviii,
p. 736.

fond évidemment les Dactyles avec les Curètes et les Corybantes.

On voit, par le lexique d'Hésychius, que Kelmis étoit le nom d'un Dactyle idéen, et vouloit dire aussi un enfant. *Kelmas* signifioit la peau d'un faon (1). Ce nom nous rappelle donc la tendre jeunesse du Cadmille de Samothrace et de l'Iacchus d'Éleusis, qui tous deux représentoient l'Horus d'Égypte : comme eux, Kelmis aura été l'image d'Horus. Cette conjecture a d'autant plus de fondement, que dans les autres noms que Pausanias donne aux Dactyles (2) on trouve ceux de *Jasion*, dont il sera bientôt question, et qui est l'Iacchus des Crétois; de *Priape* (3), à cause du Phallus qui lui étoit consacré; enfin de *Pœonius,*

---

(1) Hesych., in h. voc.

[On lit dans Hésychius Κελμὰς.... νεῦρον ἐλάφου, mais il est très-vraisemblable que c'est une faute, et qu'il faut lire, avec quelques critiques, νεϐρὸς ἐλάφου, *hinnulus cervi*, ou νεϐρὸς, ἔλαφος, *hinnulus, cervus*. M. de Sainte-Croix paroît avoir supposé qu'il falloit lire νεϐρὶς ἐλάφου, *pellis cervi*. Quoi qu'il en soit, le rapport établi par ce savant entre κέλμις et κελμάς, et le raisonnement qu'il fonde sur ce rapport, n'acquerroient que plus de force, en admettant la leçon νεϐρὸς ἐλάφου, *hinnulus cervi*, s'il n'étoit pas très-probable que κελμὰς n'est qu'une altération de κεμάς ou κεμμάς. S. de S.]

(2) Eliac. 1, cap. 7.

(3) Lucian., de Saltat., §. 21.

ce même Iacchus, c'est-à-dire, Dionysus (1), suivant les profanes. Hercule et Épimède ne sont entrés dans cette nomenclature que pour désigner la force et la prudence, qualités d'Acmon ou du Ciel. Idas et Acésidas (2) sont, sans doute, de simples épithètes ou surnoms, relatifs aux lieux qu'habitoient les Dactyles. Ce ne fut qu'à l'époque de l'introduction du culte étranger que Kelmis prit place parmi les divinités dactyliques (3), comme Cadmille parmi celles de Samothrace.

A cette époque en succéda une troisième, celle de l'apothéose. Acmon, Damnaméneus et Kelmis furent alors regardés, suivant Stésimbrote, dans son livre sur les mystères (4), comme fils de Jupiter et de la nymphe Ida, parce que, ce dieu ayant ordonné à ses nourriciers de jeter derrière eux de la poussière du mont Ida, les Dactyles idéens naquirent de cette poussière. Cette fable allégorique, qu'on expliquoit aux initiés, n'étoit pas la seule qu'on débitât au sujet de la naissance des Dactyles. Une seconde les faisoit naître de l'imposition des mains d'Ops ou de la Terre sur

---

(1) Hesych., in voc. Ἴακχον.

(2) Pausan., Eliac., cap. 14.

(3) Kelmis est le seul dont le nom se voit encore sur les marbres d'Arundel, lin. 22. Celui de Damnaméneus a été restitué par les éditeurs.

(4) Etymol. magn., in voc. Ἰδαῖοι.

E

le mont Ida, lorsque cette déesse alla se réfugier
dans l'île de Crète (1). L'allégorie est sensible,
et on en devinera bientôt le sens. En reconnoissance des inventions utiles dont les hommes
leur étoient redevables, les premiers habitans
de l'Ida parvinrent dans la suite aux honneurs
divins (2), et finirent par être regardés comme
des Lares ou divinités particulières (3). Leurs
noms étoient une espèce de mystère. Les personnes qui les savoient s'en servoient comme
d'un préservatif efficace contre la frayeur, les prononçant sans précipitation et d'une manière bien
distincte, les uns après les autres (4). Cependant
le culte des Dactyles ne fut jamais aussi étendu
que celui des Cabires, qui, métamorphosés en
Dioscures, profitèrent du crédit dont jouissoient
déjà ces dernières divinités. Le sort des Dactyles
ressemble davantage à celui des Curètes (5), sur
lesquels il est nécessaire d'entrer ici dans quelques détails.

_____

(1) Diomed., de Orat. et part. Orat., p. 474. D.

(2) Diod., lib. v, §. 64.

(3) .... *Idæos Dactylos appellant. Hos quidem tres
putant, qui Lares esse creduntur, Damnameneus, Acmon, Celmon.* Diomed., loc. supr. laud., p. 475. A., inter
Grammat. Lat., ed. Putsch.

(4) Plut., De profect. in virt., tom. II Oper., p. 85. B.

(5) Hesiod., ap. Strab., lib. x, p. 472.

ARTICLE III.

Des Curètes.

Non-seulement le nom de *Curètes* a été donné à une classe d'hommes, il l'a aussi été à quelques peuples de la Grèce, tels que ceux de l'Eubée, de l'Ætolie, de l'Acarnanie, etc. L'exercice militaire et la danse armée appelée *pyrrhique*, auxquels ils se livroient, leur mérita cette dénomination générale : elle désignoit plus particulièrement les premiers habitans de l'île de Crète. « C'étoient des jeunes gens, dit Strabon, » qui dansoient armés, et en faisant du bruit avec » leurs armes. On ajoute à cela la fable suivante » sur la naissance de Jupiter. Saturne, dit-on, avoit » coutume de dévorer ses enfans aussitôt qu'ils » étoient nés. Rhée entreprit de lui cacher son » accouchement, d'éloigner le nouveau-né, et » de le sauver, s'il étoit possible. Pour cela, elle » eut recours aux Curètes, qui, dansant autour » de la déesse, troublèrent à tel point Saturne » par le bruit de leurs armes, de leurs tambours » et de leurs autres instrumens, que le dieu ne » s'aperçut pas qu'ils lui déroboient l'enfant : » ce fut par le même stratagème qu'ils l'élevèrent. Ainsi on leur donna le nom de *Curètes*, » soit parce qu'ils étoient dans l'âge de la jeu-

E ij

» nesse (κόροι) quand ils remplirent ce ministère,
» soit parce qu'ils prirent soin de l'enfance (κου-
» ρο7ροφεῖν) de Jupiter, autour duquel ils imitoient
» les danses des satyres (1). » Peut-être cette
fable si connue, sur l'éducation de Jupiter, n'est-
elle pas aussi ancienne que Strabon l'imagine.
Elle dépose néanmoins en faveur de l'antiquité
des Curètes, habitans de la Crète (2).

Quelques écrivains prétendoient que les Dactyles étoient les ancêtres des Curètes, et que la
Phrygie avoit été leur premier berceau. Ce dernier
sentiment étoit celui de l'auteur de la Phoronide, Hellanicus ou Hécatée. Éphore ajoutoit que
Minos les emmena avec lui dans l'île de Crète (3):
cette île porta même leur nom (4). Le président
de Brosses, pour trancher toute difficulté, avance
que « les Curètes sont les anciens prêtres de cette
» partie de l'Europe voisine de l'Orient et de la
» Grèce, assez semblables aux Druïdes des Celtes,
» aux Saliens des Sabins, aux sorciers ou jon-
» gleurs de Laponie, de Nigritie, ou à ceux des
» sauvages de l'Amérique, de la Sibérie, du
» Kamtchatka. C'est assez vainement, continue-
» t-il, qu'on a beaucoup disputé sur leur véri-

(1) Strab., lib. x, p. 468.
(2) Apoll., lib. i, cap. i, §. 3; Tzetzes, ad Lycophr.,
p. 19; Serv., ad Virg. Æneid. lib. iii, p. 111.
(3) Ap. Diod., lib. v, §. 64.
(4) Plin., lib. iv, cap. 20.

» table patrie, puisqu'on trouve de ces sortes de
» prêtres partout où la croyance grossière des
» religions sauvages fait le fonds des préjugés
» populaires; mais le plus célèbre collége de ces
» jongleurs étoit en Crète (1) ».

Il paroît certain qu'ils défrichèrent les premiers cette île (2), et travaillèrent à en civiliser
les habitans. Ils leur apprirent à rassembler en
troupeaux les brebis et les chèvres éparses dans
les campagnes, à élever des abeilles; ils enseignèrent aussi sans doute à travailler les métaux,
puisqu'on leur faisoit honneur de l'invention
des épées et des casques (3). On leur attribuoit
même des connoissances en astronomie (4). Peut-
être est-ce aux Curètes qu'il faut rapporter ce
qui est dit de Mélisseus, premier roi des Crétois,
qu'il sacrifia le premier aux dieux, qu'il introduisit des rites nouveaux, et des pompes sacrées
inconnues jusqu'à lui, et que sa fille Mélisse fut
la première prêtresse de la Mère des dieux (5).
Mélisseus, dont les filles Amalthée et Mélisse

---

(1) Dissert. sur les Dactyles, les Curètes, etc., dans une
note de l'Histoire de la Republ. rom. de Salluste, réta-
blie, tom. II, p. 564-65.

(2) *Curetes primi cultores Cretæ esse dicuntur.* Serv.,
ad Virg. Æn. lib. III, v. 131.

(3) Diod., lib. v, §. 65.

(4) Theon, ad Arat. lib. I, v. 35.

(5) Lactant., divin. Inst., lib. I, cap. 22, §. 19.

E iij

nourrirent Jupiter enfant de lait et de miel, étoit nécessairement contemporain des Curètes, et peut être regardé comme l'un d'eux. Enfin la réputation des Curètes s'établit si bien, que dans la suite, lorsqu'un Crétois se rendoit recommandable par son habileté ou son savoir, on l'appeloit, comme le prouve l'exemple d'Épiménide, un nouveau Curète, ou simplement un Curète (1).

Les titres de *Gégènes*, ou enfans de la Terre (2), et de compagnons de Rhée (3), donnés aux Curètes, suffisent pour prouver qu'ils adoroient très-anciennement cette divinité. Fondateurs de Gnosse, ils y avoient élevé un temple et consacré un bois à la Mère des dieux (4), et l'on peut, sans trop hasarder, admettre qu'au culte de la Terre ils joignoient celui d'Ouranos, ou le Ciel, qui étoit regardé, dans les plus antiques théogonies, comme la source et le père de tous les dieux. Leur doctrine étoit donc originairement conforme à celle de toutes les hordes pélasgiques. Elle ne différoit point non plus de celle des anciens habitans de la Crète. Ceux-ci, Pélasges d'origine, et désignés sous le nom de Titans, c'est-à-dire, d'hommes encore sauvages et étran-

_____

(1) Plut., in vit. Solon., 84. D.; Diogen. Laërt., lib. 1, §. 114.

(2) Diod., lib. v, §. 65; Strab., lib. x, p. 472.

(3) Strab., ibid.

(4) Diod., lib. v, §. 66; Syncel. Chron., p. 125. D.

gers au bienfait de la civilisation, habitoient à Gnosse avec les Curètes : on les disoit fils du Ciel et de la Terre (1), parce qu'ils demeurèrent constamment attachés au service de ces deux divinités, et refusèrent d'adopter un culte étranger. Les Curètes ayant voulu introduire une nouvelle divinité, et l'associer au culte du Ciel et de la Terre, les Titans se soulevèrent contre eux, et se livrèrent à toutes les fureurs du fanatisme. La victoire de Jupiter sur les Titans n'est autre chose que l'adoption de cette nouvelle divinité malgré les efforts des partisans du culte primitif (2).

_____

(1) Diod., lib. v, §. 66.

(2) [S. Clément d'Alexandrie a appliqué à Bacchus ce que les mythologues racontent de l'éducation de Jupiter, et des danses des Curètes autour de ce dieu enfant. M. de Sainte-Croix a sans doute cru pouvoir rapporter à Jupiter ce que ce père avoit dit de Bacchus ; mais il me semble qu'il avoit poussé trop loin cette application, en ajoutant : « C'est » pourquoi on suppose qu'ils (les Titans) avoient mis en » pièces le nouveau dieu » : car aucun auteur, je crois, n'a dit que Jupiter eut été mis en pièces par les Titans. J'ai donc retranché ces derniers mots. Ce n'est pas tout : j'ai été obligé de réformer presque tout cet alinéa et une grande partie du précédent, pour mettre le savant auteur d'accord avec les autorités qu'il cite, et dont il n'avoit pas toujours assez pesé les expressions. Je crois être entré dans ses idées ; et sans garantir le système qu'il a adopté, je pense en avoir plutôt augmenté qu'affoibli les preuves et la vraisemblance. S. de S.]

E iv

Cet événement étoit représenté dans les mystères gnossiens, dont les symboles étoient les dés,
la balle, la roue, la paume, le sabot, le miroir
et la toison (1). Dans le sens mystique, cela
signifioit que les Curètes avoient les premiers
introduit le culte de Jupiter. Pour assimiler
davantage ces cérémonies à celles de Saïs ou
d'Éleusis, on y fit jouer dans la suite le rôle
d'Horus ou Iacchus à un personnage nommé
Jasion, un des anciens Curètes (2), et membre
de la *triade curétique*, suivant le langage des
éclectiques (3). De même que les Dactyles, les
Curètes finirent par prêter leur nom aux divinités qui étoient l'objet des mystères de leur pays.
Ces mystères avoient beaucoup de ressemblance
avec ceux de Samothrace et du mont Ida (4).
Peut-être n'y garda-t-on pas le même secret.

---

(1) Clement. Alex., Protr., p. 15.

[Les symboles dont il s'agit ici, et qui se trouvent aussi
indiqués par Arnobe (adv. Gent., lib. v, p. 169), n'avoient
pas sans doute, chacun en particulier, un sens allégorique
déterminé. Ils représentoient en général les jouets d'enfans dont les Titans s'étoient servis pour attirer le jeune
Bacchus, et le faire tomber dans le piége qu'ils lui tendoient. S. de S.]

(2) Serv., ad Virg. Æn. lib. iii, v. 111. Burmann a ré-
tabli, avec raison, dans ce passage, *Jasionis*, au lieu de
Jasonis.

(3) Procl., in Platon. Polit., cap. 25.

(4) Strab., lib. x, p. 466.

Si l'on en croit Diodore de Sicile, ce qui étoit couvert ailleurs du voile d'un secret inviolable se pratiquoit publiquement et à découvert à Gnosse (1); mais on ne doit pas entièrement ajouter foi au récit de cet historien, qui tâche d'accréditer, aux dépens de la vérité, son système favori, l'évhémérisme. Cette assertion de Diodore peut avoir pris sa source dans des indiscrétions multipliées, qui, jointes aux contes populaires et aux rêveries des poètes, donnèrent lieu aux fables allégoriques sur Jasion, fables dont l'exposition n'est point étrangère à mon sujet.

Homère et Hésiode disent que Cérès eut commerce avec Jasion dans une novale qui avoit reçu trois labours, et que Plutus naquit de cette union passagère (2). Jupiter, selon le premier de ces poètes, en étant informé, frappa Jasion de la foudre (3). Apollodore prétend que ce héros mérita cette punition pour avoir voulu violer la déesse (4). D'autres racontent qu'il étoit fils de Jupiter, dont il s'attira la colère, son extravagance l'ayant porté à faire ses efforts pour jouir

---

(1) Diod., lib. v, §. 77.

(2) Homer., Odyss., lib. v, v. 125-27; Hesiod., ed. Heins., Theog., p. 306, et Schol., p. 308; Eustath., ad Homer., p. 1528.

(3) Homer., Odyss., lib. v, v. 128 et 129.

(4) Biblioth., lib. III, cap. 11.

d'un fantôme qui ressembloit à Cérès (1), ou plu-
tot de la statue de cette déesse (2). Suivant quelques auteurs, Cérès le transporta dans le ciel avec
Triptolème, et l'un et l'autre furent mis au rang
des constellations sous le nom de *Gémeaux* (3).

Suivant le récit d'Hésiode ce fut en Crète,
et dans un canton fertile, que Jasion obtint les
faveurs de la déesse de la Terre (4). Diodore de
Sicile, toujours imbu des principes d'Évhémère,
cherche l'explication de cette fable dans l'histoire,
et avance qu'aux noces de Cadmus et d'Harmonie,
Cérès fit présent du blé à Jasion (5). On disoit
encore qu'on trouva chez lui la semence de cette
céréale, après un déluge qui en avoit étouffé le
germe dans toute l'île de Crète (6). On sent aisément ici l'allégorie, et l'aventure de ce héros n'en
présente aucune qui ne soit relative aux travaux
de l'agriculture (7). Ce sont en effet ces travaux

---

(1) Conon, Narrat., cap. 21.

[Dans ce texte de Conon, il faut lire deux fois Ἰασίων,
au lieu de Ἰάσων, que porte l'édition de Th. Gale, p. 260.
S. de S.]

(2) Scymn. Chius, Descr. orb., v. 684.

(3) Ap. Hygin., Poet. Astronom., cap. 22.

(4) Theog., v. 971-74.

(5) Lib. v, §. 49.

(6) Schol. Homer., ad Odyss. lib. v, v. 125-26.

(7) Phurn., cap. 28; Heracl., Allegor. Homer., p. 493,
in Opusc. myth. Thomæ Gale.

qui produisent la véritable richesse, représentée
par Plutus. Pétellides de Gnosse donnoit pour
frère à Jasion, Philomèle. Ce dernier n'eut qu'une
foible portion de l'héritage de son père. Réduit
au plus étroit nécessaire, et ne s'accordant point
avec son aîné, il acheta des bœufs, et inventa la
charrette. Cultivant la terre avec ce secours, il
en tira sa subsistance, et mérita ainsi la protection de Cérès, qui, enchantée de sa découverte et
de ses efforts, le plaça, sous le nom de *Bouvier,*
parmi les constellations (1). Ce récit est purement
allégorique, et devoit être compris sans peine
par les Crétois initiés aux mystères des Curètes.

C'est néanmoins aux derniers temps du paganisme que semble appartenir l'invention de quel-
que-unes de ces fables. Elle ne peut précéder
l'époque de l'apothéose des Curètes, qui, cessant
alors d'être les Parèdres ou assistans de Rhée (2),
furent non-seulement regardés comme des divinités subalternes (3) auxquelles on éleva des
temples (4), mais encore mis, par les Crétois, au
rang des principaux dieux, au nom desquels ils

_____

(1) *Quodcumque habuerit, ex eo boves duos emisse,
et ipsum primum plaustrum fabricatum esse.* Hyg.,
Poet. Astron., cap. 4.

(2) Vers. Poetæ incert., ap. Stob., Eclog. Phys., p. 5.

(3) .... *Quia Curetes latinè familiares appellantur.*
Lactant. seu Luctat., ad Stat. Thebaïd. lib. iv, v. 785.

(4) Pausan., Messen., cap. 31.

juroient l'observation des traités qu'ils faisoient entre eux (1). Il paroît, par un passage de Pausanias, que si l'on ne confondit pas tout-à-fait les Curètes avec les Dioscures, du moins on finit par avoir de la peine à les distinguer (2).

On ne sait même pas s'il étoit question des actions de ces Curètes dans les derniers mystères qu'on célébroit en Crète. Je ne doute pas que l'origine de ces mystères ne remontât jusqu'à eux; mais ils avoient été changés et fort altérés. On les pratiquoit dans un endroit agreste et sauvage, près de l'antre où l'on croyoit que Jupiter avoit été élevé par les Curètes. Ces mystères commençoient, comme tous les autres, par des purifications faites au moyen des pierres que la foudre avoit frappées. L'initié, couronné de laine d'un agneau noir, couchoit le matin, étendu sur le rivage de la mer, et la nuit sur les bords d'un fleuve voisin. Tout habillé de laine noire, il étoit ensuite introduit dans l'antre nommé *Idéen*, et il y demeuroit trois fois neuf jours (3). Peut-être vouloit-on désigner par-là les vingt-sept années de règne (4) attribuées à Minos : les entretiens

---

(1) Sacram. Hierapytn., ap. Chishul., Antiq. Asiat., p. 133.

(2) Phocic., cap. 28.

(3) Porphyr., de Vit. Pythag., ed. Kuster., p. 19.

(4) Nicolas de Damas (Exc. ad calc. Arist. Pol., ed. Heins., p. 1024.), et S. Clement d'Alexandrie (Strom.,

de ce prince avec Jupiter dans le même antre n'étoient certainement pas oubliés. La cérémonie étoit terminée par un sacrifice funèbre, offert non en l'honneur de ce dieu, mais en sa faveur (1), comme si l'on eût prié pour lui. Cette étrange pratique venoit sans doute de l'opinion des Crétois, qui, après avoir fait naître Jupiter, le faisoient ensuite mourir; elle leur attira l'indignation des autres Grecs, scandalisés de ce qu'on montroit le tombeau de leur principale divinité (2), et c'est à cause de cela que les habitans de Crète furent réputés fourbes et menteurs (3). Porphyre, de qui nous avons emprunté

---

lib. II, p. 439), réduisent sans fondement à neuf le nombre de ces années.

(1) Τὰς νενομισμένας τριτ]ὰς ἐννέα ἡμέρας ἐκεῖ διέτριψε, καὶ καθήγισε τῷ Διΐ. Porphyr., de Vit. Pythag., p. 20.

[Le verbe καθαγίζω est pris sans doute ici dans le sens de *parentare*, *justa solvere*, *inferias facere*. Chez les Anciens, les honneurs rendus aux morts étoient plutôt une sorte de culte qu'un moyen de leur concilier la faveur et l'indulgence de la divinité, et d'expier les crimes de leur vie. Les honneurs rendus à Jupiter, au lieu où l'on voyoit son tombeau, n'avoient donc rien qui répugnât essentiellement à l'idée de sa divinité, ou plutôt de son apothéose. S. de S.]

(2) Lucian., Dial. mort., passim, et Sacrif., §. 10. On montroit encore ce tombeau, au rapport de Belon, en 1588, sur le mont Ida. Observ., ch. 17.

(3) Callim., Hymn. in Jov., §. 8; Observ. Ez. Spanh.

les détails qu'on vient de lire, nous apprend que Pythagore, arrivé dans l'île de Crète, eut recours, pour se faire ainsi purifier, aux *mystes* ou prêtres de Morgos, l'un des Dactyles Idéens (1). Cet auteur a sans doute voulu dire, des Curètes. Le nom de Morgos qu'il donne à cette divinité est d'ailleurs totalement inconnu.

---

(1) Τοῖς Μόργου μύσταις προσήει, ἑνὸς τῶν Ἰδαίων Δακτύλων, ὑφ' ὧν καὶ ἐκαθάρθη. Porphyr., loc. supr. laud.

ARTICLE IV.

Des Corybantes.

Les Phrygiens, qui se vantoient d'être le plus ancien peuple de l'univers (1), ne sortirent néanmoins qu'assez tard de la barbarie; ils dûrent les premiers pas qu'ils firent vers la civilisation à leurs jongleurs ou devins, qui ressembloient aux Dactyles, leurs voisins, mais qui, par leur attachement au culte primitif, méritèrent de passer pour les enfans de Saturne (2) et de Rhée (3). Remarquables par leur force (4), les Corybantes s'exercèrent d'abord aux travaux de la métallurgie. Ovide les représente occupés avec les Curètes à fabriquer des armes défensives (5). Les ténèbres de la vie sauvage ne peuvent être entièrement dissipées que par la lumière des lettres. Les Corybantes, c'est le nom de ces anciens devins de Phrygie, comprirent sans peine cette vérité; et les efforts qu'ils firent, soit pour s'instruire eux-mêmes, soit pour éclairer leurs compatriotes, se

---

(1) Herodot., lib. ii, cap. 2.
(2) Strab., lib. x, p. 472.
(3) Suid., in h. voc. tom. II, p. 352. B.
(4) Orph., Argon., v. 25.
(5) Fast., lib. iv, v. 209.

trouvent suffisamment indiqués par la tradition,
qui rapportoit leur origine à Apollon et à Tha-
lie (1). Ils cultivèrent avec tant d'ardeur la musique et la danse, que leur nom, passant dans la
langue grecque, y fut employé pour désigner
une passion violente et une sorte d'enthousiasme irréfléchi pour ces exercices (2).

---

(1) Apollod., lib. 1, cap. 1, §. 4; Tzetzes, ad Lycophr.
p. 19.

(2) Platon., Ion., tom. I Oper., p. 534 à 536.

[Le verbe κορυϐανϺιάω, soit dans le texte de Platon qu'a
en vue M. de Sainte-Croix, soit dans les autres passages
où il se trouve, renferme toujours, ce me semble, l'idée
d'une agitation surnaturelle, d'une fureur divine, vraie
ou simulée, qui met l'homme hors de lui-même, et ne
le laisse plus maître de ses actions et de ses mouvemens.
Ce verbe exprime donc une sorte de folie, ou d'extase,
d'une origine divine, mais qui semble produire des effets
pareils à ceux d'une véritable aliénation d'esprit. Aussi
voyons-nous que, dans les Guêpes d'Aristophane, Xan-
thias ayant dit à Sosie : Ἀλλ' ἢ παραφρονεῖς, ἐϺεὸν, ἢ κορυ-
ϐανϺιᾷς; « Déraisonnes-tu donc? ou bien es-tu saisi d'une
» fureur pareille à celle des Corybantes »? Sosie lui ré-
» pond : οὔκ· ἀλλ' ὕπνος μ' ἔχειϺις ἐκ Σαϐαζίου. « Non; mais
» je suis pris d'un assoupissement que m'envoie Bacchus ».
C'est comme s'il disoit : Je suis effectivement sous l'action
d'une influence divine; mais au lieu d'une agitation pareille à celle des Corybantes, c'est un assoupissement invo-
lontaire que m'envoie Bacchus.

Si ces observations sont fondées, l'assertion de M. de
Sainte-Croix paroîtra devoir être modifiée. S. de S.]

On ne compta d'abord que trois Corybantes, par la même raison par laquelle on fixa les Cabires et les Dactyles à ce nombre, appelé *l'hypostase archique*, dans le langage mystique de Julien (1). Comme ceux-ci, les Corybantes passèrent pour des génies (2). Les noms des trois premiers Corybantes ne se trouvent plus que dans le poëme de Nonnus, et sont vraisemblablement fort altérés. Selon lui (3), les trois anciens Corybantes s'appeloient *Cyrbas*, *Pyrrhichus* et *Idœus*. Diodore ne reconnoît que le seul Corybas, fils de Jasion et de Cybèle (4). Corybas, célébrant avec enthousiasme les mystères de sa mère, donna lui-même le titre de Corybantes à ceux qui l'imitèrent.

Démétrius de Scepsis a méconnu l'origine de ces devins; il ne les regardoit que comme des gens voués au culte de la Mère des dieux, et choisis pour danser tout armés et pour sauter en cadence dans ses fêtes. Strabon adopte cette opinion, et croit que les Corybantes n'étoient que des ministres de Rhée (5). Mais c'est confondre, comme l'a fait aussi Diodore de Sicile (6), les

---

(1) Julian., Orat. v, ed. Spanheim., p. 168. B

(2) Κορύσαντες δέ εἰσι δαίμονές τινες, φυλάσσειν τὸν Δία ταχ-θέντες. Cod. græc. Bibl. Reg., n° 2633, fol. 248 *recto*.

(3) Dionys., lib. xiv, p. 388.

(4) Diod., lib. v, §. 49.

(5) Lib. x, p. 472.

(6) Loc. supr. laud.

F

premiers Corybantes avec leurs successeurs. D'ailleurs, ceux-ci conservèrent la prééminence dans les fonctions du sacerdoce ; une foule de témoignages ne permettent pas d'en douter. Ils jouirent d'abord de tant de considération, qu'on n'enterroit point leurs corps ; on les plaçoit après leur mort sur des colonnes hautes de dix coudées (1). Cet usage singulier ne paroît pas s'être conservé long-temps chez les Phrygiens. Les Corybantes ne différèrent bientôt plus des Galles, dont le nom étoit synonyme d'eunuque (2), quoiqu'il n'y eût primitivement que leur chef, l'Archigalle, qui fut obligé de subir la mutilation (3). L'obligation devint ensuite générale. La partie retranchée étoit consacrée à Cybèle et à Attis, puis renfermée dévotement dans les antres du mont Lobrinus, en Phrygie (4). Les Métragyrtes étoient les ministres d'un ordre inférieur (5) ; mendians de profession, ils avoient pour emploi de battre du tambour et de jouer de la cymbale, instrumens qu'ils portoient attachés à leur cou (6). Ils se rendirent si méprisables, que leur nom seul

---

(1) Nicol. Damasc. excerp., ad calc. Arist. Polit., ed. Heins., p. 1017.

(2) Hesych., in h. voc.

(3) Serv., ad Æn. lib. IX, v. 114.

(4) Schol. ad Nic. Alexiph., p. 30. B.

(5) Vandale, Diss. de Sacr. et Rit. Taurobol., cap. 11.

(6) Clem. Alex., Protr., p. 20, etc.

étoit une injure (1): par là le culte de leur divinité fut décrié, et pour être fort ancien et très-répandu, il n'en devint que plus corrompu.

La Terre, Ops, Rhée, la Mère des dieux, Agestis ou Agdistis, la bonne déesse, la grande déesse phrygienne, étoient les noms d'une même divinité, à laquelle on donnoit encore les épithètes de Cybèle, de Bérécynthiène, Dindyméniène, Idéenne, Pylériène, Pessinuntide, et autres (2), suivant les lieux où elle recevoit un culte particulier: elle ne différoit point de la divinité adorée chez les Égyptiens sous le nom d'Isis, sous celui d'Astarté, chez les Phéniciens, et sous celui de Cérès, chez les Athéniens. L'époque de l'établissement du culte idolatrique de la terre, ou Rhée (3), sous le titre de Mère des dieux, que lui méritoit son ancienneté, est marqué par l'apparition prétendue de sa statue à Cybèle (4), ville de Phrygie,

---

(1) Arist., Rhet., lib. III, cap. 2, tom. II Oper., p. 585.

(2) Καὶ ἕτερα μυρία ὀνομάζεται. Tzetz. ad Lycophr., p. 116, ed. Paul. Steph. Voyez, sur l'étymologie de la plupart de ces noms, les savantes Remarques de M. Falconet, Acad. des Inscr., tom. XXIII, p. 225 et suiv.

(3) *Et posteà* ἔρα, *quœ est terra : sed, mysterii gratiâ, dicere voluerunt* ῥέα. Joann. Nicol., de rit. Bacchan., cap. 4.

(4) Marm. Oxon., epoch. x. Je suis toujours les restitutions de Chandler, par préférence aux supplémens que Prideaux a imaginés, sans calculer les espaces. Voyez ce

F ij

297 ans avant la prise de Troie, quelques années
après l'arrivée de Cadmus et de Danaüs dans la
Grèce (1), Mæon régnant en Lydie (2), et Érich-
thonius à Athènes. L'origine des mystères de cette
déesse ne doit pas être fort éloignée de ce temps.
M. Fréret en fixe l'époque vers l'an 1580 (3) avant
J. C.; ce qui est très-antérieur à l'institution des
cérémonies établies à Eleusis, en l'honneur de la
Terre, sous le nom de Cérès.

Suivant la tradition, Midas, aidé sans doute
des Corybantes, après avoir bâti un magnifique
temple en l'honneur de Rhée (4), introduisit les
mystères de cette déesse chez les Phrygiens, afin
de les rendre plus soumis et d'adoucir leurs
mœurs (5). On ajoute que ce prince, si injuste-
ment décrié à cause de sa prétendue ignorance,
avoit été lui-même initié par Orphée (6), c'est-à-
dire, qu'il avoit tiré de la Thrace les cérémonies
de l'initiation. Elles commençoient, comme
toutes les cérémonies de ce genre, par des puri-

---

que j'ai dit à ce sujet en parlant des dernières époques de
la Chronique de Paros. Exam. crit. des Histor. d'Alex.,
2ᵉ édit., p. 595 et suiv.

(1) Marm. Oxon., epoch. VII et IX.
(2) Diod., lib. III, §. 58.
(3) Acad. des Inscr., tom. V, p. 308.
(4) Diod., lib. III, §. 60.
(5) Clem. Alex., Protr., p. 12.
(6) Justin., Hist., lib. XI, cap. 7.

fications, ce qui avoit donné lieu à la fable qui
faisoit purifier Bacchus par la Mère des dieux (1).

Le temps de la célébration des mystères de cette
déesse se trouvoit fixé immédiatement après
l'équinoxe du printemps (2). Cette fête duroit
trois jours, dont le premier étoit triste ; il étoit
consacré à une cérémonie singulière, qui consistoit à abattre un pin, au milieu duquel étoit attachée la figure d'Attis (3), soit parce qu'Attis avoit
été changé, selon quelques mythologues, en cet
arbre (4), soit parce qu'on prétendoit qu'il avoit
été découvert, mutilé, au pied d'un pin, par les
prêtres de Rhée, qui le transportèrent dans le temple de cette déesse, où il expira (5). La véritable
origine de cette cérémonie se trouve dans la fable
d'Osiris et de Typhon ; il n'est guère possible de
l'y méconnoître. Le second jour on sonnoit de la
trompette, et le troisième on initioit (6).

---

(1) Schol. Homer., ad Iliad. lib. vi, v. 130.

(2) Julian., Orat. v, in honor. Matr. Deor., p. 315 ;
Schol. Nicandr., ad Alexiph., v. 8.

(3) *In sacris Phrygiis, quœ Matris deúm dicuntur,
per annos singulos arbor pinea cœditur, et in media
arbore simulachrum juvenis subligatur.* Jul. Firm. Mat.,
De err. prof. rel., p. 17, ed. Rigalt.; Arnob., adver. Gent.,
lib. v, p. 167 et 184.

(4) Ovid., Metam., lib. x, v. 104.

(5) Serv., ad Æn. lib. ix, v. 114.

(6) Julian., Or. v, p. 316.

F iij

Le récipiendaire répondoit aux questions du mystagogue par ces paroles : *J'ai mangé du tambour, j'ai bu de la cymbale, et j'ai porté le cernos* (1). Le cernos étoit un vase de terre dans lequel il y avoit de la sauge marine, du froment, de l'orge, de

---

(1) Clem. Alex., Protr., p. 14.

[Le texte de S. Clément d'Alexandrie porte : ἐκ τυμπάνου ἔφαγον, ἐκ κυμβάλου ἔπιον · ἐκερνοφόρησα. L'éditeur de ce Père a remarqué que cette formule est rapportée d'une manière un peu différente par Julius Firmicus (De error. prof. relig., cap. 19). On y lit : *De tympano manducavi, de cymbalo bibi, et religionis secreta perdidici.* La traduction donnée par M. de Sainte-Croix a quelque chose d'amphibologique ; car on peut douter si elle veut dire, j'ai mangé une portion du tambour, j'ai bu une portion de la cymbale, ou j'ai mangé à même le tambour, j'ai bu à même la cymbale. L'un et l'autre sens peuvent convenir à la préposition grecque ἐκ, comme à la préposition latine *de;* mais il semble plus naturel de donner la préférence au second, à moins qu'on ne suppose que le tambour et la cymbale eussent ici une signification allégorique, ce qui est peu vraisemblable, le mot *cernos* étant pris dans sa signification propre et naturelle. Au reste, j'ai laissé subsister exprès cette amphibologie.

Quelques érudits ont rapproché de cette formule ce passage de S. Paul (1 Cor., cap. 10, v. 20) : *Non potestis calicem Domini bibere et calicem dæmoniorum : non potestis mensæ Domini participes esse et mensæ dæmoniorum.* Mais de pareils rapprochemens sont plutôt un abus de l'érudition qu'une application utile de la littérature profane à l'exégèse sacrée. S. de S.]

l'avoine, de l'épautre, différentes sortes de pois,
des lentilles, des fèves, des pavots blancs, du lait,
du vin, de l'huile, du miel, des figues sèches, et
de la laine non lavée (1) : au-dessus de tout cela
étoit une lampe (2). On distribuoit toutes ces
choses à ceux qui avoient porté le cernos. Ces
pratiques, empruntées d'Éleusis, ne paroissent
pas fort anciennes; elles étoient accompagnées
de beaucoup d'autres. La principale étoit celle de
l'intronisation. On plaçoit le récipiendaire sur
une sorte de trône, qu'entouroient tous les assistans : puis se tenant par la main les uns les autres,
ils dansoient et chantoient autour de lui (3), ce
qui ne s'exécutoit point sans quelque tumulte (4).
Là, néanmoins, présidoient des prêtres et des
prêtresses, parmi lesquels on comptoit le Zacore
ou Néocore, et les Cernophores (5). Le reste de
cette cérémonie nous est inconnu; vraisemblablement, et il n'est guère possible d'en douter,

---

(1) Athen., lib. XI, cap. 56.

(2) Schol. Nic., p. 60.

(3) Ποιεῖ]ον δὲ ταὐ]ὸν ὅπερ οἱ ἐν]ῇ]ελε]ῇ τῶν Κορυϐάν]ων, ὅ]αν
τὴν θρόνωσιν ποιῶν]αι περὶ]οῦ]ον ὃν ἂν μέλλωσι]ελεῖν · καὶ
γὰρ ἐκεῖ χορεία]ὶς ἐςὶ καὶ παιδιὰ, εἰ ἄρα καὶ]ετέλεσαι. Plat.,
Euthyd., tom. I Oper., p. 277; Dion Chrysost., Orat. XII,
p. 203. Parmi les ouvrages attribués à Orphée, on comptoit : Θρονισμοὶ μη]ρῷοι. Suid., in voc. Ὀρφεύς.

(4) Procl., Theol. Plat., lib. VI, cap. 13.

(5) Schol. Nicandr., p. 60.

on y donnoit une représentation des aventures d'Attis.

Loin de regarder ce personnage comme une divinité, quelques-uns en ont fait un jeune prêtre (1). Il passoit pour fils du phrygien Calaüs, et comme il étoit né impuissant, on supposa qu'il s'étoit mutilé lui-même (2). Il enseigna aux Lydiens les mystères de la Mère des dieux (3), ce qui le rendit cher à cette déesse, et excita la colère de Jupiter ; pour la satisfaire, ce dieu envoya un sanglier qui ravagea la Lydie, et qui y égorgea une infinité de personnes, parmi lesquelles se trouva le malheureux Attis. Ce récit du poète Hermésianax peut avoir quelque fondement historique, et désigner les disputes sanglantes des partisans du nouveau culte avec ceux de l'ancien. Le principal ministre de Rhée en fut sans doute la victime (4), et dut à cette infortune l'honneur de jouer dans les cérémonies mystérieuses de la Phrygie le même rôle que Cadmille dans l'île de Samothrace, et Kelmis, ou Celmis, sur le mont Ida : du moins son nom prit-il, chez les Corybantes, la place qu'occupoient ailleurs ceux de Cadmille et de Celmis. Par-là les Cory-

---

(1) Serv., ad Æn. lib. IX, v. 114.

(2) Nonn., Dionys., lib. xxv, p. 660.

(3) Pausan., Achaïc., cap. 17.

(4) Serv., ad Æn. lib. IX, v. 114.

bantes divinisèrent un de leurs anciens chefs; ils furent ensuite eux-mêmes mis au rang des génies ou divinités subalternes (1).

Cette circonstance de la mort d'Attis, tué par un sanglier, étoit consacrée à Pessinunte par l'usage commémoratif qui permettoit le sacrifice de toute espèce de quadrupède, excepté le porc et le sanglier (2). A Dyme, ville d'Achaïe, on observoit la même chose dans le temple élevé à Dindymène, ou Rhée, et à son compagnon insé-parable. Quel étoit-il? les profanes ne pouvoient le savoir, suivant le témoignage de Pausanias, qui assure n'en avoir lui-même rien appris (3). Cependant il débite, à cette occasion, une étrange légende sur Attis, dont les Galates, suivant lui, rapportoient l'origine à un songe impur de Ju-piter. Elle fut sans doute aussi inconnue aux mystagogues que les rêveries d'Évhémère concer-nant ce personnage (4). Les détails dans lesquels Catulle entre à l'égard d'Atys, leur étoient égale-ment étrangers. Ce poète a plus cherché à rendre son récit pathétique qu'à nous fournir quelques lumières sur les traditions mystiques et allégo-

---

(1) *Hi (Corybantes) autem Lares adpellantur.* Hygin., Fab. cxxxiv. *Corybantes dœmones sunt.* Serv., ad Æn. lib. iii, v. 111.

(2) Pausan., Achaïc., cap. 17.

(3) Id. ibid.

(4) Diod., lib. iii, §. 58.

riques de Pessinunte (1). Se flatteroit‑on d'en trouver davantage dans un discours de l'empereur Julien, où il se montre sophiste aussi méprisable que philosophe superstitieux ?

La Mère des dieux, ou la Terre, eut, selon lui, pour fils Attis, qui fut nourri sur les bords du fleuve Gallus, dont il prit le nom. Devenu grand, sa beauté inspira de l'amour à sa mère, qui, après lui avoir tout permis, lui mit sur la tête un bonnet étoilé. Elle le laissa ensuite se livrer entièrement au goût qu'il avoit pour la danse. Ce fut en s'y exerçant qu'il arriva jusqu'à la grotte d'une nymphe, dont il obtint les faveurs. La Terre ne tarda pas à en être jalouse, et enjoignit à son fils de ne plus la quitter, et de ne point en aimer d'autres qu'elle. Il n'obéit point, et s'enfuit. Comme il étoit déjà parvenu à l'extrémité d'une forêt, Corybas, ou le Soleil, engagea un lion roux à le dénoncer; mais cet animal devint lui‑même

_____

(1) [Le traducteur allemand des Recherches sur les Mystères ne pense pas comme M. de Sainte‑Croix, relativement au poëme de Catulle ; il croit, au contraire, que Catulle n'a fait dans ce morceau que suivre quelques poètes Grecs, peut‑être des poètes d'Alexandrie, et cette composition lui paroît respirer tout‑à‑fait l'esprit des Grecs. S'il m'est permis de dire mon opinion, je me rangerois plus volontiers au sentiment de M. de Sainte‑Croix. Peut‑être même l'Atys de Catulle est‑il un sujet de fantaisie, tout‑à‑fait étranger à l'Attis des Mystères. S. de S.]

le rival de la nymphe, et se battit contre elle (1).
Cet événement força le malheureux Attis à se
rendre eunuque. Après une opération aussi
cruelle, il ne s'éloigna plus de sa mère, qui lui
donna pour gardes les Corybantes (2).

Si ce récit étoit celui qu'on faisoit aux initiés

---

(1) [Je n'ai pas osé changer ici la manière dont M. de
Sainte-Croix avoit présenté cette fable d'après Julien. Mais
je crois devoir donner la traduction littérale de ce passage,
dans lequel Julien mêle tellement l'explication allégorique
avec le récit de la fable, qu'il est difficile de déterminer
positivement ce qui appartient à l'une et à l'autre. Voici
ses termes : « Quel est donc ce lion ? On nous apprend
» qu'il étoit d'un rouge ardent. C'étoit donc le principe
» qui régit la substance chaude et ignée, principe qui
» devoit déclarer la guerre à la nymphe, et éprouver un
» sentiment de jalousie contre elle, à cause qu'elle avoit
» joui des embrassemens d'Attis. Nous avons déjà dit ce que
» c'est que cette nymphe. La fable dit donc que (ce lion)
» prêta son ministère à la Providence qui régit les êtres,
» c'est-à-dire, à la Mère des dieux, et qu'ensuite ayant
» surpris le jeune Attis, et ayant dénoncé (son infidélité),
» il fut cause que ce jeune homme se rendit eunuque ».
Τίς δὲ ὁ λέων; αἴθωνα δήπουθεν ἀκούομεν αὐτόν · αἰτίαν τοίνυν
τὴν προεςῶσαν τοῦ θερμοῦ καὶ πυρώδους · ἢ πολεμήσειν ἔμελλε
τῇ νύμφῃ, καὶ ζηλοτυπήσειν αὐτὴν τῆς πρὸς τὸν Ἀτῖιν κοινωνίας ·
εἴρηται δὲ ἡμῖν τίς ἡ νύμφη · τῇ δημιουργικῇ προμηθείᾳ τῶν
ὄνἸων ὑπουργῆσαί φησι, δηλαδὴ τῇ μητρὶ τῶν θεῶν · εἶτα φωρά-
σανἸα καὶ μηνυτὴν γενόμενον αἴἸιον γενέσθαι τῷ νεανίσκῳ τῆς
ἐκἸομῆς. S. de S.]

(2) Julian., Or. v, p. 309-15.

de Pessinunte, comment l'empereur Julien a-t-il
osé en publier tous les détails ? Il a prévenu
l'objection, en ajoutant qu'une partie des mystères de cette ville devoit être cachée, et que l'autre pouvoit être révélée, même aux profanes. En
conséquence il donne l'explication de celle-ci,
conformément à ses principes allégoriques. Ils
étoient à peu près ceux des éclectiques, et pouvoient être facilement ramenés au système des
stoïciens. Après avoir exercé toute la sagacité de
son esprit pour adapter cette fable à ses idées
métaphysiques et astronomiques, Julien finit
néanmoins par assurer que les cérémonies mystérieuses de Pessinunte représentoient les travaux
de la moisson (1).

Il paroît certain que dans l'origine de ces
mystères on y entretenoit les adeptes du service
qu'avoient rendu à la société les Corybantes, soit
en encourageant l'agriculture, soit en exerçant
des arts utiles. A ces bienfaits ils en avoient joint,
à ce qu'il paroît, un autre fort important, celui de
faire espérer aux initiés les récompenses de la vie
future (2); mais les Corybantes racontoient-ils

---

(1) Julian., Or. v, p. 316.

(2) .... *Vitam cuiquam pollicentur æternam.* S. Aug.,
de Civit. Dei, lib. VII, cap. 24.

[Je dois faire observer que S. Augustin, dans le passage
cité par M. de Sainte-Croix, n'affirme point que les prêtres

l'histoire d'Attis comme on vient de la rapporter?
Cela n'est pas vraisemblable. Tout étoit simple de
leur temps, et rien ne se ressentoit des efforts de
l'imagination. Combien n'en firent pas au contraire les derniers mystagogues, pour donner un
sens raisonnable aux traditions mythologiques!

Le dernier jour des mystères de Pessinunte,

---

de la Mère des dieux promissent aux initiés la vie éternelle, et détermine encore moins ce que l'on doit entendre
par cette vie sans fin. Il semble d'abord qu'on pourroit
conclure du passage de ce Père que ces prêtres faisoient
aux initiés des promesses d'un genre plus relevé, qui, selon
S. Augustin, s'accordoient bien mal avec les explications
physiques données par Varron, soit aux dogmes relatifs
à la Mère des dieux, soit aux rites et aux symboles de son
culte. Mais si on fait attention à ce que S. Augustin ajoute
presque aussitôt, on pensera, je crois, qu'il oppose aux
magnifiques promesses que la religion chrétienne fait à
ceux qui souffrent pour elle, en cette vie, la nullité ou la
futilité des espérances que les prêtres des divinités païennes
et les ministres des mystères donnoient aux initiés. Il est
nécessaire de transcrire ici le passage en entier.

*Hæc sunt Telluris et Matris magnæ præclara mys-
teria, unde omnia referuntur ad mortalia semina et ad
exercendam agriculturam. Itane ad hæc relata et hunc
finem habentia tympanum, turres, Galli, jactatio in-
sana membrorum, crepitus cymbalorum, confictio
leonum, vitam cuiquam pollicentur æternam?.....
Nec attenditur, quantum maligni dæmones prævalue-
rint, qui nec aliqua magna his sacris polliceri ausi
sunt, et tam crudelia exigere potuerunt. S. de S.]*

on faisoit éclater sa joie (1); c'étoit l'emblème du retour d'Attis à la vie (2). Alors tout retentissoit du bruit du cor et des crotales (3), qui excitoit l'enthousiasme des prêtres de Rhée. Les anciens Corybantes ne s'étoient jamais livrés à ces fureurs; elles semblèrent croître chez leurs successeurs, à proportion que leur crédit s'affoiblissoit. Ils se portèrent à des actes de frénésie dont la superstition peut seule s'honorer. Un glaive et des torches ardentes de pin à la main, poussant des cris affreux, et les cheveux épars, parcourant les bois ou les montagnes, ils annonçoient leur fête. Ensuite, pour donner une représentation du malheur d'Attis, les uns se frappoient les parties naturelles (4), d'autres se mutiloient eux-mêmes, et portoient, comme en triomphe, dans les rues, la marque déplorable de leur délire (5). Ces horribles et infâmes scènes se renouveloient toutes les fois que ces prêtres pouvoient espérer de s'attirer par là l'admiration d'un peuple stupide et barbare.

Quoique la conduite de ces forcenés eût déjà

---

(1) Julian., Or. v, p. 316.

(2) Damasc. vit., in Phot. Bibl., p. 1074.

(3) Strab., lib. x, p. 469, etc.

(4) Χερσὶν ἑαῖς κόψαντες ἄφνω γεκνοσπόρον αἰδῶ. Pseudo-Maneth., Apotelesm., lib. vi, v. 540.

(5) Lucian., Dial. Deor. xii, §. 1; Lactant., lib. i, p. 91; Apul., Metam., lib. viii, ix, passim.

décrié dans la Grèce et l'Asie mineure le culte
de Rhée, ou Cybèle, il s'introduisit cependant
à Rome. Ses mystères y étoient pratiqués suivant les rites phrygiens (1). On ne permettoit
même pas d'y chanter d'autres hymnes que les
anciens, qui étoient écrits en langue grecque,
et on ne devoit point les traduire, comme c'étoit
l'usage dans les autres cérémonies religieuses (2).
Les poètes latins se sont plu à nous décrire les
coupables excès auxquels les prêtres de Cybèle,
les Galles, se portèrent. Cela n'empêcha point
d'établir à Rome, en l'honneur de cette déesse,
des sacrifices mystérieux, connus sous le nom
de *tauroboles,* dont les monumens sont répandus
de toute part, et que le poète Prudence a si bien
décrits (3). Ces sacrifices appartenoient aussi à
d'autres cultes; ils étoient assez récens dans celui
de Rhée, que l'empereur Julien s'efforça en vain
d'accréditer.

Ce prince, trop vanté de nos jours, parce qu'il
persécuta les Chrétiens, et peut-être aussi parce
que ses ouvrages ne sont point assez lus, écrivit à
Arsace, grand-prêtre de Galatie, pour l'assurer
qu'il accorderoit sa protection aux habitans de
Pessinunte, s'ils se rendoient propice leur divi-

---

(1) Festus, de Signif. verb., p. 146.
(2) Serv., ad Georg. lib. 11, v. 394.
(3) Hymn. x, Passio S. Roman. Martyr., v. 1010-85.

nité tutélaire; que si, au contraire, ils la négli-
geoient, il leur feroit ressentir les effets de son
indignation (1). Ainsi, jusqu'aux derniers temps
du paganisme, il subsista encore quelque chose
des mystères des anciens Corybantes. Au contraire, il ne restoit plus aucune trace de ceux des
Telchines, dont on n'avoit même depuis long-
temps que des idées fausses et injustes.

(1) Julian., Epist. XLIX, tom. II Oper., p. 206.

ARTICLE V.

Des Telchines.

Le nom des Telchines étoit un terme injurieux
et synonyme de ceux de charlatan, d'enchanteur,
d'empoisonneur, enfin de génie malfaisant (1). Le
savant Fréret dérive néanmoins le mot *Tel-
chine* d'un verbe grec, qui signifie *guérir, soulager* (2). Les hommes ne sont que trop souvent
injustes envers leurs bienfaiteurs, au nombre
desquels ces Telchines, si décriés dans la suite,
méritent une place distinguée. Quoiqu'ils eussent
commencé par se servir de pratiques supersti-
tieuses, comme les jongleurs iroquois, ou les
Piayes caraïbes, ils paroissent cependant avoir
exercé les premiers la médecine vétérinaire, et
être devenus fort habiles dans la métallurgie (3),
ce qui fit croire que c'étoient eux qui avoient fait

---

(1) Nicol. Damasc. excerp., ed. Heins, p. 1012. Οἱ πο-
νηροὶ καὶ βάσκανοι δαίμονες. Lex. etym. man. Bibl. Reg.,
n° 2630; Nicephor. Greg., lib. iii, p. 52; lib. viii, p. 222;
lib. xvi, p. 517; lib. xx, p. 615. Le mauvais renom des
Telchines ne fit donc que croître pendant trois mille ans.

(2) Acad. des Inscr., tom. XXIII, p. 38.

(3) Strab., lib. xiv, p. 654; Diod., lib. v, §. 55; Ovid.,
Metam., lib. viii, v. 365; Hesych., in h. voc., etc.

G

la faux de Saturne (1), le trident de Neptune (2),
les statues d'Apollon et de Junon, qu'on voyoit à
Linde et à Camire (3), villes de l'île de Rhodes,
où les Telchines avoient passé du continent de
la Grèce. Cette courte traversée suffisoit pour
leur mériter le titre d'enfans de la mer ou de
Neptune (4). Une autre tradition leur faisoit honneur d'avoir été chargés de l'éducation de Neptune (5); ce qui a un fondement historique encore plus remarquable.

Comme les Cabires, les Dactyles, les Curètes
et les Corybantes, avec lesquels ils avoient tant
de rapport, soit par leurs mœurs, soit par leurs
occupations, les Telchines furent d'abord de
simples devins, ensuite les prêtres d'une portion
des Pélasges. Ils engagèrent ce peuple à abandonner l'ancien culte de Saturne; c'est pourquoi on

---

(1) Strab., lib. xiv, p. 654; Eustath., ad Dionys., v. 504.

(2) Eustath., ad Iliad., tom. I, p. 771.

(3) Diod., lib. v, §. 55. Voyez, sur les Statues telchi-
niennes, Winckelm., Hist. de l'Art, liv. vi, ch. 1.

(4)   Σώματα Τελχίνων τυμβεύσατε γείτονι πόντῳ
          Πατρὶ Ποσειδάωνι μεμηλότα·

Nonn. Dionys., lib. xxvii, p. 704 et 706.

..... καὶ Σκίλμις ἐφέσπετο Δαμναμενῆϊ,
      Πάτριον ἰθύνων Ποσιδήϊον ἅρμα θαλάσσης.

Id., ibid., lib. xiv, p. 388. Vid. et lib. xxxvii, p. 946.

(5) *Maris filii cum Caphyrna, Oceani filia, Neptunum
educarunt.* Domit., ad Stat. Sylv., lib. iv, Herc. epitr.,
v. 47.

disoit qu'ils lui avoient ôté sa faux. Ils se décla-
rèrent alors pour Neptune, et soutinrent en sa
faveur une longue guerre dans l'Ægialée contre
Phoronée. Étant devenus odieux à cause de cette
guerre, ils vinrent s'établir à Rhodes, sous le
règne d'Apis, fils et successeur de Phoronée (1),
et y portèrent leur nouvelle divinité, à laquelle
ils en associèrent bientôt plusieurs autres, dont
ils sont supposés avoir les premiers fait les statues. Les Géans, ou anciens habitans du pays,
s'opposèrent à ces innovations religieuses, et prirent les armes contre les Telchines (2). On ajoute
que Rhée fut contraire aux Telchines (3), c'est-
à-dire, que les partisans du culte de la Terre, ces
mêmes Géans, refusèrent de l'abandonner, et d'y
substituer celui de la nouvelle divinité.

Pour suppléer au nombre et à la force, les
Telchines eurent recours à l'art des prestiges et
aux enchantemens (4). Mais le moyen le plus
puissant qu'ils employèrent sur l'esprit des sauvages, fut la menace des peines à venir. La terreur
que ces menaces leur inspirèrent les engagea à
descendre de leurs montagnes, à sortir de leurs

---

(1) Euseb., Chron., ad ann. 228 ; Syncell., Chronogr.,
p. 149. B. 150. A.

(2) Diod., lib. v, §. 55.

(3) Etymol. magn., in voc. Ἀντία.

(4) Diod., loc. supr. laud. Pindare y fait allusion.
Olymp. VII, v. 98. Vid. Heyne, Addit. ad Pind. not., p. 24.

forêts, à cultiver les terres, enfin à adopter une religion nouvelle. Cette révolution se trouve attestée par une fable qui paroît fort ancienne. On y dit que les Telchines, fugitifs de la terre, errans sur mer, génies passionnés pour l'agriculture (1), puisèrent de leurs propres mains des eaux du Styx, et en arrosèrent ensuite les champs de Rhodes (2).

---

(1) Δαίμονες ἀγρονόμοι, μανιώδεες. Nonn., Dionys., lib. XIV, p. 388.

(2) Id., ibid.; Lactant., Schol. ad Stat. Theb., lib. II, v. 274.

[Le sens que M. de Sainte-Croix suppose ici à la fable qu'il rapporte, étoit mieux déterminé dans la première édition, où on lisoit : « Les Telchines arrosèrent les » champs voisins de leur demeure avec les eaux du Styx, » c'est-à-dire, qu'ils firent de toutes parts des lustrations, » et répandirent le dogme des punitions infernales ». Quoique le savant auteur ait retranché ces mots sur l'exemplaire destiné à servir de copie pour cette seconde édition, il est certain qu'il n'a pas renoncé à cette explication allégorique, et qu'elle est l'unique fondement de ce qu'il avance ; que le ressort le plus puissant que les Telchines firent agir sur l'esprit des sauvages, fut la menace des peines à venir. Et pourquoi eurent-ils recours à ces menaces? Ce fut, suivant M. de Sainte-Croix, pour forcer les peuples à quitter la vie sauvage, à recevoir les premiers germes de la civilisation, et à se livrer à l'agriculture, pour laquelle les Telchines avoient une sorte de passion. Je ne saurois dissimuler que, malgré mon profond respect pour l'érudition de M. de Sainte-Croix, tout cela me

Rhodes fut alors le théâtre des guerres de religion, dont le souvenir nous a été conservé sous
l'enveloppe de récits allégoriques. Outre les Telchines et les Géans, qui jouent ici le rôle que
jouent ailleurs les Titans, nous y voyons des
enfans de Neptune, nés du commerce de ce dieu
avec une sœur des Telchines, c'est-à-dire, sans

---

paroît manquer d'un fondement solide. Je crois d'abord
que, dans le passage cité de Nonnus, le mot ἀγρονόμοι ne
signifie autre chose qu'*habitans des champs*. En second
lieu, les Telchines nous sont représentés comme des êtres
envieux, qui ne puisèrent l'eau du Styx, et ne la répandirent sur les campagnes de Rhodes, que pour détruire
la fécondité des terres, et les rendre stériles. C'est l'idée
qu'expriment les vers de Nonnus :

Χερσὶν βαρυζήλοισιν ἀρυόμενοι Στυγὸς ὕδωρ,
Ἄσπορον εὐκάρποιο Ῥόδου ποίησαν ἀλωήν,
Ὕδασι Ταρταρίοισι περιρραίνοντες ἀρούρας.

(Dionys, lib. xiv, p. 388.) Le même poète les appelle
encore ailleurs φθονεροὶ Τελχῖνες (lib. xxx, p. 777). Diodore leur donne la même épithète, disant d'eux qu'ils
envioient aux hommes les connoissances qu'ils possédoient,
καὶ εἶναι φθονεροὺς ἐν τῇ διδασκαλίᾳ τῶν τεχνῶν (lib. v, §. 55),
et le scholiaste de Stace ne nous en donne pas une autre
idée. Je n'ai pas osé réformer ici le texte de M. Sainte-
Croix, parce que ceci tient essentiellement à l'idée qu'il
s'étoit faite des dogmes enseignés ou représentés d'une
manière allégorique, dans les Mystères du Paganisme; mais
je crois qu'il est de mon devoir de soumettre mes doutes
au jugement des savans. S. de S.]

doute des colons étrangers venus d'au-delà des mers. Jupiter y donne aussi naissance à une race particulière, fruit de ses amours avec une nymphe, nommée Himalie. Enfin, Vénus se rendant de Cythère à l'île de Chypre, veut aborder à Rhodes, dont l'entrée lui est interdite par les enfans de Neptune. Vénus se venge en leur inspirant une passion brutale pour leur mère : ils outragent en elle la nature, et se rendent odieux par leurs excès aux anciens habitans de l'île. Neptune les dérobe à leur vengeance, en les cachant dans le sein de la terre, et leur mère se précipite dans les flots (1).

Peut-on méconnoître dans ce récit la lutte entre les partisans de diverses divinités étrangères, au culte desquelles se refusèrent les habitans primitifs de Rhodes ? Une catastrophe inattendue, peut-être un tremblement de terre, sembla venir à leur secours, et venger les anciennes divinités outragées par l'introduction d'un nouveau culte. La mer, franchissant ses bords, inonda les campagnes de Rhodes, et fit périr les établissemens formés sur les côtes par des colons d'origine étrangère.

Soit que ce désastre eût été prévu par les Telchines, comme le dit Diodore de Sicile (2), soit

---

(1) Diod., lib. v, §. 55.
(2) Id. ibid., §. 56.

qu'ils y eussent échappé, ils prirent le sage parti
de chercher un asile sur le continent. Parmi
ceux que l'inondation épargna, furent les fils de
Jupiter, c'est-à-dire, que le culte de ce dieu parvint à se maintenir; mais il dut céder la prééminence au culte du soleil, qui fut adopté par les
insulaires, et éclipsa celui de toutes les autres
divinités (1). Cela fit imaginer que les Telchines
avoient eu pour successeurs les *Ignètes* ou *Hé-*

---

(1) Diod., lib. v, §. 56.

[Tout ce qu'on vient de lire depuis ces mots : *Rhodes
fut alors le théâtre, etc.*, a été substitué à ce qu'avoit
écrit M. de Sainte-Croix. Peu de faits sont aussi favorables
que ceux que rapporte Diodore dans le passage cité, au
système allégorique adopté par le savant académicien. Ce
que j'ai supprimé et remplacé ainsi étoit très-éloigné du
récit de Diodore, et m'a paru destitué de toute autorité.

Le savant M. Boettiger, dans son ouvrage intitulé :
Kunstmythologie (p. 156), explique la fable des Telchines
d'une manière tout-à-fait analogue à ce que nous venons
de dire, en nous conformant aux idées de M. de Sainte-
Croix. Se fondant sur la tradition rapportée par Diodore,
suivant laquelle les Telchines étoient fils de la mer, et
élevèrent Neptune enfant, il pense qu'arrivés d'un pays
étranger dans l'île de Rhodes, ils y fondèrent le culte d'une
divinité marine, comme les Curètes établirent, suivant
la fable, celui d'une divinité terrestre, de Jupiter supposé
être leur élève. Il faut voir, dans l'ouvrage même de
M. Boettiger, les développemens qu'il donne à cette explication. S. de S.]

G iv

liades (1), c'est-à-dire, les adorateurs du soleil. Ceux-ci ne purent néanmoins conserver long-temps la prééminence de leur culte; elle leur fut enlevée à l'arrivée de Danaüs et de ses filles (2), qui introduisirent les dogmes et les rites égyptiens. Linde devint alors le lieu où l'on célébra les mystères de Saïs. Nous n'avons point de détails sur les cérémonies particulières que les Rhodiens y ajoutèrent. On sait seulement qu'ils couron-noient d'asphodèle la statue de Proserpine (3). La substance des racines de cette plante étant assez semblable à celle du gland, il est probable qu'elles avoient servi de nourriture aux anciens habitans de l'île de Rhodes, avant qu'ils fussent civilisés. C'est à quoi, selon toute apparence, leurs descen-dans faisoient allusion dans l'usage qu'on vient de rapporter. Plus anciennement, sans doute, on avoit offert à Rhodes des victimes humaines (4).

Il paroît que, malgré l'émigration des Tel-chines, leurs pratiques mystérieuses se conser-vèrent à Rhodes dans le temple d'Ocridion, nom d'un ancien héros (5), qui devoit être l'un de ces

---

(1) Diod., lib. v, §. 55; Strab., lib. xiv, p. 450; Hesych., in voc. Ἰγνῆτες; Steph. Byz., in vocib. Γῆς et Ἰγνῆ.

(2) Marm. Oxon., ep. ix.

(3) Suid., in voc. ἀσφόδελος.

(4) Porphyr., de Abst., lib. ii, §. 54.

(5) Plut., Quæst. Græc., tom. II, ed. Xyl., p. 297. D. [La manière dont Plutarque parle d'Ocridion ne donne

premiers ministres de l'ancien culte. On en
compta d'abord deux (1), ensuite trois (2). Nonnus les appelle Lycus, Scelmis, et Damnaméneus (3). Ces deux derniers noms sont évidemment empruntés de ceux des Dactyles, d'avec
lesquels le poète ou versificateur ne distingue
point clairement les Telchines.

Strabon parle moins des Telchines que des
Cabires, des Dactyles, des Curètes et des Corybantes; il les reconnoît cependant tous pour des
hommes qui ont eu le même genre de vie. Après
avoir accumulé faits sur faits, et erré de traditions
en traditions, il conclut sa longue digression en
ces termes : « Je me suis un peu arrêté à ces fables,
» parce qu'elles touchent la religion, et que, lors-
» qu'il s'agit des dieux, il faut rechercher les
» croyances anciennes et les traditions mytholo-
» giques; car les anciens ont indiqué, sous l'enve-
» loppe des fables, ce qu'ils ont pensé sur la

---

aucune lumière sur l'âge de ce héros, et sur son origine
indigène ou étrangère. S. de S.]

(1) Suid., in voc. Τελχῖνες.

(2) Lactant., ad Stat. Theb. lib. 11, v. 274.

(3) Dionys., lib. xiv, p. 388. Diodore de Sicile et Hésychius font mention de Lycus. (Hesych., in h. voc.) Ce
lexicographe fait encore mention d'un autre (in voc. Μυλάς),
ainsi que Tzetzès (Chil. xiii, v. 447). L'incertitude des
noms donnés aux Telchines a fait varier sur leur nombre.

» nature des choses (1). Il n'est pas possible d'ex-
» pliquer exactement les énigmes ; mais quand
» on rassemble cette multitude de traits fabuleux
» qui tantôt s'accordent entre eux et tantôt se
» contredisent, on peut, en les comparant, décou-
» vrir plus aisément la vérité qu'ils cachent. Ainsi,
» lorsqu'on feint que ceux qui servent les dieux,
» et que les dieux eux-mêmes se plaisent à courir
» sur les montagnes, et se livrent à l'enthousias-
» me, c'est probablement par la même raison qui
» a fait imaginer qu'ils habitent les cieux, d'où
» ils manifestent leur providence, soit par des
» signes qui présagent l'avenir, soit de quelque
» autre manière. En effet, les courses sur les
» montagnes mènent à la découverte des métaux,
» au goût de la chasse, aux recherches sur diver-
» ses choses utiles à la vie, et l'enthousiasme tient
» au merveilleux des cérémonies religieuses, des
» divinations et des prestiges (2) ».

On reconnoît ici le système physiologique des
stoïciens sur la mythologie : c'étoit celui de Strabon, qui y ramène toutes ses recherches ; mais
celles qu'il prête aux hommes dont il parle, leurs
courses, leurs découvertes et leurs réflexions, devoient avoir un autre résultat ; elles les portèrent
à travailler à la civilisation des premières peu-

---

(1) Ἐννοίας φυσικάς, comme lisoit M. de Bréquigny, d'après
le Man. de la bibl. du Roi, n° 1393.

(2) Strab., lib. x, p. 474.

plades de la Grèce européenne ou asiatique, et cet effet étoit aussi naturel qu'il me paroît évident. Nous voyons donc, à travers les ténèbres qui couvrent le berceau de toutes ces sociétés, que les Cabires, les Dactyles, les Curètes, les Corybantes, et les Telchines, en furent les premiers instituteurs ; que, pour en affermir les fondemens, ils établirent un culte religieux, et que la doctrine dont ils l'accompagnèrent étoit cachée sous l'enveloppe de cérémonies mystérieuses. Cette doctrine consistoit principalement, 1°. à rapprocher les hommes sortis des forêts, en leur faisant quitter une vie précaire, mais oisive, et en leur montrant les calamités attachées à leur ancien état, et les avantages de la civilisation ; 2°. à graver dans leur esprit le dogme des peines et des récompenses à venir, dogme sans lequel tous les liens sociaux auroient été bientôt brisés, nulle loi ne pouvant suppléer à cette créance salutaire.

Les expiations et les lustrations dont ils firent usage prouvent l'existence de ce dogme ; elles étoient inséparables des cérémonies religieuses, qui furent changées la plupart en initiations, et d'après lesquelles les Hiérophantes se permirent dans la suite beaucoup d'explications nouvelles, comme le remarque judicieusement M. Heyne (1).

(1) *In his initiis, Hierophantæ alii veteres ritus symbolicos ex suo ingenio interpretabantur, alii novos ritus condebant.* Comment. Gott., tom. VIII, p. 22.

On avouera encore avec lui qu'il ne faut point confondre les premières initiations avec les initiations moins anciennes (1). Ces deux principes, surtout le dernier, sont d'une critique fort sage; mais je ne conviendrai pas également qu'à l'arrivée des colonies, le culte étranger qu'elles apportoient dut être un mystère pour les indigènes (2). L'exemple des sauvages convertis à la religion chrétienne démontre que les fondateurs de la civilisation parmi les nations barbares dûrent suivre une marche toute contraire. On n'est parvenu à civiliser les sauvages qu'en les admettant à toutes les cérémonies du culte chrétien. C'est l'imagination qu'on doit frapper, c'est le cœur qu'il importe d'émouvoir, quand on veut donner à l'homme les inclinations sociales. Le culte religieux lui fait abandonner la vie sauvage, et l'oubli de ce même culte peut plonger une nation dans un état bien pire, celui d'une barbarie d'autant plus atroce, qu'elle succède à une civilisation que les sophismes de l'esprit ont achevé de corrompre.

---

(1) *Sunt enim seriora initia diligenter distinguenda ab antiquioribus; nec benè in disputationibus super mysteriis illa passim confusa videas.* Ibid., p. 21.

(2) *Arcanis sacris originem plerumque dedit hoc, quod aliunde ea erant illata, adeoque paucis indigenis nota : si igitur sanctitate inclarescerent, admissi alii post alios cœtum à profanis segregatum constituere debuere.* Ibid.

TROISIÈME SECTION.

Des Mystères éleusiniens.

ARTICLE PREMIER.

De l'Origine des Mystères d'Éleusis.

Lɛs cérémonies sacrées d'Éleusis effacèrent, soit par leur splendeur, soit par leur célébrité, toutes celles dont j'ai parlé jusqu'ici : elles méritè- rent d'être appelées les mystères par excellence : on leur donna encore, comme aux autres, les noms d'*Orgies* et de *Télètes* (1). Leur origine étoit fort ancienne; elle le seroit encore davan- tage, si, avec S. Epiphane, on en faisoit remonter l'établissement au règne d'Inachus (2), c'est-à- dire, vers l'an 1970 avant l'ère vulgaire. Cette

---

(1) Voyez les Éclaircissemens à la fin de l'ouvrage.

(2) S. Epiphan., advers. Hæres., lib. 1, §. 9, p. 11. B, tom. I, Oper., ed. Petav.

[J'ignore sur quelle autorité M. de Sainte-Croix place ici l'époque d'Inachus, 1970 ans avant l'ère vulgaire. Le P. Pétau fixe le commencement du règne d'Inachus à l'an 1857. M. Larcher recule beaucoup plus l'époque de ce prince : il assigne à sa naissance l'an 2011 avant J. C., et

époque est antérieure de plus de quatre siècles au temps auquel, suivant Hérodote, Danaüs transporta d'Egypte, avec ses filles, les cérémonies mystérieuses de Cérès, que les Grecs appelèrent *Thesmophories* (1). Les filles de Danaüs enseignèrent ces cérémonies aux femmes pélasgiotes du Péloponèse, où l'usage s'en seroit néanmoins perdu, lors de l'invasion de cette contrée par les Doriens, si les Arcadiens ne l'y eussent conservé (2). Ce récit d'Hérodote nous offre deux faits très-remarquables : le premier est, que le culte de Cérès ne fut point connu avant le règne de Danaüs, l'an 1511 avant Jésus-Christ, suivant la

au commencement de son règne, auquel il donne, avec Eusèbe, soixante ans de durée, l'an 1986 avant J. C. (Hist. d'Hérod., 2ᵉ éd., tom. IX, p. 310 et 312.) Au reste, l'autorité de S. Epiphane ne me paroît pas ici d'un grand poids, et d'ailleurs il rapporte d'une manière assez vague, au temps d'Inachus, l'origine des mystères dans la Grèce, sans spécifier les mystères d'Éleusis. Voici son texte : Ἐκεῖθεν δὲ ἀρχὴν ἔσχε τὰ παρ' Ἕλλησι μυστήριά τε καὶ τελεταὶ, πρότερον παρ' Αἰγυπτίοις καὶ παρὰ Φρυξὶ καὶ Φοίνιξι καὶ Βαβυλωνίοις κακῶς ἐπινενοημένα, μετενεχθέντα τε εἰς Ἕλληνας ἀπὸ τῆς τῶν Αἰγυπτίων χώρας ὑπὸ Κάδμου καὶ αὐτοῦ τοῦ Ἰνάχου..... ἀλλὰ καὶ παρ' Ὀρφέως, καὶ ἄλλων τινῶν τὴν ἀρχὴν λαβόντα. Je crois au surplus être entré dans la pensée de M. de Sainte-Croix, en modifiant un peu la manière dont il alléguoit l'opinion de cet écrivain. S. de S.]

(1) Herod., lib. II, cap. 171.

(2) Id., ibid.

Chronique de Paros, ou l'an 1584, comme le pensent quelques chronologistes modernes ; le second, résultant des expressions d'Hérodote, est que les Thesmophories ont précédé dans la Grèce les mystères d'Éleusis. L'origine de ces mystères doit être fixée au règne d'Érechthée, qui succéda à Pandion premier, l'an 1423 avant Jésus-Christ, et 632 avant la première olympiade (1). Pétau ne rapporte cependant, d'après Eusèbe, l'établissement de ces mystères qu'à l'année 1387 (2), laquelle, suivant son calcul, tombe à la dixième du règne d'Érechthée. Mais la chronique de Paros

---

(1) [M. Larcher fixe le commencement du règne d'Érechthée, d'après ses conjectures, à l'an 1431 avant J. C. Hist. d'Hérod., 2ᵉ éd., tom. IX, p. 196 et 342. S. de S.]

(2) Doctr. Temp., tom. II, p. 529.

[Le traducteur allemand des Recherches sur les Mystères censure, non peut-être sans quelque fondement, cette exactitude un peu minutieuse, que quelques chronologistes apportent à fixer l'année précise d'événemens dont la mémoire ne s'est conservée long-temps que par tradition ; et dans le cas dont il s'agit, il pense qu'il suffit d'établir que les mystères d'Éleusis furent introduits dans la Grèce sous le règne d'Érechthée. Il est singulier que ce traducteur ait copié, sans y faire attention, une faute grave de la première édition des Recherches sur les Mystères, où on lisoit *l'an* 1587 pour *l'an* 1387. M. de Sainte-Croix lui-même avoit négligé de corriger cette faute sur l'exemplaire destiné à servir de copie pour la seconde édition. S. de S.]

semble placer cet événement vers le milieu de la
vie de ce prince, qui occupa le trône d'Athènes
pendant cinquante ans : c'est pourquoi je ne
crois pas m'éloigner du sentiment de l'auteur de
cette chronique, en fixant l'institution des mystères éleusiniens vers l'année 1397, la vingt-
quatrième avant la mort d'Érechthée.

On trouve, dans la chronique que je viens de
citer, quatre époques relatives à l'histoire de
Cérès, et de son culte dans l'Attique. Dans la
première, il est question de l'arrivée de cette
déesse, qui sema les premiers grains dans l'Attique, et envoya Triptolème, fils de Célée et de
Néæra, pour faire part de cette découverte aux
habitans des autres contrées ; la seconde époque
est relative à la première semence que Triptolème
jeta dans les champs de Rharia, près d'Éleusis ;
la troisième, quoique le texte en soit fort mutilé, nous laisse cependant apercevoir la publication d'un poëme sur l'enlèvement de Proserpine,
les courses que sa mère fit pour la chercher, et
autres circonstances relatives à cet événement.
Suivant la restitution de Chandler (1), c'est Orphée qui publia lui-même ce poëme dont il est

_____

(1) Ἀφ' οὗ ['Ορφεὺς τὴν] αὐτοῦ ποίησιν ἐξέθηκε, Κόρης τε
ἁρπαγὴν, καὶ Δήμητρος ζήτησιν, καὶ τ[ὴ]ν αὐτοῦ [καταβασιν, καὶ
μύ]θο[υ]ς τῶν ὑποδεξαμένων τὸν καρπὸν, ἔτη ΧΗΔΔΔΔΠ,
βασιλεύοντος Ἀθηνῶν Ἐριχθέως. Lin. 25, 26, 27, epoch. 14.

l'auteur ; conjecture heureuse, mais qui offre bien des difficultés. Enfin dans la quatrième époque, il est parlé, et de l'établissement des mystères, et des poésies de Musée. Les éditeurs y ont inséré le nom d'*Eumolpe*, comme étant le véritable instituteur de ces cérémonies. Cette addition (1), et plusieurs autres qu'il ne m'est pas permis d'examiner ici, paroissent ne point convenir au texte de cette chronique. Les lettres numériques destinées à indiquer les époques, ne se voient plus aujourd'hui que dans deux des articles qui concernent Cérès et son culte. La première des deux époques conservées se trouve à la vingt-troisième ligne, et nous donne la date de 1142 avant l'archontat de Diognète, c'est-à-dire, avant la première année de la cxxix^e olympiade ; ce qui fixe l'époque à laquelle le premier champ fut ensemencé par Triptolème, à l'année 1406 avant Jésus–Christ. A la vingt-septième ligne, où il est fait mention de la publication du poëme sur l'enlèvement de Proserpine, se lit la seconde de ces deux époques, savoir, l'année 1135 avant l'archontat de Diognète, qui répond à la 1399e avant l'ère vulgaire. Le temps

---

(1) [Ἀφ' οὗ Εὔμολπος ὁ Μουσαί]ου τὰ μυστήρια ἀνέφηνεν ἐν Ἐλευσῖνι, καὶ τὰς τοῦ [πατρὸς Μ] ουσαίου ποιήσ[ει]ς ἐξέθη[κεν, ἔτη ΧΗ..... βασιλεύοντος Ἀθηνῶν Ἐριχθέ]ως τοῦ Πανδίονος. Lin. 27, 28, 29, epoch. 15.

H

a effacé toutes les lettres numériques de la vingt-
huitième ligne, et jusqu'au nom d'Érechthée. On
doit néanmoins conjecturer que c'étoit au règne
de ce prince que l'auteur de ce précieux monument avoit rapporté l'institution des mystères
éleusiniens ; je la fixe donc, avec assez de vraisemblance, à l'an 1397, en gardant l'intervalle
qu'il faut nécessairement supposer entre les différens événemens dont il s'agit.

Diodore de Sicile nous assure qu'Érechthée étoit
né en Égypte, et que de là il passa dans l'Attique,
avec une quantité considérable de grains, à laquelle les habitans de cette contrée dûrent leur
salut, leurs champs ayant beaucoup souffert
d'une longue sécheresse. Ce secours mérita de
leur part la couronne à leur bienfaiteur, qui
établit les mystères à Éleusis (1). Il est facile de
s'apercevoir que tout ce récit a été puisé dans
l'ouvrage d'Évhémère, qui l'avoit imaginé, sans
doute, pour rendre raison de l'origine du culte de
Cérès. Érechthée n'étoit point Égyptien ; il étoit
fils de Pandion premier, roi d'Athènes, sous le
règne duquel l'établissement des mystères a été
placé par quelques écrivains (2). Thucydide,
Plutarque, Apollodore, Pausanias (3), et plu-

---

(1) Diod., lib. 1, §. 29.
(2) Meurs. de Regn. Athen., lib. 11, cap. 3.
(3) Thucyd., lib. 111, §. 15, Plut., aut Pseudo-Plut.,

sieurs autres écrivains parlent de la guerre
qu'Érechthée eut à soutenir contre Eumolpe, qui
commandoit les Éleusiniens. Euripide, sans doute
par une licence poétique, établit un synchronisme
entre cet événement et l'expédition fameuse des
sept chefs devant Thèbes (1). Sans m'arrêter à
discuter l'opinion particulière de ce poète, je
remarquerai que, pour remporter la victoire sur
ses ennemis, Érechthée fut obligé par l'oracle de
sacrifier l'aînée de ses filles à Proserpine (2), et
non pas Proserpine, sa fille aînée, comme on lit
dans un passage de Démaratus, conservé par Stobée, et rapporté par Meursius (3). Bientôt après,
les habitans d'Éleusis se soumirent, à condition,
selon Pausanias, que le sacerdoce de Cérès et de
Proserpine seroit conservé à Eumolpe (4).

Ces faits sembleroient prouver que l'origine
des mystères éleusiniens étoit antérieure au règne
d'Érechthée. Du moins falloit-il que le culte de

Parall., tom. II Oper., p. 310. D ; Pausan., Attic., cap. 38 ;
Apollod., lib. III, cap. 14, §. 4.

(1) Eurip., Phoeniss., v. 861-64.

(2) Demaratus, apud Stob., Sermon. XXXIX, Περὶ πα-
τρίδος. J'ai adopté dans ce passage la correction de Pierson,
Verisim., p. 180.

(3) De Regn. Athen., lib. II, cap. 9.

(4) Paus., Attic., cap. 38. On disoit qu'Eumolpe avoit
le premier enseigné la culture des arbres et de la vigne.
Plin., Hist. nat., lib. VII, cap. 57.

H ij

Proserpine fût déjà fort accrédité, pour que ce prince se trouvât forcé d'immoler sa propre fille sur un autel de cette divinité; il falloit aussi que le sacerdoce dont il s'agit fût une charge très-importante, pour devenir le partage d'un roi dé-trôné après bien des efforts dont le succès n'avoit pas été constant. Les difficultés qui naissent de ces observations diminueront cependant, si l'on rapporte, avec Eusèbe, cette guerre à la qua-rante-neuvième année du règne d'Érechthée (1), c'est-à-dire, à l'an 1374 avant Jésus-Christ, vingt-trois ans après l'établissement des mystères, qui, pendant cet espace de temps, avoient pu acquérir dans l'Attique un grand crédit. Ce crédit s'étendit insensiblement, et se fortifia dans tout le reste de la Grèce.

Eumolpe ayant été revêtu le premier du sacer-doce héréditaire de Cérès et de Proserpine, il n'est point étonnant qu'on lui ait attribué l'établisse-ment des cérémonies mystérieuses de ces divini-tés (2). Cette opinion est même plus vraisembla-ble que celle qui en fait honneur à Orphée, quoique cette dernière paroisse avoir été généra-

---

(1) Chron., p. 83.

(2) Simson (Chron., p. 259), afin de reculer l'époque de l'institution de ces mystères à l'an 2600, suppose qu'Eu-molpe n'établit pas le premier ces cérémonies, mais qu'il y fit des changemens. De pareilles hypothèses ne sont que trop fréquentes dans les écrits des chronologistes.

lement adoptée dans la Grèce, comme l'on peut s'en convaincre par le ton d'assurance avec lequel elle est présentée par Aristophane, Euripide et Démosthène (1). Cependant Aristote nioit l'existence d'Orphée (2), personnage qui semble avoir été inconnu aux plus anciens écrivains, Homère et Hésiode. Comment d'ailleurs Orphée pourroit-il avoir été l'instituteur des mystères, puisque l'origine en est antérieure de plusieurs générations à l'expédition des Argonautes, à laquelle ce héros est supposé avoir pris part? Du moins le regarde-t-on constamment comme ayant été contemporain de ces premiers navigateurs de l'Europe.

Si l'âge d'Orphée n'a point précédé le voyage de Colchos, Musée, que Platon et Diodore de Sicile appellent son fils (3), qu'Eusèbe (4), Tatien (5), Georges, dit le Syncelle (6), et la plupart des anciens écrivains (7) croient son disciple, et

(1) Aristoph., Ran., v. 1064; Eurip., Rhes., v. 943 et 944; Demosth., contr. Aristog. Or. prior., tom. III Oper., ed. Tayl., p. 468.

(2) Ap. Cicer., de Nat. Deor., lib. 1, cap. 38.

(3) Diod., lib. IV, §. 25; Fabric., Bibl. Græc., lib. 1, cap. 16, p. 119.

(4) Euseb., Chron., p. 88.

(5) Orat. ad Græc., §. 61.

(6) Syncell., Chronogr., p. 156.

(7) Serv., ad Æneid. lib. VI, v. 667.

auquel, suivant une tradition, ce poète adressa
plusieurs de ses poésies, entre autres, sa prétendue
Palinodie; Musée, dis-je, peut encore moins être
l'instituteur de ces mystères, ainsi que quelques-
uns l'ont pensé. Cependant on ne sauroit discon-
venir que ces lettres ΟΥΣΑΙΟΥ, qu'on voit à la
vingt-huitième ligne des marbres de Paros, ne
désignent son nom d'une manière très-claire;
en sorte qu'on doit tenir pour certain que l'auteur
de la chronique avoit fait mention de Musée au
même endroit où il parle de l'établissement des
mystères (1). Cet auteur peut avoir suivi l'opinion

_____

(1) [Il y avoit ici, dans la première édition des Recherches sur les Mystères, une contradiction évidente; et cette
contradiction que le traducteur allemand avoit remarquée,
sans savoir comment la faire disparoître, n'a point été
corrigée par le savant auteur sur l'exemplaire destiné à
servir de copie pour la seconde édition. M. de Sainte-
Croix, après avoir établi que les mystères d'Éleusis n'avoient
pas pu être institués par Orphée, qui, contemporain de
l'expédition des Argonautes, étoit postérieur de plusieurs
générations à l'époque reconnue de l'établissement de ces
mystères, sembloit dire que si, par cette raison, les mystères n'avoient pu être institués par Orphée, ils pouvoient
l'avoir été par son fils Musée. Il vouloit dire sans doute
qu'à plus forte raison, ils n'avoient pu l'être par Musée,
dans l'opinion des écrivains qui faisoient Musée fils d'Orphée; et que, si on vouloit en rapporter l'établissement à
Musée, il falloit admettre l'opinion de ceux qui faisoient
Eumolpe, le premier hiérophante, fils de Musée. Je n'ai

d'Androtion et d'Acésodore, suivant lesquels Eumolpe, l'instituteur et le premier hiérophante de ces mystères, descendoit de Musée; celui-ci, d'Antiphème; Antiphème, d'Eumolpe, qui avoit eu pour père Céryx, fils de l'ancien Eumolpe (1). Ce dernier aura donc précédé de cinq générations le règne d'Érechthée. Du reste, il est très-possible que durant ce temps-là, et même plus tard, le nom d'Eumolpe ait été une dénomination patronymique.

Philochore fait Musée fils d'Eumolpe (2); cette opinion se trouve confirmée par l'épitaphe même placée sur le tombeau de Musée, et qui est rapportée par le scholiaste d'Aristophane (3). Enfin nous trouvons dans le Lexique de Suidas une troisième généalogie de Musée, qui le fait fils d'un Antiphème, lequel ne descendoit point,

---

point hésité à faire, au texte de M. de Sainte-Croix, les changemens nécessaires pour faire disparoître une contradiction qui n'étoit, au surplus, que dans les expressions. S. de S.]

(1) Ap. Schol. Soph., Œdip. Col., v. 1051.

(2) Ap. Schol. Aristoph., Ran., v. 1065.

(3) [Εὐμόλπου φίλον υἱὸν ἔχει τὸ Φαληρικὸν οὖδας,
Μουσαῖον, φθίμενον σῶμ' ὑπὸ 'ῷδε 'άφῳ.

Schol. Aristoph., loc. supr. laud.

Pausanias parle du tombeau de Musée, mais il ne fait aucune mention de cette inscription. Attic., cap. 25. S. de S.]

selon l'auteur de cette généalogie, de l'ancien
Eumolpe (1). On peut concilier toutes ces contradictions en admettant deux Musée (2). Le plus
ancien, fils d'Antiphème, aura été l'auteur du
poëme sur les Télètes ou mystères (3); et le second, supposé disciple d'Orphée, aura composé,
pour les Lycomèdes, un hymne en l'honneur de
Cérès (4); ce qui aura donné lieu de le confondre
avec le premier Musée, père de l'hiérophante
Eumolpe. Eumolpe étoit, selon quelques-uns,
de la Thrace Bœotique, et non de celle qui étoit
située au-delà du Strymon, la seule connue de
la plupart des géographes, mais que Strabon distingue avec raison de la première (5). Ister, cité
par le scholiaste de Sophocle, attribuoit l'institution des mystères à un Eumolpe, fils de Deïopé,
fille de Triptolème, et différent d'Eumolpe de
Thrace (6).

---

(1) Suid., in voc. Μουσαῖος.

(2) On en a supposé jusqu'à trois. Heyne, ad Apollod.,
p. 860.

(3) Οὗτος δὲ παραλύσεις καὶ τελετὰς καὶ καθαρμοὺς συντέθεικεν.
Schol. Aristoph., Ran., v. 1065. Ce titre est remarquable,
et il n'est pas inutile de se le rappeler. Du reste, voyez,
sur les autres ouvrages attribués à Musée, Fabric., Bibl.
Græc., ed. Harles., tom. I, p. 120-22.

(4) Pausan., Attic., cap. 22.

(5) Lib. x, p. 471.

(6) Ad Œdip. Colon., v. 1051.

On prétend qu'Eumolpe amena de la Thrace
du secours aux Éleusiniens; cette tradition a fait
croire qu'il étoit de cette contrée de la Grèce,
qu'il y trouva les mystères des Cabires établis, en
apprit les cérémonies, et les transporta à Éleusis,
vers l'époque de l'introduction du culte de Cérès,
auquel elles furent adaptées, autant par le concours des circonstances qu'à cause de l'identité
des divinités cabiriques avec Cérès, Proserpine
et Pluton, nouveaux dieux de l'Attique.

ARTICLE II.

D'Éleusis et de son Temple (1).

LE royaume d'Eumolpe ne consistoit, à ce qu'il paroît, que dans cette partie de l'Attique qui est appelée par Pausanias, l'*Éleusinie*. Cet écrivain

---

(1) [Cet article, substitué par M. de Sainte-Croix à celui qu'on lisoit dans la première édition, a été publié par ce savant dans le Magasin encyclopédique, an VIII, tom. I, p. 309 et suiv. Il y est accompagné d'une lettre de M. de Sainte-Croix à M. Millin, dans laquelle on lit ce qui suit : « Les mystères du paganisme sont depuis long-temps l'objet » de mes recherches, et je prépare une nouvelle édition » de l'ouvrage que j'avois publié en 1784, sur cet objet » intéressant. Le temple de Cérès et de Proserpine, à Éleu- » sis, y fixe d'autant plus mon attention, que c'étoit l'en- » droit où s'exerçoit le culte le plus mystérieux, comme » le plus accrédité de la Grèce. J'ai donc dû prendre tous » les renseignemens possibles relatifs à ce temple. M. Fou- » cherot a bien voulu me communiquer tous ceux qu'il » s'étoit procurés lui-même sur les lieux en 1781. Il y » avoit été envoyé par M. de Choiseul-Gouffier, dont la »/générosité égale le zèle et le goût éclairé pour les lettres » et les arts. M. Foucherot m'ayant fait passer les plans du » territoire d'Éleusis et des ruines du temple célèbre de » cette ville, je les destinois à orner ma nouvelle édition, » lorsque des journaux étrangers m'ont appris qu'on avoit » fait graver en Angleterre ce temple. Est-ce seulement

fait commencer l'Éleusinie du côté d'Athènes,
aux Rhètes, ou courans d'eau saumâtre qui semblent, dit-il, venir de l'Eubée. L'Éleusinie tou-

---

» d'après un dessin à peu près semblable à celui de M. Fou-
» cherot, ou, à l'exemple de Perrault, a-t-on imaginé de
» représenter l'ancien temple, détruit de fond en comble
» depuis plus de quatorze siècles? Je l'ignore, n'ayant pu
» encore me procurer cette gravure. Mais pour ne point
» priver M. Foucherot de la priorité de son travail, j'ai
» cru devoir publier, par la voix de votre Journal, le plan
» du temple consacré aux mystères d'Éleusis, que cet in-
» génieur, aussi modeste qu'habile, a fait avec beaucoup
» de soin et d'exactitude. A ce plan est joint le chapitre
» qui doit l'accompagner dans ma nouvelle édition. On
» remarquera sans doute que j'ai poussé plus loin que dans
» l'ancienne mes recherches; j'ai même consulté les ma-
» nuscrits, et ils ne m'ont pas été inutiles, comme il sera
» facile de s'en convaincre dans cette édition, où l'on trou-
» vera plusieurs fragmens assez considérables des philo-
» sophes éclectiques des cinquième et sixième siècles, tous
» inédits, qui concernent les mystères, et l'opinion qu'ils
» en avoient. Dans le chapitre que je publie aujourd'hui,
» on verra deux passages tirés des manuscrits de la Biblio-
» thèque du Roi, dont l'un donne la date précise du second
» incendie du temple d'Éleusis, date qui nous étoit in-
» connue; et l'autre, l'inscription de la façade de ce tem-
» ple, qu'aucun auteur n'avoit rapportée ».

Le plan du temple de Cérès à Éleusis, publié en Angleterre, dont parle M. de Sainte-Croix dans cette lettre, est
certainement celui qui se trouve dans le second volume des
Ionian Antiquities de Chandler. S. de S.]

choit, d'un côté à la Mégaride (1), et de l'autre
à la Bœotie (2); elle se prolongeoit ainsi sur les
bords de la mer l'espace de deux lieues (3), et
s'étendoit quatre ou cinq en profondeur dans
les terres.

Une partie considérable de ce petit territoire
étoit occupée par la plaine de Thria (4), qui auroit
été d'un grand produit sans les vents du midi.
S'élevant du côté de la mer, ils y donnoient souvent la carie aux blés, et trompoient par-là
l'espoir des agriculteurs (5). Cette plaine renfermoit au couchant le champ de *Rharion* (6), où le
premier grain, dit-on, fut semé. L'Orgade, terrain planté d'arbres (7), et consacré à Cérès et à
Proserpine (8), étoit limitrophe de ce fameux
champ. Enfin sur les bords de la mer s'élevoit une

---

(1) Pausan., Attic., cap. 39.

(2) Strab., lib. IX, p. 395.

(3) Voyez le plan de la bataille de Salamine, par M. Bar-
bié du Bocage, dans l'Atlas du Voyage du jeune Anacharsis.

(4) Herod., lib. VIII, cap. 65; Strab., loc. supr. laud.

(5) Aristot., Problem., sect. XXVI, §. 18.

(6) Pausan., Attic., cap. 38; Steph. Byz., voc. 'Ράριον·
Meurs., de Regn. Athen., lib. I, cap. 14.

(7) Xenoph., de Venat., cap. 9 et 10; Phot., Lex., et
Suid., in voc. 'Ὀργάς· Paciaudi, Mon. Pelopon., tom. I,
p. 158.

(8) Plut., Vit. Pericl., tom. I Oper., p. 168. D.; Pausan.,
Lacon., cap. 4; Ruhnken., ad Timæum, p. 195.

colline, à l'extrémité de laquelle on voyoit la ville d'Éleusis, située à environ quatre lieues d'Athènes, et à 167 toises ou mille pieds (1) du golfe qui portoit son nom, et la séparoit de l'île de Salamine.

La vanité, passion mensongère et crédule, se plut toujours à obscurcir l'origine des familles, des villes et des nations. Ne soyons donc pas étonnés de trouver bien de l'incertitude sur la fondation d'Éleusis. Les uns l'attribuoient à Ogygès (2), les autres à Éleusinès, fils de ce même Ogygès, ou, selon d'autres, de Mercure et de Daïra, fille de l'Océan (3). On assuroit encore que cette ville avoit pris son nom de l'arrivée de Cérès (4), sans doute à cause de l'étymologie du nom d'Éleusis. Pausanias observe très-bien que les anciens Éleusiniens, loin de rapporter quelque chose de certain sur leur origine, n'avoient débité que des fables et de fausses généalogies (5). Ce très-petit peuple fut cependant aussi recom-

---

(1) Suivant les mesures de M. Foucherot, dans le plan ci-joint des ruines du temple d'Éleusis.

(2) Euseb., Chron., p. 66, et Scalig., not., p. 20; Paul. Oros., Advers. pagan., lib. 1, cap. 7.

(3) Paus., Attic., cap. 38.

(4) Aristid., Eleus., tom. I, p. 257, ed. Jebb.; Etym. magn., in voc. Ἐλευσίς.

(5) Paus., Attic., cap. 38.

mandable par sa sagesse que par son antiquité (1).
Soumis par Érechthée, il ne fit plus qu'une même
nation avec les Athéniens, avec lesquels il dis-
parut de la scène du monde. Éleusis cessa presque d'exister aussitôt que le temple de Cérès, son
ornement et sa principale ressource, eut été détruit. C'est au milieu des ruines de cet édifice
qu'elle se voit représentée, en quelque sorte, aujourd'hui, par un misérable village, livré aux
insultes continuelles des pirates, et sans cesse
dégradé par la barbarie des Turcs.

Le temple d'Éleusis, consacré à Cérès et à Proserpine, étoit regardé comme un des quatre plus
beaux de la Grèce, soit européenne, soit asiatique (2). Eusèbe rapporte la fondation de ce
temple au règne de Pandion II (3). S. Clément
d'Alexandrie (4) et Tatien (5) la placent, avec
moins de vraisemblance, au temps de Lyncée,
c'est-à-dire, 122 ans plus tôt, époque où le culte
de Cérès n'étoit pas encore établi dans l'Attique.
Si l'on pouvoit ajouter foi au rhéteur Aristide (6),
ce temple existoit déjà lorsque les Doriens mar-

---

(1) Orig., Contr. Cels., lib. III, tom. I Oper., p. 334.
B., ed. Delarue.

(2) Vitruv., Prooem. lib. VII, §. 16, p. 125, ed. Elzev.

(3) Chron., lib. II, p. 66.

(4) Strom., lib. I, p. 381.

(5) Orat. ad Græc., §. 61, p. 172. D. ed. Morell.

(6) Eleusin., tom. I Oper., p. 257.

chèrent contre Athènes, après le retour des Héraclides dans le Péloponnèse, et long-temps avant
les guerres des Perses. Dans la première enceinte
du temple étoit un fort qui le dominoit (1). On
prétendoit que Cérès avoit elle-même désigné cet
emplacement, voisin du puits de Callichore (2).

Une situation aussi avantageuse ne mit cependant pas le temple d'Éleusis à l'abri des dé-
vastations que commit, la première année de la
LXVIIIe olympiade, 508 avant J. C., Cléomène,
roi de Sparte, et dont il fut puni, suivant les
Athéniens, par un accès de délire, dans lequel il
se mutila d'une manière horrible, et se donna
ensuite la mort (3). En entrant dans la Grèce, les
Perses pillèrent et brûlèrent presque tous les temples. Ils parurent d'abord vouloir épargner celui
d'Éleusis ; mais dans leur retraite, après la bataille
de Platée, ils y mirent le feu, qui le consuma
totalement (4). Ce fait étoit trop connu pour

---

(1) *Inde Eleusinem profectus, spe improviso templi*
castellique, quod et imminet et circumdatum est templo,
capiendi, etc. Tit. Liv., lib. XXXI, cap. 25. Ce château
étoit donc situé sur la terrasse, entre le péribole et le mur
du temple. Sans le plan de M. Foucherot, ce passage de
Tite-Live seroit inintelligible. Ce fort étoit ancien, puisque
Scylax en parle. Peripl., in Geogr. min., tom. I, p. 20.

(2) Pseudo-Homer., Hymn. in Cerer., v. 250, 251,
278.

(3) Herod., lib. VI, cap. 74.

(4) Id., lib. IX, cap. 65.

qu'Aristide pût l'ignorer. Il semble cependant
supposer qu'Éleusis et son temple échappèrent
entièrement aux ravages de ces barbares (1). Faut-
il s'en étonner ? Les rhéteurs, comme tous les
beaux esprits, aiment mieux créer les faits que
d'étudier l'histoire. Aristide auroit pu remarquer
une circonstance bien analogue au sujet de son
discours : les défaites que les Perses essuyèrent à
Platée et à Mycale, toutes deux près d'un temple
de Cérès Éleusinienne, n'auroient pas dû lui
échapper (2). Son but principal, dans ce discours
prononcé devant le sénat de Smyrne, sous le règne
de Marc-Aurèle, l'an de J. C. 162, est de déplorer
l'incendie qui venoit de détruire cet antique monument (3). Vraisemblablement le ravage des
flammes ne fut pas aussi considérable qu'on l'avoit
d'abord cru, ou il dut être bientôt réparé, puisque le temple subsista jusqu'à l'invasion d'Alaric,

---

(1) Τῇ δ' Ἐλευσῖνι τοσοῦτον περιῆν, ὥστ' οὐκ ἀπόρθητος μόνον
ὡς εἰπεῖν διεγένετο, ἀλλὰ καὶ συνιούσης τῆς ναυμαχίας, ἐξεφοίτα
μὲν ὁ Ἴακχος συνναυμαχήσων · νέφος δὲ ὁρμηθὲν ἀπ' Ἐλευσῖνος καὶ
ὑψωθὲν ὑπὲρ τῶν νεῶν, ἐγκατέσκηψεν εἰς τὰς τῶν βαρβάρων ναῦς
ἅμα τῷ μέλει τῷ μυστικῷ. Aristid., Eleusin. Or., tom. I
Oper., ed. Jebb, p. 258.

(2) Herod., lib. ix, cap. 101.

(3) Ἐλευσίνιος ἐγράφη ὅσον ἐν ὥρᾳ ά, ἐν Σμύρνῃ, μηνὶ δωδε-
κάτῳ, ἐπὶ ἡγεμόνος Μακρίνα, ἐτῶν ὄντι νγ́ καὶ μηνῶν ἕξ. Ἐλέχθη
δὲ ἐν Σμύρνῃ, ἐν τῷ βουλευτηρίῳ. Schol. ined., Cod. gr., Bibl.
Reg., n° 2952, fol. 256 recto.

en 396, époque de sa dernière et totale destruction (1).

A peine les Perses eurent-ils été chassés de la Grèce, que les Athéniens s'empressèrent de rebâtir le temple d'Éleusis. L'architecte Ictinus en traça le plan, et en fit jeter les vastes fondemens. Il avoit adopté l'ordre dorique, sans vouloir placer des colonnes au-dehors (2). On ignore s'il put achever son entreprise. Mais ce ne fut que sous l'administration fastueuse de Périclès, et d'après les conseils éclairés de Phidias, qu'on embellit et restaura entièrement cet édifice. Corœbus éleva le sanctuaire, posa les colonnes du rez-de-chaussée, et les joignit à leurs architraves. Après sa mort, Métagènes de Xypète mit la corniche et les colonnes d'en haut. Enfin Xénoclès de Cholargue ouvrit une fenêtre au faîte de l'édifice (3). On ne

(1) [Voy. Tillemont, Hist. des Emp., tom. V, p. 433. Le témoignage de Zosime n'est pas digne de foi. S. de S.]

(2) Strab., lib. ix, p. 395; Vitruv., lib. vii, p. 125.

(3) Τὸ δ᾽ ἐν Ἐλευσῖνι τελεσήριον ἤρξατο μὲν Κόροιϐος οἰκοδο-μεῖν, καὶ τὲς ἐπ᾽ ἐδάφες κίονας ἔθηκεν ἔτος, καὶ τοῖς ἐπιςυλίοις ἐπέζευξεν· ἀποθανόντος δὲ τέτε, Μεταγένης ὁ Ξυπέτιος τὸ διάζωμα καὶ τὲς ἄνω κίονας ἐπέστησε· τὸ δ᾽ ὀπαῖον ἐπὶ τῦ ἀνακτόρυ Ξενοκλῆς ὁ Χολαργεὺς ἐκορύφωσε, etc. Plut., Vit. Pericl., tom. I Oper., p. 159. F. Plutarque distingue fort bien τὸ τελεσήριον, le sanctuaire, de τῦ ἀνακτόρυ, terme particulier pour exprimer le temple d'Éleusis. Vid. Walcken., ad Herod., lib. ix, cap. 65.

[M. de Sainte-Croix dit encore plus loin que le mot

I

connoît pas d'autres changemens jusqu'au gouvernement de Démétrius de Phalère : alors, sans
doute par ses ordres, on rendit le temple prostyle,
en mettant des colonnes sur le devant. Le vestibule ainsi augmenté devint commode pour les
initiations, et se présenta d'une manière plus
majestueuse (1). Tels sont les détails qu'offrent

———————

ἀνάκτορον ou ἀνακτόριον, qui partout ailleurs ne désignoit
que le sanctuaire, se disoit à Éleusis de tous les bâtimens
dont la réunion formoit le temple, et il attribue cette
différence à la vénération extraordinaire des Grecs pour
le temple d'Éleusis. Une particularité semblable mériteroit
d'être appuyée sur des autorités positives. Le passage de
Plutarque qu'il cite ici prouve bien que Plutarque a mis
une distinction entre le τελεσͅήριον et l'ἀνάκτορον, mais ne
prouve nullement le sens particulier que M. de Sainte-
Croix assigne à chacun de ces mots. Pourquoi τελεσͅήριον
ne seroit-il pas l'ensemble du temple, et ἀνάκτορον la partie
principale ou le sanctuaire? Il est d'autant plus vraisemblable qu'on doit l'entendre ainsi, que l'on comprend alors
bien mieux ces mots : τὸ δ' ὀπαῖον ἐπὶ τοῦ ἀνακτόρου Ξενοκλῆς
ὁ Χολαργεὺς ἐκορύφωσε. S. de S.]

(1) *Eleusine, Cereris et Proserpinæ cellam, immani
magnitudine Ictinus, Dorico more, sine exterioribus co-
lumnis, ad laxamentum usus sacrificiorum pertexuit.
Eam autem postea, cum Demetrius Phalereus Athenis
rerum potiretur, Philon, ante templum in fronte co-
lumnis constitutis, prostylon fecit. Ita aucto vestibulo,
laxamentum initiantibus operique summam adjecit au-
toritatem.* Vitruv., Proœm., lib. VII, p. 125 et 126, ed.
Elzev.

Plutarque et Vitruve. On doit y ajouter ce que Cicéron rapporte du dessein d'Appius, pour la construction d'un vestibule (1). Celui qu'avoit fait construire Démétrius de Phalère étoit-il donc tombé en ruine? Peut-être Appius ne vouloit-il que mettre des propylées aux murs de la grande enceinte, comme il y en avoit à ceux de la citadelle d'Athènes.

Vitruve n'est pas le seul écrivain de l'antiquité qui ait parlé de la grandeur immense du temple d'Éleusis. Suivant Strabon, la celle mystique ou *sèque*, c'est-à-dire, l'intérieur de ce temple, pouvoit contenir autant de monde qu'un théâtre (2). Aristide remarque que, de toutes les assemblées de la Grèce, soit religieuses, soit politiques, celle des initiés à Éleusis étoit la seule où tous les assistans fussent renfermés dans un

---

(1) Epist. ad Attic., lib. vi, epist. 1, sub finem.

(2) Geogr., lib. ix, p. 395.

[M. Schneider, dans ses notes sur Vitruve (tom. III, p. 16. A.), rapproche du passage de Cicéron cité ici un autre endroit du même écrivain, par lequel on apprend qu'Appius ne mit point ce dessein à exécution : *Me tamen de Academiœ* προπύλῳ *jubes cogitare, cum jam Appius de Eleusine non cogitet.* (Epist., ad Att., lib. vi, epist. 6.) Winckelmann, n'ayant pas fait attention à ce passage, a cru qu'il avoit existé réellement à Éleusis un portique construit par Appius. Voy. son histoire de l'Art, en allemand, p. 758. S. de S.]

I ij

même édifice (1). On avoit sans doute une grande idée de sa vaste étendue, puisque Sénèque dit, dans une de ses tragédies, que la foule des Mânes se précipitant aux enfers est aussi nombreuse que celle des peuples de l'Attique désertant leurs maisons pendant la nuit, pour assister à la célébration des mystères de Cérès (2). Aristide nous assure que le temple de cette déesse pouvoit contenir autant de monde que la ville elle-même (3).

Le même rhéteur ajoute à ce que je viens de rapporter, que l'intérieur du temple paroissoit éclatant, et que néanmoins on y étoit saisi d'une sainte horreur (4). Cet édifice n'étoit donc pas éclairé proportionnément à sa vaste étendue, par

---

(1) Aristid., Eleus., tom. I Oper., p. 259.

(2) Hercul. Fur., v. 845.

(3) Καὶ ταυτὸν ἦν τῆς ʒε πόλεως πλήρωμα καὶ τοῦ Ἐλευσινίου. Arist., loc. supr. laud.

[J'ai supprimé ici une partie du texte de M. de Sainte-Croix, parce que ses réflexions étoient fondées sur une supposition que je crois fausse, et à laquelle il auroit sans doute renoncé, s'il eût soumis ce chapitre à un nouvel examen. Il avoit cru que πόλεως, dans Aristide, désignoit Athènes, et que ce rhéteur, par une exagération impardonnable, comparoit le nombre de personnes que pouvoit contenir le temple d'Éleusis à la population d'Athènes. Il est, je crois, hors de doute, que le mot πόλεως doit s'entendre de la ville d'Éleusis. S. de S.]

(4) Aristid., loc. supr. laud., p. 256.

la raison, sans doute, qu'un certain degré d'obscurité est nécessaire pour produire l'effet dont parle cet écrivain. La construction des anciens temples montre que la lumière y étoit toujours très-ménagée : un jour trop éclatant eût été surtout déplacé dans le temple d'Éleusis ; car toute cérémonie mystérieuse recherche les ténèbres ; et sans elles, on n'agit que très-foiblement sur l'imagination des assistans, que l'on veut à la fois captiver et émouvoir. Aussi voyons-nous qu'une seule fenêtre éclairoit cet édifice. Claude Perrault s'en est fait une fausse idée, en le représentant tétrastyle (1).

Lorsque Spon et Wheler visitèrent, dans l'avant-dernier siècle, les ruines d'Éleusis, ils n'y aperçurent qu'un amas de décombres, qui ne leur fournit aucun renseignement sur la forme du temple de Cérès et de Proserpine (2). Richard Pococke, qui vint après eux, n'y vit également rien (3). Son compatriote, M. Wood, fut meilleur observateur ; il y découvrit la grande enceinte, et ne la confondit point avec celle du temple (4). Mais il étoit réservé à M. Chandler de nous en

_____

(1) Architect. de Vitruve, etc., p. 61. Au fronton de ce temple imaginaire, on voit en bas-relief une cérémonie usitée seulement à Phénée, ville d'Arcadie.

(2) Spon, Voyag., tom. II, p. 279 ; Wheler, p. 526.

(3) Descr. of the East., liv. III, chap. 5.

(4) Note communiquée à l'abbé Barthélemy.

donner une connoissance moins vague et plus
étendue. « Ce temple, dit-il, situé au-dessous du
» sommet, à l'extrémité est, est entouré par les
» murs de la forteresse. On voit encore sur le
» lieu quelques pièces de marbre d'une grosseur
» excessive, et des morceaux de colonne. La lar-
» geur de la celle est d'environ cent cinquante
» pieds; la longueur, en y comprenant le *pronaos*
» et le portique, de deux cent seize. Le diamètre
» des colonnes qui sont cannelées dans une hau-
» teur de six pouces, à partir du bas de leur fût,
» est d'un peu plus de six pieds et six pouces. Le
» temple étoit décastyle, ou avoit dix colonnes
» sur la face qui regardoit l'est. Le péribole, ou
» mur d'enclos, qui l'entouroit au nord-est et
» au sud, a de longueur, trois cent quatre-vingt-
» sept pieds, du nord au sud, et de largeur, trois
» cent vingt-huit pieds, de l'est à l'ouest. Du côté
» de l'ouest, il se joignoit en droite ligne avec
» les angles de l'extrémité ouest du temple. Entre
» la muraille occidentale de cet enclos et du tem-
» ple, et la muraille de la citadelle, il y avoit un
» passage de quarante-deux pieds et six pouces
» de large, qui conduisoit à un haut rocher qui
» se trouve à l'angle nord-ouest de l'enclos, et
» sur lequel on voit encore les traces d'un temple
» *in antis* (c'est-à-dire, sans colonnes anté-
» rieures). La longueur de ce dernier temple,
» du nord au sud, est de soixante-quatorze pieds

» et six pouces ; et sa largeur, de l'est à la mu-
» raille de la citadelle, à laquelle il se joignoit
» à l'ouest, est de cinquante-quatre pieds. C'étoit
» peut-être le temple consacré à Triptolème. De
» là la vue s'étend au loin sur la plaine et sur la
» baie que domine ce site. Environ les trois quarts
» des cabanes des habitans sont dans l'ancienne
» enceinte du temple mystique, et la tour carrée
» (qui sert de demeure au commandant turc),
» est bâtie sur les ruines du mur d'enclos (1) ».

Tous ces détails seroient obscurs ou incom-
plets, et toutes ces mesures insuffisantes ou peu
faciles à saisir, sans le plan levé sur les lieux
avec beaucoup de soin et d'exactitude par M. Foucherot, habile ingénieur des ponts et chaussées.
Je ne doute point que les lecteurs ne me sachent bon gré de le leur faire connoître. Dans ce
plan, on a distingué par une teinte noire ce qui
existoit encore du temple, en 1781 ; tout le reste
est tracé seulement d'après les renseignemens
de M. Chandler, et sur le rapport des auteurs
anciens. Il paroît que plusieurs parties du même
édifice subsistoient en 1765, époque du voyage
de M. Chandler. Elles avoient disparu en 1781,
temps où M. Foucherot visita ces ruines. Selon lui,
le seul tambour de colonne qui reste en place, a
six pieds et deux pouces de diamètre ; et il est de

_____

(1) Trav. in Greece., chap. 42, p. 189.

I iv

marbre blanc, ainsi que les marches sur lesquelles il repose. Ce que M. Chandler prend pour le
mur occidental d'enceinte, et qui terminoit le
temple au couchant, est un rocher taillé à pic,
comme l'a remarqué M. Foucherot, et comme il
l'a figuré sur son plan. Au-dessus de ce rocher,
s'aperçoit le passage que M. Chandler dit être de
quarante-deux pieds six pouces anglois (1) de
large, et qui forme par conséquent une terrasse
élevée de quinze à vingt pieds, au-dessus du niveau du pavé de ce grand temple, suivant
M. Foucherot. Cette terrasse conduit à un autre
temple. Le même ingénieur a encore remarqué
et tracé les colonnes de ce second temple, et le
perron par lequel on y montoit. Le sol du premier se trouve de quelques pieds plus élevé que
la plaine, qui l'est très-peu au-dessus du niveau
de la mer.

Le savant et ingénieux Barthélemy suppose
que cette terrasse étoit, dans sa longueur, divisée
en trois longues galeries, que les deux premières
représentoient la région des épreuves et celle des
enfers ; et que la troisième, couverte de terre,
offroit aux yeux des bosquets et des prairies (2);
ce qui eût été impraticable ou du moins bien difficile, dans un si court espace. Pour se faire une

---

(1) Le pouce anglois est au nôtre comme quinze à seize.
(2) Voy. du jeune Anacharsis, tom. III, not., p. 595.

juste idée de l'opinion de l'auteur du Voyage
d'Anacharsis sur ce sujet, il faut se rappeler ce
qu'il avoit dit auparavant ; selon lui, la terre
sembloit mugir sous les pas des initiés, et les
portes d'airain s'ouvroient devant eux, au moment où les horreurs du Tartare s'offroient à
leurs regards (1). D'ailleurs Barthélemy admet le
récit de Virgile, qui fait descendre son héros aux
enfers par l'antre de la Sibylle, et place les enfers
dans le centre de la terre.

Toutes les cérémonies pratiquées dans le temple d'Éleusis montrent la nécessité d'un endroit
souterrain, et suffiroient seules pour en faire
supposer l'existence, si les auteurs de l'antiquité
eussent gardé là-dessus un silence absolu. Observons d'abord qu'ils distinguoient dans ce temple,
le *mégaron*, qui en étoit le sanctuaire (2), de
l'anactoron. Ce dernier mot désignoit ordinairement le sanctuaire des temples (3) : à Éleusis il
s'appliquoit au temple en son entier ; ce qui
montre assez la prééminence de cet édifice consacré au culte mystérieux de Cérès, et le respect
qu'il inspiroit aux Grecs. Pour exercer ce culte,

----

(1) Voy. du jeune Anacharsis, tom. III, p. 533 et 534.
(2) Suid. , in voc. Μέγαρον; Phot., Lex., in h. voc.
Walck. , ad Ammon, lib. 1, cap. 11.
(3) Hesych., in voc. Ἀναϰτόριον, et Eustath., ad Odyss.,
p. 1387.

il falloit nécessairement entrer dans un souterrain. Plusieurs écrivains se contentent de le
désigner (1); quelques autres s'expriment plus
clairement : ils appellent ce souterrain une descente ténébreuse (2) et le temple d'en bas ou du
dessous (3). Certes, rien n'est plus positif. Mais
en quel endroit en étoit l'entrée? étoit-ce dans
le sanctuaire, ou dans l'*anactoron* ? On ne découvre aucun vestige qui puisse nous fournir
là-dessus des lumières certaines. Vraisemblablement cette entrée aura été bouchée par les Chrétiens. Regardant comme un acte de piété la dé-
molition totale des anciens temples (4), ils se
seront particulièrement attachés à ruiner de fond

---

(1) Philon; S. Greg. Naz., Invectiva altera in Julian.,
tom. I Oper., p. 168. A; Claud., de raptu Proserp., lib. 1,
v. 10 et 11; Inscr. initiat. Hadriani, etc.

(2) Τὸ καταβάσιον σκοτεινόν.... S. Asterius, Encom. in SS.
Martyr., Bibl. patr., tom. XVIII, p. 362. B.

(3) Τελεῖται μὲν, ἀλλ' ἐν κάτω τεμένει.... Himer., Declam.,
XXII, §. 7, ed. Wernsdorf.

Dans une dissertation publiée en 1761 , et intitulée
L'antro Eleusinio, Giuseppe Bartoli prétend avoir découvert, sur un bas-relief du Musée Nani, cet antre d'Éleusis;
mais c'est évidemment celui de Trophonius : on ne peut
l'y méconnoître.

(4) Τῆς εὐσεβείας ἐπικρατούσης, ἐκ θεμελίων αὐτῶν ἐκριζωτέον
τὰ τῶν εἰδώλων τεμένη· καὶ μηδέν τι τῆς πλάνης αὐτῶν ἐγκατά-
λειμμα περισωζέσθω. Schol. in Can. LXII Synod. siv. Pand.
Can., tom. I, p. 596.

en comble celui d'Éleusis, et auront rempli soigneusement, avec ses débris, les souterrains,
ainsi que les passages par lesquels on y pénétroit. Une fouille exacte et profonde les feroit
peut-être reconnoître. Du reste, on ne doit pas
être surpris d'en trouver si peu d'indices dans les
écrits des Anciens. L'intérieur de ce temple étoit
un mystère; et il étoit défendu d'en donner la
moindre connoissance aux profanes, qui même
ne pouvoient interroger là-dessus les initiés (1).

Une inscription, mise sur la porte de l'édifice,
rappeloit aux profanes que l'entrée leur en étoit
interdite (2). Cette inscription étoit aussi affichée
dans les portiques et dans les endroits les plus
apparens. Aux yeux des initiés, elle ne paroissoit
pas moins importante que la maxime célèbre qui
ornoit la face du temple de Delphes. Les Anciens
avoient l'usage de placer une sentence aux portes
de leurs édifices sacrés; mais toutes n'étoient pas
également d'une grande moralité; comme on
peut en juger par celle du *Latoon*, ou temple
d'Apollon à Délos, qu'Aristote censure avec

---

(1) Pausan., Attic., cap. 38.

(2) Ὡς γὰρ τοῖς εἰς τὸ τῶν Ἐλευσινίων τέμενος εἰσιοῦσιν ἐδηλοῦτο
πρόγραμμα, ΜΗ ΧΩΡΕΙΝ ΕΙΣΩ ΤΩΝ ΑΔΥΤΩΝ ΑΜΥΗΤΟΙΣ
ΟΥΣΙ ΚΑΙ ΑΤΕΛΕΣΤΟΙΣ, οὕτω δὴ καὶ πρὸ τοῦ νεὼ τοῦ Δελ-
φικοῦ, τὸ ΓΝΩΘΙ ΣΑΥΤΟΝ ἀναγεγραμμένον, ἐδήλου τὸν τρόπον
οἶμαι τῆς ἐπὶ τὸ θεῖον ἀναγωγῆς. Procl., Comm. ined. in
I Alcib. Plat., Cod. Reg., n° 2017, fol. 2 *recto*.

raison (1). Mais revenons aux ruines d'Éleusis.

On voit une assez grande quantité de ruines à Éleusis, du côté de l'ouest, à près de 150 pieds de la grande enceinte du temple de Cérès et de Proserpine. Ce sont des marbres formant des chapiteaux doriques, ioniques et corinthiens. Une statue de Cérès s'y fait depuis long-temps remarquer par les voyageurs (2). Elle a, depuis le dessous des mamelles jusqu'au sommet de la tête, trois pieds et trois pouces; la corbeille ou *cala-thus* qu'elle porte sur sa tête est haute d'un pied neuf pouces et six lignes, suivant M. Foucherot. Cet ingénieur croit que tous ces débris ont été transportés du lieu où ils étoient d'abord, pour être réduits en chaux par les Turcs, suivant leur usage destructif qui nous coûte tant de monumens. Qu'on me permette de dire mon avis sur ces dernières ruines; elles me paroissent être les restes d'un temple de Triptolème, indiqué par Pausanias (3); et qui étoit situé non loin du puits de Callichore. Au nord-ouest, sous une colline voisine et isolée, un voyageur moderne

---

(1) Arist. Ethic. ad Nicom., lib. 1, cap. 9; ad Eudem., lib. 1, cap. 1. L'inscription du temple d'Esculape à Épidaure (ap. S. Cyrill. Adv. Jul., tom. VI Oper., p. 310. D), étoit plus sage, et auroit fort convenu à l'*anactoron*.

(2) [Cette statue a été enlevée, et transportée en Angleterre. S. de S.]

(3) Attic., cap. 38.

a découvert une caverne assez profonde, qu'on seroit tenté de prendre pour une des issues du temple souterrain dont j'ai parlé. Mais cette conjecture offre trop de difficultés, et il est inutile de les multiplier dans un sujet qui en présente déjà un si grand nombre.

Rien n'est moins étonnant que de trouver beaucoup de ruines dans un territoire où l'on avoit placé presque tous les monumens relatifs à l'histoire et au culte de Cérès. Dans l'enceinte du temple étoit le tombeau d'Immaradus, fils d'Eumolpe et de Daïra : hors de l'édifice sacré, et dans la ville, on voyoit celui des filles de Célée, l'hôte de la déesse (1). Non loin du temple, sans doute, se voyoit la colonne de Baubo, femme qui chercha à la distraire de sa douleur (2). Ici l'on montroit l'*érinéon*, ou figuier sauvage, près duquel Pluton avoit ravi Proserpine, et étoit descendu aux enfers (3) : là, on faisoit voir l'*agélaste*, ou pierre triste, sur laquelle Cérès s'assit (4). Celle d'où la déesse appela sa fille, étoit dans Mégare (5). L'aire où le premier blé fut foulé, consacrée à Triptolème, et le monument de Cyamitès, qui

---

(1) Clem. Alex., Protrep., p. 39; S. Cyrill., Adv. Jul., tom. VI Oper., p. 343. A.
(2) Arnob., Advers. Gent., lib. v, p. 43.
(3) Paus., Attic., cap. 38.
(4) Id., ibid.
(5) Etymol. magn., in voc. 'Ἀνακλητρίς.

enseigna la culture des fèves (1), se faisoient encore remarquer aux environs d'Éleusis. On ren-
controit même un grand nombre de monumens
sur le chemin appelé la *voie sacrée*, qui conduisoit d'Athènes à Éleusis, et dont il reste encore
des vestiges (2). Polémon avoit fait un livre particulier pour décrire cette voie (3). Sans doute il
faisoit connoître dans cet ouvrage l'état des lieux
et des choses, antérieurement au ravage de l'Attique par le barbare Sylla.

Quoique Pausanias fasse mention de quelques
temples d'Éleusis consacrés à différentes divinités, il ne dit cependant rien de celui de Junon.
C'est vraisemblablement pour éviter de rendre
raison de l'usage mystérieux qui obligeoit de le
fermer, lorsqu'arrivoit le temps des cérémonies
de l'initiation. On pratiquoit la même chose par
rapport à l'*anactoron*, ou temple de Cérès et de
Proserpine, pendant les fêtes de Junon ; et il
n'étoit pas permis au prêtre de cette divinité de
goûter de ce qui avoit été offert à Cérès (4).

---

(1) Paus., Attic., cap. 37.

(2) Spon, Voyag., tom. I, p. 279 ; Fourmont, Voy. ses
Manuscrits. Ce dernier voyageur a trouvé des vestiges
considérables de cette voie, et les restes d'un ancien
aquéduc.

(3) Harpocr., in voc. Ἱερὰ ὁδός.

(4) Paus., Attic., cap. 37 ; Serv., ad Virg. Æn. lib. IV,
v. 58.

ARTICLE III.

De l'Histoire de Cérès, et de ses attributs.

Chez les Égyptiens, Isis, le principe passif, étoit considérée comme sœur et femme d'Osiris, ou du principe actif. Les théogonies grecques faisoient également Cérès sœur de Jupiter (1), dont elle eut Proserpine, qui fut enlevée par Pluton. Les suites de ce rapt méritent d'être exposées avec quelque détail, parce qu'elles sont le fondement de toute l'histoire de Cérès. Célébrée dans les mystères, cette histoire avoit une origine égyptienne, ce qu'il ne sera pas difficile de reconnoître, en la comparant avec celle d'Isis, prise pour la Terre. Les Grecs en dûrent la connoissance aux filles de Danaüs (2), qui, vers l'an 1511 avant J. C. (3), introduisirent le culte de Cérès dans l'île de Rhodes, d'où il ne passa dans l'Attique qu'après l'an 1409, suivant la chronique de Paros (4). Hérodote, Diodore de Sicile (5), et tous

---

(1) Hesiod., p. 264, ed. Heins.; Ovid., Fast., lib. vi, v. 285 et 286; Hygin., Fabul. præfat., p. 10.

(2) Herod., lib. ii, cap. 170.

(3) Marm. Oxon., epoch. 9.

(4) Ibid., epoch. 12.

(5) Herod., lib. ii, cap. 69 et 156; Diod., lib. i, §. 12 et 13.

les auteurs de l'antiquité avouent l'identité de
Cérès et d'Isis, et cette identité est encore confirmée par l'étymologie des noms sous lesquels elles
étoient révérées. Isis portoit en Egypte le surnom
de *Mouth* (1), c'est-à-dire, *mère*, mot qui diffère
peu de *Mau-tho*, ce qui, en copte, peut signifier la mère du monde (2). Cérès étoit appelée
en Grèce *Demeter*, c'est-à-dire, la Terre-Mère,
interprétation littérale du nom d'Isis (3), et conforme à la doctrine des mystères (4).

Les autres noms de Cérès étoient relatifs à ses
attributs, ou à ses courses (5), dont l'unique
objet avoit été la recherche de sa fille Proserpine.
Sous la figure d'une vieille, et toujours à la lueur

(1) Plut., de Is. et Osir., §. 56.

(2) [C'est Plutarque qui nous apprend que *Mouth* en
égyptien vouloit dire *mère*, et la langue copte autorise
cette étymologie. Quant à *Mau-tho*, c'est une conjecture
de Jablonski, qui suppose que ce composé pouvoit être
en usage en Égypte, pour exprimer l'idée de *mère du
monde*. (Panth. Ægypt., lib. iii, cap. 5, p. 121; Jablonski Opuscula, tom. I, p. 151.) Il est douteux qu'un
pareil composé ait pu exister en égyptien; la langue copte
ne l'admettroit pas. M. de Sainte-Croix avoit dit affirmati-
vement que *Mau-tho* étoit une expression en usage chez
les Coptes, pour désigner la *mère du monde*. J'ai dû modifier cette assertion. S. de S.]

(3) Herod., lib. ii, cap. 59; Diod., lib. i, §. 13.

(4) Diod., lib. iii, §. 62.

(5) Voyez les Éclaircissemens à la fin de l'ouvrage.

des flambeaux, elle parcourut plusieurs contrées
avant d'arriver dans le territoire d'Éleusis. Trois
fois, selon Callimaque, elle s'y assit au bord du
puits de Callichore, couverte de poussière, sans
avoir ni bu, ni mangé, et sans être entrée dans
le bain (1). La pierre qui lui servit de siége,
devenue un monument célèbre de sa douleur,
fut appelée *Agélaste*, ou triste. Après s'y être
reposée, cette déesse entra dans le palais de Célée,
roi d'Éleusis, où elle rencontra Iambé, vieille
servante, qui la fit rire par ses plaisanteries grossières, exprimées en vers (2). Choisie ensuite
pour nourrir le fils de Célée et de Métanire,
sa femme, Cérès s'occupoit pendant la nuit à mettre au feu cet enfant, appelé *Démophon*, afin de
consumer tout ce qu'il y avoit en lui de mortel.
La mère de Démophon, apercevant son fils dans
cet état, poussa un grand cri; à ce cri, la déesse
laissa échapper son nourrisson, qui fut entièrement brûlé. Pour s'en consoler, elle prit avec elle
l'aîné de ses frères, lui donna un char attelé de
dragons, et l'envoya dans cet équipage enseigner
partout aux hommes l'art de semer le froment (3).

_____

(1) Callim., Hymn. in Cer., v. 15–17.

(2) Schol., ad Eurip. Orest., v. 962; Etym. magn., in
voc. Ἰάμϐη. L'étymologie du nom des vers Iambiques, a
donné lieu à cette fable.

(3) Apollod., Bibl., lib. 1, cap. 5, sect. 1 et 2; Heyne,
adnot., p. 55–67.

Tel est le récit qu'Apollodore nous fait des aventures de Cérès. On les voit représentées sur un bas-relief antique, publié et expliqué par M. de Boze.

L'auteur de l'ancien hymne sur Cérès, attribué à Homère, entre dans des détails plus circonstanciés sur l'arrivée de Cérès à Éleusis. Il dit que Callithoé, Callidicé, Cleisidicé et Démo, filles de Célée, rencontrèrent la déesse assise près d'un puits, à l'ombre d'un olivier; là, elle leur apprit que son nom étoit *Déo* (1). Ensuite elle ajouta qu'elle venoit de Crète, et qu'elle avoit été enlevée de cette île par des pirates, auxquels elle avoit échappé. Callidicé, dans sa réponse, ne laissa pas ignorer quel étoit son état et celui de ses sœurs. Elles allèrent toutes ensemble avertir leur mère Métanire, de la rencontre qu'elles avoient faite. Cette princesse voulut engager *Déo*, ou Cérès, à s'asseoir en sa présence ; ce qu'elle refusa de faire, jusqu'au moment où Iambé lui eut dressé et arrangé un siége. La déesse inconnue fut chargée du soin du jeune Démophon, qu'elle frotta avec de l'ambroisie, et échauffa dans son sein pendant le jour, tandis que la nuit elle le mettoit dans le feu à l'insu de ses parens, comme nous l'avons déjà rapporté. Mais on ne

_____

(1) Voyez l'étymologie de ce nom dans les Éclaircissemens, à la fin de l'ouvrage.

trompe pas long-temps la vigilance maternelle ; l'enfant fut aperçu dans cette cruelle situation par Métanire, qui jeta des cris lamentables, et exhala sa douleur en plaintes amères. Cérès ne put les supporter, et reprocha à Métanire son imprudence, qui faisoit perdre l'immortalité à son fils. Néanmoins, comme Démophon avoit eu l'avantage d'être assis sur les genoux de la déesse, il reçut d'elle les promesses les plus flatteuses.

Aussitôt Cérès quitta la figure de vieille qui la déguisoit, et se manifesta aux yeux des spectateurs. Elle ordonna qu'on lui élevât un autel dans un grand temple, où elle se proposoit d'établir les cérémonies augustes de ses mystères. A la pointe du jour, Célée ayant assemblé le peuple d'Éleusis, lui raconta ce qui s'étoit passé, et finit par l'exhorter à se conformer aux volontés de Cérès. La déesse resta un an entier dans l'édifice qu'on venoit de lui consacrer ; elle n'en sortit que lorsque Jupiter, voyant la terre frappée de stérilité, et craignant d'être privé de l'hommage des mortels, députa Iris auprès de Cérès, dont la colère fut apaisée par l'espoir de revoir Proserpine (1). L'allégorie est ici très-sensible ; le poète

---

(1) Pseudo-Homer., Hymn. in Cer., v. 98-320, etc., Voyez ce que dit de cet hymne M. Harles, Bibl. Græc., tom. I, p. 345, not.

[Je dois observer ici, avec le traducteur allemand des

donne clairement à entendre, qu'après une longue
sécheresse, une pluie abondante rendit à la terre
sa fécondité.

Les détails mythologiques que je viens de rapporter diffèrent en quelques circonstances de
ceux qu'Hygin a adoptés. Cet auteur, qui paroît
avoir suivi Panyasis (1), prétend que c'est Triptolème lui-même qui fut le nourrisson de Cérès,
et qu'échappé des flammes, il répandit la connoissance de l'agriculture sur toute la terre (2).
Ovide suppose aussi que Cérès prit soin de ce

Recherches sur les Mystères, que M. de Sainte-Croix s'est
écarté, sans s'en apercevoir, du récit que présente l'hymne
sur Cérès. Dans cet hymne, Iris est effectivement envoyée
d'abord par Jupiter, pour rappeler Cérès dans l'Olympe.
Sa mission étant infructueuse, plusieurs divinités essaient,
sans plus de succès, de fléchir le courroux de Cérès. Cette
déesse jure qu'elle ne retournera point dans l'Olympe, et
ne rendra point à la terre sa fertilité, qu'elle n'ait joui de
la vue de sa fille Proserpine. Jupiter obtient alors de Pluton qu'il renvoie Proserpine sur la terre ; et ce n'est
qu'après avoir revu sa fille que Cérès, sollicitée de nouveau par Rhée que Jupiter lui envoie, consent à une
réconciliation avec les divinités de l'Olympe. L'allégorie
que M. de Sainte-Croix fonde sur le personnage d'Iris, et
sur le rôle qu'elle joue auprès de Cérès, est donc très-
hasardée. C'est aussi par la vue de sa fille, et non par l'espoir de la revoir, que Cérès se laisse fléchir. S. de S.]

(1) Ap. Apoll., lib. 1, cap. 5.
(2) Hyg., fab. 147; Serv., in Virg. Georg. lib. 1, v. 19.

héros, et le guérit d'une maladie dangereuse (1).
D'autres écrivains assuroient que c'étoit Célée, et
non son fils, qui avoit été brûlé (2). Cette tradition n'est pas la seule qui soit en contradiction
avec les récits d'Ovide, d'Apollodore et d'Hygin.
Pausanias en rapporte d'autres qu'il n'entreprend
pas (3) de concilier, de crainte sans doute de
s'exposer au danger de divulguer quelque mystère.

Les mystères d'Éleusis offroient des détails peu
décens, suivant Saint Clément d'Alexandrie et
Arnobe. Dysaulès, Triptolème, Eumolpe, Eubule, bergers de profession, et Baubo habitoient
Éleusis, lorsque Cérès y arriva. Baubo reçut la
déesse chez elle, et lui offrit un breuvage mêlé,
(κυκεῶνα) que Cérès refusa, à cause de son
extrême affliction. Baubo, prenant ce refus pour
un acte de mépris, releva ses habits, et découvrit
la marque de son sexe. Loin d'être irritée de cette
action, Cérès avala aussitôt la boisson qui lui étoit
offerte (4), et qui, selon quelques auteurs, étoit
faite avec de l'orge. On place cette scène indécente

_____

(1) Fast., lib. IV, v. 507 et seq.
(2) Ap. Schol. Nicandri Theriac., p. 24, ed. Morel.
(3) Attic., cap. 14.
(4) Arnob., ed. Elmenhorst., lib. v, p. 103; Clem.
Alex., Protr., tom. I Oper., p. 17. Le mot κυκεῶν est appliqué à diverses sortes de breuvages. Voy. la note de
Potter, sur ce passage de S. Clément d'Alexandrie.

K iij

dans la maison d'Hippothoon (1). Callimaque
assure qu'Hespérus fut le seul qui parvint à persuader à Cérès de soulager sa soif (2), c'est-à-dire,
que la déesse ne but qu'au coucher du soleil.
Suivant d'autres mythologistes, ce fut une femme
nommée *Mismé* qui présenta à boire à Cérès. La
précipitation avec laquelle la déesse avala la boisson qui lui étoit offerte, fit rire Ascalabus, fils de
cette femme ; il fut aussitôt changé en lézard (3).
De tous ces différens récits, celui de S. Clément
d'Alexandrie et d'Arnobe, est sans doute le seul
dont il dut être question dans les mystères, ces
pères l'ayant tiré d'anciennes poésies qui sont
perdues.

Plutarque nous assure que l'histoire des courses
de Cérès ne diffère point des choses qu'on racontoit en Egypte touchant Osiris, Isis et Typhon (4).
Lactance adopte ce sentiment (5), dont il est
nécessaire d'établir la vérité : c'est ce que nous
espérons faire, par les détails dans lesquels nous
allons entrer.

Le coffre qui renfermoit le corps d'Osiris ayant
été poussé par les vagues jusqu'à Byblos, ville de

---

(1) Ap. Schol. Nicandr. Theriac., p. 24.

(2) Callim., Hymn. in Cer., v. 8.

(3) Anton. Liber., Metam., cap. 24 ; Lactant., De origine error., cap. 10, §. 7.

(4) De Is. et Osir., §. 25.

(5) De fals. Relig., cap. 21, §. 24.

Phénicie, vint se poser sur une plante nommée *erica*, qui, poussant en peu de temps avec une grande vigueur, l'enveloppa et le recouvrit entièrement. Le roi de ce pays la fit couper, pour en faire une colonne de son palais. Isis en ayant été informée, arriva à Byblos, où, baignée de larmes et plongée dans la tristesse, elle s'assit auprès d'une fontaine. Là, quoique gardant un silence obstiné, elle fit cependant des caresses aux femmes qui servoient la reine Astarté (1), et répandit sur elles l'odeur du parfum le plus exquis. Cette princesse, informée de ce qui se passoit, invita Isis à venir dans son palais, et la choisit pour nourrir un enfant mâle qu'elle avoit eu de Malcandre, roi de Byblos. La déesse s'acquitta de cette fonction d'une manière tout-à-fait extraordinaire. Elle mit dans la bouche de l'enfant le doigt, au lieu du bout de la mamelle, et brûla toutes les parties corruptibles de son corps. Prenant ensuite la forme d'une hirondelle, Isis alla se placer sur la colonne faite de l'*erica*, en laissant échapper de profonds gémissemens. Astarté qui l'épioit, s'aperçut de cette étrange scène, et jeta un grand cri, qui coûta à son fils l'immortalité. Isis alors se fit connoître, et obtint la colonne qui renfermoit le corps de

---

(1) Plutarque ajoute que cette reine est aussi appelée *Saosis* et *Nemanoun* : ce dernier nom revient, suivant le même écrivain, au grec *Athenaïs*. De Is. et Osir., §. 15.

son mari. Après l'en avoir retiré, elle abandonna le fût de la colonne au roi de Byblos, ville où l'on prétendoit le conserver encore au temps de Plutarque. Isis, qui se croyoit seule, ouvrit le coffre, et pleura sur le cadavre d'Osiris. Mais ayant été vue par le jeune prince, elle lança sur lui un regard si terrible, qu'il en mourut de frayeur. Les Égyptiens crurent devoir rendre à ce malheureux prince, sous le nom de *Manéros*, des honneurs particuliers (1). La déesse s'embarqua ensuite sur le Phædre, et revint en Égypte; ce retour étoit célébré par une fête, le 6 du mois de Tibi (2). Tel est en substance le récit que fait Plutarque (3) du

---

(1) [Les traditions des Anciens, relativement à ce nom *Manéros*, sont si contradictoires entre elles, que, suivant quelques-unes, *Manéros* n'est pas même le nom d'un homme, mais désigne une sorte de chanson de table, ou plutôt une formule dont on se servoit dans les festins pour souhaiter toute sorte de bonheur à ses compagnons de table, un *toast* (Plut., de Is. et Osir.). Jablonski, toujours fécond en étymologies, retrouve ce mot dans le copte, soit qu'on veuille le traduire par *fils de Menès*, ou par une invitation à chanter, *chantons*. La Croze trouvoit également dans la langue copte la preuve que *Manéros* avoit été allaité par Isis; car ce nom signifioit, suivant lui, *cui lac præbetur* (Jablonski Opusc., tom. I, p. 129 et seq.). Ceci montre combien peu il est permis de s'appuyer sur ces sortes d'étymologies. S. de S.]

(2) De Is. et Osir., §. 50.

(3) Ibid., §. 15, 16, 17.

voyage d'Isis : selon d'autres écrivains, elle resta dix ans en Phénicie, faisant l'infâme métier de courtisanne (1).

Byblos (2) conserva cependant, dans ses cérémonies religieuses (3), le souvenir du séjour qu'y avoit fait Isis ; et sur les médailles de cette ville l'on reconnoît sans peine cette déesse, qui tient dans ses mains une voile enflée par le vent (4).

Les courses de Cérès furent donc une imitation de celles d'Isis (5). Les Grecs ne firent que trans-

---

(1) S. Epiph., Ancor., §. 106, tom. II Oper., ed. Petav., p. 107.

(2) Cette ville est différente de Palæ-Byblos, où Isis aborda, et qui dans la suite fut détruite.

(3) Plut., de Is. et Osir., §. 16 ; Lucian., de Deâ Syr., §. 7, etc.

(4) Ap. Noris., de Ann. et Epoch. Syro-Maced., p. 395.

(5) [Quoique je me sois imposé la loi, en donnant cette nouvelle édition de l'ouvrage de M. de Sainte-Croix, de ne porter aucun jugement sur les opinions de ce savant, et de me borner au rôle d'éditeur, je ne puis m'empêcher de rapporter ici un passage de l'ouvrage intitulé : *Symbolik und Mythologie der alten Völker, besonders der Griechen*. Dans ce passage, le savant auteur de ce Traité développe, d'une manière tout-à-fait analogue aux idées de M. de Sainte-Croix, l'identité des aventures d'Osiris et d'Isis avec celles de Cérès et de Proserpine. Dans un chapitre où il examine ce que c'étoit que *Coros* et *Coré*, et en Italie *Liber* et *Libera*, et le *Dionysus* de la Grande-Grèce, il s'exprime ainsi :

» Si l'on demande maintenant quel est le fondement

porter dans le récit des aventures de la Mère des
dieux et de Proserpine ce qui concerne la tige

» réel de ces rapports réciproques (établis entre le Dionysus
» Chthonien et Perséphoné), on le trouvera dans les idées
» générales qui servent de base à ce culte de la nature.
» Dionysus est tantôt fils, tantôt époux, et d'autres fois
» frère de Perséphoné; ici, il est suspendu au sein maternel
» de Cérès; là, en commun avec elle, il juge les morts.
» La clef de tout cela se trouve dans cette simple propo-
» sition, déjà énoncée par Hérodote, et adoptée ensuite
» par Plutarque, savoir, que Dionysus est Osiris, et Dé-
» méter Isis. Déjà, dans tous les cultes de l'Asie antérieure,
» nous avons signalé les rapports principaux dont il s'agit.
» Partout nous y rencontrons dans Isis, Astarté, Astronoé,
» Cybèle, enfin dans les divinités femelles, sous quelque
» nom qu'elles puissent s'offrir à nous, une Mère-terre,
» envisagée tantôt comme la superficie de la terre, et nour-
» rissant les êtres, tantôt comme la partie inférieure, et
» les recevant et les renfermant dans son sein; d'autres
» fois comme la lune, ou sous tout autre rapport. Le
» nom égyptien *Mouth*, et le nom grec *Déméter*, pa-
» roissent répondre très-exactement à cette idée de Mère-
» terre. A côté de cette divinité paroît ici un Osiris, tan-
» tôt comme force solaire, principe de fécondité, en rap-
» port avec la lune; tantôt comme un fleuve, le Nil ou
» *Phrouron* (Jablonski, Panth. Ægypt., tom. II, p. 159),
» qui tombe du ciel, et comme principe de l'humidité, ou
» comme force terrestre et puissance végétative de la terre,
» ou enfin comme roi des morts, et sous ces divers points
» de vue, en rapport avec la partie inférieure et souter-
» raine du monde; là, un Adonis dont la relation à Astarté
» est celle du semeur par rapport à la terre qui reçoit la

d'*erica*. C'étoit par allusion à ce trait mythologique qu'on abattoit tous les ans, aux fêtes de ces

---

» semence, ou celle du soleil à l'égard de l'hémisphère
» inférieur. Ce sont ces rapports et d'autres semblables
» qui constituent l'union conjugale de ces deux divi-
» nités ; et les peines comme les plaisirs de cette union,
» ce sont la saison des pluies périodiques, la révolution
» apparente du cours du soleil, les diverses époques du
» développement et de la vie des productions végétales.
» Nous avons là l'idée d'une épouse qui pleure et cherche
» l'objet de sa tendresse, d'un époux souffrant et mourant.
» Ces états alternatifs d'un même pouvoir, des semences,
» par exemple, tantôt jetées en terre, et tantôt germant
» du sein de la terre et revenant à la vie, donnèrent
» naissance aux idées d'un être hermaphrodite, et de la
» privation de l'organe de la virilité. Ainsi la partie virile
» d'Osiris est perdue et retrouvée ; ainsi Adonis est tout
» en même temps garçon et fille (κοῦρος et κούρη). Dans
» Coré-Perséphoné, la puissance femelle éprouve une sorte
» de rapt ; elle est aussi, comme Adonis, le grain semé.
» Car Adonis est, suivant le scholiaste de Théocrite (ad
» Idyll. III, v. 48), la semence du froment, et Perséphoné
» est expressément nommée, *le germe caché dans le sein*
» *de la terre* (Cic., de Nat. Deor., lib. II, cap. 26 ; Por-
» phyr., ap. Euseb., Præp. Evang., lib. III, p. 109 ; Fulgent.,
» Mythol., n° 636). Isis cherche un homme, Astarté un
» hermaphrodite, Cérès une fille qu'elle a perdue. Ce sont
» là les courses de Déméter, et la jeune fille ravie par
» l'Hadès, comme les avoit chantées l'ancien poète Pamphus
» (Paus. IX, 31), et comme le poète Homéride les chante
» dans le bel hymne sur Cérès. Se représentoit-on ce germe,
» sous le rapport d'un mâle, comme la force végétative

divinités, ce pin dont j'ai déjà parlé. Il suffit
d'ajouter ici que, dans les cérémonies mysté-

» (φυτευτικῶν δύναμις, nom qu'on donnoit expressément à
» Dionysus), et la terre en rapport avec lui comme le con-
» servant, l'entretenant, et le mettant au monde, on avoit
» la relation d'un fils à une mère. Cette combinaison, dans
» laquelle Osiris étoit fils d'Isis, n'étoit pas inconnue aux
» Égyptiens, comme Plutarque nous l'apprend (de Is. et
» Osir., p. 365). C'est là le jeune Iacchus des Athéniens,
» attaché au sein maternel de Cérès, et Perséphoné devient
» tout naturellement sa sœur : ils sont alors κόρος et κόρη. Ils
» s'unissent aussi comme mari et femme, tantôt sous le rap-
» port du taureau solaire et de la lune : car Perséphoné est
» aussi la lune (Euseb., Præp. Ev., p. 115); tantôt sous celui
» de la force végétative et de la semence. Cachés dans le sein
» de la terre, ils agissent l'un sur l'autre ; ils ont aussi des
» attributions qu'ils exercent dans le monde inférieur. Si,
» au contraire, c'est le pouvoir femelle qui se montre et
» joue le principal rôle, soit qu'on le considère comme
» appartenant à la terre, ou comme faisant partie du sys-
» tème céleste, ce qui, dans la première combinaison, étoit
» époux, devient alors fils. En effet, d'après une ancienne
» doctrine, dont nous avons déjà fait mention plusieurs
» fois, c'est la lune qui entretient la force végétative. La
« terre aussi agit puissamment pour produire hors de son
» sein le germe qui lui a été confié, et l'engendrer une
» seconde fois : elle agit du fond de ses entrailles sous toute
» sorte de rapports ; elle donne les sources d'eaux, les
» métaux, etc. Cette Perséphoné est encore la fille du Styx
» (Apollod., 1, 13), et c'est avec elle que le serpent Zeus
» (Jupiter), ce serpent qui renaît toujours de lui-même,
» qui se glisse dans le sein de la terre, a engendré le fils

rieuses de Proserpine, cet arbre devenoit la propre statue de cette déesse (1), et qu'on le brûloit au bout de quarante jours, qui se passoient dans la plus profonde tristesse, tout y retentissant de pleurs et de gémissemens (2).

» à tête de taureau (Zagreus). Ainsi, dans le sens physique, et dans le sens cosmogonique, plus relevé, Zagreus-Dionysus se retrouve fils de Perséphoné ». Symbolik und Mythol. d. alt. Völk., tom. III, p. 382 et suiv. S. de S.]

(1) Tatian., Or. ad Græc., §. 16.

(2) Arnob., adver. Gent., lib. v, p. 167.

[Je ne sais sur quelle autorité M. de Sainte-Croix a dit que les Grecs transportèrent dans les cérémonies du culte de Proserpine le rite imité des aventures d'Isis, qui consistoit à couper un pin, et que l'on brûloit ensuite ce pin au bout de quarante jours passés dans la plus profonde tristesse. Tatien, qu'il cite, ne parle que du culte de Rhée ou Cybèle, lorsqu'il dit, et peut-être sans aucun fondement solide, que Rhée devenoit elle-même un arbre, Δένδρον ἡ 'Ρέα γίνεῖαι; et Arnobe, qu'il cite pareillement, ne parle de l'usage où l'on étoit de couper un pin, et de le transporter dans le sanctuaire, que comme d'un des rites pratiqués dans le culte de la Mère des dieux. *Quid enim sibi vult illa pinus, quam semper statis diebus in Deûm matris intromittitis sanctuario? Nonne illius similitudo est arboris, sub qua sibi furens manus et infelix adolescentulus intulit, et genitrix divûm in solatium sui vulneris consecravit* (lib. v, p. 167)? *Pinus illa solemniter quæ in Matris infertur sanctum deæ, nonne illius imago est arboris, sub qua sibi Attis virum, demessis genitalibus, abstulit, et quam memorant divam in sola-*

Isis, considérée comme la Terre (1), devoit être naturellement envisagée comme l'inventrice de l'agriculture (2) ; c'étoit ce que désignoient les Egyptiens, en portant, dans les fêtes de cette déesse, des vases remplis de blé et d'orge (3). L'histoire de ses voyages n'est pas seulement en liaison avec les actions allégoriques d'Osiris et de Typhon ; elle a encore rapport au défrichement des terres, qui eut lieu au temps de l'établissement du culte de cette déesse dans la Phénicie, ou dans la Grèce. Le mot *Isi*, en copte, signifie la fécondité de la terre (4), qui, étant, pour parler le langage des prêtres d'Egypte, la substance matérielle, la partie féminine de la nature, se plaît à recevoir toutes les émanations, toutes les formes et toutes les ressemblances,

---

tium suí consecravisse mœroris (ibid., p. 184)? Le même auteur expose ailleurs l'origine de ce rite (ibid., p. 159 et 160). Quoique ces autorités ne contiennent rien de relatif aux faits avancés par M. de Sainte-Croix, je n'ai pas osé faire de changement à son texte, parce que j'ai supposé qu'il n'avoit pas écrit cela sans aucun fondement, et qu'il avoit seulement négligé d'indiquer les sources où il avoit puisé. S. de S.]

(1) *Isis lingua Ægyptiorum est terra, quam Isin volunt esse.* Serv., ad Æneid. lib. VIII, v. 696.

(2) Diod., lib. I, §. 43 ; Porph., ap. Euseb., Præp. Evang., lib. III, p. 115. D.

(3) Diod., lib. I, §. 14.

(4) Jablonski, Panth. Ægypt., tom. II, p. 32.

suivant le trop subtil langage des philosophes allégoristes (1).

On voyoit à Athènes un très-ancien temple dédié à la Terre (2), et qui n'avoit rien de commun avec celui de Cérès : ces deux divinités étoient donc séparées dans l'antiquité la plus reculée. Elles furent ensuite réunies et tellement confondues, qu'on employoit indistinctement leurs noms (3), et que Cérès ou la Terre désignoient également la reine de toutes choses (4), celle qui donne les richesses (5), la mère de toutes les plantes et de tous les animaux (6).

Les anciens peuples de la Grèce n'eurent d'abord pour toute nourriture que du gland; mais cette nourriture ne put pas toujours suffire à leurs besoins; et les fameux chênes de Dodone auroient été bientôt une ressource insuffisante (7), si un événement heureux n'eût pas changé ce cruel état. Suivant la tradition, Cérès arrive dans

---

(1) Plut., de Is. et Osir., §. 53.

(2) Thucyd., lib. 11, §. 16.

(3) Eurip., Bacch., v. 275 et 276.

(4) Id. Phœn., v. 691.

(5) Orph., ap. Diod., lib. 1, §. 12.

(6) Pseud. Orph., Hymn. 13, 25, 39; Philo, de Vit. contemp., p. 890. Voyez les Éclaircissemens.

(7) *Et victum Dodona negaret.* Virg., Georg., lib. 1, v. 150. Plus d'une horde sauvage a péri par la famine : c'est un fléau qui menace surtout les peuples chasseurs.

l'Attique; le champ de Rharion y est ensemencé; et Triptolème part sous les auspices de la déesse, pour communiquer aux autres contrées une découverte qui fit échanger les glands des campagnes de Chaonie contre des épis de blé (1). Tout cela ne signifioit autre chose, sinon que l'art de cultiver le blé fut apporté avec le culte d'Isis ou Cérès, par une colonie venue d'Egypte (2). Pour conserver la mémoire d'un bienfait aussi signalé, on portoit des couronnes de branches de chêne dans les fêtes relatives à la moisson (3). Les Athéniens, qui se vantoient d'avoir Cérès pour nourrice (4), avoient un usage particulier, relatif à l'ancienne manière de vivre des Pélasges, leurs ancêtres, et à l'origine de la civilisation. Un enfant couronné d'épines et de branches de chêne ou de glands, portoit au festin des noces un van rempli de grains, en prononçant ces paroles: *J'ai fui le mal, et j'ai trouvé le mieux* (5).

Non-seulement Cérès apprit aux hommes l'art d'ensemencer les terres, elle leur enseigna en-

---

(1) Virg., Georg., lib. I, v. 7 et 8; Ovid., Fast., lib. v, v. 401 et 402.

(2) Diod., lib. I, §. 30.

(3) Virg., Georg. lib. I, v. 349.

(4) Dion Chrys., de Fort. Or. LXIV, p. 595, ed. Morel.

(5) Έφυγον κακὸν, εὗρον ἄμεινον. Hesych. et Suid., in voc. Έφυγον; Apostol., de Proverb., cent. IX, §. 37, etc.; Taylor. ad Demosth., tom. II, p. 715.

core celui de recueillir les épis, d'en former des
gerbes, et d'en extraire le grain en les faisant
fouler par des taureaux (1). L'agriculture dut ses
rapides progrès à ces découvertes. Les progrès de
l'agriculture amenèrent nécessairement la division des biens, qui donna bientôt après naissance
aux lois. La terre est donc la première cause de
l'établissement des lois, et la déesse qui la représentoit devoit conséquemment être regardée comme la législatrice du genre humain. C'est pourquoi les Grecs appeloient Cérès, *Thesmophore* et
Thesmothète. Le même mot (2) exprimant, dans
leur langue, la justice et les oracles (3), ils supposèrent que Cérès avoit eu le don de prédire
l'avenir, dès le temps de Deucalion (4). Elle céda
le trépied de Delphes à Apollon (5), ou plutôt ce
dieu ne fit qu'exercer les fonctions de Thémis,
qui avoit la première institué les cérémonies
religieuses, les lois concernant le culte divin, et
enfin les oracles (6).

---

(1) Callim., Hymn. in Cer., v. 21 et 22.

(2) Θεμιστές. Hesych., in h. voc.

(3) Demosth., contr. Leoch.; Harpocr., in voc. λετρο-
φόρος· Henr. Vales. not., p. 49; Eustath., in Hom., p. 1292
et 1293; Etym. magn., in voc. Θεμιστεύων.

(4) Eustath., in Hom., p. 1699; Diod., lib. v, §. 67.

(5) Ovid., Metam., lib. 1, v. 321.

(6) Apollod., Bibl., lib. 1, cap. 4, §. 1; Schol. Pind., ad
Pyth. xi, v. 15.

L

Les attributs de Cérès sont donc relatifs uniquement à l'agriculture et à la législation, et dérivent en général de l'identité de cette déesse avec Isis, ou la Terre. Ils étoient fort inférieurs en nombre à ceux de plusieurs autres divinités dont le culte avoit précédé celui de Cérès, qui remplaça, à l'arrivée des colonies étrangères, l'ancienne déesse pélasgique, ou fut confondue avec elle. « Ce dernier culte, remarque M. Fré-
» ret, ayant été porté d'Égypte dans la Grèce,
» avec l'orge et le blé, qu'on ne connoissoit point
» auparavant, et tous les emplois importans ayant
» été distribués depuis long-temps, on ne put
» donner à Cérès que l'intendance du labourage,
» des semailles et des moissons, ainsi que des lois
» établies pour le partage des terres, qui devint
» nécessaire pour assurer aux particuliers la pro-
» priété de celles qu'ils avoient cultivées, et dont
» on s'étoit passé, tant qu'elles n'avoient été que
» de simples pâturages, ou communes (1) ».

C'étoit donc principalement à l'agriculture que devoient se rapporter les symboles et les emblèmes du culte de Cérès. Le van, si nécessaire à ses mystères, lui étoit spécialement consacré. On le plaçoit au-dessus des nouveaux-nés (2), parce

_____

(1) Recherches sur le Culte de Bacchus, Académ. des Inscr., tom. XXIII, p. 258.

(2) [Je n'ai pas pu découvrir sur quelle autorité M. de

qu'il désignoit une bonne nourriture. Fait avec de l'osier, il ne différoit que par la forme, du *cala-thus*, espèce de corbeille en usage dans plusieurs cérémonies religieuses. Lorsqu'on remplissoit le van de fleurs, c'étoit le symbole du printemps ; et quand on y mettoit des épis, c'étoit celui de l'été (1).

Varron appelle le bœuf le compagnon de l'homme dans les travaux de l'agriculture, et le serviteur de Cérès (2). Les Romains ne souffroient point qu'on immolât le bœuf à cette déesse (3). Columelle nous apprend qu'on avoit une telle vénération pour cet animal domestique, qu'anciennement c'étoit un crime aussi grave d'attenter à la vie d'un bœuf que d'attenter à celle d'un homme (4). Chez les anciens Grecs, on attendoit que les bœufs eussent cinq ans pour en faire des sacrifices (5) : Diomus fut le premier qui osa violer cet usage, à Athènes (6). Dans cette ville et dans

---

Sainte-Croix a avancé cela. La citation de Théon qui se trouvoit ici, est fausse. S. de S.]

.(1) Καὶ κάλαθον ἔχουσι, τὸν μὲν τῶν ἀνθῶν, σύμβολον τοῦ ἔαρος, τὸν δὲ τῶν σταχύων, τοῦ θέρους. Porphyr., ap. Euseb., Præp. Evang., lib. III, p. 114. B.

(2) De Re Rustic., lib. II, cap. 5, §. 4.

(3) Ovid., Fast., lib. IV, v. 413.

(4) In Prooem. lib. VI, tom. II, p. 290, ed. Schneid.

(5) Hom., Iliad., lib. II, v. 403 ; lib. VII, v. 315.

(6) Porphyr., de Abstin., lib. II, §. 10.

le reste de la Grèce, on immoloit des taureaux et des bœufs à Cérès (1), qui recevoit encore en offrande des génisses (2). Quelquefois cette déesse étoit représentée avec des cornes de taureau, ou debout sur la tête d'un bœuf (3). L'origine de cet usage se trouve dans la manière de représenter Isis en Égypte (4), ou Astarté en Phénicie (5).

Quelques monumens nous indiquent que le bélier étoit destiné aux sacrifices de Cérès, ce qui est confirmé par un passage d'Eupolis (6). On offroit encore à cette déesse des brebis, en observant qu'elles n'eussent pas plus de deux ans (7). Les prêtres d'Égypte ne sacrifioient le porc qu'à Osiris ou Bacchus, et à la lune, quand elle étoit dans son plein (8). Cette planète étant représentée par Isis ou Cérès, il n'est pas étonnant de voir au pied de cette déesse une laie (9), symbole de la fécondité. Quelques auteurs ont prétendu que le

---

(1) Plut., de Genio Socrat., tom. II Oper., p. 586; Ælian., de Animal., lib. xi, cap. 4.

(2) Cephal. Anthol., Epigr. 507.

(3) Ægypt. (Matth.), Senatuscons. de Bacchan., p. 19; Winckelm., Cab. de Stosch., n° 224.

(4) Herod., lib. ii, cap. 41 ; Plut., de Is. et Osir., §. 19.

(5) Euseb., Præp. Ev., lib. i, cap. 10, p. 38.

(6) Ap. Schol. Sophocl., Œdip. Col., v. 1600.

(7) Virg., Æn., lib. iv, v. 57 et 58 ; Serv., ad h. loc.

(8) Herod., lib. ii, cap. 47 ; Plut., de Is. et Osir., §. 8; Ælian., de Anim., lib. x, cap. 16.

(9) Beger, Thes. Brand., p. 593.

porc étoit destiné aux sacrifices de Cérès, à cause du dégât qu'il fait dans les champs (1).

On égorgeoit à Athènes un jeune porc; ensuite on en répandoit le sang en l'honneur de Cérès, sur les siéges de la place publique et du théâtre, afin de les purifier (2). Tout homme qui avoit négligé de faire des obsèques à un mort, ou seulement de couvrir de terre un cadavre, étoit obligé de sacrifier une truie à Cérès (3), en expiation de cette espèce de sacrilége (4). Si pour un tel oubli on étoit regardé comme impur chez les Anciens, de quelle horrible souillure ne devoit pas être couvert le profanateur insensé qui violoit les cendres des morts, lorsqu'elles reposoient dans le sein de la terre, représentée par Cérès Chthonienne? Mais c'est assez parler de ce qui concerne cette déesse, il faut passer à ce qui est relatif à sa

---

(1) Ovid., Fast., lib. 1, v. 349 et 350; Phurnut., cap. 18, etc.

(2) Poll. Onom., lib. VIII, cap. 9, §. 24; Schol. Aristoph., ad Acharn., v. 373; Suid., in voc. Καθάρσιον; Lomeier., de Lustrat., p. 343.

(3) Aul. Gell., Noct. Attic., lib. IV, cap. 6; Paul., ap. Fest., p. 362.

(4) *Cum et lapidem hinc movere, et terram evertere, et cespitem evellere, proximum sacrilegio majores nostri semper habuerunt.* Cod., lib. IX, tit. XIX; Vid. Digest., lib. XI, tit. VII, etc. Les anciens législateurs prirent donc soin des tristes restes de l'humanité, qu'on a si lâchement outragés dans notre siècle philosophique.

fille, sous le double personnage de Proserpine et
d'Hécate (1).

---

(1) [**M. de Sainte-Croix** a traité plus au long des attributs symboliques et allégoriques de Cérès, dans une Dissertation qui a été publiée comme la suite d'une lettre sur
l'Allégorie, dans le recueil intitulé : *de l'Allégorie*, ou
Traités sur cette matière, par Winckelmann, Addisson,
Sulzer, etc. *Paris*, an VII, 2 vol. *in*-8. La lettre sur l'Allégorie se trouve dans le tome Ier, p. 361, et la Dissertation
sur les Attributs de Cérès, dans le tome II, p. 277 et
suiv. Cette dissertation faisoit originairement partie des
Recherches sur les Attributs de Cérès et de Proserpine,
Mémoire couronné, en 1777, par l'Académie royale des
Inscriptions et Belles-Lettres, et qui se trouve presque
entièrement fondu dans les Recherches sur les Mystères
du Paganisme. On trouvera cette dissertation particulière
sur les Attributs de Cérès, à la fin de cette nouvelle édition. S. de S.]

ARTICLE IV.

De Proserpine et d'Hécate.

La divinité qui tenoit le second rang dans les cérémonies mystérieuses pratiquées à Éleusis, étoit *Perséphoné*, que les Romains appeloient *Proserpine*. Elle portoit encore plusieurs autres noms. Celui de *Coré*, ou fille, étoit le plus généralement usité. Sans m'arrêter ici à des discussions étymologiques (1), je passerai tout de suite à la généalogie de cette déesse. Les anciens s'accordoient à lui donner Cérès pour mère, et pour père Jupiter, celui, selon Cicéron, qui étoit fils de l'Æther, et avoit pris naissance dans l'Arcadie (2); c'étoit une allusion à l'établissement du culte de Cérès et de Proserpine dans cette partie du Péloponnèse. Quelques-uns faisoient Proserpine fille de Jupiter et du Styx (3); ce qui étoit relatif à l'empire qu'elle exerçoit aux enfers. On sait qu'enlevée par Pluton, elle y étoit devenue sa femme. Pamphus fut le premier poète qui célébra, dans un de ses hymnes, cet enlève-

(1) Voyez les Éclaircissemens à la fin de l'ouvrage.
(2) De Nat. Deor., lib. III, §. 21.
(3) Apollod., Bibl., lib. I, cap. 3, sect. I.

ment (1), dont, au surplus, les détails sont étrangers à mon sujet.

La douleur que Cérès éprouva de la perte de sa fille, l'ordre que donna Jupiter au ravisseur de relâcher sa proie; enfin, l'imprudence de Proserpine, qui mangea ce grain de grenade si fatal à sa liberté, sont des faits mythologiques connus de tout le monde. Il faut néanmoins rappeler ici que Cérès obtint de Jupiter que sa fille demeurât six mois avec elle, et six mois aux enfers. Apollodore prétend que Proserpine devoit passer un tiers de l'année avec Pluton, un autre tiers sur la terre avec sa mère, et le troisième sur l'Olympe (2);

_____

(1) Pausan., Bœot., cap. 31.

(2) Apollod., Bibl., lib. 1, cap. 5, sect. 3.

[Apollodore ne dit point que Proserpine dut passer le second tiers de l'année avec sa mère, et le troisième sur l'Olympe. « Perséphoné, dit-il, fut contrainte à demeurer » un tiers de chaque année avec Pluton, et le reste (de » l'année) chez les dieux ». Περσεφόνη δὲ καθ᾽ ἕκαστον ἐνιαυτὸν, τὸ μὲν τρίτον, μετὰ Πλούτωνος ἠναγκάσθη μένειν· τὸ δὲ λοιπὸν, παρὰ τοῖς θεοῖς. L'auteur de l'hymne sur Cérès, attribué à Homère, n'est pas plus favorable à ce partage de l'année, imaginé par M. de Sainte-Croix. Cérès elle-même dit à sa fille que, si elle a goûté de quelque nourriture, elle retournera dans le Tartare, qu'elle y habitera un tiers de l'année, et qu'elle passera les deux autres tiers chez sa mère et les autres immortels :

Ἰοῦσ᾽ ὑπὸ κεύθεα γαίης,
Οἰκήσεις ὡρίων τριτάτην μοῖραν παρ᾽ ἀκοίτῃ,
Τὰς δὲ δύω παρ᾽ ἐμοί τε καὶ ἄλλοις ἀθανάτοισι.

c'est une allégorie des trois départemens, que les Anciens attribuoient à Proserpine, dont toute l'histoire a de grands rapports avec celle d'Osiris. Lactance a très-bien aperçu ces rapports (1), et son opinion me paroît mériter d'être confirmée par quelques observations.

Malgré les changemens que les Grecs ont faits à la tradition égyptienne, pour déguiser leur larcin et flatter leur vanité nationale, on ne peut cependant méconnoître la source où ils ont puisé. Les prêtres d'Egypte accusoient avec raison les Grecs d'avoir altéré leurs dogmes (2); et Iamblique avoue que cette nation, amie de la nouveauté, ne pouvoit conserver long-temps les traditions religieuses qu'elle devoit aux autres, sans les alté-

---

(v. 398-400, suivant les corrections de Ruhnkenius); et la même chose est répétée plus loin (v. 445-47) :

Νεῦσε δέ οἱ κούρην ἔγεος περιτελλομένοιο
Τὴν ῃριτάγην μὲν μοῖραν ὑπὸ ζόφον ἠερόεντα,
Τὰς δὲ δύω παρὰ μητρὶ καὶ ἄλλοις ἀθανάτοισιν.

Il faut avouer cependant que le triple caractère de cette divinité rend assez vraisemblable la supposition de M. de Sainte-Croix, et que l'on pourroit à la rigueur entendre ainsi les vers de l'hymne sur Cérès; c'est ce qui m'a engagé à laisser subsister le texte du savant auteur, auquel d'ailleurs il n'avoit fait aucune correction sur l'exemplaire destiné à servir de copie pour la seconde édition. S. de S.]

(1) De fals. Relig., §. 21.

(2) Herod., lib. 11, cap. 51, etc.

rer (1). Quelles furent les altérations dont il
s'agit? quelle fut leur origine? On ne sauroit se
dissimuler que l'esprit systématique a apporté
jusqu'à présent des obstacles presque invincibles
aux efforts que la critique a faits pour résoudre
des questions aussi difficiles. Les Grecs firent
souvent plusieurs divinités d'une seule; ils em-
pruntèrent à telle ou telle divinité des attributs,
qu'ils donnèrent à des dieux qui avoient changé
chez eux de fonctions. Ils allèrent encore plus
loin, et représentèrent par un seul dieu, ou une
seule déesse, deux, et même jusqu'à trois divinités
étrangères. Proserpine, par exemple, considérée
comme la Lune, étoit Isis ; Eusèbe reconnoît
cette identité (2) : comme fille de Cérès enlevée
par Pluton, elle représentoit Osiris ; et comme
Hécate, elle étoit Anubis. Pluton, ravisseur de
Proserpine, prenoit la place de Typhon ; et comme dieu des enfers, il étoit l'ancien Sérapis.
Appuyons par des preuves ces rapprochemens,
qui nous ont été suggérés par une étude réfléchie des rapports de l'égyptianisme avec l'hellénisme.

Plutarque nous assure que les courses de Cérès
ne sont point différentes de ce qu'on racontoit
des aventures d'Osiris et de Typhon, et d'autres

---

(1) De Myst. Ægypt., cap. 5, §. 7.
(2) Præp. Evang., lib. III, p. 115. D.

choses que l'on avoit soin de dérober à la connoissance du vulgaire, et de tenir cachées sous
le voile des mystères (1). On a déjà vu que les
circonstances du voyage d'Isis en Phénicie différoient peu de celles de l'arrivée de Cérès dans
l'Attique. L'enlèvement de Proserpine avoit été
imaginé d'après quelques fables allégoriques des
prêtres d'Egypte, fables qui étoient relatives à
leur système astronomique. Il n'entre point dans
mon plan de m'étendre là-dessus ; il me suffira
d'observer qu'Osiris étoit frère d'Isis et de Typhon (2), comme Jupiter l'étoit de Cérès et de
Pluton. La femme nommée *Baubo*, qui voulut
faire rire Cérès malgré elle, et contrarier, pour
ainsi dire, les dispositions de son cœur, est
Typhon, surnommé *Bebœon*, ou *Bebon*, mot
qui signifie empêchement ou résistance (3). Ce

---

(1) De Is. et Osir., §. 25.

(2) Plut., de Is. et Osir., §. 12 ; Synes., de Provid.,
p. 89, B., ed. Petav.

(3) Plut., de Is. et Osir., §. 49. Selon Athénée, il faudroit écrire *Babys* (τὸν Βάϐυν), lib. xv, p. 680. A.

[Jablonski croit que ce mot *Bebon*, suivant d'autres
Bebœon ou *Babys*, peut se dériver d'un mot copte qui
signifioit *antre*, *caverne*, et il en conclut que ce nom désignoit le vent, renfermé et comme détenu captif dans les
antres ou dans les entrailles de la terre. *Per Typhonem
existimaverim Ægyptios designasse ventum terrestrem,
vel qui super terram fiat ; Babys vero, sicuti opinor,*

dernier trait de l'histoire de Cérès est propre à faire voir de quelle manière les Grecs altérèrent les idées égyptiennes, en les adaptant aux leurs suivant le caprice de leur imagination.

Isis étoit regardée par les Egyptiens, non-seulement comme la terre, mais encore comme la lune. Il faut donc aussi considérer Proserpine sous ce dernier rapport, qui l'identifie de nouveau avec la déesse égyptienne. Les autorités d'Archémachus d'Eubée, d'Héraclide de Pont (1), et de plusieurs autres écrivains, se réunissent pour montrer qu'Isis est absolument la même que la fille de Cérès. Proserpine, représentée avec des cornes (2), symbole de la lune, étoit placée dans cet astre, et on la regardoit comme prépo-

---

ventum subinnuebat ipsis subterraneum, in cavernis latentem, ibique detentum (Panth. Ægypt., lib. v, cap. 2, p. 103). Cette étymologie est si peu naturelle, qu'elle ne peut devenir le fondement d'une opinion tant soit peu vraisemblable. Le rapprochement que fait M. de Sainte-Croix entre le mot égyptien, nom ou épithète de Typhon, et celui de la femme nommée *Baubo* qui joue un rôle ridicule dans les aventures de Cérès, n'est guère plus vraisemblable. Vouloir expliquer l'origine des fables grecques par de tels rapprochemens, ce seroit ouvrir la porte à tous les systèmes, au mépris des règles d'une saine critique. S. de S.]

(1) Ap. Plut., de Is. et Osir., §. 27.

(2) Porphyr., ap. Euseb., Præp. Ev., lib. III, cap. 11, p. 109 D.

sée à toutes les choses lunaires (1) : c'est une idée stoïcienne. Le nom de *Phosphore*, dont Plutarque dérive celui de Perséphoné, convient parfaitement à la lune (2); il est vrai que les Anciens reconnoissoient d'une manière plus spéciale, Diane dans l'astre des nuits; mais ils ont tous reconnu l'identité de Diane et de Proserpine. Sous ce point de vue, la déesse grecque avoit pour prototype Bubaste, divinité égyptienne (3), quoique celle-ci ne désignât proprement que la nouvelle lune (4).

Les prêtres les plus habiles de l'Egypte, suivant les philosophes de la Grèce, leurs interprètes, regardoient Osiris comme la substance spermatique (5); et par une conséquence naturelle, plusieurs d'entre eux assuroient que l'inhumation de ce dieu n'étoit autre chose que l'emblème de la semence cachée dans le sein de la terre. Dans cette hypothèse, Osiris seroit re-

----

(1) ['Η μὲν γὰρ (Δημήτηρ) ἐν γῇ καὶ κυρία τῶν περὶ γῆν ἐστὶν, ἡ δὲ (Περσεφόνη) ἐν σελήνῃ καὶ τῶν περὶ σελήνην. Plut., de fac. in orbe lun., in Op. Moral., ed. Wyttenb., tom. IV, p. 815. D. S. de S.]

(2) [Cette étymologie est inadmissible, et M. de Sainte-Croix la rejette lui-même ailleurs. Voy. les Éclaircissemens à la fin de l'ouvrage. S. de S.]

(3) Herod., lib. II, cap. 137.

(4) Jablonski, Panth. Ægypt., lib. III, cap. 3, p. 64.

(5) Plut., de Is. et Osir., §. 33.

présenté par Proserpine, que les Grecs prenoient
pour la semence des grains (1), la matière qui
nous nourrit (2), enfin le symbole de tous les
germes existans, suivant le langage des nouveaux
platoniciens (3). Hésiode nous dit que Jupiter
eut Proserpine, de Cérès *Polyphorbe*, c'est-à-dire,
qui nourrit beaucoup de personnes (4). Cette
épithète indique suffisamment l'idée allégorique
du poète, qui a voulu nous faire entendre que

---

(1) *Quam frugum semen esse volunt, absconditamque
quæri à matre fingunt.* Cicer., de Nat. Deor., lib. ii,
§. 26; Fulgent., lib. i, cap. 9.

(2) Phurn., de Nat. Deor., cap. 28, p. 207, ed. Gale.

(3) Porphyr., ap. Euseb., Præp. Ev., lib. iii, p. 109. A.
[Ceci a besoin d'être rectifié. Porphyre avoit dit d'abord
que Cérès, par suite de son union avec Jupiter, produisoit
Coré, c'est-à-dire, la plantule ou le germe qui se développe et sort des semences qui sont d'une nature aride et
ligneuse, κυεῖ τὴν Κόρην ἐκ Διὸς, τουτέστι, τὸν κόρον ἐκ τῶν
φρυγανωδῶν σπερμάτων· « et c'est pour cela, ajoute-t-il, que
» sa statue est couronnée d'épis, et qu'elle est entourée de
» pavots, symbole d'une abondante fécondité ». Pour justifier ensuite les explications allégoriques qu'il avoit données des actions attribuées à diverses divinités, il dit :
« Considérez en effet leurs images : Coré porte les sym-
» boles des germes qui, sortant des semences, s'élèvent
» hors du sein de la terre ». Ὅρα δὲ καὶ τούτων τὰς εἰκόνας·
σύμβολα γὰρ ἡ Κόρη φέρει τῆς προβολῆς τῶν κατὰ τοὺς καρποὺς
ὑπὲρ τὴν γῆν ἐκφύσεων. Ces symboles, ce sont évidemment
les épis et les pavots dont il avoit parlé plus haut. S. de S.]

(4) Hésiod., Theogon., v. 912.

la découverte et la culture du blé étoient représentées par la naissance de Proserpine.

La matière se plaît à la propagation, et la quantité des germes la réjouit, suivant les Egyptiens ou leurs interprètes : il est donc naturel qu'Isis cherche le corps d'Osiris, comme Cérès cherche Proserpine, l'image de la substance matérielle (1). D'après cette idée, il n'est point étonnant que les Grecs n'eussent pas d'abord distingué cette dernière déesse de Cérès, ou d'Isis, son prototype. Diodore de Sicile nous dit qu'avant la naissance de Proserpine, la culture et l'usage des grains avoient été enseignés aux hommes par Cérès (2) ; ce qui signifie qu'elle ne fut pas d'abord associée avec sa fille, et qu'avant que les Grecs eussent imaginé le culte de celle-ci, les terres avoient déjà été ensemencées, et leurs produits employés aux besoins de la vie. En conséquence, lorsqu'ils eurent ajouté le culte de Proserpine à celui de Cérès, ils appelèrent la mère et la fille, les déesses aux deux noms (3), l'ancienne et la nouvelle *Déo* (4), etc.

---

(1) Plut., de Is. et Osir., §. 53.

(2) Diod., lib. v, §. 67.

(3) Eurip., Phœn., v. 689-695, et Schol., ibid.

(4) Δηώ τε νέη, Δηώ τε παλαιή. Iscrizioni greche Triopee, di E. Q. Visconti, p. 32, v. 6. Dans une inscription, Philoxène est qualifiée d'hiérophantide de la nouvelle divinité, τῆς νεωτέρας, ap. Chandl. cxx, p. 78.

La terre, ou la matière, reçoit dans son sein tous les germes, représentés par Proserpine : c'est pourquoi cette divinité fut appelée *Chthonienne*, mot qui signifia d'abord, dans son acception propre, *terrestre;* ensuite, par métonymie, *infernale* (1). En conséquence, on imagina de lui donner l'empire des ombres; elle en étoit en possession dès le temps d'Homère (2). Le lugubre cyprès lui fut consacré (3), et on lui sacrifia une vache stérile (4), ou quelquefois une génisse (5). *Descendre aux enfers*, devint une façon de parler métaphorique, pour désigner les sacrifices et les autres cérémonies célébrés en l'honneur de cette divinité (6).

On donna à Proserpine le nom de Junon Infernale (7), ou Avernale (8), ou Stygienne (9), pour marquer son empire aux enfers. Elle annon-

---

(1) Artemid., Onirocrit., lib. ii, cap. 35. Entre autres épithètes, on lui donne aussi celle de ὑποχθονίη.

(2) Odyss., lib. x, v. 491, etc.

(3) Serv., ad Virg. Æn. lib. iii, v. 681.

(4) Virg., Æn., lib. vi, v. 251.

(5) Sil. Ital., lib. xiii, v. 431.

(6) *Inferos autem subire, est sacra celebrare Proserpinæ.* Serv., ad Æn. lib. vi, v. 136.

(7) Virg., Æn., lib. vi, v. 138, etc.

(8) Ovid., Metam., lib. xiv, v. 114; Sil. Ital., lib. xiii, v. 601.

(9) Stat., Theb., lib. iv, v. 524-26.

çoit la mort (1), et coupoit le cheveu fatal (2),
pris pour le dernier lien qui nous attache à la vie.
On l'invoquoit dans les cérémonies magiques,
conjointement avec la ténébreuse Hécate (3).

Le scholiaste de Lycophron nous apprend que
Proserpine portoit encore les noms d'Isis, ou la
Terre, de Rhée, de Vesta, de Pandore, et d'une
foule d'autres divinités, ou personnages mythologiques (4). C'est d'après les rapports que Proserpine avoit avec Cérès, que cet écrivain, adoptant les principes des éclectiques, avance une
pareille opinion. Il est certain que Cérès et Proserpine n'étoient originairement qu'une seule
divinité. Rhée, étant la Terre, n'en différoit pas
plus que Vesta, appelée, par cette raison, la fille
de Cérès (5); toutes, quoiques éparées par la suite

----

(1) Tibull., lib. III, Eleg. v, v. 5.
(2) Virg., Æn., lib. IV, v. 698 et 699; Stat., Sylv., lib. II,
sylv. I, v. 147.
(3) Lucian. Necyom., §. 9, tom. I, p. 469, ed. Reitz.
(4) Tzetz. ad Lycophr., v. 707, p. 116, ed. Steph.
(5) [M. de Sainte-Croix, pour justifier ce qu'il dit ici,
que Vesta fut appelée fille de Cérès, avoit cité l'hymne de
Callimaque à Cérès, v. 98. Le traducteur allemand observe, avec raison, que dans cet hymne Vesta n'est nommée qu'au vers 109, et qu'il n'y est nullement question
de Cérès. Le poète fait dire, dans ce vers, à la mère d'Éry-
sichthon, que son fils a tout dévoré, jusqu'à la vache que
sa mère nourrissoit pour être offerte en sacrifice à Vesta,
Καὶ τὰν βῶν ἔφαγεν, τὰν Ἑσίᾳ ἔρεφε μάτηρ. M. de Sainte-Croix

M

dans le culte public, avoient cependant pour unique prototype Isis. Ce sentiment que Strabon développe, n'étoit point le résultat de quelque système philosophique, c'étoit une croyance vulgaire.

Proserpine, considérée sous le rapport d'une puissance divine qui venge les crimes (1), appartient certainement à la doctrine qui étoit ensei-

---

paroît avoir été induit en erreur ici par sa mémoire; mais il auroit pu, ce me semble, se prévaloir de l'autorité de Varron, cité par S. Augustin (de Civit. Dei, lib. VII, cap. 24). Voici le texte de S. Augustin : *Deinde adjungit* (Varro) *et dicit, Tellurem matrem et nominibus pluribus et cognominibus quod nominarunt, deos existimatos esse complures. Tellurem, inquit, putant esse Opem, quòd opere fiat melior; Matrem, quòd plurima pariat; magnam, quod cibum pariat; Proserpinam, quod ex ea proserpant fruges; Vestam, quod vestiatur herbis.* Quoique les raisons d'une telle synonymie, alléguées par Varron, ne puissent s'appliquer à la doctrine mythologique des Grecs, on peut soupçonner que quelques mythologues grecs avoient confondu Proserpine et Vesta. Spanheim, sur ce vers de Callimaque, assure que Sophocle (Œd. Col.) appelle Proserpine, la *Vesta infernale*, τὰν χθονίαν Ἑστίαν· mais il est pour le moins très-douteux que, dans le passage de Sophocle qu'il cite, ἑστία doive être considéré comme le nom d'une divinité. S. de S.]

(1) C'est pourquoi on appeloit de son nom le poteau auquel étoient attachés les malfaiteurs dans les prisons, pour être fustigés. Hesych., in voc. Ἑκάτη.

gnée dans les mystères d'Éleusis ; elle mérite
donc, sous ce nouveau point de vue, toute notre
attention. On sait que les Grecs placèrent les
enfers au centre de la terre, et y mirent le lieu
des châtimens après la mort. Proserpine, comme
fille de la Terre, et désignant en général tout ce
qui est renfermé dans son sein, et comme épouse
de Pluton, présidoit nécessairement à la distribu-
tion des peines dues aux crimes. Quelques auteurs supposèrent qu'il y avoit dans la lune des
gouffres ou enfoncemens, dont le plus grand
portoit le nom d'Hécate, et où les âmes des méchans subissoient différens tourmens (1). Les
rapports de la lune avec cette divinité ont sans
doute fait naître cette idée philosophique, que le
peuple ne paroît pas avoir adoptée.

Homère ne dit pas un seul mot d'Hécate ; mais
Hésiode, qui a vécu peu de temps après lui, parle
de cette déesse en plusieurs endroits de sa Théogonie. On ne peut donc révoquer en doute l'ancienneté du culte d'Hécate. Le nom de cette
déesse pourroit venir d'ἑκὰς, loin (ἑκασ7άτω), par
allusion au séjour qu'elle habitoit. Servius le dérive d'ἑκατὸν, cent, à cause des pouvoirs multipliés de cette déesse (2) ; selon d'autres, qui

_____

(1) Plut., de Fac. in Orb. Lun., tom. II Op., p. 944. B.
(2) Ad Æn. lib. iv, v. 510.
[Servius propose différentes étymologies de ce nom. Sur

M ij

admettent la même étymologie, elle étoit ainsi nommée, parce que, comme Proserpine, elle étoit le symbole de la multiplication des grains (1).

Il y a sans doute quelques rapports entre *Athor*, la nuit chez les Egyptiens, et Hécate, la déesse des ténèbres (2) ; mais l'identité de celle-ci

---

le vers 510 il dit : *Undè et Hecate dicta est*, ἑκατὸν, *i. e. centum potestates habens;* et sur le vers 511 : *Quidam Hecaten dictam esse tradunt, quod eadem et Diana sit et Proserpina,* ἀπὸ τῶν ἑκατέρων : *vel quod Apollinis soror sit, qui est* ἑκατηβόλος. Aucune de ces étymologies n'est satisfaisante. On a encore cherché l'origine de ce nom, avec aussi peu de succès, dans la langue hébraïque (Cleric., ad v. 411 Theogon. Hesiod.). Pour moi, j'aimerois mieux supposer que le nom Ἑκάτη est une altération de ἡ κάτω, *inferna (dea).* On dit de même, ἔκηλος et ἥκαλος, ἔθος et ἦθος, ἔως et ἠώς. S. de S.]

(1.) Fulg., Mythol., lib. 1, cap. 9.

(2.) Jablonski, Panth. Ægypt., tom. I, p. 22.

[Jablonski croit que le nom d'*Athor* est le mot même qui, en langue copte, signifie la nuit. Ce mot copte s'écrit *ejorh*, et peut être prononcé *ajorh*. Jablonski suppose que la seconde lettre de ce même mot, le *genga (j)*, se prononce quelquefois comme le *th* anglois. Cette étymologie du mot *Athor* m'a toujours paru fort douteuse. J'en hasarderai une autre, tout aussi conforme aux attributs de cette divinité. Je pense qu'*Athor*, Ἀθὸρ, est formé du nom d'*Horus*, quelle que soit l'étymologie de ce nom, et de la particule privative αη, dont le τ devant une lettre aspirée, se confond avec cette lettre, et se change en θ. *Athor* signifieroit donc primitivement, *le temps de l'absence d'Horus*,

et d'Anubis, est encore plus sensible. Plutarque
assure que ce dernier étoit revêtu, chez les Égyptiens, des mêmes pouvoirs qu'Hécate avoit chez
les Grecs. Anubis étoit également céleste et infernal (1) : on le représentoit, comme Hécate, avec
une tête de chien, et on lui donnoit le nom
d'*Hermanubis*, parce qu'il étoit le symbole des
choses célestes et infernales. On lui sacrifioit, par
la même raison, deux coqs de différentes couleurs (2). Personne n'ignore que les Grecs avoient

---

c'est-à-dire, du soleil, et ce nom conviendroit également
à la nuit, et à la saison où le soleil reste le moins de temps
sur l'horizon, ce qui concorde parfaitement avec l'opinion
de Jablonski, qui dit : *Mihi tamen, ut quod res est dicam,*
verosimilius videtur, noctis nomine à sacerdotibus Ægyp-
tiis designatum fuisse illum naturæ statum, quo sol,
relicto hemisphærio nostro, mensibus autumnalibus et
hybernis, inferius percurrit, eoque noctis tenebras vehe-
menter auget. Si l'on fait attention qu'Horus et Osiris ne
sont au fond que la même divinité, on trouvera que ma
conjecture acquiert une grande force de ce passage de Plutarque (de Is. et Osir., §. 39) : διὸ μηνὸς Ἀθὸρ ἀφανισθῆναι τὸν
Ὄσιριν λέγουσιν ὅτε.... μηκυνομένης τῆς νυκτὸς, αὔξεται τὸ σκότος,
ἡ δὲ τοῦ φωτὸς μαραίνεται καὶ κρατεῖται δύναμις, κ. τ. λ. Je dois
ajouter que le nom d'*Horus* s'écrivoit très-vraisemblable-
ment, en égyptien, par une *h.* Voyez Jablonski Opuscula,
tom. I, p. 423, et la note de M. Te Water, sur cet endroit. S. de S.]

(1) De Is. et Osir., §. 44.
(2) Ibid., §. 61.

consacré le coq à Mercure, divinité qui eut une
partie des attributs d'Anubis, et le surnom de
Chthonien (1). Hécate étoit aussi appelée *Chthonienne* (2), ou souterraine. Représentant Diane,
elle étoit prise pour une divinité céleste ; et sous
le nom d'Hécate, elle étoit la reine des enfers, la
déesse invisible (3). Les Égyptiens disoient qu'A-
nubis étoit le gardien des dieux (4), et les Grecs
donnoient à Hécate le titre de gardienne (5).

Saint-Epiphane nous apprend que *Tithrambo*
étoit le nom qu'Hécate portoit chez les Egyptiens (6). Hérodote, Diodore de Sicile, et les autres
écrivains de l'antiquité, ne font cependant aucune
mention de ce nom ; ce qui me porte à croire que
cette divinité ne fut connue en Égypte qu'après
que les Grecs eurent fréquenté ce pays. Tithrambo
se dérive naturellement des mots coptes *Ti-thra-
embon*, *irâ furens*, *furorem indens*, comme le
fait voir le savant Jablonski (7). Le surnom de
Brimo que portoit Hécate, et qui désigne la terreur

---

(1) Eurip., Alcest., v. 746, etc.

(2) Schol. Theocr., ad Idyll. II, v. 12.

(3) Soph., Œdip. Col., v. 1556, ed. Brunck.

(4) Diod., lib. I, §. 87 ; Plut., de Is. et Osir., §. 14.

(5) Καὶ νῦν Ἄρτεμις καλεῖται καὶ φύλαξ. Schol. Theocr.,
ad Idyll. II, v. 12.

(6) Τῇ Τιθραμβᾷ, Ἑκάτη ἑρμηνευομένη. Adv. Hæres., tom. I,
lib. III, p. 1093. D.

(7) Panth. Ægypt., tom. I, p. 105 et 106.

et l'horreur dont elle pénétroit les hommes (1), confirme cette étymologie. Jablonski remarque que les traducteurs coptes du Nouveau Testatament, rendent le verbe ἐμϐριμᾶσθαι par le mot *ambon*, la colère, ou la fureur (2). Cet attribut convient à une divinité vengeresse des crimes, comme Hécate ; les Égyptiens avoient donc adopté à cet égard les idées des Grecs.

Peut-être encore Tithrambo n'étoit-elle, chez les Égyptiens, qu'un surnom ou épithète d'Isis, faisant éprouver à ceux qui lui déplaisoient tout le poids de son indignation (3). On peut conjecturer que Diodore a voulu faire mention de cette déesse, lorsqu'il parle du temple de la *ténébreuse Hécate* (4), en Égypte. Ces deux mots n'auront été alors que la traduction littérale d'*Athor*, ou de *Nephthys* (5). Les Grecs ne donnoient pas à

(1) Lycophr., v. 1176 ; Apollod., lib. III, v. 860 et 1210, et Schol. ad v. 860.

[Tzetzès, sur l'endroit cité de Lycophron, offre une autre explication du nom de Brimo, donné à Hécate. Suivant lui, Mercure ayant voulu, dans une partie de chasse, faire violence à cette déesse, elle entra en fureur, et frémit de colère, ἐϐριμήσατο, et elle se délivra ainsi des poursuites du dieu. S. de S.]

(2) Jablonski, Panth. Ægypt., tom. I, p. 105.

(3) Pseudo-Herm., Asclep., p. 99, ed. Elmenhorst.

(4) Σκοτίας Ἑκάτης ἱερόν. Diod., lib. I, §. 96.

(5) Les Égyptiens faisoient, selon Plutarque (de Is. et

M iv

Hécate seulement le nom de *Brimo* ; ils le donnoient aussi à Cérès, soit parce que le pouvoir de
Cérès s'étendoit jusqu'aux enfers, soit à cause de
sa colère contre Jupiter (1). Tzetzès prétend que
Brimo et *Obrimo* étoient des noms qui apparte-

Osir., §. 38), Nephthys, femme de Typhon, qui est le
prototype de Pluton. Ils regardoient encore Isis comme la
partie supérieure du globe, et Nephthys comme la partie
souterraine. Ibid., §. 44.

[Jablonski me paroît avoir expliqué avec beaucoup de
succès (Panth. Ægypt., lib. v, cap. 3) les fables des prêtres
égyptiens, relatives à Nephthys, femme de Typhon, en
suivant les indications données par Plutarque ; et en admettant les idées de ce savant, on ne peut méconnoître qu'il
y a des points de contact frappans entre Athor et Nephthys. Je suis moins porté à adopter l'une ou l'autre des
étymologies qu'il propose, du mot *Nephthys*. Ce mot vient,
suivant lui, ou d'un mot de la langue copte qui signifie
exposé aux vents, aux tempêtes, ou d'un autre mot de
la même langue, dont le sens est, *qui sert de limites*, ou
qui appartient aux limites. Cette seconde étymologie semble autorisée par Plutarque, qui dit qu'on donnoit à Nephthys l'épithète de τελευτὴ ou τελευταίη, et que sous ce nom
on désignoit les extrémités de la terre qui sont limitrophes
de la mer. Νέφθυν καλοῦσι τῆς γῆς τὰ ἔσχατα καὶ πάρόρια, καὶ
ψαύοντα τῆς θαλάτης. Mais Plutarque savoit-il la langue
égyptienne ? il est permis d'en douter. D'ailleurs, d'après
l'étymologie proposée par Jablonski, le nom *Nephthys*
sembleroit devoir appartenir à une divinité du sexe masculin. S. de S.]

(1) Clem. Alex., Protr., p. 13.

noient également à Proserpine, à la Terre et à la Mort (1).

En séparant dans le culte public Proserpine d'Hécate, les Grecs imaginèrent plusieurs généalogies de cette dernière divinité. Suivant celle qui paroît la plus ancienne, elle naquit de Jupiter et de Cérès, et Jupiter l'envoya à la recherche de Proserpine (2). Une seconde tradition, en donnant le même père à Hécate, lui assigne pour mère Phéræa, fille d'Æolus, laquelle exposa le fruit de ses amours dans un carrefour. Le bouvier de Phérès trouva cet enfant et le nourrit : c'est pourquoi les carrefours furent consacrés à Hécate (3). Selon d'autres encore, Hécate étoit fille de Jupiter et de Junon (4); Euripide lui donne Latone pour mère (5).

Suivant Hésiode, le pouvoir d'Hécate s'étend sur la terre et sur la mer, et jusque dans le ciel. Elle accorde la prééminence dans les assemblées du peuple, la victoire aux guerriers, et le prix aux athlètes. Elle est assise à côté des rois, lorsqu'ils rendent la justice. Elle exauce les prières des cavaliers, des chasseurs et des navigateurs. Enfin,

---

(1) Ad Hesiod., Oper. et Di., v. 144.

(2) Schol. Theocr., ad Idyll. II, v. 12.

(3) Ibid., ad v. 36 ; Tzetz., ad Lycophr., v. 1180.

(4) Schol. Theocr., ad Idyll. II, v. 12.

(5) Phœniss., v. 109 et 110.

dispensatrice des richesses, elle multiplie ou
diminue les troupeaux à son gré (1). Tels sont les
principaux traits dont le poète se sert pour carac-
tériser Hécate : on conviendra sans peine qu'ils
ont peu de rapport avec les attributs de la déesse
des enfers. On pourroit même ajouter qu'Hésiode
semble borner le pouvoir d'Hécate aux seuls
habitans de la terre, si les expressions d'un poète
devoient être interprétées à la rigueur (2).

Cet ancien poète ajoute que Jupiter ne retran-
cha à Hécate aucune des prérogatives dont elle
jouissoit sous le règne des Titans, c'est-à-dire, des
Pélasges, adorateurs du Ciel et de la Terre. Peut-
être n'a-t-il voulu désigner par-là autre chose
que la perpétuité du dogme des peines à venir,
admis également, et chez les Grecs barbares, et
chez les Grecs civilisés (3). Quoi qu'il en soit de

---

(1) Hesiod., Theog., v. 416-50.

(2)   Καὶ γὰρ νῦν ὅτε πού τις ἐπιχθονίων ἀνθρώπων
    Ἔρδων ἱερὰ καλὰ κατὰ νόμον ἰλάσκηται,
    Κικλήσκει Ἑκάτην · πολλή τέ οἱ ἕσπετο τιμὴ
    Ῥεῖα μάλ', ᾧ πρόφρων γε θεὰ ὑποδέξεται εὐχάς.
                    Hesiod., Theog., v. 416 et seq.

(3) [M. de Sainte-Croix a souvent expliqué d'anciennes
traditions sur l'origine et les aventures des dieux, en
appliquant à l'histoire de leur culte et de leurs premiers
prêtres ou ministres, ce que la fable racontoit de la naissance, des actions, des voyages ou des entreprises guer-
rières de ces divinités elles-mêmes ; et ces explications ne

cette conjecture, l'ancienne Hécate n'en est pas
moins très-différente de la nouvelle; ce qui n'a pas
empêché quelques écrivains d'attribuer à celle-ci
une généalogie qui n'appartient qu'à la première.
Valérius Flaccus, adoptant cette opinion erronée,
désigne très-improprement, par l'épithète de
Perseia, la nouvelle Hécate (1), que Diodore a
fait, suivant les principes d'Evhémère, fille de
Persée, qui régnoit en Tauride, et femme d'Aétès,
roi de Colchide, dont elle eut Circé et Médée (2).

L'ancienne Hécate étoit représentée avec un
seul visage et un seul corps. Alcamène, qui flo-
rissoit vers l'an 440 avant J. C., fut le premier,
selon Pausanias, qui s'avisa de faire une statue de
cette déesse, à trois visages et à trois corps (3),
adossés les uns aux autres. On lui donna ensuite

---

sortent point des bornes d'une sage critique. Ici il suppose
un sens allégorique à une expression d'Hésiode, qui, en
suivant l'analogie des idées adoptées le plus souvent dans
cet ouvrage, doit signifier seulement que le culte d'Hécate
se conserva, après que celui de Jupiter eut été introduit
dans la Grèce et eut pris le dessus, et demeura tel qu'il étoit
avant cette époque, et lorsque Saturne étoit en possession
du premier rang parmi les divinités de ce pays. Cette supposition de M. de Sainte-Croix est assurément bien peu
naturelle, et la manière dont il s'exprime donne lieu de
croire qu'il la jugeoit lui-même très-hasardée. S. de S.]

(1) Argon., lib. VI, v. 495.
(2) Diod., lib. IV, §. 45.
(3) Corinth., cap. 30.

six mains qui tenoient un glaive, des poignards, des fouets, des cordes, des torches, une couronne de laurier et une clef (1). On voyoit quelquefois des serpens suspendus à sa tête, s'entrelacer avec sa ceinture, et descendre jusqu'à terre (2); on plaçoit encore à ses pieds un chien; quelquefois même on la représentoit avec une tête de chien (3).

Le chien étoit principalement consacré à Hécate, envisagée comme divinité des carrefours (4). On lui sacrifioit des chiens (5), et certains peuples de la Thrace lui offroient les entrailles de ces animaux (6). Le mullet et le mæna étoient les

---

(1) Schol. Theocr., ad Idyll. II, v. 12; Porphyr., ap. Euseb., Præp. Ev., lib. v, p. 202. C; Patin., Num. imper., p. 388; Montfaucon, Ant. expliq., tom. I, p. 153, pl. 90; Cabin. de Stosch, n° 342 et 343.

(2) Porph., ap. Euseb., Præp. Ev., lib. v, p. 201. D.

(3) Hesych., in voc. Ἑκάτης ἄγαλμα.

(4) Τριοδῖτις, εἰνοδία, trivia, etc.

(5) Eustath., ad Homer. Odyss. lib. III, p. 1461; Schol. Theocr., ad Idyll. II, v. 12 : τὰν καὶ σκύλακες τρομέοντι Ἐρχομέναν.

[C'est par cette raison que Lycophron (Cassandr., v. 77, et Tzet., ad h. loc.) lui donne l'épithète de κυνοσφαγοῦς : car c'est ainsi qu'il faut lire, avec le dernier éditeur de Lycophron, M. Müller, et non κυνοσφανοῦς, comme portoient les éditions précédentes, ou κυνοφάγου, ainsi que quelques critiques paroissent l'avoir conjecturé. S. de S.]

(6) Ovid., Fast., lib. 1, v. 389.

poissons dont l'usage étoit le plus commun dans
les sacrifices de cette déesse, et le premier de ces
poissons lui étoit consacré, à cause, dit-on, de
la ressemblance qu'il y avoit entre *triglé*, nom
grec de ce poisson, et *Triglène*, surnom donné
communément à cette divinité, et qui exprime
ses trois visages (1). Dans les opérations magiques, on sacrifioit même des cadavres à Proserpine ou Hécate, et à Pluton (2). On a peine à
concevoir de semblables abominations.

Les statues d'Hécate étoient placées dans les
carrefours, et aux portes des maisons (3), parce
qu'elle étoit regardée comme la déesse qui présidoit aux souillures et aux choses immondes (4).
D'autres lui étoient élevées sur les grands chemins (5), et dans de petites cellules, conformément à l'usage général (6). A chaque néoménie,

---

(1) Athen., lib. v, p. 325. A.

(2) Τὸ δέ γε νέκρωμα Ἅδῃ καὶ Περσεφόνῃ κατέθυον. Mich.
Psell., De opin. Græc. circa dæmon., ms. in Cod. Reg.
2109 (olim. 243, 812 et 3486), fol. 20 *verso - 26 recto.*

(3) Hesych., in voc. Ἑκάταια; Aristoph., Vesp., v. 798.

(4) Schol. Theocr., ad Idyll. II, v. 36.

(5) C'est ce que prouve l'épithète d'*ἐνοδία*, qui lui est
donnée (Artemid., Onirocrit., lib. II, cap. 42). On tournoit
chacun des trois corps, ou visages de la déesse, en face
d'une rue ou d'un grand chemin. Ovid., Fast., lib. I,
v. 141 et 142.

(6) Vid. Valcken., ad Ammon., lib. II, cap. 19.

les citoyens opulens exposoient le soir un repas (1), ou une offrande de différens mets, à
Hécate; on supposoit ensuite que ces offrandes
avoient été mangées par la déesse, quoiqu'on sût
très-bien qu'elles avoient été la ressource des
indigens (2). Il n'étoit pas permis à ceux qui
préparoient ces repas d'en goûter eux-mêmes (3).
Outre le pain et plusieurs autres comestibles (4),
on offroit encore à la déesse des œufs, auxquels
on attribuoit une vertu expiatoire. Lucien nous
représente un cynique dévorant avec avidité
toutes ces espèces de mets (5), à l'exception, sans
doute, des petits chiens qui faisoient partie des
offrandes consacrées à Hécate (6). Ce singulier
festin étoit célébré le trentième jour de chaque
mois (7), et tout ce qu'on y pratiquoit n'étoit
qu'une espèce d'expiation, suivant la remarque
du savant Hemsterhuis (8).

Les hommes ont toujours fait venir les spectres
des enfers; il étoit donc naturel que l'on donnât

---

(1) Schol. Aristophan., Plut., v. 594.

(2) Schol. Aristoph., ibid.; Plut., Symp., tom. II Oper.,
p. 708. F.

(3) Plut., loc. modo laud.

(4) Suid., in voc. Ἑκάτην.

(5) Catapl., §. 7, tom. I, p. 628, ed. Reitz.

(6) Plut., Quæst. Rom., tom. II Oper., p. 280. B.

(7) Harpocr., in voc. Τριακάς · Athen., lib. VII, p. 325.

(8) Not. ad Lucian., tom. I, p. 330.

à Hécate le pouvoir d'en faire paroître. On croyoit
qu'ils étoient d'une grandeur prodigieuse, et
qu'ils avoient une tête de dragon (1). On leur donnoit en général le nom d'*hécatéens* (2), et le plus
remarquable étoit appelé *empouse* (3). Aristophane en fait mention, et dit qu'il avoit le visage
éclatant de lumière, et une cuisse d'airain. Le
poète le représente comme changeant de forme
à tout instant (4). Quelques-uns supposoient
qu'il n'avoit qu'un seul pied, et faisoient dériver son nom de cette particularité (5). La figure

---

(1) Suid., in voc. Ἑκάτην.
(2) Schol. Apoll., lib. III, v. 860.
(3) Etymolog. magn., col. 336, in voc. Ἔμπουσα.
(4) Ran., v. 296-97.
(5) [L'auteur de l'*Etymologicon magnum*, qui propose
cette étymologie, ajoute que, suivant d'autres, le mot
ἔμπουσα étoit dérivé du verbe ἐμποδίζειν, qui signifie *em-
barrasser les pieds, opposer des obstacles*, ou de ce que
ce fantôme sortoit de certains lieux ténébreux pour se
montrer aux initiés : ἢ ὅτι ἀπὸ σκοτεινῶν τόπων ἐφαίνετο τοῖς
μεμυημένοις. Toutes ces étymologies sont peu satisfaisantes.
Les derniers mots semblent indiquer que l'empouse figu-
roit au nombre des objets effrayans qui étoient exposés aux
regards des initiés, et dont il sera parlé dans la suite. Le
même écrivain nous apprend que ce spectre étoit encore
nommé *Onocolé*, Ὀνόκωλη : car c'est ainsi qu'il faut lire,
au lieu d'*Onopolé*, Ὀνόπολη, suivant la remarque d'Henri
Estienne (Thesaur., ling. Græc., tom. III, col. 1340). Ce
nom ou cette épithète est synonyme de ὀνόσκελος et ὀνοσκελὶς,
qui a une cuisse d'âne. S. de S.]

à triple visage de la déesse, suffisoit seule pour dissiper ces spectres, ou pour arrêter leur fureur (1) : au rapport de Sophron, cet effet pouvoit être encore produit par les cris de petits chiens (2), animaux qui redoutent, dit Théocrite, la présence de la souterraine Hécate, lorsqu'elle marche au milieu des tombeaux, et parmi les flots d'un sang noir (3).

Cette déesse apparoissoit en songe à ceux qui l'invoquoient (4), et on pouvoit la forcer, par des paroles mystérieuses, à venir sur la terre (5). Attirée par les évocations de Médée, elle nous est représentée la tête couronnée de serpens, avec des branches de chêne, entourée de la lumière éclatante des torches qu'elle agite, et faisant tout retentir des aboiemens des chiens infernaux : sa vue inspire l'effroi aux nymphes du Phase, qui poussent des cris épouvantables (6). Phèdre, dans Sénèque le tragique, implore Hécate à la triple

---

(1) Apul., Metam., lib. XI, p. 224.

(2) Ap. Tzetz., ad Lycophr., v. 77. Il est bon d'observer que le verbe βαΰζω, employé par Sophron, désigne proprement les cris de ces jeunes animaux. Vid. Valcken., ad Ammon., p. 231.

(3) Idyll. II, v. 12 et 13.

(4) Porphyr., ap. Euseb., Præp. Ev., lib. v, p. 200. D.

(5) Ibid., p. 193. C et 194. B.

(6) Apoll., Argon., lib. III, v. 1213-19.

figure (1). Dans les évocations, cérémonies dont
les détails ne sont pas de mon sujet, on devoit
se servir d'une représentation de cette déesse,
faite avec de la cire de trois couleurs, blanche,
noire et rouge, et armée d'une torche ardente,
d'un fouet et d'un glaive (2).

Lorsque ces cérémonies magiques avoient pour
objet de ramener un amant infidèle, ou de s'en
venger, on se servoit d'un cercle chargé de figures
et de caractères mystérieux : ce cercle portoit le
nom d'Hécate (3). Doit-on ensuite être étonné si
cette déesse étoit supposée prêter son ministère

---

(1) Hippol., v. 411.

(2) Porphyr., ap. Euseb., Præp. Ev., lib. v, p. 202. Ces
évocations, et tout ce qui regarde la magie des Anciens,
ne sont point de mon sujet. Théocrite, Horace, Lucain,
Apulée, etc., nous offrent là-dessus des détails fort inté-
ressans, dont le savant Tiedemann a su profiter dans son
ouvrage sur l'origine de l'art magique. Pour faire l'histoire
complète de ces pratiques magiques, il faudroit avoir la
patience de lire beaucoup d'ouvrages manuscrits, enfouis,
peut-être pour le bonheur de l'humanité, dans nos grandes
bibliothèques.

(3) On croit que ce cercle ou rhombe magique a aussi
porté le nom d'*iyunx*, ἴυγξ.

[Ce nom n'étoit d'abord que celui d'un oiseau, appelé en
latin *motacilla*, et en françois *hochequeue*, que les magiciennes employoient dans leurs conjurations, destinées à
inspirer de l'amour. Niceph. Greg., ad Synes., de Insomn.,
p. 360 ; Tiedemann., de Orig. art. *Mag.*, p. 69. S. de S.]

N

aux amours honteux et illicites (1) ; attributs
qu'elle devoit à Isis ? Eudoxe demandoit pourquoi tout ce qui tient à l'amour, étoit du ressort
d'Isis, et non de celui de Cérès (2). Plutarque,
qui rapporte cette question, n'y répond point (3).
L'idée d'un semblable pouvoir auroit été peu
compatible avec celle qu'on avoit de la chasteté
de la déesse grecque. C'est pourquoi on préféra
attribuer à Hécate tout ce qui appartient à cette
passion, qui a besoin du voile des ténèbres auxquelles cette divinité présidoit. Par la même rai-

---

(1) Porphyr., ap. Euseb., Præp. Ev., lib. IV, p. 174. C.

(2) Plut., de Is. et Osir., §. 64.

(3) [Il n'est pas exact de dire que Plutarque ne répond
point à la question d'Eudoxe. Plutarque avoit dit qu'on
ne risque point de se tromper, en attribuant à Isis tout ce
qui est bien ordonné, bon et salutaire de sa nature, et
qu'en admettant cela, on ne sera point embarrassé de répondre à Eudoxe, quand il demande pourquoi tout ce qui
a rapport à l'amour, ἡ τῶν ἐρωτικῶν ἐπιμελεία, est attribué à
Isis, et non à Cérès. Et pour qu'on ne doute point du sens
de ces mots, il ajoute : « Car, en un mot, nous regardons
» ces deux divinités (Osiris et Isis) comme présidant en
» commun à tout ce qui est bon ; nous pensons que tout ce
» qu'il y a dans la nature de beau et de bon existe par
» eux, Osiris en fournissant les principes, et Isis les rece-
» vant et les distribuant ». Ἑνὶ γὰρ λόγῳ κοινῷ τοὺς θεοὺς
τούτους περὶ πᾶσαν ἀγαθοῦ μοῖραν ἡγούμεθα τετάχθαι · καὶ πᾶν
ὅσον ἔνεστι τῇ φύσει καλὸν καὶ ἀγαθὸν, διὰ τούτους ὑπάρχειν, τὸν
μὲν, διδόντα τὰς ἀρχὰς, τὴν δὲ, ὑποδεχομένην καὶ διανέμουσαν.
S. de S.]

son, Hécate avoit sous sa protection les plus célèbres magiciennes, entre autres celles de Thessalie. Le déréglement de leurs mœurs, ensuite la
cupidité, étoient presque toujours les motifs qui
les déterminoient à embrasser la profession d'un
art également odieux et fantastique.

Lorsqu'un breuvage contenoit un poison mortel, il.étoit consacré à Proserpine ou à Hécate (1),
par laquelle juroient les magiciennes (2). Dans la
belle idylle de Théocrite, intitulée la *Pharma-
ceutrie*, Simæthe prie Hécate de ne pas permettre
que ses enchantemens soient inférieurs à ceux
de Circé et de Médée (3). C'étoit Hécate qui avoit
donné la connoissance de toutes les plantes vénéneuses, terrestres et marines, à Médée, qui s'en
servoit pour apaiser la violence des flammes,
arrêter le cours des fleuves, et retarder celui des
astres. (4) Tibulle, voulant exalter le savoir d'une
magicienne, assure qu'elle passoit pour connoître
toutes les plantes vénéneuses de Médée, et pour
avoir dompté la férocité des chiens d'Hécate (5).

La lune étoit invoquée dans les enchantemens

---

(1) Apul., Metamorph., lib. x, p. 214.
(2) Schol. Apollon., ad lib. iv, v. 1020.
(3) Theocr., Idyll. ii, v. 14-16.
(4) Apollon., Argon., lib. iii, v. 529-33.
(5)   *Sola tenere malas Medeæ dicitur herbas,*
        Sola feros Hecatæ perdomuisse canes.
    Tibull., lib. i, eleg. ii, v. 51 et 52, et Heyn., ad h. loc.

conjointement avec Hécate , non – seulement à
cause de la prétendue influence de cet astre sur
nos actions, mais encore parce que les Anciens
regardoient la lune comme le partage d'Hécate,
divinité céleste et infernale. Diane étoit confondue avec Hécate par cette raison ; et c'est pour
cela que Stace, parlant d'Aulis consacrée à Diane,
donne à cette ville l'épithète d'*Hécatée* (1).

Tous les détails dans lesquels nous venons d'entrer nous découvrent suffisamment pourquoi
les nouveaux platoniciens considéroient à la fois
Hécate et Sérapis comme les premiers d'entre les
mauvais génies. En conséquence, on donnoit
l'épithète de *contraire* (2) à Hécate ; on croyoit
qu'elle se plaisoit aussi à être invoquée sous les
noms de *taureau*, de *chien* et de *lionne* (3). L'ancienne Hécate dont parle Hésiode, étoit bien différente : c'étoit une divinité bienfaisante, chargée
par Jupiter du soin de conserver la vie aux enfans qui venoient de naître, et de pourvoir à leur
nourriture (4). Elle fut remplacée dans cet emploi par la déesse Génétyllis, à qui les chiens

_____

(1) Achill., lib. 1, v. 448.

(2) Etym. magn., in voc. Ἀυγία.

(3) Porphyr., de Abst, lib. III, §. 17.
[Le même écrivain dit ailleurs (lib. IV, §. 16) qu'on
donnoit à Hécate les noms de *cheval*, de *taureau*, de
lionne et de *chien*. S. de S.]

(4) Theog., v. 450.

furent consacrés, comme ils l'étoient primitivement à l'ancienne Hécate, et comme ils conti-
nuèrent de l'être à la nouvelle (1). Ainsi, quoique
les idées d'une nation plus civilisée aient fourni,
en se multipliant, la matière de plusieurs divinités, si j'ose m'exprimer ainsi, cependant il
est arrivé qu'une portion plus ou moins considérable des attributs des anciennes divinités a
passé aux nouvelles, pour former à celles-ci un
département propre et spécial; autrement, sans
cesse confondues avec les premières, elles n'au-
raient eu ni un crédit assuré, ni une existence
durable.

------

(1) Hesych., in voc. Γενεθυλίς. Je lis dans ce passage,
avec Bentley (not. in Horat. Carm. sæc., p. 349), ἐοικυῖα
τῇ Ἑκάτῃ, au lieu de τῇ ἑορτῇ. Il y avoit plusieurs déesses
Génétyllis. Aristophan., Thesmoph., v. 137.

ARTICLE V.

Du jeune Iacchus et de Triptolème.

Après avoir discuté tout ce qui concerne la fille de Cérès, il importe de faire connoître le fils qu'on attribuoit à cette même déesse : je veux parler du jeune Iacchus, si célèbre dans les mystères. On le représentoit comme étant à la mamelle (1); et si nous en croyons Bochart, son nom ne signifioit, en phénicien, autre chose qu'un enfant qui tète (2). Quelques grammairiens grecs (3), dont M. Fréret adopte l'opinion, dérivent le nom d'Iacchus du mot ἰαχὴ, *cri*, et du verbe ἰαχεῖν, *élever la voix en poussant cette sorte de cri.* Les initiés et les bacchantes invoquoient le nom de ce dieu, en criant à diverses reprises, *Iacche, ὀ Iacche* (4)!

Saumaise, qui avoit tout lu, prétend avoir trouvé dans un auteur ancien, qu'Iacchus étoit

---

(1) Suid., in voc. Ἴακχος· Lex. cui tit. Συναγωγὴ λέξεων χρησίμων, in Cod. Coislin., 345, fol. 115 *recto* : Ἴακχος, Διόνυσος ἐπὶ τῷ μαστῷ.

(2) Chanaan, lib. 1, cap. 18, p. 480.

(3) Etym. magn., in voc. Ἴακχος.

(4) [L'étymologie proposée par Bochart est ingénieuse, mais je la crois un peu hardie. S. de S.]

appelé κῦρος ou κόρος (1). Les Grecs donnoient en
général aux dieux enfans, ce nom (2), qui convient particulièrement à Bacchus, fils de Jupiter
et de Proserpine, lequel n'avoit rien de commun
avec Dionysus ou Bacchus, fils de ce même dieu
et de Sémélé. Euripide introduit, dans une de
ses pièces, le devin Tirésias, qui appelle avec
raison l'enfant de Sémélé, *une nouvelle divinité* (3). En effet, son culte avoit été introduit
par Mélampus, seulement vers l'an 170 avant la
prise de Troye (4), c'est-à-dire, postérieurement à
celui du Bacchus que Cicéron et Diodore de Si-

---

(1) Salmas., ad Inscript. Her. Attic. et Reg., p. 92; De
ann. climact., p. 566 et 567.

[Le traducteur allemand suppose que Saumaise a eu en
vue ces vers du 48ᵉ livre des Dionysiaques de Nonnus :

Ἀμφὶ δὲ κοῦρον Ἴακχον ἐκυκλώσαντο χορείῃ
Νύμφαι κισσοφόροι Μαραθωνίδες.

Mais alors il ne seroit pas prouvé qu'Iacchus eût jamais porté
le nom de *Corus*, κοῦρος, puisque le mot κοῦρος n'est ici qu'une
épithète. Au surplus, il paroît que Saumaise avoit un peu
légèrement supposé que Bacchus portoit aussi le nom de
κοῦρος, ce qu'il traduisoit par *filius*, pour justifier le rapport
de Bacchus avec Osiris, dont le nom, suivant lui, vouloit
dire la même chose en égyptien. Jablonski l'a réfuté à cet
égard. Panth. Ægypt., tom. I, p. 134 et 135. S. de S.]

(2) Callim., Hym. in Del., v. 211-14; Apollon., Argon.,
lib. I, v. 508; lib. II, v. 709; lib. III, v. 118, etc.

(3) Ὁ δαίμων ὁ νέος. Bacch., v. 272.

(4) Acad. des Inscriptions, tom. III, p. 248.

N iv

cile font fils de Jupiter et de Proserpine (1), le
même à qui l'on donnoit encore pour mère Cérès (2). Sophocle nous représente le jeune dieu
sur le sein de Cérès, surnommée *Éleusinienne* (3).
C'est cette attitude qui a déterminé Lucrèce à
donner à cette déesse, l'épithète de *mammosa* (4).

_____

(1) Cic., de Nat. Deor., l. III, §. 21 et 23; Diod., l. III, §. 63.

(2) Diod., lib. III, §. 62.

(3) Antigon., v. 1232 et 1233. *Démétrius* étoit aussi,
par la même raison, un surnom de Bacchus.

(4) *Et mammosa, Ceres est ipsa ab Iaccho.* Lib. IV,
v. 1161. Vid. Arnob., advers. Gent., lib. III, p. 47.

[Cérès allaitant le jeune Iacchus, et le tenant sur son
sein, étoit représentée, sans doute, les seins découverts et
gonflés, comme sont ceux d'une femme qui allaite. C'est
en ce sens que Lucrèce dit que les amans qui ont coutume de déguiser les défauts de leurs maîtresses sous des
noms qui les représentent comme des agrémens, appellent
Cérès d'Iacchus, ou *Cérès venant d'allaiter Iacchus*,
celle dont le sein énorme excède une juste proportion.
Ceres ab Iaccho pourroit bien n'être autre chose que le
grec ἡ τοῦ Ἰάκχου. Arnobe n'a pas pris dans un autre sens
le vers de Lucrèce, quand il dit : *Avet animus atque
ardet, in chalcidicis illis magnis, atque palatiis cœli,
deos deasque conspicere intectis corporibus atque nudis,
ab Iaccho Cererem (musa ut prædicat Lucretii), mam-
mosam*; mais il a appliqué directement à Cérès l'épithète
de *mammosa*, qui ne lui est donnée qu'indirectement par
le poète latin. Autrement il faudroit dire que Lucrèce
donne aussi à Cérès l'épithète de *gemina*, puisqu'il dit :

    At gemina et mammosa, Ceres est ipsa ab Iaccho.
S. de S.]

Plutarque nous assure que la bonne déesse des
Romains n'étoit autre que l'une d'entre les mères
supposées de Bacchus, celle dont il n'étoit pas
permis de prononcer le nom (1). Malgré ces contradictions apparentes, dont la source est l'ancienne identité de plusieurs divinités, ou la parfaite ressemblance de quelques-uns de leurs principaux attributs, il n'en est pas moins certain
que l'Iacchus d'Éleusis étoit très-différent du
Bacchus thébain.

Dans la comédie d'Aristophane, intitulée *les
Grenouilles*, ce dernier dieu est supposé rencon-
trer le chœur des femmes initiées aux mystères
de Cérès, qui chantent l'hymne en l'honneur
d'Iacchus, hymne dans lequel il n'y a rien qui
ait le moindre rapport au Bacchus thébain. Celui-ci paroît même écouter fort tranquillement
ces femmes, sans prendre aucune part à leur
chant (2). Fréret en conclut, avec raison, que
Bacchus n'avoit rien de commun avec Iacchus (3).
Nonnus de Panople, mauvais poète, mais très-
savant en mythologie, introduit Junon excitant
Proserpine à s'opposer aux exploits du fils de
Sémélé, qui étoit sur le point de triompher des
Indiens. Elle lui fait craindre que le nouveau

---

(1) Vit. Cæsar., tom. II Oper., p. 711. D.
(2) Aristoph., Ran., v. 326 et seq.; id., ibid., v. 401.
(3) Acad. des Inscr., tom. XXIII, p. 256.

Bacchus ne partage les honneurs décernés à celui d'Éleusis, qu'il n'ait dans les mystères le même rang que l'ancien Iacchus, et ne fasse mépriser Cérès (1). Toutes les fois que le poète nomme Bacchus fils de Proserpine, il le distingue de l'autre par l'épithète d'*Éleusinien*. C'étoit ce même Bacchus qu'on couronnoit de myrte (2). Claudien, en lui donnant une couronne de lierre (3), blesse le costume, ou confond Iacchus avec Bacchus; erreur dont beaucoup d'écrivains n'ont pas su se garantir.

Arrien nous assure que l'hymne nommé l'*Iacchus mystique*, étoit chanté par les Athéniens en l'honneur de Bacchus, fils de Jupiter et de Proserpine, et non de Bacchus thébain (4). Cicéron fait dire au stoïcien Balbus, que ce Bacchus, fils de Sémélé, n'étoit pas celui que leurs ancêtres révéroient conjointement avec Cérès et Proserpine, ce qu'on pouvoit connoître par les mystères (5). Le dragon enfermé dans la ciste mys-

---

(1) Μὴ δὲ νέον Διόνυσον ἀγυμνήσωσιν Ἀθῆναι,
Μὴ δὲ λάχη γέρας ἶσον Ἐλευσινίῳ Διονύσῳ,
Μὴ τελετὰς προτέροιο διαλλάξειεν Ἰάκχου,
Μὴ τάλαρον Δήμητρος ἀτιμήσειεν ὀπώρης.

Dionys., lib. XXXI, p. 786.

(2) Aristoph., Ran., v. 333.

(3) De Rapt. Proserp., lib. 1, v. 16.

(4) Arrian., de Exped. Alex., lib. 11, cap. 16.

(5) *Non eum quem nostri majores auguste sanctèque*

tique indiquoit vraisemblablement que ce Bacchus, ou Iacchus, étoit le fils né de l'inceste de
Jupiter, qui, sous la forme d'un serpent, avoit
eu commerce avec Proserpine (1). L'orateur romain donne pour père à ce jeune dieu, Jupiter
Arcadien (2); ce qui indique que le culte d'Iacchus, dans l'Arcadie, remontoit à la même époque que celui de Cérès, dont il étoit inséparable.
Pindare appelle par cette raison, Iacchus, l'assistant, ou, si j'ose m'exprimer ainsi, l'assesseur
de cette déesse (3); et Strabon le nomme le génie
de Cérès, et le conducteur des mystères (4). On
croyoit qu'il avoit enseigné aux hommes à labourer avec des bœufs; c'est pourquoi il étoit
représenté quelquefois avec des cornes (5).

Ce Bacchus, fils de Cérès, selon Diodore, ou
plutôt de Proserpine, suivant la tradition générale, adoptée par l'auteur du livre des Récogni-

---

*Liberum cum Cerere et Libera consecraverunt : quod
quale sit, ex mysteriis intelligi potest.* De Nat. Deor.,
lib. II, §. 24.

(1) Clement. Alex., Protrept., p. 14; Nonn., Dionys,
lib. VI, p. 186; lib. XXXI, p. 788, etc.

(2) De Nat. Deor., lib. III, §. 21.

(3) Isthm., Od. VII, v. 3; χαλκοκρότου πάρεδρον Δαμα-
7ερος..... Διόνυσον.

(4) Τὸν ἀρχηγέτην τῶν μυσηρίων, τῆς Δήμητρος δαίμονα.
Strab., Geogr., lib. X, p. 468; Clem. Alex., Protrept.,
p. 54.

(5) Diod., lib. III, §. 63.

tions (1), ayant été mis en pièces par les Titans, fut rappelé à la vie par Cérès (2). Cette fable, qui faisoit originairement partie de l'histoire d'Iacchus, étoit ensuite entrée dans celle du Bacchus thébain, depuis qu'Onomacrite avoit imaginé d'y introduire les Titans (3). Il est facile de s'apercevoir que le corps d'Osiris, déchiré par Typhon, avoit donné lieu à cette ancienne tradition.

L'enfant de Proserpine, désigné par l'épithète de *Chthonien*, ou infernal, avoit été mis au nombre des divinités des enfers (4), soit à cause de sa mère, soit parce qu'il servit de guide, pour descendre aux enfers, à Cérès, qui avoit appris à Éleusis l'union de sa fille avec Pluton. Cette même épithète paroît encore convenir à Iacchus, honoré chez les Thébains sous le nom de *Zagrée*, que lui donnent les poètes, qui le font naître également de Proserpine (5).

Les mythologues rapportoient bien des choses étranges sur ce *Zagreus* ou Zagrée, et sur tout ce qui précéda sa naissance. Proserpine, cachée par

---

(1) *Ex quâ* (Persephone) *Dionysium genuit, qui à Titanis discerptus est.* Pseudo-Clem., Recogn., lib. x, cap. 20.

(2) Diod., lib. iii, §. 62 ; Clem. Alex., Protr., p. 15.

(3) Pausan., Arcad., cap. 37.

(4) Artemid., Onirocrit., lib. ii, cap. 35.

(5) Schol. Pind. ad Isthm., Od. vii, v. 3 ; Callim., Fragm., ap. Etym. magn., in voc. Ζαγρεύς; Hesych., in ead. voc.

sa mère dans une caverne, et confiée à la garde
de deux dragons, est néanmoins séduite par Jupiter, qui s'est glissé auprès d'elle sous la forme
d'un de ces animaux. De ce commerce naît Zagrée, ayant la figure d'un taureau, ou seulement
la tête armée de cornes. Il est attaqué par les
Titans, et se défend avec vigueur, en se méta-
morphosant de différentes manières. Junon vole
au secours des Titans, et Zagrée, ne pouvant plus
leur résister, est mis en pièces. Jupiter se venge
de ce crime sur la mère des Titans, la Terre, par
un incendie général. Cette affreuse calamité ne
cesse qu'à la prière de l'Océan, et au moyen d'un
déluge universel (1). Zagrée est absolument le
même qu'Iacchus; mais il diffère essentiellement
de Bacchus, fils de Sémélé. Jupiter donna à celui-
ci la vigne, et confia à l'autre, son aîné, la foudre (2). Ils éprouvent, il est vrai, l'un et l'autre
quelque chose de semblable; mais ce sont proprement les Titans qui attaquent et déchirent
l'ancien Bacchus, tandis que l'autre est attaqué
par les Géans (3). Dans l'Attique, on élevoit pendant la nuit des torches de pin, en l'honneur de

(1) Nonn., Dionys., lib. v, p. 174; lib. vi, p. 186 et 188.
(2) Ἔκλυον ὥς ποτε θῶκον ἑὸν καὶ σκῆπτρον ὀλύμπου
Δῶκε γέρας Ζαγρῆι παλαιοτέρῳ Διονύσῳ,
Ἀστεροπὴν Ζαγρῆι, καὶ ἄμπελον οἴνοπι Βάκχῳ.
Dionys., lib. xxxix, p. 996.
(3) Dionys., lib. xlviii, p. 1248.

Zagrée, le *premier né*, et de Bacchus, *né plus
tard* (1) : on ne les confondoit donc pas.

A la lettre, le mot *Zagreus*, regardé d'abord
comme mystérieux (2), pourroit bien signifier
un *grand chasseur* (3), et, par une métaphore
assez naturelle, un homme fort et agile; et ce
nom pourroit avoir été donné à Iacchus, à cause
de toutes les métamorphoses auxquelles il eut
recours lorsqu'il combattoit contre les Titans.
Ceci montre assez l'identité d'Iacchus Zagrée avec
Bacchus Æsymnète, ce dernier surnom désignant
aussi un jeune homme vigoureux. On célébroit
tous les ans, à Patras, dans l'Achaïe, la fête de
Bacchus Æsymnète; et la nuit qui la précédoit,
le prêtre de ce dieu apportoit un coffre dans
lequel on gardoit sa statue. Tous les enfans du
pays, après avoir déposé leurs couronnes d'épis
de blé aux pieds de Diane, et s'être lavés dans le
fleuve Méilichus, se rendoient avec d'autres couronnes de lierre au temple de Bacchus Æsymnète (4). Pausanias, qui nous apprend ces détails, observe que cette dernière cérémonie n'étoit
pas fort ancienne : je crois qu'elle ne remontoit

_____

(1) Ἀρχεγόνῳ Ζαγρῆϊ, καὶ ὀψιγόνῳ Διονύσῳ. Nonn., Dionys.,
lib. XLVII, p. 1204.

(2) Κατὰ τὸν μυστικὸν λόγον. Schol. Pind. ad Isthm., Od.
VII, v. 3.

(3) Etym. magn., in voc. Ζαγρεύς.

(4) Pausan., Achaic., cap. 20.

qu'au temps où les Grecs eurent confondu Bacchus Æsymnète ou Iacchus avec le fils de Sémélé, dont le lierre étoit le symbole particulier.

Quoique les Crétois fissent jouer à Jasion, dans
leurs mystères, le rôle d'Iacchus, il paroît néanmoins qu'ils donnoient encore à ce dernier le
nom d'*Eubule*, qui, selon eux, étoit fils de Cérès (1). L'auteur des hymnes faussement attribués à Orphée, après avoir appelé *Eubule* celui
qui acompagna Cérès aux enfers, lui donne ensuite le nom de Bacchus *Thesmophore* (2), nom
qui ne convient qu'à Iacchus. Il en est de même
de l'épithète d'*Isomator*, égal à sa mère (3) : elle
ne convient qu'à Iacchus, qui partageoit les attributs de Cérès.

Si le jeune Iacchus n'est point le Bacchus thébain, quelle peut être son origine ? Il semble
d'abord que le coffre dont on vient de parler, et
le corps d'Iacchus, déchiré par les Titans, prou-
veroient son rapport intime avec Osiris, le pro-

_____

(1) Diod., lib. v, §. 76.

(2) Hymn. xl, v. 8; xli, v. 1-4.

[Il n'est peut-être pas certain que, dans les deux hymnes
cités ici, il soit question du même personnage : celui qui
accompagne Cérès aux enfers, est nommé *Eubulus*, Εὔξου-
λον τέξασα θεὸν θνητῆς ἀπ' ἀνάγκης, et l'autre est appelé
Eubulès, Θεσμοφόρον καλέω ναρθηκοφόρον Διόνυσον, Σπέρμα πα-
λύμνησον πολυώνυμον Εὐξουλῆος. S. de S.]

(3) Hesych., in voc. Ἰσομάτωρ.

totype du véritable Bacchus. Mais on doit se rappeler que les Grecs appliquoient à plusieurs divinités ce qui concerne l'époux d'Isis, et que souvent ils ont tout confondu. Horus, fils d'Isis, fut d'ailleurs mis en pièces comme son père; fable allégorique, dont Plutarque se contente de faire mention, sans oser l'expliquer, se bornant à assurer qu'il est très-difficile d'en pénétrer le sens (1).

Diodore nous dit qu'Horus fut massacré par les Titans, et ressuscité ensuite par sa mère Isis, qui lui apprit la médecine (2). Ceci n'est qu'une fable grecque, appliquée maladroitement, suivant le système d'Évhémère, à l'ancienne théologie des Égyptiens, puisque les Titans leur étoient inconnus (3). Cependant il n'en est pas moins certain qu'Horus est supposé avoir eu le même sort qu'Iacchus; d'ailleurs, les attributs d'Iacchus conviennent parfaitement à ce fils d'Isis, le symbole du monde visible, et qui est surnommé par cette raison *Kaimin*, c'est-à-dire, visible (4). On comprend aisément de quelle utilité

_____

(1) De Is. et Osir., §. 20.
(2) Diod., lib. 1, §. 25.
(3) Pausan., Arcad., cap. 37.
(4) Plut., de Is. et Osir., §. 56.
[On peut douter si le nom égyptien donné par Plutarque à Horus, est *Kaimin* ou *Kaimis*. Jablonski et La Croze ont hasardé des explications ou plutôt des étymo-

un pareil personnage allégorique étoit dans les mystères. Passons maintenant à Triptolème, qui y jouoit le principal rôle après Iacchus.

La généalogie de Triptolème étoit fort difficile à débrouiller au temps de Pausanias; seroit-il possible aujourd'hui de l'éclaircir? Triptolème avoit été, selon Diodore de Sicile, le compagnon d'Osiris (1), qui lui apprit l'art d'ensemencer les terres, et l'envoya dans l'Attique, pour faire part de cette découverte aux habitans de cette contrée (2). On sait que l'époux d'Isis passoit aussi pour l'inventeur de l'agriculture (3).

La chronique de Paros fixe l'âge de Triptolème au règne d'Érechthée (4), ce qui n'a pas empêché quelques auteurs de le rapporter au règne de Pandion I (5). Cette opinion ne mérite pas d'être réfutée. Plusieurs écrivains reconnoissent ce héros pour un des législateurs de l'Attique. On cite même quelques-unes de ses lois, qui étoient, dit-on, conservées dans le temple d'Éleusis (6). Sans

---

logies de ce nom; mais elles n'ont rien de satisfaisant. Voy. Jablonski, Opusc., tom. I, p. 99. S. de S.]

(1) Lib. 1, §. 18.

(2) Ibid., §. 11.

(3) Ibid., §. 20.

(4) Marm. Oxon., epoch. 12, p. 163, ed. Prideaux.

(5) Meurs., de Regn. Athen., lib. 1, cap. 15.

(6) Porphyr., de Abstin., lib. IV, §. 22; S. Hieronym., adv. Jov., lib. II, cap. 14; Richter., Animadv. de vet. legumlat., p. 42 et 43.

O

doute, elles ne furent d'abord transmises que par tradition, comme toutes celles de la Grèce; dans la suite, elles furent recueillies et gravées en quelque endroit de ce temple. Ce qui en reste nous vient de Porphyre, qui les cite à l'appui de son système. Quoiqu'une pareille autorité soit bien suspecte, je n'ose pourtant pas assurer que ces lois aient été supposées par ce philosophe. On faisoit honneur à Triptolème d'avoir enseigné la manière d'atteler les bœufs à la charrue (1), découverte qui est revendiquée en faveur de Buzygès (2); mais ce Buzygès n'est vraisemblablement qu'un personnage imaginaire.

Triptolème ayant perdu l'immortalité par un cri que la tendresse avoit arraché à sa mère, Cérès l'en dédommagea, en lui accordant l'honneur de labourer le premier et d'ensemencer les terres (3). Le champ de Rharion, près d'Éleusis, fut le lieu destiné au premier essai, qui se fit avec de l'orge (4). Pour conserver la mémoire de cet événement, les Éleusiniens se servoient, dans leurs sacrifices, de gâteaux faits avec de la farine du

---

(1) Plin., lib. v, cap. 56; Justin., lib. ii, cap. 6.

(2) Hesych., in voc. Βουζύγης; Plin., loc. mod. laud.

(3) Ovid., Fast., lib. iv, v. 559 et 560 :

Iste quidem mortalis erit; sed primus arabit,
Et seret, et cultâ præmia tollet humo.

(4) Pausan., Attic., cap. 38; Cornut., cap. 28, p. 209, ed. Galc.

grain moissonné à Rharia ou Rharion (1). Du
nom de ce champ, Cérès prit le surnom de *Rha-*
rias (2). Triptolème, en parcourant la terre par
les ordres de cette déesse (3), parvint jusqu'en
Scythie, où il n'évita les embûches de Lyncus,
roi de cette contrée (4), ou, suivant d'autres, de
Carnabonte, prince des Gètes (5), que par le secours de Cérès. Philochore prétendoit que Triptolème n'avoit fait tous ces voyages que sur un
navire long, qui, à cause de sa forme et de ses
voiles, avoit donné naissance à la fable qui faisoit voyager Triptolème sur un char traîné par
des serpens ailés (6). Il n'y a point de conjectures qui n'aient été hasardées en fait de mythologie.

Les Athéniens consacrèrent à Triptolème des
statues et des temples. Ils lui élevèrent un
autel, sur l'aire où l'on prétendoit qu'il avoit le
premier foulé les grains (7). On voit, sur les monumens, ce héros ayant le pied sur un dragon,
et menant une charrue attelée de deux bœufs (8).

---

(1) Pausan., Attic., cap. 38; Marm. Oxon., epoch. 13.
(2) Suid., in voc. ʿΡαριάς· Steph. Byz., in voc. ʿΡʹριον.
(3) Serv., ad Virg. Georg. lib. 1, v. 163.
(4) Ovid., Metam., lib. v, v. 650-60, etc.
(5) Hygin., Poët. astron., cap. 14.
(6) Ap. Syncell., Chronogr., p. 158. D.
(7) Pausan., Attic., cap. 14 et 38.
(8) Descr. du Cabinet de Stosch, §. 5, n° 243.

On le représente aussi tenant des épis de blé ou des pavots (1), et debout sur un char que traînent des serpens ailés (2). Enfin, on le reconnoît à côté de Cérès, qui lui tient la main (3). Il étoit en effet l'objet de sa prédilection, et passoit pour avoir reçu d'elle les mystères éleusiniens.

Mais il est temps de faire connoître la forme de l'administration civile et religieuse de ces mystères, les lois et les rites qu'on y observoit.

_____

(1) Cabinet de Stosch, n° 239; Thesaur. Brand., tom. II, p. 289; Spanh., ad Callim., p. 767.

(2) Cabinet de Stosch, n°ˢ 240, 241, 242.

(3) Ibid., n° 244.

QUATRIÈME SECTION.

De l'Administration civile et religieuse des Mystères d'Éleusis.

ARTICLE PREMIER.

Des Magistrats et des Prêtres préposés à l'intendance des Mystères d'Éleusis.

PLACÉ entre Dieu et les hommes, le sacerdoce fut une fonction d'autant plus importante, dans l'origine des sociétés, qu'elles avoient la religion pour lien principal et pour unique ressort. La crainte et l'espérance ramenoient sans cesse l'homme au pied des autels, et les vœux des mortels s'adressoient moins au chef de la société, qu'au représentant de la Divinité. Ne soyons donc pas étonnés qu'à cette époque reculée, la qualité de prêtre du Très-Haut accompagnât la souveraineté (1), et en fût la plus belle prérogative. Lorsque les États s'agrandirent et formèrent de vastes empires, cette réunion ne subsista plus. L'Égypte cependant en conserva le souvenir, dans l'usage d'initier ses rois

---

(1) Genes., cap. 14, v. 18.

O iij

au ministère sacré (1). Les princes des petits États de la Grèce furent aussi rois et pontifes (2), et nous voyons souvent, dans les poëmes d'Homère, les chefs de l'armée grecque devant Troie sacrifier eux-mêmes aux dieux. Après l'abolition de la royauté, l'exercice des fonctions sacerdotales aux grandes solennités, fut encore réservé à un des premiers magistrats dans chaque république.

Les Athéniens conservèrent ces traces d'hiérarchie, en attribuant à l'archonte roi les fonctions les plus augustes du sacerdoce (3), et la

---

(1) Plat., Politic., tom. II Oper., p. 290. D; Diod., lib. 1, §. 73; Plut., de Is. et Osir., §. 6 et 9.

[Il est vraisemblable que c'est à cet usage, qui s'étoit conservé, du moins en partie, sous les rois successeurs d'Alexandre, que fait allusion ce passage de l'inscription de Rosette, où malheureusement il y a une lacune : ἢν περι-θέμενος εἰσῆλθεν εἰς τὸ ἐν Μέμφ..... τελεσθῇ τὰ νομιζόμενα τῇ παραλήψει τῆς βασιλείας. M. Ameilhon remplit ainsi la lacune : Μέμφει ἱερὸν, ὅπως. M. de Villoison croit qu'il faut substituer βασίλειον, *palais*, à ἱερὸν, *temple*. Voy. Éclaircissemens sur l'inscription grecque du monument trouvé à Rosette, p. 89; Troisième lettre de M. d'Ansse de Villoison à M. Akerblad, sur l'inscription grecque de Rosette, p. 29 et 30. S. de S.]

(2) Plut., loc. supr. laud.; Arist., Pol., lib. III, cap. 10; Demosth., adv. Neær., tom. III Oper., p. 527. C, ed. Wolf.

(3) Τῷ γὰρ λαχόντι βασιλεῖ φασὶ τῇδε τὰ σεμνότατα καὶ μάλιστα πάτρια τῶν ἀρχαίων θυσιῶν ἀποδίδοσθαι· Plat., tom. II Oper., p. 290. F.

surintendance des mystères (1). Lysias nous apprend en peu de mots quel étoit, dans ces fêtes, l'emploi de ce magistrat et l'étendue de son autorité. Il veilloit à l'exacte observation des lois qui les concernoient, et tâchoit d'en empêcher les transgressions et de prévenir les sacriléges (2). Lui seul avoit le droit d'exclure les coupables de ces cérémonies (3), de sacrifier et d'adresser des vœux aux dieux pour le peuple, sur les autels de l'Anactorum à Éleusis, et de l'Éleusinium à Athènes.

Ces archontes pouvoient abuser quelquefois de semblables pouvoirs. L'exemple suivant suffit pour le prouver. Démétrius, un des descendans du célèbre Démétrius de Phalère, revêtu de cette charge, et enhardi par la protection d'Antigone, roi de Macédoine, fit mettre un siége pour Aristagore, sa maîtresse, près du sanctuaire d'Éleusis, pendant la célébration des mystères, menaçant

----

(1) Μυστηρίων προνοῶν. Hesych., in voc. Βασιλεύς. Suid., Harpocr., et Etym. magn., in voc. Ἐπιμελητὴς τῶν μυστηρίων. Poll., Onom., lib. VIII, cap. 9, §. 10.

(2) Φέρε γάρ, ἂν νυνὶ Ἀνδοκίδης.... ἔλθη κληρωσόμενος τῶν ἐννέα ἀρχόντων, καὶ λάχη βασιλεύς, ἄλλοτι ἢ ὑπὲρ ἡμῶν καὶ θυσιάσει, καὶ εὐχὰς εὔξεται κατὰ τὰ πάτρια, τὰ μὲν ἐν τῇ ἐνθάδε Ἐλευσῖνι, τὰ δὲ ἐν τῷ Ἐλευσινίῳ ἱερῷ, καὶ τῆς ἑορτῆς ἐπιμελήσεται μυστηρίοις, ὅπως ἂν μηδεὶς ἀδικῇ, μηδὲ ἀσεβῇ περὶ τὰ ἱερά; Lys., Or. contr. Andoc., p. 46, ed. Taylor.

(3) Poll., Onomast., lib. VIII, cap. 9, §. 90.

O iv

de punir avec sévérité tous ceux qui voudroient s'opposer (1) à une action si indécente, qui violoit également la sainteté du lieu et les augustes cérémonies qu'on y célébroit.

L'archonte roi étoit aidé dans ses fonctions par quatre administrateurs ou *épimélètes*. On en prenoit deux dans l'ordre du peuple, et les autres dans les familles sacerdotales des Eumolpides et des Céryces, de manière que chacune de ces familles en fournissoit un (2). La république députoit encore, tous les cinq ans, dix *hiéropœes*, pour faire des sacrifices extraordinaires à Éleusis, comme à Délos, à Brauron et en d'autres lieux (3). Les villes de la Grèce envoyoient aussi des théores ou députés, pour assister en leur nom aux fêtes éleusiniennes, et y offrir des sacrifices (4).

___

(1) Athen., Deipnos., lib. IV, p. 167. F.

[Athénée ne dit point que Démétrius fut revêtu de la charge d'archonte roi; il dit au contraire, positivement, qu'il étoit alors *hipparque* : car je lis, avec Casaubon et M. Schweighœuser, ἵππαρχος, et non ὕπαρχος, ce qui d'ailleurs signifieroit *gouverneur*, et n'autoriseroit pas davantage l'opinion de M. de Sainte-Croix. Le même auteur nous apprend que Démétrius avoit été mis, par le roi Antigone, au nombre des *thesmothètes*, autre magistrature d'Athènes, dont les fonctions n'avoient rien de commun avec celles de l'archonte roi. S. de S.]

(2) Etym. magn., in voc. Ἐπιμελητής.

(3) Poll., Onomast., lib. VIII, cap. 9, §. 107.

(4) Eurip., Suppl., v. 173; Lys., contr. Andoc., p. 46.

Les prêtres qui avoient soin de ces fêtes étoient attachés au culte de Cérès et de Proserpine. Ils doivent être distingués en ministres du premier ordre, et en ministres inférieurs. Ceux-là se réduisoient à quatre, l'hiérophante, le dadouque, l'hiérocéryx et l'épibome. Leur rang respectif est déterminé par plusieurs inscriptions (1), où leurs noms se suivent dans l'ordre dans lequel nous venons de les rapporter. Ils étoient tous de la famille des Eumolpides ou de celle des Céryces (2). Ces deux familles n'en faisoient originairement qu'une seule (3), comme le prouve la généalogie rapportée par le scholiaste de Sophocle (4) : aussi les Eumolpides et les Céryces sont-ils souvent pris les uns pour les autres, ou bien on donne à tous indifféremment l'un de ces deux noms.

La charge d'hiérophante demeura toujours attachée à la branche aînée ; c'est pourquoi Plutarque nous dit qu'Eumolpe *a initié et initie en-*

_____

(1) Ap. Cyriac. Ancon., p. 96 ; Murator., p. 571 ; Corsin., Inscr. Attic., p. 27 ; Pocock., p. 57 ; Chandl., etc.

(2) Aristid., Eleus., tom. I Oper., p. 257.

(3) *A quo (Eumolpo) et gens effluit Eumolpidarum, et ducitur clarum illud apud Cecropios nomen, et qui postea floruerunt caduceatores, hierophantœ atque prœcones.* Arnob., adv. Gent., lib. v, p. 174, ed. J. Maire.

(4) Ad Œdip. Col., v. 1051.

core les Grecs (1). Dans une ancienne inscription,
les initiés sont appelés, par la même raison, *les
mystes d'Eumolpe* (2). Ce sacerdoce héréditaire
étoit une distinction flatteuse pour la famille des
Eumolpides. Les Athéniens étoient si jaloux
d'une semblable prérogative, que, lorsqu'ils accordoient à des étrangers les droits de citoyens
d'Athènes, ils exceptoient formellement de ces
droits la participation aux fonctions sacerdotales ; et cette exception ne fut pas même négli-
gée à l'égard des habitans de Platée (3). L'héré-
dité du sacerdoce étoit une coutume égyptienne,
qu'on conserva principalement en faveur des ministres de Cérès et de Proserpine. Diodore de Sicile
remarque que les Eumolpides, il veut dire les
hiérophantes, devoient leur origine aux hiérophantes d'Égypte, et que les Céryces représentoient les pastophores (4).

Hiérophante, *prophète* et *mystagogue* étoient,
chez les Grecs, des mots presque synonymes ; on
en connoît assez la signification. Le premier nom
étoit donné en général à tous ceux qui présidoient aux cérémonies mystérieuses, et souvent

----

(1) Ὅς.... ἐμύησε καὶ μυεῖ τοὺς Ἕλληνας. Plut., de Exil.,
tom. II Oper., p. 607.

(2) Chandl., Inscr. cxxiii, p. 78.

(3) Demosth., in Nœær., tom. III Oper., p. 530. B.

(4) Diod., lib. 1, §. 29.

aux ministres supérieurs de différentes divinités (1); ce qui étoit conforme à l'usage d'Égypte,
où chaque dieu ou déesse avoit son grand-prêtre (2). On employa quelquefois le mot *hiérophante* pour rendre le *pontifex maximus* des
Romains (3), parce que l'hiérophante d'Éleusis
étoit le premier prêtre de l'Attique. Il présidoit à toutes les cérémonies du culte de Cérès,
et en dévoiloit les mystères à ceux qui se faisoient
initier (4). Vandale conjecture, mais sans aucun
fondement, qu'il y avoit deux hiérophantes, l'un
pour les grands, et l'autre pour les petits mystères (5). Il a imaginé ce paradoxe, d'après un
passage de Suidas, évidemment corrompu. Lors
même qu'on le regarderoit comme très-correct,
l'autorité de ce lexicographe ne sauroit détruire
le témoignage de tous les anciens écrivains, qui
ne parlent jamais que d'un seul hiérophante.

Ce pontife n'étoit revêtu de sa charge que dans
un âge voisin de la vieillesse (6); mais avant d'y

---

(1) Vandal., de Consil. Amphict., cap. 5.

(2) Herod., lib. 11, cap. 37.

(3) Plut., vit. Num., tom. I Oper., p. 66. A; Vandal., Diss. antiq., p. 587; Spanh., de us. et præst. num.,
p. 84.

(4) Diogen. Laert., lib. 11, cap. 8, §. 14; lib. vii, cap. 8,
§. 11, etc.

(5) Diss. Antiq., p. 502.

(6) Ἐπιτράπη καὶ τὰς ἐξ ἀνακτόρων φανὰς, ἤδη γεράσκων.

être élevé, il pouvoit avoir rempli les emplois les
plus importans de la république, et exercé d'autres sacerdoces. On trouve un exemple de ce que
j'avance dans la personne d'Apollonius, célèbre
sophiste, qui présida aux Panathénées (1), fut
envoyé auprès de l'empereur Sévère, et fit les
fonctions de prêtre de plusieurs divinités avant
d'être hiérophante d'Éleusis. En entrant dans cette
charge, l'hiérophante s'imposoit l'obligation d'être
chaste (2). Il se préparoit à la continence, ainsi
que tous les autres prêtres de Cérès, en se frottant
avec du jus de ciguë, ainsi que l'atteste S. Jérôme (3). Le texte de cet écrivain ecclésiastique

---

Philostrat., Vit. Sophist., lib. II, cap. 20, pag. 600.

[M. de Sainte-Croix a suivi le sentiment d'Oléarius
(loc. laud., et in not. ad vit. Herod., ibid., p. 550), qui
entend par ἡ ἐπώνυμος, les *Panathénées*, fête qui portoit,
pour ainsi dire, un nom commun avec la ville même
d'Athènes. On pourroit contester cette explication, et penser qu'il s'agit ici de la charge d'*archonte éponyme*, ce
que l'on justifieroit par un passage de Plutarque dans
la vie d'Aristide (tom. II Oper., p. 32. E), où on lit :
Ἀριστείδης δὲ τὴν ἐπώνυμον εὐθὺς ἀρχὴν ἦρξε. Mais il suffit
d'avoir fait cette observation, dont l'objet est d'ailleurs
étranger au sujet de cet ouvrage. S. de S.]

(1) Philostr., loc. mod. laud.

(2) Arrian., in Epict., lib. III, cap. 21 ; Julian., Oper.,
p. 326 ; S. Hieronym., adv. Jovinian., lib. I, cap. 9.

(3) *Herbis etiam quibusdam emasculabantur : unde
iam coïre non poterant.* Serv., ad Æn. lib. VI, v. 661.

donne assez à entendre qu'on n'exigeoit pas qu'a-
vant d'entrer en charge, l'hiérophante eût gardé
le célibat (1). C'est d'ailleurs ce dont on peut se
convaincre par un passage de Lysias, où nous
lisons que Dioclès étoit fils de l'hiérophante Zaco-
rus (2). « Je n'ai, dit encore Hypéride, ni la fille
» d'un dadouque, ni celle d'un hiérophante (3) ».
Peut-être, conformément à l'usage de l'Égypte (4),
l'hiérophante ne pouvoit-il avoir qu'une femme
pendant sa vie; c'est en cela que Tertullien paroît
faire consister toute la continence des prêtres du
paganisme (5). Ce même écrivain fait mention de

---

*Unde sacerdotes Cereris Eleusinæ liquore ejus (cicutæ)
ungebantur, ut à concubitu abstinerent.* Schol. Pers., ad
Sat. v, v. 145.

(1) *Hierophantas quoque Atheniensium usque hodie
cicutæ sorbitione castrari, et postquam in pontificatum
fuerint electi, viros esse desinere.* S. Hieron., adv. Jovinian., tom. IV Oper., clas. 3, col. 192; et Epist. ad
Ageruch. de Monogam.; ibid., clas. 6, col. 743.

(2) Lys., contr. Andoc., p. 55.

(3) Ap. Harpocr., in voc. Ἱεροφάντης.

(4) Diod., lib. 1, §. 80.

(5) *Idolis certè et monogamia et viduitas apparent.
Fortunæ muliebri coronam non imponit, nisi univira,
sicut nec Matri Matutæ. Pontifex maximus et Flami-
nica nubunt semel. Cereris sacerdotes, viventibus etiam
viris et consentientibus, amica separatione viduantur.*
De Monogam., p. 535. C.; Vid. et S. Hieron., Epist. ad
Ageruch., de Monogam., tom. IV Oper., clas. 6, col. 743.

la continence exigée des principaux ministres
d'Apis ou d'Osiris (1); et peut-être est-ce là l'origine de l'usage qui imposoit le même devoir aux
hiérophantes, chez les Grecs : en ce cas, la continence qu'on exigeoit d'eux se seroit bornée à
l'obligation de vivre séparés d'avec leurs femmes,
seulement quand ils étoient en fonction (2).

Malgré ces règles austères, l'exemple d'Archias
prouve que la conduite des hiérophantes ne fut
pas toujours irréprochable. Accusé d'impiété,
pour avoir reçu des victimes des mains de la courtisane Sinope, et sacrifié pour elle sur l'autel

---

(1) De Exhort. castit., p. 524, ed. Rigalt.; id., de Monogam., p. 535. C.

(2) Herod., lib. II, cap. 64; Huet, Quæst. Alnet.,
p. 359.

[Pausanias parlant de Célées, ville éloignée de Phliunte
de quinze stades seulement, dit qu'on y célèbre tous les
quatre ans les mystères de Cérès : « L'hiérophante, dit-il,
» n'y est pas nommé pour la vie : à chaque célébration on en
» choisit un nouveau, lequel peut, s'il le veut, prendre
» une femme. Voilà en quoi ces mystères diffèrent de ceux
» d'Éleusis ; pour tout ce qui concerne les mystères en
» eux-mêmes, ils ne sont que l'imitation de ceux-ci ».
Ἱεροφάντης δὲ οὐκ ἐς τὸν βίον πάντα ἀποδέδεικται · κατὰ δὲ
ἑκάσην τελετὴν, ἄλλοτέ ἐστιν ἄλλος σφίσιν αἱρετὸς, λαμβάνων, ἢν
ἐθέλῃ, καὶ γυναῖκα. Il résulte de là bien évidemment, ce
me semble, que l'hiérophante d'Éleusis, une fois nommé,
l'étoit pour la vie, et ne pouvoit plus contracter de mariage. Pausan., Corinth., cap. 14. S. de S.]

d'Éleusis dans les fêtes appelées Haloa, Archias
fut condamné et puni, malgré la noblesse de son
extraction et la dignité de sa place d'hiérophante.
Les motifs de ce jugement nous ont été conservés
dans une harangue de Démosthène. Il étoit fondé
sur ce qu'Archias n'avoit point attendu le jour destiné à ce sacrifice, et qu'il avoit usurpé des fonctions qui appartenoient à la prêtresse de Cérès (1).
L'infraction de règles aussi connues ne peut être
attribuée à l'ignorance de cet hiérophante ; elle
fut donc uniquement due à la passion dont il
étoit dominé. C'est aussi ce que donne à entendre
Athénée. Les faits auxquels il lie le récit de la
condamnation d'Archias ne permettent guère
de douter qu'il n'ait considéré cet hiérophante
comme l'un des amans de Sinope, et qu'il n'ait
imputé à sa passion pour cette courtisane l'infraction des rites sacrés, dont il se rendit coupable (2).

L'hiérophante étoit assis sur un trône (3). Son
habit, sa chevelure, et les bandelettes qui cei-
gnoient sa tête, le distinguoient encore des autres
prêtres. Son âge, sa gravité, les traits nobles de

---

(1) Demosth., in Neær., ed. Taylor, tom. III Oper.,
p. 606 et 607. Je lis avec Reiske et Taylor : οὐδὲ ἐκείνου
οὔσης τῆς θυσίας, ἀλλὰ τῆς ἱερείας.

(2) Deipnos., lib. XIII, p. 594. A.

(3) Eunap., Vit. Maxim., p. 90 et 92, ed. Plant.

sa figure et sa magnificence, concouroient à lui
concilier le respect des spectateurs (1). On exigeoit qu'il eût une voix douce et sonore (2). Une
de ses obligations étoit de prier, conjointement
avec le dadouque, les deux déesses Cérès et Proserpine pour le salut du peuple (3). Il paroît que
l'hiérophante entonnoit les hymnes, et que les
assistans y répondoient sur le même air (4). La
place de ces deux ministres étoit dans l'intérieur
du temple, où ils introduisoient les initiés (5).

Le dadouque, second ministre d'Éleusis, étoit

---

(1) Arrian., in Epict., lib. III, cap. 21 ; Philostr., Vit.
Soph., lib. II, cap. 20, p. 601.

(2) Philostr., loc. mod. laud., et Olear., ad h. loc.;
Chandl., Inscr. CXXIII, p. 78.

[Le traducteur allemand des Recherches sur les Mystères ajoute à ce sujet un texte tiré de Brunck, Analect.,
tom. III, p. 315, n° 750, où il est dit de l'hiérophante de
Cérès : προχέων ἱμερόεσσαν ὄπα. S. de S.]

(3) Suid., in voc. Δᾳδουχεῖ. Dans le passage cité par
Suidas, il faut lire Δήμητρι, au lieu de βουλῇ.

[La correction proposée ici par M. de Sainte-Croix,
paroîtra sans doute bien hardie. Le passage rapporté par
Suidas semble être incomplet ou mutilé, et il est bien
difficile de déterminer les corrections dont il peut avoir
besoin. Toutefois il est peu vraisemblable qu'un copiste
eût substitué βουλῇ à Δήμητρι, qui n'eût présenté aucune
difficulté. S. de S.]

(4) Sopatr., Divis. quæst., p. 388, ed. Ald.

(5) Id., p. 335-38.

aussi remarquable par sa chevelure, et par les
bandelettes qu'il portoit et qu'il arrangeoit en
forme de diadème. C'est ce qui fit prendre pour
un roi, dans la nuit qui suivit la bataille de
Marathon, le dadouque Callias, dont l'avarice
barbare contrasta d'une manière si révoltante
avec le désintéressement et l'intègre probité d'A-
ristide (1). Ce trait, rapporté par Plutarque, nous
apprend que les prêtres d'Éleusis conservoient
les marques de leur dignité, lors même qu'ils
n'étoient point dans l'exercice de leurs fonctions.
Le dadouque pouvoit se marier, comme on doit
le conclure d'un passage de Pausanias (2), dont le
témoignage est confirmé par plusieurs inscriptions (3). L'obscurité du texte de Pausanias permet de douter si ce sacerdoce étoit à vie. Meursius, Vandale, et Bougainville, ont tous cru que
la charge de dadouque étoit à vie (4). Quelques

---

(1) Plut., Aristid. Vit., tom. I Oper., p. 321. D.

(2) Attic., cap. 37.

(3) Spon, Voyag. de Grèce et du Lev., ed. de Lyon,
tom. III, p. 11 et 100; Chandl., Inscr. LVII, p. 64, etc.

(4) Meurs., Eleus., cap. 14; Vand., Dissert. Antiq.,
p. 500; Acad. des Inscr., tom. XXI, p. 95 et 96.
[Pausanias dit positivement que Théophraste, fils d'A-
cestium, occupa la charge de dadouque après la mort de
son père Thémistocle : Παρὰ τὸν βίον τὸν αὐτῆς, πρῶτον μὲν
τὸν ἀδελφὸν Σοφοκλέα εἶδε δαδουχοῦντα, ἐπὶ δὲ τούτῳ τὸν ἄνδρα
Θεμιστοκλέα, τελευτήσαντος δὲ καὶ τούτου, Θεόφραστον τὸν παῖδα.

* P

inscriptions semblent prouver le contraire. Dans une, nous voyons le nom de deux dadouques, dont le premier avoit été archonte éponyme, suivant la restitution du P. Corsini (1). Or Plutarque, Arrien, et les autres écrivains, parlent toujours au singulier du dadouque d'Éleusis (2); et nous ne trouvons nulle part qu'il y en eût plusieurs

---

Mais de ce que Théophraste obtint cette charge après la mort de son père Thémistocle qui en étoit revêtu, comme celui-ci l'avoit occupée après la mort de son beau-frère Sophocle, ce qu'indique assez le καὶ des mots τελευτήσαντος δὲ καὶ τούτου, on ne peut nullement en conclure qu'elle fut donnée à vie. Il faudroit pour cela d'autres autorités. Rien n'empêche en effet que Sophocle et Thémistocle ne fussent morts avant d'avoir achevé le temps de leur sacerdoce. J'ajoute même que Pausanias représente cette circonstance remarquable, comme un singulier bonheur pour Acestium : ταύτη μὲν τύχην τοιαύτην συμβῆναι λέγουσιν. Or il est peu vraisemblable qu'il eût fait valoir cela comme une faveur singulière de la fortune, si, pour en jouir, il avoit fallu nécessairement qu'Acestium eût à pleurer successivement et son frère et son époux. Plusieurs des savans qui ont cité ce passage, n'ont pas assez pesé les expressions du texte original. A peine le reconnoît-on dans la traduction qu'en donne M. de Bougainville. Il est singulier que M. Clavier, dans sa traduction de Pausanias, ait négligé de rendre les mots τελευτήσαντος δὲ καὶ τούτου, qui sont ici de quelque importance. S. de S.]

(1) Fast. Attic., tom. II, p. 169.

(2) Plut., Vit. Alcib., tom. I Oper., p. 200. E, et 202. E; Vit. Aristid., p. 321. D, et 334. B; Vit. Demetr.,

en même temps. Si donc l'on voit sur un monument deux dadouques mis en même temps au
nombre des parasites publics, c'est-à-dire, de
ceux qui étoient nourris aux dépens de la république, c'est qu'ils avoient occupé en différens
temps ce sacerdoce, dont l'exercice étoit par conséquent, selon toutes les apparences, limité à
un certain nombre d'années.

On lit, sur une inscription trouvée à Éleusis,
le nom de Sosipater, dadouque, descendant de
Damotélès et de Thisbianus, qui tous deux avoient
exercé les fonctions de cette charge (1). Une autre
inscription, rapportée par Spon, nous apprend
que Ctésiclée, fille d'Apollonius, avoit fait élever
un monument à Sophocle, fils de Xénoclès, son
mari, qui avoit rempli deux fois les fonctions
de dadouque dans les mystères de Cérès et de
Proserpine (2). Ce Sophocle est, selon toute apparence, celui-là même dont il est question dans le
passage de Pausanias cité précédemment. Cette
inscription n'est-elle pas une preuve évidente

---

p. 900. E ; Dec. Oratorum vitæ, tom. II, p. 843. B ;
Arrian., in Epict., lib. III, cap. 21.

(1) Chandler, Inscr. CXIX, p. 77.

(2) Δαδουχήσαντα Δήμητρι καὶ Κόρῃ ΔΙ͂Σ. Spon, Voyag.
de Grèce et du Levant, éd. de Lyon, tom. III, p. 100 ;
Corsini, Fast. Attic., tom. II, p. 149. Pausanias se sert
du mot δαδουχεῖν dans le même sens. Bœotic., cap. 27 ;
Attic., cap. 37, etc.

P ij

que la charge de dadouque n'étoit pas perpétuelle? Le sort en décidoit; mais avant de la posséder, il falloit subir un examen, sans doute sur ses mœurs et sur la conduite qu'on avoit tenue jusque-là (1). Callias ne la méritoit pas à cause de ses mœurs dépravées (2). C'est pourquoi Iphicrate lui dit : Tu es un métragyrte, et non un dadouque. Ces deux charges appartenoient au service de la divinité d'Éleusis, suivant Aristote; mais la dernière étoit honorable, et l'autre ne jouissoit d'aucune considération (3). Les fonctions de dadouque n'étoient pas incompatibles avec d'autres emplois, même à vie, soit dans la hiérarchie, soit dans le gouvernement civil. Nous savons que le dadouque Thémistocle fut revêtu du sacerdoce héréditaire de Neptune Érechthée (4), et que Sosipatre, aussi dadouque, avoit été pourvu de la charge de trésorier de la ville ou du temple d'Éleusis (5). On voit encore un autre dadouque, élu archonte (6). Eustathe distingue très-bien le ministre du premier ordre,

---

(1) Νόμος, τὸν μέλλοντα δαδουχεῖν δοκιμάζεσθαι· Schol. Aphthon., ap. Meurs., Them. Attic., lib. ii, cap. 20.

(2) Schol. Aristoph., ad Aves., v. 282.

(3) Ἄμφω γὰρ περὶ θεὸν, ἀλλὰ τὸ μὲν τίμιον, τὸ δὲ ἄτιμον. Rhetor., lib. iii, cap. 2, tom. II Oper., p. 586.

(4) Plut., Dec. Orat. vit., tom. II Oper., p. 843.

(5) Chandl., Inscr. cxix, p. 77.

(6) Murator., Inscr., tom. II, p. 560.

qui conduisoit la procession des initiés, des simples lampadophores (1). Ce même ministre étoit
chargé des purifications, dont il sera question
dans un autre article.

On vient de voir que l'hiérophante et le dadouque ou porte-flambeau, étoient les deux premiers ministres d'Éleusis. Ils conservèrent l'un
et l'autre leurs fonctions jusqu'à l'entière abolition des mystères de cette ville. Il est encore fait
mention du premier, peu de temps avant l'époque
à laquelle ils furent abolis (2) ; et nous trouvons,
dans une inscription, le nom d'un dadouque qui
avoit été *comès* (3). Personne n'ignore que l'em-

---

(1) Ad Homer. Iliad. lib. 1, v. 279.

[M. de Sainte-Croix ne s'est pas bien rappelé le passage
de ce commentateur d'Homère, qui, à l'occasion du mot
σκηπ7οῦχος employé par le poète, voulant faire voir que ce
mot ne signifie pas là simplement, et d'une manière générale, un homme qui tient un bâton, σκῆπτρον, mais désigne
celui qui porte le sceptre comme marque de son autorité,
en un mot, un *roi*, dit qu'il en est de σκηπ7οῦχος comme de
δαδοῦχος, que ce mot a deux sens fort différens, l'un, lorsqu'on l'emploie simplement pour signifier un homme quelconque qui porte un flambeau ; l'autre, quand on s'en sert
d'une manière spéciale pour désigner le dadouque ou
porte-flambeau des cérémonies d'Éleusis : ὥσπερ διαφέρει
ὁ δᾷδας ἔχων ἁπλῶς, καὶ ὁ ἐν 7οῖς κα7' Ἐλευσῖνα μυσηρίοις δαδοῦχος. S. de S.]

(2) Eunap., Vit. Maxim., p. 90 et seq., ed. Commelin.

(3) Spon, tom. III, part. II, p. 18.

P iij

ploi de *comès* ne fut connu qu'après le règne de Constantin, dans le moyen âge (1).

L'hiérocéryx, ou héraut sacré, avoit soin d'écarter les profanes, du temple de Cérès, et accompagnoit les lampadophores dans leurs marches, comme le prouve un bas-relief publié par Spon et Wheler (2). Il aidoit la femme de l'archonte roi dans ses fonctions sacrées, aux fêtes de Bacchus (3). Ce héraut ne doit point être confondu avec ceux du sénat, du peuple ou de l'aréopage, lesquels étoient d'une race différente (4). Le nom d'hiérocéryx renfermoit en même temps l'indication de sa famille et celle de sa charge. Xénophon, pour distinguer encore mieux ce prêtre, appelle Cléocrite, qui exerçoit cette charge pendant le gouvernement des trente tyrans, le *héraut des mystes* ou initiés. Cet historien lui donne une voix forte et sonore (5), qualité qu'exigeoit nécessairement son emploi; et il met dans sa bouche un discours fort éloquent, pour arrêter le mas-

---

(1) Meurs., Gloss. Græco-barbar., et du Cange, Gloss. ad Script. med. et inf. græcit., in voc. Κόμης, col. 693.

(2) On y lit le nom de Nigrinus Hiérocéryx. Spon, tom. II, p. 283; Wheler, tom. II, p. 516.

(3) Demosth., in Næar., tom. III Oper., p. 528.

(4) Poll., Onom., lib. VIII, cap. 4, §. 103.

(5) Κλεόκριτος δὲ, ὁ τῶν μυστῶν κήρυξ, μάλ᾽ ἔμφωνος ὤν. Hellen., lib. 1, cap. 4, §. 13.

sacre de ses concitoyens, après l'heureuse victoire de Thrasybule (1).

L'épibome ou assistant de l'autel (2), étoit le quatrième et dernier prêtre du premier ordre. Ses fonctions sont peu connues : il est vraisemblable qu'elles consistoient principalement à aider l'hiérophante dans l'exercice de sa place; peut-être étoit-il chargé seul du détail des sacrifices, comme la signification de son nom semble l'indiquer (3). Je crois encore que l'épibome portoit entre ses mains, à l'exemple des prêtres d'Isis, un ou plusieurs petits autels, dans les pompes sacrées (4).

Tous les prêtres avoient des marques de distinction qui leur étoient communes. Couronnés de myrte (5), revêtus d'une robe longue de pourpre (6), ils portoient une clef pendue à leurs

_____

(1) Xenoph., loc. supr. laud. Cléocrite conjure les soldats de Thrasybule d'épargner leurs concitoyens, πρὸς θεῶν πατρῴων καὶ μητρῴων. Cette dernière expression me paroît remarquable.

(2) Ὁ ἐπὶ βωμῷ. Euseb., Præp. Evang., lib. III, p. 117. A; Philostrat., Vit. Sophist., lib. II, cap. 11, §. 1; Poll., Onomast., lib. VIII, cap. 9, §. 22.

(3) Ἐπιβώμιον, sacrificium, ἐπιβωμίζω, sacrifico, etc.

(4) Apul., Metam., lib. XI, p. 230, ed. Amstel.

(5) Schol. Soph., Œdip. Col., ad v. 673.

(6) Lysias, contr. Andoc. impiet., p. 55, ed. Taylor.; Plut., Vit. Aristid., tom. I Oper., p. 295. S. Grégoire de Nazianze, trouvant cette robe peu décente, s'écrie : Ἀπο-

épaules (1). C'étoit le symbole des divinités infernales (2), et pour eux, celui du secret qu'ils devoient garder. Leur nom propre même étoit un
mystère pour le public : il étoit défendu de les
appeler autrement que par le titre de leur charge.
Cette défense concernoit non-seulement la personne de l'hiérophante, comme Eunapius le rapporte (3); mais encore celles des autres principaux ministres. Dans le Lexiphane de Lucien,

---

Θέσθω ἡν πορνικὴν ἱεροφάνἠς στολήν. Contra Julian., orat. v,
§. 30, tom. I Oper., p. 167, ed. Benedict.

(1) Soph., Œdip. Col., v. 1044-46.
[Il n'est nullement question, dans Sophocle, de cette
clef que M. de Sainte-Croix suppose avoir été portée par
les ministres des mystères. Cette remarque a déjà été faite
par le traducteur allemand des Recherches sur les Mystères. Sophocle, parlant des déesses Thesmophores, dit que
leur clef d'or retient la langue des Eumolpides, leurs ministres. Πόηνιαι.... ὧν καὶ χρυσέα κλῂς ἐπὶ γλώσσᾳ βέβακε προσ-
πόλων Εὐμολπιδᾶν, ce que le scholiaste explique, d'une manière très-naturelle, du secret des mystères qui ne devoient
point être divulgués, ἐπεὶ ἄρρηἠα τὰ μυσἠήρια, καὶ καθάπέρ
κλεισὶν ἡ γλῶσσα καἠείληπἠαι, ὑπὲρ τοῦ μὴ ἐξενεγκεῖν. Ezech.
Spanheim explique autrement cet attribut, dans son Commentaire sur Callimaque, v. 45 de l'hymne à Cérès. Au
reste, si M. de Sainte-Croix a cité ici mal à propos Sophocle, son opinion n'est cependant point invraisembla-
ble, d'après ce qui sera dit plus loin (p. 240), en parlant
des prêtresses. S. de S.]
(2) Pausan., Eliac. 1, cap. 20, §. 1.
(3) Vit. Maxim., p. 90, lin. 23.

Mégalonyme, l'un des convives du repas, s'excuse
de s'être fait attendre, sur ce qu'il avoit rencontré
en chemin l'hiérophante, le dadouque, et les
autres prêtres des mystères, traînant en justice
Dinias. Ils accusoient celui-ci de les avoir nommés
volontairement, et quoiqu'il sût que, dès le moment de leur consécration, ils ne portoient plus
de nom propre, parce qu'ils étoient devenus hiéronymes (1), c'est-à-dire, qu'on ne les désignoit

(1) Ἐξ οὗπερ ὡσιώθησαν, ἀνώνυμοί γε εἰσι, καὶ οὐκέτι ὀνομαστοὶ,
ὡς ἂν ἱερώνυμοι ἤδη γεγενημένοι. Lucian., Lexiph., §. 10,
p. 335, ed. Reitz.

[Je crois devoir imiter le traducteur allemand des Recherches sur les Mystères, qui a inséré ici la copie d'une
inscription trouvée à Éleusis en 1785. Cette inscription,
destinée à conserver la mémoire de la prêtresse par laquelle l'empereur Hadrien fut initié aux mystères, nous
apprend que les prêtresses étoient aussi *hiéronymes*. Elle a
été publiée, par M. de Villoison, dans les Prolégomènes
de son édition d'Homère, p. lv, et expliquée par Schow
(Charta papyrac., gr. script., Mus. Borg., p. 77). Je me
contenterai de rapporter la traduction latine de M. de
Villoison :

*Mater Murciani, filia Demetrii sum. Meum nomen
reticeatur ; hoc, a vulgo separata ex eo tempore quo me
Cecropidæ Cereri constituerunt sacerdotem* (ἱερόφαντιν),
*ipsa immensis demersum obrui abyssis. Non initiavi
ego Spartanæ filios Ledæ, neque eum qui excogitavit
morbos sedantia remedia, neque eum qui Eurystheo duo-
decim omnes labores exantlavit summo cum labore, for-
tem Herculem ; sed terræ spatiosæ et maris dominum,*

plus que par des noms sacrés. Comment concilier ce passage avec un grand nombre d'autres textes de différens auteurs, où on lit plusieurs noms d'hiérophantes et de dadouques; enfin, avec les monumens? Si l'on suppose que cette défense n'avoit lieu que pendant le temps que ces ministres exerçoient leur charge, la difficulté sera levée; alors le nom des hiérophantes n'aura été prononcé qu'après leur mort, et celui des dadouques, qu'au sortir de leur charge. C'est pour imiter le premier usage, que les disciples de Pythagore ne le nommèrent jamais pendant sa vie que *le divin*, ou simplement *cet homme* (1).

Lorsque pendant leur vie, ou le temps de leur sacerdoce, on a élevé aux ministres d'Éleusis des monumens, leurs noms n'y ont été désignés que par des lettres initiales ou par des abréviations: c'est ce que prouvent plusieurs inscriptions (2). Le P. Corsini a cru que le reste de leurs noms avoit été effacé sur ces monumens (3): mais cette opinion est détruite par l'exactitude avec laquelle M. Chandler a publié ces mêmes monu-

---

simulque infinitorum regem mortalium, qui copiosissimum divitiarum flumen in singulas effudit civitates, et præsertim in inclytæ Atticæ urbes, Hadrianum.

(1) Iambl., Vit. Pythag., cap. 35.

(2) Ap. Murator., p. 571; Cyriac. Ancon., p. 96; Corsin., Inscr. Attic., p. 27; Chandl., Inscr. LV, p. 61, etc.

(3) Fast. Attic., tom. II, p. 149.

mens. On y aperçoit très-clairement les marques des abréviations, usitées chez les Grecs (1),
et que le P. Corsini a lui-même expliquées dans
un de ses ouvrages (2). Dans les épitaphes, et les
autres inscriptions où étoient rapportées des généalogies, tel que le fragment qui nous a conservé le nom de plusieurs dadouques (3), on a
sans doute pu graver ceux de ces ministres et des
autres prêtres de Cérès, sans transgresser la loi
qui défendoit de les désigner par leur nom pen-

_____

(1) ΙΟΥ, hiérophante, ΠΟΜ, dadouque, ΠΕΙΝ, Hiérocéryx, ΜΕΜ, epibôme. Chandl., Inscr. LV, p. 62; ΙΟΥ,
ΠΟΜ, ΠΕΙΝ, etc.; Inscr. mod. laud., ex alia parte,
p. 63, etc.

[Ce que M. de Sainte-Croix attribue ici à un motif
religieux et à une sorte de réticence mystique, pourroit
bien n'être autre chose qu'un usage imité des Latins, et
que les Grecs soumis à la domination romaine, et qui portoient souvent des noms empruntés de la langue latine,
pratiquoient à l'égard de ces noms. Dans la grande inscription LV, p. 62 de Chandler, ΙΟΥ' ΙΕΡΟΦΑΝΤΗΣ ΠΟΜ'
ΔΑΔΟΥΧΟΣ ΠΕΙΝ' ΙΕΡΟΚΗΡΥΞ, est pour Ἰούλιος ἱεροφάντης,
Πομπώνιος δαδοῦχος, Πεινάριος ἱεροκηρυξ. ΜΕΜ, est de même
pour Μέμμιος. De pareilles abréviations se trouvent également employées là où il s'agit d'hommes tout-à-fait étrangers au sacerdoce et aux fonctions mystiques, et cette
observation suffit pour détruire la conséquence que M. de
Sainte-Croix tire de cette manière d'écrire les noms propres. S. de S.]

(2) Not. Græc., p. 32, 55, etc.

(3) Chandl., Inscr. LVII, p. 64.

dant leur vie ou durant l'exercice de leur charge.
L'hiérophante, le dadouque, l'hiérocéryx et l'épibome, sont tous désignés par les premières lettres
de leurs noms, dans la liste des *Aësites* ou parasites publics (1). Étoit-ce par un droit de leur
charge, ou à titre de récompense particulière,
qu'ils étoient ainsi nourris aux dépens de l'État?
Le silence des anciens ne nous permet pas de résoudre cette question.

---

(1) Chandl., Inscr. LV, supr. laud. ; ΑΙΣΙΤΟΥΣ, p. 60
et 62, et ΑΙΣΕΙΤΟΥΣ, p. 63 ; *lisez* : ΑΕΙΣΙΤΟΥΣ.

ARTICLE II.

Des Ministres inférieurs et des Prêtresses.

LES cérémonies du culte de Cérès et de Proserpine exigeoient un grand nombre de ministres inférieurs, parmi lesquels on distinguoit l'*Iacchagogue*. Ce prêtre ne nous étoit connu que par un passage de Pollux (1), lorsque M. Chandler a publié une inscription découverte à Athènes, où il est question de Dionysius de Marathon, *faisant la fonction d'iacchagogue* (2) : ceci nous porteroit à croire que cette charge n'étoit pas à vie. L'iacchagogue étoit vraisemblablement chargé de la conduite des mystes, le jour de la procession d'Iacchus (3).

Hésychius nous a conservé le nom d'un autre prêtre, appelé *hydrane*, dont la fonction étoit de purifier les récipiendaires (4). Il est encore fait mention du *daïrite* et du *courotrophe* (5). Le premier étoit, comme Vandale le conjecture avec

(1) Onom., lib. 1, cap. 1, §. 35.

(2) ΙΕΡΑΤ [ΕΥ] ΟΝΤΟΣ ΙΑΚΧΑ [Γ] ΩΓΟΥ; Chandl., Inscr. XXIX, p. 55.

(3) Ἐν ᾗ τὸν Ἴακχον ἐξάγουσι. Hesych., in voc. Ἴακχον.

(4) Ὁ ἁγνιστὴς τῶν Ἐλευσινίων. Id., in voc. Ὕδρανος.

(5) Poll., Onomast., lib. 1, cap. 1, §. 35.

raison (1), un ministre particulier de Proserpine, cette déesse étant appelée *Daïra* (2) chez
les Athéniens, parce qu'on célébroit ses mystères
à la lueur des flambeaux (3). Ce prêtre ne devoit
point différer de celui qu'on nommoit l'hiérophante de Proserpine (4). Le courotrophe nous
paroît avoir été consacré au ministère particulier
de la Terre ou Cérès, dont il portoit le principal
surnom.

D'autres prêtres avoient l'emploi de réciter ou
de chanter d'anciens hymnes (5). Ils étoient tous
de la famille des Lycomèdes, qui s'honoroit d'être
la dépositaire de ces hymnes (6). Les *spondo-
phores*, chargés des libations, et les *pyrphores*,
qui portoient le feu, étoient des ministres attachés au culte mystérieux de Cérès, comme les
panages (7). Dans l'origine, le nombre des panages dût être peu considérable. Ils finirent par
former une classe particulière, dans laquelle
étoient admises les personnes des deux sexes.
Elles subissoient une espèce de consécration,

---

(1) Antiq. Diss., p. 491.
(2) Etym. magn., in voc. Δάειρα· Schol. Apollon., lib.
III, v. 846.
(3) Etym. magn., loc. mod. laud.
(4) Schol. Theocr., Idyll. II, ad v. 36.
(5) Poll., Onomast., lib. I, cap. I, §. 35.
(6) Pausan., Messen., cap. 1; Bœotic., cap. 27.
(7) Poll., loc. supr. laud.

qu'on regardoit comme très-honorable (1). On pourroit croire, d'après la signification même de leur nom, qui indique une parfaite pureté, que les panages observoient une chasteté rigoureuse : mais l'exemple d'Aconia Fabia Paulina, qui, quoique consacrée à Cérès et au culte des divinités

---

(1) [M. de Sainte-Croix ajoutoit ici que les panages ressembloient aux *Eusèbes*, dont il avoit parlé à l'article des Cabires. J'ai supprimé cela, par les mêmes raisons qui m'ont déterminé à retrancher le passage auquel il renvoyoit. Voy. ci-dev., p. 51, note 1. J'ai fait observer en cet endroit que le mot εὐσεβὴς pouvoit bien n'être qu'une épithète, et que rien ne prouvoit que ce fût le titre d'un ordre de ministres des divinités cabiriques.

M. de Sainte-Croix étoit tombé, ce me semble, dans une erreur presque semblable ici, en appliquant aux *panages* un passage de Julien (Or. v, p. 325, ed. Petav.), où on lit : παρὰ Ἀθηναίοις οἱ τῶν ἀρρήτων ἁπτόμενοι παναγεῖς εἰσι, ce qui l'avoit entraîné à avancer qu'on pouvoit prendre les panages pour de simples initiés, entièrement voués à Cérès, dont ils avoient pénétré tous les mystères. Dans ce cas le nom de *panages* eut été commun à tous les initiés. Julien veut dire seulement que, chez les Athéniens, ceux qui ont une fois été initiés à la connoissance des mystères, sont tout-à-fait purs, ou mènent une vie entièrement pure ; et ce qui prouve d'autant plus que c'est là ce qu'il veut dire, c'est qu'il ajoute que l'usage du mariage et de toute union prolifique est défendu au chef des initiés, à l'hiérophante. Παναγεῖς n'est donc dans ce passage qu'un adjectif. J'ai réformé, d'après cette observation, le texte de M. de Sainte-Croix. S. de S.]

d'Éleusis, vécut quarante ans avec son mari (1),
prouve le contraire. Théodore, qui avoit fait un
ouvrage sur la famille des Céryces, étoit lui-même
panage (2).

Ajoutons à cette nomenclature des ministres
du culte à Éleusis, le *licnophore* (3), qui portoit
le van mystique, et l'*hiéraule*, ou joueur de flûte
sacré, dont le nom se lit sur les inscriptions, avec
ceux de l'hiérophante et du dadouque, parmi les
parasites de la république. Enfin il y avoit une
espèce de *néocores*, ou de prêtres chargés de dé-
corer les vestibules du temple d'Éleusis, et d'en
préparer les autels extérieurs : leurs fonctions
ne s'étendoient pas jusque dans la nef, et encore
moins jusque dans le sanctuaire, où ils ne pouvoient jamais pénétrer (4).

Dans un écrit attribué à Plutarque, il est question d'un certain Médius, descendant par sa mère
de l'orateur Lycurgue, et qui, comme membre
de la famille des Eumolpides, faisoit les fonctions
d'exégète (5). Les exégètes ou interprètes étoient

_____

(1) Sacrata Cereri et Eleusiniis. Donati, Supplem.
Murat., tom. I, p. 73 et seq.

(2) Etym. magn., in voc. Ἡμεροκαλλές, col. 429, ed. Sylb.

(3) Harpocr., in voc. Λικνοφόρος, p. 113. A, ed. Gronov.

(4) Dion. Chrys., Or. XXXVI, p. 447.

(5) Ὁ καὶ ἐξηγητής, ἐξ Εὐμολπιδῶν γενόμενος. Dec. Orat.
vit., tom. II Oper., p. 843. Harpocration, Hésychius et
Suidas (in voc. Ἐξηγητής), font assez bien connoître ces

spécialement commis pour expliquer tout ce qui
concernoit les lois et les rites relatifs aux mystères.

Les Grecs n'adoptèrent point la coutume des
Égyptiens, qui ne permettoit à aucune femme de
remplir les fonctions du sacerdoce (1). Cérès et
Proserpine eurent donc, comme les autres divinités, des prêtresses, en Grèce. Celles de Cérès

---

exégètes ou interprètes, dont la profession devenoit chaque jour plus nécessaire à Athènes.

[Les fonctions des exégètes, leurs diverses classes, les
différens noms sous lesquels ils sont connus, en un mot,
l'histoire de cette sorte de ministres des temples, ont été
l'objet d'une dissertation curieuse, publiée à Copenhague
en 1797, sous ce titre : *De Græcorum gustu antiquitatis
ambitioso, virisque quorum erat monumentorum veterum memoriæ invigilare, Dissertatio, etc.*, et dont l'auteur est M. Ch. P. Thorlacius. Il s'exprime ainsi vers la
fin de cette dissertation : *Priusquam vero huic meæ de
exegetis disquisitioni finem imposuero, verbo mihi lector
monendus est, quod haud scio, num quis observare
queat, nisi qui plures, eo quidem consilio, ut exegetarum
vestigia reperiret, scriptores attentè perlustraverit; nimi-
rum res est omnibus exempta dubiis, quod vel ipsi veteres
plerique auctores, quorum industriæ ac fidei debentur,
et sine quibus manca et imperfecta forent, quæcumque
de antiquorum artibus et monumentis nobis hactenus
comperta sunt, exegetis præsertim ducibus usi sint, et
ex eorum fontibus sua rigaverint arva. S. de S.*]

(1) Ἱρᾶται γυνὴ μὲν οὐδεμίη, οὔτε ἔρσενος θεοῦ, οὔτε θηλέης.
Herod., lib. 11, cap. 35.

Q

furent appelées *Métropoles* (1), à cause du titre
de *mère* donné à cette divinité. On leur donnoit
plus anciennement le nom de *Mélisses*, de celui
d'une ancienne prêtresse, selon Lactance (2). Les
mélisses sont regardées par quelques auteurs
comme les compagnes fidèles de Cérès et de sa
fille Proserpine (3), qui étoit surnommée *Méli-*
tode. Porphyre prétend que les mélisses étoient
proprement consacrées au culte de Cérès Chthonienne, ou Infernale. Leur nom, et l'épithète de
Mélitode donnée à Proserpine, seroient, dans l'o-
pinion de cet écrivain, dérivés de μέλι, *miel* (4). Le
miel étoit le symbole de la mort chez les Anciens,
comme le fiel étoit, par une meilleure raison,
celui de la vie. On offroit du miel aux dieux in-

---

(1) Hesych., in voc. Μητροπόλους.

(2) De fals. Relig., p. 130.

(3) Schol. Theocr., Idyll. xv, ad v. 94.

[Le scholiaste de Théocrite, que cite M. de Sainte-
Croix, dit que Proserpine est nommée *Mélitodès*, comme
Coré, par antiphrase ; et il ajoute : « ou bien parce que
» ses compagnes, et celles de sa mère Cérès, portent le
» nom de Mélisses (ou abeilles). Μελιτῶδες δὲ τὴν Περσεφόνην
φησὶ κατ' ἀντίφρασιν, ὡς καὶ Κόρην, [ἢ] διὰ τὸ τὰς ἑταίρας αὐτῆς
καὶ τῆς Δημητρος, μελίσσας λέγεσθαι. Je crois nécessaire d'ajouter, comme je l'ai fait, ἢ, *ou*. S. de S.]

(4) Καὶ τὰς Δημητρος ἱερείας, ὡς τῆς χθονίας θεᾶς μύστιδας,
μελίσσας οἱ παλαιοὶ ἐκάλουν · αὐτὴν τε τὴν Κόρην, μελιτώδη. Porphyr., de Antr. Nymph., cap. 18.

fernaux (1), et on s'en servoit dans l'évocation des âmes des morts (2).

Selon Mnaséas de Patare, les mélisses furent des nymphes adonnées aux cérémonies religieuses. Elles persuadèrent aux hommes, suivant lui, de s'abstenir de viandes, pour se nourrir de fruits. Une d'entre elles découvrit dans le Péloponèse un rayon de miel, et y enseigna aux habitans de ce pays la manière de faire l'hydromel (3). C'est sans doute l'étymologie de leur nom qui a donné lieu à cette tradition. Peut-être furent-elles ainsi appelées à cause de *Mélité*, ancienne dénomination de l'île de Samothrace (4), d'où le culte de Cérès s'étoit répandu dans une partie de l'Asie et de l'Europe. Peut-être aussi les poètes donnèrent-ils aux prêtresses de Cérès le nom générique de *Mélisses* (5), comme celui de *Thysiades* à celles de Proserpine (6). La pureté que le ministère des premières exigeoit, en étoit peut-être l'unique raison? car l'abeille, appelée par les Grecs *mélisse*, passoit chez eux pour un animal pur et exempt de

---

(1) Eurip., Iphigen. in Taur., v. 65.

(2) Nicephor. Greg., ad Synes., de Insomn., p. 402.

(3) Schol. Pind., Pyth., Od. ıv, ad v. 104.

(4) Strab., lib. x, p. 472.

(5) Schol. Pind., Pyth., Od. ıv, ad v. 104; Callim., Hymn. in Apoll., v. 110.

(6) Hesych., in voc. Θυσιάδις.

Q ij

souillures (1). Callimaque nous représente Cérès sous les traits de Nicippe, sa prêtresse, les bandelettes et le pavot dans les mains, et la clef sur l'épaule (2) : telles étaient en effet les marques du sacerdoce de Cérès.

Les prêtresses attachées aux mystères de cette déesse et de sa fille s'appeloient, en général, *Hiérophantides* (3), ou *Prophantides* (4). Elles portoient des couronnes de myrte, comme les autres ministres d'Éleusis, et avoient à leur tête une prêtresse, tirée de la famille des Philléides (5). Peut-être descendoient-elles des filles de Célée, entre les mains desquelles étoit originairement, suivant Pausanias (6), le sacerdoce de Cérès et de Proserpine. Cela n'empêchoit pas qu'il ne fût électif, les femmes d'Athènes, qui élisoient l'hiérophantide (7), faisant leur choix dans cette famille.

---

(1) Schol. Eurip., Hippol., ad v. 77 ; Etymol. magn., in voc. Μέλισσα.

(2) . . . . Γέντο δὲ χειρὶ
Στέμματα καὶ μάκωνα, κατωμαδίαν δ' ἔχε κλαῖδα.
Callim., Hymn. in Cer., v. 44 et 45.

(3) Ὁ δ' Ἴστρός... φησι... καὶ τὸν ἱεροφάντην, καὶ τὰς ἱεροφάντιδας, καὶ τὸν δᾳδοῦχον, καὶ τὰς ἄλλας ἱερείας μυρρίνης ἔχειν στέφανον. Schol. Sophocl., Œdip. Col., ad v. 683.

(4) Poll., Onomast., lib. 1, cap. 1, §. 14.

(5) Suid., in voc. Φιλλεῖδαι.

(6) Attic., cap. 38, §. 38.

(7) Inscr. nuper edit., è sched. D. Worsley.

Rien n'étoit plus honorable que ce sacerdoce.
A Éleusis, dans tout ce qui concernoit le culte
de Cérès et de Proserpine, on datoit les actes publics par l'année du sacerdoce de l'hiérophantide,
comme le prouvent les monumens anciens (1).
Son ministère étoit absolument nécessaire aux

---

(1) ΕΠΙ ΙΕΡΕΙΑΣ ΚΛ. ΤΙΜΟΘΕΑΣ. Ap. Chandl., Inscr.
cxx, pag. 78. ΕΠΙ ΙΕΡΕΙΑΣ ΦΛΑΥΙΑΣ ΛΑΟΔΑΜΙΑΣ.
Framg. inscr. repert. in ruder. templ. Eleusin., ap. Spon,
tom. III, p. 125.
[En suivant une indication donnée par M. de Sainte-
Croix, mais que j'ai dû supprimer parce qu'elle manquoit
d'exactitude, on pourroit penser que Lysias fournit, sinon
une preuve, du moins un indice du rang que tenoit l'hiérophantide de Cérès entre les ministres d'Éleusis, dans
un passage qui a été corrigé par Taylor et Markland, mais
qui doit peut-être être réformé autrement qu'il ne l'a été
par ces savans. Lysias (Or. contr. Andoc., de impiet., p. 55,
ed. Taylor), après avoir exposé les sacriléges dont Andocide s'étoit rendu coupable, rappelle les anathêmes et les
imprécations prononcés contre lui par les ministres des
divinités. Ce passage se lisoit ainsi dans les anciennes éditions : Καὶ ἐπὶ τούτοις ἱερεῖα καὶ ἱερεῖς σ]άν]ες, κα]ηράσαν]ο
πρὸς ἑσπέραν, καὶ Φοινικίδας ἀνέσεισαν, κατὰ τὸ νόμιμον τό πα-
λαιὸν, καὶ ἀρχαῖον. Au lieu de ἱερεῖα, victimæ, Taylor et
Markland lisent ἱέρειαι, sacrificulæ. Ne vaudroit-il pas
mieux lire ἱέρεια ? ce qui désigneroit l'hiérophantide ; et
alors ne seroit-on pas autorisé à penser que Lysias, en la
nommant avant les prêtres, n'auroit fait que se conformer
à l'usage reçu ? S. de S.]

Q iij

cérémonies de l'initiation (1), et elle accompagnoit partout l'hiérophante (2). Elle avoit sous
ses ordres plusieurs prêtresses, entre autres, celle
de Proserpine, qui portoit également le nom
d'*hiérophantide* (3). Plutarque rapporte que les
membres du corps sacerdotal ayant eu ordre de
maudire solennellement Alcibiade, l'hiérophantide Théano seule s'y refusa, disant qu'elle étoit
faite pour former des vœux en faveur de ses
concitoyens, et non pour prononcer contre eux
des imprécations (4).

Les femmes attachées au culte de Cérès, et
parmi lesquelles on comptoit encore des chan-

---

(1) Ἡ μυοῦσα ἸΟὐς μύςας ἐν Ἐλευσῖνι. Suid., in voc. Φιλ-
λείδαι. Phot. Lex., in voc. Ἱεροφαντίδες. Inscr., è sched.
Worsley edit.

(2) S. Asterius, Encom. in Sanct. Martyr., Bibl. Patr.
Auctar., tom. XVIII, p. 162, etc.

(3) Chandl., Inscr. cxx, p. 78. Philoxène, hiérophantide de la nouvelle déesse (Proserpine) y date ainsi : ΕΠΙ
ΙΕΡΕΙΑΣ ΚΛ. ΤΙΜΟΘΕΑΣ ; elle reconnaissoit donc la prééminence de l'hiérophantide de Cérès, qu'on appeloit simplement à Éleusis *la prêtresse*.

(4) Vit. Alcibiad., tom. I Oper., p. 202. E ; Quæst. Rom.,
tom. II, p. 275. Selon le même Plutarque, au temps du
siége d'Athènes par Sylla, l'hiérophantide ayant demandé
à Arestion, philosophe épicurien, et tyran de cette ville,
une mesure de froment, celui-ci lui donna une mesure de
poivre. Vit. Syllæ, tom. I Oper., p. 460.

teuses (1), pouvoient-elles se marier? On trouve
dans l'Anthologie une épitaphe d'Anaxo, prêtresse de Cérès. Dans cette épitaphe, l'amour que
cette femme avoit eu pour son mari et ses enfans est le sujet de son éloge (2). Callimaque fait
mention d'une autre prêtresse de cette même
divinité, morte, dans un âge avancé, entre les
bras de ses deux fils (3). Enfin, Pausanias nous
assure que celle qui exerçoit le sacerdoce à Olym-
pie, étoit une femme mariée (4). De pareils
exemples suffisent pour prouver qu'en général
les prêtresses de cette divinité n'étoient point
vouées au célibat; mais cela ne prouve rien à
l'égard des hiérophantides d'Éleusis : elles auroient pu être exceptées de la règle; et on reste-
roit dans le doute à cet égard, sans un monument où l'on voit une de ces prêtresses se qua-

(1) Pollux, Onom., lib. 1, cap. 1, §. 35.
(2) Anthol. Cephal., epigr. 762.
(3) Callim., epigr. 42, p. 212, ed. Græv.
[Il faut observer que, suivant l'épigramme de Callimaque, la femme dont il s'agit avoit été revêtue d'abord
du sacerdoce de Cérès, et qu'ensuite elle avoit été prêtresse
des Cabires, puis enfin de Cybèle.

Ἱερέη Δήμητρος ἐγώ ποτε, καὶ πάλιν Καβείρων,
Ὦνερ, καὶ μετέπειτα Δινδυμένης
Ἡ γρηῦς γενόμην.

S. de S.]
(4) Eliac. 11, cap. 20.

Q iv

lifier elle-même de mère (1) : la question se
trouve par là décidée. On exigeoit seulement de
ces prêtresses qu'elles eussent des mœurs pures,
et Lucien a raison de mettre leurs mœurs en
contraste avec celles d'une courtisane (2). Les
femmes chargées du sacerdoce de Cérès africaine
devoient être veuves (3), ou séparées de leurs
maris, d'après leur consentement (4). Elles ne
pouvoient plus approcher d'aucun homme, ni
même recevoir les innocens baisers de leurs fils;
exemple de rigorisme que le sévère Tertullien
ne manque pas de remarquer (5). On ne voit pas
que ce dernier usage ait été adopté dans la Grèce,
à l'égard d'aucune des prêtresses de Cérès.

(1) ΜΗΤΗΡ ΜΑΡΚΙΑΝΟΥ, Inscr. Worsley.
(2) Dial. Meretr. VII, tom. III Oper., p. 298, ed. Reitz.
(3) Tertull., ad Uxor., lib. 1, p. 165, ed. Rigalt.
(4) Id., de Monogam., cap. 17, p. 535.
(5) Ad Uxor., lib. 1, p. 165 ; de Exhort. Castit., p. 524.

ARTICLE III.

Des Lois écrites concernant les Mystères d'Éleusis.

LE culte mystérieux de Cérès et de Proserpine
pouvoit avoir beaucoup d'influence sur les mœurs;
il méritoit donc l'attention des législateurs : aussi
firent-ils plusieurs règlemens pour y maintenir
l'ordre et l'observation des anciens rites. Lysias
nous assure que Périclès exhortoit les Athéniens
à mettre en vigueur contre les impies, non-seulement les lois écrites, mais encore celles qui ne
l'étoient pas, lois d'après lesquelles les Eumolpides expliquoient et décidoient tout ce qui étoit
relatif aux mystères, et qui ne pouvoient être ni
abrégées ni contredites. Cet orateur ajoute qu'on
n'en connoissoit point l'auteur (1), ce qui ne
doit pas être pris à la lettre. Plutarque dit seulement qu'Alcibiade avoit enfreint les lois et les
coutumes établies par les Eumolpides, les Céryces et les autres ministres d'Éleusis (2).

_____

(1) Μὴ μόνον χρῆσθαι τοῖς γεγραμμένοις νόμοις περὶ αὐτῶν,
ἀλλὰ καὶ τοῖς ἀγράφοις, καθ' οὓς Εὐμολπίδαι ἐξηγοῦνται· οὓς
οὐδείς πω κύριος ἐγένετο καθελεῖν, οὐδὲ ἐτόλμησεν ἀντειπεῖν, οὐδὲ
αὐτὸν τὸν θέντα ἴσασιν. Or. contr. Andoc., de imp., p. 47.

(2) Παρὰ τὰ νόμιμα, καὶ τὰ καθεστηκότα ὑπό τε Εὐμολπιδῶν,
καὶ Κηρύκων, καὶ τῶν ἱερέων τῶν ἐξ Ἐλευσῖνος. Vit. Alcib.,
tom. I Oper., p. 202. E.

Ces prêtres avoient un tribunal particulier, dont ils étoient eux-mêmes justiciables, comme le prouve le fait suivant. On refusoit d'inscrire sur les registres un enfant que le dadouque Callias avoit eu de Chrysiade; les Céryces décidèrent, d'après une de leurs lois (1), que Callias seroit admis au serment, et qu'on lui feroit jurer que l'enfant présenté étoit son propre fils (2). Mais ce tribunal connoissoit surtout du crime de profanation ou d'impiété. Démosthène nous dit qu'on plaidoit les causes relatives à ce délit en présence des Eumolpides (3). Nous avons un décret du *saint sénat*, découvert à Éleusis sur la base d'une statue. Ce décret nous apprend que la statue, qui n'existe plus, avoit été élevée en l'honneur de Marc-Aurèle Litophore Prosdectus, qui, étant chef de la famille des Céryces et président du saint sénat, s'étoit chargé gratuitement d'une mission à la cour de l'empereur Commode, et avoit reçu de ce prince le droit de citoyen romain. Ce monument étoit un hommage rendu à son éminente piété (4). On voit par cette inscription que les Céryces existoient encore à cette

---

(1) Ἐψηφίσαντο δὲ οἱ Κήρυκες, κατὰ τὸν νόμον. Andoc., de Myst., ed. Reiske, p. 63.

(2) Id., ibid.

(3) Contr. Androt., tom. III Oper., p. 220.

(4) Inscr. ap. Spon, tom. III, p. 141; Fabretti, p. 439, n° 43; Murator., tom. II, p. 549, etc.

époque, comme le savant Taylor l'a remarqué (1).
L'endroit où le monument a été trouvé m'avoit
d'abord fait croire qu'il y étoit question du tribunal des Eumolpides; mais aujourd'hui je pense,
avec le P. Corsini, que le *saint sénat* ne peut être
que l'Aréopage (2). Le décret aura été rendu à
Athènes, et mis à exécution à Éleusis, où les
Eumolpides tenoient leurs séances (3). Du reste,
l'inscription étant en l'honneur d'un Céryce, devoit naturellement commencer par ces mots :
A Cérès et à Proserpine (4).

Il paroîtroit d'abord, par les expressions d'Ul
pien (5), qu'on n'étoit pas toujours obligé d'in-
tenter action pour cause d'impiété au tribunal
des Eumolpides; mais on ne peut douter qu'originairement c'étoient eux qui instruisoient l'affaire, faisoient comparoître l'accusé, et l'interro-
geoient. Ensuite on plaidoit en première instance
devant le sénat, que présidoit alors l'archonte-
roi (6). Les héliastes, ou le peuple, puisque tous

_____

(1) Not. ad Demosth., tom. II, p. 609.

(2) Fast. Attic., tom. II, p. 213; Meurs., tom. II Oper.,
col. 381. B.

(3) Ulpian., ad Demosth. contr. Androt., Schol., tom. V
Oper., p. 208. B, ed. Hieron. Wolf.

(4) ΔΗΜΗΤΡΙ ΚΑΙ ΚΟΡΗΙ.

(5) Ἐπὶ τούτων πολλάκις ἐδικάζοντο ἀσεβείας οἱ βουλόμενοι.
Ulp., loc. supr. laud.

(6) Τῆς ἀσεβείας κατὰ ταῦτά ἐστιν, ἀπάγειν, γράφεσθαι, δικά-

les citoyens au-dessus de trente ans avoient droit de séance parmi eux (1), étoient juges en dernier ressort de toutes les affaires capitales qui concernoient le culte public, comme Fréret (2), et après lui Bougainville (3), l'ont pensé avec raison.

Un Mégarien ayant profané les cérémonies de Cérès, les ministres d'Éleusis vouloient le faire mourir sur-le-champ, et sans aucune formalité; mais Dioclès, l'un d'eux, s'y opposa, et fut d'avis qu'on punît juridiquement le coupable, à cause de l'exemple (4). Ces prêtres se portoient aussi pour accusateurs : c'est pourquoi l'hiérophante prit la parole contre Andocide (5), dans ce fa-

---

ζεσθαι πρὸς Εὐμολπίδας, φράζειν πρὸς τὸν βασιλέα. Demosth., contr. Androt., tom. I, p. 60, ed. Reisk.

[Dans plusieurs manuscrits ce passage est ainsi ponctué : δικάζεσθαι, πρὸς Εὐμολπίδας φράζειν, πρὸς τὸν βασιλέα. S. de S.]

(1) Dans les affaires importantes le nombre de ces juges avoit été porté jusqu'à 1500 (Dinarch., in Demosth., p. 187; Harpocr., in voc. Ἡλιαία· Pollux, Onomast., lib. VIII, cap. 10, §. 123). Vraisemblablement ils se partageoient alors, et une commission étoit nommée pour l'instruction de la procédure.

(2) Observ. sur les causes de la condamnation de Socrate, Ms.

(3) Acad. des Inscr., tom. XVIII, Mém., p. 84.

(4) Lys., contr. Andoc., de impiet., p. 55.

(5) Id., ibid., p. 45.

[M. de Sainte-Croix paroît s'être fondé dans ce qu'il

meux procès où se trouvèrent impliqués trois
cents Athéniens.

Les annales d'Athènes n'offrent point de procès plus célèbre que celui d'Alcibiade et d'Andocide. Pour le bien faire connoître, il faudroit
entrer dans une longue discussion, qui m'écar-
teroit trop de mon sujet. Thucydide, Lysias,
Andocide, Isocrate et Plutarque, nous fournissent là-dessus beaucoup de détails; mais il n'est
pas toujours facile de concilier ces divers écrivains. Cela n'est point étonnant, par rapport aux
discours de Lysias et d'Andocide, l'un étant accu-
sateur, et l'autre accusé. Néanmoins on voit
assez clairement que, s'il y avoit eu de l'imprudence de la part d'Alcibiade, ses ennemis, les
chefs du parti démocratique, exagérèrent beaucoup ses torts, et n'oublièrent rien, surtout après
son départ, pour le faire paroître criminel. Peut-
être même n'étoit-ce qu'une absurdité calom-

---

avance ici, sur ce passage de Lysias (Or. contr. Andoc., de
impiet., p. 45, ed. Taylor) : καὶ ταῦτα πολλοὶ ἡμῶν ἤκουον
τοῦ ἱεροφάντου λέγοντος, ὅτι Ἀνδοκίδης μηνύων τοὺς αὑτοῦ συγ-
γενεῖς καὶ φίλους ἀπολλύων, φάσκων αὐτοὺς συνεργοὺς εἶναι. Mais
ce passage est inintelligible ; et, selon toute apparence, il
y a une lacune entre λέγοντος et ὅτι ; en sorte que ce qui y
est dit de l'hiérophante se rapporte, non à Andocide, mais
à l'exemple qui précède de la vengeance exercée contre
un autre profanateur, qui, en punition de son sacrilége,
étoit mort de faim. S. de S.]

nieuse, fruit de ces machinations perfides, malheureusement trop fréquentes dans les gouvernemens populaires. Quoi qu'il en soit, Alcibiade n'en fut pas moins proscrit, et poursuivi
avec fureur. Il quitta le commandement de l'armée de Sicile : celle-ci fut détruite, et Athènes
perdue.

La loi condamnoit à mort les profanateurs des
mystères, et prononçoit la confiscation de leurs
biens (1). Une pareille sévérité ne surprend plus,
lorsqu'on sait qu'aux yeux du peuple, l'homme
qui attentoit au respect dû aux mystères de Cérès, étoit plus coupable que celui qui vouloit
renverser le Gouvernement de sa patrie (2). En
conséquence, les ennemis d'Alcibiade ne trouvèrent point de meilleur moyen, pour exciter
contre lui les Athéniens, que de l'accuser d'avoir
représenté, dans l'ivresse, ces mêmes mystères.

---

(1) Andoc., Or. de Myst., p. 7.

(2) Εἰδότες δὲ τὴν πόλιν τῶν μὲν περὶ τοὺς θεοὺς μάλιστ᾽ ἂν
ὀργισθεῖσαν, εἴ τις εἰς τὰ μυστήρια φαίνοιτο ἐξαμαρτάνων, τῶν δὲ
ἄλλων, εἴ τις τολμῴη τὸν δῆμον καταλύειν. Isocr., Or. de Bigis,
tom. III Oper., ed. Auger, p. 138.

[Le sens exprimé par Isocrate n'est pas précisément
celui que M. de Sainte-Croix lui suppose. Cet orateur dit
qu'aux yeux des Athéniens, il n'est point de plus grand
crime, en ce qui concerne les dieux, que la violation des
mystères ; et en toute autre matière, que de tenter de
renverser le gouvernement populaire. S. de S.]

Selon les uns, Alcibiade, vêtu d'un habit d'hiérophante, faisoit les fonctions de ce prêtre ;
Polytion faisoit celles de dadouque ; Théodore,
celles d'hiérocéryx, et tous les assistans ou
convives représentoient les mystes (1). Suivant
d'autres, c'étoit Andocide qui jouoit le rôle
d'hiérophante (2). On différoit également sur les
noms des acteurs, et des quatre dépositions qui
furent reçues, aucune n'étoit d'accord avec une
autre. Cependant on étoit si persuadé de la réalité de cette profanation, que plusieurs siècles
après on montroit encore l'endroit où elle avoit
été commise (3), la maison de Polytion, l'une des
plus grandes d'Athènes (4). Lorsque dans la suite
Alcibiade força sa patrie à le rappeler, les Eumolpides s'y opposèrent, à cause du délit dont il
s'agit. Leurs protestations furent vaines : obligés

---

(1) Plut., Vit. Alcib., tom. II Oper., p. 200. E. Tout
cela s'étant passé à la suite d'un festin, Maxime de Tyr dit,
avec son élégance ordinaire : Τοιούτων ἀγαθῶν μεταλαϐεῖν
ποθεῖς, οἵων καὶ Ἀλκιϐιάδης μυστηρίων, μεθύων δᾳδοῦχος, καὶ
ἐκ συμποσίου ἱεροφάντης, καὶ ἐν παιδιᾷ τελεστής ; Diss. XXXIX,
§. 4.

(2) Οὗτος γὰρ ἐνδὺς στολὴν, μιμούμενος τὰ ἱερὰ, ἐπεδείκνυε
τοῖς ἀμυήτοις, καὶ εἶπε τῇ φωνῇ τὰ ἀπόρρητα. Lys., contr. And.,
de impiet., p. 55, ed. Taylor.

(3) Pausan., Attic., cap. 2.

(4) Anonym. Eryxias, ad calc. Oper. Platon, tom. III,
p. 394. B. Je tire cette conséquence de la comparaison que

de céder aux circonstances, ils rétractèrent, il est
vrai, les imprécations qu'ils avoient prononcées
contre cet illustre général; mais l'hiérophante se
contenta de déclarer qu'elles étoient nulles et
sans effet, s'il n'étoit pas réellement coupable (1).

Les accusateurs d'Alcibiade auroient dû être
punis. Lorsque, dans de semblables causes, les
accusateurs n'avoient pas obtenu au moins le cinquième des suffrages, ils étoient notés d'infamie,
et dès-lors ils ne pouvoient entrer dans le temple
de Cérès et de Proserpine, sans encourir la peine
de mort (2). Cette loi auroit arrêté les délations,
si le peuple d'Athènes les eût moins aimées. Elles
se multiplièrent, et on en trouve encore plus
d'un exemple concernant les mystères d'Éleusis.

Diagoras, accusé d'avoir divulgué le secret de
ces cérémonies, et de s'être permis à ce sujet d'in-
décentes railleries, courut de grands dangers, sa

---

l'auteur ancien de ce dialogue fait en cet endroit, et qui
doit nécessairement faire supposer que cette maison étoit
remarquable par sa grandeur. Dans l'extrait du décret
rendu sur l'accusation de Thessalus, fils de Cimon, il est
dit que les mystères furent célébrés dans la propre maison
d'Alcibiade (Plut., Vit. Alcib., tom. I Oper., p. 202. E).
Néanmoins ce n'est pas l'opinion commune. Du reste, tout
n'est qu'inexactitude et contradiction dans cette affaire.

(1) Thucyd., lib. vi, §. 53; Plut., Vit. Alcib., tom. I
Oper., p. 210. A.

(2) Andoc., de Myst., p. 34 et 35, ed. Reiske.

tête ayant été mise à prix. Le décret rendu contre
lui, et gravé sur une colonne d'airain, promettoit
à celui qui le tueroit un talent de récompense, et
deux à celui qui l'amèneroit tout vif (1) : certes,
l'hellénisme n'a pas toujours été une religion tolé-
rante. Ce fameux incrédule révéla à la fois, selon
Athénagore, les mystères d'Éleusis et ceux des
Cabires (2). L'autorité de Lysias, écrivain beaucoup plus voisin du temps où cette condamna-
tion fut portée, la seconde année de la cxi^e olympiade (3), sembleroit décider que l'imprudence
de Diagoras, à l'égard de ces derniers mystères
seulement, lui mérita un pareil traitement. L'orateur athénien donne l'épithète d'*étrangers* aux
mystères que Diagoras avoit révélés (4); ce qui

---

(1) Aristoph., Av., v. 1073 et 1074, et Schol. ad hos
vers.; Lys., contr. Andoc., de impiet., p. 48, ed. Taylor;
Joseph., contr. Apion., lib. 11, tom. II Oper., p. 493;
Suid., in voc. Διαγόρας.

(2) Athenag., Legat., cap. 5, p. 18 et 19, ed. Edw.
Dechair.

(3) Diod., lib. xiii, §. 6.

(4) Ἐκεῖνος μὲν γὰρ λόγῳ περὶ τὰ ἀλλότρια ἱερὰ καὶ ἑορτὰς
ἠσέβει. Lys., contr. Andoc., de impiet., p. 48, ed. Taylor.
C'étoit vraisemblablement dans ses livres appelés *Phry-*
giens que Diagoras s'étoit rendu coupable de cette profanation (Tatian., Or. ad Græc., §. 44). Le titre donné
à ces livres venoit, suivant toute apparence, de ce qu'il y
étoit question de la Mère des dieux et de ses mystères.

[L'autorité de Lysias n'est point du tout en contradic-

R

ne convient pas à ceux d'Éleusis. Concluons seulement de là qu'il y avoit une grande affinité entre les cérémonies d'Éleusis et celles de Samothrace, puisque le peuple d'Athènes punit si sévèrement un simple particulier pour avoir trahi le secret du culte de cette île. Au surplus, il se pourroit faire que Lysias eût atténué le crime de Diagoras pour aggraver celui d'Andocide. Le scholiaste d'Aristophane nous assure que le premier, non content de mépriser tous les mystères, vouloit encore détourner les Athéniens de l'initiation (1). Il paroît même, par un vers de ce poète comique, que Diagoras avoit tenu quelques propos scandaleux sur Iacchus (2). Aristophane se con-

---

tion avec Athénagore. Diagoras n'étant pas Athénien, les mystères d'Éleusis étoient, par rapport à lui, des *mystères étrangers*, ἀλλότρια ἱερά, ce qu'ils n'étoient point pour Andocide. Les conséquences que M. de Sainte-Croix tire de la condamnation de Diagoras ne sont donc pas exactes. S. de S.]

(1) Schol. Aristoph, Av., ad v. 1073.

[Voici les expressions du scholiaste d'Aristophane : τὰ δὲ μυστήρια ηὐτέλιζεν, ὡς πολλοὺς ἐκτρέπειν τελετῆς. Elles signifient, ce me semble, que les railleries par lesquelles Diagoras décrioit les mystères, pouvoient détourner beaucoup de personnes de se faire initier ; mais je ne crois pas qu'on doive en conclure que c'étoit dans cette intention que Diagoras parloit mal des mystères, et témoignoit publiquement son mépris pour cette institution religieuse. S. de S.]

(2) Ἄδουσιν οὖν τὸν Ἴακχον, ὅπερ Διαγόρας. Ran., v. 323.

tente de les désigner, ne pouvant sans doute
entrer à cet égard dans de plus grands détails,
de crainte d'être accusé lui-même de sacrilége.
Un des compatriotes de Diagoras, non moins
hardi que lui, Aristagoras de Mélos, poète dithy-
rambique, osa aussi, dans ses discours, dévoiler
les mystères éleusiniens (1).

L'hiérophante Eurymédon accusa Aristote d'impiété, pour avoir sacrifié aux mânes de sa femme
avec les cérémonies usitées en l'honneur de Cérès
Éleusinienne (2). Aristocle, dont Eusèbe nous a
conservé quelques fragmens, tâche de justifier le
maître du Lycée de cette profanation, et il regarde cette inculpation comme une calomnie d'un
Pythagoricien, appelé *Lycon* (3). Quoi qu'il en
soit de la vérité de ce fait, Aristote fut cependant
obligé de se retirer à Chalcis (4); dans la suite il
ordonna, par son testament, d'élever une statue
à Cérès. Ne vouloit-il pas par-là se justifier du

---

(1) Schol. Aristoph., Nub., ad v. 828; Suid., in voc.
Ἀριστ]αγόρας.

(2) Diog. Laert., lib. v, cap. 1, §. 4.

(3) Ap. Euseb., Præp. Evang., lib. xiv, p. 792. A;
Theodor., Serm. viii, p. 599. Ce Lycon n'étoit sans doute
qu'un instrument de la haine des nombreux ennemis
d'Aristote, parmi lesquels on comptoit des philosophes
distingués, Dicéarque, Céphisodore, Eubulide, etc. Themist., Or. xxiii, p. 285, ed. Hard.

(4) Diog. Laert., lib. v, cap. 1, §. 5.

R ij

crime dont il avoit été accusé, ou faire à la déesse une sorte d'offrande expiatoire (1)?

De simples soupçons d'indiscrétion à l'égard des mystères suffisoient à Athènes pour exposer d'illustres citoyens aux plus grands périls. Suivant Aristogire, le poète Eschyle, accusé d'avoir transporté sur la scène quelques détails des mystères, ne put être absous qu'en prouvant qu'il n'étoit pas initié (2). Héraclide de Pont prétendoit que ce poète, dans ses pièces des Sagittaires, des Prêtres, de Sisyphe, d'Iphigénie et d'OEdipe, avoit laissé échapper certains traits relatifs aux mystères. Pour éviter la fureur du peuple, qui étoit sur le point de l'assommer à cause de cette témérité, il se réfugia au pied de l'autel de Bacchus. On l'en arracha par ordre de l'Aréopage,

---

(1) Diog. Laert., lib. v, cap. 1, §. 16.

[Le texte de Diogène de Laërte ne signifie point qu'Aristote ait ordonné, par son testament, que l'on élevât une statue à Cérès. Si l'on s'en tient au texte, tel que nous l'avons, Aristote auroit ordonné de placer à Némée une statue de Cérès, qui avoit précédemment appartenu à sa mère : καὶ τῆς μητρὸς τῆς ἡμετέρας τὴν Δήμητρα ἀναθεῖναι εἰς Νεμίαν. Mais en adoptant la conjecture de Casaubon, qui semble justifiée par ce qui précède, et lisant : καὶ τὴν μητρὸς τῆς ἡμετέρας (sous-entendu εἰκόνα) τῇ Δήμητρι ἀναθεῖναι εἰς Νεμίαν, le sens sera : « et qu'on place à Némée, dans le » temple de Cérès, la statue de notre mère ». S. de S.]

(2) Arist., Ethic. ad Nicom., lib. III, cap. 2, tom. II Oper., p. 29; Clem. Alex., Strom., lib. II, p. 461.

qui ne l'acquitta qu'en considération des services (1) qu'il avoit rendus à l'État, ainsi que son
frère Amynias, dans la journée de Marathon (2).
Ne seroit-ce pas en reconnoissance de cette abso-
lution, qu'il fait un si bel éloge de ce tribunal,
dans sa tragédie des Euménides ?

Deux jeunes Acarnaniens, qui s'étoient glissés
par hasard dans le temple d'Éleusis, n'eurent pas
le même bonheur ; ils furent massacrés sur-le-
champ (3). Sans doute l'asservissement des Athéniens, à la puissance des Romains, ne leur permit
pas, dans un autre temps, d'exercer une pareille
vengeance contre un eunuque épicurien, effé-
miné et livré à la débauche, qui eut l'audace de
vouloir prouver, pendant la cérémonie de l'initiation, que les dieux ne prenoient aucun soin
des choses de ce monde. Il poussa la frénésie jusqu'à s'élancer dans le sanctuaire, où il n'étoit
permis d'entrer qu'aux principaux prêtres (4).

_____

(1) Eustrat., ad Arist. Ethic. ad Nicom., lib. III, p. 40,
ed. Ald.

(2) Ælian., Var. Hist., lib. v, cap. 19; Marm. Oxon.,
epoch. 49, p. 168. D, ed. Prideaux.

(3) Tit. Liv., lib. XXXI, cap. 14.

(4) Fragment. Ælian., de Provid., tom. II. Oper.,
p. 342. B, ed. Kühn. Le témoignage de Suidas et celui
d'Eustathe ne permettent point de douter qu'Élien ne
soit l'auteur de l'ouvrage auquel appartiennent ces fragmens. Eustath., ad Homer., Iliad., p. 772; Suid., in

Ajoutons que, sur un monument ancien, il est fait mention d'un hiérophante qui réprima des profanateurs ou malveillans, et sauva par sa fermeté, dans une occasion périlleuse, l'institution des mystères. Le peuple d'Athènes le récompensa en lui décernant une couronne (1).

Tous ces faits réunis nous apprennent, en premier lieu, qu'on trouve plus d'un exemple d'indiscrétion commise au sujet des cérémonies secrètes d'Éleusis, et que c'est à tort qu'on a assuré, avec une singulière confiance, qu'il n'y en avoit jamais eu la plus légère sur ce point (2). En second lieu, nous apprenons de là qu'on tâchoit de prévenir de semblables délits par la sévérité des lois, lois dont l'existence suffit pour démontrer qu'ils n'étoient pas sans exemple. La peine de mort étoit toujours prononcée contre les infracteurs de ces lois (3), dictées par la superstition et maintenues par la politique. Doit-on après cela s'étonner du soin avec lequel les écrivains de l'antiquité évitent de parler de l'objet des mystères (4)? Quand

---

voc. Ἱεροφάντης, Εὐνοῦχος, Μέγαρον, Ἐκνευρίσας, Χλοῦναι, etc.; Fabr., Bibl. Gr., tom. V, p. 624, ed. Harles.

(1) Ap. Chandler, Inscr. cxxiii, p. 78.

(2) Dict. encyclop., art. *Éleusinie.*

(3) Sopat., Divis. Quæst., p. 333; Alciphr., lib. iii, ep. 72; Samuel Petit., de Leg. Attic., p. 33. B., ed. Paris., 1635.

(4) Meurs., Eleusin., cap. 10; Casaub., ad Baron. Annal., Exerc. xvi, p. 549. C., ed. Londin., 1614.

ils ont été obligés à en faire mention, ils ne se
sont jamais expliqués que d'une manière obscure
ou énigmatique.

Une ancienne loi défendoit de se présenter, pendant la fête des grands mystères, soit dans l'*Anactorum* d'Éleusis, soit dans l'*Eleusinium* d'Athènes,
avec un rameau de suppliant, c'est-à-dire, une
branche d'olivier, couronnée de longues bandelettes de laine blanche, et accompagnée d'une
requête (1). Le dadouque Callias soutint que l'infraction de cette loi méritoit la mort; mais Cé-
phale, défenseur d'Andocide, prouva contre lui,
que le coupable étoit seulement dans le cas d'encourir la condamnation à une amende de mille

---

(1) Æsch., Eumen., v. 43, 44, 45, etc.
[M. de Sainte-Croix avoit dit seulement dans la première édition : « Il n'étoit pas permis de présenter aucune
» requête pendant le temps destiné à la célébration des
» grands mystères ». Le traducteur allemand avoit observé
à cette occasion, d'après une critique insérée dans les An-
nonces littéraires de Gottingue, que le mot ἱκετηρία employé
par Andocide dans le passage indiqué par M. de Sainte-
Croix, νόμος δὲ ἦν πάτριος, ὃς ἂν θῇ ἱκετηρίαν μυστηρίοις, τεθνά-
ναι, etc., ne signifioit pas *une requête*, mais vouloit dire
une plainte. C'est sans doute pour répondre à cette critique
que le savant auteur a décrit ici, d'après Eschyle, le rite
de l'ἱκετηρία. Vid. Sam. Petit., Comment. in Leg. Att.,
lib. IV, tit. 9, p. 471 ; Duker et Wesseling, adnot. ad Sam.
Petit., de Leg. Att., p. 106 ; Sluiter, Lect. Andoc., p. 150.
S. de S.]

R iv

drachmes (1) au plus. Quel étoit l'esprit d'une pareille loi? C'est un des problèmes que je me suis souvent proposés, relativement aux mystères, sans avoir pu les résoudre. Durant la célébration des mystères, on ne pouvoit pas exercer de contrainte par corps contre ses débiteurs. Ménippe de Carie ayant été saisi par Évandre, son créancier, celui-ci alloit être mis à mort, suivant la loi, si le débiteur ne se fût désisté de son accusation (2).

Les femmes riches d'Athènes se rendoient à Éleusis pour y célébrer les grands mystères, sur des chars attelés de deux chevaux; et quand elles se rencontroient, elles s'injurioient et s'accabloient mutuellement de sarcasmes (3). L'orateur Lycurgue, aussi sévère qu'intègre, fit promulguer une loi portant défense de faire usage de ces voitures durant cette fête. Sa femme fut la première à transgresser la loi, et paya sur-le-champ l'amende de six milles drachmes quelle avoit encourue. Son mari donna en sus un talent au dénonciateur (4). Mais toute loi prohibitive et somptuaire est de courte durée. Celle de Lycur-

---

(1) Andoc., Or. de Myst., p. 55-58.
(2) Demosth., contr. Mid., tom. III Oper., p. 139.
(3) Aristoph., Plut., v. 1015, et Schol., ad h. loc.
(4) Plut., Dec. Or. Vit., tom. II Oper., p. 842; Ælian., Var. Hist., lib. XIII, cap. 24.

gue fut dans la suite abrogée, ou tomba en dé-
suétude.

L'argent de toutes les amendes prononcées
contre ceux qui contrevenoient aux règlemens
relatifs à la célébration des mystères, étoit sans
doute versé dans une caisse qui étoit à la dispo-
sition des ministres d'Éleusis ; toutefois ils ne
pouvoient se dispenser d'en rendre un fidèle
compte à la république. Comme les membres de
toutes les autres familles sacerdotales d'Athènes,
les Eumolpides et les Céryces n'auroient osé, soit
en corps, soit en particulier, soustraire leur administration aux yeux des magistrats (1). Sans doute
on leur rendoit pareillement compte du produit
du champ de Rharion, qui, étant consacré aux
deux déesses, appartenoit à leurs prêtres, suivant l'usage général des Anciens (2).

Les magistrats veilloient encore à la conservation du bois de l'Orgade, consacré à Cérès et à
Proserpine, et dans lequel il n'étoit pas permis
de poser des limites (3). Les Mégariens, ayant été

_____

(1) Τοὺς ἱερεῖς, καὶ τὰς ἱερείας, ὑπευθύνους εἶναι κελεύει ὁ νόμος...... καὶ οὐ μόνον ἰδίᾳ, ἀλλὰ καὶ κοινῇ Ἱὰ γένη, Εὐμολπίδας
καὶ Κήρυκας, καὶ Ἱοὺς ἄλλους ἅπαντας. Æschin., contr. Cte-
siph., tom. II, p. 372, ed. Tayl.

(2) *Sacerdotibus templi illius proficiebat.* Aggen. Ur-
bic., in Front., de limitib. agrorum, p. 61. B., ed. Goes.

(3) Thucyd., lib. 1, §. 67 et 139.

[Le texte de Thucydide porte : ἐπικαλοῦνῆες ἐπ' ἐργασίαν

accusés d'avoir défriché quelque portion de ce
terrain sacré, furent exclus des marchés publics
d'Athènes, et chassés de l'Attique. Il leur fut défendu d'y mettre le pied sous peine de mort; les
généraux d'Athènes faisoient le serment d'exécuter cet infâme décret, qui leur ordonnoit encore
de ravager deux fois par an la Mégaride (1). Le
hérault Anthémocrite, qui le signifia aux habitans
de ce petit canton, fut par eux mis à mort; on
l'enterra avec pompe près de la porte Thriasienne,
appelée depuis *Dipyle* (2). Les Mégariens nièrent

Μεγαρεῦσι τῆς γῆς τῆς ἱερᾶς, καὶ τῆς ἀορίϛου, καὶ ἀνδραπόδων
ὑποδοχὴν τῶν ἀφιϛαμένων. Le scholiaste explique τῆς ἀορίϛου,
par τῆς πολλῆς, ce qui ne paroît pas admissible. Æm. Por-
tus traduit : *sacrum nullisque limitibus finitum solum.*
Peut-être ἀόριϛος ne doit-il pas être entendu en ce sens,
que ce terrain n'étoit pas distingué des terrains environ-
nans par des limites, puisque, dans ce cas, on eût été
exposé à le violer, même involontairement; mais doit-il
signifier qu'il n'étoit point divisé et séparé en plusieurs
propriétés par des bornes ou limites, parce qu'il devoit
rester inculte. Le traducteur de Thucydide, qui a rendu
cet auteur en grec moderne, a traduit ainsi ce passage :
τῆς ὁποίας τὰ σύνορα εἶναι ἀπροσδιόριϛα; et, dans une note,
il dit : ἡ αὐτὴ [γῆ] λέγεϊαι ἀόριϛος διὰ τὸ μὴ ἔχειν ὅρους ὡς
ἀγεώργηϊος· οὐ γὰρ ἐξῆν τὴν ἱερὰν γῆν γεωργεῖν (tom. I, p. 310).
S. de S.]

(1) Plut., Vit. Pericl., tom. I Oper., p. 168; Sopat.,
Div. Quæst., p. 444, etc.

(2) Plut., loc. supr. laud.; Harpocr., in voc. Ἀνθεμό-
κριϛος; Suid., in voc. Δίπυλος.

cependant ce meurtre, et firent retentir la Grèce
de leurs plaintes; mais ils s'étoient attiré le res-
sentiment de la célèbre Aspasie, maîtresse de Périclès (1), et celui-ci s'opposa constamment à l'abro-
gation de la loi, et maintint de tout son crédit,
malgré les pressantes sollicitations des autres
Grecs, l'espèce d'excommunication prononcée
contre les Mégariens. En cette occasion comme
dans beaucoup d'autres, la religion ne servit que
de prétexte aux passions pour outrager l'humanité.

Les Eumolpides étant, comme je l'ai déjà remarqué, les auteurs et les dépositaires des lois
traditionnelles (2) qui concernoient surtout les
pratiques religieuses des mystères, devoient en
être les interprètes naturels, et juger les causes
où il s'agissoit de leur exécution. Il faut tâcher
à présent de découvrir quelles étoient ces lois
rituelles.

---

(1) Plut., Vit. Pericl., loc. supr. laud.; Schol. Thucyd.,
ad lib. 1, §. 68; Aristoph., Acharn., v. 531.

(2) *Chilius te rogat, et ego ejus rogatu,* Εὐμολπιδῶν
πάτρια. Cicer., ad Attic., lib. 1, ep. IX.

[Ce passage a été cité par tous ceux qui ont écrit sur les
mystères. Il est difficile cependant de déterminer avec certitude ce que Cicéron entendoit par Εὐμολπιδῶν πάτρια. Ce
qu'il y a de certain, c'est que s'il s'agit ici de traditions
relatives aux mystères ou aux droits de la famille des Eumolpides, ce que Cicéron demandoit à Atticus ne s'étendoit
pas aux secrets dont la connoissance étoit réservée aux
initiés. S. de S.]

ARTICLE IV.

Des Rites qui s'observoient dans les mystères d'Éleusis, et des Lois traditionnelles relatives à ces mystères.

Le temps établit les rites, et l'usage consacre les lois traditionnelles. Les uns et les autres changent et s'altèrent avec les mœurs. Moïse est le seul législateur qui ait réuni les observations légales et les lois proprement dites dans un même code, de manière qu'elles se prêtassent mutuellement une force durable; en cela il a si bien réussi, que la nation conservatrice de ce code admirable, s'y ralliant sans cesse, a pu être dispersée sans jamais être détruite. Quant aux autres nations, n'ayant pas eu cet avantage, rien ou presque rien de ce qui formoit leur législation, ou constituoit leurs usages, n'a survécu à leur destruction. L'histoire ne nous a guère transmis que le souvenir de leurs crimes et de leurs malheurs. Si quelques traces de leurs institutions sont parvenues jusqu'à nous, c'est pour nous convaincre qu'elles étoient souvent immorales, et presque toujours insuffisantes pour remplir le but auquel elles tendoient. C'est sans doute pour écarter ce dernier reproche que Porphyre imagina de faire dire au philosophe Xénocrate, que Triptolème avoit promul-

gué anciennement des lois, dont trois étoient
encore conservées dans le temple d'Éleusis; la
première ordonnoit de respecter les dieux, la
seconde d'honorer ses parens, et la troisième défendoit de se nourrir de chair (1). Il suppose celle-
ci pour appuyer son système particulier, et les
deux autres, pour justifier sa religion. Ces motifs,
qu'on ne peut guère révoquer en doute, m'em-
pêchent d'accorder une grande autorité au témoignage de ce philosophe.

Une loi moins suspecte et des plus anciennes,
est celle qui est attribuée à Eumolpe (2), et par
laquelle les barbares et tous les étrangers étoient
exclus de l'initiation (3). Quoique Cicéron ait dit
que les habitans des contrées les plus lointaines
venoient à Éleusis se faire initier (4), on ne doit
pas en conclure que cette loi eût été abrogée,
puisque Lucien, qui vivoit sous l'empereur Commode, nous atteste le contraire (5). On conciliera
néanmoins sans peine ces deux écrivains, si l'on
observe que, pour être admis à la participation
des mystères éleusiniens, il suffisoit de se faire

---

(1) Porph., de Abstin., lib. iv, §. 16; S. Hieron., adv.
Jovian., lib. ii, cap. 9, tom. IV Oper., p. 206, ed. Bened.

(2) Tzetz., ad Lycophr., v. 1328.

(3) Epist. Socratic., xxviii, p. 59; Schol. Aristophan.,
in Plut., ad v. 846, 914, etc.

(4) De Nat. Deor., lib. i, cap. 42.

(5) Demon. Vit., §. 34, t. V Oper., p. 246, ed. Bipont.

adopter. L'on devenoit alors, suivant la remarque de l'empereur Julien, Athénien par la loi, ne pouvant l'être par la nature (1). Ainsi Hercule se déclara fils adoptif de Pylius, lorsqu'il voulut être initié (2). Les Dioscores suivirent l'exemple de ce héros; et Aphidnus leur servit de père (3). Hippocrate, ayant été inscrit au nombre des citoyens d'Athènes, fut ensuite admis à l'initiation (4). Il fallut que le philosophe Anacharsis fût reconnu citoyen de cette ville, avant d'être admis à ses mystères (5). On ne peut douter que tous les étrangers qui vouloient se faire initier, ne fussent obligés de remplir ces préliminaires. La haine que les Grecs avoient contre les Perses interdit absolument à ceux-ci et aux Mèdes, l'entrée du sanctuaire d'Éleusis (6), dont les Épicuriens et

---

(1) Orat. vii, tom. I, p. 238. C., ed. Spanh.

(2) Apollod., lib. ii, cap. 5 ; Schol. Aristoph., Plut., ad v. 846 ; Schol. Homer., Iliad., lib. viii, ad v. 368, etc.

(3) Plut., Vit. Thes., tom. I Oper., p. 16 ; Schol. Aristoph., ad loc. mod. laud.

(4) Soran., Vit. Hippocr., ed. Charter., tom. I Oper. Hipp. et Galen., p. 2 et 3. Cet écrivain y rapporte un décret du peuple et du sénat d'Athènes en l'honneur d'Hippocrate, dans lequel il est dit : Δεδόκηϊαι τῷ δήμῳ, μυῆσαι αὐϊὸν ϊὰ μυσϊήρια ϊὰ μεγάλα δημοσίᾳ, καθάπερ Ἡρακλέα ϊὸν Διός. Hercule ne fut point initié aux grands mystères; ce n'est pas la seule preuve de la supposition de ce décret.

(5) Lucian., Scyth., §. 8, tom. IV, p. 154, ed. Bipont.

(6) Εὐμολπίδαι δὲ καὶ Κήρυκες ἐν ϊῇ ϊελεϊῇ ϊῶν μυσϊηρίων, διὰ

les Chrétiens furent aussi dans la suite formellement exclus (1).

Les homicides étoient aussi exclus des mys-

τὸ τούτων μῖσος, καὶ τοῖς ἄλλοις βαρβάροις εἴργεσθαι τῶν ἱερῶν,
ὥσπερ τοῖς ἀνδροφόνοις, προσαγορεύουσιν. Isocr., Paneg., ed.
Auger, tom. I, p. 272.

(1) Lucian., Pseudom., §. 38, tom. V, p. 98, ed. Bipont.
Dodwel., Diss. ad Iren., p. 168 et 169. Malgré cela, on
pourroit croire que des Chrétiens se sont quelquefois glissés
dans l'assemblée des initiés, si l'on prenoit à la lettre ce
passage de S. Jérôme : *Quadratus, apostolorum disci-
pulus..... nonne Hadriano principi, Eleusinæ sacra
invisenti, librum pro nostrâ religione tradidit?* (Epist., ad
Magn. orat., tom. IV Oper., Epist. VI class., col. 656, ed.
Martian.) Mais il est raisonnable de penser que Quadratus présenta son livre à Hadrien, lorsque ce prince
passoit dans les rues d'Éleusis, ou d'Athènes, pour aller
se faire initier. *Voyez* aussi le même Père, Catal. script.
eccles.; ibid., Epist. I class., col. 169.

[Lucien a imité la formule par laquelle on excluoit les
profanes des mystères d'Éleusis ; mais on ne sauroit en
conclure que, dans ces cérémonies, on prononçât formellement l'exclusion des Épicuriens et des Chrétiens, comme
le fait cet écrivain. Je suis même porté à croire que l'on
n'y employoit que des termes généraux, tels que celui de
βέβηλοι, *profanes.* Cette formule devoit être aussi ancienne
que l'établissement des mystères, et l'on sait par expérience que les formules religieuses se conservent souvent
long-temps après que les usages qui y ont donné lieu ont
subi de grandes altérations, et qu'elles ont cessé d'être en
harmonie avec les pratiques du culte. S. de S.]

tères (1). Que l'on se fût rendu coupable d'homicide, soit volontairement, soit par mégarde (2),
on ne pouvoit plus être initié sans préalablement se faire purifier. Hercule, souillé par le
meurtre des Centaures, fut forcé de subir la cérémonie de la purification (3). Elle consistoit à
frotter tout le corps du coupable avec le sang
d'un jeune porc (4). Un profond silence, auquel
étoit alors condamné le meurtrier, désignoit aux
assistans son crime et le repentir qu'il en avoit.
Les magiciens passoient aussi pour impurs, surtout ceux qui s'adonnoient à la goétie ; c'est pourquoi il ne leur étoit pas permis de participer aux
mystères. L'hiérophante allégua cette raison, en
refusant d'initier le fameux Apollonius de Tya-
ne (5). Enfin, suivant l'ancienne formule prononcée par le hérault, avant la célébration des

---

(1) Isocrat., Paneg., loc. supr. laud.

(2) Theon. in Paradigm., ap. Meurs., Eleusin., cap. 19.

(3) Diod., lib. iv, §. 14; Apollod., lib. ii, cap. 5.

(4) Apollon., Argon., lib. iv, v. 705.

[Suivant le scholiaste d'Apollonius, les prêtres qui faisoient la purification, trempoient les mains de celui qu'ils
purifioient, dans le sang de la victime expiatoire, qui étoit
un jeune porc. Ἔστι χοιρίδιον μικρὸν, ὅπερ οἱ ἁγνίζοντες θύσαντες,
τὰς χεῖρας τοῦ ἁγνιζομένου τῷ αἵματι αὐτοῦ βρέχουσιν. Le porc
étoit fréquemment employé dans les purifications et les lustrations. Schol. Aristoph., Acharn., ad v. 44. S. de S.]

(5) Euseb., contr. Hierocl., p. 530. C., ad calc. Demonstr.
Evang.; Philostr., Vit. Apoll., lib. iv, cap. 18, p. 156. A.

mystères, on exigeoit des personnes qui se présentoient pour y être admises, qu'elles eussent les mains pures, et qu'elles fussent exemptes de crime, et réservées dans leurs discours. Il falloit encore qu'elles eussent vécu heureusement et avec équité (1). Porphyre nous dit que l'état de notre âme à la mort, doit être tel que durant les mystères, c'est-à-dire qu'il faut qu'elle soit exempte de toutes passions violentes, d'envie, de haine et de colère (2). Je crois cependant que ces conditions morales exigées des récipiendaires, sont uniquement de l'invention des éclectiques ou nouveaux platoniciens. Dans les derniers temps du paganisme, on fut forcé à recevoir, sans trop de difficultés, les personnes qui se présentoient.

On n'admettoit point ceux qui étoient convaincus de n'avoir pas fait leurs efforts pour dissiper une conspiration, ou de s'en être mêlés. Les citoyens qui s'étoient laissé corrompre, ou s'étoient rendus coupables de trahison envers leur patrie, en livrant à l'ennemi une place ou des vaisseaux, ou en lui fournissant des provisions, des agrès, de l'argent, et autres secours semblables, devoient être exclus des grands et des petits

---

(1) Origen., contr. Cels., lib. III, p. 47. Suivant les Anciens, le malheur annonçoit presque toujours la punition d'un crime.

(2) Fragm. de Styge, ap. Stob., Eclog. Physic., lib. I, p. 142, ed. Caut.; cap. 52, tom. I, p. 1052, ed. Heeren.

S

mystères éleusiniens (1). Faut-il en conclure que
les magistrats qui avoient la surveillance des
mystères, ou les principaux prêtres, jugeoient de
ces motifs d'exclusion? En ce cas, ils auroient
exercé un pouvoir inquisitorial très-étendu, et
qui pouvoit dégénérer en une véritable tyrannie.
Il est vraisemblable, au surplus, que ces prohi-
bitions ne furent que l'objet de quelques vaines
formules, et n'ont jamais été mises en vigueur.

Avant de mourir, les Athéniens étoient obligés
de se faire initier (2); ils pouvoient dès l'enfance
participer à cette cérémonie (3). Les pères ou proches parens des enfans recevoient des présens

---

(1) Aristoph., Ran., v. 362–68.

[Aristophane, sur l'autorité duquel sont fondés ces motifs d'exclusion, en ajoute d'autres qui ne sont évidemment que des plaisanteries. Ce n'est pas une raison pour
rejeter son témoignage, relativement aux autres motifs
d'exclusion qu'il allègue, et qui n'ont rien que de très-
vraisemblable. Mais il ne suit pas de là nécessairement que
les hiérophantes eussent le droit de juger des délits publics
dont pouvoient être soupçonnés ceux qui se présentoient
pour être admis aux mystères. Leur droit pouvoit et devoit
même, en ce cas, se borner à repousser ceux qui avoient
encouru une condamnation pour de semblables délits, tant
qu'ils ne s'en étoient point fait relever par un jugement
contraire. S. de S.]

(2) Aristoph., Pac., v. 374.

(3) Apollod., ap. Donat., ad Terent. Phorm., act. 1,
scen. 1, v. 15.

à l'occasion de leur initiation (1). Quoique assistés par eux, les jeunes récipiendaires n'étoient pourtant admis qu'aux petits mystères (2). Un enfant seul étoit exempt de cette règle, et reçu aux grands mystères, il y jouoit un rôle dans la dernière initiation. Dans la langue des mystères, on appeloit cet initié privilégié, *l'enfant du sanctuaire* (3) ou *l'enfant sacré du temple*, ou simple-

(1) Terent., Phorm., act. 1, scen. 1, v. 13-15.

(2) Himer., Orat. xxxiii, §. 3, p. 874, ed. Wernsdorf. Quoique cet endroit soit fort mutilé, on en devine pourtant le véritable sens.

[Si l'on admettoit dans ce passage la conjecture de Wernsdorf, on devroit au contraire en conclure que les enfans étoient conduits par leurs pères à Éleusis pour y être initiés, quoique quelquefois l'initiation aux petits mystères se fît à Athènes même. Voici comment il traduit et remplit les lacunes : [*Minora quidem mysteria*] *Cereri peragebant etiam Athenis nonnulli Athenienses, præter Eleusinia : verumtamen pater [..... filium in ipsam Eleusinem ad magnum hierophantam] mittebat, ut horum mysteriorum particeps fieret.* Quoi qu'il en soit de cette conjecture, il est certain que le texte, tel qu'il est, ... ἐτέλουν τινες καὶ Ἀθήνησιν Ἀθηναῖοι παρ᾽ Ἐλευσῖνα καὶ Δήμητρι, ἀλλ᾽ ὅ γε πατὴρ........ ἔπεμψε τῶν ὀργίων τούτων μεθέξοντα, est peu favorable à l'opinion de M. de Sainte-Croix. S. de S.]

(3) Ὅπερ γὰρ ἐν τοῖς μυστηρίοις ὁ ἀφ᾽ ἑστίας λεγόμενος παῖς ἀντὶ πάντων τῶν μυκμένων ἀπομειλίσσεται τὸ θεῖον, ἀκριβῶς ὁρῶν τὰ προστεταγμένα. Porphyr., de Abstin., lib. iv, §. 5, p. 307, ed. Rhoer. Οἴμοι Δήμητερ καὶ Κόρη, τὸν ἀφ᾽ ἑστίας οὐκ ἐτη-

ment *l'enfant sacré* (1). A cause de l'innocence
de son âge, il étoit regardé comme seul capable
de remplir toutes les conditions exigées, et de
rendre la divinité propice aux autres initiés, par
l'accomplissement exact de toutes les cérémonies (2). Cette coutume étoit ancienne, puisqu'elle
rémontoit à la 46ᵉ olympiade. Cléanthe en avoit
conservé la véritable origine, dans le second livre
de son ouvrage sur les rites mystérieux. Selon
cet écrivain, Épiménide ayant été appelé dans
l'Attique pour en purifier les habitans, après le
massacre de Cylon et de ses partisans, eut besoin
de sang humain. Le jeune et beau Cratinus s'offrit alors, et fut la victime que la superstition
immola (3). Diogène Laërce ajoute, sans preuve,
qu'un autre jeune homme, appelé Ctésibius,
partagea le sort de Cratinus (4). Les pères étoient
si honorés du choix qu'on faisoit de leurs enfans
pour la fonction dont je viens de parler, qu'en

ρήσατε. Himer., Or. xxiii, §. 8, p. 778. Voy. sur le mot
ἑστία, Ammon., de Differ. voc., in voc. Βωμός; Harpocr.,
in voc. Ἀφ' ἑστίας.

(1) Himer., Or. xxiii, §. 7, p. 778 ; §. 18, p. 796.

(2) Porphyr., de Abstin., lib. iv, §. 5, p. 307.

(3) Thucyd., lib. i, cap. 126 ; Marcell., Comment. in
Hermog., p. 360.

(4) Vit. Epimen., lib. i, §. 110. Voy. sur l'âge d'Épiménide, Corsini, Fast. Att., tom. III ; Harles, ad Fabric.,
Biblioth. Græc., vol. I, not., p. 31 et 32.

reconnoissance, ils consacroient le jeune élu à
Cérès et à Proserpine. Si l'enfant choisi pour cela
n'avoit plus de père, son tuteur l'assistoit dans
cette cérémonie, à laquelle intervenoient le sénat, l'Aréopage et le peuple (1). Tel étoit du moins
l'usage sous les empereurs romains : avant la forme
de gouvernement qu'Athènes avoit reçue de ces
princes, il est vraisemblable que la seule inter-
vention de l'Aréopage suffisoit. Il faut encore remarquer qu'on n'a point fait assez d'attention à
la cérémonie dont il s'agit; elle peut avoir un
sens plus profond qu'on ne seroit d'abord porté
à l'imaginer.

Sous l'archontat d'Euclide, il fut défendu à
toute personne qui seroit d'une naissance illégi-
time, ou esclave, d'entrer dans le temple de Cérès,
de participer aux sacrifices qu'on lui offroit, et
d'assister aux autres cérémonies de son culte. Il
paroît que les femmes de mauvaise vie partageoient cette proscription (2). Par un usage qui
faisoit honneur au peuple d'Athènes, et ne bles-
soit point la sainteté des mystères, les exilés pou-

---

(1) Inscr., ap. Spon, tom. III, p. 104, 193 et 194; Vid.
Wernsdorf, ad Himer., ed. 1790, not., p. 778-81. Les
deux inscriptions qui me fournissent ces derniers détails
ont été trouvées, dans le dernier siècle, à Éleusis. Je les
crois, l'une et l'autre, postérieures au règne d'Hadrien.

(2) Isæus, Or. de Philoct. hæred., p. 61, ed. Steph.;
p. 148, ed. Reisk.

voient demeurer à Éleusis pendant le temps de
la célébration de ces fêtes. Ils jouissoient du même
privilége dans quelques autres solennités, en différens endroits de la Grèce (1).

D'abord il n'en coûta rien pour se faire initier ;
dans la suite les besoins de l'État ne permirent
pas de conserver une coutume si louable. Bientôt, en vertu d'une loi dont Aristogiton fut l'auteur, on ne put plus être admis aux mystères
qu'en payant (2). Le savant Walckenaer a observé
que le mot grec τέλη est quelquefois employé
pour désigner la somme qu'on prélevoit pour les
frais qu'exigeoit la célébration de la fête (3). Il
paroît que cette loi fit peu d'honneur à son auteur, et l'exposa même, si l'on en doit croire les
rhéteurs, à une accusation.

Les cérémonies de l'initiation étoient toujours
accompagnées de sacrifices, et conformément à
l'usage des Égyptiens (4), ces sacrifices étoient
expiatoires (5) ; on y immoloit un jeune porc (6).

_____

(1) Plut., de Exil., tom. II Oper., p. 6c4.

(2) Apsin., de Art. Rhet., p. 691, ed. Ald.; Meurs.,
Eleusin., cap. 7.

(3) Adnot. ad Eurip., Hippol., p. 164.

(4) Herod., lib. II, cap. 47 et 48.

(5) Pausan., lib. v, cap. 17 ; Schol. Apoll., lib. IV, ad
v. 704 ; Vid. plur., ap. J. Ph. Cassel., de Porcis in lustrat.
et expiat., etc., in Symb. litter., tom. II, p. 323.

(6) Epicharm., ap. Athen., lib. IX, p. 374.

« Prête-moi, dit Trygée dans une pièce d'Aristo-
» phane, trois drachmes pour acheter un jeune
» porc; il est nécessaire que je sois initié avant
» de mourir (1) ». Le poète donne ailleurs, avec
raison, l'épithète de *mystique* (2), à cet animal.
Chaque initié étoit obligé d'en sacrifier un à
Cérès, et de le laver auparavant dans la mer (3).

Sur les médailles d'Éleusis, on voit cette déesse
sur un char traîné par des dragons, et au revers
un ou deux porcs (4). J'en ai même reconnu trois

---

(1) Aristoph., Pac., v. 373 et 374.

(2) Id., Acharn., v. 747 et 764.

[Le traducteur allemand rappelle à cette occasion ce
vers de Théopompe, cité par Athénée (lib. xiv, cap. 74,
p. 657) :

Καὶ τὴν ἱερὰν ἡμῶν σφάττουσι δέλφακα.

Il n'oublie pas non plus le vers de Tibulle (lib. 1, eleg. x,
v. 26) :

Hostia erit plena rustica porcus hara,

dans lequel beaucoup d'éditeurs et de commentateurs
avoient cru devoir substituer *mystica* à *rustica*. C'est
aussi la leçon de divers manuscrits. Elle est rejetée par
M. Heyne; mais je ne sais si les raisons qu'il en donne
sont bien satisfaisantes. Je serois assez porté à me ranger à
l'opinion de Scaliger, qui est aussi celle de beaucoup de
savans distingués. S. de S.]

(3) Plut., Vit. Phoc., tom. I Oper., p. 154. C.; Schol.
Aristoph., Acharn., ad v. 747; Ælian., de Nat. Anim.,
lib. x, cap. 16.

(4) Haym, Tesoro Britann., tom. I, p. 219, n° 1-6.

sur une médaille qui appartient au cabinet du
roi. Cela ne désigneroit-il pas les trois sacrifices
ordonnés aux initiés? Le premier avoit lieu aux
petits mystères; le second, au commencement
des grands mystères, dans l'*Eleusinium* d'Athènes;
et le troisième, le plus solennel de tous, étoit
offert dans l'*Anactorum* d'Éleusis. Passons maintenant à ce qui concerne les rites.

Exone, bourg de l'Attique, fournissoit une
variété fort estimée du poisson qu'on nomme
mulet (1). Ce poisson étoit consacré à Hécate et à
Diane (2). Les initiés s'abstenoient d'en manger, et lui portoient une sorte de vénération (3),
soit, comme le dit Élien, à cause de sa fécondité,
soit parce qu'il dévore, dit-on, le lièvre marin
qui cause la mort aux hommes (4). Le mulet
cependant auroit dû, ce me semble, être regardé

---

(1) Athen., lib. VII, cap. 126, p. 325. E.
[La défense faite aux initiés, de manger du poisson, ne
devoit avoir pour objet que le temps de la célébration des
mystères; autrement, il eût été inutile de remarquer qu'ils
ne mangeoient point le mulet, puisqu'ils se seroient abste-
nus également de toute sorte de poisson. On doit conclure
de là que le mulet seul leur étoit absolument interdit, et
que dans aucun temps ils ne devoient en manger. L'usage
de ce poisson étoit également défendu aux prêtres de
Junon, à Argos. S. de S.]

(2) Athen., cap. 126 et 127.

(3) Plut., de Solert. anim., tom. II Oper., p. 983.

(4) Hist. Anim., lib. IX, cap. 51.

comme impur, puisqu'on croyoit, suivant la remarque d'Oppien, qu'il alloit chercher sa nourriture dans le limon de la mer, et qu'il aimoit
les cadavres (1). Les poissons que nourrissoient
les rhètes, ou canaux dont j'ai déjà parlé, appartenoient exclusivement aux prêtres d'Éleusis,
qui sans doute les vendoient, puisqu'il ne leur
étoit pas permis d'en manger (2). Les prêtres,
en Égypte, regardoient l'abstinence du poisson
comme une règle inviolable (3), et cette règle
avoit été adoptée par les Pythagoriciens (4). Les
initiés aux mystères éleusiniens l'observoient
aussi. Porphyre ajoute encore qu'ils ne mangeoient ni féves, ni grenades, ni pommes (5).
Vraisemblablement ils n'observoient ce régime
que pendant la célébration des fêtes mystérieuses.
Nous ignorons si c'est seulement dans ce temps
que leurs prêtres s'abstenoient des oiseaux domestiques. La chose me paroît d'autant plus vraisemblable, que cela est conforme à la pratique
des Égyptiens. La défense faite à ces derniers de
manger de la viande, des œufs, du laitage, et de

---

(1) De Piscat., lib. III, v. 432-42.
(2) Pausan., Attic., cap. 38.
(3) Herod., lib. II, cap. 37.
(4) Plut., de Is. et Osir., §. 7.
(5) De Abstin., lib. IV, §. 16. *Apud Eleusinam, etiam*
volucribus et quibusdam pomis abstinere, solemne est.
S. Hieronym., adv. Jov., tom. IV Oper., part. II, p. 206.

boire du vin, ne pouvoit regarder que le temps de leur jeûne (1); sans quoi un pareil régime seroit en contradiction avec ce que dit Hérodote de leur manière habituelle de vivre (2). Les mystagogues et les initiés avoient encore une égale répugnance à toucher les belettes (3) et les troncs des arbres. Ils croyoient en être souillés, autant que s'ils avoient manié des cadavres (4).

La plupart de ces usages avoient, comme je

_____

(1) Chæremon, ap. S. Hieronym., loc. mod. laud.

(2) Herod., lib. II, cap. 37.

(3) Ælian., Hist. anim., lib. IX, cap. 65; Plut., de Is. et Osir., §. 74.

(4) Porphyr., de Abstin., lib. IV, §. 16.

[M. de Sainte-Croix a adopté la leçon commune de ce passage de Porphyre, στελέχους; mais le sens qui en résulte est si peu vraisemblable, et d'ailleurs le texte est si évidemment corrompu, que je ne doute point qu'il ne doive être corrigé, et qu'il ne faille admettre la leçon τό τε λεχοῦς ἄψασθαι, proposée par Abresch, et qui s'éloigne peu de la correction de Reiske, τὸ λεχοῦς ἄψασθαι. Le sens sera alors qu'on étoit également souillé en touchant à une femme en couche, et à un cadavre.

M. Hase, que j'ai consulté sur ce passage de Porphyre, pense que l'on pourroit rétablir la véritable leçon sans changer, comme le fait Abresch, μεμίανται en μιαίνει, et sans avoir recours au mot λεχώ, *puerpera*, qui est rarement usité dans la prose. Il propose de lire : καὶ ἐπ' ἴσης μεμίανται τῷ τε λέχους ἄψασθαι ὡς τῷ θνησιδίων, c'est-à-dire, « ils » croient se souiller autant par le commerce avec les fem- » mes, que par l'attouchement d'un cadavre ». S. de S.]

viens de le remarquer, une origine égyptienne ;
et rien n'avoit été adopté sans motif. L'âne même,
destiné à porter tout ce qui concernoit les mystères (1), rappeloit un trait mythologique: Typhon, après sa défaite, s'étoit enfui sur un âne,
et l'âne étoit devenu par cette raison l'objet de la
haine publique en Égypte (2). Sous le nom de
Seth, l'âne eut dans cette contrée des mystères
particuliers (3); et sa présence étoit absolument
nécessaire dans les cérémonies d'Isis (4).

Les citoyens d'Athènes qui portoient autrefois
des cigales d'or à leur tête (5), ne voyoient dans cet

---

(1) Aristoph., Ran., v. 159, et Schol., ad h. loc.; Suid.
et Hesych., in voc. Ὄνος ἄγει μυστήρια.

(2) Plut., de Is. et Osir., §. 31.

(3) S. Epiph., lib. III, p. 1093.

[Ce n'étoit point proprement l'âne, suivant S. Epiphane, qu'on désignoit sous le nom de *Seth*, c'étoit Typhon, dont l'âne n'étoit que le symbole ou le représentant.
C'est ainsi qu'on doit entendre ces expressions : ὡς τῇ μὲν
τῷ ὄνῳ εἰς ὄνομα τοῦ Σήθ, δῆθεν τοῦ Τυφῶνος, τελετὰς ἐργάζονται.
Voy. Jablonski, Opuscula, ed. Te Water, tom. I, p. 289;
Panth. Ægypt., tom. III, p. 109. La Croze croit que le
mot *Seth* n'est que le mot copte *sedj* (*pullus asinæ*), dont
la dernière lettre ne peut guère être exprimée en grec que
par le ϑ. Cette conjecture est très-vraisemblable. Plutarque
cependant interprète ce nom d'une manière très-différente. S. de S.]

(4) Minut. Fel., ed. Rig., p. 24.

(5) Thucyd., lib. I, cap. 6.

ornement qu'un moyen d'étaler leur luxe ; quelques-uns seulement ont pu y trouver une preuve de l'antiquité de leur nation (1). Les personnes admises aux mystères devoient, au contraire, y reconnoître la marque symbolique de l'initiation chez les Égyptiens (2) auxquels, pour le dire en un mot, les Grecs devoient presque tous leurs rites sacrés et leurs cérémonies (3).

Le myrte, également commun en Égypte et dans la Grèce, jouoit un grand rôle dans le culte de Cérès (4). Non-seulement les Athéniens l'employèrent à faire des couronnes pour Cérès, et pour les prêtres et les prêtresses de cette divinité (5); tous ceux qui participoient aux céré-

(1) Cet usage étoit déjà passé au temps d'Aristophane. Nub., v. 980; Equit., v. 1328.

(2) Horapoll., Hierogl., lib. II, cap. 55.

(3) *Nam apud Ægyptios qui in superstitionibus vestris et vetustissimi habentur et eruditissimi, à quibus prope omnes reliqui ritum sacrorum et cæremonias mutuati sunt, etc.* Origen., in Epist. ad Rom. ex vers. Rufini, tom. IV Oper., p. 495. D.

(4) Theophr., Hist. Plant., lib. VI, cap. 27; Athen., lib. XV, p. 678.

(5) Ὁ δ' Ἴστρος, τῆς Δήμητρος εἶναι στέμμα τὴν μυῤῥίνην καὶ τὴν σμίλακα, περὶ ἧς γίγνεσθαι τὴν διαδικασίαν· καὶ τὸν ἱεροφάντην, καὶ τὰς ἱεροφαντίδας, καὶ τὸν δᾳδοῦχον, καὶ τὰς ἄλλας ἱερείας μυῤῥίνης ἔχειν στέφανον, δι' ἃ καὶ τῇ Δήμητρι προστεθέσθαι ταύτην φησί. Schol. Soph., Œdip. Col., ad v. 681.

Je pense qu'il faut rétablir ainsi l'ordre des ministres du

monies mystérieuses de son culte, se firent aussi
un devoir d'en porter (1). Cet usage appartenoit
au culte de Cérès et de Proserpine, considérées
comme étendant leur pouvoir jusqu'aux enfers;
il étoit aussi en rapport avec la doctrine enseignée à Éleusis, sur l'état des âmes après cette vie.
On croyoit que celles des initiés demeuroient
dans des bois de myrtes (2); le myrte devint
donc le symbole de la mort. Électre se plaint,
dans une tragédie d'Euripide, que le tombeau
d'Agamemnon n'est pas orné de ces branches
de myrte (3), dont on avoit coutume de couron-
ner les morts (4). Les Thesmothètes se confor-
moient à cet usage : ils portoient des couronnes
de myrte, pour désigner le droit qu'ils avoient de
condamner à mort (5), et parce que le myrte étoit

---

culte de Cérès, dans cette scholie : καὶ τὸν ἱεροφάντην, καὶ
τὸν δαδοῦχον, καὶ τὰς ἱεροφάντιδας, κ. τ. λ.

(1) Schol. Aristoph., Ran., ad v. 333.

(2) Aristoph., Ran., v. 156.

[Le motif sur lequel M. de Sainte-Croix fonde ici le
choix que firent les Grecs, du myrte, pour symbole de la
mort, ne me paroît point admissible. C'est plutôt parce
que le myrte étoit déjà regardé comme le symbole de la
mort, que le poète a placé les âmes des initiés dans des
bosquets de myrte. S. de S.]

(3) Eurip., Electr., v. 324, et adnot. ad h. v.

(4) Schol. Pind., Isthm., od. II. 1

(5) Poll., Onomast., lib. VIII, cap. 9, §. 86.

consacré spécialement aux dieux infernaux (1).
Alceste, avant d'expirer, est représentée occupée
à orner de myrte leurs autels (2). Les Pythagoriciens ordonnoient, en mourant, qu'on enve-
loppât leur corps de feuilles de myrte, d'olivier
et de peuplier (3). On supposoit que, près des
rives du Styx et du Cocyte, il y avoit des bois de
peupliers et de saules consacrés à Proserpine (4).
Enfin l'if, qu'on mettoit, suivant Ister, sur la tête
de Cérès (5), étoit regardé par les Anciens comme
une plante vénéneuse. C'est pourquoi le devin
Tirésias en est couronné au moment où Senèque
le représente évoquant les âmes des morts (6).

Les prêtresses et les prêtres d'Éleusis prononcè-
rent leurs imprécations contre Alcibiade, debout,
en se tournant du côté du couchant, et en secouant leurs robes teintes en pourpre (7). On
étoit obligé de se servir de vêtemens de cette
couleur, toutes les fois qu'on sacrifioit aux Eu-

---

(1) Schol. Arist., Ran., ad v. 333.

(2) Eurip., Alc., v. 171.

(3) Plin., lib. 35, cap. 12.

(4) Homer., Odyss., lib. x; v. 509 et 510.

(5) Schol. Soph., Œdip. Col., ad v. 681.

(6) Œdip., v. 595.

(7) Καὶ ἐπὶ τούτοις ἱέρειαι καὶ ἱερεῖς στάντες, κατηράσαντο πρὸς
ἑσπέραν, καὶ φοινικίδας ἀνέσεισαν, κατὰ τὸ νόμιμον τὸ πάτριον
καὶ ἀρχαῖον. Lys., contr. Andoc., de imp., p. 128.

[Voy. ci-dev., p. 245, note 1. S. de S.]

ménides (1). La laine teinte en pourpre, et travaillée (2), devoit être également employée dans
les sacrifices préparatoires des mystères : il en
étoit fait mention par le panage Théodore, à
l'occasion des Céryces (3). Les lits des initiés,
pendant la célébration des fêtes de Cérès, étoient
entourés de bandelettes de la même couleur (4).
Homère donne à la mort l'épithète de *purpu-
rea* (5), et Artémidore dit en propres termes, que
la couleur pourpre a rapport à la mort (6). Ceux
qui avoient vécu pieusement, devoient habiter
aux enfers, dans des prés émaillés de roses pour-
prées (7). Les Anciens répandoient sur les tombeaux diverses fleurs de couleur de pourpre (8)
et de safran (9). Ajoutons que le myrte et le safran
étoient employés dans les opérations les plus secrètes de la magie(10). Toutes ces pratiques étoient

---

(1) Æschyl., Eumen., v. 1036.

(2) S. Epiph., adv. Hæres., tom. I, p. 1092. A.

(3) Etym. magn., in voc. Ἡμεροκαλλίς.

(4) Plut., Vit. Phoc., tom. I Oper., p. 754. B.

(5) Iliad., lib. v, v. 83; lib. xvi, v. 334; lib. xx, v. 477.

(6) Οἱ δὲ [στέφανοι] ἐκ τῶν πορφυρῶν, καὶ θάνατον σημαί-
νουσιν· ἔχει γάρ τινα τὸ πορφυροῦν χρῶμα συμπάθειαν καὶ πρὸς
τὸν θάνατον. Onirocrit., lib. I, cap. 79, p. 66. B., ed. Rigalt.

(7) Plut., An rectè dict. sit. latent. esse viv., tom. II
Oper., p. 1030.

(8) Virg., Æn., lib. vi, v. 884.

(9) Juv., Sat. vii, v. 308.

(10) Psell., de Opin. Græc. circ. dæmon., Ms., cap. 6.

allégoriques, et se rapportoient à la vie future ; car les initiés étoient censés passer par un état de mort, et de là venoit la conformité de plusieurs cérémonies de l'initiation, avec celles qui étoient usitées dans les sépultures et les sacrifices funèbres.

Le respect superstitieux qu'inspiroient les mystères d'Éleusis, obligeoit les initiés de porter toujours l'habit avec lequel ils y avoient été admis, jusqu'à ce qu'il fût tombé en pièces. D'autres consacroient ce vêtement à Cérès et à Proserpine, ou en faisoient des langes pour les enfans (1). On offroit encore à ces déesses la chaussure dont on s'étoit servi le jour de son initiation (2). Dans Aristophane, un des interlocuteurs de la comédie de Plutus, voyant un personnage qui apporte un habit usé et hors de service, pour le consacrer aux dieux, lui demande si cet habit est celui qu'il portoit quand il a été initié aux grands mystères. « Non, répond celui à qui il adressoit » cette question, mais j'ai grelotté de froid treize » ans sous ce vêtement (3) ».

Ceux qui vouloient se faire initier aux grands mystères, devoient s'y préparer en participant d'abord aux petits mystères. Il est temps d'exposer en quoi consistoit l'une et l'autre initiation.

---

(1) Schol. Aristoph., Plut., ad v. 846.
(2) Aristoph., Plut., v. 848.
(3) Id., ibid., v. 846 et 847.

CINQUIÈME SECTION.

Des deux Initiations aux Mystères d'Éleusis.

« Les Grecs et les Barbares, dit Strabon, ont
» cela de commun, qu'ils emploient le loisir des
» fêtes à des cérémonies religieuses, tantôt avec
» enthousiasme et avec musique; tantôt sans en-
» thousiasme et sans musique; tantôt à l'ombre du
» mystère, tantôt en public et à découvert; et
» en cela ils suivent ce que nous dicte la nature:
» car le loisir des fêtes écarte de l'esprit toute
» occupation profane, et le tourne tout entier (1)
» vers les choses divines. L'enthousiasme semble
» renfermer une sorte d'inspiration divine, peu
» différente de celle qui fait prédire l'avenir; le
» secret des mystères donne une idée majestueuse
» de la Divinité, et nous rappelle sa nature qui
» se dérobe à nos sens. Enfin nous sommes élevés
» jusqu'à elle par les charmes et les agrémens

---

(1) Au lieu de οὕτως, M. de Bréquigny lit ὄντως, et je
me conforme ici à cette leçon.

[J'ai changé ici plusieurs choses dans la traduction de
ce passage de Strabon, pour la rendre plus littérale. S.
de S.]

T

» variés qu'offre la musique, qui comprend la
» danse, le rhythme et la mélodie (1) ». Toutes
ces idées stoïciennes ne sont pas dépourvues de
vérité. Le polythéisme ne pouvoit exister que par
de tels moyens, et ses cérémonies étoient parfaitement analogues au caractère des peuples de la
Grèce, surtout à celui des Athéniens. Écoutons
Maxime de Tyr. « Chez les Athéniens, dit-il, tout
» est plein de fêtes et de réjouissances. Les saisons
» semblent s'être partagé le soin de leur offrir
» des plaisirs; au printemps, sont les Dionysies;
» en automne, les mystères. D'autres dieux ont
» en partage d'autres saisons. Chez eux se suc-
» cèdent les Panathénées, les Scirrhophories, les
» Haloées, les Apaturies. Pendant qu'une partie
» des citoyens combattent sur mer, les autres
» s'occupent dans leur ville de quelque fête.
» Tandis que les uns font la guerre sur terre,
» d'autres célèbrent gaiement les fêtes de Bac-
» chus (2) ». Les Athéniens se vantoient encore,
avec raison, d'honorer les dieux avec plus de
pompe et de magnificence que les autres peuples de la Grèce, et de les surpasser tous dans la
dépense des fêtes et des sacrifices (3). Les fêtes
étoient devenues, par la suite des temps, un ali-

---

(1) Strab., Geogr., lib. x, p. 467.
(2) Max. Tyr., Diss. III, §. 10, p. 29, ed. alt. Davis.
(3) Plat., Alcib. II, tom. II Oper., p. 149.

ment nécessaire à leur imagination ; tandis que, dans les premiers âges, plus simples et moins nombreuses, elles suffisoient aux besoins de leur cœur, naturellement religieux. C'est surtout dans les contrées méridionales que le sentiment religieux agit avec plus de force sur le cœur de l'homme. Strabon, plus sage que les prétendus philosophes de nos jours, loin de condamner ces solennités religieuses, alloit même jusqu'à approuver l'enthousiasme inséparable de certaines fêtes de l'antiquité. De ce nombre fut la célébration des mystères éleusiniens, sur lesquels je dois entrer dans de grands détails, en réunissant avec soin tout ce qu'on peut découvrir de relatif à ce sujet dans les écrits des Anciens.

ARTICLE PREMIER.

Du temps de la Célébration des Mystères d'Éleusis.

Hérodote et Isocrate nous assurent que les mystères d'Éleusis étoient une solennité annuelle (1); ce qui les distinguoit, selon Aristide, des autres fêtes et jeux publics de la Grèce, qui se célébroient, les uns tous les trois ans, et les autres tous les cinq ans (2). Ces témoignages ne semblent laisser aucun doute à ce sujet; cependant Scaliger a soutenu que les petits mystères étoient triennaux, et les grands, quinquennaux (3). Un passage de Tertullien, mal expliqué, a donné lieu à ce paradoxe, très-bien réfuté par le père Pétau (4) et par plusieurs autres savans (5). Sans prétendre rien ajouter à toutes leurs preuves, je me contenterai de faire observer que l'empereur Julien assure que les grands mystères de Cérès et de Proserpine étoient fixés au temps de l'année

---

(1) Ἀνὰ πάντα ἔτεα. Herod., lib. IX, cap. 65; καθ᾽ ἕκαστον ἐνιαυτόν. Isocr., Paneg., tom. I Oper., p. 176, ed. Auger.

(2) Eleusin. Or., p. 259 Oper., ed. Jebb.

(3) Emend. temp., lib. I, p. 29; ibid., lib. V, p. 118.

(4) Not. ad Themist. Orat. XII, p. 649-61.

(5) Ism. Bulliald., ad Theon. Smyrn. Mathemat., p. 218. A.; Vandal., Diss. de Gymn., cap. 11, p. 609.

où le soleil est près du signe de la balance, et les petits, à l'époque où cet astre approche de celui du bélier (1). Senèque, dans une de ses tragédies, fait la même observation par rapport aux premiers (2), qui ne pouvoient ainsi tomber que dans le mois de boédromion (septembre), depuis la réforme du calendrier par Méton et Euctémon, l'an 432 avant J. C. Les petits mystères auroient été célébrés dans le mois d'élaphébolion (mars), si l'on suivoit à la lettre le texte de Julien; mais cet écrivain rapproche trop les petits mystères de l'équinoxe du printemps; et cela, uniquement pour pouvoir donner de cet usage des raisons allégoriques et mystiques. Aussi n'ose-t-il pas s'expliquer d'une manière précise.

On ne peut placer la célébration des petits mystères qu'au mois d'anthestérion, qui précédoit, dans l'année attique, celui d'élaphébolion. Meursius, ignorant le véritable ordre des mois de cette année, a fixé les grands et les petits

---

(1) Julian. Op., ed. Pet., p. 324. C. Vide notam Lydiati ad Marm. Oxon., epoch. xv, p. 184, ed. Prideaux.

(2) *Quanta, cum longæ redit hora noctis,*
  Crescere somnos cupiens quietos
  Libra phœbeos tenet æqua currus,
  Turba secretam Cererem frequentat.
        HERC. FUR., v. 842-45.

Il dit ailleurs la même chose, mais d'une manière plus vague. Herc. Oet., v. 602 et 603.

mystères en automne, parce qu'il a fait répondre mal à propos anthestérion au mois de novembre (1). Le. P. Corsini a très-bien relevé cette erreur (2), dans laquelle Pétau n'a point été entraîné, puisqu'il observe fort judicieusement qu'il y avoit un semestre d'intervalle entre les deux fêtes des mystères (3), comme il y en a un entre le temps de la récolte et celui du labour qui précède immédiatement les semailles. Le premier tomboit, chez les Egyptiens, au 20 de pharmouthi (avril), et le second au mois d'athyr (novembre) (4). A l'imitation de ce peuple, les Grecs observèrent le même intervalle : ils conservèrent même ce rapport, autant que la différence du climat le leur permit. Galien place la célébration des grands mystères au mois d'hyperberæteus (5), qui, selon lui, répondoit à celui de septembre. On suivoit à Pergame la manière de compter usitée chez les Éphésiens et autres Grecs de l'Asie mineure, où le 1er d'hyperberæteus répondoit au 24 août, et le 1er de dius au 23 ou 24 septembre (6). C'est donc à ce dernier mois que Galien auroit dû rapporter les mystères

(1) Eleusin., cap. 6.
(2) Fast. Attic., tom. I, p. 379.
(3) Not. ad Themist., Or. XII, p. 653. B.
(4) Theon, ad Arat., v. 267.
(5) Hygien., lib. VIII; Meurs., Eleus., cap. 8.
(6) Hemerolog. Ms., Bibl. Med. Flor., n° 26.

dont il avance la célébration de trois semaines.
Mais il n'en est pas moins prouvé que les Athéniens célébroient, en automne, la fête dont il
s'agit (1). Achevons d'éclaircir cet objet par le
récit de Plutarque.

Démétrius, suivant cet historien, avant d'arriver à Athènes, écrivit au peuple de cette ville
qu'il vouloit être initié en même temps aux grands
et aux petits mystères ; ce qui, ajoute Plutarque,
n'étoit pas permis, et ne s'étoit jamais fait. Le
dadouque Pythodore s'opposa à cette demande ;
mais, sur l'avis de Stratoclès, on rendit un décret
afin d'appeler le mois de munychion, *anthestérion*; il devoit devenir ensuite, par le même décret, boédromion. Par cet arrangement, Démétrius, qui auroit dû attendre près d'un an pour
être initié aux petits mystères, qu'on avoit célébrés un mois avant son arrivée, et six mois de
plus pour être admis aux grands mystères, fut
reçu en peu de jours aux uns et aux autres. Ce
trait de bassesse de la part des Athéniens fit dire
assez plaisamment au poète comique Philippidès
que Stratoclès avoit trouvé le secret de renfermer
toute l'année dans un seul mois (2).

Cependant tout rentra dans l'ordre, et on ob-

_____

(1) Theophr., Ethic., cap. 111 ; Maxim. Tyr., Diss. 111,
§. 10, p. 29, ed. alt. Davis.

(2) Plut., Vit. Demetr., tom. I Oper., p. 900.

T iv

serva avec rigueur, pendant long-temps, les anciennes règles. L'orateur L. Crassus étant arrivé à
Athènes deux mois après la célébration des mystères, ne put engager les Athéniens à enfreindre
l'usage établi; et les magistrats refusèrent constamment de renouveler en sa faveur les cérémonies (1). La flatterie étoit seule capable de leur
faire transgresser toutes les lois, et violer les
choses même les plus sacrées. Pour donner une
marque de leur obéissance servile à Auguste, les
Athéniens permirent au gymnosophiste Zarma-
rus, que ce prince aimoit, de se faire initier
dans un temps où il étoit défendu de célébrer
les cérémonies de l'initiation (2); et il paroît qu'il
n'y eut aucune réclamation à ce sujet, ni de la
part des magistrats, ni de celle des prêtres.

---

(1) Cicer., de Orat., lib. III, cap. 20.
(2) Dio Cass., lib. LIV, §. 9, tom. I, p. 739, ed. Reim.

ARTICLE II.

De la première Initiation, ou des petits Mystères.

Les petits mystères (1) ne consistoient qu'en cérémonies préparatoires, qui furent d'abord établies à Mélite, bourg de l'Attique. Hercule, selon quelques uns, y fut initié (2); et l'époque de cet événement fut confondue avec celle de l'établissement même des petits mystères. Diodore dit que ce fut Cérès elle-même qui, voulant honorer ce héros, les institua pour lui (3). D'autres assurent que les Athéniens, touchés de l'affection qu'Hercule leur avoit témoignée, les instituèrent à son occasion, parce que la loi ne permettoit point qu'un étranger fût initié aux grands mystères (4). Hercule, par son initiation aux petits mystères, fut purifié du meurtre des Centaures. On ne peut révoquer en doute que l'auteur de la Chronique de Paros n'eût parlé de cette purification, et de l'initiation de ce héros, qu'il plaçoit l'une et l'autre sous le règne d'Égée, fils de Pandion. Cela est suffisam-

---

(1) Μυστήρια τὰ πρὸ μυστηρίων. Clem. Alex., Strom., lib. 1, p. 324.

(2) Schol. Aristoph., Ran., ad v. 504.

(3) Diod., lib. IV, §. 14.

(4) Schol. Aristoph., Plut., ad v. 846.

ment indiqué par le nom d'Hercule, et par quelques lettres qu'on aperçoit encore sur ce précieux
monument, à l'endroit où se trouve rapportée
l'origine des petits mystères (1).

Cette cérémonie préparatoire se faisoit sur les
bords de l'Ilissus, fleuve dont les eaux servoient
à purifier les initiés (2), et qui par cette raison
étoit regardé comme sacré (3). Des nymphes
étoient supposées avoir habité ses bords, sur lesquels Borée enleva Orithyie. Une eau limpide et
pure (4), de beaux gazons, et des platanes élevés,
à l'ombre desquels on se reposoit, avoient fait de
cet endroit un séjour délicieux, et digne d'être
décrit par la prose enchanteresse de Platon, dans

---

(1) Ἀφ' οὗ κα[θαρισθεὶς ἐν Ἐλευσῖν]ι Ἡρακλῆς [ἐμυήθη ξέν]ω[ς
πρῶτ]ος [ἔ]η Χ...] βασιλεύοντος Ἀθήνησιν Αἰγέως. Marm. Oxon.,
epoch. XIX, ed. Chandl.

(2) Polyæn., Strat., lib. v, cap. 17, p. 499.

(3) [Ἐθέλουσι δὲ Ἀθηναῖοι καὶ ἄλλων θεῶν ἱερὸν εἶναι τὸν
Εἰλισσὸν, καὶ Μουσῶν βωμὸς ἐπ' αὐτῷ ἐσΤὶν Εἰλισσιάδων. Pausan.,
Attic., cap. 19. Denys le Périégète l'appelle *divin* :

Νέρθε γε μὴν Ἰσθμοῖο πρὸς αὐγὰς Ἀτ]ικὸν οὖδας,

Τοῦ διὰ θεσπεσίου φέρε]αι ῥόος Ἰλισσοῖο,

Ἔνθεν καὶ Βορέης ποτ' ἀνήρπασεν Ὠρείθυιαν.

De Sit. Orb., v. 423-25.

Voy. le Traité de Meursius, intitulé *Eleusinia*, cap. 7.
S. de S.]

(4) Χαρίεν]α γοῦν καὶ καθαρὰ καὶ διαφανῆ τὰ ὑδάτια φαίνεται,
καὶ ἐπιτήδεια κόραις παίζειν παρ' αὐτά. Plat., Phædr., tom. III
Oper., p. 229.

son dialogue intitulé le *Phèdre*, un de ses chefs-d'œuvre. Les Athéniens ne pouvoient donc mieux placer le théâtre de la première initiation, où tout devoit plaire, que sur la rive occidentale de l'Ilissus, non loin de la fontaine Callirhoé, à environ trois stades de leur ville. Là, ils élevèrent un temple qui, primitivement sans doute, étoit d'ordre dorique, mais qui fut rebâti ensuite suivant l'ordre ionique; car ce qui en reste est de ce dernier ordre, quoiqu'il diffère beaucoup, en ce qui concerne les moulures, des autres temples de ce genre. La forme de ce temple, remarquable par son extrême simplicité, n'en est pas moins élégante. « Cet édifice, dit Stuart, est » si bien exécuté, qu'on peut le classer sans diffi-» culté parmi les ouvrages qui méritent le plus » notre attention (1) ». Les Grecs modernes ont converti ce temple, qui étoit de marbre blanc, en une église, sous le titre de ἡ Παναγία εἰς τὴν πέτραν, c'est-à-dire, Sainte-Marie-sur-le-Rocher. Ce rocher est celui-là même dont parle Platon (2). Cette église est aujourd'hui tombée en ruine; mais les murs, qui subsistent encore, ne peuvent avoir appartenu qu'au temple du lieu nommé *Agræ*, où l'on célébroit les petits mystères (3),

(1) Jacques Stuart, Antiq. d'Athènes, lib. i, cap. 2.
(2) Κατὰ τῶν πλησίον πετρῶν. Plat., loc. supr. laud.
(3) Ἃ λέγεται τὰ ἐν Ἄγραις. Lex., ap. Montf., Bibl. Coisl., p. 603. C.

appelés, à cause de cela, les cérémonies d'*Agræ*.
Plus d'un témoignage prouvent (1) ce fait, bien
reconnu par Spon (2). En vain objecte-t-on que
ce bâtiment eût été trop petit pour recevoir les
initiés (3) : cette objection tombe d'elle-même, si
l'on suppose qu'ils y étoient admis successivement et par bandes, comme M. Chandler l'observe (4). D'ailleurs, il y avoit autour de ce temple
un terrain qui, comme l'*Anactorum* d'Éleusis,
étoit clos de murailles. Les détails d'une initiation autoriseroient à le supposer, si les restes
d'une ancienne porte près de l'Ilissus ne l'indiquoient pas suffisamment (5). Ce temple étoit-il
consacré à Cérès ou à Proserpine? L'une et l'autre
opinions ont des autorités en leur faveur; mais
comme ces deux divinités étoient *parèdres* ou
homobomes (6), c'est-à-dire, honorées sur le
même autel, on peut croire que toutes deux
étoient également adorées dans ce temple; et en

---

(1) Hesych., in voc. Ἄγραι; Steph. Byzant. et Suidas,
in voc. Ἄγρα; Eustath. ad Homer., Iliad., lib. II, v. 852.

(2) Voyag., tom. II, p. 210.

(3) Stuart, Antiq. d'Athènes, liv. I, chap. 2. Les autorités qu'il cite en faveur de son opinion, lui sont la plupart contraires.

(4) Trav. in Greece, cap. 16, art. 6.

(5) Stuart, Antiq. d'Athènes.

(6) Hesych., in voc. Ὁμόβωμοι; Darnaud, de Diis pare-
dris, cap. 22.

ce cas, Timée le grammairien a eu raison d'appeler ce même temple *Thesmophorion* (1). Toutefois les petits mystères appartenoient plus essentiellement au culte de Proserpine ; et c'étoit à cette divinité, considérée sous les attributs d'Hécate, que les Athéniens venoient annuellement, et d'une manière solennelle, rendre grâces de la mémorable victoire de Marathon, le sixième du mois de boédromion (2), huit jours avant le commencement des grands mystères.

Dans les petits mystères, on commençoit par des ablutions, des lustrations, et d'autres cérémonies de cette espèce. Un prêtre, nommé *Hydrane*, en étoit chargé, comme l'étymologie de son nom le prouve. L'office du dadouque consistoit à faire placer les pieds du récipiendaire sur des peaux de victimes immolées à Jupiter *Méilichius* et *Ctésius* (3). Selon Hésychius, on ne posoit sur ces peaux que le pied gauche (4). A l'égard des femmes, il paroît que c'étoit une prêtresse (5) qui faisoit cette lustration ; elle étoit

_____

(1) Τὸ τῆς Ἄγρας θεσμοφόριον Ἀρτέμιδος δηλοῖ. Tim., Lexic. Plat., et Ruhnken., not., p. 222, alt. edit.

(2) Plut., de Malign. Herod., tom. II Oper., p. 862.

(3) Ces peaux étoient appelées Διὸς κώδιον ; Suid., in h. voc. ; Vid. Casaub., not. ad Charact. Theophr., p. 134 ; Meurs., Eleusin., cap. VII.

(4) Hesych., in voc. Διὸς κώδιον.

(5) C'est au moins l'induction que je tire d'un passage

toujours précédée de pratiques expiatoires (1).
Enfin, le mystagogue exigeoit des aspirans un
serment redoutable (2), pour s'assurer qu'ils gar-

---

d'Helladius, Chrestom., in Gronov., Thes. græc. antiq.,
tom. X, col. 977.

[Le passage de la Chrestomathie d'Helladius, cité par
M. de Sainte-Croix, ne me paroît point autoriser la conjecture qu'il a cru devoir adopter. Dans ce passage il est
question de deux hommes que l'on dévouoit à la mort,
comme des victimes expiatoires, pour la ville d'Athènes et
les Athéniens. Helladius dit que ces deux hommes servoient de victimes expiatoires, l'un pour les hommes,
l'autre pour les femmes. Ἔθος ἦν ἐν Ἀθήναις Φαρμακοὺς ἄγειν
δύο· τὸν μὲν ὑπὲρ ἀνδρῶν, τὸν δὲ ὑπὲρ γυναικῶν, πρὸς τὸν κα-
θαρμὸν ἀγομένους· καὶ ὁ μὲν τῶν ἀνδρῶν μελαίνας ἰσχάδας περὶ
τὸν τράχηλον εἶχε, λευκὰς δ' ἕτερος· συμβάκχοι δέ φησιν ὠνο-
μάζοντο· τὸ δὲ καθάρσιον τοῦτο, λοιμικῶν νόσων ἀποτροπιασμὸς ἦν.
Harpocration et Suidas sont d'accord avec Helladius. Hésychius seul dit que, de ces deux victimes, l'une étoit un
homme, et l'autre une femme : Φαρμακοί, καθαρτήριοι.....
ἀνὴρ καὶ γυνή. (Meurs., Lect. Attic., lib. IV, cap. 22, tom. II
Oper., col. 1185.) Mais ce rite est tout-à-fait étranger aux
mystères d'Éleusis, et ce seroit méconnoître les règles de
la critique que de l'appliquer aux cérémonies de ces mystères, sans aucune autorité. S. de S.]

(1) Clem. Alex., Strom., lib. v, p. 689; ibid., lib. VIII,
p. 845.

(2) Orphée passoit pour l'auteur de cet usage : *Cum
ignotis hominibus Orpheus sacrorum cæremonias ape-
riret, nihil aliud ab iis quos initiabat in primo vestibulo, nisi jurisjurandi necessitatem, et cum terribili
quadam auctoritate religionis, exegit, ne profanis auri-*

deroient inviolablement le secret qui leur étoit
imposé. Ce ministre finissoit par s'adresser à tous
les mystes, et leur disoit qu'ils devoient être purs
des mains, de l'esprit et de la langue, c'est-à-dire,
parler grec (1); et en dernier lieu, il demandoit à
chacun en particulier : *Avez-vous ou n'avez-vous
pas mangé du pain? N'êtes-vous point pur* (2)?

---

bus inventæ ac compositæ religionis secreta proderentur.
Firmic., Astrol., lib. VII.

(1) Theon Smyrn., p. 18; Liban., declam. XIX, tom. I,
p. 495. D., ed. Morell.

(2) Καὶ ἰδίᾳ πάλιν, τὸ, σὺ τοῦ, καὶ τὸ, μὴ σίτου δὲ ἐγεύσω;
οὐ καθαρὸς πάρει; Liban., loc. supr. laud. Je suis la leçon
proposée par Samuel Petit, de Leg. Attic., p. 101.

[Quoique M. de Sainte-Croix dise, dans la note, qu'il
adopte la correction de ce passage de Libanius, proposée
par Samuel Petit, qui substitue τὰ, σὺ τοῦ à τὸ, σίτου, il ne
s'y est point conformé dans sa traduction; car, en admettant l'ingénieuse conjecture de Samuel Petit, il falloit traduire : « Ensuite il disoit à chacun en particulier : *Un tel,*
» *fils d'un tel;* puis il ajoutoit : *N'avez-vous point mangé*
» *de quelque nourriture? etc.* » La conjonction δὲ me
paroît favoriser beaucoup cette conjecture.

Dans la première édition, M. de Sainte-Croix avoit
supposé que, dans les petits mystères comme dans les
grands, les initiés devoient répondre aux questions du
ministre qui les initioit, par cette formule que nous ont
conservée S. Clément d'Alexandrie et Arnobe : *J'ai bu du
cycéon, etc.* Il a retranché cela ici, et a réformé un autre
endroit de son ouvrage, où il affirmoit expressément que
cette formule étoit employée dans les deux initiations. Je

Le récipiendaire répondoit à ces questions, et on procédoit à d'autres cérémonies. Les symboles et les expressions énigmatiques en étoient inséparables (1). Par exemple, on recommandoit à l'initié de ne point *dévorer son cœur*, c'est-à-dire, de ne point se laisser dominer par le chagrin (2).

---

fais cette remarque, pour qu'on ne pense pas que c'est une omission. Il est évident que l'auteur a fait ce changement à dessein, comme c'est sans doute à dessein qu'il a persisté à regarder comme appartenant également aux deux initiations, l'autre formule qu'il a conservée ici. Meursius, qui réunit ces deux formules, dont l'une est, suivant lui, la question faite par le prêtre, et l'autre, la réponse de l'initié, a pensé, sans doute, que le tout étoit ou commun aux deux initiations, ou particulier à l'une des deux seulement. Il seroit à désirer que M. de Sainte-Croix eût exposé le motif qu'il a eu de s'éloigner de cette opinion, qu'il avoit d'abord adoptée.

Au reste on pourroit, ce me semble, penser que la seconde formule, *j'ai bu du cycéon, etc.*, n'étoit point employée dans l'initiation, mais que c'étoit, comme me paroît le dire S. Clément, τὸ σύνθημα Ἐλευσινίων μυστηρίων, le signal, ou mot de passe auquel se reconnoissoient les initiés. Sans doute l'initié qui vouloit s'assurer s'il parloit à un initié, en disoit seulement une partie, et l'autre devoit l'achever pour se faire reconnoître pour initié. C'est ainsi que les Druzes, pour se reconnoître entre eux, se demandent : *Sème-t-on dans votre pays la graine du myrobolan ?* et que celui qui est interrogé répond : *Elle est semée dans le cœur des fidèles.* S. de S.]

(1) Sopat., Divis. quæst., p. 338 et 339.

(2) Clem. Alex., Strom., lib. v, p. 663.

Il est vraisemblable qu'on lui révéloit encore le sens de quelques termes énigmatiques conservés dans les poésies d'Orphée, et presque tous relatifs à l'art du tisserand, mais qui cachoient des allusions à l'agriculture, si l'on doit s'en rapporter aux explications qu'en donnoit Épigène dans un traité sur la Poésie d'Orphée (1). Les Pythagoriciens, grands imitateurs des pratiques mystérieuses (2), et qui adoptèrent jusqu'au langage qui étoit usité dans les mystères, appeloient les étoiles les *chiens de Proserpine* (3). Sans doute il étoit fait mention de cela aux petits mystères, ainsi que de plusieurs autres choses dont la connoissance ne nous est point parvenue.

On doit croire que toutes les demandes du mystagogue, et les réponses du récipiendaire n'étoient pas les mêmes dans les deux initiations, et que les grands mystères d'Éleusis, et les petits mystères d'Agra, avoient chacun leurs formules particulières, appropriées aux divers degrés de l'initiation. Lorsque, dans les petits mystères, le myste ou élu avoit rempli les pratiques requises, et satisfait à toutes les questions, il étoit placé sur un trône : on dansoit alors autour de lui, comme dans l'initiation phrygienne. La ma-

---

(1) Clem. Alex., Strom., p. 675 et 676.
(2) Iambl., Vit. Pythagor., cap. 17.
(3) Clem. Alex., loc. supr. laud.

V

nière dont Dion Chrysostôme parle de cette cérémonie, ne permet pas de douter que les prêtres
d'Athènes n'eussent adopté un pareil usage. Ce
rhéteur compare l'homme initié par un mystagogue à celui que la divinité instruit, non dans
un petit édifice préparé par les Athéniens, mais
dans toute la vaste étendue de l'univers (1). Voilà,
de toutes les cérémonies de l'initiation dont la
connoissance nous est parvenue, les seules que
j'ai cru devoir être rapportées aux petits mystères
et en faire partie.

On se préparoit, par les mystères d'Agra, à
ceux d'Éleusis (2), dont les premiers étoient
l'image : c'est pourquoi un poète ancien appeloit
le sommeil, les petits mystères de la mort (3). On
y disposoit ceux qui se faisoient initier, aux choses
qui devoient leur être révélées dans les grands
mystères (4). Le scholiaste d'Aristophane prétend que les grands mystères étoient consacrés

---

(1) Orat. xii, p. 203.

(2) Clem. Alex., Strom., lib. v, p. 689; Schol. Aristoph.,
Plut., ad v. 846.

(3) Οὐκ ἀμούσως δ' ἔδοξεν ἀποφήνασθαι ὁ εἰπὼν τὸν ὕπνον τὰ
μικρὰ τοῦ θανάτου μυσ]ήρια· προμύησις γὰρ ὄντως ἐστὶ τοῦ θανάτου ὁ ὕπνος. Plut., Consol. ad Apollon., tom. II, p. 107.

[M. de Sainte-Croix attribuoit cette expression heureuse
à Euripide ; mais Plutarque n'en nomme pas l'auteur.
S. de S.]

(4) Clem. Alex., Strom., lib. v, p. 689.

à Cérès, et les petits à Proserpine (1). Eustathe
nous dit, au contraire, que ceux-ci appartenoient
à Cérès (2); ce qui est confirmé par l'autorité
d'un ancien grammairien (3). Suivant l'empereur
Julien, les Athéniens célébroient deux fois, chaque
année, les mystères en l'honneur de Cérès; ce qui
prouve que les grands et les petits mystères, dans
l'opinion de Julien, appartenoient au culte de
Cérès (4). Il paroît donc que les mystères d'Agra
étoient principalement consacrés à Cérès (5), ce

(1) Schol. Aristoph., Plut., ad v. 846.

(2) Ἄγραι καὶ Ἄγρα, οὗ τὰ μικρὰ τῆς Δήμητρος ἤγετο μυστήρια. Ad Homer., Iliad., lib. II, v. 852.

(3) Lexic. Fragm., in Bibl. Coisl., p. 603. C.

(4) Or. v, tom. I, p. 173. B, ed. Spanh.

(5) Lex. Ms., in Bibl. Coisl., loc. mod. laud.; Eustath.,
ad Homer., loc. mod. laud.; Plut., Vit. Demetr., tom. I
Oper., p. 900. J'adopte, dans ce passage de Plutarque, la
correction de Pétau et de Sam. Petit.

[Meursius avoit dit, sur l'autorité du scholiaste d'Aristophane, que les grands mystères étoient consacrés spécialement à Cérès, et les petits à Proserpine. M. de Sainte-
Croix, après avoir remarqué que les écrivains anciens
n'étoient pas d'accord sur ce point, concluoit ainsi : « Il
» paroît néanmoins que Proserpine avoit une plus grande
» part aux mystères d'Agra, ou petits mystères ». Mais
comme les autorités qu'il cite à l'appui de cette opinion
sont favorables à l'opinion contraire, ou laissent la question indécise, je me suis permis de modifier sa conclusion,
pour la mettre en harmonie avec ces autorités.

Dans le passage de Plutarque qu'il cite, on lit : ἐτέλουν

qui n'empêchoit pas que Proserpine n'y eut part.
Le texte de l'abréviateur d'Étienne de Byzance
indique que le jeune Iacchus n'y étoit pas oublié;
du moins est-il certain qu'on y faisoit mention
de son histoire (1), qui étoit inséparable de celle
de Cérès.

Les initiés aux cérémonies d'Agra s'appeloient
seulement *mystes*, mot qu'on peut rendre par
celui d'adeptes. Ils différoient des *époptes* (2),
autrement appelés *éphores*, c'est-à-dire, *contem-
plateurs* (3). On ne prenoit cette dernière qualité

τῷ Δημητρίῳ τὰ πρὸς ἀγοράν. Au lieu de cela, Pétau (Not.
ad Themist., Or. xii, p. 657. A, ed. Paris., 1618.) et
Samuel Petit (Leg. Attic., p. 100. B, ed. alt.) lisent : τὰ
πρὸς Ἄγραν. C'est cette correction qu'a suivie M. de Sainte-
Croix. M. Coray, au lieu de τῷ Δημητρίῳ, lit τὸν Δημήτριον.
Biblioth. Græc., tom. VIII, p. 337. S. de S.]

(1) Ἐν ᾧ τὰ μικρὰ μυστήρια ἐπιτελεῖται, μίμημα τῶν περὶ
τὸν Διόνυσον. In voc. Ἄγρα.

[M. de Sainte-Croix a adopté le sens qu'a exprimé le
traducteur latin d'Étienne de Byzance : *In qua parva
mysteria peragebantur in Bacchi memoriam.* Mais cette
traduction, beaucoup trop libre, représente mal l'original,
qui paroît plutôt signifier que les cérémonies pratiquées à
Agra étoient une imitation de celles qui étoient d'usage
dans les fêtes de Bacchus. S. de S.]

(2) Procl., in Theol. Platon., lib. iv, cap. 26; Himer.,
Ecl. in Phot. Bibl., ed. Steph., col. 1117; Suid., in voc.
Ἐποπτεύειν.

(3) Suid., in voç. Ἐπόπται.

qu'après la seconde initiation (1), l'initiation aux
grands mystères, laquelle étoit nommée, par cette
raison, *télète*, fin ou perfection, ainsi que l'explique Chalcidius, et *époptée* ou contemplation.
Observons cependant que le mot *télète* désignoit
en général tous les mystères : de même aussi le
nom de *myste* étoit quelquefois employé pour
signifier un initié, soit aux grands, soit aux petits
mystères (2).

Quel intervalle gardoit-on entre ces deux cérémonies ? Cette question est difficile à résoudre.
Plutarque nous assure que cet espace de temps
devoit être au moins d'un an (3). Le P. Pétau a

(1) Harpocr., in voc. Ἐπωπ7ευκό7ων.

(2) C'est dans cette acception générale que le grammairien Eudème prend le mot μύσ7ης, qu'il explique par μα-
θη7ής· il explique aussi celui de μυσ7αγωγός par ἱερεὺς ἢ
διδάσκαλος, μύσ7ας ἀναγωγεῖον (lisez μυσ7ῶν ἀναγωγεῖον ou
μυσ7αναγωγεῖον) ἢ μυσ7αγωγεῖον, τὸ σχολεῖον. Lexic. ined. Bibl.
Reg., cod. græc., n° 2635, fol. 151 *recto*.

(3) Plut., Vit. Demetr., tom. I Oper., p. 900. E.
[Voici le texte de Plutarque : Ἀλλὰ τὰ μικρὰ τοῦ Ἀνθεσ-
7ηριῶνος ἐτελοῦντο, τὰ δὲ μεγάλα τοῦ Βοηδρομιῶνος· ἐπώπ7ευον
δὲ τοὐλάχισ7ον ἀπὸ τῶν μεγάλων ἐνιαυ7ὸν διαλιπόν7ες. M. de
Sainte-Croix paroît avoir lu dans ce passage, ἐπὶ τῶν μεγάλων, au lieu de ἀπὸ τῶν μεγάλων, avec Meursius (Eleus.,
cap. 8), ou ἀπὸ τῶν μικρῶν, avec Casaubon (ad Athen.,
lib. VI, cap. 63, p. 253). Le P. Pétau, au contraire, observant
que ni l'une ni l'autre de ces corrections ne levoit entièrement la difficulté, parce que, d'après Plutarque lui-même,

V iij

pensé qu'il n'y avoit qu'un semestre entre les
deux (1). Scaliger (2) et Meursius (3) rejettent
la seconde initiation à la cinquième année après
la première. Saumaise recule même l'époptée
jusqu'à la sixième année (4). Tous ces savans ne
paroissent pas avoir assez fait attention à la différence des époques. Il est vraisemblable que,
primitivement, on devenoit épopte l'année qui
suivoit celle où l'on avoit été reçu myste, comme
le prouve le passage de Plutarque dont je viens
de parler. Suidas est encore plus précis, et ses
expressions (5) semblent lever toute incertitude.

---

l'interstice entre les petits mystères et les grands étoit nécessairement, ou de six mois seulement, ou de dix-huit mois
au moins, a conjecturé que l'époptée formoit un troisième
degré de l'initiation, et qu'on n'y étoit admis qu'un an au
plutôt après l'initiation aux grands mystères. C'est aussi
l'opinion de Dusoul. Le P. Pétau applique à ce troisième
degré, ce que dit Sénèque (Nat. quæst., lib. VII, cap. 31):
Servat Eleusis quod ostendat revisentibus. Cette explication seroit la plus naturelle, si elle n'étoit pas en contradiction avec d'autres autorités. Il faut corriger, d'après
ce que je viens de dire, la manière dont M. de Sainte-
Croix a énoncé l'opinion du P. Pétau. S. de S.]

(1) Not. ad Themist., p. 653.

(2) Emend. temp., lib. v, p. 418, etc.

(3) Eleus., cap. 8.

(4) Not. ad Script. hist. August., p. 122.

(5) Ἐν ἀρχῇ μὲν μύσται, μεθ' ἐνιαυτὸν δὲ ἐπόπται καὶ ἔφοροι.
Suid., in voc. Ἐπόπται· Schol. Aristoph., Ran., ad v. 247.

Le christianisme s'étant répandu dans la Grèce, les mystagogues furent obligés de devenir plus difficiles sur le choix des époptes, de peur d'admettre des gens disposés à quitter le paganisme, et qui bientôt après, en se faisant Chrétiens, auroient pu dévoiler les secrets de l'initiation. En conséquence, les prêtres exigèrent alors les cinq années d'épreuve dont parle Tertullien (1), dans l'endroit où il compare les mystères des Valentiniens à ceux d'Éleusis ou aux grands mystères.

---

(1) *Valentiniani.... nihil magis curant, quàm occultare quod prædicant; si tamen prædicant, qui occultant. Custodiæ officium, conscientiæ officium est. Confusio prædicatur, dum religio adseveratur. Nam et illa Eleusinia, hæresis et ipsa Atticæ superstitionis, quod tacent, pudor est. Idcircò et aditum prius cruciant, diutius initiant, linguam consignant, cum epoptas ante quinquennium instituunt; ut opinionem suspendio cognitionis ædificent, atque ita tantam majestatem exhibere videantur, quantam præstruxerunt cupiditatem.* Adv. Valent., lib. 1, p. 289. A, ed. Rigalt.

ARTICLE III.

Des Éleusinies, ou Fête des grands Mystères.

Lorsque l'on cherche à déterminer le nombre des jours qui étoient consacrés à la célébration des fêtes d'Éleusis, et l'ordre des cérémonies, on rencontre des difficultés d'autant plus grandes, qu'elles naissent du défaut de monumens et du silence de l'antiquité. C'est avec de foibles moyens que Meursius a lutté contre ces obstacles : il n'est donc pas étonnant qu'il ait suppléé souvent à des autorités précises par de simples conjectures, que j'ai cru quelquefois devoir rejeter.

Une des plus heureuses auroit été sans doute celle par laquelle il a corrigé de prétendues lettres numériques du texte de Polyen, pour y trouver le nombre *neuf*, auquel il réduit celui des jours de cette fête. Malheureusement l'autorité de plusieurs manuscrits de cet écrivain, qui ont été consultés avec une attention scrupuleuse, ne favorise pas cette correction (1). L'incertitude dans

---

(1) Meursius s'en défioit lui-même, et la modestie avec laquelle un si savant homme s'exprime à ce sujet, mérite d'être remarquée. *Nam novem dies observasse mihi videtur : ac de quibusdam certa dicam ; de quibusdam conjectura tantum utar : cujus mihi venia danda in re*

laquelle nous sommes, ne peut donc finir que par
la découverte de quelques monumens anciens.
En attendant, ce ne sera pas sans peine que je

---

obscura, et quam primus, sine duce, investigo. Eleusin.,
cap. 21.

J'ai fait consulter les manuscrits de Polyen que pos-
sèdent les principales bibliothèques de l'Europe, savoir :
quatre à celle du Roi, nᵒˢ 1686, 1687, 1688, 1774; le
premier du 15ᵉ siècle, et les autres du 16ᵉ; trois au Vatican, dont l'un numéroté 107, a 400 ans d'antiquité, et
le second, nᵒ 900, est beaucoup plus moderne; un à Flo-
rence (pluteo LXVI, nᵒ 1), qui ne remonte qu'au 14ᵉ siècle;
enfin à la bibliothèque de Saint-Marc, un neuvième,
nᵒ 414, copié, postérieurement à la prise de Constantinople, par Michel Apostolius. Les lettres λθ´, dont Meursius a retranché la première pour faire le nombre neuf,
ne se trouvent dans aucun de ces manuscrits, à l'exception
de celui du Vatican, nᵒ 900, p. 84. On les a mises à la
marge du manuscrit du Roi, nᵒ 1686.

La négligence avec laquelle les copistes ont transcrit un
autre passage du même chapitre de Polyen (p. 290, ed.
Maasvic.), le rend presque inintelligible. On y lit : Οἱ μὲν
περὶ Θεμιστοκλέα σύμμαχον ἔσχον τὸν Ἴακχον γολλάδα μύσται.
Meursius, et d'autres critiques qui l'ont suivi, lisent ἅλαδε,
au lieu de γολλάδα, mot qui se trouve néanmoins dans
tous les manuscrits que je viens de citer.

[M. Coray, dans l'édition qu'il a donnée de Polyen en
1809, a corrigé ainsi ce dernier passage : Ἀλλὰ οἱ μὲν περὶ
Θεμιστοκλέα σύμμαχον ἔσχον τὸν Ἴακχον· οἱ δὲ περὶ Χαβρίαν,
Ἅλαδε μύσται. Ce qu'il explique ainsi : « Thémistocle fut
» assisté dans le combat par le sixième jour de la célébra-

me déterminerai à prendre un parti sur l'ordre
et la durée des Éleusinies, dont le récit de Plutarque sert à fixer le commencement.

Premier jour.

L'historien que nous venons de citer nous apprend que Darius se mit en marche pour attaquer l'armée d'Alexandre, près d'Arbèle, le onzième jour après l'éclipse de lune arrivée au commencement de la célébration des mystères (1).
Plutarque fixe ailleurs l'époque de cette bataille
au 26 de boédromion (2) : conséquemment, le
premier jour des grands mystères ou Éleusinies
ne pouvoit être que le quinzième du même mois.
Ce jour s'appeloit, selon Hésychius, *agyrmos*,
assemblée (3). Denys d'Halicarnasse fait aussi men-

» tion des mystères, qu'on appeloit Iacchus, parce que
» c'étoit ce jour-là qu'on faisoit sortir Iacchus ; Chabrias
» le fut par le second jour de la même fête, jour auquel
» on usoit de la formule : Ἅλαδε μύσται, c'est-à-dire, Ini-
» tiés, rendez-vous au bord de la mer ». Quant au premier passage, il l'a corrigé ainsi : Ὅτι ἦν μία τῶν μεγάλων
μυστηρίων, « parce que c'étoit un des jours des grands mys-
» tères ». Ces deux corrections ne sont, au surplus, que
conjecturales. S. de S.]

(1) Vit. Alex., tom. I Oper., p. 683. B.

(2) Τῶν μυστηρίων ἡμέρα πρώτη. Vit. Camill., tom. I Oper.,
p. 138. B.

(3) Lexic., in voc. Ἀγυρμός.

tion de ce nom (1). Il est assez vraisemblable que les mystes, ou les personnes déjà initiées aux petits mystères, s'assembloient alors pour se préparer à ceux d'Éleusis, et que ce jour-là étoit tout entier consacré aux préliminaires de cette fête. Ils consistoient surtout en sacrifices et vœux, que l'archonte-roi faisoit pour le peuple dans l'Éleusinium d'Athènes (2), où chaque myste s'aspergeoit de l'eau lustrale (3). Ensuite les initiés se hâtoient de quitter leurs foyers et de se rendre à Éleusis, la nuit même où commençoient les cérémonies de la grande initiation (4).

Deuxième jour.

Plutarque (5) et Polyen (6) fixent l'époque de la victoire navale que Chabrias remporta près de Naxos, au 16 de boédromion. Suivant ces deux écrivains, c'étoit un jour des grands mystères, c'est-à-dire, le second jour, comme il est démontré par ce qu'on vient de dire. On doit nécessairement y rapporter l'espèce de procession que les

---

(1) Antiquit. Rom., lib. 11, p. 91, ed. Sylb.

(2) Lysias, contr. Andoc., de imp., p. 46, ed. Taylor.

(3) Εἰσῆλθεν εἰς τὸ Ἐλευσίνιον, ἐχερνίψατο ἐκ τῆς ἱερᾶς χέρνιβος. Id., ibid., p. 55.

(4)   *Et citi tectis properant relictis*
       Attici noctem celebrare mystæ.
              Senec.; Herc. Fur., v. 846 et 847.

(5) Vit. Phoc., tom. I Oper., p. 744. C.

(6) Stratagem., lib. 111, cap. 11, §. 2.

mystes faisoient jusqu'à la mer (1). Ils imitoient
en cela ce que pratiquoient les Égyptiens dans
leurs fêtes mystérieuses d'Osiris, le 19 de tybi
(14 janvier). Cette course ne se faisoit chez les
Égyptiens que la nuit (2) : je crois qu'il en étoit
de même à Éleusis. Les mystes traversoient en
chemin deux *rhètes* ou canaux d'eau salée (3) :
peut-être même ne dirigeoient-ils leur marche
que sur les bords de ces deux ruisseaux, qui sé-
paroient les territoires d'Athènes et d'Éleusis. Le
plus voisin de cette dernière ville étoit consacré
à Proserpine, et l'autre à Cérès. Ils servoient tous
les deux aux purifications des initiés (4). Ceux-ci
se rendoient ensuite au bord de la mer, dont les
eaux avoient aussi, suivant les Anciens, une qualité lustrale (5). C'est pourquoi les Grecs furent
obligés de se purifier aux rivages de Troie, après
que la peste eut ravagé leur camp (6).

La fameuse courtisane Phryné, de Thespis,
choisissoit ordinairement le temps de cette procession pour se baigner dans la mer, en affectant
de paroître, aux yeux de tout le monde, nue et

---

(1) Hesych., in voc. Ἅλαδε; Polyæn., loc. supr. laud.

(2) Plut., de Is. et Osir., §. 39; Vid. emend. Jablonski,
in Miscellan. Berol., tom. IV, p. 394.

(3) Pausan., Attic., cap. 28.

(4) Hesych., in voc. Ῥειτοί.

(5) Schol. Homer., Iliad., lib. 1, ad v. 314.

(6) Iliad., lib. 1, v. 314.

les cheveux épars. Elle fournit par là à Apelles
l'idée du tableau de Vénus sortant des ondes, et
à Praxitèle, son amant, le modèle de sa statue de
Vénus de Gnide (1). Tout ne se passoit donc pas,
dans ces jours de fêtes, avec autant de décence
que plusieurs écrivains modernes se sont plu à
le supposer.

Troisième jour.

Au jour de purification dont je viens de parler
succédoit, suivant l'ordre adopté par Meursius,
le jour de la procession du calathus (2) : mais
aucune autorité ne prouve que cette cérémonie
ait jamais été en usage dans les grands mystères.
Meursius s'appuie d'un passage de Callimaque,
qui lui est contraire. Dans l'hymne de ce poète
en l'honneur de Cérès, il est question, non des
Éleusinies, mais des Thesmophories, puisque le
poète ne s'adresse jamais qu'aux femmes.

Quelle étoit donc la destination du troisième
jour des mystères ? On le passoit, selon toute apparence, dans le jeûne ; car le jeûne étoit d'une
obligation indispensable avant l'initiation (3). Il
est encore probable que c'étoit sur le soir de ce jour
qu'on le rompoit, soit en buvant du *cycéon* (4),

---

(1) Athen., Deipnosoph., lib. XIII, p. 590 et 591.
(2) Eleusin., cap. 25.
(3) Julian., Op., p. 326, ed. Petav.
(4) [L'auteur de l'hymne sur Cérès, attribué à Homère,

soit en mangeant de plusieurs choses contenues
dans la ciste mystique (1). Cette ciste renfermoit
du sésame, des pyramides, espèce de biscuit; des
tartelettes, des grains de sel, des pavots et des
gâteaux faits de farine pétrie avec du fromage.
On y ajoutoit des grenades, dont les initiés ne
pouvoient goûter; du lierre, des férules, de la

---

décrit ainsi la boisson nommée *cycéon*, et qui fut offerte à
cette déesse par Métanire :

$$\text{Ἀνῶγε δ' ἄρ' ἄλφι καὶ ὕδωρ}$$
$$\text{Δοῦναι μίξασαν πιέμεν γλήχωνι τερείνη·}$$
$$\text{Ἡ δὲ κυκεῶ τεύξασα θεᾷ πόρεν, ὡς ἐκέλευε.}$$

Hymn., in Cer., v. 208-10. Voyez les notes de Ruhnkenius
sur ces vers.

Dans le poëme des Argonautiques, attribué à Orphée,
il est fait mention d'un breuvage nommé aussi *cycéon*,
dont la composition est différente.

$$\text{Θῆκα δ' ἄρ' ἐν μέσσῳ τεῦχος κυκεῶνος ἐρείσας,}$$
$$\text{Ὀστράκεον, τῷ πάντα περιφραδέως ἐμέμιχθο,}$$
$$\text{Δήμητρος μὲν πρῶτα φερέσβιος ἀλφίτου ἀκτὴν,}$$
$$\text{Αἷμα δ' ἐπὶ ταύροιο, θαλάσσης θ' ἀλμυρὸν ὕδωρ.}$$

Orph., Argon., v. 319-322.

Suivant Hésychius, le *cycéon* est un mélange de vin,
de miel, d'eau et de farine; d'autres ajoutent du fromage.
Ce mot étoit donc un nom générique qui se donnoit à
diverses espèces de boissons ou tisanes, dans lesquelles il
entroit de la farine d'orge ou du gruau : il a pu s'étendre
ensuite à toutes sortes de boissons composées. S. de S.]

(1) Athen., lib. xi, p. 476.

moelle d'arbres, enfin la figure d'un dragon consacré à Bacchus (1).

Ce temps de jeûne devoit se passer dans l'affliction. Plutarque parle des cérémonies tristes et
lugubres des mystères (2), que l'on ne peut rap-

_____

(1) Clem., Protr., p. 19.

[S. Clément d'Alexandrie ajoute encore à cette énumération, un autre genre de gâteaux, qu'il nomme πόπανα
πολυόμφαλα, des gâteaux plats ou oublies, relevés de plusieurs bosses. Si tous les objets accumulés ici par cet écrivain ecclésiastique étoient contenus dans la ciste mystique
des fêtes d'Éleusis, on doit aussi, ce me semble, y ajouter
ceux dont il fait mention dans la suite du même passage,
et qu'il appelle les symboles ineffables de Thémis, savoir,
de l'origan, une lampe, une épée, et la représentation
de la partie sexuelle des femmes, ὀρίγανον, λύχνος, ξίφος,
κτεὶς γυναικεῖος· ὅ ἐστιν, εὐφήμως καὶ μυστικῶς εἰπεῖν, μόριον
γυναικεῖον. Mais peut-être S. Clément a-t-il réuni des symboles qui appartenoient au culte ou aux mystères de plusieurs divinités. S. de S.]

(2) De Orac. defect., tom. II Oper., p. 415.
    Et non adsuetis pernox ululavit Eleusin
    Mensibus.
Stat., Theb., lib. VII, v. 411 et 412; Vid. et lib. XII,
v. 132.

[Le passage de Plutarque n'a point une application
directe aux fêtes d'Éleusis. Cet écrivain parlant des sages
qui avoient imaginé une classe de génies ou d'êtres inter-
médiaires entre Dieu et l'homme, ajoute : Εἴτε μάγων τῶν
τε περὶ Ζωροάστρην ὁ λόγος οὗτός ἐστιν, εἴτε Θράκιος ἀπ᾽ Ὀρφέως,
εἴτ᾽ Αἰγύπτιος, ἢ Φρύγιος, ὡς τεκμαιρόμεθα ταῖς ἑκατέρωθι τελεταῖς, ἀναμεμιγμένα πολλὰ θνητὰ καὶ πένθιμα τῶν ὀργιαζομένων

porter qu'à ce jour. Proclus dit que ces lamentations sacrées et mystérieuses représentoient les gémissemens de Cérès et de Proserpine (1); ce qui est indubitable. On honoroit aussi ces déesses par la continence (2) : c'étoit à cela qu'avoient rapport les lits mystiques (3), entourés de bandelettes de pourpre, dont on faisoit usage, comme je l'ai déjà dit. Ils désignoient l'état de virginité de Proserpine, quand elle arriva aux enfers. Dans d'autres cérémonies qui étoient consacrées à cette déesse, l'initié disoit : *Je me suis glissé dans le lit nuptial* (4); paroles relatives à Pluton. Le philosophe Héraclide désapprouvoit, avec raison, tous ces rites; et S. Clément d'Alexandrie observe qu'ils étoient dignes de la nuit (5), voulant désigner à la fois leur indécence et le temps où on les pratiquoit.

και δρωμένων ιερῶν ὁρῶντες. On ne peut douter, au surplus, que les cris et les gémissemens ne fissent partie des rites des fêtes d'Éleusis. S. de S.]

(1) Comment. ad Plat. Polit., p. 384, ed. Basil.

(2) Arrian., in Epict., lib. III, cap. 21.

(3) Αἱ ταινίαι, αἷς περιελίττουσι τὰς μυστικὰς κοίτας. Plut., Vit. Phoc., tom. I Oper., p. 754. C.

(4) Clement. Alex., Protr., p. 14.

(5) Id., Protrept., p. 19.

Quatrième jour.

Hésychius fait mention des victimes qu'on offroit à Cérès et à Proserpine (1). Il est vraisemblable qu'il a entendu parler d'un sacrifice qui
faisoit partie de la célébration des mystères. Ce
sacrifice ne peut mieux être placé, suivant l'ordre établi dans les Thesmophories, dont la conformité avec les Éleusinies est sensible, qu'après
le jeûne, c'est-à-dire, le 18 de boédromion, quatrième jour des mystères. J'ai déjà parlé de la
qualité des victimes ; il est nécessaire d'ajouter
qu'on ne pouvoit pas leur toucher les parties de
la génération. Il est facile de deviner les raisons
de cet usage ; et les initiés ne les ignoroient pas,
selon S. Clément d'Alexandrie (2).

---

(1) In voc. Θύα.

(1) Strom., lib. II, p. 484 et seq.

[Je ne pense pas que l'on soit autorisé à donner ce sens
aux expressions de S. Clément d'Alexandrie. Il dit que,
non-seulement il est défendu aux initiés de manger de la
chair de certains animaux, mais qu'il y a même quelques
parties des victimes dont l'usage est interdit : ἐντεῦθεν,
οἶμαι, καὶ τὰς τελετὰς, οὐ μόνων (je lis μόνον) τινῶν ζώων ἀπα-
γορεύειν ἅπτεσθαι· ἀλλ' ἔστιν ἃ καὶ τῶν καταθυομένων ὑπεξείλετο
τῆς χρήσεως μέρη, δι' αἰτίας ἃς ἴσασιν οἱ μύσται. En suivant
le raisonnement de ce père, on est porté à croire qu'il
s'agit des parties les plus grasses ; il est possible cependant
que cette interdiction s'appliquât aussi aux organes de la
génération. S. de S.]

X

On sait que la danse étoit inséparable des sacrifices dans plusieurs fêtes de l'antiquité (1); les Anciens font mention de celles des mystes : il est de toute vraisemblance qu'elles occupoient une partie de ce quatrième jour des Éleusinies. Ces danses étoient du genre pantomime : on y représentoit l'enlèvement de Proserpine, les courses de Cérès, et la découverte des procédés de l'agriculture par Triptolème. On se livroit à cet exercice dans une belle prairie (2), et autour du puits de Callichore (3), sur lequel il n'étoit pas permis de se reposer, par respect pour Cérès. La raison de cet usage est indiquée dans l'histoire de cette déesse. Il étoit défendu en général aux initiés de contrefaire sa douleur (4).

Cinquième jour.

Le cinquième jour des mystères, le 19 de boédromion, étoit remarquable par la cérémonie

---

(1) Lucian., Salt., §. 16. Σὺν ῥυθμῷ καὶ ὀρχήσει μυεῖσθαι. Id., ibid., §. 15.

(2) Schol. Aristoph., Ran., ad v. 329; Vid. Lucian., de Salt., §. 14; Id., Pseudom. siv. Alex., §. 40; Luctat., ad Stat. Theb., v. 410.

(3) Eurip., Supplic., v. 619; Pausan., Attic., cap. 38.

(4) Ἀλωμένη γὰρ ἡ Δηώ.... Φρέατι ἐπικαθίζει λυπουμένη· τοῦτο τοῖς μυουμένοις ἀπαγορεύεται εἰσέτι νῦν, ἵνα μὴ δοκοῖεν οἱ τετελεσμένοι μιμεῖσθαι τὴν ὀδυρομένην. Clem. Alex., Protr., p. 16.

des flambeaux , imitée de celle qui se pratiquoit à Saïs, en Égypte (1). Ce fut à cette cérémonie , selon Aristide, que les Athéniens dûrent la conservation du Pirée (2); circonstance que ne rapporte point Xénophon en parlant de cet événement (3). Les initiés tenoient une longue torche à la main, et défiloient ainsi deux à deux, comme on le voit sur le bas-relief découvert par Spon et Wheler (4), et qui est le seul monument, peut-être, relatif aux Éleusinies, qui soit parvenu jusqu'à nous. Un profond silence régnoit pendant tout le temps de cette cérémonie. On entroit dans le temple de Cérès à Éleusis en courant, et on s'y passoit de main en main ces torches (5) dont la flamme avoit la vertu de purifier (6). Conséquemment, on avoit grande attention de les

---

(1) Herod., lib. ii, cap. 62.

(2) Eleusin., p. 258.

(3) Hellen., lib. v, p. 548.

(4) Spon, tom. II, p. 283 ; Whel., tom. II, p. 526. Ce monument se trouve parfaitement expliqué par ce vers de Sénèque :

> Longas Eleusi tacita jactabo faces.
> Herc. Fur., v. 327.

(5) *In templo Cereris sibi invicem facem cursores tradunt.* Schol. Juven., Sat. xv, ad v. 142.

(6) Plaut., Amph., act. ii, v. 143 ; Juven., Sat. ii, v. 157. *Lustralem sic ritè facem, etc.* Claudian, de vi consul. Honor., v. 324.

X ij

secouer (1), et l'odeur qui s'en exhaloit passoit pour avoir quelque chose de divin (2).

Quoiqu'on trouve le nom d'un hiérocéryx sur le bas-relief rapporté par Spon et Whéler, il est néanmoins probable que c'étoit le dadouque qui avoit la conduite de cette procession. Au lieu d'une lampe d'or, dont on faisoit usage dans les mystères d'Isis (3), il portoit une grande torche allumée, symbole de l'astre Phosphore ou *Lucifer* (4). Aristide désigne les mystères par le nom de *feu de Cérès* (5); et S. Justin, dans son style

---

(1)   *Tuque Actæa Ceres, cursu cui semper anhelo*
   Votivam taciti quassamus lampada mystæ.

Stat., Sylv., lib. IV, sylv. 8, v. 50 et 51 ; Schol. Aristoph., Ran., ad v. 343.

(2) Id., ibid., ad v. 317.

(3) Apul., Metam., lib. XI, p. 245.

(4) Schol. Aristoph., Ran., ad v. 346.

[C'est Iacchus lui-même qui, dans Aristophane, est appelé νυκτέρου τελετῆς φωσφόρος ἀστήρ. Le scholiaste dit que cela signifie le feu sacré des mystères, et que cette métaphore est fondée sur ce que les mystères se célébroient de nuit, ou sur ce qu'ils étoient appelés énigmatiquement *nuit*, à cause qu'ils étoient ignorés de ceux qui n'étoient point initiés. Il ajoute que, suivant d'autres, c'est la lampe qui éclairoit les mystères, que le poète appelle φωσφόρος ἀστήρ; mais il ne dit point que cette lampe fût le symbole de l'astre nommé *phosphore*. S. de S.]

(5) Or. in Reg., tom. I Oper., p. 67.

[C'est ainsi que Juvénal emploie l'expression *arcana face*, pour désigner l'initiation aux mystères de Cérès :

figuré, dit que la flamme des flambeaux d'Éleusis, a porté en haut et montré au monde le récit fabuleux des courses et des aventures de Cérès et de Proserpine (1).

Sixième jour.

Le 20 de boédromion étoit incontestablement le sixième jour des Éleusinies, suivant le scholiaste d'Aristophane (2), et comme le montrent aussi plusieurs passages des Anciens (3). Consacré spécialement à Iacchus, il étoit le plus célèbre de tous les jours de cette fête. Cérès y avoit aussi beaucoup de part (4). Ces deux divinités étoient placées sur des siéges magnifiques. Elles étoient

---

.........., *Quis enim bonus et face dignus*
Arcana, qualem Cereris vult esse sacerdos,
Ulla aliena sibi credat mala?
Sat. xv, v. 140-42. S. de S.]

(1) Καὶ τοῦτον τὸν μῦθον εἰς ὕψος ἤγαγε τὸ ἐν Ἐλευσῖνι πῦρ. Cohort. ad Græc., p. 38. C. *Quam (Proserpinam) quia facibus ex Ætnæ vertice accensis quæsisse in Sicilia Ceres dicitur, idcirco sacra ejus ardentium tædarum jactatione celebrantur.* Lact., de fals. Relig., cap. 21, p. 120.

(2) Μία τῶν μυστηρίων εἰκάς ἐστιν ἐν ᾗ τὸν Ἴακχον ἐξάδουσιν. Schol. Aristoph., Ran., ad v. 326. Il faut lire, avec Kuster, εἰκάς et ἐξάγουσιν.

(3) Plut., Vit. Camill., tom. I Oper., p. 738. D; ibid., Vit. Phoc., p. 754. B.

(4) DIE ITEM SACRATO APUD ELEUSINEM DEO BACCHO. Inscript., ap. Donat., p. 42.

X iij

accompagnées de Proserpine, selon quelques auteurs (1); ce qui paroît assez vraisemblable.

Athénion, voulant déterminer les Athéniens à se déclarer en faveur de Mithridate, leur dit que les Romains alloient détruire leur théâtre et leurs fêtes, et que le cri sacré d'Iacchus ne se feroit plus entendre (2). La bataille de Salamine se donna le jour de la procession d'Iacchus (3). Iacchus secourut les Grecs, selon Aristide, dans cette fameuse journée; car un brouillard épais s'étant élevé du côté d'Éleusis, environna la flotte des Perses : on entendit des chants mystiques, des fantômes effrayans parurent, et Xerxès, épouvanté, prit la fuite (4). Ces dernières circonstances ne se trouvent pas dans le récit d'Hérodote, qui fait consister ce prétendu miracle en ce qu'un tourbillon de poussière s'éleva du côté d'Éleusis, et que le cri d'Iacchus fut entendu sur-le-champ. L'historien rapporte ensuite le discours de Dicæus, et les présages heureux qu'il tira de cet événement pour les Grecs (5). Maxime de Tyr dit

_____

(1) Schol. Aristoph., Ran., ad v. 326.

(2) Ap. Athen., lib. v, p. 213.

(3) Plut., Vit. Camill., tom. I Oper., p. 738; Polyæn., lib. III, cap. 11.

(4) Eleusin., tom. I Oper., p. 258; Panath., ibid., p. 143.

(5) Herod., lib. IX, cap. 65. Plutarque a suivi son récit dans la vie de Thémistocle, tom. I Oper., p. 119. D.

[Le traducteur allemand des Recherches sur les Mys-

seulement que, Thémistocle ayant fait embarquer tous les Athéniens sur la flotte au son de sa flûte, les uns ramoient, et les autres combattoient, en

---

tères avoit fait, sur la manière dont M. de Sainte-Croix rapportoit ce fait dans sa première édition, des réflexions critiques qui deviennent inutiles par la nouvelle rédaction que ce savant a substituée à l'ancienne. Il est certain, comme il le donne suffisamment à entendre, que la poussière que virent s'élever Dicæus et Démarate, ne provenoit point de la marche des initiés, et que les cris qu'ils entendirent n'étoient point les chants dont étoit ordinairement accompagnée cette pompe solennelle. Ce qui donna lieu à Dicæus de regarder ces phénomènes comme un effet surnaturel, et comme un présage de la victoire que les Athéniens devoient obtenir par l'assistance des divinités honorées à Éleusis, c'est qu'ils arrivèrent le jour même où avoit coutume de se faire la procession des initiés, et que cependant, l'Attique ayant été dévastée par les Perses, Athènes abandonnée de ses habitans, et le temple d'Éleusis détruit par l'ennemi, il étoit impossible que, dans de pareilles circonstances, on célébrât, comme de coutume, les fêtes d'Éleusis. C'est ce qu'expriment ces paroles de Dicæus à Démarate : Τὰ δὲ γὰρ ἀρίδηλα, ἐρήμου ἐούσης τῆς Ἀττικῆς, ὅτι θεῖον τὸ φθεγγόμενον, ἀπ' Ἐλευσῖνος ἰὸν ἐς τιμωρίην Ἀθηναίοισί τε καὶ τοῖσι συμμάχοισι. M. de Villoison avoit proposé de lire dans Hérodote : τὴν φωνὴν ἰέναι τὸν μυστικὸν Ἴακχον, *hanc vocem emissam esse à mystico Iaccho*, au lieu de τὴν φωνὴν εἶναι τὸν μυστικὸν Ἴακχον, *hanc vocem esse mysticum Iacchum*. Cette correction a été rejetée avec raison par M. de Sainte-Croix ; elle a aussi été désapprouvée par M. Larcher, dont je transcrirai ici la note sur ce passage d'Hérodote : « Le

X iv

réglant leurs mouvemens sur le son de cet in-
trument ; ce qui formoit une sorte de chœur,

» 20ᵉ du mois de boédromion, qui étoit le 6ᵉ jour de la
» fête des mystères de Cérès, on portoit du Céramique à
» Éleusis, une figure d'Iacchus ou Bacchus, couronnée de
» myrte, et portant à la main un flambeau. Pendant la
» marche on chantoit en l'honneur du dieu un hymne,
» qui s'appeloit *le mystique Iacchus* (Arrian., Exped.
» Alex., lib. II, cap. 16 ; Hesych., in voc. Ἴακχον), et dans
» lequel on répétoit souvent *Iacche*. Or c'étoit cet hymne
» que disoit avoir entendu Dicæus...... Le texte grec
» porte : καί οἱ φαίνεσθαι τὴν φωνὴν εἶναι τὸν μυστικὸν Ἴακχον.
» Ces paroles sont très-claires : *Il lui parut que les paroles*
» *qu'ils entendirent étoient le mystique Iacchus,* c'est-
» à-dire, l'hymne appelé *le mystique Iacchus.* Cependant
» il a plu à M. de Villoison de changer ce texte, et d'y
» substituer τὴν φωνὴν ἰέναι τὸν μυστικὸν Ἴακχον, avec cette
» version : *hanc vocem emissam esse à mystico Iaccho.*
» Arrien et Hésychius, comme nous l'avons remarqué,
» auroient bien dû apprendre à ce savant que le mystique
» Iacchus étoit un hymne qui se chantoit en l'honneur de
» Bacchus, le sixième jour des mystères d'Éleusis. D'ail-
» leurs, en supposant que ce fût le dieu qui fit entendre
» sa voix à Dicæus, cette voix étoit-elle donc si différente
» de celle des hommes, et de celle même des autres dieux,
» pour qu'il pût la reconnoître ? De plus, il faudroit sup-
» poser que cet Athénien avoit une connoissance parfaite
» du son de voix de tous les dieux. Ces raisons, et d'autres
» encore, m'avoient empêché d'adopter cette conjecture,
» qui m'avoit été proposée par M. de Villoison ». Hist.
d'Hérod., 2ᵉ édit., tom. V, p. 484. S. de S.]

auquel les déesses répondoient à l'unisson, d'É-
leusis (1).

Ce jour-là, la statue du jeune Iacchus, couronnée de myrte, et tenant à la main un flambeau (2), étoit portée en cérémonie pendant la
nuit (3), et au bruit de l'airain sonnant (4). Il paroît que cette procession ou pompe sacrée, après
être partie de l'*Éleusinium*, s'arrêtoit au Céramique, près de l'autel d'Eudanemus (5), ainsi qu'à
d'autres monumens, le long de la route, jusqu'à
ce qu'elle arrivât à l'*Anactorum* ou temple d'Éleusis (6). Le van mystique, consacré spécialement à
Iacchus, emblème de la séparation des initiés
d'avec les profanes, le calathus, toutes les choses

(1) Συνεπήχουν δὲ καὶ αἱ θεαὶ τῷ χορῷ Ἐλευσινόθεν. Dissert.
xxi, §. 6.

(2) Aristoph., Ran., v. 343, 346, etc.

(3) Cicer., de Leg., lib. ii, cap. 14.

[Cicéron s'exprime ainsi : *Quid ergo aget Iacchus Eumolpidæque nostri, et augusta illa mysteria, siquidem
sacra nocturna tollimus ?* Les mots *sacra nocturna* se
rapportant aux mystères en général, on ne peut pas conclure de ce passage que la procession ou pompe solennelle
d'Iacchus se faisoit durant la nuit. S. de S.]

(4) Vell. Pat., lib. i, cap. 4, tom. I, p. 15, ed. Ruhnk.

(5) Arrian., de Exp. Alex., lib. ii, cap. 16.

[Vid. Meurs., Lect. Attic., lib. v, cap. 33, tom. II Oper.,
col. 1248 et seq. S. de S.]

(6) Schol. Aristoph., Ran., ad v. 402; Meurs., Eleusin.,
cap. 27.

contenues dans l'un et dans l'autre, et auxquelles
il faut ajouter un rameau de laurier (1), une sorte
de rhombe ou toupie (2), et le phallus (3); tous
ces objets, nécessaires aux mystères, devoient
suivre la statue de ce dieu : peut-être cette statue
étoit-elle celle dont parle Cicéron (4), et qui étoit
de marbre, et l'un des chefs-d'œuvre qu'on admiroit à Athènes. Les cris répétés d'*Iacche* se faisoient entendre (5). Il paroît, par l'hymne qu'A-
ristophane met dans la bouche des initiés, qu'ils
invitoient dans leurs chants Iacchus à prendre
part à leurs danses et à leurs plaisirs, et le prioient
de les conduire à Cérès, ou plutôt de leur servir
d'intercesseur auprès de cette divinité (6).

Cette procession, assez semblable par ses danses
à une bacchanale, sortoit d'Athènes par la porte
sacrée (7), prenoit ensuite le chemin d'Éleusis, qu'on appeloit par cette raison *la voie sa-*

---

(1) Euseb., Præp. Evang., lib. III, p. 113.

(2) S. Epiph., tom. II, p. 1092. A.

(3) Aristoph., Acharn., v. 242, et Schol., ad h. loc.
[Il me paroît très-douteux que l'on puisse induire de
ce passage d'Aristophane, que le phallus fît partie des symboles employés dans la célébration des mystères d'Éleusis.
S. de S.]

(4) Cicer., in Verr., lib. IV, cap. 60.

(5) Herod., lib. IX, cap. 65; Aristoph., Ran., v. 319

(6) Aristoph., Ran., v. 326, etc.; v. 41, etc.

(7) Plut., Vit. Syll., tom. I Oper., p. 460. D.

crée (1), et arrivoit dans cette ville, après avoir
parcouru treize milles de chemin (2). Pendant la
guerre du Péloponèse, les Lacédémoniens s'étant
emparés de Décélie, cette procession fut long-
temps interrompue, et on se vit forcé d'aller à
Éleusis par mer. Dès-lors la pompe diminua beaucoup, les sacrifices, les danses, et les autres cérémonies pratiquées précédemment ce jour-là (3),
ayant été omises. Cela dura jusqu'au retour d'Alcibiade, la première année de la xciii^e olympiade, 407 ans avant J. C. Ce général, voulant
dissiper les soupçons d'impiété qu'on avoit con-
çus contre lui, au sujet de la profanation des
mystères dont il avoit été accusé, entreprit de
mener sous son escorte les initiés par la voie sacrée. En effet, il fit si bien ses dispositions, qu'il
en imposa aux ennemis, et arriva avec tout son
monde, initiés et soldats, à Éleusis, en bon ordre,
dans un grand silence, et sans avoir couru aucun
risque. Tous ceux qui n'étoient pas ennemis déclarés de ce général avouèrent, suivant Plutarque,
que cette expédition étoit une vraie *hiérophantie*
ou *mystagogie* (4).

---

(1) Pausan., Attic., cap. 36; Harpocr. et Etym. magn.,
in voc. Ἱερὰ ὁδός.

(2) Itinerar. Anton., p. 326. A, ed. Wesseling.

(3) Plut., Vit. Alcib., tom. I Oper., p. 210. C.

(4) Id., ibid.; Xenoph., Hellen., lib. 1, cap. 4.

C'étoit en ce jour qu'avoit lieu l'Époptée, la
principale cérémonie, et le but de toute l'initiation. J'en parlerai en détail dans l'article suivant.

Septième jour.

Le retour solennel des initiés doit être fixé au
septième jour. Fatigués sans doute de tant de
courses et de cérémonies, les initiés se reposoient
à un faubourg d'Athènes nommé *le Figuier sacré* (1), parce que c'étoit là qu'avoit été trouvé
pour la première fois le figuier (2). Leur marche
recommençoit ensuite; et je crois qu'ils chantoient
alors, en l'honneur de Cérès, des hymnes (3),
dont Aristophane nous a peut-être laissé un modèle. On y prioit la déesse de conserver en tout
temps les personnes admises à ses mystères, en
état de se divertir, de danser, de dire des choses
plaisantes, enfin de l'emporter sur les autres par
des sarcasmes (4). Les habitans des endroits cir-
convoisins arrivoient de toutes parts pour voir
cette troupe sainte, à laquelle ils n'épargnoient

---

(1) Ἱερὰ συκῆ · τὰ δὲ Ἐλευσινόθεν ἱερὰ, ἐπειδὴ ἐς ἄστυ ἄγωσιν,
ἐκεῖ ἀναπαύουσιν. Philostrat., Vit. Sophist., lib. ii, cap. 20,
p. 602. B.

(2) Hesych., in voc. Ἱερά; Athen., lib. iii., p. 74. D;
Meurs., Attic. Lect., lib. v, cap. 16, t. II Oper., col. 1223.

(3) Eustath., in Homer., Odyss., lib. xiii, p. 1734,
ed. Rom.

(4) Aristoph., Ran., v. 386, etc.

pas les plaisanteries les plus piquantes, quand elle étoit parvenue sur le pont de Céphisse (1). Les initiés tâchoient de leur répondre, et de se servir avec avantage des mêmes armes. C'est de là que le verbe γεφυρίζειν, dérivé de γέφυρα, *pont*, avoit pris l'acception de *railler, lancer des sarcasmes* contre quelqu'un (2). Ces plaisanteries étoient plutôt bouffonnes que gaies, et la décence en étoit bannie : ajoutons que l'initié, vainqueur dans ce singulier exercice, étoit aussitôt couronné de bandelettes (3). Tout cela ressembloit beaucoup à ce qui se passoit en Égypte, sur le Nil, dans la fête de Bubaste (4). Les initiés, au retour d'Éleusis, rentroient dans Athènes par la porte sacrée, par laquelle ils étoient sortis (5), et se rendoient au temple de cette ville, appelé l'*Éleusinium*. C'étoit là que se terminoit la cérémonie.

---

(1) Meurs., Eleusin., cap. 27. C'est ce pont qu'Hadrien fit rétablir à ses frais. Euseb. Chron., ed. Scal., p. 165.

(2) *Scurrili et petulanti joco petere et obtrectare.* Vid. Valcken., ad Ammon., lib. III, cap. 13, p. 249. A, ed. Frid. Ammon.

(3) Aristoph., Ran., v. 395 et 396. C'étoit un usage général. Vid. plur. ap. Ruhnk., not. ad Lex. Tim., p. 246 et 247, ed. sec.

(4) Herod., lib. II, cap. 60.

(5) Meurs., Eleusin., cap. 27.

Huitième jour.

Le premier jour complémentaire, le huitième de toute la fête, ne peut être que celui de l'Épidaurie. Philostrate nous apprend que ce jour avoit été établi en considération d'Esculape, qui, étant arrivé trop tard d'Épidaure, n'avoit pu participer à l'initiation. Les Athéniens lui permirent de faire réitérer cette cérémonie le jour suivant, c'est-à-dire, le 22 de boédromion; et depuis ce temps, la même chose fut pratiquée (1) pour tous ceux qui avoient négligé de se faire recevoir époptes la nuit précédente, ou en avoient été empêchés par quelque obstacle. Pausanias semble nous indiquer que l'Épidaurie rappeloit aussi l'époque de l'apothéose d'Esculape (2). Il est vraisemblable que les cérémonies et les sacrifices de cette seconde inititaion étoient en tout semblables à ceux de la première.

Neuvième jour.

Le 23 de boédromion étoit le second jour complémentaire, le dernier des grands mystères (3).

---

(1) Philostr., Vit. Apollon., lib. iv, cap. 18, p. 155, ed. Olear.

(2) Ἀθηναῖοι τῆς τελετῆς λέγοντες Ἀσκληπιῷ μεταδοῦναι, τὴν ἡμέραν ταύτην Ἐπιδαύρια ὀνομάζουσι, καὶ θεὸν ἀπ᾽ ἐκείνου φασὶν Ἀσκληπιόν σφισι νομισθῆναι. Pausan., Corinth., cap. 26.

(3) Athen., lib. xi, p. 496. A; Poll., Onomast., lib. x, cap. 20, §. 74.

On l'appeloit *plémochoé*, du nom d'un vase de terre nommé aussi *cotylisque*, qui ressembloit à une toupie, et qui étoit d'une assiette peu assurée, et n'avoit qu'une seule anse (1). Les prêtres remplissoient de vin deux de ces vases, les plaçoient, l'un du côté du levant, et l'autre vers le couchant, puis les renversoient tous deux, en prononçant des paroles mystérieuses (2). Meursius conjecture, avec beaucoup de vraisemblance (3), que ces paroles étoient ὑὲ, τοκῦιε, mots que Proclus nous a conservés. Ce philosophe ajoute qu'on regardoit successivement, en disant ces mots, le ciel et la terre, parce qu'ils étoient considérés comme le père et la mère de tous les êtres (4). Les gens de sa secte ne manquoient point de pareilles explications, et elles sont fréquentes dans les ouvrages de Proclus.

Athénée rapporte un vers du Pirithoüs de Critias ou d'Euripide, duquel il résulte que la cérémonie dont je parle étoit d'une nature triste. « Versons, dit le poète, ces *plémochoés* dans cette » ouverture de terre, en prononçant des paroles

---

(1) Athen., lib. xi, p. 496. A ; Poll., Onomast., lib. vi, cap. 16, §. 99.

(2) Athen., loc. modo laud.

(3) Eleusin., cap. 30.

(4) In Tim. Plat. Comment., p. 293, ed. Basil.

» favorables (1) ». Ces dernières expressions nous apprennent une circonstance remarquable à l'égard de ces libations, soit de vin, soit d'eau, usitées dans les cérémonies funèbres (2). Ce rite étoit également en usage quand on sacrifioit aux dieux infernaux (3). En conséquence, je regarde encore cette cérémonie comme expiatoire et analogue à celle que pratiquoit Électre sur la tombe de son père (4).

----

(1)   ῞Ινα πλημοχόας τάσδ᾽ εἰς χθόνιον
       χάσμ᾽ εὐφήμως προχέωμεν.

Ap. Athen., lib. xi, p. 496.

[On ne peut pas, ce me semble, conclure absolument du vers cité par Athénée, que la cérémonie dont il s'agit ici, et qui étoit pratiquée dans les fêtes d'Éleusis, eût aucun rapport avec les funérailles, et fût envisagée comme un rite expiatoire : car, dans cette supposition, elle eût dû tenir une place dans les rites préparatoires de l'initiation, et non pas être rejetée à la fin des fêtes. Il me paroît plus naturel de la considérer simplement comme une libation à Cérès et à Proserpine. Ce double rapport semble indiqué par la circonstance dont parle Proclus, lorsqu'il dit que le prêtre qui s'acquittoit de ce rite portoit ses regards, d'abord vers le ciel, et ensuite vers la terre, et par ce que dit Athénée, que ces deux vases étoient dressés, l'un vers le levant, l'autre vers le couchant. S. de S.]

(2) Virg., Æn., lib. v, v. 77 ; Lucian., de Luctu, §. 19, tom. VII, p. 216, ed. Bipont. ; Vid. plur. ap. Kirchm., de fun. Rom., lib. iv, cap. 11.

(3) Homer., Odyss., lib. xi, v. 26 et seq. ; Ovid., Metam., lib. vii, v. 246 et 247.

(4) Æschyl., Choëphor., v. 90-97.

Jeux gymniques.

Les funérailles des Anciens étoient souvent ter-
minées par des jeux gymniques : Homère et plusieurs autres écrivains l'attestent suffisamment.
Les Éleusinies finissoient aussi par ces exercices.

C'est le vingt-quatrième jour du mois de boédromion qui paroît avoir été consacré à ces jeux.
Les exercices de ce jour ne faisoient point partie
des mystères ; ils en étoient plutôt la suite que le
complément. Ces jours additionnels avoient été
institués postérieurement à l'origine de ces fêtes,
et sous le règne de Pandion II, fils de Cécrops (1).
Meursius place ces combats gymniques immédiatement après la procession d'Iacchus (2), sans y
être autorisé par aucun passage d'auteur ancien.
Il n'est pas naturel de croire que, pour jouir de
ce spectacle, on eût interrompu la célébration
des mystères ; cela auroit été contre l'usage constant de l'antiquité.

Aristide, dans un de ses discours, prétend que
les jeux éleusiniens sont les premiers qui aient
été établis dans l'Attique (3) : ailleurs, cependant,
il semble attribuer cette priorité à ceux des Pana-

---

(1) Ἀφ᾽ οὗ ἐν Ἐλευσῖνι ὁ γυμνικὸς [ἀγὼν ἐξετέθη]. Ce mot et les
suivans sont suppléés fort heureusement. Marm. Oxon.,
epoch. 17, p. 164. A, ed. Prideaux.

(2) Eleusin., cap. 28.

(3) Arist., Eleus., tom. I Oper., p. 257.

Y

thénées, ou du moins douter laquelle de ces deux
solennités est la plus ancienne (1). Helladius accorde la priorité à ceux-ci, et assure que les autres
furent institués à la mort de Pélias, par les Thes-
saliens (2). La Chronique de Paros fait remonter
l'établissement des fêtes d'Éleusis à plus d'un siècle avant la prise de Troie.

Au rapport d'Aristide, les premiers grains qui
furent recueillis, servirent d'abord de prix aux
vainqueurs des jeux éleusiniens (3); on ne leur
donna plus ensuite que de l'orge (4). Les enfans,
ou plutôt les éphèbes ou adolescens, furent admis à ces combats, du moins sous les empereurs (5). Euripide, qui n'avoit pu l'être aux jeux
olympiques, parce qu'il se trouvoit entre l'enfance et l'adolescence, entra en lice à ceux d'É-
leusis, et y remporta la victoire (6). On lit, dans
une ancienne inscription, que les jeux qui faisoient partie des mystères étoient célébrés à
Athènes (7); ce qui ne doit pas être pris à la lettre.

----

(1) Panath., tom. I Oper., p. 189.

(2) Chrestom., inter Oper. Meurs., vol. VI, col. 324. B.

(3) Eleusin., tom. I Oper., p. 257.

(4) Schol. Pind., Olymp., Od. IX, ad v. 150, vol. II,
part. I; p. 397, ed. Heyn.

(5) Inscr. xv inter Marm. Oxon., p. 83, ed. Prideaux.

(6) Aul. Gell., Noct. Attic., lib. xv, cap. 20.

(7) Ἐλευσείνια ἐν Ἀθήναις γ´. Inscr., ap. Spon, tom. III,
p. 222; Whel., p. 524; Pocock., n° 6, p. 63, etc.

Le nom de cette ville peut avoir été mis pour toute l'Attique ; ou peut-être, comme Athènes étoit voisine d'Éleusis, aura-t-on mis son nom préférablement à celui de cette ville. Un autre monument du même genre nomme Éleusis comme le lieu où ces jeux se célébroient (1). D'ailleurs, Pindare nous dit que la maritime Éleusis avoit été témoin des succès brillans d'Épharmoste d'Opunce (2).

Séance du Tribunal.

Les lois de Solon ordonnoient que le sénat s'assemblât le lendemain de la célébration des grands mystères, dans l'*Éleusinium*, à Athènes, pour y prendre connoissance de ce qui s'étoit passé dans cette fête (3). On entouroit le lieu de la séance avec des cordes, afin que les personnes non initiées ne pussent s'y introduire (4). Les prytanes y donnoient d'abord place à l'archonteroi (5), devant lequel on étoit censé plaider. Les lois sur l'exécution desquelles il prononçoit, étoient gravées sur une colonne de l'*Éleusi-*

---

(1) Ἀπὸ τῆς ἐν Ἐλευσεῖνι νείκης. Inscr. n° XV supra laudata, inter Marm. Oxon., p. 83, ed. Prid.

(2) Olymp., Od. IX, v. 148-50.

(3) Andoc., de Myst., p. 15 et 16.

(4) Pollux, Onom., lib. VIII, cap. 12, §. 141.

(5) Andoc., de Myst., p. 15.

nium (1), ainsi que les amendes et autres peines qui devoient être infligées aux prévaricateurs (2).

Ce temple d'Athènes, appelé *Éleusinium*, étoit consacré, comme l'*Anactorum* d'Éleusis, à Cérès et à Proserpine (3). Il avoit également un péribole ou enceinte (4) : on voyoit dans cette enceinte le tombeau d'Immarus ou Immarodus, fils d'Eumolpe et de Daira (5), la statue de Triptolème et celle du devin Épiménide (6). Ce temple étoit situé à quelque distance de la place publique (7), à l'orient et au-dessous de la citadelle (8). On n'en trouve plus aucune trace. Peut-être la grotte que Stuart a remarquée en cet endroit, étoit-elle renfermée dans l'enceinte de l'*Éleusinium*, et servoit-elle à quelques pratiques secrètes : effectivement, il y avoit des objets mystérieux que Pausanias ne décrit point, en ayant été, nous assure-t-il, détourné par un songe (9). Ce n'est

---

(1) Andoc., de Myst., p. 7.

(2) Poll., Onom., lib. x, cap. 24, §. 97.

(3) Τὸ Ἀθήνησιν ἱερὸν, καλούμενον δὲ Ἐλευσίνιον. Pausan., Attic., cap. 14.

(4) Thucyd., lib. ii, §. 17.

(5) Clem. Alex., Protr., p. 39 ; Euseb., Præp. Evang., lib. ii, cap. 6 ; S. Cyrill., adv. Julian., lib. x, p. 343.

(6) Pausan., Attic., cap. 14 ; Meurs., Ceram. gemin., cap. 15, tom. I Oper., col. 497. A.

(7) Xenoph., Magist. Equit., cap. 3.

(8) Clem. Alex., Euseb. et Cyr., locis supr. laud.

(9) Πρόσω δὲ ἰέναι με ὡρμημένον τοῦδε τοῦ λόγου, καὶ ὁπόσα

pas la seule occasion dans laquelle cet écrivain ait recours à un semblable motif pour justifier le silence qu'il s'impose. Je crois que l'*Éleusinium* ne différoit pas de l'*Iacchéum* ou temple d'Iacchus, près duquel Lysimaque, petit-fils d'Aristide, par sa fille, montroit, pour gagner sa vie, un tableau onirocritique (1), c'est-à-dire, au moyen duquel on prétendoit expliquer les songes. Quelle honte n'étoit-ce pas pour les Athéniens! Mais ils étoient incapables de la sentir; et déjà ils avoient donné plus d'une preuve de leur ingratitude envers les grands hommes qui les avoient servis et illustrés (2).

ἐξήγησιν ἔχει τὸ Ἀθήνησιν ἱερὸν, καλούμενον δὲ Ἐλευσίνιον, ἐπέσχεν ὄψις ὀνείρατος. Pausan., loc. supr. laud.

(1) Alciphron., lib. III, epist. LIX. Voyez, sur les Onirocritiques, Theophr., Ethic., cap. 16, etc.

(2) C'est Plutarque qui, dans la vie d'Aristide, raconte le fait dont il s'agit (tom. I Oper., p. 335). Mais au même endroit il s'étend fort au long sur les bienfaits dont les Athéniens prirent à tâche de combler la famille d'Aristide, et il ajoute : ἧς φιλανθρωπίας καὶ χρησ]ότητος ἔτι πολλὰ καὶ καθ' ἡμᾶς ἡ πόλις ἐκφέρουσα δείγματα, θαυμάζεται καὶ ζηλοῦται δικαίως. Il paroît au surplus, par un passage d'Athénée (Deipnos., lib. XI, cap. 114, p. 506), que Lysimaque n'honoroit pas le sang dont il descendoit. S. de S.]

ARTICLE IV.

De l'Époptée, ou dernière Initiation.

PLUSIEURS nuits devoient être employées à toutes
les pratiques de l'initiation. La fin de toutes ces
cérémonies ou l'époptée, ne peut être fixée qu'à la
nuit du 20 au 21 de boédromion. « Que feroient
» Iacchus, vos Eumolpides, et tous les mystères,
» dit Cicéron, si nous supprimions les cérémo-
» nies nocturnes (1) »? Par le mot *Iacchus*, cet
auteur, comme le remarque très-bien Turnèbe,
entend la dernière initiation. On la faisoit donc
à l'issue de la procession d'Iacchus, dont elle em-
prunta quelquefois le nom. Aristophane appelle
Iacchus l'*astre qui éclaire le mystère nocturne* (2).
Cette épithète convient parfaitement à ces mystères, qui, comme l'observe le scholiaste d'A-
ristophane, se célébroient pendant la nuit (3).
Cette circonstance y ajoutoit, suivant les Anciens, quelque chose d'auguste (4), ou plutôt de

---

(1) *Quid ergò aget Iacchus, Eumolpidæque vestri et
augusta illa mysteria, siquidem sacra nocturna tollimus ?* De Leg., lib. II, §. 14.

(2) Ἴακχε, Νυκτέρου τελετῆς φωσφόρος ἀστήρ. Ran., v. 346.

(3) Ad v. mod. laud. ; Meurs., Eleusin., cap. 9.

(4) Eurip., Bacch., v. 486.

terrible ; aussi employa-t-on souvent le nom des
mystères pour inspirer les sentimens de terreur
et l'horreur que produisent naturellement les
ténèbres (1). « Jadis, pour les hommes sages et
» modestes, dit S. Clément d'Alexandrie, la nuit,
» par son silence, couvroit les plaisirs d'un voile
» impénétrable : aujourd'hui, pour les initiés,
» c'est la nuit même qui divulgue ces débauches,
» auxquelles elle est consacrée. La lueur des flam-
» beaux dépose contre les forfaits qu'elle éclaire.
» Éteins ces feux, ô criminel hiérophante ! Et toi,
» qui portes la torche mystérieuse, crains d'allu-
» mer ces lampes ; leurs flammes vont découvrir
» ton Iacchus. Permets à l'ombre de cacher tes
» mystères ; que du moins les ténèbres excusent
» tes orgies. La lumière, qui ne peut dissimuler,
» va t'accuser, et demander vengeance (2) ». Il est
presque inutile d'observer que ce savant écri-

---

(1) Demetr. Phal., de Eloc., §. 101.

(2) Clem., Protr., p. 19. J'emprunte, à peu de chose
près, la traduction que M. du Theil a donnée de ce passage. Académ. des Inscriptions, tom. XXXIX, p. 232.

[S. Clément d'Alexandrie suppose que, parmi les objets
exposés aux regards des initiés, il y en avoit d'obscènes,
qu'il appelle μόρια ἄῤῥητα. Il ne suit pas précisément de
son texte, que ces symboles employés dans les mystères
d'Éleusis ne fussent révélés aux initiés que lors du dernier acte de l'initiation ou de l'époptée : cependant il est
assez naturel de le supposer. S. de S.]

Y iv

vain ne veut parler ici que du sixième jour des mystères, et de la nuit suivante, qui étoit consacrée aux cérémonies de l'époptée.

Cette nuit étoit appelée *mystique* aussi-bien que les précédentes, à cause des rites mystérieux auxquels elles étoient consacrées (1); on les nommoit aussi *nuits saintes* (2). « Parmi ces dieux, les » uns se plaisent, remarque Apulée, aux cérémo- » nies nocturnes, les autres à celles qui se prati- » quent le jour : ceux-là veulent un culte caché, » ceux-ci un culte public; la joie convient aux uns, » et la tristesse aux autres (3) ». Les Athéniens réunirent tous ces goûts dans leurs mystères. Les Juifs seuls, pour ne point ressembler aux nations idolâtres, se livrèrent, au contraire, toujours à la joie dans leurs fêtes, et ils ne les célébroient jamais qu'au grand jour. Cette différence, remarquée par Philon (4), est si frappante, que le savant Spencer, malgré toute la force de ses préjugés, n'a pu s'empêcher d'en convenir en plusieurs endroits de son ouvrage (5).

L'hiérocéryx ouvroit la grande initiation par les proclamations accoutumées, dont la formule

_____

(1) Sopat., Div. quæst., p. 338.

(2) Etym. magn., in voc. Ἀμείδητος.

(3) De Deo Socrat., p. 684, ed. ad us. Delph.

(4) De Sacrif., tom. II Oper., p. 260. A.

(5) De Leg. Hebr. Ritual., lib. i, cap. 6, §. 3; lib. iii, cap. 8, §. i.

ne regarda d'abord que les profanes qui en étoient
exclus (1), et ceux dont l'âme étoit souillée de
quelque crime (2). On y ajouta la défense de rien
dire qui pût être pris en mauvaise part ou être
de mauvais augure (3). Lorsque la lumière du
christianisme eut commencé à dissiper les ténèbres du paganisme, cette même formule subit
des changemens, et on y employa, entre autres
expressions, celles-ci : « Si quelque athée, ou
» chrétien, ou épicurien, est ici témoin de ces
» mystères, qu'il sorte, et que les personnes qui
» croient en Dieu (4) soient initiées sous d'heu-
» reux auspices ». L'hiérophante s'écrioit le premier : *Hors d'ici les Chrétiens.* Et tous les assistans
répondoient : *Hors d'ici les Épicuriens* (5).

---

(1) Vid. plur. ap. Briss., de Formul., p. 3, ed. Hal.,
1731.

(2) Cels. ap. Orig., lib. III, p. 147 ; Briss., de Formul.,
p. 6.

(3) Vid. Briss., de Formul., p. 10.

(4) Πιστεύοντες τῷ θεῷ. Lucian., Alex., §. 38. Ces expressions étoient assurément inusitées avant la publication
de l'Évangile.

[Le verbe πιστεύω signifiant, *ajouter foi, mettre sa confiance, croire aux paroles et aux promesses de quelqu'un*,
n'est point une expression particulière à la religion chrétienne, ou aux écrivains de cette religion. L'observation
de M. de Sainte-Croix seroit fondée, si Lucien eut dit :
πιστεύοντες εἰς τὸν θεόν. S. de S.]

(5) Lucian., Alex., loc. supr. laud. Quoique ces paroles

Il est vraisemblable qu'après cette proclamation, on exigeoit de nouveau des assistans le serment par lequel ils s'engageoient à garder un secret inviolable. Ensuite on leur demandoit, comme aux petits mystères, soit en particulier, soit en général : *Avez-vous goûté du pain ?* etc. Chacun répondoit : *J'ai jeûné et j'ai bu du cycéon ; j'ai pris de la ciste et mis dans le calathus ; je l'ai reçu de nouveau et transporté dans la petite ciste* (1). Tout cela étoit relatif à l'histoire de

---

soient mises dans la bouche d'Alexandre, célébrant ses propres mystères, on ne peut douter qu'elles ne soient conformes à celles de la formule qui étoit en usage alors à Éleusis. Avant de les rapporter, Lucien nous en avertit, en disant : πρόρρησις ἦν, ὥσπερ Ἀθήνησι, τοιαύτη.

[Sans doute Lucien a imité ici les rites et les formules usités dans les mystères ; mais, je l'ai déjà remarqué (ci-dev., p. 270), on ne doit pas en conclure qu'il les ait fidèlement copiés. Eût-il même osé le faire ? c'est ce dont on peut douter. En général, faute de faits, M. de Sainte-Croix me paroît avoir pris trop à la rigueur, pour des assertions positives, ce qui n'est et ne pouvoit être que des allusions plus ou moins détournées. S. de S.]

(1) Κἄσθι τὸ σύνθημα Ἐλευσινίων μυστηρίων. Clem. Alex., Protr., p. 18. Je pense, avec plusieurs savans, que le mot ἐργασάμενος est interpolé dans ce passage, et j'ai préféré suivre la leçon d'Arnobe : *Jejunavi, atque ebibi cyceonem ; ex cista sumpsi, et in calathum emisi. Accepi rursus, in cistulam transtuli.* Adv. Gent., lib. v, p. 77, ed. Rig.

[Voyez l'observation que j'ai faite sur cette formule, ci-devant, p. 304, note. S. de S.]

Cérès, et à ce que le myste avoit fait auparavant. Si, pour satisfaire à la première question, quelqu'un eût simplement répondu *oui*, il se seroit décélé lui-même. Cette manière de discerner les profanes d'avec les adeptes, et de se soustraire aux efforts d'une curiosité indiscrète, est si naturelle, que nous la voyons encore usitée dans des associations célèbres et mystérieuses.

Avant de participer aux grands mystères, on se soumettoit à de nouvelles purifications, celles d'Agra ou des petits mystères n'ayant été que préparatoires (1). Il falloit d'abord être tout nu, ensuite se couvrir d'une peau de faon, dont on se faisoit une ceinture, et c'est sans doute ce qu'Arignote appeloit νεβρισμός, dans son ouvrage sur les Mystères d'Éleusis (2). Cette cérémonie secrète faisoit allusion à l'état sauvage des premiers hommes ; ou, si l'on veut, ce même habit étoit l'emblème de la vie corrompue et mortelle des profanes (3). On le quittoit ensuite (4) pour

---

(1) Ὥσπερ προκάθαρσις καὶ προάγνευσις. Schol. Aristoph., Plut., ad v. 846.

(2) Harpocr., in voc. Νεβρίζων.

(3) Etym. magn., in voc. Σύμβολα.

[Le passage cité ici de l'*Etymologicon magnum* paroît devoir plutôt s'entendre des tuniques de peau, οἱ δερμάτινοι χιτῶνες, que portoient beaucoup d'anachorètes chrétiens. S. de S.]

(4) Plotin. Ennead. 1, lib. VI, p. 55.

prendre l'habit avec lequel on devoit être initié. Dans cette partie des rites de l'initiation, l'initié étoit appelé *heureux* (1).

Tous ces préliminaires se passoient hors du temple (2), qui étoit fermé (3), mais dans le

---

(1) Sopat., Divis. quæst., p. 335.

(2) Themist., Or. xii, p. 285, ed. Petav.

[Dans le passage de Thémistius cité ici par M. de Sainte-Croix, cet orateur, s'adressant à Jovien qui venoit d'être élu empereur, lui dit qu'il jouira beaucoup plus de sa nouvelle dignité lorsque, résidant lui-même dans le palais impérial, il sera témoin de la joie de la capitale, qu'il ne peut le faire à ce moment, où il est encore au milieu des camps et absent de la cité sacrée de Constantinople. Il compare la position actuelle de l'empereur à celle des Athéniens, qui, vainqueurs des Perses comme lui, et encore éloignés de leur patrie et de leurs temples, ont été réduits à célébrer sur leurs vaisseaux la solennité des mystères ; puis il ajoute que l'empereur, après avoir pratiqué hors du temple les rites préparatoires de l'initiation, l'accomplira parfaitement dans l'intérieur du sanctuaire. Πέρσας δὲ καὶ Ἀθηναῖοι νικῶντες, ἐν ταῖς ναυσὶν ἐδᾳδούχησαν τὰ μυστήρια· καὶ βασιλεὺς, μετὰ τὴν εἰρήνην, ἔξω τοῦ νεὼ τὰ προτέλεια μυήσας, εἰς τὰ ἀνάκτορα τὴν τελετὴν καταθήσεται. S. de S.]

(3) [Il y a tout lieu de croire que la proclamation du héraut qui ordonnoit aux profanes de s'éloigner, étoit suivie de l'extinction des flambeaux et des lampes. On est en droit de tirer cette conclusion d'un passage du *Symposium* de Platon, qui contient, ce me semble, une allusion sensible aux pratiques des mystères d'Éleusis. Alcibiade s'adresse aux convives, et leur déclare qu'il va leur faire une révé-

péribole ou grande enceinte. Les aspirans, plongés dans les horreurs de la nuit, et saisis de

---

lation peu honorable pour Socrate et pour lui-même, mais
qu'il ne craint point de leur tout avouer, parce qu'ils partagent son enthousiasme et son délire pour la philosophie.
Puis il continue ainsi : Διὸ πάντες ἀκούσεσθε· συγγνώσεσθε γὰρ
τοῖς τότε πραχθεῖσι, καὶ τοῖς νῦν λεγομένοις. Οἱ δὲ οἰκέται, καὶ
εἴ τις ἄλλος ἐστὶ βέβηλός τε καὶ ἀγροῖκος, πύλας πάνυ μεγάλας
τοῖς ὠσὶν ἐπίθεσθε. On reconnoît ici une allusion à la formule
qui enjoignoit aux profanes de se retirer : βέβηλοι est expliqué par ἀμύητοι dans le Lexique de Timée, et on s'est
aperçu, il y a long-temps, que Platon rappeloit ici des
vers attribués à Orphée, et qui nous ont été conservés par
S. Justin, martyr ; vers qui sont également relatifs au
secret des mystères : Φθέγξομαι οἷς θέμις ἐστί· θύρας δ' ἐπίθεσθε βέβηλοις Πᾶσιν ὁμοῦ.

Après cette première allusion, Alcibiade continue ainsi
son récit : Ἐπειδὴ γὰρ οὖν, ὦ ἄνδρες, ὅ τε λύχνος ἀπεσβήκει,
καὶ οἱ παῖδες ἔξω ἦσαν, ἔδοξέ μοι χρῆναι μηδὲν ποικίλλειν πρὸς
αὐτὸν, ἀλλ' ἐλευθέρως εἰπεῖν ἅ μοι ἐδόκει. Certainement Alcibiade est censé comparer l'extinction de la lampe et la
sortie des domestiques, ou plutôt, pour rétablir l'ordre
convenable, la sortie des domestiques et l'extinction de la
lampe, à ce qui se passoit au moment où alloient commencer les cérémonies secrètes de l'initiation. Plat., Sympos., tom. III Oper., p. 218; Dial. duo, Phileb. et Sympos.,
ed. Fischer., p. 193.

Je crois que les initiés étoient obligés de marcher et de
faire diverses allées et venues dans les ténèbres. Cela me
paroît suffisamment indiqué par le passage de Thémistius ou
de Plutarque, conservé par Stobée, que Warburton a cité
(The div. Legat. of Mos., tom. I, p. 246), et dont M. de

frayeur (1), attendoient dans le vestibule ou *pro-naos* que les portes s'ouvrissent. « Le temple

---

Sainte-Croix fait usage un peu plus loin. Ces allées et venues sont exprimées par ces mots : Πλάναι τὰ πρῶτα καὶ περιδρομαὶ κοπώδεις, καὶ διὰ σκότους τινὸς (je lis τινὲς) ὕποπτοι πορεῖαι καὶ ἀτέλεστοι.

Lucien, dans un passage qu'on verra dans peu cité par M. de Sainte-Croix, et dont Warburton n'a pas manqué de faire usage (The div. Legat. of Mos., tom. I, p. 215), compare les ténèbres qui enveloppent ceux qui descendent aux enfers, à celles qui causoient tant de frayeur aux initiés dans les cérémonies d'Éleusis.

Thémistius nous représente aussi l'initié approchant du sanctuaire, προσιὼν τοῖς ἀδύτοις, comme un homme saisi de trouble, qui ne sait ni où mettre le pied, ni comment trouver le chemin qui peut le conduire dans l'intérieur du temple : Οὐδὲ ἴχνους λαβέσθαι οἷός τε ὢν, οὔτε ἀρχῆς ἡστινοσοῦν ἐπιδράξασθαι εἴσω φερούσης; et quoique ce passage ne s'applique pas directement aux mystères, mais ait pour objet la philosophie d'Aristote, et les ténèbres dont elle étoit enveloppée avant que le père de Thémistius l'eut expliquée et mise dans tout son jour, on ne peut douter que l'orateur n'ait voulu y peindre ce qui avoit lieu dans l'initiation. Or., in Patr., ed. Petav., p. 50. A.

Ces ténèbres cependant étoient interrompues par l'éclat de la lumière qui se faisoit voir de temps à autre, et laissoit apercevoir des figures effrayantes et des spectres qui portoient la terreur dans l'âme, comme l'exprime fort bien Dion Chrysostôme, dans un passage qui sera cité tout à l'heure. S. de S.]

(1) Procl., in Theol. Plat., lib. III, cap. 18.

[Voici le texte de Proclus. Ce philosophe dit que toutes

» s'ébranle, s'écrie Claudien ; la foudre répand
» une lumière éclatante, qui annonce la présence
» de la divinité ; un bruit sourd se fait entendre

---

choses ont un désir ineffable du bien, et que nous nous
sentons portés vers ce qui est beau avec une sorte de sai-
sissement et de mouvement irrésistible, parce que son
éclat et son attrait pénètre toute l'âme, et la tourne vers
le beau comme vers ce qui approche le plus du bien. Il
ajoute que l'âme, croyant apercevoir le bien ineffable comme s'il se manifestoit à elle, est remplie de joie, admire le
beau qu'elle voit, et en est dans une sorte de ravissement.
Puis il continue ainsi : Καὶ ὥσπερ ἐν ταῖς ἁγιωʆάταις τελεταῖς,
πρὸ τῶν μυσʆικῶν θεαμάτων, ἔκπληξις τῶν μυουμένων, οὕτω δὴ κᾀν
τοῖς νοητοῖς πρὸ τῆς τοῦ ἀγαθοῦ μεʆουσίας τὸ κάλλος προφαινό-
μενον, ἐκπλήττει τοὺς ὁρῶντας, καὶ ἐπισʆρέφει τὴν ψυχὴν, καὶ
δείκνυσιν ἐν τοῖς προθύροις ἱδρυμένον, οἷόν ἐστιν ἄρα τὸ ἐν τοῖς
ἀδύτοις καὶ τὸ κρύφιον ἀγαθόν. Bien loin que, dans ce passage de Proclus, il soit question des monstres ou des spectres effrayans qui jetoient la terreur dans les âmes des
initiés, en leur apparoissant au milieu des ténèbres, il
s'agit d'un spectacle agréable qui frappoit leurs yeux avant
qu'ils pénétrassent dans le sanctuaire, et qui étoit pour eux
comme le pronostic et l'avant-goût des visions mystiques,
τῶν μυσʆικῶν θεαμάτων, dont ils alloient bientôt jouir dans
l'époptée. Proclus sans doute veut parler de la lumière qui
succédoit aux ténèbres, au moment de la cérémonie nommée *photagogie*. C'est là ce que Plutarque, dans le passage
rapporté par Stobée, exprime d'une manière précise. Après
les allées et venues dans les ténèbres, dont j'ai déjà parlé
(note 3, p. 349), viennent les visions effrayantes : Εἶτα πρὸ
τέλους αὐτοῦ τὰ δεινὰ πάντα, φρίκη καὶ τρόμος, καὶ ἱδρὼς, καὶ
θάμβος. A cela succède une lumière admirable, qui semble

» du fond des abîmes de la terre ; l'édifice des
» enfans de Cécrops mugit ; Éleusis élève ses
» torches sacrées ; les serpens de Triptolème sif-
» flent.... ; au loin paroît la triple Hécate, etc. (1) ».
Cette description, quoique poétique, diffère peu
des détails que plusieurs auteurs nous fournissent sur le spectacle qui s'offroit aux yeux des
initiés. L'aspirant entendoit différentes voix,
selon Dion Chrysostôme ; la lumière et les ténèbres affectoient alternativement ses sens ; à peine
pouvoit-il considérer la multiplicité des objets
qui s'offroient à ses regards (2). Les principaux

---

venir au-devant d'eux : ἐκ δὲ τούτου, φῶς τι θαυμάσιον ἀπήν-
τησεν. Voy. Plut., de Prof. virt. sent., tom. II Oper., p. 71.

Cette scène, qui contrastoit si agréablement avec les
épreuves précédentes, avoit lieu, comme l'indique l'allusion de Thémistius, quand l'hiérophante ouvroit le vestibule du temple : ὁπότε δὲ ὁ προφήτης ἐκεῖνος, ἀναπετάσας τὰ
προπύλαια τοῦ νεώ (Or. in Patr., loc. supr. laud.). C'est par
allusion à cela que Sénèque dit : *Initiatos nos credimus;
in vestibulo ejus hæremus.* Nat. Quæst., lib. VII, cap. 31.

M. de Sainte-Croix a donc eu tort d'appliquer cette description de Proclus aux scènes effrayantes dont il parle
en cet endroit. S. de S.]

(1) Claud., de Rapt. Pros., lib. 1, v. 7-15.

(2) Σχεδὸν οὖν ὅμοιον, ὥσπερ εἴ τις ἄνδρα Ἕλληνα, ἢ βάρβαρον,
μυεῖσθαι παραδιδοὺς εἰς μυστικόν τινα οἶκον, ὑπερφυῆ κάλλει καὶ
μεγέθει, πολλὰ μὲν ὁρῶντα μυστικὰ θεάματα, πολλῶν δὲ ἀκούοντα
τοιούτων φωνῶν, σκότους τε καὶ φωτὸς ἐναλλὰξ αὐτῷ φαινομένων,
ἄλλων τε μυρίων γινομένων. Dion Chrys., Or. XII, p. 202.

étoient des fantômes ayant la figure de chien, et
diverses formes monstrueuses et propres à inspirer de l'effroi (1), et que le bruit de la foudre et
des éclairs (2) rendoient encore plus terribles.
De là naissoient ces frémissemens, ces terreurs,
ces saisissemens, ces sueurs, qui font comparer
par Plutarque l'état d'un initié à celui d'un mourant (3).

Mais une partie de la description de Claudien,
et des détails qu'on vient de lire, appartient à la
représentation des enfers, qui s'exécutoit dans
un antre, ou lieu souterrain, pratiqué pour cela
au-dessous du grand temple. On ne sauroit élever
aucun doute sur la réalité de cette cérémonie.
Lucien, dans un de ses dialogues, introduit un
savetier, nommé Micylle, entrant dans la barque
de Charon. Il tend la main à un cynique, et lui
dit : « Dis-moi, car tu t'es fait initier aux mystères
» d'Éleusis, ne trouves-tu pas que tout ce qui se
» passe ici y ressemble beaucoup ? » Le cynique
répond : « Tu as bien raison. Mais voilà une femme
» qui s'avance faisant les fonctions de dadouque,
» c'est-à-dire, tenant un flambeau. Son regard est

---

(1) Ἀλλόκοτα τὰς μορφὰς φάσματα. Stob., Serm. CCLXXIV,
p. 884. Ce passage étoit faussement attribué à Thémistius ;
mais le savant Wyttenbach a fait voir qu'il étoit de Plutarque. Ad cal. lib. de Ser. num. vind., p. 129.

(2) Schol., ad Orac. Zoroastr., 87, ed. Gal.

(3) Plut., ap. Stob., loc. supr. laud.

Z

» menaçant et inspire l'effroi. C'est sans doute
» quelque furie (1) ». En effet, on voit paroître
Tisiphone, et elle conduit les morts nouvellement
débarqués, au tribunal de Rhadamanthe. Ce passage important et décisif n'a point échappé à
Warburton, qui s'en appuie dans son explication
du vi⁰ livre de l'Énéide (2).

Jamais, il faut l'avouer, on n'interpréta un
ancien poète avec plus de sagacité que ne l'a fait
Warburton ; jamais on ne donna à ses conjectures
un plus haut degré de probabilité. D'abord elles
ne m'avoient paru que fort ingénieuses ; ensuite,
en y réfléchissant davantage, je me suis convaincu
qu'elles avoient presque le caractère d'une vérité
démontrée. M. Heyne prétend que, si la descente
d'Énée aux enfers est une allégorie de l'initiation
aux mystères, toute la beauté poétique de cet
épisode disparoît (3). Virgile a exécuté ce que

_____

(1) Εἰπέ μοι, ἐτελέσθης γὰρ, ὦ κυνίσκε, τὰ Ἐλευσίνια, οὐχ
ὅμοια τοῖς ἐκεῖ τὰ ἐνθάδε σοι δοκεῖ; ΚΥΝ. Εὖ λέγεις · ἰδοὺ οὖν
προσέρχεται δᾳδουχοῦσά τις, etc. Lucian., Catapl., §. 22.

(2) The Divin. Legat. of Mos., tom. I, p. 215.

(3) Ad Æneid., lib. vi, excurs. x, t. III, p. 340, ed. tert.

[M. Heyne termine, il est vrai, ses réflexions sur ce
sujet, par ces mots : *Perit tandem omnis epica vis et
poetica suavitas, si res à poeta narrata ad allegoriam
revocetur ;* mais ce n'est là ni le seul, ni le principal motif
qu'il oppose au système de Warburton. Autre chose, au
surplus, seroit de supposer que Virgile a emprunté, pour

Chilius s'étoit proposé de faire avant lui (1); je
veux dire qu'il a employé les cérémonies de l'initiation pour en faire le sujet d'un épisode de son
poëme : mais il a su les embellir, et les a rendues
intéressantes pour les Romains. Elles lui ont
fourni un cadre, qu'il a rempli librement et avec
art, au moyen d'Homère, qui avoit tout un autre
dessein (2), et en y faisant entrer les opinions
philosophiques répandues de son temps, et les

la composition du 6ᵉ Livre de l'Énéide, beaucoup d'idées
aux rites dont se composoit la célébration des mystères
d'Éleusis, et aux doctrines qui y étoient enseignées plus
ou moins énigmatiquement ; ou d'avancer, avec Warburton, que le poète s'est proposé de retracer et d'exposer aux
yeux des profanes tout le secret des mystères. C'est cette
hypothèse que M. Heyne combat, et je ne pense pas que
M. de Sainte-Croix ait voulu la défendre. S. de S.]

(1) Cicer., ad Attic., lib. 1, ep. ix.

[J'ai déjà remarqué précédemment (p. 267, not. 2),
qu'il est impossible de dire avec certitude ce que l'on doit
entendre par les Εὐμολπιδῶν πάτρια, que Cicéron demandoit
à Atticus, de la part de Chilius (si toutefois ce nom est
exempt de faute). On ne peut former là-dessus que des
conjectures. A plus forte raison ne sauroit-on affirmer quel
étoit l'usage que Chilius vouloit faire des renseignemens
qu'il désiroit obtenir. C'est donc une chose bien hasardée
d'employer l'exemple de Chilius, comme une preuve en
faveur de l'opinion de Warburton, relative au but du
6ᵉ Livre de l'Énéide. S. de S.]

(2) Voyez les Réflexions sur la Nécyomantie de ce poète,
à la fin de cet ouvrage.

Z ij

faits historiques desquels dépendoit la gloire de sa patrie. Au milieu de tous ces ornemens étrangers, les traces du sujet principal qui, comme je l'ai dit, leur sert de cadre, contribuent à accroître l'intérêt, loin qu'il soit détruit par une froide allégorie. M. Heyne n'a point méconnu ces allusions aux mystères; au contraire, il les a souvent indiquées (1). L'explication de Warburton est donc vraie en partie; et cela suffit pour que l'on soit en droit d'affirmer que Virgile a fait plus ou moins d'attention à la représentation des enfers, usitée dans la fête des mystères éleusiniens.

A son exemple, Sénèque y a puisé l'idée de la descente d'Hercule au rivage des morts, et dans les lieux des supplices éternels dont il offre un sombre tableau. Le poète fait paroître Thésée, qui, s'adressant au dominateur de l'empire infernal, et à Proserpine que sa mère a cherchée vainement dans les plaines de Sicile, leur demande « qu'il lui soit permis de révéler impunément les » objets secrets et ténébreux que la terre ne doit » pas connoître (2) ». Junon elle-même avoit précédemment témoigné son indignation de ce que les secrets de l'enfer et du royaume des morts

-----

(1) *Neque id negari velim, nihil omnino narrationi Virgilianæ cum Eleusiniis initiis esse commune.* Excurs. x, ad Æneid. lib. vi, tom. III, p. 338, ed. tert.

(2) Herc. Fur., v. 658-661.

étoient mis au grand jour et révélés au monde (1). Plus loin, le poète introduit sur la scène Mégare, femme d'Hercule, promettant à Cérès que, si son époux revient des enfers, elle célébrera les mystères d'Éleusis, et en gardera le secret avec fidélité (2). Il affecte encore de les rappeler par les paroles qu'il met dans la bouche du chœur de Thébains, qui, applaudissant au retour d'Hercule, comparent la quantité des ombres qu'il avoit ren-

_____

(1) *Et sacra diræ mortis in aperto jacent.* Herc. Fur., v. 56.

[Un passage de Platon prouve suffisamment que les représentations des peines de l'enfer faisoient partie de la célébration des mystères. Ce philosophe, dans son Traité des Lois, parlant des homicides volontaires, et des peines que les lois devoient leur infliger, s'exprime ainsi : Τούτων δὴ πάντων πέρι προοίμια μὲν εἰρημένα ταῦτ' ἔστω · καὶ πρὸς τούτοις, ὃν καὶ πολλοὶ λόγον τῶν ἐν ταῖς τελεταῖς περὶ τὰ τοιαῦτα ἐσπουδακότων ἀκούοντες, σφόδρα πείθονται, τὸ τῶν τοιούτων τίσιν ἐν ᾅδου γίγνεσθαι · καὶ πάλιν ἀφικομένοις δεῦρο ἀναγκαῖον εἶναι τὴν κατὰ φύσιν δίκην ἐκτῖσαι, τὴν τοῦ παθόντος ἅπερ αὐτὸς ἔδρασεν, ὑπ' ἄλλου τοιαύτῃ μοίρᾳ τελευτῆσαι τὸν τότε βίον. Πειθομένῳ μὲν δὴ, καὶ πάντως φοβουμένῳ ἐξ αὐτοῦ τοῦ προοιμίου τὴν τοιαύτην δίκην, οὐδὲν δεῖ τὸν ἐπὶ τούτῳ νόμον ὑμνεῖν · ἀπειθοῦντι δὲ νόμος ὅδε εἰρήσθω. De Leg., lib. IX, tom. II Oper., p. 870 et 871. S. de S.]

(2) Herc. Fur., v. 300-302.

.... *Tibi, frugum potens,*
Secreta reddam sacra; tibi muta fide
Longas Eleusin tacita jactabit faces.

Z iij

contrées, à celle des initiés (1). Aristophane, dans
la comédie des Grenouilles, dont la scène est à
Éleusis (2), introduit des mystes ou initiés, et
Bacchus qui descend aux enfers (3). Cette sorte
de confusion du séjour infernal et d'Éleusis désigne assez clairement les représentations dont il
est ici question, et qui faisoient partie des mystères; et ce rapport n'est pas si éloigné que tant
d'autres qu'on est obligé d'admettre dans une
semblable matière. Ajoutons qu'Eschine, ou l'ancien auteur anonyme d'un dialogue faussement
attribué à Platon, en parlant avec quelques détails de l'Érèbe et du Tartare, dit que, suivant
une ancienne tradition, Bacchus et Hercule,
avant d'y pénétrer, se firent initier, et ranimèrent
leur courage par les mystères éleusiniens, pour
l'entreprise périlleuse qu'ils étoient sur le point
d'exécuter (4).

La peinture s'exerça aussi sur ce triste sujet,
et l'on voyoit de toutes parts, soit à Rome, soit
dans la Grèce, des tableaux représentant le sup-

---

(1) Herc. Fur., v. 842-849.

(2) Schol. Aristoph., Ran., ad v. 357.

(3) Aristoph., Ran., v. 319 et seq.

(4) Καὶ τοὺς περὶ Ἡρακλέα τε καὶ Διόνυσον, καὶιόνἰας εἰς ἅδου,
πρότερον λόγος ἐνθάδε μυηθῆναι, καὶ τὸ θάρσος τῆς ἐκεῖσε πορείας
παρὰ τῆς Ἐλευσινίας ἐναύσασθαι. Plat., Axioch., tom. III
Oper., p. 371.

plice des méchans dans l'autre vie (1). Mais aucun
n'étoit plus remarquable et plus digne de passer
à la postérité, que celui de Polygnote de Thasos.
Il ne nous en reste que la description fort ample
que nous devons à Pausanias. Quoique Polygnote ait tiré de l'Odyssée d'Homère, et de plusieurs autres poëmes, une partie considérable de
son vaste sujet (2), la descente d'Ulysse aux enfers, il emprunte cependant beaucoup de choses
des mystères d'Éleusis. Il les désigne de manière
que le spectateur initié ne pouvoit s'y méprendre.
D'abord, l'on voyoit Charon passant sur sa barque
Tellis, jeune adolescent, et Cléobée, jeune fille
encore vierge, qui tient sur ses genoux une ciste
en usage dans les fêtes de Cérès. C'étoit Cléobée qui
la première, disoit-on, avoit transporté les mystères de Cérès de l'île de Paros à Thasos. Sur les
bords du fleuve, on apercevoit un fils déna-
turé, étranglé par son père qu'il avoit maltraité,
et un spoliateur sacrilége, livré à une magicienne chargée de son supplice. Au-dessus de ces
figures, se voyoit un personnage nommé *Eu-
rynome*. Les prêtres du temple d'Apollon à Delphes, où se trouvoit ce tableau, comptoient Éu-
rynome au nombre des divinités infernales. Sa

---

(1) *Vidi ego multa sæpe picta, quæ Acherunti fierent,
Cruciamenta.*

Plaut., Captiv., act. v, scen. 4, v. 1 et 2.

(2) Pausan., Phoc., cap. 28.

Z iv

fonction étoit, suivant eux, de ronger les cadavres des morts, dont il ne laissoit subsister que
les os. Assis sur une peau de vautour, ce personnage, d'une couleur entre le bleu et le noir, pareille à celle des mouches qui dévorent la viande,
montroit les dents à découvert. J'omets à dessein
tous les autres détails de cette riche composition, pour en venir à cette partie où l'on voyoit
deux figures de femmes, l'une encore jeune,
l'autre plus âgée, et qui toutes deux sembloient
porter de l'eau dans des vases brisés (1). Une inscription qui leur étoit commune, faisoit connoître qu'elles étoient du nombre des personnes
qui n'avoient pas été initiées, sans doute par leur
faute (2). Si l'on admet que ces représentations
des supplices infligés aux impies dans l'enfer
étoient mises sous les yeux des initiés, et faisoient
partie des cérémonies mystiques (3), on concevra

_____

(1) Αἱ δὲ ὑπὲρ τὴν Πενθεσίλειαν φέρουσαι μέν εἰσιν ὕδωρ ἐν
κατεαγόσιν ὀστράκοις. Pausan., Phoc., cap. 31.

(2) Ἐν κοινῷ δέ ἐστιν ἐπὶ ἀμφοτέραις, εἶναι σφᾶς τῶν οὐ μεμυημένων. Paus., loc. supr. laud., et Kust., not. ad h. loc.

(3) [La représentation des enfers et des peines que les
hommes coupables y souffroient, n'étoit point l'objet di-
rect et immédiat des mystères : c'étoit seulement une scène,
et en quelque sorte un épisode du drame qui représentoit les aventures d'Isis, d'Osiris et de Typhon, ou de
Cérès, Proserpine et Pluton. Ce drame, pour être complet, devoit contenir l'enlèvement de Proserpine, les

pourquoi Pindare fait prononcer dans les enfers,
à Ixion, une sentence par laquelle il recommande
aux hommes les devoirs de la reconnoissance (1);
et Virgile met dans la bouche de Thésée un aver-

---

courses de Cérès, sa descente aux enfers, l'union de Pluton avec Proserpine, et se terminer par le retour de Cérès
dans le séjour des dieux. La représentation de ce drame
commençoit sans doute immédiatement après la proclamation qui ordonnoit aux profanes de s'éloigner. Quelques
parties du drame étoient éclairées par la lueur des flambeaux, d'autres se passoient dans les ténèbres; les unes
s'exécutoient dans le péribole du temple, les autres dans
un lieu obscur et souterrain. Les principaux acteurs du
drame devoient être toujours les mêmes; les ornemens
accessoires et les détails pouvoient se varier à l'infini. De là
peut-être ces mots de Sénèque : *Non semel quædam sacra
traduntur, servat Eleusis quod ostendat revisentibus.*
Nat. Quæst., lib. VII, cap. 31.

Si telle est, comme je le crois, l'idée que l'on doit se
faire des représentations d'Éleusis, la scène de Baubo, et
toutes les aventures qui appartiennent aux courses de Cérès
dans l'Attique, telles que l'introduction de la culture des
céréales, la mission de Triptolème, etc., devoient précéder la représentation des régions infernales et des supplices de ceux qui les habitent. Je n'ai cependant voulu
rien changer à l'ordre suivi par M. de Sainte-Croix; il me
suffit d'en faire, une fois pour toutes, la remarque. J'ajoute
que les aventures de Cérès, antérieures à la naissance de
Proserpine, pouvoient aussi faire partie des représentations d'Éleusis : la chose même n'est pas sans vraisemblance. S. de S.]

(1) Pyth., Od. II, v. 39.

tissement (1) adressé aux ombres, et une exhor-
tation à pratiquer la justice et à ne point mépriser les dieux. De quelle utilité eussent été de
semblables avis adressés aux morts ? Ce ne pouvoient être que des inscriptions mises près de
la représentation qu'on faisoit de ces scènes effrayantes, dans les mystères, et ces avis s'adressoient aux initiés. Warburton a fort bien expliqué cela (2), et il est difficile à cet égard de n'être
pas de son avis. Mais revenons au tableau de Polygnote.

A la suite d'une foule de suppliciés, immédiatement après Sisyphe, s'offroit encore à la vue une
vieille femme avec sa cruche fêlée, versant dans un
tonneau le peu d'eau qui lui restoit. Auprès d'elle
on voyoit un vieillard, un enfant et plusieurs femmes, qui tous portoient de l'eau (3). « Nous pen-
» sons, dit Pausanias, que tous ces personnages
» représentent ceux qui n'ont fait aucun cas de
» ce qui se pratique à Éleusis (4) ». Ensuite il remarque que les anciens Grecs mettoient les mystères d'Éleusis autant au-dessus de tous les autres
mystères qu'ils plaçoient les dieux au-dessus des

---

(1) Æneïd., lib. vi, v. 618-620.

(2) The div. Legat. of Mos., tom. I, p. 238.

(3) Pausan., Phoc., cap. 31.

(4) Ἡμεῖς δὲ ἐτεκμαιρόμεθα, εἶναι καὶ τούτους τῶν τὰ δρώμενα
Ἐλευσῖνι ἐν οὐδενὸς θεμένων λόγῳ. Pausan., loc. supr. laud.

héros (1). Il termine presque aussitôt sa description en disant deux mots de Tantale. On ne
sauroit se dissimuler qu'il s'y trouve une multi-
titude de traits qui ne peuvent s'appliquer qu'à
cette partie de l'initiation où l'on offroit aux
initiés le spectacle de l'enfer, et des peines que
la vengeance divine y faisoit éprouver aux coupables; et ce qui démontre la vérité de cette
conjecture, c'est la mention qui y est faite des
supplices infligés à ceux qui avoient méprisé les
mystères ou qui en avoient trahi le secret. Platon,
dans un de ses dialogues, fait une allusion à ce
genre de supplice (2), et la description du tableau

---

(1) Οἱ γὰρ ἀρχαιότεροι τῶν Ἑλλήνων τελετὴν τὴν Ἐλευσινίαν
πάντων, ὁπόσα εἰς εὐσέβειαν ἥκει, τοσούτῳ ἦγον ἐντιμοτέραν, ὅσῳ
καὶ θεοὺς ἐπίπροσθεν ἡρώων. Pausan., loc. mod. laud.

(2) [M. de Sainte-Croix n'a point indiqué le passage de
Platon qu'il avoit en vue. Je crois que c'est le texte suivant, qui se trouve dans le dialogue intitulé *Gorgias*, et
que Kuster a cité dans ses notes sur Pausanias. Τοὐναντίον
δὴ οὗτός σοι, ὦ Καλλίκλεις, ἐνδείκνυται ὡς τῶν ἐν ᾅδου (τὸ ἀειδὲς
δὴ λέγων) οὗτοι ἀθλιώτατοι ἂν εἶεν, οἱ ἀμύητοι, καὶ φοροῖεν εἰς
τὸν τετρημένον πίθον ὕδωρ ἑτέρῳ τοιούτῳ τετρημένῳ κοσκίνῳ. Il
faut voir dans Platon tout ce qui précède et qui suit ce
passage. L'explication allégorique de cette fable, que rapporte ce philosophe, n'est sans doute qu'un jeu d'esprit,
et Platon lui-même ne le dissimule pas; mais elle confirme
l'antiquité de la fable, et prouve que c'étoit une chose généralement connue, et un symbole convenu pour représenter les délits commis contre le respect dû aux mystères.

de Polygnote est en quelque sorte le commentaire de ce passage du philosophe.

Mais ces représentations mystérieuses n'auroient-elles point été quelquefois souillées par des scènes ou des actions honteuses?

« Que vos nuits pleines de turpitudes cessent », s'écrie S. Grégoire de Nazianze, « et je ferai re-
» naître en votre faveur nos veilles sacrées qu'é-
» claire la lumière. Fermez ces issues ténébreuses
» et ces chemins qui conduisent aux enfers, je
» vous guiderai dans la voie droite et lumineuse
» du ciel, je révélerai toute l'infamie de vos mys-
» tères (1) ». S. Clément d'Alexandrie, les autres Pères de l'Église, et les anciens écrivains ecclésiastiques (2), tiennent à peu près le même langage, n'en rapportant pour ainsi dire d'autre motif que l'usage constant de célébrer pendant la nuit ces fêtes religieuses. Ne s'y passoit-il donc rien qui pût justifier cette véhémente apostrophe de S. Grégoire? Cela n'est pas probable, et je crois avoir trouvé la cause de ces soupçons. L'hiérophantide conduisoit les initiés dans les souter-

---

Plat., Gorg., tom. I Oper., p. 493. B ; Plat., Euthyd. et Gorg., ed. J. Routh., p. 212, et not. et var. lect., ad h. loc. S. de S.]

(1) Or. adv. Julian. II, cap. 31.

(2) Evagr., Hist. ecclesiast., lib. I, cap. XI; Niceph. Callist., Eccl. hist., lib. XIV, cap. 48, tom. II, p. 553. A, ed. Front. Duc.

rains où l'on représentoit les enfers. La présence
de l'hiérophantide en ce lieu n'est point douteuse, puisqu'il en est fait mention dans le
monument relatif à l'initiation de l'empereur
Hadrien (1). Suivant Philon, les mystes se livroient, dans les ténèbres, à deux ou trois personnes (2), qui ne peuvent être que cette prêtresse, l'hiérophante, le dadouque, ou d'autres
ministres supérieurs. En effet, S. Astérius, évêque
d'Amasée, écrivain élégant, et digne d'être plus
connu, et qui vivoit vers la fin du quatrième siècle, au moment de l'abolition des mystères d'É-

_____

(1) Ex Schedis Worsley.

(2) De Virt. Stud., tom. II, p. 447, ed. Mangey.

[M. de Sainte-Croix cite ici un passage du Traité de
Philon, intitulé : *Quod omnis qui virtuti studet sit liber*,
mais on n'y trouve rien qui ait le moindre rapport avec
le fait dont il s'agit. Voici le passage : Οἱ δὲ ὥσπερ ἐν ταῖς
τελεταῖς ἱεροφαντηθέντες, ὅταν ὀργίων γεμισθῶσι, πολλὰ τῆς πρό-
σθεν ὀλιγωρίας ἑαυτοὺς κακίζουσιν, ὡς οὐ φεισάμενοι χρόνου, βίον
δὲ τρίψαντες ἀβίωτον, ἐν ᾧ φρονήσεως ἐχήρευσαν. Je ne puis me
persuader cependant que M. de Sainte-Croix eût avancé
ce qu'il dit ici, d'une manière aussi positive, s'il n'avoit
eu aucune autorité, et j'imagine qu'il a omis quelque chose
en mettant au net cette addition, ou que le nom de Philon
aura été substitué à celui d'un autre écrivain, en sorte que
le passage cité de Philon a pris la place d'une autre citation. Cela est d'autant plus vraisemblable, que ce même
passage de Philon se trouve cité un peu plus loin, à propos. J'ai dû au surplus faire cette remarque, pour que les
lecteurs ne soient pas induits en erreur. S. de S.]

leusis, regarde comme le résultat essentiel de la
superstition, cette vaine cérémonie à laquelle la
Grèce entière participoit, et ce qui se passoit dans
le lieu souterrain et ténébreux, où l'hiérophante
et la prêtresse avoient de saintes rencontres.
« Lorsque l'un se trouve avec l'autre, seul à seul,
» ajoute-t-il, les lumières ne s'éteignent-elles
» pas ? Un peuple innombrable attend son salut
» de ce qui se passe dans l'obscurité entre deux
» personnes ! (1) » Sans l'âge avancé de l'hiérophantide, et l'efficacité des moyens que l'hiérophante employoit pour s'assurer lui-même de sa
chasteté, on auroit pu croire, avec un auteur
grec du onzième siècle, que la décence étoit vio-
lée (2) dans cette rencontre. Il paroît qu'on y
représentoit, soit l'enlèvement de Proserpine par
Pluton, soit leur union. Tertullien nous assure
que les Valentiniens imitoient exactement les
cérémonies d'Éleusis (3); et l'on sait, par les té-

_____

(1) Οὐ κεφάλαιον τῆς σῆς θρησκείας τὰ ἐν Ἐλευσῖνι μυστήρια,
καὶ δῆμος Ἀτ]ικὸς καὶ ἡ Ἑλλὰς πᾶσα συναίρει ἵνα τελέσῃ μα-
τα]ιό]ητα; οὐκ ἐκεῖ τὸ κα]αϐάσιον τὸ σκο]εινὸν, καὶ αἱ σεμναὶ τοῦ
ἱεροφάντου πρὸς τὴν ἱέρειαν συν]υχίαι, μόνου πρὸς μόνην; οὐχ αἱ
λαμπάδες σϐέννυν]αι, καὶ ὁ πολὺς καὶ ἀναρίθμητος δῆμος τὴν
σω]ηρίαν αὐτῶν εἶναι νομίζουσι τὰ ἐν τῷ σκό]ῳ παρὰ τῶν δύο πρατ-
]όμενα; Encom. in SS. Mart., Bibl. Patr. Auct., tom. II,
col. 193. B, et Coll., tom. XVIII, ed. Combefis.

(2) Psell., fragm. Ms., de Græc. opin. circa dæmon.,
cap. 3.

(3) Adv. Valent., p. 250. B, ed. Paris. cum not. Var.

moignages de S. Irénée et d'Eusèbe, que ces sec-
taires dressoient un lit nuptial dans leurs assemblées nocturnes (1). Selon Lucien, l'imposteur
Alexandre, dont il a écrit la vie, dans la fête
qu'il célébroit à l'imitation des solennités d'É-
leusis, et qui duroit trois jours, donnoit trois
représentations différentes. Le dernier jour, il
jouoit le rôle d'Endymion, tandis qu'il présidoit
lui-même, en qualité d'hiérophante, aux cérémonies mystérieuses ; et la belle Rutilie, représentant la lune, descendoit auprès de son amant.
Peu après la fin de cette scène, Alexandre, se
montrant tout à coup avec le costume de sa
charge, entonnoit la chanson de l'hyménée, à
laquelle répondoient en chœur les assistans, qui
étoient censés figurer les Eumolpides et les Céryces (2). Voilà sans doute ce qui se faisoit, du
moins à peu près, dans l'antre éleusinien, mais
avec toutes les précautions qu'exigeoit le main-
tien des bonnes mœurs. Le sujet du drame étant
les aventures de Cérès et de sa fille, lorsqu'on
arrivoit au mariage forcé de celle-ci, ou à son
enlèvement, un lit nuptial étoit préparé, les

(1) Οἱ μὲν γὰρ αὐτῶν νυμφῶνα καταςκευάζουσι, καὶ μυσταγωγίαν
ἐπιτελοῦσι μετ' ἐπιῤῥήσεων τινῶν τοῖς τελουμένοις · καὶ πνευματικὸν
γάμον φάσκουσιν εἶναι τὸ ὑπ' αὐτῶν γινόμενον, καὶ τὴν ὁμοιότητα
τῶν ἄνω συζυγιῶν. Euseb., Hist. eccles., lib. IV, cap. 11.

(2) Alex., seu Pseudomant., §. 39, tom. V Oper., p. 99
et 100, ed. Bipont.

flambeaux s'éteignoient, le prêtre et la prêtresse s'éclipsoient un instant (1), pour reparoître bientôt aux yeux des initiés.

Il se pratiquoit encore bien des cérémonies, et la principale étoit l'élévation du Phallus, rit étrange, dont Clément d'Alexandrie (2), Tertul-

_____

(1) *Cur rapitur sacerdos Cereris, si non tale Ceres passa est?* Tertull., ad Nat., lib. II, p. 57. D, ed. cum not. Var.

(2) Protrept., tom. I Oper., p. 19 et 30.

[Des deux passages de S. Clément d'Alexandrie, cités ici par M. de Sainte-Croix, le second a rapport aux mystères de Bacchus. Dans le premier, les expressions de ce père peuvent aussi-bien s'entendre des organes sexuels de la femme que de ceux de l'homme ; et je suis fort porté à penser, comme Meursius, qu'elles doivent être entendues du *ctéis*, et non du *phallus*. Il est vrai que, dans les aventures d'Isis et d'Osiris, le phallus jouoit un grand rôle, et que les mystères d'Éleusis n'étant qu'une imitation de ceux d'Isis, on est porté à penser que ce symbole n'avoit pas dû y être omis. Cependant, si l'on réfléchit qu'une divinité femelle, Proserpine, avoit pris la place d'Osiris, on ne sera peut-être pas éloigné de renoncer à cette opinion. Les écrivains anciens ont souvent parlé des mystères, d'une manière générale, sans distinguer les rites qui étoient particuliers à ceux de telle ou telle divinité. Au surplus, le phallus auroit pu être employé à Éleusis comme symbole du ravisseur de Proserpine, et de la violence qu'il fait à la fille de Cérès, ou de celle que Jupiter avoit faite à Cérès elle-même ; mais ce n'est là qu'une conjecture, et elle ne suffit pas pour justifier Tertullien de l'erreur que lui reproche Meursius. Eleusin., cap. 11. S. de S.]

lien, Arnobe, et autres, ont souvent fait mention.
Cet usage, d'origine égyptienne, avoit été introduit en Grèce par Mélampus (1), et consacré par
les mystagogues d'Éleusis ; il fut adopté par les
Valentiniens (2). Certes, rien n'est moins douteux : toutefois, on a taxé là-dessus de calomnie
les Pères que je viens de citer, et on a rejeté sans
examen leur témoignage (3) : il me sera permis
de le fortifier par des autorités non suspectes.

Diodore de Sicile répète, en plusieurs endroits
de son histoire, que les Grecs, à l'imitation des
Égyptiens, honoroient le phallus dans les mystères. C'est, dit-il, en mémoire de ce que Typhon
jeta dans le Nil les parties viriles d'Osiris. Son
épouse, Isis, voulut qu'on leur décernât les honneurs divins ; qu'on en plaçât la représentation
dans les temples, et qu'on rendît à ces mêmes
parties un culte religieux dans les sacrifices et les
mystères. Voilà, ajoute-t-il, pourquoi les Grecs,
qui ont pris de l'Égypte leurs fêtes de Bacchus,
révèrent le phallus dans les mystères, les initiations et les sacrifices (4). Plutarque ne diffère pas

---

(1) Herod., lib. 11, cap. 49.

(2) *Cæterum tota in adytis divinitas, tota suspiria*
epoptarum, totum signaculum linguæ, simulacrum
membri virilis revelatur. Adv. Valent., p. 250, ed. Paris.
cum not. Var.

(3) Dictionn. encyclop., art. *Éleusinie.*

(4) Diod., lib. 1, §. 22, 88, etc.

A a

beaucoup de ce sentiment (1). Mais écoutons les philosophes éclectiques, zélés apologistes de l'hellénisme. Dans l'énumération des usages symboliques des mystères, Iamblique n'oublie pas l'élévation du phallus, et il nous apprend qu'on en consacroit plusieurs figures au printemps, pour marquer que les dieux ont donné au monde la puissance génératrice (2). On devoit s'attendre de sa part à une pareille raison, bien digne de son école. Plotin, qui en fut l'ornement, explique de la même manière la coutume qu'on avoit dans les *télètes* ou cérémonies de l'initiation, de représenter l'ancien Mercure avec l'organe de la génération toujours prêt à entrer en action (3). Or nous savons, par le témoignage d'Eusèbe, que l'hiérocéryx représentoit à Éleusis, pendant les cérémonies de l'initiation, la personne de Mercure (4). Cette preuve est encore plus décisive que les précédentes, et rien ne peut l'infirmer, si l'on considère la source où je l'ai puisée.

Cet organe, ce lit nuptial, ce mariage appelé

---

(1) Plut., de Is. et Osir., §. 36.

(2) De Myst. Ægypt., §. 1, cap. 11.

(3) Ὅθεν, οἶμαι, καὶ οἱ πάλαι σοφοὶ μυστικῶς καὶ ἐν τελεταῖς αἰνιττόμενοι, Ἑρμῆν μὲν ποιοῦσι τὸν ἀρχαῖον, τὸ τῆς γενέσεως ὄργανον ἀεὶ ἔχοντα πρὸς ἐργασίαν. Ennead. III, lib. VI, cap. 19.

(4) Euseb., Præp. Evang., lib. III, p. 117.

[Tous les passages allégués ici par M. de Sainte-Croix sont relatifs au culte du phallus chez les Grecs, mais ils

sacré (1), et quelques autres cérémonies de ce genre, n'étoient pourtant que des représentations allégoriques (2). Théodoret en convient sans peine

---

ne prouvent point du tout, ce me semble, que ce culte ait fait partie des cérémonies d'Éleusis. Les textes cités d'Hérodote et de Diodore ont, au contraire, une application certaine et directe aux mystères de Bacchus. On ne sauroit trop faire attention aux expressions du dernier de ces écrivains, auxquelles M. de Sainte-Croix a donné une extension dont elles ne sont pas susceptibles. Διὸ καὶ τοὺς Ἕλληνας, ἐξ Αἰγύπτου παρειληφότας τὰ περὶ τοὺς ὀργιασμοὺς καὶ τὰς Διονυσιακὰς ἑορτὰς, τιμᾷν τοῦτο τὸ μόριον ἔν τε τοῖς μυσ]ηρίοις καὶ ταῖς τοῦ θεοῦ τούτου τελεταῖς τε καὶ θυσίαις, ὀνομάζοντας αὐτὸ φαλλόν. L'autorité d'Eusèbe ne prouve pas davantage ce qu'avance notre savant auteur. De ce que les Anciens représentoient Mercure de la manière décrite par Plotin, et de ce que, dans la cérémonie de l'époptée, l'hiérocéryx auroit figuré Mercure, peut-on conclure que le phallus faisoit partie des symboles admis dans les mystères d'Éleusis, et y jouoit un rôle important? Je ne le pense pas. D'ailleurs l'application faite par Eusèbe, des divers ministres d'Éleusis au démiurge, au soleil, à la lune, et à Mercure, ne me paroît pas appartenir à l'ancien esprit des mystères : je crois, au contraire, y voir une allégorie due à la philosophie éclectique. S. de S.]

(1) Procl. in Tim., p. 16. C.

(2) [Tertullien remarque aussi les explications allégoriques par lesquelles on essayoit de justifier ces représentations obscènes. *Sed naturæ venerandum nomen allegorica dispositio prætendens, patrocinio coactæ figuræ sacrilegium obscurat, et convicium falsi simulacris excusat.* Adver. Valent., p. 250 Oper., ed. cum not. varior.

et avec impartialité : mais, aussi judicieux que
savant, il observe très-bien que de tels objets ex-
citent les sens et font naître toutes sortes de pen-

Ces explications, qui furent sans doute imaginées lorsque
les nations plus civilisées commencèrent à rougir de ces
scènes grossières, ont cependant trouvé, dans ces derniers
temps, des défenseurs qui ont osé affirmer, avec Iamblique,
que de semblables représentations étoient propres à affran-
chir l'homme des passions licencieuses, en satisfaisant la
vue, et domptant en même temps les appétits naturels, par
la sainteté des rites qui accompagnoient ces spectacles honteux. Ils n'ont pas rougi d'imputer aux plus savans écrivains ecclésiastiques, anciens et modernes, qui ne partagent pas leur bizarre engouement pour les pratiques du
paganisme, une arrogance consommée, unie à l'ignorance
la plus profonde de l'antique sagesse, et mêlée d'une hypocrisie et d'une mauvaise foi sans pareilles. (Dissertation
on the Eleusinian and Bacchic Mysteries, p. 64, 122, 123,
167.) On a peine à concevoir à quel point l'écrivain que
je viens de citer pousse le délire et l'extravagance, soit
quand il exalte l'excellence de la théologie païenne, soit
quand il exprime l'horreur que lui inspire la doctrine
chrétienne. Mais, pour revenir à mon sujet, si quelque
chose peut excuser le choix de pareils symboles, en admettant que, dans l'origine, ce ne fussent effectivement que
des symboles, c'est uniquement la grossièreté des siècles où
l'on en a introduit l'usage : encore est-il difficile de croire
que la dépravation naturelle du cœur de l'homme n'ait été
pour rien dans le choix qu'on en a fait. Au reste, quelque
opinion qu'on adopte à cet égard, l'homme de bonne foi
conviendra sans peine que de pareilles cérémonies ont dû
nuire aux mœurs publiques, et n'ont jamais pu être une

sées lascives (1). Si l'on y ajoute encore le spectacle de femmes absolument nues, comme l'atteste S. Épiphane (2), à quels dangers n'étoient point exposées les mœurs? L'esprit ne se souille jamais impunément. Avouons que le drame de Cérès et Proserpine auroit été fort incomplet, s'il n'y eût pas été question de l'aventure de Baubo : or, la représentation de cette scène entraînoit des obscénités que S. Épiphane reproche aux mystères d'Éleusis. Peut-être les trouveroit-on moins révoltantes, si l'on supposoit qu'elles se fussent passées uniquement parmi les femmes, aux Thesmophories. Mais le texte d'Arnobe ne nous permet pas de douter que la scène de Baubo n'ait été également représentée aux grands mystères (3);

école de philosophie et de spiritualisme, comme ont voulu le persuader Porphyre, Iamblique, Plotin, Proclus, et quelques autres écrivains, honteux de leur propre culte. S. de S.]

(1) Ἀτὰρ δὴ καὶ δίχα τῶν αἰνιγμάτων, τὰ παρὰ ὀργιαστῶν δρώμενα, εἰς πᾶν εἶδος ἀσελγείας τοὺς ὁρῶντας ἠρέθιζε. Terap., §. 7, p. 583.

(2) Τά τε ἐν Ἐλευσῖνι μυστήρια, Δηοῦς καὶ Φερεφάτης, καὶ τῶν ἐκεῖσε ἀδύτων τὰ αἰσχρουργήματα, γυναικῶν ἀπογυμνώσεις, ἵνα σεμνότερον εἴπω. Adv. Hæres., lib. III, §. 11, tom. II Oper., p. 1092. A.

[Il me paroît vraisemblable que l'expression de S. Épiphane, quoique plus générale, signifie pourtant la même chose que celle d'Arnobe, revelatio pudendorum. S. de S.]

(3) Propudiosa corporum monstratur obscenitas, ob-

ce qui se trouve suffisamment confirmé par
S. Clément d'Alexandrie (1).

D'après cela, dira-t-on, comment une telle
institution a-t-elle pu subsister tant de siècles? Il
s'agit ici d'un fait dont aucun raisonnement ne

---

jectanturque partes illæ, quas pudor naturalis abscon-
dere atque naturalis verecundiæ lex jubet. Adv. Gent.,
lib. v, p. 176, ed. J. Maire. En cet endroit Arnobe parle de
l'initiation aux grands mystères et de l'aventure de Baubo.
Plus loin il dit encore : *Potestis vestras nurus, quinimo*
vobis matrimonio conjunctas, ad verecundiam Baubonis
impellere, atque ad pudicas Cereris voluptates ? Ibid.,
p. 178.

(1) Protrept., tom. I Oper., p. 17.

[S. Clément, après avoir rapporté l'aventure de Cérès
et de Baubo, ajoute immédiatement : Ταῦτ' ἐστι τὰ κρύφια
τῶν Ἀθηναίων μυστήρια · et un peu plus loin (p. 18) il dit
encore : Καλά γε τὰ θεάματα, καὶ θεᾷ πρέπον]α · ἄξια μὲν οὖν
νυκτὸς τὰ τελέσμα]α, καὶ πυρὸς, καὶ τοῦ μεγαλήτορος, μᾶλλον δὲ
ματαιόφρονος Ἐρεχθειδῶν δήμου · πρὸς δὲ καὶ τῶν ἄλλων Ἑλλήνων,
οὕστινας μένει τελευτήσαντας, ἄσσα οὐδὲ ἔλπον]αι. Ceci suppose
effectivement que cette scène indécente faisoit partie des
représentations mystiques.

Nous avons encore un témoignage de la tradition à cet
égard, dans un passage de Psellus (de Opin. Græc. circa
dæmon., fol. 23 *recto* Ms.), où il termine le détail des
représentations mimiques d'Éleusis, par ces mots : Ἐφ' οἷς
καὶ Βαυβὼ τοὺς μηροὺς ἀνασυρομένη, καὶ ὁ γυναικεῖος κ]εὶς, οὕ]ω
γὰρ ὀνομάζουσι τὴν αἰδῶ αἰσχυνόμενοι · καὶ οὕ]ως ἐν αἰσχρῷ τὴν
τελετὴν κα]αλύουσιν. Voy. A Dissert. on the Eleusin. and
Bacch. Myster., p. 178. S. de S.]

sauroit infirmer la certitude. En général, l'hellénisme ne consistoit qu'en traditions absurdes
ou scandaleuses, en rites impies ou impurs, en
fêtes de volupté ou de délire. Cependant il a existé
long-temps, et a même survécu aux mystères,
où l'on trouvoit du moins quelques traces de moralité et une sorte de doctrine. Le culte infâme
du lingam n'est-il pas public, et répandu dans
une grande partie de l'Asie, sans que ce qu'il a
d'obscène et de révoltant nuise à la doctrine in-
dienne, et en détache des nations nombreuses,
parvenues à un assez haut degré de civilisation?
Il est donc possible que l'institution des mystères
ait subsisté malgré quelques pratiques obscènes;
et on ne peut pas conclure de la longue durée
de ces institutions, que ces pratiques obscènes
n'y ont jamais eu lieu, et que ce sont là des ca-
lomnies inventées par les Pères de l'Église. En
révélant ces turpitudes, ils n'ont eu pour but
que de servir la cause de la vérité, et de multiplier ses prosélytes. C'est dans cette intention
que Saint Jean-Chrysostôme dit, avec son éloquence ordinaire, que les cérémonies honteuses
et les mystères des Grecs ne consistoient qu'en
amours scandaleux, en outrages faits à l'innocence de l'âge, en adultères publics et en désordres de famille (1). Au moins doit-on convenir

----

(1) Οὐδὲν γὰρ αὐτῶν ἕτερον τὰ μυστήρια, ἀλλ' ἢ ἔρωτες ἄτοποι.

que les aventures de Cérès n'offroient point aux initiés une école de bonnes mœurs.

La représentation des aventures de Cérès et de Proserpine avoit lieu, comme nous l'avons dit, dans un souterrain éclairé par des flambeaux. Lorsque cette scène étoit terminée, les initiés sortoient de l'antre et rentroient dans l'enceinte sacrée. Là, préoccupés des divers spectacles qu'on avoit mis sous leurs yeux, et presque hors d'eux-mêmes, ils savoient à peine où étoit le sanctuaire, lorsque tout à coup les portes leur en étoient ouvertes par l'hiérophante et le dadouque (1). A cet instant, la statue de la déesse Cérès

---

καὶ παίδων ὕβρεις, καὶ γάμων διαφθοραὶ, καὶ οἰκιῶν ἀναγροπαί. Or. de S. Babyla et contr. Gentil., tom. I Oper., p. 669. A, ed. Fronton. Duc. Quoique S. Jean-Chrysostôme parle ici des traditions et des cérémonies du paganisme en général, néanmoins il a particulièrement en vue les *télètes* ou mystères; ce qui précède et ce qui suit le prouve suffisamment.

(1) Themist., Or. in obit. patr., p. 235, ed. Petav.; Sopatr., Divis. quæst., p. 338.

[M. de Sainte-Croix suit ici l'autorité de Thémistius. Cet orateur compare les services rendus par son père à la philosophie d'Aristote, et à ceux qui veulent en faire leur étude, à ce que les ministres des mystères pratiquoient en faveur des initiés, dans la cérémonie de l'autopsie. Ce passage est trop curieux pour ne pas être transcrit ici en entier. Thémistius avoit dit qu'Aristote avoit enveloppé sa philosophie d'une sorte d'obscurité et de voiles, pour

paroissoit, et rien n'étoit plus caché, ni dans le temple, ni dans les souterrains. Cette statue, frottée avec soin, étoit couverte d'or et d'argent, et

---

qu'elle ne fût pas souillée et profanée par les regards du vulgaire; puis il ajoute, en adressant la parole à son père : Συγγνωματεύων τοὺς ἐπαξίους, περιήρεις τε αὐτοῖς τὸν ζόφον, καὶ ἐγύμνους τὰ ἀγάλματα· ὥστε ὁ μὲν ἄρτι προσιὼν τοῖς ἀδύτοις, φρίκης τε ἐνεπίμπλατο καὶ ἰλίγγου, ἀδημονίᾳ τε εἴχετο καὶ ἀπορίᾳ συμπάσῃ, οὐδὲ ἴχνους λαβέσθαι οἷός τε ὤν, οὔτε ἀρχῆς ἡστινοσοῦν ἐπιδράξασθαι εἴσω φερούσης· ὁπότε δὲ ὁ προφήτης ἐκεῖνος, ἀναπετάσας τὰ προπύλαια τοῦ νεὼ, καὶ τοὺς χιτῶνας περισ]είλας τοῦ ἀγάλματος, καλλύνας τε αὐτὸ, καὶ ὑποσμήξας πανταχόθεν, ἐπεδείκνυ τῷ μυουμένῳ μαρμαρύσσον τε ἤδη καὶ αὐγῇ καταλαμπόμενον θεσπεσίᾳ, ἥ τε ὁμίχλη ἐκείνη καὶ τὸ νέφος ἀθρόον ὑπερρήγνυτο, καὶ ἐξεφαίνετο ὁ νοῦς ἐκ τοῦ βάθους, φέγγους ἀνάπλεως καὶ ἀγλαΐας, ἀντὶ τοῦ πρότερον σκότου. Le P. Pétau a traduit τοὺς χιτῶνας περισ]είλας τοῦ ἀγάλματος, par *contractis simulacri vestibus.* Meursius avoit traduit, *quum tunicas circumjecisset statuæ,* dans un sens tout opposé; mais si l'auteur eût voulu dire cela, il se seroit, je crois, exprimé ainsi : τοῖς χιτῶσιν περισ]είλας τὸ ἄγαλμα. Il résulte de ce passage entendu ainsi, que, dans l'autopsie, les ministres d'Éleusis découvroient la statue de Cérès, en écartant les draperies qui la voiloient, et qu'ils l'exposoient dans toute sa nudité aux yeux des initiés. Et je suis très-porté à croire que c'est cette nudité obscène qu'Apulée désigne d'une manière obscure par les mots *Cereris mundum,* dans le passage cité par M. de Sainte-Croix dans la note suivante.

C'est à cette cérémonie, qui consistoit à montrer à nu la statue de la déesse, que Psellus fait allusion dans le passage suivant, que je ne cite que sur l'autorité de Meursius: ἢν δὲ εἴσω τῶν ἀδύτων χωρήσῃ τις, φῶς ἐκεῖ καθαρὸν, καὶ τῶν

revêtue de ses plus beaux habits (1). Elle resplen-
dissoit d'une clarté divine, au moyen des reflets
de lumière qu'on avoit artistement ménagés. Les

αἰσθητῶν ἀπογύμνωσις · car dans ce passage il est question de
l'autopsie, et non de la scène de Baubo, comme le prouvent les mots φῶς ἐκεῖ καθαρόν. (Meurs., Eleusin., cap. 11.)
Au lieu de αἰσητῶν, peut-être faut-il lire ἰσήτων. Voyez
aussi S. Epiphane, à l'endroit cité ci-devant, p. 373,
not. 2.

Un passage de Plutarque, que je n'ai fait qu'indiquer
précédemment (p. 352), peint aussi très-sensiblement les
deux situations opposées dans lesquelles se trouvoient les
initiés ; la première, lorsqu'ils se précipitoient en foule et
au milieu des ténèbres vers la porte du sanctuaire ; la seconde, quand les portes s'ouvroient, et qu'une vive lumière
frappant leurs yeux, les simulacres sacrés s'offroient à
leurs yeux dans tout leur éclat. Plutarque fait une application de cela, à ce qu'éprouvent ceux qui se livrent à
l'étude de la philosophie. Plut., de Prof. virt. sent., tom. II
Oper., p. 71 ; Plut., Moral., ed. Wyttenbach., tom. I,
p. 372. S. de S.]

(1) *Mundus cum patet, deorum tristium atque infe-
rum quasi janua patet.* Varro, ap. Macrob., Saturn.,
lib. 1, cap. 16. *Quoniam, ut res est, majus periculum
decernis, speculum philosopho, quam Cereris mundum
prophano videre.* Apul., Apol., ed. ad us. Delph., p. 413.
*Cultum dicimus, quem mundum muliebrem vocant....;
ille in auro et argento et gemmis et vestibus deputatur.*
Tertull., de Cultu Femin., lib. 1, cap. 4, p. 151, ed. cum
not. var. Καθάπερ τὰ ἱδρύματα, οἷς περιέβαλλον οἱ τελεσταὶ
χρυσὸν καὶ ἄργυρον καὶ πέπλους, τούτοις ἀποσεμνύνονες αὐτῶν τὴν
προσδοκίαν. Maxim. Tyr., Diss. XXIX, p. 305, ed. Davis.

principaux ministres l'entouroient; l'hiérophante
représentoit le demiurge; le dadouque, le soleil;
l'épibome, la lune; l'hiérocéryx, Mercure; et les
assistans, le monde (1). Les dieux apparoissoient
tout à coup, et sous différentes figures (2). Tout
étoit découvert dans le sanctuaire (3), que la divinité entière remplissoit en ce moment (4).

Cette cérémonie, appelée *photagogie*, annonçoit la présence subite ou *épiphanie* des dieux (5).
Elle portoit encore les noms d'*autopsie* (6), parce

---

(1) Euseb., Præp. Evang, lib. III, p. 117.

(2) Ἐν ἅπασι γὰρ τούτοις (ταῖς τελεταῖς, καὶ τοῖς μυσ]ηρίοις,
καὶ ταῖς τῶν θεῶν ἐπιφανείαις) οἱ θεοὶ πολλὰς μὲν ἑαυτῶν προ-
τείνουσι μορφὰς, πολλὰ δὲ σχήματα ἐξαλλάτ]οντες φαίνονται.
Procl., in Plat. rep. Comm., p. 380.

(3) Psyché invoque Cérès, *per tacita sacra cistarum....*
et cætera quæ silentio tegit Eleusis Atticæ sacrarium.
Apul., Metam., lib. VI, p. 175.

(4) *Tota in adytis divinitas.* Tertull., adv. Valent.,
p. 289.

(5) Iambl., de Myst. Ægypt., §. III, cap. 14; S. Maxim.,
Schol. in Dion. Areop., p. 83.

(6) Meurs., Eleus., cap. 11; Pselli Enarrat. ex Orac.
Chald., cap. 11.

[Je ne pense pas qu'on doive confondre l'*autopsie* ou
époptée, avec la *photagogie*, φω]ὸς ἀγωγη. La photagogie,
c'est-à-dire, l'illumination ou l'apparition subite de la lumière, précédoit l'autopsie, et en étoit le prélude et l'annonce. C'est ce qui résulte du passage même d'Iamblique,
auquel renvoie M. de Sainte-Croix. Iamblique dit que
notre âme (dans la divination) est d'abord éclairée par

qu'on voyoit alors soi-même les dieux, et d'*époptée* ou contemplation, les initiés étant déclarés *époptes*. Pour l'obtenir, ils avoient passé par bien des épreuves. « Mourir, dit Plutarque, c'est » être initié aux grands mystères. De là le rap- » port naturel entre les deux termes qui expri- » ment ces deux actions, comme il est entre les » choses mêmes (1). Toute notre vie », continue le

---

une lumière céleste, et qu'ensuite des visions divines, mises en mouvement par la volonté des dieux, occupent et remplissent la faculté par laquelle nous concevons et saisissons les figures; parce que la vie de notre âme et toutes ses facultés sont mues par les dieux auxquels elles obéissent, et qui les dirigent où ils veulent. « Et cela, ajoute-t-il, arrive » de deux manières, soit par la présence immédiate des » dieux qui se rendent présens à l'âme, soit par une lumière » qui procède d'eux, et qu'ils font luire à l'âme comme un » avant-coureur de leur présence. Mais de l'une ou de l'autre » manière, la présence divine et l'illumination sont deux » choses différentes ». Αὐτὴ δὲ (ἡ φωτὸς ἀγωγή) που τὸ περικεί-μενον τῇ ψυχῇ αἰθερῶδες καὶ αὐγοειδὲς ὄχημα ἐπιλάμπει θείῳ φωτί, ἐξ οὗ δὴ φαντασίαι θεῖαι καταλαμβάνουσι τὴν ἐν ἡμῖν φαν-ταστικὴν δύναμιν, κινούμεναι ὑπὸ τῆς βουλήσεως τῶν θεῶν.... καὶ τοῦτο διχῶς γίνεται, ἢ παρόντων τῇ ψυχῇ τῶν θεῶν, ἢ πρόδραμόν τι εἰς αὐτὴν φῶς ἀφ' ἑαυτῶν ἐπιλαμπόντων· καθ' ἑκάτερον δὲ τὸν τρόπον, χωριστὴ καὶ ἡ θεία παρουσία ἐστὶ, καὶ ἔλλαμψις. Et cette distinction résulte aussi du passage de Plutarque rap-porté par Stobée, que j'ai cité précédemment (p. 351). S. de S.]

(1) Διὸ καὶ τὸ ῥῆμα τῷ ῥήματι, καὶ τὸ ἔργον τῷ ἔργῳ τοῦ τελευτᾶν καὶ τελεῖσθαι.

philosophe, « n'est qu'une suite d'erreurs, d'écarts
» pénibles, de longues courses, par des chemins
» tortueux et sans issue. Au moment de la quitter,
» les craintes, les terreurs, les frémissemens, les
» sueurs mortelles, une stupeur léthargique, vien-
» nent nous accabler ; mais dès que nous en som-
» mes sortis, nous passons dans des prairies déli-
» cieuses, où l'on respire l'air le plus pur, où l'on
» entend des concerts et des discours sacrés, enfin
» où l'on est frappé de visions célestes. C'est là
» que l'homme, devenu parfait par sa nouvelle
» initiation, rendu à la liberté et vraiment maître
» de lui-même, célèbre, couronné de myrte, les
» plus augustes mystères, converse avec des âmes
» justes et pures, et voit avec mépris la troupe
» impure des profanes ou non initiés, toujours
» plongée et s'enfonçant d'elle-même dans la boue
» et dans d'épaisses ténèbres (1) ». Ces dernières

---

(1) Fragm., de Immort. Anim., ap. Stob. Serm. CCLXXIV,
p. 884 et 885. Je me suis servi de la traduction qu'en a faite
M. l'abbé Ricard, tom. VII, p. 266 et 267, des Œuvres
morales, en m'y permettant toutefois des changemens auxquels le texte m'autorise.

[Je suis surpris que M. de Sainte-Croix n'ait pas fait
usage ici d'un passage du Phèdre de Platon, dans lequel
ce philosophe compare évidemment la vue de la justice et
de la vérité dont jouissoient nos âmes avant d'être unies
au corps, avec le spectacle de l'époptée. « Nous voyions
» cette beauté dans toute sa splendeur, alors que, réunis

paroles regardent la doctrine des initiés, dont je
parlerai bientôt; mais tout le reste exprime fort
exactement la suite et les effets des épreuves qui

» avec ce chœur fortuné, et suivant avidement cette vi-
» sion et cette intuition bienheureuse, nous étions témoins,
» nous avec Jupiter, les autres avec quelques-uns d'entre
» les dieux, et nous entrions en participation de ces mys-
» tères, que l'on peut avec justice nommer la plus for-
» tunée de toutes les initiations. Nous les célébrions étant
» établis dans un état de perfection auquel il ne man-
» quoit rien, et exempts des maux qui nous attendoient
» dans un temps postérieur. Nous jouissions de la vue et
» de la contemplation de spectacles parfaits, simples, tran-
» quilles et fortunés, au milieu d'une pure lumière, purs
» nous-mêmes, et n'ayant aucune influence funeste d'union
» avec cette enveloppe que nous appelons le corps, et que
» nous portons partout avec nous, y étant liés comme
» l'huître l'est à sa coquille : Κάλλος δὲ τότε ἦν ἰδεῖν λαμπρὸν,
ὅτε ξὺν εὐδαίμονι χορῷ μακαρίαν ὄψιν τε καὶ θέαν ἑπόμενοι, μετὰ
μὲν Διὸς ἡμεῖς, ἄλλοι δὲ μετ' ἄλλου θεῶν, εἶδόν τε καὶ ἐτελοῦντο
τελετῶν, ἣν θέμις λέγειν μακαριωτάτην, ἣν ὠργιάζομεν ὁλόκληροι
μὲν αὐτοὶ ὄντες καὶ ἀπαθεῖς κακῶν, ὅσα ἡμᾶς ἐν ὑστέρῳ χρόνῳ
ὑπέμενεν, ὁλόκληρα δὲ καὶ ἁπλᾶ καὶ ἀτρεμῆ καὶ εὐδαίμονα φάσματα μυούμενοί τε καὶ ἐποπτεύοντες ἐν αὐγῇ καθαρᾷ, καθαροὶ
ὄντες, καὶ ἀσήμαντοι τούτου, ὃ νῦν δὴ σῶμα περιφέροντες ὀνομά-
ζομεν, ὀστρέου τρόπον δεδεσμευμένοι. (Plat., Phædr., tom. III
Oper., p. 250 ; Plat., Phædr., ed. Astio, p. 27). La description que fait le philosophe des spectacles qui s'offroient
aux initiés dans l'époptée, renferme une opposition qui
n'est qu'indiquée, avec les spectres et les fantômes effrayans, monstrueux, et de mille formes variées, qui se

précédoient l'époptée, ainsi que le spectacle qui accompagnoit cette cérémonie, et dans lequel on faisoit entrer la représentation de l'Élysée (1).

succédoient aux regards de ces mêmes initiés dans les épreuves qui précédoient l'époptée.

Un autre passage du même philosophe fait encore allusion au spectacle enchanteur qui s'offroit aux initiés dans l'époptée. Après avoir parlé de l'admiration que la science de la nature, ou de la divinité et de ses œuvres, inspire à l'homme sage, du désir ardent qu'il conçoit d'en connoître tout ce qu'il est permis à la nature humaine d'en savoir, et des nobles et grandes espérances qu'il fonde sur cette connoissance pour le bonheur de cette vie, et pour une félicité future après la mort, il ajoute : Καὶ μεμυημένος ἀληθῶς γε καὶ ὄντως, μεταλαβὼν φρονήσεως εἰς ἂν μιᾶς, τὸν ἐπίλοιπον χρόνον, θεωρὸς τῶν καλλίστων γενόμενος ὅσα κατ᾽ ὄψιν, διατελεῖ. Epinom., tom. II Oper., p. 986. S. de S.]

(1) [L'époptée étoit certainement accompagnée de discours ou de récits faits aux initiés par l'un des principaux ministres du temple. Cette fonction appartenoit peut-être à l'hiérophante (Sopat., Divis. quæst., p. 338), puisqu'on exigeoit qu'il eût une voix belle et sonore. Il est vraisemblable que ces récits étoient, dans l'origine du moins, une simple exposition des objets mis sous les yeux des initiés, et qu'on ne s'attachoit ni à prouver la vérité des traditions dont ils se composoient, ni à en écarter tout ce qui pouvoit les rendre choquantes ou invraisemblables. C'est l'idée que nous en donne Plutarque, lorsqu'il fait parler ainsi Cléombrote, qui venoit de rapporter ce que lui avoit dit un homme inspiré : Ταῦτα περὶ τούτων μυθολογοῦντος ἤκουον ἀτεχνῶς, καθάπερ ἐν τελετῇ καὶ μυήσει, μηδεμίαν ἀπόδειξιν τοῦ

Dion-Chrysostôme, Maxime de Tyr et Thémistius,
ont fait des allusions plus ou moins sensibles,
longues et fréquentes, à ce qu'on vient de lire.
Maxime, surtout, a mis dans une des siennes autant de philosophie que d'esprit et d'élégance (1).
Il paroît y indiquer que les initiés montoient,
sans doute en sortant du grand temple, sur la
terrasse (2) qui étoit derrière, d'où ils se rendoient à la chapelle ou petit temple situé à l'extrémité de cette terrasse, au nord-ouest, et consacré
à Iacchus (3), et non à Triptolème, comme quelques voyageurs l'ont imaginé (4).

λόγου, μηδὲ πίστιν ἐπιφέροντος. De Oracul. def., tom. II Oper.,
p. 422.

Ceci pût donner lieu aux ministres d'Éleusis de joindre
par la suite à ces récits, dont la formule étoit vraisemblablement consignée dans les livres sacrés, des explications
allégoriques et philosophiques. S. de S.]

(1) Dissert. XXIII, p. 239, ed. Davis., Cantabr., 1703.

(2) Μυήθητι, ἐλθέ, ἐπίβηθι τοῦ χωρίου, λάμβανε τὰ ἀγαθὰ, καὶ
οὐ ποθήσεις ἄλλο μεῖζον. Ibid. L'auteur parle de l'arrivée et
de l'initiation à Éleusis. Tout ce paragraphe est plein d'allusions qu'on saisit sans peine. Nous ne sommes que trop
souvent réduits, en traitant ce sujet, à nous contenter de
ce genre de preuves.

(3) Schol. Aristoph., Ran., ad v. 346.

(4) [M. de Sainte-Croix a omis de parler ici des danses
sacrées, qui, à ce qu'il paroît, faisoient partie des rites
mystiques. Le passage de Lucien, que Meursius cite à ce
sujet (Eleus., cap. 11), ne me semble laisser aucun doute

L'assemblée étoit enfin congédiée, suivant l'heureuse conjecture de Meursius (1), par ces

à cet égard ; et le mot même ἐξορχεῖσθαι, employé dans le sens de *parler indiscrètement*, paroît justifier pleinement ce que dit cet auteur. Je ne fais donc aucune difficulté de transcrire ici ce passage : Ἐῶ λέγειν ὅτι τελετὴν ἀρχαίαν οὐδεμίαν ἐστὶν εὑρεῖν, ἄνευ ὀρχήσεως, Ὀρφέως δηλαδὴ καὶ Μουσαίου καὶ τῶν τότε ἀρίστων ὀρχηστῶν καταστησαμένων αὐτάς, ὥς τι κάλλιστον, καὶ τοῦτο νομοθετησάντων σὺν ῥυθμῷ καὶ ὀρχήσει μυεῖσθαι · ὅτι δ' οὕτως ἔχει (τὰ μὲν ὄργια σιωπᾶν ἄξιον, τῶν ἀμυήτων ἕνεκα) ἐκεῖνο δὲ πάντες ἀκούουσιν, ὅτι τοὺς ἐξαγορεύοντας τὰ μυστήρια, ἐξορχεῖσθαι λέγουσιν οἱ πολλοί. De Saltat., §. 15, tom. V, ed. Bipont., p. 132 et 133, et Adnot. Græv. et Reitz., ad h. loc., p. 451 et 452. Reitz rappelle fort à propos, à cette occasion, ce passage du Pseudomantis : Πολλάκις δὲ ἐν τῇ δαδουχίᾳ καὶ τοῖς μυστικοῖς σκιρτήμασι γυμνωθεὶς ὁ μηρὸς αὐτοῦ ἐξεπίτηδες, χρυσοῦς διεφάνη (ibid., p. 100). Platon parle aussi très-positivement des danses qui accompagnoient certaines initiations et certains mystères (de Leg., lib. VII, tom. II Oper., p. 815); mais il n'est question, je crois, dans ce passage, que des mystères de Bacchus.

M. de Sainte-Croix, il est vrai, n'a pas tout-à-fait négligé la mention des danses dans le détail des fêtes d'Éleusis ; il a supposé que le quatrième jour de la fête étoit consacré en partie à celles que les initiés exécutoient dans la prairie où se trouvoit le puits de Callichore. Mais cette partie des rites des fêtes d'Éleusis n'étoit point secrète ; et pour que l'expression de Lucien, que je viens de rapporter, ait toute sa force, il faut supposer que des danses faisoient partie des rites secrets. Meursius a donc eu raison de les placer à la fin des cérémonies. S. de S.]

(1) Eleusin., cap. 11.

Bb

mots, κόγξ ὄμπαξ (1), qui étoient répétés par tous
les initiés. Le Clerc a prétendu que ces mots
étoient phéniciens, et signifioient à la lettre
veiller et ne point faire du mal, explication plus
ingénieuse que vraie (2). Celle de Court de Gébe-
lin, *peuples assemblés, prêtez l'oreille*, ou *silence* (3), est encore moins fondée. Une cérémo-

---

(1) Hesych., Lex., in h. voc., tom. II, col. 290.

[Hesychius ne dit point que ces mots fussent répétés
par tous les initiés. Meursius a fait observer que les initiés
étoient admis successivement ou par bandes au dernier
spectacle qui terminoit les cérémonies mystiques, et que
ceux qui en avoient été témoins étant congédiés par la formule κόγξ ὄμπαξ, d'autres leur succédoient. Il a confirmé
cette supposition, qui n'a rien que de très-naturel, par ce
passage de Libanius (Declam. XVIII) : Καλὸν δ' ὥσπερ καὶ
μυσ]ηρίων μεΊασχόντα ἀπελθεῖν, καὶ τελεσθέντα τὰ τοῦ δήμου
μυσ]ήρια, παρέχειν μετ' αὐτὸν ἄλλοις τισὶν εἰς τὴν τελετὴν παρεῖ-
ναι. Meurs. Eleusin., cap. 11. S. de S.]

(2) Bibl. univ., tom. VI, p. 74.

(3) Monde primit., tom. IV, p. 323, ou Histoire du
Calendrier.

[Ni l'une ni l'autre de ces deux étymologies ne peut
faire illusion à quiconque a la plus légère connoissance des
langues de l'Orient, et apporte à ces recherches un esprit
libre de tout préjugé.

Il sembleroit bien plus naturel de supposer que l'explication de ces mots, quelle que soit d'ailleurs leur véritable
origine, nous a été conservée dans un passage d'Apulée, si
ce passage lui-même n'étoit sujet à beaucoup de difficultés.
La pompe sacrée décrite dans le XI⁰ livre des Métamor-

hic quelconque ne peut se terminer par une semblable phrase, qui auroit dû en être évidemment
le prélude. Eschenbach me paroît mieux fondé à

phoses de cet auteur, étant rentrée dans le temple, les
statues des dieux sont réintégrées dans le sanctuaire. Apulée continue ainsi : *Tunc ex his unus, quem cuncti Gram-
matea dicebant, pro foribus assistens....... renuntiat,
sermone rituque Grœciensi, ita :* Λαοῖς ἄφεσις. *Qua voce,
feliciter cunctis evenire, signavit populi clamor insecutus.
Exin gaudio delibuti populares......... ad suos disce-
dunt lares.* Malgré tout ce qui a été dit contre le sens et
l'objet que je suppose à cette formule, j'ai peine à renoncer
au rapprochement que j'indique ici.

Un membre de l'Académie de Calcutta, M. le capitaine
Fr. Wilford, a fait imprimer, dans le Ve volume des
Recherches asiatiques, un Mémoire qui ne tendoit à rien
moins qu'à prouver que le culte des divinités Cabiriques,
celui de Cérès et de Proserpine, enfin les mystères d'Éleusis
et les rites de l'initiation, tiroient leur origine de l'Inde.
Il trouve dans la langue samscrite l'étymologie des noms
des divinités Cabiriques, Axiéros, Axiérokersa et Cas-
millus. Proserpine a également pris son nom du samscrit
prasarparni, ce qui veut dire *celle qui est entourée de
grands serpens.* Enfin les mots κὸγξ ὄμπαξ, qu'il divise
ainsi, κὸγξ ὄμ παξ, lui paroissent évidemment pris de la
même langue. Κόγξ, en samscrit *canscha*, signifie l'*objet
des plus ardens désirs;* ὄμ est le fameux monosyllabe
que les Brahmes répètent au commencement et à la fin de
toutes leurs prières, et sur les sens mystérieux duquel ils
ne tarissent point dans leurs doctes commentaires; παξ,
qui se prononce en samscrit *pakhscha*, signifie *tour* (*vices*),
échange, rangée, place, fortune, devoir. On s'en sert par-

croire que ces mots étoient insignifians ou de
vains sons, l'effet de quelque mouvement de sur-

---

ticulièrement quand on a versé de l'eau en l'honneur des
dieux et des pitris ou mânes. Je laisse aux savans qui ont
étudié la langue samscrite à prononcer sur l'exactitude des
faits avancés par M. Wilford. Mais je dois avouer que,
même en en admettant l'exactitude, on ne voit pas trop quel
rapport ces mots, excepté le second, ὂμ, pourroient avoir
avec les mystères d'Éleusis. M. Ouvaroff a fort ingénieusement développé la prétendue découverte de M. Wilford,
et il l'a fortifiée d'un grand nombre de rapprochemens qui
lui donnent une sorte de vraisemblance. Toutefois, quand
on remonte au passage d'Hésychius qui sert de base à ces
conjectures, et que M. Wilford a commenté avec plus de
hardiesse que de critique, on a peine à y reconnoître quelque analogie avec les idées exprimées par les mots samscrits
rapportés par ce savant, et l'on est tenté de croire que
l'imagination seule a fait les frais de ces rapprochemens.
On ne se déterminera pas facilement à conclure de ce seul
fait si problématique, que les mystères de la Grèce n'ont
point pris leur naissance en Égypte, et que l'Inde est leur
véritable patrie.

Nous devons, au reste, faire observer que M. Ouvaroff,
qui plus que personne auroit pu être séduit par la découverte de M. Wilford, à laquelle il a prêté, par ses savantes
recherches, beaucoup plus de force que ne l'avoit fait l'académicien de Calcutta, conclut ce qu'il en dit par ces
réflexions aussi sages que modestes :

« Ces considérations donnent sans doute quelque intérêt
» de plus à la conjecture de Wilford ; mais, quelque in-
» génieuse que soit son explication, nous ne prétendons
» pas nous en appuyer pour décider si les mystères sont

prise (1). Je pense qu'il faut les mettre au nombre de ces noms barbares, usités dans tous les mystères, qu'on ne pouvoit ni supprimer, ni changer (2), et auxquels on attribuoit une certaine vertu ou efficacité (3).

Tous les rites et toutes les cérémonies dont je viens de tracer le tableau n'ont certainement pas été les mêmes dans le long espace de temps qu'a duré l'initiation à Éleusis. Il y a des choses qui appartiennent à des siècles différens ; mais

----

» originaires de l'Inde, ou si l'Inde les a empruntés à quel-
» que autre partie de l'Orient. Nous ne prétendons pas
» non plus déterminer si la forme extérieure des mystères,
» tels que nous les connoissons, n'appartient pas exclusive-
» ment à la Grèce ; ce qui peut s'accorder parfaitement
» avec notre hypothèse touchant leur véritable origine.
» En général, de semblables recherches n'auroient pour
» résultat que des hypothèses en pure perte. Il seroit plus
» important de chercher les traces des mystères dans le
» système religieux des Indiens. Excepté la formule expli-
» quée par Wilford, on n'y a découvert, ce nous semble,
» aucun autre vestige de semblables institutions ». Essai
sur les Mystères d'Éleusis, 3ᵉ édit., p. 29 et 114. S. de S.]

(1) Epigen., p. 17 et 18. *Voy.* le Supplément à la Philosophie de l'Histoire, par M. Larcher, p. 370 ; et sa Lettre
à l'abbé Barthelemi. Voy. d'Anach., tom. V, p. 538.

(2) Ὀνόματα βάρβαρα μήπου ἀλλάξης. Pseudo-Zoroastr.,
Orac. Chald., v. 316 ; Psell., Enarrat. in Orac. Chald.,
cap. 6, etc.

(3) Iamblich., de Myst. Ægypt., §. 7, cap. 4.

Bb iij

rarement avons-nous le moyen de distinguer à
quelle époque chaque chose appartient. Ce qui
offre le plus le caractère de simplicité, doit être
plus ancien. Ce principe est incontestable ; mais
il souffre beaucoup de difficultés dans l'application. Quand tel ou tel usage a-t-il commencé?
en quel siècle a-t-il cessé? Voilà ce qu'il faudroit
savoir pour faire un tableau fidèle des mystères ;
et c'est précisément ce que nous ne saurons jamais. On se voit donc réduit à employer des traits
épars et sans liaison, que l'on ne sauroit classer
ou arranger qu'avec bien des tâtonnemens et de
l'incertitude. Il est pourtant quelques-uns de ces
traits particuliers dont l'origine s'aperçoit : tel est
celui qui concerne la représentation du demiurge
et des astres, par les prêtres d'Éleusis. Il ne dut
son origine qu'à certaines idées philosophiques
qui, se répandant de toutes parts, produisirent
nécessairement des changemens dans les rites
mystiques, surtout vers les derniers temps du
paganisme. Mais une cause principale et toujours renaissante des changemens dont nous par-
lons, étoit la règle que les mystagogues s'étoient
prescrite, de varier le spectacle de l'initiation,
de manière qu'il présentât chaque année des
choses nouvelles aux mystes et aux époptes (1).

Dans ces deux classes d'initiés pourroient être

_____

(1) *Non semel quædam sacra traduntur : Eleusis ser-*

renfermés tous les degrés différens de l'initiation.
J'observerai cependant, au risque de me répéter,
que, si primitivement on distinguoit seulement
les aspirans ou mystes reçus aux petits mystères,
des véritables initiés admis aux grands mystères,
et qui en avoient connu tous les secrets, dans la
suite on reconnut trois sortes d'initiations. La
première consistoit en purifications préparatoires, et en prenoit le nom ; la seconde étoit la
télète (1) ou perfection ; les hommes purifiés y

---

vat quod ostendat revisentibus. Senec., Nat. Quæst.,
lib. VII, cap. 31.

[Ce texte de Sénèque est susceptible d'une autre application, comme je l'ai dit précédemment, p. 361, note.
S. de S.]

(1) Plut., Vit. Demetr., tom. I Oper., p. 900 ; Theon
Smyrn., Mathem., p. 18 ; Clem. Alex., Strom., lib. V,
p. 689 ; Procl., in Theol. Plat., lib. IV, p. 220, ed. Æmil.
Port., Hamburg., 1618 ; Suid., in voc. Ἐπόπται et Ἐποπ-
τεύειν· Schol. Aristoph., Plut., ad v. 846 ; S. Maxim., Schol.
ad Dion. Areop., p. 82 et seq.

[La division de l'initiation en trois degrés est positivement affirmée par Proclus, dans son Commentaire sur la
Théologie de Platon, et par Hermias sur le Phèdre du
même philosophe. Le premier dit : Προηγεῖται γὰρ ἡ μὲν
τελετὴ τῆς μυήσεως, αὕτη δὲ τῆς ἐποπτείας (Procl., in
Theol. Plat., lib. IV, cap. 26, p. 220). Le second s'exprime
ainsi, en commentant un texte de Platon, que j'ai rapporté ci-devant, p. 382 : Εἰδέναι δὲ δεῖ, ὅτι ἄλλο ἐστὶ τελετὴ,
καὶ ἄλλο μύησις, ἄλλο ἐποπτεία· ἡ μὲν οὖν τελετὴ ἀναλογεῖ τῇ

étoient admis, et on exigeoit d'eux qu'ils eussent
pris ce degré, avant de leur ouvrir les portes du
temple. La troisième, où ce qu'il y avoit de plus
caché, même dans le sanctuaire, étoit révélé,
s'appeloit *époptée*. Les philosophes vouloient reculer le temps de l'époptée, et porter le nombre
des degrés de l'initiation jusqu'à sept (1). Je ne

προπαρασκευῇ, καθαρμοῖς καὶ τοῖς ὁμοίοις· ἡ δὲ μύησις, ἥτις παρὰ
τὸ μύειν ἐλέχθη τοὺς ὀφθαλμοὺς, θειοτέρα ἐστί· τὸ γὰρ μύειν τοὺς
ὀφθαλμοὺς τοῦτο ἐστὶ, τὸ μηκέτι αἰσθήσει λαβεῖν ἐκεῖνα τὰ θεῖα
μυστήρια, ἀλλ' αὐτῇ ψυχῇ καθαρᾷ· τὸ δὲ τῆς ἐποπτείας, τὸ ἐνιδρυ-
θῆναι αὐτοῖς, καὶ ἐπόπτην αὐτῶν γενέσθαι (Herm., Comment.
Ms. in Phædr. Plat., è cod. Reg. græc., 1827, fol. 96 *rect*.).
Cette succession des trois degrés de l'initiation n'est pas
d'accord avec ce que dit ici **M. de Sainte-Croix**, puisque
la dénomination de *télète*, τελιτή, y est appliquée aux
petits mystères, ou au premier degré, et celle de μύησις,
d'où vient le nom de *mystes*, aux grands mystères, ou au
second degré. Peut-être les difficultés que l'on éprouve à
concilier les passages des Anciens relativement aux divers
degrés de l'initiation, et aux noms que prenoient les initiés lorsqu'ils avoient été admis à chacun de ces degrés,
s'aplaniroient-elles en grande partie, si l'on adoptoit l'opinion du P. Pétau, dont j'ai parlé ailleurs (ci-dev., not. 3,
p. 309), et que l'on regardât l'époptée comme un troisième
degré, auquel on n'étoit admis qu'une ou plusieurs années
après l'initiation aux grands mystères. S. de S.]

(1) [Un passage du Commentaire d'Olympiodore sur le
Phédon de Platon semble distinguer cinq degrés dans l'initiation. Les deux premiers consistent en des purifications,
dont les unes se faisoient en public et à la vue de tout le

sais s'ils firent effectivement adopter cette idée,
ou si elle n'est qu'une de ces rêveries dont leurs
ouvrages sont remplis. Mais certainement, au
plus tard dans le premier siècle de notre ère, on
reconnoissoit une quatrième initiation, uniquement réservée aux prêtres. Elle donnoit à l'hiérophante, au dadouque, et aux autres membres
de l'ordre sacerdotal, la faculté de transmettre
les télètes ou grands mystères aux mystes ou
adeptes des petits mystères. Théon de Smyrne;

---

monde, et les autres avoient déjà quelque chose de secret
et de mystique ; le troisième renferme les réunions des initiés, c'est-à-dire, toutes les cérémonies préparatoires pour
lesquelles les initiés étoient réunis, et qu'ils pratiquoient
tous en commun, comme celles qui avoient lieu au premier jour, nommé ἀγυρμὸς, et au second jour, appelé
ἄλαδε μύσται, la procession des mystes, etc.; le quatrième
est l'initiation proprement dite, ou la réception aux petits
mystères, qui conféroit le titre ou grade de myste ; le cinquième enfin, est l'époptée. Olympiodore compare les différens degrés de la vertu ou du spiritualisme à ces divers
degrés de l'initiation. Ὅτι ἐν τοῖς ἱεροῖς ἡγοῦνῖο μὲν αἱ πάνδημοι
καθάρσεις· εἶτα ἐπὶ ταύῖαις ἀποῤῥητόῖεραι· μετὰ δὲ ταύῖας, συσ-
ῖάσεις παρελαμβάνοντο, καὶ ἐπὶ ταύῖαις μυήσεις· ἐν τέλει δὲ ἐποπ-
ῖεῖαι. Ἀναλογοῦσι τοίνυν αἱ μὲν ἠθικαὶ καὶ πολιτικαὶ ἀρεταὶ, τοῖς
ἐμφανέσι καθαρμοῖς· αἱ δὲ καθαρῖικαὶ ὅσαι ἀποσκευάζονται πάντα
τὰ ἐκῖὸς, τοῖς ἀποῤῥητοτέροις· αἱ δὲ περὶ τὰ νοητὰ θεωρητικαί τε
ἐνέργειαι, ταῖς συσῖάσεσιν· αἱ δὲ τούτων συναιρέσεις εἰς τὸ ἀμέ-
ριστον, ταῖς μυήσεσιν· αἱ δὲ ἁπλαῖ τῶν ἁπλῶν εἰδῶν αὐτοψίαι,
ταῖς ἐποπῖείαις. Cod. græc. Reg. 1823, fol. 18 verso. S. de S.]

qui nous a conservé le souvenir de cette initiation, la qualifie de *fin de l'époptée*. On en faisoit
la cérémonie au moyen de l'imposition d'une
couronne sur la tête de l'initié, ou plutôt en lui
attachant des bandelettes (1). Cette cérémonie
étoit précédée de l'aveu public de toutes les fautes
ou négligences que le récipiendaire avoit com-
mises dans l'exercice de ses fonctions (2). Le philosophe platonicien dont je parle ajoute encore
une cinquième initiation, « celle, dit-il, qui nous
» rend chers à Dieu, nous met en commerce avec
» lui, et assure notre félicité (3) ». Par là il ne peut
avoir entendu que la mort ; et soit que ce fût là
une pensée qui lui fût propre, soit qu'elle appar-

(1) Τετάρτη δὲ, ὃ δὴ καὶ τέλος τῆς ἐποπτείας, ἀνάδεσις, καὶ
στεμμάτων ἐπίθεσις· ὥστε καὶ ἑτέροις ἅς τις παρέλαβε τελετὰς
παραδοῦναι δύνασθαι, δᾳδουχίας τυχόντα, ἢ ἱεροφαντίας, ἢ τινὸς
ἄλλης ἱερωσύνης. Theon Smyrn., de Math. Plat., cap. 1,
p. 18.

(2) Phil., Quod omn. qui virt. stud. sit lib., tom. II
Oper., p. 447, ed. Mangey.

[J'ai rapporté précédemment le texte de Philon (ci-dev.,
p. 365, not. 2). Je doute fort qu'on puisse tirer de ce texte
la conséquence qu'en déduit M. de Sainte-Croix. Ce que
j'y vois, c'est que les initiés se reprochoient comme un
temps perdu pour leur bonheur et la purification de leurs
âmes, celui qu'ils avoient passé dans une sorte d'insou-
ciance et de négligence condamnable, avant leur initiation.
S. de S.]

(3) Theon Smyrn., p. 19.

tînt aux mystagogues, elle n'en offre pas moins un sens profond. La mort, en effet, est le premier instant où nous cessons d'être à nous-mêmes une énigme pénible, où les mystères de la vie nous sont révélés, les abîmes du cœur sondés, et les ténèbres de l'esprit dissipées, où est subitement arraché le voile qui couvre le sanctuaire de la nature. Dieu tout puissant, source unique de lumière, purifie-moi des souillures contractées dans la recherche de l'erreur! Manifeste à mes foibles yeux cette vérité que ne peuvent obscurcir ni le temps, ni les efforts de l'homme lui-même! Elle n'existe pas hors de toi : ne la cache jamais entièrement pour moi dans les rayons de ta gloire, dont je ne puis soutenir l'éclat! Et daigne recevoir mes humbles hommages, avec cette bonté infinie qui est un de tes plus sublimes attributs!

ARTICLE V.

De la Doctrine enseignée dans les Mystères.

Si les ouvrages que les Anciens avoient faits sur les mystères fussent parvenus jusqu'à nous, non-seulement nous serions plus instruits sur l'ensemble et les détails des cérémonies qui se pratiquoient dans la célébration des fêtes d'Éleusis, mais encore nous aurions des notions exactes sur la doctrine qu'on y enseignoit : malheureusement nous sommes privés d'un secours si nécessaire, et l'esprit de système a profité de la perte de ces documens authentiques pour tout obscurcir et tout altérer. Avant d'entrer en matière sur cet objet important, qu'il nous soit permis de faire l'énumération de nos pertes.

Les livres rituels des mystères avoient été publiés sous les noms d'Orphée et de Musée ; et il paroît, par le témoignage de Platon, qu'ils étoient en grand nombre (1). La plupart ne doivent cependant être attribués qu'à la secte des Orphiques. Eumolpe passoit aussi pour l'auteur d'un ouvrage en trois mille vers, sur les mystères (2). Arignote de Samos, pythagoricienne célèbre,

(1) De Republ., lib. ii, tom. II Oper., p. 364.
(2) Suid., in voc. Εὔμολπος, tom. I, p. 897.

s'étoit attachée à décrire tout ce qui concernoit
ceux de Cérès (1). Mélanthius (2) et Ménandre (3)
avoient suivi son exemple. L'ouvrage d'Hicé-
sius (4), ceux de Démétrius de Scepsis (5), et de
Sotade d'Athènes (6), paroissent avoir eu pour
objet les mystères en général.

Stésimbrote et Néanthe avoient écrit sur les
initiations en particulier (7), peut-être même sur
l'objet sacré des mystères. Les rites en étoient
plus connus que la doctrine, puisque Cicéron
écrivoit à Atticus, qui étoit alors à Athènes : « Chi-
» lius vous demande les rites traditionnels des
» Eumolpides ; et je vous les demande aussi pour
» lui (8) ». Les ouvrages de ce genre s'étoient fort
multipliés au temps de Galien, et excitoient la
curiosité des profanes. Ce médecin célèbre nous
dit que ces livres n'avoient point été écrits pour

(1) Clem. Alex., Strom., lib. IV, p. 619 ; Suid., in voc.
Ἀριγνώτη, tom. I, p. 320.

(2) Schol. Arist., Plut., ad v. 846 ; Av., ad v. 1073.

(3) Id., Av., ad v. 1037.

(4) Clem Alex., Protr., p. 56.

(5) Strab., lib. x, p. 472.

(6) Suid., in voc. Σωτάδης Ἀθ., tom. III, p. 356.

(7) Περὶ τελετῶν. Etym. magn., col. 465 et 214, ed. Sylb.
Voyez sur Stésimbrote, Strab., lib. x, p. 472, et sur
Néanthe, Harpocr., in voc. Ἄττις, p. 32, ed. Gronov.

(8) Cicer., ad Attic., lib. I, epist. IX.

[Voyez ce que j'ai observé relativement à ce passage de
Cicéron, ci-devant, note 2, p. 267. S. de S.]

ceux qui n'étoient point initiés (1); ce qui donne
assez à entendre qu'ils étoient écrits dans un
style énigmatique et mystique, qui en rendoit
l'intelligence difficile : mais on auroit tort de conclure de là qu'ils ne pouvoient être compris que
des initiés; car Théodoret assure que la connoissance des mystères n'étoit pas réservée au seul
hiérophante, et qu'ils étoient dévoilés à quiconque trouvoit ces *livres exécrables* (2). Leur rareté
étoit donc presque le seul obstacle à surmonter.

Diodore de Sicile répète plusieurs fois qu'il
étoit seulement défendu d'entrer dans des détails
sur chaque objet particulier des mystères (3). On

---

(1) Galen., de Temperam. simpl., lib. VII procem., in
Oper. Hippocr. et Gal., tom. XIII, p. 181. B, ed. Charter.

(2) Theod., Therap., Serm. VII, tom. IV Oper., p. 582.
[Le passage de Théodoret cité par M. de Sainte-Croix,
à moins qu'il n'y ait erreur dans la citation, ne me paroît
pas s'appliquer aux mystères, et aux livres où il étoit traité
des rites mystiques. Ce Père dit que l'idolâtrie, pour mieux
séduire les hommes, appela les beaux-arts à son secours,
afin d'insinuer ses exécrables dogmes, par l'organe des
yeux, à ceux qui n'en seroient pas instruits par le secours
de la parole; en sorte que personne ne fût privé des exemples de vice et de débauche qu'elle proposoit aux mortels.
Ἵνα ἔχωσιν ἀκολασίας ἀρχέτυπα καὶ τῆς ἐπαράτου διδασκαλίας
μὴ διαμάρτωσιν οἱ λόγων μεταλαχεῖν μὴ δυνάμενοι. Il n'est point
question là de livres, et ce ne seroit que par une interprétation tout-à-fait arbitraire que l'on pourroit appliquer
cela aux mystères en particulier. S. de S.]

(3) Lib. III, §. 62, etc.

pouvoit donc en donner des notions générales.
Sénèque compare la philosophie à l'initiation,
dont les plus saintes cérémonies étoient réservées aux adeptes, tandis que les préceptes et plusieurs autres choses qui en faisoient partie, n'é-
toient pas ignorés des profanes (1). Enfin, Julien
ne craint point d'avancer qu'une partie des mystères devoit être cachée, et l'autre divulguée (2).
L'imposteur Alexandre osa imiter en Italie les
rites mystérieux de l'initiation; et quoique quelques-uns de ceux qu'il pratiquoit fussent uniquement le fruit de son imagination, on ne dis-
convient point qu'il n'en eût adopté plusieurs
entièrement conformes à ceux d'Éleusis (3).

Les éclectiques, et les nouveaux pythagoriciens, ne cessoient de parler des mystères dans
leurs écrits. Numénius, un de ces derniers, en
voulant interpréter les cérémonies secrètes d'Éleusis, les découvrit aux profanes: aussitôt Cérès et
Proserpine lui apparurent en songe, habillées,
selon Macrobe, comme des courtisannes, et
jouant à la porte d'un mauvais lieu, qui étoit
ouvert. D'après cela, il est facile d'imaginer le
discours qu'elles tinrent au philosophe (4). Cette

---

(1) Senec., epist. xcv, tom. II, p. 473, ed. Elzev., 1672.

(2) Orat. v, tom. I, p. 169. A, ed. Spanhem.

(3) Lucian., Alex., §. 38-41, tom. V, p. 98 et seq.,
ed. Bipont.

(4) *Numenio denique inter philosophos, occultorum*

histoire ne renferme-t-elle pas un aveu formel
des indiscrétions que les payens commirent à
l'égard de leurs mystères ? Mais, sans avoir recours au songe de Numénius, ne suffiroit-il pas
de dire que Nicanor de Cypre, Léon de Pella,
Théodore de Cyrène, Diagoras de Mélos, et mille
autres, avoient mis au jour, avec beaucoup d'exactitude, les objets les plus cachés de la religion
grecque (1)? Leurs écrits ont malheureusement
péri, et il n'en est resté qu'un foible souvenir.

La perte de tous les monumens, le décri général dans lequel les mystères étoient tombés par
la propagation du christianisme, l'attention que
mirent les premiers Chrétiens à étouffer tous les
germes de la superstition ; toutes ces causes ont
plus ou moins concouru à rendre problématiques
les idées qu'on a pu se faire de la doctrine secrète
enseignée par les mystagogues d'Éleusis. La plu-

---

*curiosiori, offensam numinum quod Eleusinia sacra in-
terpretando vulgaverit, somnia prodiderunt ; visas sibi
ipsas Eleusinias deas habitu meretricio ante apertum
lupanar ludere prostantes ; admirantique, et causas non
convenientis numinibus turpitudinis consulenti respon-
disse iratas, ab ipso se adyto pudicitiæ suæ vi abstractas
et passim adeuntibus prostitutas.* Macrob., Comment.
in Scip. somn., lib. I, cap. 11.

(1) *Vel auctoribus aliis mille, qui scrupulosæ dili-
gentiæ cura in lucem res abditas libertate ingenua pro-
tulerunt.* Arnob., lib. IV, p. 87, ed. Elmenhorst.

part des écrivains modernes qui en ont parlé, ont supposé qu'elle avoit été constamment la même dans tous les temps. Si l'on remonte à l'origine des mystères, on sera convaincu de la fausseté de cette opinion.

Diodore de Sicile assure que les cérémonies des mystères étoient les mêmes à Athènes qu'en Égypte, d'où Orphée les avoit transportées en grande partie dans la Grèce, et que la fable de Cérès ne. différoit de celle d'Isis que par les noms (1). Plutarque, comme nous avons eu occasion plus d'une fois de le faire observer, ne craint pas d'avouer que les courses de Cérès, et les aventures de Pluton et de Proserpine, se retrouvoient dans l'histoire d'Isis, d'Osiris et de Typhon, et dans d'autres récits qu'il n'est pas permis de divulguer, et qui sont cachés sous le voile des rites mystiques et des télètes (2). Hérodote insinue, dans plusieurs endroits de son second livre, que les mystères des Grecs n'étoient qu'une copie de ceux des Égyptiens.

Il ne s'agiroit donc plus que de bien connoître en quoi consistoient les mystères des Égyptiens, et quelle étoit la doctrine que l'on y enseignoit. Mais ils sont couverts pour nous d'épaisses ténèbres, et l'ouvrage que Plutarque a composé pour

----

(1) Diod., lib. 1, §. 96.
(2) Plat., de Is. et Osir., §. 25.

Cc

en dévoiler le sens et le véritable objet aux philosophes de son siècle, loin d'éclaircir cette matière, n'a fait que produire une variété de systèmes contradictoires, et autoriser les conjectures
les plus opposées. D'ailleurs, peut-on penser que
la doctrine des anciens Égyptiens se fût conservée
jusqu'au temps de Plutarque sans éprouver de
notables changemens et des altérations de toute
nature? Imaginera-t-on que ce que l'on enseignoit alors représentât fidèlement la doctrine que
les colonies égyptiennes avoient originairement
portée dans la Grèce? Non, sans doute.

Mais on peut aller plus loin, et se demander
encore si ces colonies elles-mêmes apportèrent
véritablement en Grèce la doctrine sacrée de leur
patrie. Se trouvoit-il parmi elles des membres de
l'ordre sacerdotal, ou du moins des hommes assez
instruits pour propager les dogmes qui formoient
le dépôt confié aux ministres du culte, parmi les
habitans grossiers des pays où elles s'établirent?
D'ailleurs, soit que les chefs de ces colonies, ou
quelques-uns de ceux qui les composoient, possé-
dassent en entier ou seulement en partie ce dépôt
précieux, les Pélasges ou les Hellènes, chez qui
ils vouloient accréditer cette doctrine étrangère,
étoient-ils capables d'en saisir le sens, et de
l'adopter sans altération? Nous n'avons aucun
moyen de répondre à ces questions, et à beaucoup d'autres semblables, qui se présentent d'elles-

mêmes à l'esprit dans des recherches de cette nature, et nous nous trouvons entièrement laissés
à nos conjectures. La seule qu'on puisse proposer
avec confiance, et j'oserois presque dire sans
crainte de se tromper, c'est que l'on ne révéla aux
peuples sauvages que les doctrines et les traditions les plus propres à hâter leur civilisation, et
à leur inspirer des dispositions favorables envers
les colonies étrangères.

Cherchons donc dans les écrivains de l'antiquité quels dûrent être ces dogmes et ces traditions : mais gardons-nous d'interroger ou du
moins d'écouter, sans une juste méfiance, ceux
qui, ou par esprit de système, ou par préjugés
et intérêts de secte, chercheroient à nous tromper. Isocrate et Cicéron sont, sous ce double rapport, exempts de tout soupçon : ils nous fourniront deux passages essentiels et vraiment classi-
ques. « Cérès, dit le premier, vint dans notre
» pays, lorsqu'elle erroit après l'enlèvement de
» Proserpine. Elle y fut bien accueillie de nos
» ancêtres, et en reçut des bienfaits, dont il n'est
» permis qu'aux initiés de s'entretenir. Elle nous
» gratifia des deux présens les plus importans,
» en leur faisant connoître les fruits qui nous
» firent abandonner notre vie sauvage, et les
» *télètes* ou mystères, qui font concevoir aux per-
» sonnes qui sont admises à l'initiation, les plus
» douces espérances relativement à la fin de cette

» vie, et à l'autre vie, qui ne finira jamais (1) ».
Suivant Cicéron, « rien n'est au-dessus des mys-
» tères (d'Athènes), par lesquels nos mœurs ont
» été adoucies, et qui nous ont fait passer de l'état
» sauvage à la civilisation. On les a nommés *initia*,
» parce que véritablement on doit leur attribuer
» la connoissance des principes sociaux. Non-
» seulement nous avons appris dans ces mystères
» la manière de vivre avec plaisir et agrément,
» mais ils nous ont encore enseigné à mourir avec
» une meilleure espérance (2) ».

De ces autorités, qu'on pourroit appuyer de
plusieurs autres (3), il résulte trois points importans : le premier, est que la civilisation introduite
par l'agriculture a été un des objets de la doctrine
mystique ; le second et le troisième sont, que la
doctrine mystique enseignoit et offroit aux hommes les moyens d'être heureux en ce monde, et
qu'elle leur donnoit l'espoir d'un bonheur plus
durable dans une autre vie.

Le premier de ces trois points n'est pas con-
testé. Il est peu susceptible de détails : il suffit
de faire observer que les fondateurs des colonies, et les anciens législateurs, avoient un grand
intérêt à perpétuer, parmi les nations qu'ils

---

(1) Isocr., Panegyr., p. 90.
(2) Cic., de Leg., lib. 11, §. 14.
(3) Aristid., Eleus., p. 259.

avoient civilisées, le souvenir des services qu'ils
leur avoient rendus, et qu'ils dûrent par cette
raison en faire l'objet d'une tradition sacrée, et
en attacher la mémoire à des cérémonies et à des
pratiques religieuses. Proclus a donc raison de
dire que les personnes qui veulent connoître ce
qu'étoit l'état de l'homme, le désordre et la confusion de la société humaine avant l'établissement
de la civilisation et d'une législation régulière,
doivent consulter la déclaration qu'on en fait dans
les mystères, et l'histoire de leur introduction
parmi les hommes (1). Varron convenoit aussi
que beaucoup de choses relatives à la découverte
de l'agriculture y étoient formellement enseignées (2).

Quant au second objet des mystères, il est certain que rien n'altère plus le bonheur de l'homme
en cette vie que le souvenir des crimes dont
il s'est rendu coupable; souvent même il ne
persiste dans une vie criminelle qui le rend le
fléau de ses semblables et empoisonne toute la
suite de ses jours, que faute de trouver un moyen
d'apaiser ses remords et de se réconcilier avec
lui-même et avec ses semblables. Ce fut donc
l'effet d'une haute sagesse dans les premiers législateurs, d'offrir à des hommes grossiers qu'il

(1) Proclus, in Plat. Polit., p. 369.
(2) Ap. S. Aug., de Civit. Dei, lib. vii, cap. 20.

s'agissoit de conquérir à la civilisation, l'espérance d'effacer leurs forfaits, et de se soustraire à la vengeance divine par des pratiques faciles, mais qui supposoient toujours le regret et l'aveu des crimes commis contre la société. Telle fut sans doute l'origine des lustrations et des purifications. Mais pour que ces pratiques obtinssent le succès désiré, et qu'elles ne dégénérassent pas bientôt en de simples formalités, qui n'auroient plus inspiré la crainte, ni rassuré les consciences et apaisé les remords, il fallut les attacher à des rites particuliers, qui, par un appareil imposant, pussent captiver l'imagination et en imposer au vulgaire. Les mystères étoient très-propres à produire cet effet : aussi voyons-nous que l'époque de leur établissement est très-voisine de l'origine des lustrations (1). Le savant Marsham n'a point manqué de l'observer, et s'est pressé d'en conclure que cette dernière cérémonie étoit l'objet principal de l'initiation (2). S. Clément d'Alexandrie nous dit que ces lustrations avoient donné naissance, chez les Grecs comme chez les barbares, aux mystères (3). Elles y furent toujours conservées avec soin, en étoient insépa-

_____

(1) Vid. Marm. Oxon., ep. xv et xvi, p. 163 et 164, ed. Prideaux.

(2) Chronic. Canon., p. 253, ed. Londin., 1672. Fol.

(3) Strom., lib. v, p. 689.

rables, et y servoient pour ainsi dire de prélude (1).

Ces cérémonies purificatoires étoient ordon-
nées par les livres d'Orphée et de Musée, et regardoient non-seulement les particuliers, mais
encore les villes. Solon, législateur d'Athènes, et
de qui cette ville reçut pour ainsi dire une nouvelle civilisation, après y avoir supprimé des cérémonies barbares, jugea nécessaire de la purifier (2). Suivant Platon, elles purgeoient et déli-
vroient des crimes pendant la vie et après la
mort; c'est pourquoi on les appeloit *télètes* (3).
Ne pourroit-il pas résulter de là, que cet illustre
disciple de Socrate auroit pensé que les purifications étoient la fin unique des mystères? Nous
lisons encore dans Pausanias, qu'Orphée devint
très-célèbre, parce qu'on le regardoit comme l'inventeur des cérémonies religieuses ou mystérieuses, et des lustrations qui servoient à expier
les crimes, à purifier les coupables, et à apaiser
la colère des dieux (4).

Mais ce n'étoit pas seulement aux crimes commis pendant cette vie que les purifications s'ap-

(1) Arr., in Epict., lib. III, cap. 21, tom. I, p. 442,
ed. Schweighœus.; Schol. Arist., Plut., ad v. 846; Pac.
ad v. 373, etc.

(2) Plut., Vit. Sol., tom. I Oper., p. 84. E.

(3) De Republ., lib. II, tom. II Oper., p. 364 et 365.

(4) Bœotic., cap. 30.

pliquoient ; les anciens Grecs avoient imaginé
que les hommes avoient quelquefois excité la colère divine avant leur naissance, c'est-à-dire, que
leur âme avoit, dans une autre vie, mérité d'être
punie dans celle-ci. Cette opinion étoit fondée
sur la métempsycose ; et nous en avons une
preuve incontestable dans un fragment de Cicéron (1), qui nous a été conservé par S. Augustin.

Peut-être néanmoins ce système fût-il postérieur à l'établissement des mystères, et la vertu
des purifications pour effacer les souillures d'une
vie précédente, n'appartenoit-elle pas originairement à la doctrine sacrée.

Nous avons dit en troisième lieu, que le dogme
des peines et des récompenses dans une vie future appartenoit à la doctrine des mystères, et que
l'initiation étoit regardée comme un moyen efficace de s'assurer la jouissance de ce bonheur après
la mort.

On a vu en effet, en plusieurs endroits de
cet ouvrage, que les prêtres ou mystagogues adoptèrent les vues qu'on prêtoit à Orphée. Ils assu-
rèrent que leurs cérémonies pouvoient effacer

---

(1) *Ut interdum veteres illi, sive vates, sive in sacris
initiisque tradendis divinæ mentis interpretes, qui nos
ob aliqua scelera suscepta in vita superiore, pœnarum
luendarum causa, natos esse dixerunt, aliquid vidisse
videantur.* Ap. S. August., lib. IV contr. Pelag.; Fragm.
Cicer., in Oper., tom. III, p. 577, ed. Oliv.

toutes les souillures de l'âme et tous les crimes,
afin de disposer les hommes à paroître sans crainte
devant les juges des enfers, comme le judicieux
Mosheim l'a très-bien observé (1). Ces ministres
allèrent plus loin encore : ils avancèrent que les
profanes seroient plongés, après leur mort, dans
la fange, et qu'au contraire les initiés habite-
roient avec les dieux (2), ou auroient dans l'empire de Pluton la première place (3), c'est-à-dire,
celle qui approcheroit le plus de lui (4). Bacchus,
dans la comédie des *Grenouilles* d'Aristophane,
rencontre la troupe des initiés, chantant et dansant au milieu des prairies émaillées de fleurs.
« Le soleil, dit le chœur, et une lumière agréa-
» ble, sont pour nous seuls, qui, admis aux mys-
» tères, observons les règles de la piété dans notre
» conduite avec les étrangers et avec nos conci-
» toyens (5) ». Le philosophe Eschine, ou l'auteur du dialogue intitulé *Axiochus*, nous dé-

---

(1) Not. ad Cudworth. Syst. intellectual., tom. I, p. 410.

(2) Plat., Phæd., tom. I Oper., p. 69. C ; Phæd., ed.
Wyttenb., p. 22 ; Diogen. Laert., lib. vi, in vit. Diog.
segm. 40, tom. I, p. 334 et 335, ed. Henr. Weisten. ;
Aristid., Eleusin., tom. I Oper., p. 259, ed. Jebb. ; Plot.,
Ennead. i, lib. vi, p. 55. A.

(3) Axioch., in Plat. Oper., tom. III, p. 371 ; Diogen.
Laert., loc. supr. laud. ; Vid. Hemsterh., ad Luc. Dial.,
tom. I, p. 380.

(4) Schol. Arist., Ran., ad v. 773.

(5) Arist., Ran., v. 457-462.

crit le séjour des initiés après leur mort comme
un lieu rempli de sources d'eau pure, où l'on ne
souffre rien de la vicissitude des temps, et où
l'on respire un air pur et tempéré; enfin dont
les plaisirs ordinaires, pour ceux qui l'habitent,
sont la danse, la musique, les festins et la bonne
chère (1) : tels étoient les objets de la félicité que
les adeptes se promettoient dans l'autre vie.

Aussi les cérémonies de l'initiation étoient-
elles regardées comme capables de fortifier contre les craintes de la mort; et ce fut pour cela
que Bacchus et Hercule se firent initier aux mystères d'Éleusis (2). Ce dernier héros, non content d'avoir été purifié aux petits mystères après
le meurtre des Centaures, voulut encore, suivant
la tradition, avant de descendre aux Enfers, être
initié aux grands mystères par Orphée (3). Hercule emmena Cerbère de ces lieux souterrains,
et l'exposa aux yeux des hommes (4); trait allégorique, qui désigne peut-être la connoissance
que l'initiation donnoit des enfers, et de ce qui
s'y passoit. Isocrate rapporte qu'Orphée en retira
les morts (5). Cela ne voudroit-il pas dire, qu'en

---

(1) Axioch., in Plat. Oper., tom. III, p. 371.
(2) Id., ibid.
(3) Diod., lib. IV, §. 25.
(4) Ibid., §. 26.
(5) Busir. laud., p. 367 Oper., ed. Wilh. Lange.
[Isocrate oppose ici Orphée à Busiris; il dit que le pre-

admettant des hommes aux mystères, il leur assuroit un bonheur durable, et les garantissoit d'un malheur éternel? Les initiés, ainsi que l'assurent plusieurs anciens écrivains, passoient leurs jours avec joie, et mouroient avec l'espoir d'un avenir heureux (1). Doit-on conclure de là que, dans la doctrine des mystagogues, les récompenses futures étoient promises exclusivement aux initiés, et les punitions réservées aux profanes? Ce seroit alors avec raison que Diogène auroit dit : « Le sort du brigand Patécion, parce » qu'il est initié, sera donc meilleur que celui » d'Épaminondas (2)! » Si tel fut l'enseignement des mystères, l'intérêt des mystagogues eut sans doute part à cette doctrine exclusive. Il suffit,

---

mier a ramené les morts des enfers, et que l'autre y envoyoit les vivans avant le temps marqué par les destins : Ἀλλ' ὁ μὲν ἐξ ᾅδου τοὺς τεθνεῶτας ἀνῆγεν, ὁ δὲ πρὸ μοίρας τοὺς ζῶντας ἀπώλλυεν. Il est bien difficile de voir là une allusion aux mystères. S. de S.]

(1) Isocr., Paneg., p. 59; Cicer., de Leg., lib. II, §. 14; Plut., Amator., tom. II Oper., p. 762. A; Aristid., Eleus., p. 259; Crinagoras Epigramm., in Anthol. gr., p. 56, ed. Francof., 1600; Fol.

(2) Diogen. Laert., lib. VI, segm. 39; Plut., de Aud. poet., tom. II Oper., p. 21.

[On voit, par le passage de Plutarque cité ici, que cet écrivain, quel que fût son respect pour les mystères, rejetoit cette doctrine exclusive qui refusoit l'espoir d'un heureux avenir à tous ceux qui n'étoient pas initiés. S. de S.]

au surplus, que l'initiation fût considérée comme un moyen efficace d'effacer les crimes , pour qu'elle fût en honneur, et qu'elle exerçât une puissante influence sur les mœurs, dans l'origine de la civilisation (1).

Je ne veux pas dire, au reste, comme faisoient les Épicuriens, qui prirent à tâche de détruire le dogme des peines à venir, que ce dogme n'avoit été imaginé que par les prêtres, et que les mystagogues seuls en avoient introduit

---

(1) [A partir de cet endroit jusqu'à la fin du chapitre, ou plutôt jusqu'au dernier alinéa, M. de Sainte-Croix avoit fait peu d'additions ou de corrections. Je ne doute pas néanmoins que, s'il eût donné lui-même cette seconde édition, il n'eût revu avec soin ce chapitre, le plus important de tout l'ouvrage, et ne l'eût fort amélioré. Ce qui m'a surtout frappé, c'est le défaut d'ordre et de méthode qui s'y faisoit sentir. J'ai donc cru pouvoir, et même devoir le refondre en entier; et en évitant soigneusement de m'éloigner des idées du savant auteur dont j'ai tâché de me pénétrer, les présenter dans un meilleur ordre, leur donner un peu plus de développement, les appuyer de quelques nouvelles autorités, et quelquefois en changer totalement la rédaction. Je me suis borné à indiquer, dans un petit nombre de notes, les points sur lesquels je diffère de sentiment. Je ne crains point d'affirmer que j'ai mis tous mes soins à concilier le respect dû aux opinions d'un savant dont j'honore et chéris la mémoire, avec les devoirs que m'imposoient le rôle d'éditeur que je dois à sa confiance, et l'intérêt des lecteurs. S. de S.]

l'enseignement dans la religion des Grecs (1).
Je ne dirai pas non plus qu'il dérivoit uniquement de la métempsycose. Le dogme dont il s'agit est une suite nécessaire de celui de l'immortalité de l'âme et de son existence après sa séparation d'avec le corps; et celui-ci fut toujours une opinion vulgaire chez les Grecs, comme le démontrent les poëmes d'Homère et d'Hésiode, et les plus anciennes fables. Aussi l'idée des peines et des récompenses d'une vie future, bien loin d'être une doctrine secrète des mystères, est-elle intimement liée à la mythologie grecque, dont une grande partie semble avoir été inventée exprès pour fortifier dans l'esprit du peuple cette croyance, fondement principal de la société, et seule propre à suppléer à l'insuffisance des lois, et à justifier l'idée d'une providence divine. Ainsi, les fondateurs des mystères, les conducteurs des colonies étrangères, qui apportèrent à la Grèce

_____

(1) Cels., ap. Orig., lib. VIII, tom. I, p. 775. C, ed. Delarue.

[Il n'est pas sans vraisemblance, toutefois, que le dogme de la métempsycose ait aussi été enseigné dans les mystères; mais cela ne prouve pas qu'il appartînt primitivement à ces institutions. Les mystagogues, selon toute apparence, se conformèrent souvent, dans les explications qu'ils donnoient des représentations et des rites mystiques, aux opinions dominantes de leur siècle. Voy. Warburton, The div. Legat. of Mos., tom. I, p. 136. S. de S.]

les premiers germes de la civilisation, y trouvèrent déjà cette croyance établie, et dûrent tout
au plus s'occuper des moyens de l'affermir et de
l'accréditer de plus en plus. Minerve, dans une
tragédie d'Eschyle (1), reconnoît que les Euménides sont plus âgées qu'elle ; c'est-à-dire, ce
semble, que le dogme de la vengeance divine
s'exerçant sur les coupables dans une autre vie,
avoit devancé dans la Grèce l'établissement du
culte de Minerve, qui étoit dû à une colonie
égyptienne. Nous pouvons conclure hardiment
de tout cela, que cette croyance ne fut pas une
invention des fondateurs des mystères, et qu'ils
ne firent que la fortifier, en mettant sous les yeux
des initiés des représentations des peines et des
joies de cette vie future, et en persuadant au
peuple qu'un des moyens les plus efficaces de se
soustraire à la vengeance divine, étoit de se faire
initier à ces cérémonies étrangères. N'oublions
pas de faire observer que les mystagogues, dans
la crainte que l'on n'abusât de ce dogme, et que

---

(1) Ὀργὰς ξυνοίσω σοι· γεραιτέρα γὰρ εἶ. Eumenid., v. 851.
[Je ne pense pas que, dans ce vers, Minerve établisse
aucune comparaison entre son âge et celui des Euménides.
Le comparatif est employé ici, comme il arrive souvent,
au lieu du positif, et presque comme une sorte de dimi-
nutif, pour adoucir et affoiblir le sens. M. du Theil a traduit ainsi : « Je pardonne ces transports, par égard pour
» votre âge ». S. de S.]

l'excès du malheur ou un aveugle enthousiasme ne portât quelques hommes au suicide, eurent soin d'enseigner que les dieux nous ont placés dans cette vie, comme dans un poste que nous ne devons jamais quitter sans leur permission (1).

---

(1) Ὁ μὲν οὖν ἐν ἀπορρήτοις λεγόμενος περὶ αὐτῶν λόγος, ὡς ἔν τινι Φρουρᾷ ἐσμὲν οἱ ἄνθρωποι, καὶ οὐ δεῖ δὴ ἑαυτὸν ἐκ ταύτης λύειν, οὐδ' ἀποδιδράσκειν Plat., Phædon, tom. I Oper., p. 62. B.

[M. de Sainte-Croix a suivi ici le sentiment de Warburton (The div. Legat. of Mos., tom. I, p. 222). M. Wyttenbach, dans ses notes sur le Phédon, soutient au contraire que, dans ce passage de Platon, par les mots ὁ ἐν ἀπορρήτοις λεγόμενος λόγος, on ne doit pas entendre une doctrine enseignée dans les mystères; et il prouve très-bien que le mot ἀπόρρητος a souvent été employé en parlant de la doctrine ésotérique des Pythagoriciens, et d'autres sectes philosophiques. Warburton, et les savans qui ont embrassé son opinion, ne paroissent pas avoir réfléchi que, si une telle doctrine eût fait partie des dogmes secrets d'Éleusis, Platon n'en auroit point parlé, ou du moins ne se seroit expliqué à ce sujet qu'à demi-mot, et d'une manière énigmatique.

Olympiodore semble cependant avoir cru que le mot ἀπόρρητα signifioit ici la doctrine des mystères; mais il commente ce passage de Platon d'une manière si absurde, qu'on ne peut raisonnablement avoir aucun égard à ce qu'il en dit. On peut voir le texte d'Olympiodore dans l'ouvrage intitulé : *Dissertation on the Eleus. and Bacch. myst.*, p. 36. S. de S.]

Mais s'il est certain que le tableau des désordres
antérieurs à la civilisation, et des bienfaits dont
les hommes étoient redevables à l'agriculture et
aux lois; une doctrine consolante d'expiation par
des pratiques extérieures, accompagnées du regret
et de l'aveu de ses fautes ; enfin, le dogme de
l'immortalité de l'âme et d'un état futur, où les
gens de bien jouiroient d'une félicité durable, et
les hommes vicieux et souillés de crimes expie-
roient leurs forfaits ; si, dis-je, il est certain que
tout cela faisoit partie, explicitement ou impli-
citement, de l'enseignement des mystères, et y
étoit mis en action et figuré par des représentations théâtrales, peut-on dire néanmoins que
tout cela constituât la doctrine secrète, qui n'étoit
révélée qu'aux initiés ? Ces dogmes, celui surtout
qui concerne une vie future, étoient-ils donc
renfermés dans le sanctuaire d'Éleusis, et leur
divulgation eût-elle été contraire aux intérêts de
la société ? Un écrivain hardi du dernier siècle a
osé, il est vrai, assurer que la doctrine de l'immortalité de l'âme étoit essentiellement subver-
sive de la société, et que par cela même on avoit
dû chercher à en dérober la connoissance au vulgaire. « En remplissant, dit-il, les esprits de ter-
» reurs et d'opinions extravagantes, ce dogme
» empêchoit les sociétés de se rallier, de travailler
» à leur bonheur, et de songer à l'avenir. On voit
» qu'il étoit nécessaire de dérober un pareil sys-

» tème à la connoissance des hommes, lorsqu'on
» voulut les engager à former des établissemens
» solides sur la terre (1). C'est pourquoi, ajoute-
» t-il, il se trouva renfermé dans le sanctuaire,
» et enseigné par les seuls mystagogues (2) ». Une
telle hypothèse ne peut mieux être détruite que
par une preuve de fait. Ce ne sont pas les récits
des missionnaires qui me la fourniront ; peut-être
paroîtroient-ils suspects : j'aurai recours au témoignage d'un militaire éclairé, dégagé de tout préjugé, et qui a vécu parmi les sauvages de l'Amérique septentrionale. Il assure que le moyen le
plus efficace de leur faire embrasser la religion
chrétienne et de les civiliser, a toujours été de
leur inculquer le dogme des peines et des récompenses à venir (3). L'opinion que je réfute est
tellement démentie par la raison et l'expérience,
que l'auteur de cet étrange paradoxe n'a pu éviter
d'être en contradiction avec lui-même. En effet,
il a reconnu ailleurs l'utilité dont les mystères
ont été pour policer le genre humain (4) : et
cependant ce dogme, qui lui paroît dangereux
et inconciliable avec les intérêts de la société,

---

(1) Antiq. dévoilée, tom. II, p. 45.
(2) Ibid., p. 46.
(3) Peuchot, Mém. sur la dernière Guerre de l'Amér.
septentr., tom. III, p. 304.
(4) Voy. les Éclaircissemens à la fin de l'ouvrage.

Dd

formoit, suivant lui, la doctrine secrète de ces institutions religieuses.

Mais, pour en revenir à la question que nous nous sommes déjà faite, outre ces dogmes, qui n'étoient point étrangers au commun des Grecs, ainsi que nous l'avons fait voir, existoit-il encore une autre doctrine plus relevée ou plus abstruse, qui fût véritablement propre aux mystères, et ne fût communiquée qu'aux seuls initiés? Et en quoi consistoit-elle?

La conjecture qui s'offre pour ainsi dire d'elle-même à l'esprit, et que suggère la lecture d'un grand nombre d'écrivains, soit païens, soit chrétiens, c'est que tous les traits des aventures de Cérès et de sa fille Proserpine, n'étoient qu'une suite d'allégories. Les représentations des mystères mettoient, en quelque sorte, sous les yeux des initiés, ce cycle de fables; les amours incestueux de Jupiter et de Cérès; la colère de la déesse, les fatigues et les angoisses de la grossesse; la ruse du dieu, qui, feignant de se punir lui-même par une mutilation volontaire, coupe et jette dans le sein de Cérès les testicules d'un bélier; la naissance de Proserpine; le nouvel inceste de Jupiter qui, sous la forme d'un serpent, s'unit à cette divinité; la naissance d'Iacchus, qui devient ensuite victime de la fureur des Titans; l'enlèvement de Proserpine par Pluton; le deuil et les courses de Cérès; enfin toutes les suites de cet enlèvement (1). Si telles étoient les scènes que l'on représentoit devant les initiés, n'est-il pas vraisemblable qu'on y ajoutoit des explications allégoriques, seul moyen de diminuer ou même de faire disparoître totalement ce que ces fables avoient de ridicule et de honteux, et de réconcilier les hommes sensés avec des pratiques bizarres et une mythologie non moins absurde? Et n'est-ce pas précisément dans ces explications allégoriques que consistoit la doctrine secrète des mystères?

Avant d'approfondir la solidité de cette conjecture, examinons de quelle nature pouvoient être les explications allégoriques dont il s'agit. Sans entrer à ce sujet dans de longs détails, il suffit de dire que l'opinion d'un grand nombre d'écrivains, tels que Varron, Plutarque, Porphyre, Julien et autres, a été que la mythologie en général, et particulièrement les aventures fabuleuses de Cérès et de Proserpine, n'étoient autre chose que les grandes opérations de la nature, personnifiées, et les rapports du ciel et de la terre, ainsi que les phénomènes produits par les révolutions des astres, représentés sous des emblèmes pris de la naissance, de la vie et de la mort de l'homme, de ses rapports naturels et sociaux, de ses affections, de ses passions, de ses

_____

(1) Clem. Alex., Protrept., p. 14 et seq.

vices. Quelque abus que l'on ait fait de ce système, il est difficile d'y méconnoître, surtout
quand on remonte à l'Égypte, source de la mythologie des Grecs, un fond de vérité qui nous
arrache, presque malgré nous, un assentiment
pour le moins implicite.

S. Clément d'Alexandrie semble autoriser ce
que nous disons ici, de l'application faite par les
mystagogues, de la fable de Cérès et de Proserpine, aux opérations de la nature et aux principes naturels qui les produisent. Suivant cet
écrivain, « aux lustrations succédoient les petits
» mystères, dans lesquels on posoit comme les
» fondemens d'une certaine doctrine, et on pré-
» paroit les hommes à ce qui devoit suivre; puis
» enfin les grands mystères, qui avoient pour
» objet l'universalité des êtres, où l'on n'avoit
» plus rien à apprendre, mais où l'on voyoit de
» ses yeux, et on comprenoit la nature et les
» choses (1) ». Cicéron s'exprime encore plus po-

_____

(1) Οὐκ ἀπεικότως ἄρα καὶ τῶν μυστηρίων τῶν παρ᾽ Ἕλλησιν
ἄρχει μὲν τὰ καθάρσια, καθάπερ καὶ τοῖς βαρβάροις τὸ λουτρόν·
μετὰ ταῦτα δ᾽ ἐστὶ τὰ μικρὰ μυστήρια, διδασκαλίας τινὰ ὑπό-
θεσιν ἔχοντα, καὶ προπαρασκευῆς (je préfère προπαρασκευὴν)
τῶν μελλόντων· τὰ δὲ μεγάλα, περὶ τῶν συμπάντων· οὐ μανθάνειν
ἔτι ὑπολείπεται, ἐποπτεύειν δὲ, καὶ περινοεῖν τήν τε φύσιν καὶ
τὰ πράγματα. Strom., lib. v, p. 688 et 689.

[M. de Sainte-Croix a traduit comme si on lisoit ἐν οἷς
οὐ μανθάνειν. Dans ce passage, τήν τε φύσιν καὶ τὰ πράγματα

sitivement lorsqu'il fait dire à un de ses interlocuteurs, que, quand on a expliqué tout ce qui

pourroit bien signifier, non pas la nature en général, mais
les choses elles-mêmes, par opposition à la doctrine ou
simple théorie ; et alors S. Clément auroit voulu dire que,
dans les petits mystères, on enseignoit, et dans les grands
on mettoit en action ce qu'on avoit précédemment enseigné. On ne pourroit rien en conclure sur l'objet de l'enseignement, et le sens le plus naturel seroit peut-être que,
dans les petits mystères, on préparoit les initiés en leur
racontant les légendes de Cérès et de Proserpine, aux
scènes dont ils devoient être témoins dans les grands, et
que, dans ces derniers, tout ce récit étoit mis en action
et se passoit sous leurs yeux.

Je ne puis m'empêcher de faire observer que l'on pourroit, d'après ce passage, mettre S. Clément d'Alexandrie
au nombre des écrivains qui distinguent formellement
l'époptée, des grands mystères. Dans les petits mystères, il
n'y a, selon lui, que des rites et un enseignement préparatoires ; dans les grands, on est instruit de tout ; il ne reste
plus d'autre degré que l'époptée, où les objets eux-mêmes
sont mis sous les yeux des initiés.

Warburton, qui a tiré un grand parti de ce texte de
S. Clément, me paroît en avoir beaucoup altéré le sens.
» Après cela, dit-il, viennent les petits mystères, dans
» lesquels on jette le fondement des doctrines secrètes et
» de la préparation pour ce qui doit venir ensuite. La doc-
» trine communiquée dans les grands mystères a pour objet
» l'univers. Là se termine toute instruction ; les choses sont
» vues telles qu'elles sont ; on y fait comprendre la nature
» et les choses de la nature ». The div. Legat. of Moses.,
tom. I, p. 147 et 151.

est représenté dans les mystères de Samothrace,
d'Éleusis et autres, et qu'on a ramené le tout à

Cet abus des textes est un reproche que cet écrivain
ingénieux ne mérite que trop souvent. C'est ainsi qu'il
altère, dans sa traduction, un passage de Chrysippe, rapporté par l'auteur de l'*Etymologicon magnum*, au mot
Τελετή. Il est bon de le transcrire ici. Χρύσιππος δέ φησι, τοὺς
περὶ τῶν θείων λόγους εἰκότως καλεῖσθαι τελετάς· χρῆναι γὰρ τούτους τελευταίους καὶ ἐπὶ πᾶσι διδάσκεσθαι, τῆς ψυχῆς ἐχούσης
ἕρμα καὶ κεκρατημένης, καὶ πρὸς τοὺς ἀμυήτους σιωπᾶν δυναμέ-
νης· μέγα γὰρ εἶναι τὸ ἆθλον, ὑπὲρ θεῶν ἀκοῦσαί τε ὀρθὰ, καὶ
ἐγκρατεῖς γενέσθαι αὐτῶν. Voici la traduction de Warburton, où je mettrai en italique ce qu'il ajoute au texte :
« Les doctrines *secrètes* qui concernent les choses divines
» sont, avec raison, nommées *TÉLÈTES* (c'est-à-dire,
» *fins*), parce que ce sont les dernières choses dont on doit
» instruire *les initiés* : l'âme ayant préalablement acquis
» un convenable soutien, et ayant obtenu *l'objet de ses*
» *désirs*, est capable de garder le silence devant les *pro-*
» *fanes et* ceux qui ne sont point initiés. Car c'est une
» grande prérogative d'être capable de recevoir des no-
» tions justes et vraies concernant les dieux, et de les com-
» prendre et les retenir quand on les a reçues ». (P. 150.)
J'opposerai à cette traduction la version latine et littérale
de Meursius : *Chrysippus autem dicit sermones de divinis*
merito vocari consummationes, oportere enim illos pos-
tremos et post omnia addisci ; anima habente stabilimen-
tum, et corroborata, et ad non initiatos silere valida.
Magnam enim esse luctam, et de Diis audivisse recta,
et illorum esse tenaces. J'aimerois mieux traduire ainsi
les derniers mots : *et ab illis vulgandis se abstinere.* Ce
texte, ainsi traduit, perd beaucoup de l'importance que

un sens raisonnable et satisfaisant, on reconnoît plutôt la nature des choses que celle des dieux (1).

Veut-on aller plus loin, et supposer que l'on trouvoit dans ces emblèmes le système du monde moral, et sinon la solution, du moins quelques essais d'explication du mélange si frappant du bien et du mal dans l'univers ? La doctrine de deux principes rivaux, produisant chacun des êtres analogues à leur propre essence, les ministres et les instrumens de leur pouvoir, n'a été étrangère à aucun des peuples de l'antiquité, quoiqu'elle n'ait pas été partout la croyance du vulgaire. Il ne seroit point impossible que ce qui n'avoit été dans le principe que l'emblème de la succession des saisons, du renouvellement annuel de la nature et de son épuisement périodi-

---

lui donne Warburton. On n'en peut conclure qu'une seule chose, c'est que, du temps de Chrysippe et selon son opinion, on communiquoit aux initiés, sous le sceau du secret, des notions justes sur la divinité. S. de S.]

(1) *Omitto Eleusinam sanctam illam, et augustam,*
   Ubi initiantur gentes orarum ultimæ;

prætereo Samothraciam, eaque
         Quæ Lemni
   Nocturno aditu occulta coluntur,
   Silvestribus sæpibus densa.

Quibus explicatis, ad rationemque revocatis, rerum magis natura cognoscitur, quam deorum.

De Nat. Deor., lib. 1, cap. 42.

Dd iv

que, de la chaleur bienfaisante du soleil et du
froid produit par son éloignement, des vents
rafraîchissans de l'été et des tempêtes orageuses
de l'hiver, fût devenu ensuite le symbole, et de
deux pouvoirs invisibles, principes, l'un de tout
ce qui est bon et favorable, l'autre de tout ce qui
est mauvais et redouté, et des génies bienfaisans
ou malins, dont l'imagination de l'homme, aidée
de quelques souvenirs d'une tradition respectable
et universelle, peupla toutes les régions de l'univers. On ne peut guère douter en effet que les
aventures de Cérès, de Proserpine, de Pluton et
du jeune Iacchus, n'aient été, comme celles d'Isis,
d'Osiris, de Typhon et d'Horus, des allégories
relatives à l'origine du bien et du mal (1). Iacchus,

---

(1) [J'ai fait beaucoup de changemens en cet endroit,
dans le texte de M. de Sainte-Croix, et j'ai supprimé plusieurs citations qui étoient inexactes. Ce que j'ai laissé
subsister sur la signification allégorique de la mort violente
d'Iacchus, et de son retour à la vie, ainsi que sur les migrations périodiques de Proserpine, paroîtra peut-être
étranger à la thèse générale que l'auteur veut établir ici,
savoir, que la rivalité des deux principes a pu servir d'explication allégorique aux représentations des mystères. Je
n'ai pas cru néanmoins devoir le supprimer, parce que
les vicissitudes périodiques de la nature, le froid et le
chaud, le renouvellement de la végétation et sa destruction, l'éloignement du soleil et son retour, pouvoient être
et furent, selon toute apparence, envisagés comme les
effets de la rivalité et de la supériorité alternative des deux

mis à mort par les Titans, étoit, comme Horus massacré par Typhon, l'image du bouleversement de l'ancien monde. L'épiphanie, ou la résurrection d'Iacchus, signifioit, comme celle d'Horus, que notre monde étoit ressorti du chaos dans lequel il étoit tombé. Pluton, ainsi que Typhon, étoit le mauvais principe, et Proserpine, comme Osiris, le bon principe, représenté encore par Cérès ou d'autres divinités. Le passage alternatif de Proserpine aux enfers et des enfers sur la terre, étoit le symbole des vicissitudes de la nature, et du mélange du bien et du mal. Si l'on vouloit supposer que cette doctrine fût enseignée dans l'époptée, comme l'explication des fables qu'on y représentoit, on auroit en sa faveur de semblables explications allégoriques, hasardées par quelques écrivains, et surtout par Plutarque dans ses doctes recherches sur la mythologie égyptienne. Les génies, dont l'existence suppose nécessairement un être supérieur qui agit par leur ministère, jouoient, ce semble, un grand rôle dans les mystères. L'épicurien Celse assuroit, en suivant les idées de sa secte, qu'on employoit dans les mystères les exemples du pouvoir et des actions des génies, pour établir le dogme des peines à venir (1). L'autorité de cet écrivain se-

---

principes qui se partageoient le domaine des saisons et de l'année. S. de S.]

(1) Ap. Orig., lib. VIII, cap. 48, tom. I Oper., p. 776. F, ed. Delarue.

roit ici de peu de poids, si Platon (1) et Plutarque (2) ne nous disoient pas que la nature de
ces mêmes génies étoit connue des initiés. On leur
apprenoit encore que les dieux se servoient du
ministère de ces êtres, tout à la fois célestes et
terrestres, pour l'exécution de leurs volontés (3).
Une preuve plus directe que la rivalité des deux
pouvoirs indépendans et de leurs agens secon-
daires, faisoit du moins partie de la doctrine
d'Éleusis, c'est que l'on donnoit aux ministres de
ce temple si respecté, le nom de *philopolèmes*,

---

(1) Plat., Sympos., p. 1194.

[Je pense que M. de Sainte-Croix a eu en vue le passage
suivant du *Symposium*, où Platon, exposant la nature des
génies, τὸ δαιμόνιον, espèce d'êtres qui tiennent le milieu
entre la divinité et ce qui est mortel, s'exprime ainsi :
Διὰ τούτου καὶ ἡ μαν]ικὴ πᾶσα χωρεῖ, καὶ ἡ τῶν ἱερέων τέχνη
τῶν τε περὶ τὰς θυσίας καὶ τὰς τελε]ὰς καὶ τὰς ἐπῳδὰς, καὶ
τὴν μαν]είαν πᾶσαν καὶ γοη]είαν· θεὸς δὲ ἀνθρώπῳ οὐ μίγνυ]αι,
ἀλλὰ διὰ τούτου πᾶσά ἐσ]ιν ἡ ὁμιλία καὶ ἡ διάλεκτος θεοῖς πρὸς
ἀνθρώπους, καὶ ἐγρηγορόσι καὶ καθεύδουσι· καὶ ὁ μὲν περὶ τὰ
τοιαῦ]α σοφὸς, δαιμόνιος ἀνήρ. (Tom. III Oper., p. 202. E.)
Il est bien ici question de la nature des génies, par l'in-
tervention desquels seuls il peut s'établir des relations entre
Dieu et les hommes, et qui sont l'objet immédiat du culte,
des sacrifices, des mystères, des enchantemens, etc. ; mais
Platon ne dit point que la nature des génies est connue
des initiés. S. de S.]

(2) Plut., de Orac. def., tom. II Oper., p. 417.

(3) Plut., loc. mod. laud.

c'est-à-dire, amateurs de la guerre (1) ; ce qui ne
pouvoit faire allusion qu'à la rivalité et aux
guerres des deux principes.

---

(1) Procl., ad Tim. Plat., p. 51.

[Voici le texte de Proclus : Ὁ μὲν γὰρ Πορφύριος, ἐν σελήνῃ
τὴν Ἀθηνᾶν ὑποθέμενος, ψυχὰς ἐκεῖθεν κατιέναι φησὶ, τό γε
θυμοειδὲς ἅμα καὶ τὸ πρᾶον ἐχούσας· καὶ διὰ τοῦτο φιλοσόφους
καὶ φιλοπολέμους εἶναι τοὺς τῶν ἐν Ἐλευσῖνι μυσταγωγούς.

Il s'agit, dans ce passage de Proclus, d'expliquer ce
texte du Timée de Platon, où il est dit, en parlant de
Minerve : Ἅτ' οὖν φιλοπόλεμός τε καὶ φιλόσοφος ἡ θεὸς οὖσα,
τὸν προφερεστάτους αὐτῇ μέλλοντα οἴσειν τόπον ἄνδρας, τοῦτον
ἐκλεξαμένη τοπρῶτον κατῴκισεν. (Tim., in Plat. Oper., tom. III,
p. 24.) Rien de plus simple et de plus naturel que ces deux
épithètes, φιλοπόλεμος et φιλόσοφος, données à cette divinité,
qui est en même temps la déesse de la guerre et celle de
la sagesse. Dans la suite, les Platoniciens ont voulu trouver
du mystère dans ces expressions, et Proclus rapporte ici
quelques-unes de leurs interprétations, et entre autres
celle de Porphyre. Suivant ce philosophe, les âmes doivent
leur irascibilité et leur douceur à ce qu'elles descendent de
la lune, où Minerve, déesse qui aime la guerre et la sagesse, a son habitation ; « et c'est pour cela, dit-il, que les
» mystagogues d'Éleusis sont en même temps *philopo-*
» *lèmes*, amis de la guerre, et *philosophes*, ou amis de
» la sagesse ».

On voit que Porphyre, cité par Proclus, ne dit point
qu'on donnoit aux mystagogues le nom de *philopolèmes* ;
il les représente seulement comme amateurs de la guerre
et de la sagesse ; et quoiqu'il n'explique pas la raison pour
laquelle il leur attribue *l'amour de la guerre*, il est difficile de croire que cela soit fondé sur ce qu'ils enseignoient

Enfin, comme le champ de l'allégorie n'a point de bornes, et que les mystagogues, en supposant que leur doctrine secrète consistât réellement en des explications allégoriques, dûrent facilement se prêter aux opinions dominantes, on peut croire non-seulement qu'ils ne s'en tinrent pas à la première doctrine qui avoit été apportée d'Égypte avec les cérémonies des mystères, mais qu'ils se laissèrent, avec le temps, subjuguer par les diverses opinions philosophiques successivement accréditées parmi les Grecs; et qu'après avoir, avec les stoïciens, appliqué les fables mystiques aux puissances actives et passives et aux phénomènes de la nature, ils les appliquèrent ensuite à une doctrine toute spirituelle et à une morale purement spéculative. Donnons à ceci quelques développemens.

Les Égyptiens et les premiers mystagogues grecs n'avoient vu, suivant toute apparence, dans les fables mystiques, ainsi que nous l'avons déjà dit, qu'une allégorie des principaux phénomènes de la nature; ce qui n'excluoit nullement l'action plus ou moins immédiate d'une divinité créatrice et conservatrice. Les stoïciens virent moins

---

la doctrine des deux principes rivaux et ennemis. En général, ce que M. de Sainte-Croix dit à ce sujet est appuyé sur des fondemens peu solides, et j'ai dû le modifier beaucoup, pour que cela ne fût pas en contradiction avec les autorités qu'il avoit citées. S. de S.]

dans la mythologie les effets, que les puissances
ou forces nécessairement attachées à la matière.
Ils assuroient, comme nous l'apprenons de Cicéron, que les mystères instruisoient plutôt de la
nature des choses que de celle des dieux (1). C'est
d'après cette hypothèse que Phurnutus ou Cor-
nutus, et quelques autres, ont expliqué l'histoire
de Cérès et les pratiques de son culte (2). L'autorité de S. Clément d'Alexandrie, qui nous assure que l'époptée étoit une sorte de physiolo-
gie (3), ne nous permet pas de douter que les
mystagogues n'eussent adopté cette théologie physique, due à l'école du Portique (4). Cléanthe,
l'un des principaux ornemens de cette école, enseignoit que les dieux n'étoient que des figures
mystiques et des noms sacrés. Dans ce système,
le dadouque étoit l'image du soleil; les mystes,

(1) De Nat. Deor., lib. 1, cap. 42.
(2) Phurnut., cap. 28; Cic., de Nat. Deor., lib. 1, cap.
20; Plut., adv. Stoïc., tom. II Oper., p. 1075; S. Aug.,
de Civit. Dei, lib. VI, cap. 8; lib. VII, cap. 21.
(3) Strom., lib. V, p. 564.
(4) Le texte de S. Clément d'Alexandrie ne dit nullement que cette doctrine appartenoit à l'époptée. Voici ses
expressions : Τὰ περὶ ἀρχῶν φυσιολογηθέντα τοῖς τε Ἕλλησι,
τοῖς τε ἄλλοις βαρβάροις, ὅσον ἧκον εἰς ἡμᾶς αἱ δόξαι, ἐξιστορητέον.
Il faut croire que c'est uniquement sur l'autorité de M. de
Sainte-Croix, que M. Creutzer a attribué la même chose
à S. Clément. Symbol. und Mytholog. der alt. Völk.,
tom. IV, p. 546. S. de S.]

et tous ceux qui participoient aux mystères, représentoient le monde (1). On doit conclure de
là, pour le dire en passant, que le costume allégorique du dadouque, et ceux des autres ministres
d'Éleusis dont j'ai déjà parlé, n'étoient pas fort
anciens, et n'avoient été imaginés que pour ramener les cérémonies de l'initiation à des explications conformes aux idées des stoïciens. L'un
d'eux, Chrysippe, prétendoit que l'on tiroit un
grand avantage de l'initiation, celui d'avoir de
justes notions de la Divinité (2). Quelles étoient
ces justes notions de la Divinité ? Sans doute elles
tendoient à établir que les dieux n'étoient que
les élémens et les différentes parties de l'univers
matériel. Ces notions ne différoient donc pas de
ce que d'autres stoïciens appeloient la connoissance de la nature et de ses effets ; ce qu'il étoit
nécessaire d'observer pour concilier l'opinion de
Chrysippe avec celle des autres stoïciens, mise
par Cicéron dans la bouche de l'académicien
Cotta.

Les philosophes éclectiques parvinrent sans
doute aussi à faire passer leur spiritualisme dans
l'enseignement des mystères. Par la nature même
des opinions de leur secte, ils dûrent chercher à

---

(1) Ap. S. Epiphan., lib. III, cap. 9, tom. I, p. 1090. C.
(2) Etymol. magn., in voc. Τελετή · col. 751, ed. Sylburg.
[Voy. ci-dev., p. 422, note. S. de S.]

réunir et concilier avec la philosophie des Grecs
l'ancienne et primitive doctrine des mystères, apportée par les colonies égyptiennes ; et ces efforts,
agréables aux mystagogues, ne purent manquer
de les engager à adopter le système de ces nouveaux platoniciens. La preuve nous en est four-
nie par Eunapius, qui nous assure que l'empereur Julien, désirant avoir sur le système des
philosophes éclectiques de plus grands éclaircissemens que ceux qu'il avoit puisés dans les
conversations d'Édesius, de Chrysanthe et de
Maxime, fut obligé de recourir à l'hiérophante
d'Éleusis (1). Les éloges prodigués par les mêmes
philosophes aux mystères en général, et à ceux
d'Éleusis en particulier, prouvent encore qu'ils
avouoient les dogmes qui y étoient enseignés.
« Qui pourroit s'empêcher de convenir, s'écrie
» Proclus, que les mystères et les initiations ne
» retirent les âmes de cette vie matérielle et mor-
» telle pour les réunir aux dieux, et qu'ils n'ef-
» facent ce qu'elles retenoient d'ignorance et de
» sottise (2), en éclairant nos esprits, et en dissi-
» pant chez les adeptes les ténèbres par l'éclat de
» la Divinité (3) » ? Pour faire connoître à fond

---

(1) Eunap., Vit. Maxim., p. 90, ed. Commelin.

(2) Suivant les principes de la philosophie éclectique,
l'ignorance rend les âmes impures. Iambl., de Myst.,
§. 11, cap. 11, et Porphyr., Epist. ad Ambon. Ægypt.

(3) Τίς γὰρ οὐκ ἂν συνομολογήσειεν, τά τε μυστήρια καὶ τὰς

le système de ces philosophes sur la doctrine des
mystères, il faudroit reprendre la chose de plus
haut, et exposer d'abord leurs sentimens sur l'ancienne mythologie en général ; ce qui nous entraîneroit dans de trop longs détails. Observons
toutefois, qu'en embrassant les principes théo-
logiques, mystiques et physiologiques de la doctrine égyptienne, les éclectiques y introduisirent beaucoup de changemens ; ce qui fait dire
à Eusèbe qu'ils avoient adopté bien des explications auxquelles les anciens Égyptiens et les premiers Grecs n'avoient jamais pensé, même en
songe (1).

Si, dans la manière d'interpréter allégorique-
ment la mythologie, les nouveaux platoniciens
ou éclectiques avoient imité les Égyptiens, et en
partie aussi les stoïciens, ils en différoient,
comme nous l'avons déjà dit, par un autre genre
d'explication allégorique, qui cherchoit dans la
mythologie, et particulièrement dans les aventures de Cérès et de Proserpine, l'histoire des

---

τελετὰς ἀνάγειν μὲν ἀπὸ τῆς ἐνύλου καὶ θνηϊοειδοῦς ζωῆς τὰς
ψυχὰς, καὶ συνάπϊειν τοῖς θεοῖς, ἀφανίζειν δὲ ἅπασαν τὴν ἐκ τῆς
ἀλογίας παρεισδυομένην παροχὴν ταῖς νοεραῖς ἐλλάμψεσιν, ἐξω-
θεῖν δὲ τὸ ἀόρισϊον καὶ τὸ σκοϊεινὸν τῶν τετελουμένων τῷ φωτὶ
τῶν θεῶν. Procl., ad Plat. Politic., p. 369; Vid. Plot.,
Ennead. 1, lib. VI, p. 55; Iambl., de Myst., §. 1, cap. 11;
Julian., Or. v, tom. I, p. 173, ed. Spanhem.

(1) Præp. Evang., lib. III, p. 117.

âmes humaines avant leur union avec la matière
et pendant la durée de cette union, le tableau
des efforts de la substance spirituelle pour se
soustraire à l'empire du corps, et se garantir des
souillures dont son union avec lui la rendoit susceptible, ou celui des foiblesses auxquelles elle
se laissoit entraîner, et de la contagion qu'elle
contractoit; enfin, le sort qui l'attendoit, à raison de ses victoires sur les sens ou de ses défaites,
après que, dégagée des liens matériels, elle seroit
rendue à son indépendance primitive. Ainsi, l'enlèvement de Proserpine par Pluton représentoit,
suivant eux, la descente de l'âme, lorsque, quittant les régions supérieures, elle se précipite dans
l'empire de la matière et s'unit à un corps (1).
Iacchus ou Bacchus mis en pièces par les Titans,
c'étoit l'intelligence universelle divisée et répartie
par la génération dans une multitude d'êtres (2).
Proserpine habitant la région supérieure avec
Cérès sa mère, et les régions inférieures avec Pluton, c'étoit, selon Proclus, l'âme ou la substance
spirituelle qui, réunie à Jupiter ou au démiurge,
forme avec lui les êtres d'une nature divisible, et

---

(1) Ὅτι κορικῶς μὲν εἰς γένεσιν κάτεισιν ἡ ψυχή. Olympiod.,
ad Plat. Phædr. Vid. Dissert. on the Eleus. and Bacch.
Myster., p. 62, et p. 85.

(2) Σπαράττεται δὲ τὸ καθόλου εἶδος ἐν τῇ γενέσει. Olymp.,
ad Plat. Phædr. Vid. Dissert. on the Eleus. and Bacch.
Myster., p. 139 et 141.

Ee

qui, jointe au monde inférieur, communique la
vie aux parties les plus reculées de l'univers, qui,
par elles-mêmes, sont mortes et inanimées (1).
Toutes ces idées n'étoient, disoit-on, que le développement de la doctrine de Platon (2), qui

---

(1) Καὶ ὁ Πλάτων αὐτὸς πανταχοῦ συνάπτων τῇ Δήμητρι τὴν
Κόρην· καὶ τὴν μὲν ὡς γεννητικὴν αἰτίαν προϊστάμενος, τὴν δὲ ὡς
ἀπ᾽ ἐκείνης πληρουμένην, καὶ τὰ δεύτερα πληροῦσαν ἀνυμνῶν. Διττῆς
δὲ οὔσης τῆς κορικῆς τάξεως, καὶ τῆς μὲν ὑπὲρ τὸν κόσμον προ-
φαινομένης, ὅθι δὴ καὶ συντάττεται τῷ Διὶ, καὶ μετ᾽ ἐκείνου τὸν
ἕνα δημιουργὸν ὑφίστησι τῶν μεριστῶν, τῆς δὲ, ἐν τῷ κόσμῳ δευ-
τέρας, οὗ δὴ καὶ ὑπὸ τοῦ Πλούτωνος ἁρπάζεσθαι λέγεται, καὶ
ψυχοῦν τὰ ἔσχατα τοῦ παντός, ὧν ὁ Πλούτων ἐπετρόπευεν, ἀμφο-
τέρας ὁ Πλάτων ἡμῖν τελέως ἐξέφηνε, τοτὲ μὲν, τῇ Δήμητρι τὴν
Κόρην συνάπτων, τοτὲ δὲ, τῷ Πλούτωνι, καὶ σύζυγον αὐτὴν ἀπο-
φαίνων τοῦδε τοῦ θεοῦ. Καὶ γὰρ ἡ τῶν θεολόγων φήμη, τῶν τὰς
ἁγιωτάτας ἡμῖν ἐν Ἐλευσῖνι τελετὰς παραδεδωκότων, ἄνω μὲν αὐτὴν
ἐν τοῖς μητρὸς οἴκοις μένειν φησὶν, οὓς ἡ μήτηρ αὐτὴ κατεσκεύασεν
ἐν ἀβάτοις, ἐξῃρημένους τοῦ παντός· κάτω δὲ μετὰ Πλούτωνος τῶν
χθονίων ἐπάρχειν, καὶ τοὺς τῆς γῆς μυχοὺς ἐπιτροπεύειν, καὶ ζωὴν
ἐπορέγειν τοῖς ἐσχάτοις τοῦ παντός, καὶ ψυχῆς μεταδιδόναι τοῖς
παρ᾽ ἑαυτῶν ἀψύχοις, καὶ νεκροῖς. Procl., in Theol. Plat.,
p. 370 et 371; Creutzer, ad Plot. libr. de Pulcritud.
Præpar., p. lxvij.

(2) [Suivant Proclus, Platon avoit emprunté des Pythagoriciens les fondemens principaux de sa doctrine, et
Pythagore lui-même les avoit puisés dans l'enseignement
mystique des Orphiques. Ἄπασα γὰρ ἡ παρ᾽ Ἕλλησι θεολογία
τῆς Ὀρφικῆς ἐστι μυσταγωγίας ἔκγονος, πρώτου μὲν Πυθαγόρου
παρὰ Ἀγλαοφήμου τὰ περὶ θεῶν ὄργια διδαχθέντος· δευτέρου
δὲ Πλάτωνος ὑποδεξαμένου τὴν παντελῆ περὶ τούτων ἐπιστήμην, ἐκ

avoit enseigné, quoique d'une manière énigmatique, que le but des mystères étoit de ramener
les âmes à cet état de perfection primitive d'où
originairement elles étoient descendues (1). Olympiodore, Proclus, Plotin, Salluste, sont remplis
de ces allégories ; et, comme on l'a déjà dit, il est
vraisemblable que les mystagogues ne restèrent
point étrangers à ce genre de spiritualisme (2).

τε τῶν Πυθαγορείων, καὶ τῶν Ὀρφικῶν γραμμάτων. Procl., in
Theol. Plat., cap. 6, p. 13. S. de S.]

(1) Warburton cite à ce sujet (The div. Legat. of Mos.,
tom. I, p. 137), comme tiré du Phédon, un passage qui
appartient au commentaire d'Olympiodore.

(2) Dissert. on the Eleus. and Bacch. Myst., p. 61.
[Je ne puis me dispenser de faire observer combien il y
a d'exagération dans ce que la plupart des anciens et quelques modernes ont avancé de l'influence heureuse qu'avoit
l'initiation sur les mœurs de ceux qui y avoient été admis.
Warburton lui-même s'est laissé entraîner beaucoup trop
loin, à cet égard, par l'esprit de système. Il n'est besoin ni
de longs raisonnemens, ni d'autorités nombreuses et péni-
blement rassemblées, pour prouver que l'influence des
mystères qui avoit pu être utile à la société dans l'origine
de la civilisation, en confirmant la croyance d'une vie
future, devint nulle lorsque la culture eut acquis un certain degré de perfection. Il ne faut, pour en être convaincu,
que se rappeler (j'emprunterai les propres expressions de
Warburton), « qu'il étoit presque scandaleux de n'être
» point initié ; que le nombre des initiés étoit aussi étendu
» que celui des régions et des contrées où les mystères
» avoient pénétré ; que tous, hommes, femmes et enfans,

En admettant cependant que ces différens
genres d'explications allégoriques aient successivement fait partie de la doctrine des mystères,
et qu'ils aient été enseignés aux initiés, ce n'est
pas encore une raison d'en conclure qu'ils aient
constitué la doctrine secrète de ces institutions.
Le contraire me semble certain, puisque toutes
ces théories ont été exposées, sans aucun scrupule, par une multitude d'écrivains qui profes-
soient le plus grand respect pour les mystères,
et que ces prétendues révélations ne leur ont
attiré aucun reproche. Le résultat que nous devons tirer de là, c'est que toutes ces doctrines
purent bien passer des écoles des philosophes
dans les mystères, mais qu'elles n'étoient point
passées des mystères dans l'enseignement philosophique.

Il faut donc de toute nécessité, ou renoncer à
reconnoître dans les mystères une école secrète
de dogme et de morale, ou chercher une doctrine ignorée du vulgaire, et qui, enseignée, si
l'on veut, à tous les initiés, n'ait cependant jamais
franchi les barrières du sanctuaire.

Warburton a cru trouver cette doctrine abs-

» y étoient admis ; enfin, que l'on peut dire qu'aux yeux
» des païens l'initiation étoit d'une nécessité aussi indis-
» pensable, que l'est le baptême aux yeux des Chrétiens ».
The div. Legat. of Mos., tom. I, p. 140. S. de S.]

truse dans le dogme de l'unité de Dieu. Les mystères, suivant lui, avoient trois objets : ils devoient, 1°. rappeler aux hommes le souvenir du
commencement et des progrès de la civilisation ;
2°. leur enseigner la doctrine des peines et des
récompenses à venir ; 3°. leur révéler et la vanité du polythéisme, et le dogme de l'unité de
Dieu (1). Les deux premiers objets nous paroissent incontestablement avoir été mis en scène
dans les mystères d'Éleusis ; mais ils n'ont jamais
formé une doctrine secrète, soigneusement dérobée à la connoissance du vulgaire. Le dogme
de l'unité de Dieu est donc le seul de ces trois
objets qu'on puisse véritablement envisager sous
ce point de vue.

Mais Warburton ne nous paroît pas avoir fait
attention qu'une telle doctrine, quoique renfermée dans le sanctuaire, eût bientôt ruiné de
fond en comble le polythéisme. L'initiation
n'étoit point une prérogative réservée à un petit
nombre d'hommes, et que l'on n'obtînt qu'après
de longues années de préparations et d'épreuves ;
il suffisoit presque d'être Athénien par la naissance ou par l'adoption, pour être admis aux mystères d'Éleusis. D'ailleurs, ces mystères n'étoient
pas les seuls que la Grèce possédât ; et s'il étoit

_____

(1) The div. Legat. of Mos., tom. I, p. 131, 133, 136,
149, 159, 181, et surtout p. 250.

vrai que le dogme de l'unité de Dieu eut été l'objet
principal de ce genre d'institutions, le temple de
Cérès n'auroit pas sans doute été le seul où on
l'eût enseigné. Les législateurs , les fondateurs de
la civilisation, en instituant les mystères, auroient
donc renversé de leurs propres mains la religion
publique qu'ils vouloient établir, et qu'ils regardoient comme le lien le plus fort de la société?
Une semblable contradiction n'auroit pu exister
long-temps, sans en détruire les fondemens (1).

(1) [Warburton, il est vrai, n'avoue point ces conséquences; il prétend que , par la révélation du dogme de
l'unité de Dieu , et de l'origine humaine et mortelle des
divinités que le vulgaire adoroit, on ne renversoit que le
polythéisme populaire , c'est-à-dire , le culte des hommes
morts , sans porter atteinte à celui des divinités locales et
tutélaires, de ces génies ou puissances supérieures à l'homme , mais inférieures à Dieu , et que l'Être suprême avoit,
disoit-on, chargées du soin et de la conservation des diverses
parties de ses ouvrages (The div. Legat. of Mos. , tom. I,
p. 148). Mais le moyen qu'il emploie surtout pour éloigner
cette objection, dont il a senti toute la force, c'est d'affirmer
qu'autant il étoit facile d'être admis aux petits mystères,
autant l'admission aux grands mystères étoit rare et difficile (ibid., p. 159). C'est là ce qu'il auroit fallu prouver ;
et faute de l'avoir fait, j'ose dire, d'avoir pu le faire, son
système croule de lui-même.

Meiners, marchant sur les traces de Warburton, a imaginé de soutenir que tout ce que nous connoissons des pratiques , des rites et des représentations d'Éleusis, appartenoit aux petits mystères, et que les grands ne consistoient

Créer d'une main et anéantir de l'autre; tromper
publiquement les hommes, et les éclairer en secret; punir avec éclat les sacriléges, et les justifier
au sein même de ce que la religion sembloit
avoir de plus respectable, quel étrange système
de législation! Et c'est au peuple réputé le plus
sage de l'antiquité que Warburton ne craint pas
d'attribuer un tel système! Ajoutons que l'effet
d'une semblable contradiction, loin de substituer
dans l'esprit des initiés une doctrine plus pure
à celle du polythéisme, les auroit entraînés infailliblement dans l'athéisme et dans toutes ses
funestes conséquences. Instruits par les mystagogues et par les ministres de la religion, à mépriser le culte public; avertis que tout ce qu'on
leur avoit enseigné avant la dernière initiation,
n'étoit qu'une doctrine hypocrite, inventée pour
contenir les peuples par de chimériques terreurs,
et par un respect insensé pour des objets dignes
de mépris; réduits à une doctrine spéculative,
sans culte et sans pratiques sensibles; obligés, le
reste de leur vie, à feindre encore un respect
religieux pour des divinités, des fêtes, des sacri-

---

que dans la révélation des ἀπόρρηϳα, ou de la doctrine
secrète. Ce système est si manifestement en contradiction avec tous les témoignages de l'antiquité, qu'il n'a
pas besoin de réfutation. C'est ce qu'a fort bien observé
M. Creutzer. Symbol. und Mythol. der alt. Völk., tom.
IV, p. 540. S. de S.]

fices, des pompes dont on leur avoit révélé le
néant et le mensonge, ne devoient-ils pas naturellement soupçonner aussi d'illusion et d'hypocrisie intéressée, le dogme même qu'on leur
avoit confié dans l'initiation? Quelle foi méri-
toient en effet des hommes qui, de leur propre
aveu, encensoient des divinités fantastiques, se
prosternoient devant des autels élevés par une
politique mensongère et astucieuse? Mais si, au
contraire, il se trouvoit parmi les initiés des
hommes vertueux, ennemis du mensonge et de
l'hypocrisie, animés d'un saint zèle pour le bonheur du genre humain, devoient-ils se croire liés,
par des sermens sacriléges, à serrer le bandeau
qu'un vil intérêt avoit mis sur les yeux de leurs
semblables? Concluons de là hardiment, que le
dogme de l'unité de Dieu ne fut point le secret
des mystères, et que, s'il parut avoir pénétré
dans les sanctuaires d'Éleusis et des autres temples
de la Grèce, ce fut seulement à l'époque où la lumière du christianisme les investissant de toutes
parts, les défenseurs du paganisme cherchèrent
à se rapprocher d'une doctrine dont la raison
n'avoit point à rougir. Jusque-là, les portes en
étoient fermées à cette doctrine par des barrières
insurmontables; le gouvernement, la superstition, des coutumes invétérées, et auxquelles se
lioient tous les actes de la vie civile; enfin, l'intérêt des ministres du culte de tout ordre.

Mais ce n'est pas tout : on ne pouvoit pas enseigner le dogme de l'unité de Dieu sans apprendre aux initiés, conformément à la doctrine
d'Évhémère, que toutes les divinités que le vulgaire adoroit n'étoient que des hommes, à qui la
reconnoissance des peuples avoit consacré un
culte et élevé des autels. Cette doctrine étoit celle
des épicuriens (1). Si elle eût été admise par les
mystagogues, auroient-ils éloigné avec tant de
soin de l'initiation les philosophes de la secte
d'Épicure, puisqu'on auroit pu leur faire à eux-
mêmes, avec justice, les reproches que Plutarque
adresse à l'épicurien Colotès, lorsqu'il lui dit,
« qu'en refusant aux dieux, à Jupiter, à Cérès, à
» Neptune, les surnoms qui indiquent leurs opé-
» rations et les bienfaits que reçoit d'eux le genre
» humain, il remplit la vie de l'homme d'un mé-
» pris insolent pour la Divinité, et anéantit en
» même temps les sacrifices, les mystères, les
» pompes religieuses et les fêtes (2) » ? Les philosophes épicuriens, aussi, auroient-ils témoigné
hautement leur mépris pour les mystères, et auroient-ils avancé que ces institutions religieuses,
loin de procurer un plaisir véritable à ceux qui
y étoient admis, ne leur inspiroient que des
craintes et des terreurs (3)? Nouvelle preuve que

(1) Cic., de Nat. Deor., lib. 1, cap. 42.
(2) Plut., tom. II Oper., p. 1119. D.
(3) Id., ibid., p. 1102. C.

Warburton a été dans l'erreur, quand il a cru que l'on enseignoit aux initiés une doctrine éversive du polythéisme.

Si nous voulions examiner en particulier chacune des autorités que le savant évêque de Glocester fait valoir en faveur de son opinion, il nous seroit aisé de faire voir qu'une saine critique ne sauroit les admettre. Nous nous contenterons d'observer qu'il produit, comme des armes victorieuses, la Palinodie d'Orphée (1), ouvrage évidemment supposé; le Discours d'Isis (2), fruit de l'imagination d'Apulée, et où l'on n'aperçoit qu'un pur panthéisme; enfin les vers de Virgile (3), où ce poète a exposé le système de l'âme du monde d'une manière si précise, que l'homme le moins instruit dans l'histoire des dogmes de l'ancienne philosophie ne peut s'y méprendre. Ces vers (4) sont tirés du récit de la descente d'Énée aux enfers, récit dans lequel Warburton trouve non-seulement le détail de toutes les cérémonies de l'initiation, mais encore la doctrine secrète des mystères. Nul doute que le poète n'ait eu en vue et n'ait inséré dans cet épisode un

---

(1) The div. Legat. of Mos., tom. I, p. 155.

(2) Ibid., p. 159.

(3) Ibid., p. 243.

(4)   *Spiritus intus alit, totamque infusa per artus*
        Mens agitat molem, et magno se corpore miscet.

Æneid., lib. VI, v. 726 et 727.

grand nombre de rites empruntés des mystères ;
il débute même par une formule analogue à celle
par laquelle commençoient ces cérémonies. Quant
au dogme, peut-être Virgile n'étoit-il pas initié ;
et en supposant qu'il le fût, et que les mystères
continssent une doctrine secrète, auroit-il voulu
se rendre coupable de sacrilége en la révélant
aux profanes ? D'ailleurs, la plupart des principes
que le poète développe avec tant d'art dans ce
bel épisode, appartiennent à la philosophie d'É-
picure, comme l'a remarqué Servius (1) ; et jamais cette philosophie ne fut adoptée par les ministres du culte d'Éleusis (2).

---

(1) *Ex majore autem parte Sironem, id est, magis-
trum suum, Epicureum, sequitur.* Serv., ad Æneid.
lib. VI ; v. 264.

A propos de ce que le poète met dans la bouche de la
Sibylle, au sujet des peines de l'autre vie, Servius dit
aussi : *Locutus est secundum Epicureos.* Ad v. 376,
ejusd. lib.

[M. Heyne rejette comme absurde cette observation de
Servius, et il est difficile de n'être pas de son avis. M. Ou-
varoff cependant pense là-dessus comme M. de Sainte-
Croix. Essai sur les Myst. d'Éleus., p. 44. S. de S.]

(2) [J'ai déjà fait observer dans une note précédente
(p. 421 et 422), combien Warburton a abusé de deux textes,
l'un de S. Clément d'Alexandrie, l'autre de l'*Etymologicon magnum.* Je crois pouvoir en dire autant d'un passage
de Cicéron, qui, au premier coup-d'œil, paroît beaucoup
plus favorable au système de l'évêque de Glocester, mais

Warburton cependant, nous devons l'avouer, produit avec avantage l'autorité de quelques Pères de l'Église, qui ont avancé que telle étoit

---

qui, examiné avec plus d'attention, ne lui offre pas un appui plus solide. Je dois d'abord transcrire le passage de Cicéron. *Quid ? totum propè cœlum, ne plures persequar, nonne humano genere completum est ? Si vero scrutari vetera, et ex his ea quœ scriptores Grœciœ prodiderunt, eruere coner, ipsi illi, majorum gentium dii qui habentur, hinc a nobis profecti in cœlum reperientur. Quœre, quorum demonstrantur sepulcra in Grœcia. Reminiscere, quoniam es initiatus, quœ tradantur mysteriis : tum denique, quam hoc latè pateat intelliges* (Tusc., Quæst., lib. 1, cap. 12 et 13). On peut rapprocher de ce passage un autre texte du même écrivain, qui se trouve dans le Traité *de Nat. Deor.* (lib. 1, cap. 42), et que Warburton a aussi rapporté (The div. Legat. of Moses, tom. I, p. 151 et 152). Ce qui résulte de ces textes, c'est que, conformément à l'opinion d'Évhémère, les dieux de la mythologie grecque n'étoient que des hommes déifiés ; mais ce qui prouve, contre l'opinion de Warburton, que ce n'étoit pas là la doctrine secrète des mystères, c'est que Cicéron ne fait aucune difficulté d'énoncer cette opinion clairement et sans aucune réserve. Mais, dira-t-on, que veulent donc dire ces mots : *Reminiscere, quoniam es initiatus, quœ tradantur mysteriis ?* Il n'est pas difficile de répondre à cette question. Le sens de l'auteur est : La preuve que tous ces dieux ne sont que des hommes déifiés, c'est qu'il y en a plusieurs dont on montre les sépultures dans la Grèce, et que tout ce que l'on raconte dans la célébration des mystères, et ce qu'on y représente des aventures de Cérès, de Proserpine, etc., ne peut appartenir

effectivement la doctrine enseignée dans ces mystères (1). Mais sommes-nous obligés d'adopter aveuglément leur opinion, quand nous avons de si forts argumens à leur opposer ? La doctrine d'Évhémère étoit trop favorable au christianisme, pour n'être pas avidement saisie par les docteurs et les apologistes de cette religion. C'étoit d'ailleurs une sorte d'argument *ad hominem*, qui leur

---

qu'à des hommes semblables à nous, et sujets aux mêmes foiblesses et aux mêmes passions. Davies ne l'entend pas autrement ; il dit : *Adolescentem vero ad mysteria remittit noster, quoniam ea nihil aliud fuere, quam repræsentatio rerum ab iis qui colebantur gestarum, dum in vivis erant.* Cicéron est donc bien loin de prêter aucun appui, dans ce passage, au système de Warburton.

Ce secret si important, par lequel tous les dieux des Égyptiens, des Grecs et des Romains, dépouillés de leur origine divine, étoient réduits à la condition humaine, avoit été, si nous en croyons S. Augustin et S. Cyprien, révélé à Alexandre par un hiérophante égyptien nommé Léon, qui, instruit que le roi de Macédoine en faisoit part à sa mère Olympias, le conjura de lui recommander de brûler la lettre quand elle l'auroit lue : car il craignoit qu'on ne l'accusât d'avoir révélé les mystères, *timens quasi revelata mysteria.* À dire le vrai, ce récit paroît apocryphe (Vid. Jablonsk., Panth. Ægyp., tom. III, Prolegom., p. xxxj) ; mais, quoi qu'il en soit, cette opinion avoit cessé d'être un secret long-temps avant J. C. The div. Legat. of Moses, tom. I, p. 182. S. de S.]

(1) S. August., de civit. Dei, lib. iv, cap. 27 ; Euseb., Præp. Evang., p. 20.

épargnoit beaucoup de discussions, et leur fournissoit des raisonnemens faciles et à la portée du
peuple. Le système de l'apothéose une fois admis,
il n'y avoit plus de mystères : la conséquence est
sensible ; aussi n'échappa-t-elle pas aux anciens
Pères. D'autres fois ils soutinrent au contraire que,
dans l'initiation, on s'attachoit, non à la croyance
ferme d'aucune doctrine, mais à l'observation
rigoureuse des cérémonies. La différence entre le
culte public et le culte mystérieux n'existoit, suivant eux, que dans l'opinion du vulgaire ; ou si la
ressemblance n'étoit pas parfaite, le dernier culte
ne se distinguoit que par des traditions scandaleuses et des pratiques obscènes dont il importoit
de dérober la connoissance au vulgaire. S. Clément, élevé dans l'école d'Alexandrie ; S. Augustin, nourri de la lecture de Varron ; Eusèbe de
Césarée, profondément instruit dans la philosophie éclectique, paroissent au fond être de cet
avis. Ils ne seroient pas exempts de tout reproche
de contradiction, pour avoir adopté en quelques
endroits des sentimens opposés, si l'on n'observoit qu'ils employèrent à la fois la doctrine d'Evhémère pour détromper le peuple, et celle des
stoïciens ou des nouveaux platoniciens, pour
combattre les philosophes païens avec leurs propres armes, et les forcer dans leur dernier retran-
chement, la doctrine allégorique.

De toutes ces discussions et de toutes ces recherches, concluons que les mystères ne furent, dans leur origine, que de simples lustrations, et ne consistèrent qu'en certaines formules et observances légales (1). Dans la suite, on y adapta

---

(1) Je n'ai rien voulu changer aux conclusions que M. de Sainte-Croix avoit tirées de la discussion précédente, dans la première édition de son ouvrage, parce qu'il n'avoit indiqué aucun changement ni correction sur l'exemplaire destiné à servir de copie pour la seconde édition. J'ai peine à croire cependant qu'il n'eût pas modifié ces conclusions. Il me sera permis, je pense, de présenter ici, avec la plus grande réserve, les résultats que je crois devoir tirer des recherches de M. de Sainte-Croix, et de celles auxquelles j'ai été entraîné par le travail que sa confiance et son amitié m'ont imposé. Mais je dois auparavant faire observer que, malgré les travaux d'un grand nombre de savans qui ont fait des Mystères du Paganisme l'objet de leurs veilles, les opinions ne sont point encore fixées sur cette importante matière.

Le savant Fréret a proposé, sur ce sujet, une conjecture qui lui est particulière. Le secret des mystères, suivant lui, auroit eu pour objet d'enseigner aux adeptes que le gouvernement de l'univers avoit été abandonné à Isis ou Cérès, Osiris et Horus s'étant retirés dans le monde des intelligences (Mém. de l'Acad. des Inscript., tom. XXIII, p. 268).

M. J. A. Bach, dans une Dissertation académique publiée à Leipsick en 1745, sous ce titre : *Pro Mysteriis Eleusiniis*, et dont M. de Sainte-Croix paroît n'avoir point eu connoissance, a adopté les principales vues de Warburton sur le but et l'enseignement des mystères d'Éleusis. L'objet et les résultats de cette dissertation sont

une doctrine secrète, où il ne s'agissoit que des services rendus aux Grecs par les premiers législateurs et les chefs des colonies étrangères,

---

tous compris dans ce peu de mots : *Hoc vero elogium versabitur in eo, ut ostendatur ad theologiam primo, ad doctrinam moralem deinde, magnam mysteriorum vim fuisse.*

M. l'abbé Barthélemy n'a pas adopté formellement l'opinion de Warburton, mais il la regarde du moins comme très-vraisemblable (Voyage du jeune Anach., tom. III, p. 536 et suiv.).

Je ne parlerai pas de l'ouvrage de Starck, qui a paru sans nom d'auteur à Berlin, en 1782, et qui a pour objet *les mystères anciens et modernes*, ni de ce qu'on lit sur les mystères d'Éleusis dans le premier volume de l'ouvrage allemand, intitulé *les Fêtes de la Grèce*, publié à Berlin en 1803, et dont l'auteur est M. Herrmann. Je ne connois ces écrits que par des extraits, et je craindrois de ne pas bien exposer les opinions de leurs auteurs; d'ailleurs cela m'entraîneroit trop loin.

M. Creutzer pense qu'après avoir mis sous les yeux des initiés les représentations symboliques de la cosmogomie et de l'origine des choses, les migrations et les purifications de l'âme, l'origine et les progrès de l'agriculture et de la civilisation de la Grèce, on tiroit de ces symboles et de ces scènes, dans les grands mystères, une instruction destinée seulement aux plus parfaits, et que l'on confioit aux époptes les vérités de l'existence d'un Dieu unique et éternel, et de la destination de l'univers et de l'homme en particulier. Dans les mystères d'Éleusis, suivant lui, la doctrine de la palingénésie, ou de l'immortalité de l'âme, étoit principalement représentée sous des symboles empruntés des divers

tels que l'établissement des lois, la découverte de
l'agriculture, l'introduction d'un nouveau culte
religieux. En y menaçant les profanes des puni-

états par lesquels passe le grain ensemencé (Symbol. und
Mythol. der alt. Völk., tom. IV, p. 555 et 556).

M. Ouvaroff semble encore donner plus d'étendue et
d'importance à l'enseignement communiqué aux initiés
dans les mystères. Il ne se dissimule pas combien il est
difficile, pour ne pas dire impossible, de déterminer d'une
manière positive les notions que recevoient les époptes;
« mais, ajoute-t-il, le rapport que nous avons reconnu entre
» ces initiations et la source véritable de toutes nos lumières,
» suffit pour croire que, non-seulement ils y acquéroient de
» justes notions sur la divinité, sur les relations de l'homme
» avec elle, sur la dignité primitive de la nature humaine,
» sur sa chute, sur l'immortalité de l'âme, sur les moyens de
» son retour vers Dieu, enfin sur un autre ordre de choses
» après la mort; mais encore qu'on leur découvroit des
» traditions *orales*, et même des traditions *écrites*, restes
» précieux du grand naufrage de l'humanité (Essai sur les
» Myst. d'Éleus., p. 38). Ces débris, placés au milieu du
» polythéisme, formoient l'essence et la doctrine secrète
» des mystères (ibid., p. 40) ». M. Ouvaroff, supposant
un peu trop légèrement que les philosophes grecs ont été
en opposition constante avec la doctrine des mystères, voit
avec peine que « quelques écrivains modernes, entre les-
» quels il distingue surtout M. de Sainte-Croix, se soient
» appuyés de ce fait pour rabaisser les initiations, et en
» faire de simples lustrations, auxquelles on auroit adapté
» par la suite une doctrine secrète, où il ne s'agissoit que
» de services rendus par les législateurs, tels que l'agricul-
» ture, les lois, etc. » (ibid., p. 45).

Ff

tions de l'autre vie, on assuroit les initiés qu'ils jouiroient dans cette même vie d'un bonheur éternel et d'une préséance flatteuse. Cette pro-

---

Pour moi, je dois avouer que toutes ces suppositions ne me paroissent pas solidement établies, et que je suis loin de partager ces opinions. Voici, ce me semble, à quoi se réduit tout ce qu'on peut affirmer sur ce sujet.

Les aventures de Cérès et de Proserpine, objet principal des mystères d'Éleusis, n'étoient qu'une copie de celles d'Isis et d'Osiris : elles avoient donc été apportées de l'Égypte dans la Grèce, et c'est en Égypte qu'il faut chercher le berceau de ces mystères. Lors de leur première institution dans ce pays, et peut-être même lorsque les chefs des colonies les transportèrent dans la Grèce, ces représentations mystiques n'étoient autre chose que des symboles des principales opérations de la nature, et des vicissitudes que la terre éprouve dans le cours de l'année, par la succession des divers rapports où elle se trouve avec le ciel, et par les phénomènes célestes. Les récits qui dûrent accompagner ces scènes symboliques, ne présentoient aussi que ces mêmes phénomènes célestes et terrestres, personnifiés. Si ces légendes et ces représentations devinrent partie du culte et entrèrent dans la religion nationale, ce fut uniquement parce qu'on regarda ces phénomènes comme des effets produits par l'action de certaines puissances actives, de certains principes bienfaisans ou malins, opposés et rivaux, soit qu'on les crût indépendans et primitifs, soit, ce qui est plus vraisemblable, qu'on les considérât comme des émanations d'un être unique, inaccessible aux sens et même à la raison de l'homme. Le culte public et celui des mystères eurent pour objet de se concilier la faveur, ou de se garantir de la malice de ces pouvoirs aux-

messe ne fut point oubliée, quand au siècle de
Solon les mystagogues commencèrent à parler
du bouleversement de l'ancien monde, des révo-

quels on attribuoit les phénomènes de la nature, ou qu'on
identifioit avec ces mêmes phénomènes ; et comme on
pensa que la pureté de l'âme, conservée ou recouvrée, étoit
nécessaire pour approcher de la divinité et attirer sur soi
ses regards favorables, on établit des lustrations et des
purifications qui étoient requises pour être admis à ce culte
mystique et privilégié, et on dut en écarter les hommes
qui s'étoient rendus indignes de la divinité, et même de
leurs semblables, par des crimes atroces ou une vie honteuse. Les peines de l'enfer furent représentées dans ces
mystères, mais non pour établir la croyance de l'immortalité de l'âme et d'une vie future ; elles firent partie des
représentations mystiques, parce que cette double croyance
existoit, et que, dans les aventures d'Isis comme dans
celles de Cérès, les régions inférieures habitées par les
morts trouvoient place nécessairement, et devoient être
mises sous les yeux du spectateur. Je conjecture que les
peines seulement de l'autre vie y étoient représentées,
mais qu'on n'y représentoit pas primitivement les joies de
cette même vie, non qu'elles ne fissent pas partie de la
croyance, mais parce qu'elles n'étoient pas nécessaires à
ce drame. Il fut aisé d'y suppléer dans la suite : la joie
d'Isis après qu'Horus lui est rendu, celle de Cérès retrou-
vant Proserpine, devinrent le symbole de ce bonheur
futur.

Les chefs des colonies égyptiennes, en transportant leur
domicile dans la Grèce, dûrent y transporter aussi des
cérémonies, qui tenoient déjà plus ou moins au culte et à
la religion de leur patrie, et dont la signification symboli-

lutions de la nature, de l'origine du bien et du
mal, du pouvoir des génies, etc.; tous objets
auxquels se rapportoient leurs explications allé-

que étoit peut-être déjà obscurcie, mais n'étoit point encore
perdue. Ce ne fut point un système de doctrine qu'ils
portèrent aux peuplades grossières de la Grèce, ce furent
des pratiques et des rites sensibles, qui supposoient une
doctrine antérieure. Ces rites, les récits et les représentations dont ils se composoient, reçurent vraisemblablement
quelques altérations, par le mélange d'un petit nombre de
notions et de superstitions qui se trouvoient déjà en vigueur
chez les nations pélasgiques. Les personnages principaux
changèrent de noms et peut-être de sexe, pour s'accom-
moder aux idées des peuples grossiers chez lesquels on les
transplantoit; mais ce ne fut pas tout : les récits eux-
mêmes reçurent aussi certaines additions, de la part des
fondateurs des colonies, qui y firent entrer les principales
circonstances relatives à l'établissement de l'agriculture, des
lois, en un mot, des premiers élémens de la civilisation,
dans leur patrie adoptive. Rien n'étoit plus aisé que de
coordonner les symboles de ces circonstances locales, avec
des cérémonies qui avoient, dès leur origine, un objet et
un but tout-à-fait analogues à celui-là.

La finit, suivant moi, tout ce qui appartient aux mystères. Tout le reste fut l'ouvrage du temps, des opinions,
de la politique, et ne constitua jamais la doctrine des mystères. Ce qu'ils contenoient de doctrine et de dogme, n'étoit
ni secret, ni mystérieux. Ces dogmes n'avoient point passé
des mystères dans la croyance publique; ils se trouvoient
constatés et reconnus dans les mystères, parce qu'ils faisoient partie de la croyance publique à l'époque de leur
institution. Ce qu'il y avoit de secret dans les mystères,

goriques de l'histoire de Gérès, de Proserpine et d'Iacchus. Ces prêtres néanmoins ne for-

---

c'étoit seulement une partie des rites et des symboles. Imiter en public les rites secrets, révéler les symboles qui n'étoient connus que des initiés, voilà en quoi consista l'impiété de Diagoras, le sacrilége d'Alcibiade ; voilà ce qui rendit suspect Eschyle et mit sa vie en danger. Quant aux explications allégoriques, je suis bien loin de penser, avec quelques érudits qui voudroient réhabiliter le paganisme pour des raisons qu'ils se contentent de laisser deviner, que celles qui doivent leur naissance à Platon, et beaucoup plus aux nouveaux Platoniciens, et qui transforment presque toute la mythologie en une philosophie subtile sur l'origine des âmes humaines, leur émanation de l'âme du monde, leur descente dans les corps, etc.; que ces idées allégoriques, dis-je, remontent à l'origine des mystères. Comme toutes les autres explications des récits, des représentations et des rites mystiques, elles ont régné à une certaine époque dans les sanctuaires, et y ont été enseignées. C'est ainsi, toutefois sans comparaison, que, suivant le goût des différens siècles et des diverses nations chrétiennes, les récits de l'Ancien Testament, partout et toujours les mêmes, ont été entendus et expliqués par les docteurs de l'Église, ou littéralement, ou comme des types et des figures du Nouveau Testament, ou comme des allégories spirituelles, dogmatiques et morales, au moyen de ce qu'on a appelé *économie* ou *accommodation*. La même chose a eu lieu par rapport aux rites du judaïsme, et même à l'égard des cérémonies du culte chrétien. Toutes ces variations sont l'ouvrage des hommes, aussi *passent-elles* : le fond et l'essence de la religion chrétienne est d'une origine céleste, et *né passera point*. S. de S.]

mèrent pas sitôt un corps de doctrine ; peut-être
même n'en eurent-ils jamais. Les idées ne leur
vinrent que successivement ; ce qui les rendit
souvent contradictoires, ou du moins incohé-
rentes. Elles ne purent être distinctes et fixes
qu'après avoir été long-temps confuses et incer-
taines : elles eurent vraisemblablement plus de
liaison et de solidité, lorsque les stoïciens et les
éclectiques eurent réussi à faire adopter leurs opinions philosophiques aux ministres d'Éleusis.

FIN DE LA PREMIÈRE PARTIE.

NOTES ADDITIONNELLES

DE L'ÉDITEUR

POUR CETTE PREMIÈRE PARTIE.

Addition à la note 5, p. 124.

J'AI retrouvé dans les papiers de M. de Sainte-Croix, une note de M. Larcher, relative au passage d'Aristote cité ici, et au sens que lui donne le savant auteur. M. Larcher entend Aristote d'une manière toute différente. Je vais transcrire ce qu'il en dit :

« Cela contredit tout ce que nous ont dit les Anciens de » la fertilité des campagnes de Rharie. Aussi je ne crois » pas qu'Aristote ait dit que le vent du midi donnât la » carie aux blés : il me semble que c'est tout le contraire. » *Pourquoi*, dit-il, *le vent du midi qui vient de la mer,* » *est-il favorable aux plantes ? car il souffle de la mer* » *sur la campagne Thriasienne, et c'est la cause de sa* » *fertilité. C'est parce qu'il est refroidi par la mer : car* » *la rouille vient d'une humidité chaude, il est vrai,* » *mais étrangère.* Il faut aider un peu à la lettre; mais » c'est, je crois, là le sens, et le savant Sylburge s'en est » bien aperçu. Dans son Index, qui est très-bien fait, il » dit : *Thriasiaco. Atticœ campo notus marinus contra* » *rubiginem opem fert* ».

M. Larcher ne propose aucune correction au texte d'Aristote : il est difficile cependant de croire qu'il ne soit pas altéré.

Ff iv

NOTE pour la p. 126, sur ces mots : *Si l'on pouvoit ajouter foi au rhéteur Aristide, ce temple existoit déjà lorsque les Doriens marchèrent contre Athènes, après le retour des Héraclides dans le Péloponèse.*

M. Larcher adressoit à M. de Sainte-Croix, relativement à ce passage, l'observation suivante :

« Il faut bien qu'il existât dès lors, puisque ce temple » ayant été fondé en 1404, selon mon calcul, et en 1397, » selon le vôtre, et le retour des Héraclides étant de 1190, » il y avoit déjà, selon moi, 214 ans, et, selon vous, » 221 ans qu'il subsistoit. L'expédition des Doriens dans » l'Attique est celle dans laquelle ils attaquèrent Codrus, » la 21e année de son règne, et ce prince se dévoua à la » mort. Je l'ai placée en 1132, c'est-à-dire 58 ans après la » rentrée des Héraclides dans le Péloponèse ».

Addition à la note 4, p. 127.

M. Larcher n'étoit point d'accord avec M. de Sainte-Croix, relativement au fait rapporté ici d'après l'autorité d'Hérodote. Voici ce qu'il remarquoit sur ce passage :

« Cela n'est pas exact. Il est très-vraisemblable que ce » fut Xerxès qui y fit mettre le feu, un peu avant la ba- » taille de Salamine. Cependant il peut se faire que le » temple d'Éleusis eût été épargné cette année, et que Mar- » donius l'ait brûlé l'année suivante, lorsqu'il se rendit » d'Athènes à Platées ; mais certainement ce dut être avant » la bataille de ce nom, puisque les Perses y périrent tous, » excepté 40,000 hommes qui s'étoient retirés en Thrace » avant la bataille, et qui par conséquent avoient dû pren- » dre une route opposée à celle d'Éleusis ».

Addition à la note 3, p. 137.

J'ai déjà fait observer (p. 129, note 3) que ce que M. de

Sainte-Croix avançoit sur la signification particulière du mot ἀνάκτορον, quand il étoit employé en parlant du temple d'Éleusis, me paroissoit hasardé. Je dois transcrire ici une observation manuscrite de M. Larcher, que j'ai retrouvée dans les papiers de M. de Sainte-Croix. Elle porte sur la distinction établie ici entre le *mégaron* et l'*anactoron*, et le sens donné à chacun de ces mots. La voici :

« Permettez-moi de vous faire ici quelques observations :
» 1°. Ἀνάκτορον signifie en général un temple quelconque,
» surtout chez les poètes ; mais les écrivains qui se sont
» piqués d'exactitude, lui font signifier le temple de Cérès :
» τὸ ἱρὸν τὸ ἐν Ἐλευσῖνι ἀνάκτορον. Herod., lib. IX, §. 65.
» 2°. Il étoit inutile de citer Hésychius, puisque, en ex-
» pliquant ἀνάκτορον par ἱερὸν, il ne nous apprend rien.
» 3°. Μέγαρον n'est pas proprement le sanctuaire, mais
» est un souterrain ou chapelle souterraine, consacrée à
» Cérès et à Proserpine : μέγαρα, κατάγεια οἰκήματά φησι
» ταῖν θεαῖν; et Ælius Dionysius entend par μάγαρον, et non
» μέγαρον, le lieu où l'on mettoit en dépôt les choses qui
» servoient aux mystères : εἰς ὃ τὰ μυστικὰ ἱερὰ κατατί-
» θενται ».

Addition à la note 1, p. 138.

M. de Sainte-Croix avoit cité ici *Phil. de Virt. stud.*, tom. *I*, p. 447. N'ayant pu retrouver ce passage dans les œuvres de Philon, je me suis contenté de citer *Philon*.

J'ai retrouvé une note de M. Larcher, sur ces mots : *Il fallait nécessairement entrer dans un souterrain;* elle est ainsi conçue :

« Le passage cité ci-dessus d'Eusthate le prouve. Je n'ai
» pu vérifier le passage de Philon : je ne trouve pas, dans
» l'édition de Mangey, le traité *de Virtutis studio*. Le
» passage de Claudien ne signifie rien, puisqu'il peut s'en-

» tendre de ce frémissement ou tremblement qu'éprouve
» la nature à la présence des dieux. Il y a dans Callimaque
» des passages analogues, au sujet de Latone ».

Ce qui est singulier, c'est que cette même citation de
Philon, *de Virtut. stud.*, *tom. II*, *p. 447*, *ed. Mangey*,
se retrouve ailleurs (p. 365, Ire Part.), dans un endroit où
il eût été très-essentiel d'avoir sous les yeux l'autorité
alléguée par M. de Sainte-Croix. L'ouvrage cité de Philon
doit être celui qui a pour titre : *Quod omnis qui Virtuti
studet, sit liber*; mais on n'y trouve rien qui réponde à
la citation de notre savant auteur. *Voy.* ce que j'ai dit à
ce sujet, p. 365, note 2.

L'inscription relative à l'initiation d'Hadrien dont il est
question dans cette note, est celle qui a été publiée par
M. de Villoison, et qui se trouve gravée dans la première
partie du recueil intitulé : *Museum Worsleyanum* (Lon-
dres, 1794), à la p. 45. J'en ai donné la traduction dans
la note 1, p. 233 de ce volume.

NOTE pour la p. 139, sur ces mots : *Cette inscription
étoit aussi affichée dans les portiques et dans les endroits
les plus apparens.*

M. de Sainte-Croix avoit cité ici le scholiaste d'Aristophane, *ad Ran.*, *v.* 372. Comme dans ce scholiaste il est
question de la proclamation, πρόῤῥησις, qui se faisoit dans
le Poecile (παρὰ τὴν ἱεροφάντου καὶ δᾳδούχου πρόῤῥησιν, τὴν ἐν
τῇ ποικίλῃ στοᾷ), j'ai retranché la citation. Il eût été plus
convenable de supprimer tout-à-fait cette phrase, qui contient une assertion uniquement fondée sur une méprise.

Addition à la note 2, p. 141.

Le passage d'Arnobe cité ici, et qui se trouve dans l'édition de Leyde, 1651, *in-4.*, à la p. 174, et dans celle de

M. Henr. Conr. Orell, Leipsick, 1816, au tom. I, p. 186, ne contient que le récit de l'action de Baubo. J'ignore sur quelle autorité est fondé ce que dit M. de Sainte-Croix, d'une colonne élevée en mémoire de Baubo, dans l'enceinte du temple d'Éleusis. Pausanias n'en fait pas mention dans la description d'Éleusis et de son territoire.

Addition à la note 4, p. 200.

On peut consulter, relativement au passage d'Arnobe cité dans cette note, et au sens du vers de Lucrèce auquel Arnobe fait allusion, les notes jointes à la nouvelle édition de cet écrivain, donnée à Leipsick, en 1816, par M. J. Conr. Orell, part. II, p. 128.

Addition à la note 4, p. 225.

M. de Sainte-Croix avoit consulté M. Larcher sur les questions relatives au dadouque, et l'avoit prié d'examiner si, d'après les passages cités de divers écrivains et leur comparaison avec les inscriptions, on pouvoit affirmer que ce sacerdoce fut donné à vie, et se transmit héréditairement. Je vais transcrire ici la réponse de M. Larcher, quoiqu'elle me paroisse contenir plusieurs choses hasardées :

« Δαδοῦχος, dit M. Larcher, signifie proprement tout » homme qui tient à la main un flambeau. Ce terme se dit » aussi du second ministre des déesses Cérès et Proserpine, » à Éleusis. Ses fonctions étoient héréditaires et à vie. L'in- » scription de Chandler ne contredit pas cette assertion : » Ἡ πόλις Αἰράριον Σωσίπατρον Δαδοῦχον Δαμοτελοῦς καὶ Θι- » σβιανοῦ τῶν δᾳδουχασάντων ἔγγονον. Thisbianus avoit été da- » douque, son fils Damotélès l'avoit été après lui, et Sosi- » patre l'avoit été après son père Damotélès.

» Cette inscription est des derniers temps de la Grèce,

» comme le prouve le mot αἰράριοι, qui avoit passé de la
» langue des Romains dans celle des Grecs, dans le bas-
» empire. Les Grecs disoient en pareil cas ταμίαν.

» Cette inscription prouve que le droit héréditaire étoit
» observé même dans les derniers temps.

» Le passage de Pausanias ne me fait pas plus de peine.
» Acestium eut deux frères de père et non de mère, So-
» phocle et Thémistocle. Elle épousa Thémistocle, suivant
» l'usage des Athéniens, à qui la loi permettoit de se ma-
» rier à leurs sœurs de père et non de mère (Voy. la pré-
» face de Cornélius Népos). Moyennant cette explication
» ce passage me paroît clair. Sophocle, l'aîné des deux
» frères, fut dadouque; n'ayant point eu d'enfans, Thé-
» mistocle, son frère et mari d'Acestium, lui succéda, et
» devint dadouque de droit héréditaire. Son fils Théo-
» phraste le fut après lui. Ainsi l'Athénienne Acestium vit,
» pendant sa vie, son frère Sophocle, son mari Thémis-
» tocle, et son fils Théophraste, dadouques.

» Quant à l'inscription de Spon en l'honneur du mari
» de Ctésiclée, qui avoit été deux fois dadouque, voici de
» quelle manière je l'expliquerois :

» Indépendamment de ce dadouque héréditaire, il y en
» avoit un autre qui présidoit aux processions des mystes.
» Il y avoit un jour dans les fêtes éleusiniennes, où tous
» les mystes se rendoient, pendant la nuit, au temple
» d'Éleusis, tenant à la main un flambeau. Je dis les *mystes*,
» parce qu'il ne paroît pas que les époptes marchassent
» confondus avec eux. C'étoit un honneur de marcher à la
» tête de cette procession. Tous les mystes étoient dadou-
» ques ; mais celui qui présidoit à cette cérémonie étoit le
» dadouque par excellence : on le tiroit au sort, comme
» nous l'apprenons du scholiaste d'Aphthonius, que vous
» citez, et dont je n'avois aucune connoissance. Lorsqu'on

» l'avoit tiré au sort, on lui faisoit rendre un compte sévère
» de sa vie, de sa conduite, de ses mœurs. Ainsi le mari
» de Ctésiclée avoit été deux fois dadouque de la seconde
» espèce, c'est-à-dire, qu'il avoit été élu deux fois pour
» marcher à la tête de la procession des mystes. Alcibiade
» le fut aussi, et je ne doute pas que ce n'ait été dans l'oc-
» casion dont vous parlez.

» Je ne vois rien de plus dans ces passages.

» Le passage du scholiaste d'Aphthonius est bien cu-
» rieux; je n'ai pu le trouver, quoique j'aie l'édition d'Alde
» que vous citez ».

Addition à la note 4, p. 244.

L'inscription citée dans cette note est celle-là même dont
j'ai donné la traduction dans la note 1, p. 233, et qui est
gravée dans le *Museum Worsleyanum*, Ire Partie, à la
page 45.

Addition à la note 4, p. 270.

M. de Sainte-Croix reconnoît ailleurs que « Hercule,
» non content d'avoir été purifié aux petits mystères, après
» le meurtre des Centaures, voulut encore, suivant la
» tradition, avant de descendre aux enfers, être initié aux
» grands mystères par Orphée », et il cite à ce sujet Diodore de Sicile (lib. IV, §. 25). Je me contente de faire
cette observation, et je renvoie à la note de M. Larcher,
ci-après, p. 462.

Addition à la note 4, p. 282.

Malgré la vraisemblance qu'offre l'ingénieuse conjecture
de M. Hase, je pense qu'il faut s'en tenir à la leçon proposée par Abresch et Reiske. Elle me paroît justifiée par ce
passage de Théophraste, dans le chapitre de *la Supersti-*

tion. Il y dit du superstitieux : « Il n'ose mettre le pied
» sur un tombeau, ni assister à des funérailles, ni entrer
» chez une femme en couche ». Καὶ οὔτε ἐπιβῆναι μνήματι,
οὔτε ἐπὶ νεκρὸν ἐλθεῖν, οὔτε ἐπὶ λεχώ. Ethic., cap. 16.

Addition à la note 1, p. 298.

Je crois pouvoir rapporter à cet endroit de l'ouvrage de
M. de Sainte-Croix, une note de M. Larcher, relative à
l'expiation d'Hercule. M. de Sainte-Croix n'a parlé de ce
fait qu'en passant et comme par occasion. Toutefois je pense
que c'étoit à sa demande que M. Larcher avoit rédigé cette
note, et je ne doute point que les lecteurs ne me sachent
gré de l'avoir placée ici :

« Sozomène (1) distingue deux meurtres après lesquels
Hercule fut expié, le meurtre de ses enfans et celui d'Iphitus. Il paroît croire qu'il n'y eut qu'une seule expiation
pour ces deux meurtres, et qu'elle eut lieu à Athènes dans
les mystères de Cérès.

» Cet écrivain ne mérite en aucune manière notre confiance. Par exemple, il se trompe évidemment en pla-
çant (2) Romain parmi les évêques d'Antioche, quoiqu'il
soit démontré qu'il n'a été que diacre. S'il se trompe dans
des faits si peu éloignés du temps où il a vécu, comment
peut-on ajouter foi à ce qu'il dit sur des faits qui se sont
passés dans des siècles si reculés ?

» Il est certain que ces deux meurtres ont été commis à
des temps assez éloignés l'un de l'autre, et qu'il fallut
recourir nécessairement à deux expiations. La raison le
dicte, et le peu qui reste de l'histoire d'Hercule le prouve.

» Voici un précis de la partie de cette histoire qui con-

(1) Sozom., Hist. Ecclesiast., lib. 1, cap. 5, p. 15, lin. 15.
(2) Idem, ibid., cap. 11, p. 11, lin. 36.

cerne ces meurtres, et les expiations qui s'en firent. Apollodore sera mon guide.

» Un lion terrible, sorti du (1) Cithæron, portoit le dégât dans les campagnes de Béotie, et désoloit les troupeaux de bœufs d'Amphitryon et de Thestius, roi des Thespiens ; Hercule, qui n'avoit encore que dix-huit ans, et qui brûloit déjà de se distinguer par quelque action d'éclat, résolut d'en purger le pays. Il alla chez Thestius, qui lui fit tout l'accueil possible, et lui donna l'hospitalité pendant cinquante jours. Ce prince avoit cinquante filles, et comme il désiroit passionnément que ses filles eussent toutes des enfans de ce jeune héros, il fit coucher avec lui chacune de ses filles. Hercule, qui croyoit n'avoir à faire qu'à une seule des filles de Thestius, épousa par le fait les cinquante filles de ce prince. Les cinquante jours expirés, il tua le lion, l'écorcha, se revêtit de sa peau, et lui ayant coupé la tête, il s'en servit comme d'un casque.

» Il s'en retournoit (2) à Thèbes après cet exploit, lorsqu'il rencontra en son chemin des hérauts d'Erginus, roi des Minyens, qui revenoient de Thèbes, où ils avoient été exiger des Thébains le tribut que leur avoit imposé ce prince, après une victoire qu'il avoit remportée sur eux. Hercule les ayant, dis-je, rencontrés, leur coupa les oreilles et le nez, et leur ayant attaché les mains au cou, il leur ordonna de porter ce tribut à Erginus et aux Minyens. Il s'ensuivit peu après un combat. Les Thébains, commandés par Hercule, remportèrent sur les Minyens une victoire complète, et Erginus, leur roi, perdit la vie dans cette action, de la main même de ce héros. Créon, roi de Thèbes, voulant le récompenser, lui fit épouser Mégara,

(1) Apollod., Biblioth., lib. ii, cap. 4, §. 10.
(2) Idem, ibid., §. 11.

sa fille aînée. Il en eut trois enfans, Thérimachus, Créon-
tiadès et Déicoon. Ces enfans étant encore en bas âge, Hercule devint furieux, par un effet de la haine que lui portoit
Junon. Dans (1) un accès de fureur il tua ses trois enfans,
avec deux fils d'Iphiclus, et les jeta dans le feu. Nicolas de
Damas (2) parle de ces meurtres, et ajoute que le plus jeune
des enfans d'Hercule étoit encore à la mamelle ; que Mégara voulant l'arracher à la fureur de son père, il s'en
fallut de peu qu'il ne la tuât, et qu'il l'auroit fait si Iphiclès
(car c'est ainsi que le nomme Nicolas de Damas, et non
Iphiclus) n'étoit venu à son secours. Hercule s'étant exilé,
selon l'usage de ce temps-là, usage que les Grecs paroissent
avoir emprunté des Orientaux chez lesquels il s'observoit, se retira auprès de Thestius qui le (3) purifia.

» Voilà le premier meurtre, indiqué par Sozomène,
dont Hercule fut purifié par Thestius. Mais il est évident
que cette expiation ne put avoir lieu à Athènes, et encore
moins dans les mystères de Cérès, et qu'elle eut lieu à
Thespies, qui étoit la capitale du petit état de Thestius.

» Passons au second meurtre commis par Hercule. Ce
héros ayant répudié sa femme Mégara, la fit (4) épouser
à Iolaüs, fils d'Iphiclus. Voulant aussi se marier, il apprit
qu'Eurytus, dynaste, ou petit prince d'Achalie dans l'île
d'Eubée, avoit proposé le mariage de sa fille Iole pour
prix, à celui qui surpasseroit en adresse lui et ses enfans,
dans l'art de tirer de l'arc. Hercule, voulant mériter ce
prix, passa en Eubée, arriva en Achalie, et vainquit Eurytus et ses enfans. Iphitus, qui étoit l'aîné des enfans

---

(1) Apollod., Biblioth., lib. ii, cap. 4, §. 12.
(2) Nicol. Damascenus, in excerptis Valesianis, p. 441.
(3) Apollodor., lib. ii, cap. 4, §. 12.
(4) Idem., ibid., cap. 6, §. 1.

d'Eurytus, fut d'avis que l'on donnât Iole en mariage à
Hercule ; mais Eurytus et ses autres enfans, craignant
qu'il ne tuât aussi les fils qu'il en auroit, ne voulut pas
la lui faire épouser. Hercule partit de l'Eubée. Peu après,
les bœufs (1) d'Autolycus ayant été emmenés de cette île,
Eurytus s'imagina qu'Hercule étoit l'auteur de cet enlèvement. Iphitus, qui ne croyoit pas qu'il y eût participé, alla
à la rencontre d'Hercule qui revenoit de chez Admète,
dont il avoit délivré la femme Alceste. Il le pria de venir
avec lui à la recherche des bœufs d'Autolycus. Hercule le
lui promit, et le reçut chez lui à Tirynthe ; mais un accès
de fureur l'ayant saisi, il précipita Iphitus du haut des
murs de cette ville. Hercule, après ce meurtre, alla trouver
Nélée, roi des Pyliens, et le pria de le purifier. Ce prince,
qui étoit lié d'amitié avec Eurytus, le refusa. Sur ce refus,
Hercule se rendit à Amycles, où Déiphobe, fils d'Hip-
polyte, le purifia ; mais étant tombé malade, il alla consulter l'oracle de Delphes sur sa maladie, qui étoit très-grave.
La pythie ne lui fit aucune réponse. Là-dessus il voulut
piller le temple, et même il emporta le trépied, et se fit un
oracle. Apollon, voulant ravoir son trépied, se battit avec
lui ; mais la foudre, lancée par Jupiter, étant tombée au milieu d'eux, ils se séparèrent. Hercule ayant ensuite consulté
l'oracle, il lui fut répondu qu'il ne seroit guéri de sa maladie que lorsque, après avoir été vendu, il auroit été esclave
pendant trois ans, et qu'il auroit remis à Eurytus le prix
de sa vente, comme la peine du meurtre qu'il avoit commis sur son fils. Hercule fut en conséquence vendu (2) par
Mercure à Omphale, reine des Lydiens, pour la somme (3)

---

(1) Apollod., lib. 11, cap. 6, §. 2.
(2) Idem, ibid., §. 3.
(3) Schol. Homeri ad Odyss., lib. xxi, v. 23.

Gg

de trois talens. Une partie de cette histoire se trouve aussi dans les Trachiniennes de Sophocle, depuis le vers 248 jusqu'au vers 290.

» Voilà le second meurtre dont parle Sozomène. Ce fut Déiphobe qui expia Hercule de ce second meurtre, et ce fut à Amycles que se fit cette expiation, et non à Athènes.

» Il est certain qu'Hercule fut expié, pour le meurtre de ses enfans, à Thespies, et à Amycles pour celui d'Iphitus. Mais il ne s'ensuit pas de là qu'il ne l'ait pas été à Athènes pour quelque autre meurtre, et même à Éleusis dans les grands mystères. Je vais prouver qu'il l'a été en ces deux endroits.

» Hercule s'étant souillé du meurtre des Centaures, vint à Athènes pour s'en faire purifier. Cérès (1) institua à cette occasion les petits mystères; mais comme il n'étoit pas permis d'admettre à ces initiations des étrangers, c'est-à-dire, d'autres personnes que des Athéniens, un certain (2) Pylius, citoyen d'Athènes, adopta Hercule. Cette adoption étoit nécessaire pour être initié; nous en voyons un autre exemple dans Plutarque. Castor et Pollux, cherchant leur sœur Hélène que Thésée avoit enlevée, entrèrent dans l'Attique à main armée, prirent (3) la ville d'Aphidnes, et firent prisonnière Æthra, mère de ce prince. Les Athéniens effrayés reçurent à Athènes les Dioscures. Ces jeunes princes, quoique victorieux, n'exigèrent d'autre condition que celle d'être initiés, et, pour l'obtenir, ils prétendirent n'être pas moins parens des Athéniens qu'Hercule; mais, pour lever toute difficulté, Aphidnus les adopta, de même que Pylius avoit auparavant adopté Hercule.

---

(1) Diodor. Sicul., lib. IV, §. 14, p. 260.
(2) Apollodor., lib. II, cap. 5, §. 12 ; Plutarch. in Theseo, p. 16. A.
(3) Plutarch. in Theseo, p. 15. F. 16. A.

» Les Barbares eux-mêmes n'étoient pas exclus de l'initiation ; témoin Anarcharsis, qui, seul d'entre les Barbares, fut initié à ces mystères après avoir été adopté, comme le rapporte (1) Lucien sur le témoignage de Théoxène. Les Athéniens y admirent dans la suite tous les Grecs (2) indistinctement. Ainsi l'on ne voit pas comment l'empereur Julien (3) a pu faire dire à Diogène-le-Cynique, qu'il falloit être inscrit parmi les citoyens d'Athènes pour être initié. Le passage d'Hérodote, que je viens de citer, prouve le contraire. Les Athéniens se montrèrent dans la suite moins délicats, puisqu'ils admirent les Barbares à l'initiation, témoins Sylla, Pomponius Atticus, Auguste, etc.

» Cette initiation se faisoit à *Agræ*, bourgade de l'Attique, près d'Athènes et du Lycée. On y célébroit les petits mystères, comme nous l'apprend Étienne de Byzance, qui ajoute qu'Hercule y fut initié.

» Ces petits mystères étoient une préparation aux grands qui se célébroient à Éleusis. Le scholiaste d'Aristophane nous apprend, sur le vers 846 du Plutus, qu'il y avoit les petits et les grands mystères ; que les petits étoient, pour ainsi dire, une purification et une sanctification antérieures aux grands : ὥσπερ προκάθαρσις, καὶ προάγνευσις τῶν μεγάλων. Un autre scholiaste dit, sur le même vers : « Les » grands et les petits mystères se célébroient à Éleusis dans » l'Attique. Les petits n'existoient pas anciennement ; mais » Hercule étant venu, voulut être initié. Les Athéniens » avoient une loi qui leur défendoit d'initier un étranger ; » cependant comme ils avoient beaucoup de respect pour

(1) Luciani Scyth., §. 8, tom. I, p. 868.
(2) Herodot., lib. VIII, §. 65.
(3) Juliani, Orat. VII, p. 238. B.

» Hercule à cause de sa valeur, et que d'ailleurs il étoit leur
» ami et fils de Jupiter, ils instituèrent les petits mystères,
» et l'y initièrent. Les grands se célébroient en l'honneur
» de Cérès, et les petits en celui de Proserpine sa fille ».

» On ne peut douter, après cela, que les petits mystères
ne fussent une préparation aux grands. C'est par allusion
à cette préparation qu'un poète quelconque, cité par (1)
Plutarque, a dit ingénieusement que le sommeil étoit les
petits mystères de la mort ; « car le sommeil, ajoute Plu-
» tarque, est une initiation antérieure à la mort ». Τὸν
ὕπνον εἶναι τὰ μιχρὰ τοῦ θανάτϐ μυστήρια· προμύησις γὰρ ὄντως
ϵστι τοῦ θανάτου ὁ ὕπνος.

» Nous avons observé que les petits mystères n'étoient,
pour ainsi dire, que des préliminaires, qu'une préparation
pour être admis aux grands, προμύησις. Aussi en voyons-
nous un exemple relativement à Hercule. Ce héros ayant
reçu ordre d'Eurysthée de lui amener Cerbère qui gardoit le palais de Pluton, il se rendit à Athènes, et se fit
initier aux mystères d'Éleusis. Musée, fils d'Orphée, qui
étoit pour lors hiérophante, présida à cette cérémonie, si
l'on en croit (2) Diodore de Sicile. Mais comme Orphée
s'embarqua avec Hercule pour aller à la conquête de la
Toison d'Or, Musée ne pouvoit être assez âgé pour exercer
cette auguste fonction. J'aime donc mieux m'en rapporter
à Apollodore, qui prétend que ce fut (3) Eumolpe. Il ne
faut pas confondre cet Eumolpe avec celui qui vint de
Thrace à Éleusis, et qui étoit contemporain de Triptolème,
à qui Cérès avoit appris la culture des terres. Ister (4) dit,

---

(1) Plutarch., Consolat. ad Apollonium, p. 107. E.
(2) Diodor. Sicul., lib. iv, §. 25, p. 271.
(3) Apolodor., lib. ii, cap. 5, §. 12.
(4) Schol. Sophoclis ad OEdip. Col., v. 1051, ex edit. Brunckii.

dans ses Mélanges, ἐν τῷ περὶ τῶν ἀτάκτων, que celui qui
institua les mystères d'Éleusis étoit petit-fils de Triptolème
par sa fille Déiope. Acésodore prétend au contraire que
cet Eumolpe, qui les institua, étoit le cinquième descendant du premier Eumolpe. Ce témoignage est confirmé
par celui d'Androtion, qui nous a donné sa généalogie.
Eumolpe, le Thrace, eut pour fils Céryx, Céryx eut
Eumolpe, Eumolpe Antiphème, Antiphème Musée, et
celui-ci fut père de l'hiérophante Eumolpe. Wesseling
dit, dans une note sur le passage de Diodore de Sicile
rapporté plus haut, qu'Antiphème étoit hiérophante,
selon Androtion. Ce savant étoit sans doute distrait lorsqu'il écrivoit cela, puisqu'Androtion assure qu'il étoit son
grand-père.

L'initiation d'Hercule est encore prouvée (1) par les marbres d'Oxford. Cette époque est, il est vrai, en partie effacée ;
mais elle a été bien restaurée par les précédens éditeurs,
et principalement par le dernier éditeur, M. Chandler.
On pourroit presque assurer que c'est la leçon même des
marbres, puisque l'espace effacé ne peut contenir ni plus
ni moins de lettres que celles que l'on a restituées, et que
les lettres qui sont restées s'accordent parfaitement avec
celles qu'on a ajoutées. Cette époque porte, d'après cette
restauration : « Depuis qu'Hercule a été purifié à Éleusis,
» et initié aux mystères, le premier d'entre les étrangers,
» Ægée régnant à Athènes, il y a mille..... ».

Addition à la note 3, p. 316.

Il faut consulter, sur le breuvage nommé *cycéon*, une
note de M. Coray, sur le chapitre IV des Caractères de
Théophraste, p. 177 de l'édition qu'il en a donnée à Paris
avec une traduction, en 1799.

(1) Marmora Oxoniens., epoch. XIX, lin. 32.

Addition à la note 1, *p.* 365.

Voyez ce que j'ai dit de cette inscription, ci-devant, p. 233, note 1, et p. 458 et 461.

La preuve que M. de Sainte-Croix tire de cette inscription est fondée sur ces vers :

Μήτηρ Μαρκιανοῦ, θυγάτηρ Δημητρίου εἰμί.
Τοὔνομα σιγάσθω · τοῦτ', ἀποκληζομένη,
Εὖτε μὲ Κεκρόπιδαι Δηοῖ θέσαν ἱερόφαντιν,
Αὔη ἀμαιμακέτοις ἐγκατέκρυψα Εὐθοῖς.

Mater Marciani, filia Demetrii sum. Meum nomen reticeatur : hoc, à vulgo separata, ex eo tempore quo me Cecropidœ Cereri constituerunt sacerdotem, ipsa immensis demersum obrui abyssis.

Addition à la note 3, *p.* 389.

Une nouvelle interprétation des mots κόγξ ὄμπαξ a été proposée par M. J. de Hammer, dans la Gazette littéraire universelle de Vienne, du 15 novembre 1817. Le mot persan composé *cambakhsch*, que M. de Hammer traduit *voti sui compos*, lui paroît être la véritable origine des mots dont il s'agit. Mais, 1°. les mystères d'Éleusis ne venoient assurément point de la Perse ; 2°. le mot *cambakhsch* appartient au persan moderne, et on ne sauroit assurer qu'il ait eu le même sens en ancien persan ; 3°. il signifie, en persan moderne, *qui votum largitur, qui aliquem voti compotem facit*, et non *voti compos factus ;* et c'est effectivement le sens que lui donnent les lexiques.

Addition à la note 1, *p.* 425.

M. Creutzer a fait grand usage de ce texte de Porphyre, et il s'en est servi pour confirmer le sens allégorique qu'il donne à quelques vers de l'hymne sur Cérès, dans lesquels la déesse prédit que les enfans des Grecs se feront une guerre cruelle, lorsque l'enfant de Métanire sera parvenu à un âge fait. Le savant professeur de Heidelberg, qui ne fait aucune difficulté de prendre pour guides, dans l'explication de la mythologie, Porphyre, Proclus, Plotin, et les philosophes de la même école, voit là le combat de l'esprit avec la chair, de la raison avec les sens; et les mystagogues d'Éleusis, ministres de ce culte allégorique, lui paroissent appelés, avec beaucoup de raison, *philosophes* et *philopolèmes*. (Symbol. und Mythol. der alt. Völck., tom. IV, p. 287 et suiv.) Il n'est pas possible, assurément, de montrer plus d'érudition et de sagacité que ne le fait M. Creutzer dans l'exposition de son système; mais il faudroit établir, avant tout, que des allégories de ce genre puissent prendre naissance dans des siècles grossiers, et aux premières époques de la civilisation. C'est, ce me semble, ce que repoussent également la théorie et l'expérience.

Jablonski a aussi fait usage de ce texte de Porphyre, dans le *Pantheon Ægyptiorum*, tom. I, p. 71.

Addition à la note 1, p. 434.

Je ne crois pas inutile de transcrire ici le jugement que le docte Meiners porte de Proclus. L'autorité de ce savant prouvera du moins que tous les érudits ne partagent pas cette sorte d'engoûment, que quelques hommes d'un grand mérite témoignent aujourd'hui pour la doctrine de Proclus et des autres philosophes de sa secte :

Affirmare non dubito Proclum tanta animi imbecillitate et judicii perversitate fuisse, ut omnes ferè sui similes, quos serior Græcia et corruptarum artium ætates tulerunt, hisce vitiis superaverit. Ex hujus enim viri magis laudatione quam vitá, quam Marinus, ipsius dis-

cipulus, composuit, apparet illum, communi sui sæculi vitio, incredibili scilicet superstitione, adeo de recto mentis statu dejectum fuisse; ut falsa oracula, Orpheo, Zoroastri et Sibyllæ ascripta tanquam divinas voces, et cœlestis sapientiæ thesauros exciperet, neque pudendum illud votum facere erubesceret, ut clarissima antiquitatis monumenta in universum omnia delerentur, modo istæ, quas ipse unicè adamabat, ineptiæ, necnon Platonis Timæus è communi litterarum incendio eriperentur. Comment. Soc. reg. Gotting., hist. et philolog. class., tom. IV, p. 77 et 78.

FIN DES NOTES ADDITIONNELLES.